ANNE PERRY

Ein Pakt mit dem Teufel

GOLDMANN
Lesen erleben

Buch

London 1867. Inspector William Monk soll die Ermittlungen in einem schockierenden Mordfall übernehmen: Am Themse-Ufer wurde eine entstellte Frauenleiche gefunden. Die Tote: Zenia Gadney, eine Gelegenheitsprostituierte, die in Whitechapel ein sehr zurückgezogenes Leben führte. Regelmäßig jedoch erhielt sie Besuch von einem eleganten Gentleman, der ihr offensichtlich Geld zusteckte und sie mit allem versorgte, was sie zum Leben brauchte. Den besagten Herrn kann die Polizei allerdings nicht mehr zu dem Fall befragen – unlängst hat Dr. Joel Lambourn Selbstmord begangen. Oder war es Mord? Lambourns Witwe Dinah glaubt nicht an eine Selbsttötung, und auch den Ermittlern kommen allmählich Zweifel: Denn Dr. Lambourn hat als renommierter Wissenschaftler im Regierungsauftrag das Betäubungsmittel Opium erforscht. Und seine Ergebnisse waren bahnbrechend – und äußerst brisant …

Autorin

Die Engländerin Anne Perry, 1938 in London geboren, verbrachte einen Teil ihrer Jugend in Neuseeland und auf den Bahamas. Schon früh begann sie zu schreiben. Ihre historischen Kriminalromane begeistern ein Millionenpublikum und gelangten international auf die Bestsellerlisten. 2000 erhielt sie den renommierten »Edgar Award«. Anne Perry lebt und schreibt in Schottland.

Von Anne Perry außerdem bei Goldmann lieferbar:

Einer trage des anderen Schuld. Roman (47551)
Galgenfrist für einen Mörder. Roman (46340)

Anne Perry

Ein Pakt mit dem Teufel

Roman

Aus dem Englischen
von Peter Pfaffinger

GOLDMANN

Die Originalausgabe erschien 2012
unter dem Titel »A Sunless Sea«
bei Headline Publishing, London.

MIX
Papier aus verantwortungsvollen Quellen
FSC® C014496

Verlagsgruppe Random House FSC-DEU-0100
Das FSC®-zertifizierte Papier *München Super* für dieses Buch
liefert Arctic Paper Mochenwangen GmbH.

3. Auflage
Deutsche Erstveröffentlichung Juli 2012

Dieses Werk wurde vermittelt durch die
Literarische Agentur Thomas Schlück GmbH, 30827 Garbsen
Umschlaggestaltung: UNO Werbeagentur, München,
unter Verwendung folgender Kunstwerke:
The Tower Bridge, London (19th century)/© British Library Board.
All Rights Reserved/Bridgeman Berlin;
Portrait of a Man, 1809, Fabre, François Xavier (1766–1837)/
© National Gallery of Scotland, Edinburgh/Bridgeman Berlin
Redaktion: Ilse Wagner
LT · Herstellung: Str.
Satz: omnisatz GmbH, Berlin
Druck und Bindung: GGP Media GmbH, Pößneck
Printed in Germany
ISBN: 978-3-442-47636-7

www.goldmann-verlag.de

Frances und Henry gewidmet

1

Langsam ging die Sonne über dem Fluss auf und goss rotes Licht über das Wasser. Einen Moment lang schimmerten die von Monks Rudern perlenden Tropfen wie Wein – oder Blut. Knapp einen Meter vor ihm beugte sich Orme auf der anderen Bank vor und stemmte sich mit seinem ganzen Gewicht gegen den Sog der Strömung. Längst aneinander gewöhnt, arbeiteten die beiden in perfektem Rhythmus zusammen. Es war Anfang Dezember 1867, fast zwei Jahre, nachdem Monk das Kommando an der Wache Wapping der Thames River Police übernommen hatte.

Für ihn bedeutete dieses Amt einen kleinen Sieg. Orme war schon sein ganzes Erwachsenenleben bei der Wasserpolizei gewesen. Monk hingegen hatte sich gewaltig umstellen müssen, da er zunächst bei der Metropolitan Police und dann als privater Ermittler gearbeitet hatte.

Jäh durchbrach ein schriller Schrei seine stille Zufriedenheit und übertönte das Knarzen der Dollen und das Plätschern der sich am Ufer brechenden Bugwellen eines vorbeigleitenden Verbandes von Frachtkähnen. Monk und Orme blickten in Richtung Nordufer und Limehouse Pier, der keine zwanzig Meter von ihnen entfernt war.

Erneut gellte ein Schrei. Die Stimme schien sich vor Grauen zu überschlagen, und plötzlich tauchte eine Gestalt auf, schwarz vor den schattigen Umrissen der Schuppen und Warenlager am Ufer. Jemand in einem langen Mantel, der herumtorkelte und wild gestikulierte. Ob es ein Mann oder eine Frau war, ließ sich nicht bestimmen.

Mit einem Blick über die Schulter auf Monk tauchte Orme das Ruder tief ins Wasser und wendete das Boot aufs Ufer zu.

Je näher sie kamen, desto aufgeregter gebärdete sich die Gestalt. Da nun die tief hängenden Wolken auseinanderwichen, wurde das Licht klar. So ließ sich die Gestalt als Frau in langem Rock erkennen. Auf dem Pier stehend und immer noch mit den Armen fuchtelnd, rief sie ihnen etwas zu, doch ihre Worte waren zu wirr, um einen Sinn zu ergeben.

Bald stieß das Boot gegen die Stufen und wurde von Orme vertäut.

In Windeseile kletterte Monk aus dem Boot und erklomm die schmale Treppe. Oben angekommen, trat er rasch zu der Frau. Sie schluchzte und hielt sich die Hände vors Gesicht.

Monk blickte sich um. Außer der Frau sah er niemand anders, nichts, was eine derart hysterische Angst hätte auslösen können. Bis auf ihn, die Frau und den sich über die Treppe nähernden Orme war der Pier leer. Auch ließen sich keine unmittelbaren Zeichen einer Bedrohung erkennen.

Monk fasste die Frau behutsam am Arm. »Was haben Sie?«, fragte er mit ruhiger Stimme. »Was ist passiert?«

Sie riss sich los, wirbelte herum und deutete ruckartig auf einen Abfallhaufen, der sich im heller werdenden Licht immer deutlicher abzeichnete.

Monk machte einen Schritt darauf zu. Jäh krampfte sich sein Magen zusammen, als er begriff, dass das, was er für ein zerfetztes Segeltuch gehalten hatte, in Wahrheit der durchnässte Rock einer Frau war, die derart verstümmelt war, dass ihr Körper sich nicht ohne Weiteres als menschlich bestimmen ließ. Die Frage, ob sie tot sein mochte, stellte sich gar nicht erst. Halb auf dem Rücken lag sie grotesk verdreht da, das graue Gesicht gen Himmel gerichtet. Ihr Haar war verfilzt, und unter dem Rücken hatte sich eine Blutlache gebildet. Aber es war nicht das, sondern der Rest ihres Körpers, der dafür sorgte, dass sich ihm der Magen umdrehte und ihm die Luft in der Kehle stecken blieb. Ihr waren der Bauch aufgeschlitzt und die Eingeweide herausgerissen worden; jetzt lagen sie wie blasse, gehäutete Schlangen um ihre Lenden gruppiert.

Monk hörte Orme hinter sich herankommen.

»Gott im Himmel!« Orme stöhnte – kein Fluch, sondern ein flehentliches Gebet, dass das, was er sah, nicht wahr sein möge.

Monk seinerseits schluckte schwer und klammerte sich für einen Moment an Ormes Schulter. Dann stolperte er über die groben Holzbohlen zu der schluchzenden Frau zurück, die in unkontrolliertes Zittern ausgebrochen war.

»Wissen Sie, wer das ist?«, fragte er in sanftem Ton und berührte sie am Arm.

Die Frau schüttelte den Kopf. Zugleich versuchte sie, ihn wegzuschieben, doch ihr fehlte die Kraft. »Nein! So wahr mir Gott helfe, ich kenn sie nich'! Ich bin hier rausgekommen, um meinen Mann zu suchen. Der Scheißkerl is' die ganze Nacht weggeblieben! Und dann find ich sie!« Sie bekreuzigte sich, wie um das Grauen abzuwehren. »Ich hatte schon 'ne Mordsangst, dass er das is', aber dann hab ich gesehen, dass es 'ne Frau is', so ein armes Luder.«

»Vorhin, als Sie geschrien haben, hatten Sie sie da gerade entdeckt?«

»Ja. Sie sind von der Wasserpolizei, was?«

»Ja. Wie heißen Sie?«

Sie zögerte nur einen Augenblick. Solange dieses Ding greifbar nahe neben ihr auf den Holzplanken lag, war es vielleicht gar nicht so schlimm wie sonst, die Polizei bei sich zu haben.

»Ruby Jones«, sagte sie.

»Wo wohnen Sie, Mrs Jones?«, setzte Monk nach. »Und die

Wahrheit bitte. Sie wollen doch nicht, dass wir Sie suchen kommen und überall am Fluss Ihren Namen verbreiten.«

Ein Blick in seine Augen verriet ihr, dass er es ernst meinte. »Northey Street«, antwortete sie. »Hinter dem Armenhaus.«

»Schauen Sie sich die Frau bitte noch einmal an.« Seine Stimme wurde sanfter. »Konzentrieren Sie sich auf das Gesicht. Das sieht nicht so entsetzlich aus. Vom Rest können Sie die Augen abwenden. Denken Sie darüber nach, ob Sie sie vielleicht doch schon einmal gesehen haben.«

»Nein! Ich kenn Sie nich'!«, wiederholte sie. »Noch mal schau ich mir *das da* bestimmt nich' an! Sonst krieg ich den Anblick mein Leben lang nich' mehr aus dem Kopf!«

Monk widersprach ihr nicht.

»Sind Sie zufällig hierhergekommen, oder haben Sie an dieser Stelle eine Weile gewartet und vielleicht nach Ihrem Mann gerufen?«

»Ich war auf der Suche nach ihm, als ich das da entdeckt hab. Wie lange, glauben Sie, steh ich wohl hier mit diesem Ding neben mir rum, hm?«

Er nickte zustimmend. »Nicht lange. Können Sie allein nach Hause gehen, Mrs Jones?«

»Ja.« Sie entriss sich seinem Griff mit einer ruckartigen Bewegung. »Doch, ja!« Dann holte sie tief Luft und warf doch noch einen Blick auf die Tote. Einen Moment lang wich das Grauen in ihrem Gesicht einem Ausdruck von Mitgefühl. »Armes Luder«, wiederholte sie flüsternd.

Monk ließ sie gehen und wandte sich wieder zu Orme um. Gemeinsam kehrten sie unter der rasch höher steigenden Sonne zu der Toten zurück. Vorsichtig berührte Monk sie am Gesicht. Die Haut war bereits kalt. Seine Hände wanderten zur Schulter und tasteten unter dem Saum ihres Kleides nach Spuren von Wärme. Nichts war zu spüren. Wahrscheinlich hatte sie schon die ganze Nacht tot dagelegen.

Orme half ihm dabei, sie auf den Rücken zu drehen, womit sie den aufgeschlitzten Bauch mitsamt den herausgequollenen Eingeweiden bloßlegten – eine mit Blut durchsetzte, schleimige Masse.

Orme stieß einen Entsetzensschrei aus. Obwohl er den Anblick von Leichen gewohnt war, taumelte er zurück. Er wusste, was die Zeit und Raubtiere anrichten konnten, aber diese barbarische Verstümmelung war von Menschenhand angerichtet worden, und er war zu erschüttert, um seine Gefühle verbergen zu können. Er hustete und verschluckte sich an seinem eigenen Atem. Ohne zu überlegen, beugte er sich über die Tote und zog ihr die Kleider über die entblößten Stellen – eine sinnlose Geste, aber er tat es einfach. »Wir sollten wohl besser den Polizeichirurgen und die örtliche Wache alarmieren«, krächzte er.

Monk nickte benommen. Einen Moment lang fühlte er sich wie gelähmt. Der Fluss, mit dem er so vertraut war, erschien ihm jäh kalt und fremd. Im grellen Licht der Morgendämmerung, das alle Proportionen verzerrte, türmten sich gewohnte Gebilde wie Werften oder aus dem Wasser ragende Holzpfähle mit einem Mal bedrohlich vor ihm auf.

»Wir haben sie auf dem Steg entdeckt«, sagte Orme mit kläglicher Miene. »Das bedeutet, dass wir für sie zuständig sind. Aber die städtische Polizei weiß womöglich, wer sie ist. Armes Ding. Vielleicht handelt es sich um eine Familientragödie. Wenn sie allerdings eine örtliche Prostituierte ist, haben wir es mit einem Geisteskranken zu tun.«

»Glauben Sie denn, dass ein zurechnungsfähiger Mann seiner Frau so etwas antun kann?«, fragte Monk ungläubig.

Orme schüttelte den Kopf. »Wer weiß? Manchmal meine ich, dass Hass noch schlimmer ist als Wahnsinn. Zur Polizeiwache geht es dort drüben die Straße hinauf.« Er deutete hinüber. »Wenn Sie wollen, bleibe ich bei ihr, während Sie die Kollegen holen, Sir.«

Ein solches Vorgehen war durchaus vernünftig, zumal Monk den bei Weitem höheren Rang bekleidete. Gleichwohl war er Orme dankbar und sagte ihm das auch. Er hatte nicht den geringsten Wunsch, auf dem Steg zurückzubleiben, wo einem der eisige Wind bis in die Knochen fuhr, und über dieser grausigen Leiche Wache zu halten.

»Danke. Ich bin so schnell zurück, wie ich kann.« Eilig lief er zum Ufer und hielt auf die Straße zu. Inzwischen war jede Farbe aus dem Himmel gewichen. Bleich wölbte er sich über dem Fluss, während die Frühmorgensonne die Werften und Lagerhäuser in Silhouetten verwandelte. Ein halbes Dutzend Schauermänner auf dem Weg zur Arbeit kam an ihm vorbei. Weiter vorn senkte ein Laternenanzünder, selbst kaum mehr als ein grauer Schatten, seinen langen Stab über die letzte Lampe in dieser Straße und löschte ihr Licht.

Eine Stunde später standen Monk und Orme, beide immer noch fröstelnd, in der örtlichen Polizeiwache. Ihre durchnässten Hosen klebten ihnen an den Beinen, und in ihren Knochen steckte eine Kälte, die nicht einmal heißer Tee mit Whisky vertreiben konnte. Aus einem Nachbarraum kam Overstone, der Polizeiarzt, herein und zog die Tür hinter sich zu. Bereits in den Sechzigern, hatte er schütteres, mit grauen Strähnen durchwirktes blondes Haar und einen wachen Gesichtsausdruck. Sein Blick wanderte vom örtlichen Sergeant zu Orme und dann weiter zu Monk. Langsam schüttelte er den Kopf.

»Schlimme Sache«, murmelte er mit leiser Stimme. »Die meisten, wenn nicht alle Verstümmelungen wurden ihr mit ziemlicher Sicherheit erst nach dem Tod zugefügt. Lässt sich allerdings nicht mit völliger Bestimmtheit sagen, denn wenn sie nicht schon vorher tot war, wäre sie spätestens dabei gestorben. Aber ein übles Blutbad hat es trotzdem gegeben. Sie ist praktisch vom Nabel bis zur Lende aufgeschlitzt worden.«

Monk sah dem Mann in das angespannte Gesicht und erkannte Mitleid in seinen Augen. »Wenn sie schon tot war, als das passierte, was hat sie dann umgebracht?«

»Der Schlag gegen den Hinterkopf«, antwortete Overstone. »Ein einziger. War hart genug, um den Schädel zu brechen. Stück von einem Bleirohr oder etwas Ähnliches, würde ich sagen.« Er stand vor einem Pult, das mit den von allen möglichen Leuten handschriftlich verfassten Dokumenten in jeder erdenklichen Größe beladen war. Außen herum reihten sich aufgeräumte Regale aneinander, die nicht aufs Geratewohl vollgestopft worden waren wie in seinem eigenen Büro. Hier gab es keine Fahndungsplakate an den Wänden.

»Nichts Hilfreiches, was Sie uns sagen könnten?«, fragte Monk ohne Hoffnung.

Overstones Mundwinkel sackten noch weiter nach unten. »Ziemlich brutal. Der Täter legte gewaltige Kraft in den Schlag, aber es kann so ziemlich jeder ab einer Größe von fünf Fuß gewesen sein.«

»Linke Hand? Rechte Hand?«, fragte Monk.

»Beides, würde ich sagen, aber wahrscheinlich ein Rechtshänder.« Overstones Stimme nahm einen bedauernden Ton an. »Hilft Ihnen nicht gerade; die meisten sind schließlich Rechtshänder.«

»Und die … Verstümmelung?«

»Lange Klinge. Zehn bis fünfzehn Zentimeter, schätze ich. Die Schnittwunden sind tief; scharf geschliffene Schneide. Fleischermesser, Seemannsmesser – meinetwegen auch das Messer eines Segelmachers. Um Himmels willen, Mann, jeder zweite Kerzendreher, Schauermann oder Bootsbauer hier am Fluss hat irgendetwas, mit dem er die arme Frau hätte aufschlitzen können. Sogar eine Rasierklinge kann so etwas anrichten! Also kommt auch ein Barbier infrage. Oder jeder, der sich rasiert.« Der Arzt wirkte ärgerlich, als bereitete es ihm Schuldgefühle, dass er nicht in der Lage war, die Antwort präziser zu fassen.

»Oder jede Hausfrau, die 'ne Küche hat«, ergänzte der Sergeant.

Monk blickte ihn schief an.

Der Mann senkte die Augen. »Tut mir leid, Sir.«

»Ist schon gut«, murmelte Monk. »Sie haben ja recht. Hätte wirklich so gut wie jeder sein können.« Er wandte sich wieder an Overstone. »Und die Frau? Was können Sie mir über sie sagen?«

Der Polizeiarzt zuckte resigniert mit den Schultern. »Mitte vierzig. Bei guter Gesundheit, soweit ich das nach einer so kurzen Untersuchung beurteilen kann. Hellbraunes Haar, an den Schläfen schon etwas grau. Blaue Augen, hübsches Gesicht, aber keine auffälligen Merkmale. Gepflegte Zähne, was wohl ungewöhnlich ist, wenn ich es bedenke. Sehr weiß; vorn vielleicht etwas schief. Ich könnte mir vorstellen, dass es recht reizvoll aussah, wenn sie lächelte.« Er senkte den Blick auf den ausgetretenen Holzboden. »Manchmal hasse ich diesen verfluchten Beruf!«

Abrupt hob er wieder den Kopf, und der Moment der Schwäche war vorbei. »Morgen kann ich vielleicht mehr sagen. Eines kann ich Ihnen aber schon jetzt verraten: Bei einer Verstümmelung wie dieser hier werden die Emotionen sehr hochschlagen. Sobald das die Runde macht, wird es Angst, Zorn, vielleicht sogar Panik auslösen. Ich beneide Sie nicht.«

Monk wandte sich an den Sergeant. »Behandeln Sie diese Sache so diskret, wie Sie können. Veröffentlichen Sie keine Details. Die Familie braucht dergleichen sowieso nicht zu erfahren. Hatte die Frau überhaupt eine? Ich nehme nicht an, dass es schon eine Vermisstenanzeige gegeben hat, oder?«

»Nein, Sir«, antwortete der Sergeant verzagt. »Wir werden jedenfalls unser Bestes versuchen.« Seiner Stimme fehlte jede Überzeugung.

Monk und Orme nahmen sich die Narrow Street in der Nähe des Limehouse Pier vor, die nördliche ebenso wie die südliche Seite, und befragten jeden Passanten und Ladeninhaber, ob sie am Vorabend jemanden Richtung Pier hatten verschwinden sehen; ob sie jemanden kannten, der dort nach der Arbeit auf dem Heimweg vorbeikam; ob sie vielleicht von Prostituierten wussten, die dort auf Freier warteten.

Die Beschreibung der Frau war zu vage, um damit eine Identifizierung zu versuchen: durchschnittliche Größe, hellbraunes Haar, blaue Augen. Es war zu früh, als dass schon jemand als vermisst gelten konnte.

Ihnen wurden mehrere Prostituierte genannt und ein, zwei Personen, die gern in dieser Gegend spazieren gingen, weil ein paar Abschnitte der Narrow Street einen schönen Blick auf den Fluss boten. Insgesamt brachten sie ein Dutzend Namen in Erfahrung.

Danach entfernten sie sich vom Fluss und versuchten ihr Glück in den Gassen, die zur Northey Street führten, wobei sie jeweils an den entgegengesetzten Enden anfingen und stets dieselben Fragen stellten. Es war kalt, aber wenigstens ließ der Wind nach, und es regnete nicht. Die tief stehende Wintersonne spendete keine Wärme.

Monk trottete gerade den Fußweg durch Ropemaker's Fields entlang, als eine Frau, ein Wäschebündel gegen die Hüfte gestemmt, aus einer Tür trat. Fast wäre Monk gegen sie geprallt.

»Entschuldigen Sie, leben Sie hier?«, fragte er nach einer Schrecksekunde.

Misstrauisch musterte sie ihn von oben bis unten. Er trug seine üblichen dunklen Zivilkleider, wie sie auch ein Seemann anhaben mochte, nur war bei ihm der Schnitt viel besser und wirkte, als hätte er sie maßschneidern lassen. Seine Sprechweise war präzise, seine Stimme freundlich, und seine Haltung drückte Eleganz und Selbstbewusstsein aus.

»Ja«, sagte sie zögernd. »Wer sind Sie, dass Sie das wissen wollen?«

»Superintendent Monk von der Wasserpolizei. Ich suche Personen, die gestern Abend etwas von einem Streit mitbekommen haben könnten, eine Frau, die schrie, und vielleicht ein Mann, der sie anbrüllte.«

Mit einem müden Seufzer verdrehte sie die Augen. »Wenn ich jemals einen Abend erlebe, an dem ich niemand streiten höre, dann sag ich Ihnen Bescheid. Ach was, dann meld ich's gleich den blöden Zeitungen. Also, wenn's Ihnen nix ausmacht, ich hab Arbeit zu erledigen.« Mit einer ärgerlichen Geste strich sie sich das Haar aus den Augen und traf Anstalten, sich an ihm vorbeizudrängen.

Monk stellte sich ihr in den Weg. »Das war kein normaler Streit. Die Frau wurde getötet. Vermutlich eine oder zwei Stunden nach Einbruch der Dunkelheit, am Limehouse Pier.«

»Was für eine Frau?« Plötzlich war ihr Mund nur noch ein dünner Strich, und das Gesicht verriet echte Angst.

»Etwa vierzig Jahre alt.« Monk sah, dass ihre Anspannung nachließ. Womöglich hatte die Frau Töchter, die dort selbst oft herumstanden, um zu tratschen oder den Männern schöne Augen zu machen. So gut er konnte, beschrieb er ihr die Tote. »Sie war ein bisschen größer als Sie; hellbraunes Haar mit ein paar grauen Strähnen. Ziemlich hübsch, auf eine unauffällige Weise.« Ihm fielen wieder die Zähne ein. »Hatte wahrscheinlich ein nettes Lächeln.«

»Weiß nich'«, antwortete die Frau mit der Wäsche. »Klingt nich' so, als ob ich sie kennen würde. Und Sie sind sicher, dass sie um die vierzig war?«

»Ja. Sie trug gewöhnliche Kleider, nichts von der Art, was eine Frau trägt, wenn sie auf Geschäfte aus ist. Und ihr Gesicht war nicht geschminkt.« Es kam ihm kaltherzig vor, dass er auf diese Weise über sie sprach. Er hatte sie ihres Charakters beraubt, ihres Humors, ihrer Träume, ihrer Vorlieben und Abneigungen; das lag offenbar daran, dass er ihr auch gern ihr Grauen und den plötzlichen rasenden Schmerz genommen hätte. Er betete zu Gott, dass sie nicht mitbekommen hatte, was danach noch mit ihr gemacht worden war. Und hoffentlich hatte sie die Klinge nicht gesehen.

»Dann hat ihr Mann sie abgemurkst«, schloss die Frau und ließ die Mundwinkel in einem Ausdruck müder Trauer nach unten sinken. »Aber wer sie is', das weiß ich nich'. Könnte so gut wie jede sein.« Erneut strich sie sich ein paar lose Strähnen aus dem Gesicht und schob den Beutel mit der Wäsche auf ihrer Hüfte zurecht.

Monk bedankte sich und ging weiter. Er sprach noch andere Leute an, sowohl Frauen als auch Männer, denen er dieselben Fragen stellte, und erhielt stets mehr oder weniger dieselben Antworten. Niemand erkannte die Frau anhand von Monks Beschreibung. Niemand gab zu, nach der Dämmerung, die in dieser Jahreszeit schon um fünf Uhr nachmittags einsetzte, in der Nähe des Limehouse Pier gewesen zu sein. Der Abend war trüb und feucht gewesen, sodass man kaum noch hatte arbeiten können. Niemand hatte Schreie oder irgendwelche Kampfgeräusche gehört. Jeder wollte nur nach Hause und etwas essen, sich ein wenig wärmen und später, wenn möglich, ein, zwei Pints Ale genießen.

Um Mittag traf sich Monk wieder mit Orme. An einem Eckstand kauften sie eine Tasse heißen Tee und ein Schinkensandwich. Mit hochgeschlagenen Mantelkragen fanden sie dann in einem Hauseingang Unterschlupf und tauschten ihre Ergebnisse aus.

»Niemand hat etwas gesehen oder gehört«, berichtete

Orme betrübt. »Nicht dass ich was anderes erwartet hätte. Die Nachricht hat sich schon verbreitet, dass es eine ziemlich üble Sache ist. Plötzlich sind sie alle blind und taub.«

»Keine große Überraschung«, brummte Monk und nippte an seinem Tee. Der war brühend heiß und etwas zu stark, aber das war er gewohnt. Kein Vergleich mit dem frischen, duftenden Tee daheim. Dieser hier war offenbar schon vor Stunden aufgebrüht und immer wieder mit kochendem Wasser übergossen worden, wenn er zur Neige ging. Er biss wieder in sein Schinkensandwich. »Ruby Jones hat es wahrscheinlich ihren Freundinnen erzählt, und die haben es an die ihren weitergetragen. Bis zum Nachmittag wird es sich in ganz Limehouse verbreitet haben.«

»Man sollte meinen, dass sie jetzt alle Angst vor diesem Schlächter haben und ihn verhaftet sehen wollen«, stieß Orme hervor. »Wir haben es mit einem Wahnsinnigen zu tun, Sir. Wer ihr das angetan hat, kann nicht bei Trost gewesen sein.«

»Ja, aber sie stecken lieber den Kopf in den Sand und tun so, als wäre das alles meilenweit von ihnen entfernt«, erwiderte Monk. »Verdenken kann ich ihnen das nicht. Wenn ich könnte, würde ich es ebenso machen. Aber genau das ist ja der Grund für so viele Schandtaten. Wir wollen es nicht sehen, wir wollen nicht hineingezogen werden. Hat das Opfer einen Fehler gemacht und sich das Unglück durch dummes Verhalten selbst zuzuschreiben, dann wird uns schon nichts passieren – sofern wir uns hübsch heraushalten.«

»Glauben Sie denn, dass es wieder passieren wird, Sir?«, fragte Orme leise. Er stand gegen einen Pfosten gelehnt da und schaute in die Ferne. Monk hatte keine Ahnung, was seinen Blick fesseln mochte. Es gab verblüffende Momente, in denen er sich mit Orme ganz vertraut fühlte, weil sie so viel Bitteres und Schreckliches gemeinsam erlebt hatten, Dinge, die man zwar verstehen, jedoch nicht in Worte fassen konnte. Dann wieder gab es viele Tage wie den heutigen, an denen sie zwar voller gegenseitigem Respekt, der fast an Freundschaft grenzte, zusammenarbeiteten, der Unterschied zwischen ihnen jedoch zu keinem Zeitpunkt in Vergessenheit geriet – zumindest nicht bei Orme.

Schweigen trat ein. »Es ist gar nicht meilenweit entfernt passiert«, meinte Orme nach einer Weile. »Es war genau hier. Es sei denn, sie ist mit dem Boot gekommen. Ob so oder so, sie ist auf dem Pier umgebracht und dann aufgeschlitzt worden.« Er straffte sich. Sein Gesicht unter der Schirmmütze war bleich. »Oder hat dieser Kerl sie woanders ermordet und dann hier aufgeschlitzt?«, fügte er mit krächzender Stimme hinzu.

»Wäre sie schon eine Zeit lang tot gewesen, hätte sie nicht derart geblutet«, entgegnete Monk. »Overstone hat gesagt, dass der Zustand des Blutes und die Natur der Blutergüsse ganz dafür sprächen, dass sie gerade erst gestorben war.«

Orme stieß einen Fluch aus, nur um sich sogleich zu entschuldigen.

Monk tat die Sache mit einer Handbewegung ab.

Sie standen auf den nassen Pflastersteinen der Straße. Mehrere Augenblicke lang fiel kein Wort. Mit laut über das Kopfsteinpflaster hallenden Schritten eilten andere Passanten auf dem Weg zu ihrem Abendessen vorbei. Irgendwo bellte ein Hund.

Schließlich brach Orme das Schweigen. »Glauben Sie, dass sie auf diese grässliche Weise bei Dunkelheit aufgeschlitzt wurde? Ohne dass der Mörder sah, was er tat?«

Monk blickte ihn an. »Dort, wo wir sie entdeckt haben, gab es keine Straßenlampen. Entweder hat er es tatsächlich im Dunkeln getan, oder es war noch ein Rest vom Tageslicht vorhanden. Nicht ganz ungefährlich, dort draußen auf dem Pier, mitten im Freien. Und was hatte die Frau dort eigentlich zu suchen? Das ist doch keine Stelle, wo eine Prostituierte sich mit einem Freier herumdrücken würde. Die Lampen eines Lastkahns könnten lange genug für Licht sorgen, in dem man beide bemerken würde.«

»Warum überhaupt dort?«, fragte Orme. Er zog die Schultern hoch, als würde ihn seine Jacke nicht genügend wärmen.

»Vielleicht wurden sie sogar gesehen«, überlegte Monk. »Wenn ein Mann mit einer Frau ringt, könnte man das für eine leidenschaftliche Umarmung halten. Leichterschiffer würden einfach nur über seinen Wagemut lachen, dass er es im Freien vor aller Augen treibt. Sie würden glauben, er würde sich vergnügen – nicht, sie umbringen.«

»Hat aber wohl nicht viel Sinn, nach Schiffern Ausschau zu halten, die was gesehen haben könnten«, murmelte Orme betrübt. »Die sind längst irgendwo zwischen Henley und Gravesend.«

»Viel helfen könnten sie uns ohnehin nicht.« Monk seufzte. »Keiner würde wissen, ob es diese Frau war oder irgendein anderes Paar.« Die bloße Vorstellung deprimierte ihn. Eine Frau konnte vor all den vorbeifahrenden Booten ermordet und ausgenommen werden wie ein Fisch, noch dazu an dem meistbefahrenen Fluss der Erde, und niemand bemerkte oder begriff, was da geschah.

Er richtete sich auf und verzehrte den letzten Bissen seines Sandwiches. Obwohl es nichts daran auszusetzen gab, musste er ihn mühsam hinunterwürgen. Sein Mund war einfach zu trocken, und das Brot schmeckte wie Sägespäne.

»Wir sollten zusehen, dass wir klären, wer sie war«, schlug er vor. »Nicht dass uns das notwendigerweise viel helfen wird. Wahrscheinlich war sie nur zur falschen Zeit am falschen Ort.«

»Es wird Leute geben, denen wir es sagen müssen«, meinte Orme. »Freunde, womöglich einen Ehemann.«

Darauf erwiderte Monk nichts. Er kannte das. Denn das

war ja das Schlimmste am Anfang jedes Mordfalls: es den Menschen beizubringen, die das Opfer geliebt hatten. Irgendwie war das ebenso grausam wie der Tod, wenn man denjenigen aufspürte, der die Tat begangen hatte, und die Menschen, denen er etwas bedeutete.

Gemeinsam liefen sie die Narrow Street wieder hinunter bis zum Rand von Ropemaker's Fields, den sie dann sehr langsam abschritten. Nördlich der Grünfläche gab es alle zehn Meter Seitengassen, von denen einige zur Triangle Place führten, hinter der das Armenhaus lag.

Dort stellten sie ebenfalls ihre Fragen, wobei sie die Tote so genau wie möglich beschrieben, doch niemand im Armenhaus wurde vermisst. Abgesehen davon hatten die Hände des Opfers im Gegensatz zu denen der hier lebenden Frauen nicht so ausgesehen, als wären sie körperliche Arbeit gewohnt – weder waren sie rot von stundenlangem Schrubben in ätzender Seifenlauge oder dem Aufwischen von Holzböden gewesen, noch hatten sie Schwielen von Nadelstichen beim Nähen von Segeltuch aufgewiesen.

War sie eine Prostituierte gewesen, die ihre besten Jahre hinter sich hatte, vielleicht verzweifelt ein paar Shillings brauchte und darum schnell bereit war, sich überall zu verkaufen, sogar an einem Pier bei Einbruch der Dunkelheit? Das Geld hätte immerhin für eine Mahlzeit oder ein paar Stück Kohle gereicht.

Unwillkürlich stellte er sich die Situation vor: das Angebot, die jeweiligen Bedürfnisse, das kurze Ringen, das sie leicht mit sexueller Gier verwechseln konnte, das plumpe Begehren eines Mannes, der vielleicht wütend auf sich selbst war, weil er auf eine solche Form der Befriedigung angewiesen war, und wütend auf sie, weil sie die Macht hatte, es ihm zu geben, und Geld dafür verlangte. Dann der brutale Schlag und die alles verzehrende Dunkelheit.

Doch warum hatte er sie danach verstümmelt? Hatte er sie

gekannt, und steckte unbeherrschbarer persönlicher Hass dahinter? Oder handelte es sich um einen Wahnsinnigen, dem jedes beliebige Opfer genügt hätte? Und wenn es sich so verhielt, stellte dieser Mord dann erst den Anfang dar?

Noch einmal nahmen sie sich die Narrow Street und die Gassen am Rande von Ropemaker's Fields vor, doch keine der Personen, die sie befragten, hatte etwas gesehen, das ihnen weiterhalf, ganz zu schweigen von einem Paar zusammen auf dem Weg zum Pier in – oder kurz vor – der Abenddämmerung. Und wer vielleicht etwas bemerkt hatte, hatte kaum darauf geachtet oder zog es vor, sich nicht daran zu erinnern.

Doch sie mussten in Erfahrung bringen, wer diese Frau war, was für ein Mensch sie vor dem Verbrechen gewesen war.

»Wir lassen eine Zeichnung von ihr anfertigen«, erklärte Monk, als sie am Spätnachmittag unter dem sich verdunkelnden Himmel zur örtlichen Polizeiwache zurückkehrten. »Die Kollegen haben einen Mann, der sich auf den Umgang mit dem Bleistift versteht und ein gutes Auge für Gesichter hat. Wir werden ihn bitten, mindestens zwei Skizzen für uns zu zeichnen. Dann können wir es morgen früh noch einmal versuchen.«

Müde, wie er war, schlief Monk in dieser Nacht gut. Von der Frau am Pier erzählte er Hester nichts, denn er wollte den kurzen Frieden des Abends nicht zerstören. Und falls sie schon ahnte, dass ihn eine Sorge bedrückte, war sie zu klug oder zu sanftmütig, um es zu sagen.

Zeitig am nächsten Morgen wachte er auf und ging vor dem Frühstück los, um an der Ecke Paradise Street und Church Street mindestens zwei Tageszeitungen zu kaufen. Er war auf dem Rückweg noch keine hundert Meter gelaufen, als sich schon seine schlimmsten Befürchtungen bewahrheiteten. »Frau auf dem Limehouse Pier grausam ermordet!«, lautete die eine Schlagzeile, und: »Frau wie ein Stück Vieh abgestochen«, plärrte ihm die andere entgegen.

Als er die Küchentür erreichte, hatte Monk die Zeitungen so zusammengefaltet und sich unter den Arm geklemmt, dass die Überschriften verdeckt waren. Ihn empfingen die Gerüche von Schinken und Toast und das Pfeifen des Wasserkessels auf dem Herd.

Mit der Toastgabel in der Hand stand Hester am Herd und nahm gerade eine frisch geröstete Scheibe von der Platte, um sie zu den anderen in das Gestell zu stecken, damit sie knusprig blieb. Jetzt schloss sie die Herdklappe und drehte sich lächelnd zu Monk um. Heute trug sie ihren geliebten tiefblauen Rock. Bei ihrem Anblick fiel es Monk leichter, die Erinnerung an Gewalt, Verlust, Kälte, den sich ständig bewegenden Fluss und den Geruch des Todes noch für eine Weile zu verdrängen.

Vielleicht hätte er ihr gestern Abend doch von der Frau erzählen sollen, aber er war müde und durchfroren gewesen und hatte nur den Wunsch gehabt, nicht mehr an die entsetzliche Szene denken zu müssen. Er hatte es nötig gehabt, sich zu wärmen und zu trocknen, an ihrer Seite zu liegen und sie von anderen Dingen reden zu hören – egal, von was, solange es sich um Gesundes und die kleinen, heilsamen Angelegenheiten des Lebens drehte.

Doch Hester brauchte ihn nur anzuschauen, um an seinem Gesicht ablesen zu können, dass irgendetwas überhaupt nicht stimmte. Sie kannte ihn zu gut, als dass er ihr etwas vormachen konnte – was er auch nie getan hatte. Zwölf Jahre zuvor, als sie sich noch nicht gekannt hatten, war sie im Krimkrieg bei der Armee Krankenschwester gewesen. Von dem Grauenvollen und Bedrückenden, über das er ihr berichten konnte, gab es nur wenig, was sie nicht mindestens genauso gut kannte wie er.

»Was ist passiert?«, fragte sie, vielleicht auch in der Hoffnung, er würde es ihr erzählen, bevor der zwölfjährige Scuff voller Vorfreude auf den Tag und mit großem Appetit zum Frühstück herunterkam. Vor ungefähr einem Jahr hatten sie und Scuff einander adoptiert, Hester und Monk den Jungen, weil er heimatlos war und sich am Flussufer in elenden Verhältnissen von Tag zu Tag durchschlug. Eine Waise war er streng genommen nicht, aber seine Mutter und deren neuer Mann hatten ihn nicht gewollt. Scuff wiederum hatte Monk adoptiert, weil er glaubte, der Ältere wüsste nicht genug über das Leben am Hafen, um seine Aufgaben verrichten zu können, und wäre auf jemanden wie Scuff angewiesen, der sich um ihn kümmerte. Die Nähe zu Hester hatte er nur sehr widerwillig zugelassen und stets nur in kleinen Schritten; beide waren aus Angst zu verletzen extrem vorsichtig gewesen. Das ganze Unterfangen war auf allen Seiten sehr zögernd begonnen worden, doch im Laufe des Jahres hatte sich ein ungezwungenes Verhältnis entwickelt.

»Was ist passiert?«, wiederholte Hester, eindringlicher jetzt.

»Gestern in der Abenddämmerung haben wir auf dem Limehouse Pier eine Frauenleiche entdeckt.« Monk seufzte, legte die zusammengefalteten Zeitungen auf seinen Stuhl und setzte sich darauf. »Übel verstümmelt. Wir hatten gehofft, das Schlimmste der Presse vorenthalten zu können, aber das ist uns nicht gelungen. Sie bauschen es fürchterlich auf.«

Hesters Gesicht wurde starr vor Anspannung. »Wer ist sie? Weißt du das?«

»Noch nicht. Soweit ich das beurteilen konnte, sah sie ganz gewöhnlich aus – arm, aber ehrbar. Mitte vierzig, schätze ich.« Die Erinnerung an die Leiche der Frau kehrte zurück. Plötzlich fühlte er sich müde und fröstelte wieder, obwohl die Küche hell und warm war und voller angenehmer Gerüche, die für Behaglichkeit sorgten.

»Der Arzt hat gesagt, dass die Verstümmelungen ihr erst zugefügt wurden, als sie schon tot war«, fuhr er fort. »Das haben die Zeitungen nicht erwähnt.«

Hester betrachtete ihn einen Moment lang nachdenklich, als wollte sie ihn noch etwas fragen. Dann überlegte sie es sich anders und trug ihm stattdessen sein Frühstück auf: Toast und Eier mit Speck. Da der Teller heiß war, schützte sie ihre Finger mit einem Handtuch. Butter und Marmelade standen bereits auf dem Tisch. Den Tee, den sie schon vorher aufgebrüht hatte, trug sie als Nächstes hinüber. Aus dem Schnabel der Kanne stieg Dampf auf.

Mit seinen Stiefeln in den Händen erschien Scuff in der Tür. Vor dem Eintreten stellte er sie im Flur ab. Erst blickte er Monk, dann Hester fragend an. Obwohl er seit bald einem Jahr hier lebte, war er immer noch mager und für sein Alter recht klein. Doch sein Haar war jetzt dicht und glänzend und seine helle Haut frei von Flecken.

»Hast du Hunger?«, erkundigte sich Hester, als ob es einer Frage bedurft hätte.

Grinsend setzte er sich auf den Stuhl, den er als sein persönliches Eigentum betrachtete. »O ja, bitte!«

Mit einem Lächeln trug sie ihm dasselbe auf wie Monk. Er würde alles hinunterschlingen und sich dann voller Hoffnung nach mehr umschauen. Das war ein für alle angenehmes Ritual, das sich jeden Morgen wiederholte.

Doch heute zögerte er. »Irgendwas stimmt nich'.« Mit einem besorgten Stirnrunzeln blickte er Monk an. »Kann ich helfen?«

»Noch nicht, aber danke«, versicherte Monk ihm und sah ihm fest in die Augen, damit Scuff wusste, dass er es ernst meinte. »Übler Fall, aber nicht meiner. Zumindest noch nicht.« Da es schon in den Zeitungen stand, wusste Monk, dass Scuff zwangsläufig davon hören würde. Aber ein paar Stunden würde es noch Frieden geben. Seit seinem Einzug in der Paradise Street hatte sich Scuffs Lesefähigkeit erheblich verbessert. Zwar las er noch nicht flüssig und hatte mit komplizierten Ausdrücken zu kämpfen, aber die einfache Zeitungssprache lag durchaus im Bereich seiner Fähigkeiten.

Scuff machte sich immer noch nicht über seine Portion her. »Warum is' das nich' Ihrer? Sie sind doch der Kommandant von der Wasserpolizei. Wer erledigt das dann?«

»Das hängt davon ab, wer die Frau war«, erwiderte Monk. »Wir haben ihre Leiche zwar auf dem Pier gefunden, aber vielleicht hat sie ja im Landesinnern gelebt, und dann ist das Sache der örtlichen Polizei in Limehouse.« Schon während er das sagte, traf er seine Entscheidung. In letzter Zeit hatte die Presse wegen der in Ufernähe verbreiteten Gewalt und Prostitution kein gutes Haar mehr an der Polizei gelassen. Es hatte mehrere Messerstechereien gegeben, von denen eine zu einer regelrechten Straßenschlacht mit einem Dutzend Verletzten und zwei Toten geführt hatte.

In den Zeitungen hatte es daraufhin geheißen, der Polizei fehle die Kompetenz, die Situation in den Griff zu bekommen, und sie habe die Kontrolle verloren. Noch hässlichere Vorwürfe lauteten dahingehend, sie hätte es absichtlich so weit kommen und sich selbst infiltrieren lassen, um bestimmte Störenfriede loszuwerden, derer sie sich auf legalem Wege nicht entledigen konnte.

Das Einzige, was solchen destruktiven Spekulationen noch das Wasser abgraben konnte, war eine schnelle Klärung dieses Falles.

»Nein, das geht die von der Stadt nix an«, erklärte Scuff. »Die brauchen doch sowieso Ihre Hilfe. Und wenn sie am Fluss ermordet worden is', dann müssen Sie das ja übernehmen.«

Monk musste unwillkürlich lächeln. »Ich werde das vorschlagen, auch wenn das wirklich kein Fall ist, auf den ich große Lust habe.«

»Warum nich'?« Scuffs blonde Augenbrauen kräuselten sich vor Verwirrung. »Is' Ihnen denn egal, wer das war?«

»Natürlich nicht!«, stellte Monk hastig klar. »Es ist nur so, dass wir noch nicht wissen, wer die Frau war und wo sie gelebt hat. Wenn sie aus dem Landesinnern stammte, dürfte die städtische Polizei die Menschen in ihrer Umgebung besser kennen.«

»Aber die sind doch nich' besser als Sie«, verkündete Scuff im Brustton absoluter Gewissheit. »Das müssen Sie machen!« Eindringlich beobachtete er Monks Gesicht auf dessen innerste Gefühle hin, um in Erfahrung zu bringen, wo genau er Hilfe brauchte, und sie ihm dann anzubieten. »Alles andere wär doch albern«, fuhr er fort. »Wenn man was geheim halten will, dann versteckt man es und lässt es nich' im Freien liegen, wo es jeder Fähr- oder Leichterschiffer sehen kann. Dümmer geht's nich'!«

Ohne zu zögern, versuchte Monk ihm zu erklären, dass es eine Art von Wahnsinn oder vielleicht auch Raserei gab, die sich eines Mannes bemächtigen und ihn dazu treiben konnte, einer Frau selbst noch nach ihrem Tod den Körper zu zerfetzen.

Scuff verdrehte die Augen, dann ließ er die Sache auf sich beruhen und machte sich mit größtem Vergnügen über sein Frühstück her. Es würde noch Jahre dauern, bis er seine Freude über eine Riesenportion Eier mit Speck, die für ihn ganz allein bestimmt war, verlor.

»Kannst du Orme oder einen anderen von deinen Männern damit betrauen?«, erkundigte sich Hester, als Scuff aufgegessen und die Küche verlassen hatte.

Monk bedachte sie mit einem flüchtigen Lächeln. »Nein. Wenn die Frau am Fluss oder in seiner Nähe war, ist es unser Fall. Aber es wird bestimmt eine üble Sache. Die Zeitungen fordern schon jetzt, dass das Parlament sich mit dem Laster in den Hafenvierteln befasst: Limehouse, Shadwell,

Bermondsey, Deptford – und zwar an beiden Flussufern bis hinunter nach Greenwich.« Er zögerte kurz. »Vielleicht können wir die Sache ja doch bald aufklären.«

Hester lächelte ihn schweigend an. Zwischen ihnen gab es so vieles, was längst keiner Worte mehr bedurfte.

Mit der Fähre fuhr Monk über den Fluss zu seiner Wache in Wapping. Es war ein grauer Morgen mit heftigem Wind, der das Wasser aufwühlte. Als Monk in das Boot stieg, zog er den Mantelkragen bis über die Ohren. Dann legten sie auch schon ab und waren bald auf dem offenen Wasser, wo ihnen keine Häuser mehr schützenden Windschatten boten.

Zwischen den in langen Ketten die Wasserstraße hinauf- und hinunterziehenden Frachtkähnen bahnten sie sich ihren Weg. Vor dem Hafen lagen große Schiffe und warteten darauf, entladen zu werden. Auf den Kais ging es geschäftig zu; Arbeiter begannen gerade mit der schweren Arbeit, Kräne und Hubwinden über den Kai zu schieben, wobei es stets auf Böen und die Gezeiten zu achten galt. Von hier draußen konnte Monk alles hören: die Rufe der Männer vom Ufer, das Klatschen der Wellen gegen die Bootswand, das Knarzen der Dollen beim steten Eintauchen der Ruder und die Schreie der Möwen.

Am anderen Ufer angekommen, dankte Monk dem Fährmann und zahlte den Fahrpreis. Es waren wenige und immer dieselben Männer, die er tagein, tagaus sah und längst bei ihrem Namen kannte. Dann erklomm er die steilen Kaistufen und eilte über die freie Fläche bei noch stärker auflebendem Wind zur Polizeiwache von Wapping.

Dort empfingen ihn Wärme und frisch gebrühter Tee. Während er sich die zweite Tasse des Tages gönnte, ließ er sich die Nachrichten der Nacht melden und erteilte die wenigen Anweisungen, die nötig waren. Dann nahm er einen

Hansom zum Polizeirevier von Limehouse, wo er sich die Zeichnungen zeigen ließ, die der junge Constable von der Toten angefertigt hatte. Er war außerordentlich zufrieden damit. Der Beamte hatte nicht nur die Züge der Frau getroffen, sondern ihnen darüber hinaus ihr Leben zurückgegeben. So hatte er ihre Lippen etwas geöffnet und damit den leicht schiefen Vorderzahn entblößt, was ihr eine persönliche Note verlieh.

Der Constable, der Monk beim Studium der Skizzen beobachtete, schien verunsichert, als der Ältere plötzlich schmerzlich berührt die Miene verzog.

»Sind sie nicht gut?«, fragte er besorgt.

»Sie sind zu gut«, erwiderte Monk wahrheitsgemäß. »Es ist, als sähe ich sie lebendig vor mir. Darum wirkt ihr Tod umso echter.« Er blickte zu dem Mann auf und bemerkte die leichte Röte in seinem Gesicht. »Sie haben das hervorragend gemacht. Vielen Dank.«

»Danke, Sir.«

Kurz danach trat Orme ein, und Monk gab ihm eine der zwei Skizzen. Sie beschlossen, getrennt loszuziehen, Orme in nördlicher und Monk in südlicher Richtung zur Isle of Dogs.

Der Wind pfiff durch die schmalen Straßen und trug die Gerüche des Flusses heran, den Gestank fauliger Abfälle und überlaufender Entwässerungskanäle, die modrige Note von nassen Steinen. Monk befragte jeden Passanten, der ihm entgegenkam. Längst war klar, dass die Nachricht sich überall verbreitet hatte. Und da viele einfach vorgaben, zu sehr in Eile zu sein, um seine Fragen beantworten zu können, musste er nachdrücklich werden. Dann zeigten sie sich auf einmal empört und bereit, alles zu tun, nur um das Entsetzen und die Angst aus ihrem Leben zu verbannen.

Monk war immer noch in der Nähe des Hafens, als er in ein kleines Tabakgeschäft trat, wo es auch Lebensmittel und die örtliche Zeitung gab.

»Ich weiß nix von der Sache!«, hielt ihm der Inhaber entschieden entgegen, sobald Monk sich ausgewiesen hatte. Der Mann weigerte sich sogar, das Bild anzuschauen, und fegte es mit der Hand von der Theke.

»Es zeigt sie nicht als Tote«, schnaubte Monk verärgert, »sondern so, wie sie vorher aussah. Sie könnte eine verheiratete Frau aus dem Viertel hier sein.«

»Na gut.« Der Mann streckte die Hand aus, um sich die Zeichnung noch einmal geben zu lassen. Und dann studierte er sie eingehend. »Sie könnte wirklich von hier sein«, gab er zu. »Aber ich kenn sie trotzdem nich'. Tut mir leid. Hier hat sie nich' gearbeitet, ob verheiratet oder nich'.«

Monk bedankte sich und ging.

Den Rest des Vormittags verbrachte er damit, Meile um Meile die geschäftigen, schmalen grauen Straßen abzulaufen, von wo man überall den Fluss mit seinen Geräuschen hören und sehen konnte. Er sprach auch mit mehreren Prostituierten, doch sie leugneten, die Frau auf der Skizze je gesehen zu haben. Dass sie dergleichen zugeben würden, hatte er auch gar nicht erwartet. Aus welchem Grund auch immer – es lag in ihrem Interesse, jeden Kontakt mit der Polizei zu vermeiden. Gleichwohl hatte er gehofft, in dem einen oder anderen Gesicht wenigstens eine Ahnung des Erkennens aufflackern zu sehen. Was ihm stattdessen entgegenschlug, waren Ablehnung und ausnahmslos Angst.

Allmählich neigte er zu der Annahme, dass die Tote tatsächlich nicht zu ihnen gehörte. Dafür unterschied sie sich zu sehr. Sie war mindestens fünfzehn Jahre älter, und ihr Gesicht hatte etwas Sanftes, das den Prostituierten hier fehlte. Es wirkte eher von einer Krankheit gezeichnet als von Alkohol oder einem Leben in den Straßen verhärtet. So neigte er mehr und mehr zu der Vermutung, dass sie eine verheiratete Frau war, die von ihrem Mann misshandelt wurde.

Er hatte den Polizeiarzt gefragt, ob sie Kinder gehabt hatte, doch laut Overstone ließ sich das wegen der brutalen Verstümmelungen nicht mehr beurteilen.

Es war Orme, der in dem vom Fluss abgewandten Teil des Viertels schließlich auf die Antwort stieß. Als er dem Inhaber eines Gemischtwarenladens nicht weit von der Britannia Bridge die Zeichnung der Frau zeigte, starrte dieser das Gesicht lange intensiv an, ehe er schließlich ebenso traurig wie verwirrt aufblickte.

»Sagte, sie ähnle einer gewissen Zenia Gadney von der Copenhagen Place«, berichtete Orme Monk, als sie sich um ein Uhr in einem Gasthaus zu einem kurzen Mittagessen trafen.

»War er sich sicher?«, wollte Monk wissen. Noch hatten sie keine Gewissheit, aber ihren Namen und ihre Adresse zu erfahren hieß, ihr Realität zu verleihen.

»Anscheinend.« Orme blickte Monk betrübt in die Augen und erkannte darin dieselbe Befürchtung. »Die Zeichnung ist gut.«

Eine Stunde später klopften er und Monk in der nur eine Viertelmeile vom Fluss entfernten Copenhagen Place an die Türen.

Eine erschöpfte Frau mit zwei Kindern an den Rockschößen betrachtete das Bild, das Monk ihr entgegenhielt. Müde strich sie sich die lose herabhängenden Haare aus den Augen.

»Ja, das is' Mrs Gadney aus unserer Straße. Aber Sie sollten das arme Ding nich' verfolgen. Sie tut doch niemand was zuleide. Na gut, vielleicht zeigt sie sich hin und wieder dem einen oder anderen Gentleman gefällig, vielleicht auch nich'. Aber selbst wenn, was is' so schlimm daran? Haben Sie denn nix Besseres zu tun? Warum fangen Sie nich' lieber den verdammten Wahnsinnigen, der die arme Frau auf dem Pier aufgeschlitzt hat, hä?« Sie hob ihr blasses, abgespanntes Gesicht und starrte Monk voller Verachtung an.

»Sind Sie sicher, dass das Mrs Gadney ist?«, fragte Monk leise.

Erneut musterte sie ihn, und auf einmal schien sie den Schatten um seine Augen zu bemerken. Ihre Hand flog zum Mund. »Himmel!« Die andere Hand suchte instinktiv nach dem kleineren ihrer Kinder und hielt es fest. »Das … das is' doch nich' sie, oder?«

»Das kann ich leider nicht ausschließen«, erwiderte Monk. »Es tut mir leid.«

Die Frau hob ihren kleinen Jungen hoch und presste ihn fest an sich. Er mochte an die zwei Jahre alt sein. Das Kind spürte ihre Angst und begann zu weinen.

»Wo genau wohnt sie?«, fragte Monk.

Die Frau deutete mit dem Kinn auf das Haus links gegenüber. »Nummer vierzehn.«

»Hat sie Angehörige?«

»Ich hab nie welche gesehen. Sie war sehr ruhig. Hat nie jemand gestört.«

»Wer könnte noch über sie Bescheid wissen?«

»Keine Ahnung. Vielleicht Mrs Higgins aus Nummer zwanzig. Ich hab sie ein-, zweimal miteinander reden sehen.«

»Wissen Sie, ob sie irgendwo gearbeitet hat?«

»Geht mich nix an. Ich kann Ihnen nich' helfen.« Sie umklammerte das Kind noch fester und wandte sich zur Tür.

»Vielen Dank.« Monk trat einen Schritt zurück, dann entfernten er und Orme sich. Sie hatten keine weiteren Fragen an die Frau.

2

»Sir Oliver?«, fragte der Richter.

Oliver Rathbone erhob sich und trat in die Mitte der freien Fläche des Gerichtssaals, die fast so etwas wie eine Arena war. Hinter ihm befand sich die Zuschauergalerie, links von ihm waren die Geschworenen auf ihren in zwei Reihen angeordneten, hohen Stühlen postiert, und vor ihm saß der Richter auf seinem mächtigen handgeschnitzten Stuhl wie auf einem Thron. Hinter ihm ragte der Zeugenstand auf, ein vom übrigen Saal getrennter kleiner Turm, zu dem eine Treppe emporführte.

Hier hatte Rathbone, einer der brillantesten Anwälte Englands, fast sein ganzes Erwachsenenleben lang große Prozesse geführt. Normalerweise war ihm jeder Fall eine Herzensangelegenheit, egal, ob er als Verteidiger oder Kläger auftrat. Oft ging es um Leben oder Tod. Heute setzte er sich für die Verteidigung eines Angeklagten ein, obwohl er nicht ganz sicher war, ob sein Mandant wirklich unschuldig war. Das bereitete ihm ein selten empfundenes Gefühl der Leere. Er konnte einfach keine innere Erregung aufbringen, keine leidenschaftliche Anteilnahme. Diesmal würde er nicht mehr als kompetent sein, und das war weit davon entfernt, seinen Ansprüchen an sich selbst zu genügen.

In letzter Zeit war bei ihm ohnehin nur sehr wenig gut verlaufen. Seit dem Fall Ballinger und den unglücklichen Entscheidungen, die zum endgültigen Zerwürfnis mit seiner Frau Margaret geführt hatten, schien ihm alles, was für ihn zählte, aus den Fingern geglitten zu sein.

Er zwang sich, seine Konzentration auf den Zeugen zu richten und sich noch einmal die Einzelheiten von dessen Aussage vor Augen zu führen, um sie dann eine nach der anderen an ihren schwachen Punkten zu zerpflücken, bis sich der Mann in Widersprüche verwickelte. Seine Absicht war es, den Zeugen vor den Geschworenen als doppelzüngig und unzuverlässig darzustellen.

Seine Taktik ging auf. Und da für heute keine weiteren Zeugen vorgesehen waren, wurde die Sitzung vertagt. Rathbone fuhr sogleich mit einem Hansom nach Hause, wo er für seine Verhältnisse früh eintraf. Es war einer dieser friedlichen, stillen Abende des sich über das Land senkenden Winters, dessen Stürme und klirrende Kälte noch bevorstanden. Als er aus der Kutsche stieg und den Fahrer bezahlte, war die Luft ein wenig kühl. Noch hingen die letzten Chrysanthemenblüten im Garten des Nachbarn schwer an den Ästen, und im Vorbeigehen umfing ihn ihr erdiger Geruch.

Vor einem Jahr wäre er nur zu froh gewesen, so früh daheim zu sein und zusätzliche Zeit zur Verfügung zu haben. Aber das war noch vor dieser ganzen Sache mit den Booten auf dem Fluss mit ihren obszönen Vergnügungen und dem vielfachen Missbrauch von Kindern gewesen, der am Ende zu Mord geführt hatte.

Er und Margaret waren glücklich gewesen – ja, ihre Gefühle waren mit jeder Woche gewachsen. Zwischen ihnen hatte es eine Zärtlichkeit, ein Verständnis gegeben, die jede Sehnsucht stillten, die er in seinem früheren Leben gehabt hatte, ohne sie sich je einzugestehen.

Als er nun durch die Vordertür in die Eingangshalle trat und der Butler ihm Hut und Mantel abnahm, spürte er das auf dem Haus lastende Schweigen.

»Guten Abend, Sir Oliver.« Sein Diener war wie immer die Höflichkeit in Person.

»Guten Abend, Ardmore«, antwortete Rathbone automatisch. Der Butler, die Köchin und die Haushälterin, Mrs Wilton, waren vielleicht die einzigen Menschen, deren Stimmen er hören würde, bis er morgen früh wieder zum Gericht aufbrach. Die Stille würde immer drückender werden und fast Gestalt annehmen, als wäre sie eine weitere Person in diesem Haus.

Er schnaubte. Das war doch absurd! Allmählich wurde er melodramatisch. In seiner Zeit als Junggeselle – und die hatte lange gedauert – hatte ihn dergleichen nie gestört. Mehr noch, damals hatte er nach dem ständigen Lärm in seiner Kanzlei und dem Gerichtssaal die Ruhe im Haus als wohltuend empfunden. Gelegentliche Dinner mit seinen Freunden, vor allem mit Monk und Hester, waren die einzige Abwechslung gewesen, nach der er ein Bedürfnis gehabt hatte – außer ab und an die Besuche bei seinem Vater in Primrose Hill. Doch gegenwärtig reiste Henry Rathbone durch Europa – Deutschland, genauer gesagt – und würde bis weit ins neue Jahr im Ausland bleiben.

Oliver wäre heute Abend gerne zu ihm hinausgefahren. Sein Vater war seit jeher sein liebster Freund. Andererseits besuchte man seine Freunde nicht, wenn das eigene Innere leer war. Es gab einfach keinen interessanten Fall, mit dem er ihn vor eine Herausforderung stellen konnte, nicht einmal einen bestimmten Verlust oder ein besonderes Problem, um Trost bei ihm zu suchen. Da war nichts, nur das Gefühl, gescheitert zu sein. Und doch wusste er nicht, was er anders hätte tun sollen, ohne seine Ehre zu verlieren.

Er saß in dem wunderschönen Speisezimmer, das Margaret hatte einrichten lassen. Und während er sein Essen verzehrte, ging er sämtliche Geschehnisse noch einmal in Gedanken durch.

Wenn er noch heftiger darum gekämpft hätte, Ballingers Unschuld zu beweisen, womöglich auf einen Trick gekommen wäre, ob ehrenhaft oder nicht, hätte das doch sicher keinen Einfluss auf das Urteil gehabt, oder?

Aber Margaret hatte es nie so gesehen. Sie glaubte, Rathbone hätte seinen Ehrgeiz der Treue zu Margarets Familie vorangestellt. Ballinger war ihr Vater, und ungeachtet aller Beweise weigerte sie sich, seine Schuld zur Kenntnis zu nehmen. War es nun ein Segen oder ein Fluch, dass man ihn im Gefängnis ermordet hatte, bevor er gehängt werden konnte?

Auch daran hatte sie Rathbone die Schuld gegeben, denn sie glaubte fest daran, dass Widerspruch, egal, mit welcher Begründung, hätte eingelegt und Ballingers Leben gerettet werden können.

Aber das stimmte einfach nicht! Für einen Widerspruch hätte jede Grundlage gefehlt, und abgesehen davon wusste Rathbone, dass Ballinger schuldig war. Ballinger hatte ihm das unter vier Augen gestanden. Rathbone erinnerte sich noch an die Arroganz im Gesicht seines Schwiegervaters, als der ihm die ganze Geschichte erzählt hatte. Bis zum Schluss war dieser Mann davon überzeugt gewesen, im Recht zu sein.

Rathbone aß mechanisch und schob seinen Rinderbraten und das Gemüse auf dem Porzellanteller hin und her, ohne irgendetwas zu genießen. Seine Appetitlosigkeit war eine Beleidigung für Mrs Wilton, aber sie würde es ja nie erfahren. Er würde einfach davon schwärmen, was für ein Gedicht ihr Essen gewesen sei. Seine Bediensteten gaben sich große Mühe, ihm eine Freude zu bereiten. Das war rührend und auch etwas peinlich. Sie sahen klarer, als es ihm recht sein konnte, was mit ihm los war. Es hieß, dass kein Mensch in den Augen seines Kammerdieners ein Held war. Diese Gabe der scharfsinnigen Beobachtung schien auch den Butler und die Haushälterin auszuzeichnen. Ebenso mochte sie seines Wissens auch seinem Diener und den Dienstmägden verliehen worden sein.

Nun, da Margaret ihn verlassen hatte, leistete er sich eigentlich zu viele Bedienstete, doch er brachte es nicht über sich, auch nur einen Einzigen von ihnen zu entlassen – jedenfalls noch nicht. Sprach das für ihn? Oder weigerte er sich schlichtweg, die Situation als endgültig zu akzeptieren?

Seine Gedanken kehrten zu Ballinger und jenem letzten Gespräch zurück, das sie miteinander geführt hatten. War Ballinger zu Beginn des Ganzen wenigstens ein bisschen im Recht gewesen? Sein Schwiegervater hatte das eindeutig so gesehen. Der Niedergang war erst danach gekommen.

Oder war schon der erste Schritt ein Fehler gewesen und der Rest eine zwangsläufige Folge davon?

Er aß seine Nachspeise auf, einen zart gebackenen Doppelkeks mit Vanillefüllung. Mrs Wilton gab sich wirklich alle Mühe. Er musste ihr unbedingt ein Kompliment machen.

Schließlich legte er die Serviette neben den Teller und erhob sich. Ohne sich darüber im Klaren zu sein, hatte er beschlossen, noch ein letztes Mal zu Margaret zu fahren. Vielleicht war es dieses Gefühl, etwas nicht abgeschlossen zu haben, das dermaßen an seinem Innersten nagte und verhinderte, dass er die Wunde versiegelte und mit der Heilung begann, was immer Heilung auch bedeuten mochte. Noch hatte er nicht sein Äußerstes gegeben, um die Bitterkeit zwischen ihnen zu beseitigen.

Margaret täuschte sich. Er hatte keineswegs seinen Ehrgeiz vor die Familie gestellt. Ehrgeiz war bei ihm zu keinem Zeitpunkt im Spiel gewesen. Er hatte nicht einen Moment davor zurückgeschreckt, Ballinger zu verteidigen. Darüber hinaus hatte er ganz am Anfang tatsächlich geglaubt, er könne und müsse diesen Prozess gewinnen. Margarets Vorwürfe waren nicht gerechtfertigt und verletzten ihn zutiefst. Vielleicht würde sie das jetzt, da ein bisschen Zeit vergangen war, endlich einsehen.

Er ließ Ardmore wissen, dass er ein, zwei Stunden außer

Haus sein würde, nahm Hut und Mantel und ging auf die bereits von Gaslampen beleuchtete Straße hinaus, um nach einem Hansom Ausschau zu halten.

Bald traf er vor dem viel kleineren neuen Haus ein, in das Mrs Ballinger nach dem Tod ihres Mannes gezogen war. Es war das fünfte in einer Zeile eng aneinandergebauter, gewöhnlicher Reihenhäuser – ein dramatischer Absturz aus dem Wohlstand und dem Prunk, in dem sie zuvor gelebt hatten und in dem Margaret aufgewachsen war.

Als Rathbone auf dem Bürgersteig stand und das Gebäude betrachtete, wallte jäh Mitleid in ihm auf, und er schämte sich fast für das herrliche Haus, in das er nach der Hochzeit mit Margaret gezogen war. Sie hatte die Farben und Stoffe ausgewählt, die allesamt geschmackvoll und wunderschön waren. Damit hatte sie mehr Mut zum Risiko bewiesen, als er aufgebracht hätte, und sobald sich alles an Ort und Stelle befunden hatte, war er begeistert gewesen. Im Vergleich dazu hatte sein eigener Stil konservativ und nichtssagend gewirkt. Sie war es auch gewesen, die die Bilder aufgehängt, die Vasen platziert und die interessantesten Ornamente angebracht hatte, die zum Teil Hochzeitsgeschenke gewesen waren.

Margaret hatte ihr Dasein als Lady Rathbone genossen. Mit einem Anflug von Trauer und bitterem Humor dachte er daran, dass er aufgehört hatte, den Titel zu benutzen, auch wenn sie es kaum über sich brachte, sich jetzt noch Mrs Rathbone zu nennen. Eine solche Person gab es praktisch nicht. Keiner von den beiden hatte je das Thema Scheidung aufgeworfen, doch diese Frage stand zwischen ihnen und wartete auf ihre unvermeidliche Klärung. Wann würde es so weit sein?

Vielleicht hätte er nicht kommen sollen. Womöglich konfrontierte sie ihn gerade jetzt damit, obwohl er noch gar nicht dazu bereit war. Obendrein wusste er nicht, was er eigentlich sagen wollte. Im Gegensatz zu manchen anderen Paaren hatte keines von ihnen auf eine Art gesündigt, die die Weiterführung einer Ehe unerträglich machte. Bisweilen konnte man beobachten, dass eine der Parteien eine Affäre erfand und sie gestand, nur um einen Vorwand für die Trennung zu bekommen. Das würde Margaret nie tun und er ebenso wenig, wie ihm jetzt auf der Stufe vor der Haustür bewusst wurde. Keiner von ihnen hatte dem anderen in diesem Sinne geschadet. Sie waren schlichtweg in ihren moralischen Ansichten nicht miteinander vereinbar, und das war vielleicht schlimmer als alles andere. Um Verzeihen ging es hier nicht. Das Trennende lag nicht in dem, was er oder sie getan haben mochte, sondern in dem, was sie waren.

Ein Dienstmädchen öffnete ihm die Tür. Kaum hatte sie ihn erkannt, verriet ihre Miene Entsetzen.

»Guten Abend«, murmelte Rathbone, der sich nicht mehr an ihren Namen erinnern konnte, wenn er ihn denn je gewusst hatte. »Ist Mrs Ballinger zu Hause?«

»Wenn Sie eintreten möchten, Sir Oliver. Ich werde fragen, ob sie in der Lage ist, Sie zu empfangen.« Sie wich zur Seite, um ihn an sich vorbei in den schmalen Flur treten zu lassen, der keinem Vergleich mit der geräumigen Vorhalle des alten Hauses standhielt. Er war dunkler und in einem gewissen Sinne auch schäbiger, obwohl ihm durchaus ein wohnlicher Anstrich verliehen worden war und der Geruch nach Möbelpolitur eine Atmosphäre von Reinlichkeit verbreitete.

Da es keinen eigenen Raum gab, in dem man Besucher warten lassen konnte, musste Rathbone hier stehen bleiben. Das Haus hatte weder Frühstückszimmer noch Bibliothek, sondern nur einen schlichten Salon, ein Speisezimmer, wahrscheinlich nur eine Küche, in der gekocht wurde, und einen Nebenraum, in dem abgespült wurde. Es herrschte ja auch kein Bedarf an mehr als einer Köchin, die zugleich die

Haushälterin war, an einem Dienstmädchen, einem Hausmeister und vielleicht noch einer Kammerdienerin für Margaret und ihre Mutter. Rathbone fragte sich wehmütig, wie viel davon von seinem großzügig bemessenen Unterhalt bezahlt wurde. Wo immer Margaret es auch vorzog zu wohnen, sie war immer noch seine Ehefrau.

Das Dienstmädchen erschien wieder, sorgfältig darauf bedacht, ihrer Miene keine Regung mehr anmerken zu lassen.

»Mrs Ballinger wird Sie empfangen, Sir Oliver. Wenn Sie mir bitte folgen möchten?« Sie führte ihn nicht zum Salon, sondern in einen unerwartet kleinen Raum mit grün bezogener Tür neben der Küche. Vielleicht handelte es sich hier um das Zimmer der Haushälterin.

Mrs Ballinger stand in der Mitte des Raumes. Sie trug Schwarz. So unglaublich es war, Ballingers Tod lag erst wenige Wochen zurück. Bei ihrem Anblick schlug eine Welle des Mitgefühls über Rathbone zusammen. Sie wirkte kleiner, als wäre mit allem anderen in ihrem Leben auch sie geschrumpft. Ihr Haar war matter und wohl auch dünner geworden. Die Schultern waren nach unten gesackt, sodass ihr Kleid schlaff an ihr herunterhing. Es war aus bestem Stoff, doch jetzt stellte es nur noch ein Überbleibsel aus glücklicheren Zeiten dar. Auch füllte sie es nicht mehr aus wie früher. Ihr Gesicht war blass, obschon in den Augen immer noch ein Hoffnungsschimmer glomm.

Rathbone rang mühsam um Worte. Er wusste, dass sie sich eine Versöhnung zwischen ihm und Margaret wünschte, als ließe sich ihr Glück tatsächlich noch einmal wiederherstellen, auch wenn dies in ihrem eigenen Fall nicht mehr möglich war. Margarets Zorn und Elend mussten sie noch schwerer belasten als alle anderen Probleme. Dessen war sich Rathbone absolut sicher, als er ihr nun ins Gesicht schaute. Er hatte sie nie wirklich gemocht. Sie war ihm egozentrisch, fantasielos und in ihren Urteilen zu oberflächlich erschienen. Doch jetzt war er von ehrlichem Mitleid für sie erfüllt. Ihm war klar, dass er nichts tun konnte, um ihr zu helfen, außer vielleicht die Gelassenheit zu wahren und sein Bestes zu versuchen, um irgendwie eine Einigung mit Margaret zu erzielen.

Hatte Margaret je daran gedacht, dass ihre Verbitterung ihre Mutter viel Kraft kostete? Oder war sie zu tief in ihrem eigenen Schmerz versunken, um sich das Leiden anderer vor Augen zu führen? Es versetzte ihm jäh einen Stich, als er erkannte, dass genau der Zorn, den er um Mrs Ballingers willen hatte eindämmen wollen, erneut in ihm aufflammte.

Schweigend standen sie einander gegenüber. Es lag bei ihm, etwas zu sagen, zu erklären, warum er gekommen war, ohne Einladung und zu dieser späten Stunde. Ohne dass er es geplant hatte, zeigte er sich für seine Verhältnisse außerordentlich sanft.

»Ich wollte sehen, wie es euch geht«, begann er, als wäre er oft in einer solchen Stimmung. »Vielleicht kann ich ja irgendetwas für euch tun, auf das ich noch nicht gekommen bin. Wenn ich darf?«

Eine Weile musterte sie ihn schweigend und schien zu erwägen, welche Absicht hinter seinen Worten stecken mochte.

»Um Margarets willen?«, fragte sie schließlich. »Du musst ja Mr Ballinger immer noch hassen, und wegen ihm auch mich. Ich hatte keine Ahnung …« Es klang wie eine Ausrede, und sie unterbrach sich, sobald sie das bemerkte.

»Ich habe nie gedacht, dass du von diesen Dingen wusstest«, versicherte er ihr hastig und vollkommen aufrichtig. »Der Schock, als du die Wahrheit über ihn herausgefunden hast und dir die Bedeutung des Ganzen dämmerte, hätte wohl jeden Menschen gelähmt. Und du hattest ja keine Alternative, als ihm treu zur Seite zu stehen. Und als du alles erfahren hast, hattest du keine Möglichkeit mehr, irgendjemanden zu retten.«

Sie blickte ihn einen Moment lang verwirrt an, als versuchte sie, sein Urteil über sie und das über Margaret gegeneinander abzuwägen.

»Du warst schließlich seine Frau«, schickte er hinterher, teils zu seiner Verteidigung, teils des besseren Verständnisses halber.

»Wolltest du zu Margaret?« Die Hoffnung in ihr weigerte sich zu sterben.

»Wenn ich darf?« Das war eine höfliche Floskel, denn Mrs Ballinger hatte ihn noch nie zurückgewiesen; wenn sich jemand weigerte, mit ihm zu sprechen, dann Margaret.

Sie zögerte. Rathbone wusste, dass sie überlegte, nicht *ob*, sondern *wie* sie die Nachricht ausrichten sollte, welche Formulierung eine Erfolgsaussicht bieten würde.

»Ich werde sie fragen«, bot sie schließlich an. »Bitte warte hier. Ich …« Sie schluckte mühevoll. »Ich möchte gern eine Szene vermeiden, die uns alle in Verlegenheit stürzen würde.«

Rathbone nickte. »Selbstverständlich.«

Es dauerte fast eine Viertelstunde, bis Mrs Ballinger zurückkehrte, ein klares Zeichen dafür, wie schwer es gewesen sein musste, Margaret zu überreden. Während Rathbone ihr mit Worten des Dankes durch den Flur folgte, wuchs sein Zorn auf Margaret – nicht seinetwegen, sondern im Namen ihrer Mutter. Er konnte bestenfalls ahnen, was für einen schlimmen Schlag erst die Schuld ihres Mannes und dann seine Ermordung für sie bedeutet haben mussten, ein Umstand, durch den alle Hoffnung auf eine Begnadigung vernichtet worden war. Nicht, dass tatsächlich irgendeine Aussicht auf Rettung bestanden hätte. Ballinger wäre so oder so durch die Schlinge des Henkers gestorben. Doch ihre ganze Welt war auf schreckliche Weise in sich zusammengestürzt. Sie hatte niemanden mehr, auf den sie sich stützen konnte, außer ihre Kinder. Das Scheitern von Margarets Ehe und deren Weigerung, die Schuld ihres Vaters zu akzeptieren, mussten Salz in ihren Wunden gewesen sein.

Margaret wartete in der Mitte des überfüllten Salons auf ihn. Sie war schlicht gekleidet. Wie ihre Mutter trug sie immer noch Schwarz, auch wenn es bei ihr durch Schmuck und eine perlenbesetzte Brosche aufgelockert wurde, was für ein mattes weißes Schimmern inmitten all des Dunkels sorgte. Wie immer stand sie in vollendeter Anmut da, den Kopf hoch erhoben, doch sie war magerer als beim letzten Mal und sehr bleich, fast farblos im Gesicht.

Sie begrüßte ihn nicht.

Sie zu fragen, wie es ihr ging, wäre auf absurde Weise förmlich gewesen. Außerdem hätte er damit eine Atmosphäre geschaffen, aus der sie nicht mehr herausgefunden hätten. Und da Margaret seit jeher bester Gesundheit gewesen war, hatten sie nie über dieses Thema geredet. Nein, ihre Nöte waren rein emotionaler Natur, und die konnte kein Arzt behandeln, geschweige denn heilen.

Rathbone fühlte sich unbeholfen und wusste, dass er in seinen tadellos geschneiderten Kleidern in diesem mit Familienfotografien zugepflasterten, trostlosen Raum völlig fehl am Platze wirken musste.

Welche aufrichtigen Worte konnte er äußern? Warum war er gekommen?

»Ich wollte mit dir sprechen …«, begann er. »Sehen, ob wir einander ein bisschen besser verstehen können, uns vielleicht auf eine Art Versöhnung zubewegen …« Er unterbrach sich. Margarets Gesicht gab nichts preis, und er fühlte sich närrisch und verletzlich zugleich.

Ihre blonden Augenbrauen wanderten nach oben. »Sagst du Dinge, von denen du glaubst, dass man sie sagen sollte, Oliver?«, fragte sie mit tonloser, leiser Stimme. »Soll dir das den Weg zu einer Selbstrechtfertigung ebnen, weil du mich mit einem reinen Gewissen von dir schieben willst? Schließlich musst du in der Lage sein, deinen Kollegen zu erzählen, dass du dich bemüht hast. Es würde ein schlechtes Licht auf dich werfen, wenn du irgendetwas unversucht ließest. Jeder würde verstehen, dass ein berühmter Anwalt wie du nicht mit der Tochter eines Verbrechers verheiratet sein möchte, aber das solltest du wenigstens nicht auf so verletzende Weise klarmachen.«

»Siehst du dich so: als die Tochter eines Verbrechers?«, fragte er in schärferem Ton, als er beabsichtigt hatte.

»Wir sprachen über dich«, erwiderte sie. »Du bist hierhergekommen, nicht ich zu dir.«

Auch das tat weh, selbst wenn er nicht hätte erwarten können, dass sie zu ihm kommen würde. Ob falsch oder richtig, es war immer der Mann, der die Initiative ergriff – außer bei Hester vielleicht. Hätte sie mit einem Menschen, der ihr etwas bedeutete, im Streit gelegen, wäre sie in jedem Fall zu ihm gegangen und hätte noch einmal mit ihm gesprochen, egal, ob sie im Recht war oder nicht. Das wusste er aufgrund seiner früheren Erfahrungen. Auch Hester machte Fehler, und es waren große Fehler, wie man sie zwangsläufig beging, wenn man nach der Devise »Alles oder nichts« lebte. Doch kleinlich war Hester nie gewesen. Umgekehrt war Rathbone derjenige gewesen, der einfach nicht wagemutig genug war, um sie zu verdienen. Rathbone war klar, dass er jetzt seinerseits nicht kleinlich reagieren sollte.

Er holte tief Luft. »Ich bin in der Hoffnung zu dir gekommen, dass wir vielleicht einen Teil der Kluft zwischen uns überbrücken können, wenn wir miteinander sprechen«, begann er in so sanftem Ton wie möglich. »Ich weiß nicht, was die Zukunft bringen wird, und ganz gewiss versuche ich gar nicht erst, Entschuldigungen zu finden. Ich habe es nicht nötig, mein Verhalten vor anderen zu rechtfertigen …«

»Das ist auch gut so, denn das kannst du nicht!«, fuhr sie ihm über den Mund. »Nicht vor mir oder meiner Familie.«

Nur mit Mühe bewahrte er seinen Gleichmut. »Ich hatte bei ›anderen‹ nicht an dich gedacht.« Beide standen immer noch mitten im Raum, als wäre physische Behaglichkeit unmöglich. Er dachte schon daran, zu fragen, ob er sich setzen dürfe, oder ganz einfach ohne Erlaubnis Platz zu nehmen, verwarf das dann aber wieder. Margaret hätte das als Andeutung seinerseits werten können, er gehöre hierher und betrachte Behaglichkeit als sein Recht, nicht als Privileg.

»In welcher Eigenschaft hast du dann an mich gedacht?«, wollte sie wissen.

»Als meine Frau – was du zumindest eine Zeit lang warst – und als Freundin.«

Ohne Vorwarnung traten ihr plötzlich Tränen in die Augen.

Einen Moment lang glaubte er, es gebe noch Hoffnung. Schon trat er einen Schritt auf sie zu.

»Das hast du weggeworfen«, entgegnete sie hastig und reckte das Kinn vor, wie um ihn abzuwehren.

»Ich habe getan, was ich tun musste«, verteidigte er sich. »Alles im Rahmen dessen, was mir das Gesetz zu seiner Verteidigung erlaubt hat. Er war schuldig, Margaret!«

»Wie oft musst du das noch vor dir selbst wiederholen, Oliver?«, fragte sie bitter. »Hast du dich selbst schon überzeugen können?«

»Er hat es mir gegenüber zugegeben«, sagte Rathbone müde. Nun ging das alles von vorn los! Er hatte die ganze entsetzliche Tragödie in allen Einzelheiten mit sich allein abgemacht – Ballingers verzweifelten Kampf um sein Leben, dann schließlich sein Schuldeingeständnis. Um Margaret Qualen zu ersparen, hatte er ihr nur wenige Einzelheiten genannt und das, was sie nicht unbedingt wissen musste, für sich behalten.

»Und das genügt dir?« Sie schleuderte ihm die Worte wie eine Anklage entgegen. »Was ist mit seinen Gründen, Oliver?

Oder wolltest du die gar nicht wissen? Kannst du nicht ein Mal im Leben ehrlich sein und damit aufhören, dich hinter den Gesetzen zu verbergen? Oder sind die Gesetze alles, was du kennst, alles, was du verstehst? Das Buch sagt dies! Das Buch sagt das!«

»Das ist nicht fair, Margaret«, protestierte er. »Ich kann nicht außerhalb der Gesetze arbeiten …«

»Du willst sagen, du kannst nicht außerhalb davon *denken*«, korrigierte sie ihn mit vor Verachtung brennenden Augen. »Du bist ein Lügner – zuallererst vielleicht dir selbst gegenüber, und dann auch vor mir. Du wendest die Moral gerade so an, wie es dir gefällt. Bei Hester bist du sehr flexibel. Da beugst du all deine kostbaren Regeln, wenn sie dich darum bittet.«

»Ist es das, was dich bewegt?«, fragte Rathbone schmerzhaft berührt. »Eifersucht auf Hester, weil du glaubst, für sie hätte ich anders gehandelt? Kannst du nicht verstehen, dass sie mich nie um so etwas gebeten hätte?«

Sie stieß ein bitteres Lachen aus, das seine letzten Gefühle für sie zerfetzte. »Du bist ein Feigling, Oliver! Ist das der Grund, warum sie dir so viel bedeutet? Weil sie bereit ist, all diese Schlachten für dich zu schlagen, ohne etwas von dir zu erwarten, außer dass du ihr folgst? Was ist mit Monk? Würdest du für ihn kämpfen?«

Er wusste nicht, wie er ihr darauf antworten sollte. Konnte irgendeine von ihren Vorhaltungen zutreffen?

»Hast du meinen Vater gefragt, warum er all das getan hat, dessen du ihn beschuldigt hast?«, fuhr sie fort, ihren Sieg vielleicht schon ahnend. »Oder wolltest du es nicht wissen? Es könnte deine bequeme Welt von Falsch und Richtig durcheinanderbringen, in der dir Generationen von Anwälten aus der Vergangenheit jede Entscheidung abnehmen. Nicht nötig zu denken! Nicht nötig, schwere Entscheidungen zu treffen oder allein zu kämpfen. Und auf keinen Fall ist es nötig, selbst gefährliche Schritte zu ergreifen, irgendwelche von deinen behaglichen Gewissheiten infrage zu stellen oder etwas zu riskieren.«

Jetzt war er so wütend, dass er Worte für eine Entgegnung fand. »Ich bin bereit, meine eigene Sicherheit zu riskieren, Margaret, aber nicht die von anderen.«

Margarets Augen weiteten sich vor Verblüffung. »Dieser Mann, der getötet wurde, war doch Abschaum!«, blaffte sie verächtlich. »Schlimmer als Ungeziefer! Du weißt, was er getan hatte.«

»Und das Mädchen?«, fragte Rathbone leise.

Sie starrte ihn perplex an. »Welches Mädchen?«

»Das Mädchen, das er ebenfalls ermordet hat?«

»Die Prostituierte!«

»Ja, die Prostituierte«, sagte er kalt. »Oder war sie auch Ungeziefer?«

»Sie hätte ihn an den Galgen gebracht!«, rief Margaret.

»Es war also in Ordnung, dass er sie getötet hat? Ist das dein Mut, deine tapfere Moral? *Du* entscheidest, wer lebt und wer stirbt, nicht das Gesetz?«

»Er hatte seine Gründe und musste schreckliche Entscheidungen treffen.« Nun rannen ihr die Tränen ungehemmt über die Wangen. »Er war mein Vater! Ich habe ihn geliebt!« Das rief sie in einem Ton, als wäre damit alles erklärt, und jetzt, endlich, dämmerte Rathbone, dass sie tatsächlich so empfand.

»Demnach sollte ich ihm vergeben, egal, was er getan hat?«, hakte Rathbone nach.

»Ja! Ist das so schwer?« Das war eine Herausforderung, die sie ihm voller Wut und Verzweiflung entgegenschrie.

»Wie schade, dass du nicht auch mich geliebt hast«, erwiderte er mit kaum mehr als einem Flüstern.

Sie schnappte nach Luft. »Das ist nicht fair!«

»Und ob es fair ist«, konterte er. »Aber da ich deine Familie nicht über das, was richtig und gerecht oder vielleicht auch möglich ist, stellen kann, habe ich wahrscheinlich auch dich nie wirklich geliebt. Zumindest scheint das deine Schlussfolgerung zu sein, und wenn es nach deinen Maßstäben geht, hast du natürlich recht. Das tut mir leid. Ich habe aufrichtig etwas anderes geglaubt.« Er wartete. Als von ihr keine Reaktion kam, wandte er sich zum Gehen. Er hatte schon die Tür erreicht, als sie schließlich den Mund aufmachte.

»Oliver …«

Er drehte sich zu ihr um. »Ja?«

Sie beschrieb mit den Händen eine hilflose kleine Geste. »Ich dachte, ich hätte etwas zu sagen, aber das ist nicht der Fall.« Es war ein Eingeständnis von Scheitern, mit dem eine Tür zugeschlagen wurde.

Der Schmerz überwältigte ihn, nicht so sehr um etwas Verlorenes, sondern um das Verlöschen eines Traumes, der einst vollkommen real gewirkt hatte. Er wandte sich wieder zur Tür um, ging hinaus und schloss sie lautlos hinter sich.

Die Zofe wartete im Flur, als hätte sie gewusst, dass er nicht bleiben würde. Sie reichte ihm seinen Mantel und dann den Hut. Von Mrs Ballinger war nichts zu sehen, und irgendwie erschien es ihm lächerlich, sie noch einmal aufzusuchen, nur um ihr mitzuteilen, dass er wieder ging. Das wäre nur peinlich für sie beide gewesen. Es gab nichts zu sagen, egal, wie krampfhaft sie sich bemühten, künstlich irgendein Thema zu finden. Da war es besser, sich einfach zurückzuziehen.

Er dankte der Zofe und schritt in die Dunkelheit hinaus. Die Luft war kalt geworden, aber das spürte er nicht. Zügig lief er zur nächsten Hauptstraße, wo er einen Hansom nach Hause nehmen konnte.

Als Rathbone in die großzügige Vorhalle seines Hauses trat, unterbreitete ihm Ardmore, dass jemand im Gesellschaftszimmer auf ihn wartete.

»Wer ist es?«, fragte Rathbone ziemlich gereizt. Was immer es sein mochte, er war heute nicht in der Stimmung, sich mit Besuchern zu befassen. Selbst wenn ein Mandant verhaftet und ins Gefängnis gesperrt worden war, gab es nichts, was er auf die Schnelle für ihn tun konnte.

»Mr Brundish«, antwortete Ardmore. »Er sagt, er habe eine Nachricht von äußerster Bedeutung für Sie und könne wegen anderer Verpflichtungen morgen nicht noch einmal kommen. Ich habe ihm erklärt, dass Sie außer Haus sind und ich nicht weiß, wann Sie zurückkommen, aber er blieb hartnäckig, Sir.«

»Schon gut, Sie haben das Richtige getan«, erwiderte Rathbone müde. »Dann gehe ich wohl besser hinein und kümmere mich darum, was immer es sein mag. Wissen Sie zufällig, worum es geht? Vermutlich ein Brief.«

»Nein, Sir Oliver. Es war ein ziemlich großes Paket, und so, wie er es trug, scheint es von beträchtlichem Gewicht zu sein.«

Rathbone war überrascht. »Ein Paket?«

»Ja, Sir. Möchten Sie, dass ich Ihnen Whisky bringe, Sir? Oder Brandy? Ich habe ihm bereits welchen angeboten, aber er wollte nur Kaffee.«

»Nein, danke. Das bewegt ihn bloß dazu, noch länger zu bleiben.« Rathbone war sich bewusst, dass er undankbar wirkte, aber er wollte nur das Paket annehmen und den Mann hinauskomplimentieren. Sehr wahrscheinlich wollte auch er nichts lieber, als nach Hause zu kommen und wie Rathbone in Ruhe gelassen zu werden.

Als Rathbone ins Gesellschaftszimmer trat, erhob sich Brundish, ein untersetzter Mann in gestreiftem Anzug. Er wirkte müde und etwas besorgt.

»Verzeihen Sie den späten Besuch«, entschuldigte er sich, bevor Rathbone etwas sagen konnte. »Morgen kann ich nicht kommen, und ich musste nun mal eine Lösung für … das hier finden.« Sein Blick glitt nach unten auf die vor dem Stuhl platzierte Schachtel. Sie hatte die Form eines etwa kniehohen Würfels.

»Eine Lösung dafür?«, fragte Rathbone verwirrt. »Was ist das überhaupt?«

»Ihre Erbschaft«, erwiderte Brundish. »Vom verstorbenen Arthur Ballinger. Ich habe die Schachtel zu treuen Händen aufbewahrt. Oder zumindest den Schlüssel und die Anweisungen. Die Schachtel habe ich erst heute erhalten.«

Rathbone erstarrte. Die Erinnerung flutete zurück: Ballingers vor gallenbitterer Ironie triefende Mitteilung zum Abschied, dass er ihm die Erpresserfotografien hinterlassen hatte. Rathbone hatte gedacht, das wäre ein Scherz eines Sterbenden, eine leere Drohung.

Er starrte die Schachtel auf dem Teppich an – der ebenfalls von Margaret ausgesucht worden war – und fragte sich, ob sie tatsächlich das enthalten mochte, was ihm damals angekündigt worden war: Aufnahmen von Männern, wichtigen Männern, mächtigen Männern mit Geld, Rang und Namen bei der Ausübung ihres verhängnisvollen Lasters, mit denen sie nun erpresst wurden. Wenigstens ein Gutes hatten Ballingers Machenschaften bewirkt. Sein allererstes Opfer war ein Richter gewesen, der keinerlei Neigung verriet, eine Fabrik zu schließen, die ihre Umgebung verschmutzte und schreckliche Krankheiten verursachte. Die Drohung, seine Vorliebe für brutalen sexuellen Missbrauch kleiner Jungen vor der Öffentlichkeit auszubreiten, hatte den Mann dazu bewogen, es sich anders zu überlegen.

Jedes Mitglied dieses widerwärtigen Clubs hatte für eine Fotografie posieren müssen, die so verderbt und kompromittierend war, dass ihre Veröffentlichung ruinös gewesen wäre. Nach der Initiation hatten die Neumitglieder ihrem Laster relativ ungestört frönen können – bis Ballinger sie für die eine oder andere Gefälligkeit benötigte.

Erst nach Jahren war diese Gepflogenheit – bestimmte Dienste gegen Wahrung der Diskretion – zu regelmäßiger Bezahlung ausgeartet. Und noch später – als das Boot, auf dem all das stattgefunden hatte, Ballingers Gewinngier befriedigt hatte – zu Mord.

Rathbone hatte keine Gewissheit darüber, ob Ballinger sich selbst des Mordes schuldig gemacht oder von Jungen gewusst hatte, die beseitigt wurden, weil sie zu groß und reif geworden waren, um die Gelüste der Kunden zu befriedigen, oder sich deren Anwandlungen nicht mehr hatten bieten lassen. Er zog es vor zu glauben, dass sein Schwiegervater wenigstens an diesen zusätzlichen Verbrechen unschuldig war.

Margaret glaubte nichts von alldem, aber sie hatte auch nie die Aufnahmen gesehen oder sich eine Vorstellung von den Gräueltaten gemacht. Und Rathbone würde mit Zähnen und Klauen darum kämpfen, dass das so blieb. Solche Dinge brannten sich ins Bewusstsein ein und ließen sich nie wieder daraus entfernen. Selbst Rathbone wachte nachts schweißgebadet auf, wenn er im Traum diese Bilder sah, erneut auf diesen Booten stand und in Schmerz und Angst zu ertrinken glaubte, als versänke er in verdrecktem Wasser.

»Danke«, murmelte er mit heiserer Stimme. »Sie müssen das hier zurücklassen, nehme ich an?«

»Ja.« Brundish hob in mildem Erstaunen die Augenbrauen. »Ihrer Bemerkung entnehme ich, dass Sie nicht unbedingt darauf brennen ... was auch immer darin sein mag.« Er zog einen kleinen Papierbogen und einen Stift aus der Innentasche seiner Jacke. »Dennoch muss ich Sie bitten, mit Ihrer Unterschrift zu bestätigen, dass ich es Ihnen überbracht habe.«

»Selbstverständlich.« Ohne weiteren Kommentar ging Rathbone mit dem Dokument zu seinem Pult in der Ecke, tauchte eine Feder ins Tintenfass und unterschrieb. Nachdem er die Tinte mit einem Löschpapier getrocknet hatte, reichte er Brundish die Bestätigung zurück.

Kaum war Brundish gegangen, ließ er sich von Ardmore Brandy bringen, dann gab er ihm für den Abend frei, setzte sich in seinen Sessel und grübelte.

Sollte er die Aufnahmen zerstören, ohne die Schachtel zu öffnen? Er blickte darauf hinunter und erkannte erst jetzt, dass sie aus Metall und mit einem Vorhängeschloss verriegelt war. Der Schlüssel war mit einem Band daran befestigt worden, wahrscheinlich von Brundish. Folglich würde er es erst aufsperren und die Bilder herausnehmen müssen, bevor er sie vernichten konnte. Solange sie sich in der Kiste befanden, konnte ihnen vermutlich nicht einmal Feuer etwas anhaben.

Womit ließen sie sich sonst noch zerstören? Säure? Aber warum sich die Mühe machen? Mit Feuer ging es ja leicht genug. Auf dem Rost im Kamin glühte noch Holz. Er brauchte nur kräftig nachzuschüren, bis der Kamin tüchtig heizte, und schon hatte er die perfekte Methode. Bis zum nächsten Morgen würde nichts mehr von den Aufnahmen übrig sein.

Er beugte sich über die Kiste, band den Schlüssel los und steckte ihn in das Schloss. Er ließ sich leicht drehen, als wäre das Schloss regelmäßig geölt und benutzt worden.

Der Inhalt bestand entgegen seinen Erwartungen nicht nur aus Papier, sondern auch aus Fotoplatten, neben denen sich die entsprechenden Drucke befanden, vermutlich Duplikate, die die Existenz der Originalbilder belegten. Das hätte er vorhersehen müssen! Vor sich hatte er die Platten, mit denen Ballinger seine Abzüge angefertigt hatte, um Menschen zu erpressen. Rathbones erster Gedanke war »die Opfer« gewesen, aber diese Männer waren nicht *die* Opfer. Die wahren Opfer waren die Kinder, die *Mudlarks*, die von dem lebten, was sie im Flussschlamm fanden, die Waisen, die Straßenkinder, die verschleppt und auf den Booten gefangen gehalten wurden, damit sie missbraucht werden konnten.

Er betrachtete die Aufnahmen eine nach der anderen. Sie waren widerwärtig, aber auch auf obszöne Weise faszinierend. Die Kinder sah er kaum an – das hätte er nicht ertragen –; es waren die Gesichter der Männer, die ihn interessierten, wenn auch gegen seinen Willen. Männer mit vertrauten Zügen, Männer mit Macht in der Regierung, der Justiz, der Kirche, im gesellschaftlichen Leben. Und ihre Sucht hatte sie mit solcher Macht im Griff, dass sie immer tiefer im Morast ihrer Gelüste versanken! Jäh drehte sich ihm der Magen um, und die Hand, die die Platten umklammerte, begann zu zittern.

Hätten sie Prostituierte dafür bezahlt, solche Dinge mit anderen Männern oder den Ehefrauen anderer zu treiben, dann wäre das eine private Angelegenheit gewesen, bei der er sich unwissend hätte stellen können. Aber das hier war grundlegend anders. Es war Vergewaltigung und Folter von Kindern und – selbst in den Augen der tolerantesten Zeitgenossen – ein bestialisches Verbrechen. Für die Gesellschaft, in der sie wirkten, die sie respektierte und über die sie Macht hatten, war es eine unverzeihliche Sünde.

Die Platten waren aus Glas. Sie würden nicht verbrennen. Das Feuer im Kamin, wie heiß auch immer, würde nicht ausreichen.

Säure? Mit einem Hammer und hinreichend heftigen Schlägen ließen sie sich wohl zertrümmern. Aber sollte er das wirklich tun? Wenn er die Beweise zerstörte, machte er sich zum Komplizen bei sämtlichen Verbrechen dieser Männer!

Sollte er damit zur Polizei gehen?

Aber einige von diesen Männern waren bei der Polizei! Richter waren dabei und Gerichtsadvokaten. Die halbe Gesellschaft würde er umstürzen, und das würde letztlich bedeuten: die ganze!

Vielleicht würde es am Ende ihn das Leben kosten. Männer waren schon für weit weniger ermordet worden.

Er seufzte. Er war einfach zu müde, um heute Abend Entscheidungen von unwiderruflicher Tragweite zu treffen.

Langsam klappte er die Kiste zu und verriegelte sie wieder. Er musste einen sicheren Ort finden, wo er sie verwahren konnte, bis er sich entschieden hatte.

Wo hatte Ballinger sie aufbewahrt?

Im Tresor einer Bank oder etwas Vergleichbarem?

Das musste er morgen erledigen. Heute Abend war er zu sehr niedergedrückt von Kummer und der Tragweite der anstehenden Entscheidung.

3

Der nächste Morgen war kalt und sonnig, als Monk in die Copenhagen Place einbog, um in der Nachbarschaft von Zenia Gadney erneut an die Türen zu klopfen und zu erkunden, was sich dort über sie in Erfahrung bringen ließ. Orme suchte unterdessen das näher am Fluss gelegene Wohngebiet nach Personen ab, die sie dort gesehen hatten, und zwar nicht nur am Abend ihres Todes, sondern überhaupt irgendwann. Warum hatte sie sich an einem Winterabend am Limehouse Pier aufgehalten, wo sie dem vom Fluss hereinwehenden kalten Wind und den Blicken der Leute auf sämtlichen passierenden Booten ausgesetzt war? Als Prostituierte, die sich ein, zwei schnelle Shillings bei jemandem verdiente, der sich dann als Wahnsinniger herausstellte? Beim bloßen Gedanken daran verkrampfte sich Monks Magen vor Abscheu und auch vor Zorn über die Verzweiflung aller beider, des Mannes wie der Frau, die sie zu so etwas Extremem getrieben hatte.

Eine Gruppe von Männern, offenbar auf dem Weg zum Hafen, trottete an ihm vorbei. Ein mit Karotten, Blattgemüse und ein paar reifen Äpfeln beladener Gemüsekarren ratterte in die entgegengesetzte Richtung.

Er klopfte bei Nummer zwölf an, Zenia Gadneys Nachbarhaus. Niemand öffnete die Tür. Als er es nebenan versuchte, wurde er von einer Frau mit langer Schürze verscheucht, die vom Schrubben der Holzböden bereits durchnässt und verschmutzt war. Sie nahm gerade die Treppe zur Tür in Angriff und forderte ihn frech auf, seine großen Füße gefälligst woanders abzustellen, damit sie ihre Arbeit erledigen könne. Nein, sie hatte noch nie von Zenia Gadney gehört und wollte auch gar nichts von ihr wissen.

So versuchte er sein Glück auf der gegenüberliegenden Straßenseite, wo er mit einer alten Frau ins Gespräch kam, die in einem mit Zierrat und Erinnerungsstücken überladenen Zimmer saß. Sie hatte zum Fenster auf die Straße hinausgeschaut, und ihr neugieriger, wacher Blick war ihm aufgefallen. Ihr Name war Betsy Scalford. Sie war einsam, und sehr, sehr glücklich darüber, einen viel jüngeren Mann im Haus zu haben, der mit ihr sprechen und – besser noch – zuhören wollte, wenn sie in Erinnerungen an die Vergangenheit und an endlose Geschichten über ihre einzigartigen oder lustigen Erlebnisse schwelgte.

Sie bot ihm eine Tasse Tee an, die er annahm, weil ihm das einen Vorwand lieferte, den Besuch auf über eine halbe Stunde auszudehnen. Außerdem schuf es eine ungezwungene Atmosphäre, da es ihr das Gefühl vermittelte, die Situation im Griff zu haben.

»Vielen Dank«, sagte Monk in anerkennendem Ton, als sie das Tablett vor ihm abstellte und ihm den dampfenden Tee einschenkte.

»Gern«, erwiderte sie mit einem lebhaften Nicken. Sie war eine hagere Person mit knochigen Schultern, die sie größer wirken ließen, als sie war. »Ich hab Sie noch nie gesehen.« Sie musterte ihn von oben bis unten, begutachtete sein Gesicht, den sauberen weißen Kragen seines Hemdes, den Schnitt seines Anzugs. Er hatte seit jeher zu viel für seine Kleider ausgegeben. Als er vor zehn Jahren seinen Unfall erlitten hatte und vollständig seines Gedächtnisses beraubt aus dem Koma aufgewacht war, hatte er alles über sich von Grund auf lernen müssen, von seinem Namen bis zu seinem Charakter, wie ihn die anderen gesehen hatten. Er war entsetzt gewesen, als ihm die Rechnungen seines Schneiders den schlagenden

Beweis für seine frühere Eitelkeit lieferten. Und zunächst war er gezwungen gewesen, seine Ausgaben dramatisch zu senken. Doch jetzt, da er Kommandant der Thames River Police war, frönte er wieder seinem alten Laster. Lächelnd nahm er die Anerkennung in den Augen der Frau über seine auf Hochglanz polierten Stiefel zur Kenntnis.

»Ich bin hier zum ersten Mal«, antwortete er auf ihre Frage. »Ich gehöre der Wasserpolizei an, nicht den regulären Behörden.«

»Der Fluss erreicht uns so weit oben doch gar nich'«, stellte sie mit einem amüsierten Funkeln in den Augen fest.

»Manchmal aber das, was auf ihm passiert«, entgegnete Monk. »Und die Strömungen des Unglücks, das er mit sich trägt. Sie kommen mir vor wie eine sehr scharfe Beobachterin. Ich brauche Informationen.«

»Und Sie glauben, ich hab nix zu tun, außer hier am Fenster zu sitzen und rauszuschauen?«, erwiderte sie. Sie nahm ihm gegenüber Platz. »Was soll ich sagen, Sie haben recht. Das war aber nich' immer so. Es gab eine Zeit, als ich alle möglichen Beschäftigungen hatte. Jetzt nich' mehr. Schießen Sie los, junger Mann. Aber ich werde trotzdem vorsichtig sein mit dem, was ich Ihnen erzähle. Will doch nich' als Klatschbase gelten.«

»Kennen Sie die Frau, die nebenan in Nummer vierzehn lebt?«

»Ich weiß, wo die Nummer vierzehn is'«, erwiderte sie etwas zu scharf. »Ich hab meinen Verstand noch nich' eingebüßt. Das müsste Mrs Gadney sein. Nette Frau. Witwe, glaube ich. Was is' mit ihr?«

Monk überlegte, ob er es ihr sofort sagen sollte, entschied sich aber dagegen. Die Nachricht konnte einen solchen Schock für sie bedeuten, dass sie womöglich nicht mehr imstande war, ihm weiterzuhelfen.

»Kennen Sie sie?«, begann er. »Was für ein Mensch ist sie?«

»Warum fragen Sie sie nich' einfach selber?«, konterte sie. Ihr Ton enthielt keine Kritik, nur Verständnislosigkeit und wachsende Neugier.

Darauf war er vorbereitet. »Wir können sie nicht finden. Anscheinend ist sie verschollen.«

Ihre Augenbrauen wanderten nach oben. »Verschollen? Seit sie hier vor fünfzehn Jahren eingezogen is', is' sie nie weg gewesen. Wohin sollte sie auch gehen? Sie hat ja niemanden.«

Monks innere Anspannung nahm zu. »Wie lebt sie, Mrs Scalford? Wovon lebt sie? Arbeitet sie in einem Geschäft oder einer Fabrik?«

»Nein. Das weiß ich, weil sie meistens daheim is'. Was sie macht, weiß ich nich', nur dass sie nich' bettelt und andere um Gefälligkeiten bittet.« Sie erklärte das mit leicht vorgerecktem Kinn, als identifizierte sie sich mit dem Stolz, der hinter Mrs Gadneys Haltung stecken mochte. »Und soviel ich weiß, schuldet sie auch keinem was«, fügte sie mit einem Nicken hinzu.

Monk musterte die alte Dame aufmerksam und stellte sich dem Blick aus ihren ausgeblichenen blauen Augen, ohne mit der Wimper zu zucken. Falls Zenia Gadney eine Prostituierte gewesen war, bestand dann die Möglichkeit, dass die alte Frau nichts mitbekommen hatte? Nein, viel wahrscheinlicher war es, dass sie den Ruf einer Nachbarin schützte, unter Umständen einer Frau, die sie in mancher Weise an sie selbst erinnerte, wie sie vor dreißig Jahren gewesen war.

»Bewundernswert«, lobte er in ernstem Ton. »Wissen Sie von irgendwelchen Angehörigen, die sie hat?« Er verwendete ganz bewusst die Gegenwartsform, als wäre Zenia noch am Leben.

Mrs Scalford nippte nachdenklich an ihrem Tee. »Da gab es einen Mann«, antwortete sie schließlich. »Kam bis vor zwei Monaten regelmäßig zu ihr. Ich weiß nich', ob's ein

Bruder war, oder der Mann, der Bruder vom Mann oder sonst was. Möglich, dass er sich um sie kümmerte.«

»Aber vor zwei Monaten hat er seine Besuche eingestellt?«, fragte Monk nach. Unwillkürlich beugte er sich etwas vor.

»Hab ich das nich' gerade gesagt?«

»Wissen Sie, warum?«

»Ich hab's Ihnen doch erklärt, junger Mann. Ich kenn sie nich' so gut, dass ich sie nach ihren Angelegenheiten frage. Ich seh nur die Leute hier in der Straße kommen und gehen. Ich hab mich mit ihr vielleicht ein halbes Dutzend Male unterhalten. Guten Morgen, schönen Tag noch, solche Sachen eben. Ich seh sie vorbeigehen und weiß, wie sie sich fühlt, weil man so was am Gesicht eines Menschen erkennt.«

»Und wie fühlte sie sich, Mrs Scalford?«

»Meistens weder gut noch schlecht.« Die alte Dame seufzte. »Wie die meisten, nehme ich an. Manchmal hatte sie ein wirklich schönes Lächeln. Ich denke, sie war richtig hübsch, als sie jünger war. Jetzt hat sie einen leicht müden Ausdruck. Is' wohl bei uns allen so.« Unbewusst strich sie ihr eigenes weißes Haar glatt.

»Und in den letzten zwei Monaten?«, fragte Monk.

»Sie meinen, seit er aufgehört hat, zu ihr zu kommen? Traurig. Schrecklich traurig war sie, das arme Ding. Ich hab sie hier mit hängendem Kopf vorbeigehen sehen. Und sie hat die Füße über die Erde schleifen lassen, als hätte sie allen Lebensmut verloren.«

»Könnte es jemand gewesen sein, der ihr nahestand?«

Sie blickte ihn aus halb zusammengekniffenen Augen an. »Wieso wollen Sie das alles wissen? Sind Sie hinter was Bestimmtem her? Was hat sie überhaupt mit der Wasserpolizei zu tun? Haben Sie nich' genug Verbrechen am Fluss?«

»Sie ist verschollen, Mrs Scalford«, stieß Monk grimmig hervor. »Und wir haben die Leiche einer Frau gefunden, von der wir glauben, dass es ihre sein könnte.«

Die alte Frau wurde blass, und ihre Schultern erstarrten, als wagte sie kaum noch zu atmen.

»Es tut mir leid«, entschuldigte er sich und meinte es aufrichtig. »Wir könnten uns auch getäuscht haben.« Er zog die Zeichnung des Constable aus der Innentasche seiner Jacke, entfaltete sie und reichte sie ihr.

Sie hielt sie mit ihren leicht zitternden, knotigen Fingern.

»Das is' sie«, flüsterte sie mit rauer Stimme. »Armes kleines Ding! Was hat sie getan, dass einer sie derart zerstückelt?« Ihre Stimme wurde noch leiser. »Das hier is' doch die Frau, über die wir sprechen, nich' wahr? Is' das diejenige, die sie aufgeschlitzt und auf dem Pier haben liegen lassen?«

»Ich fürchte, ja. Ist das Zenia Gadney?«

»Ja, das is' sie.« Sie blickte zu ihm auf. »Sie werden doch den Kerl, der ihr das angetan hat, schnappen und hängen, oder?« Das war keine bloße Frage, es war eine Forderung. Jetzt zitterte sie am ganzen Leib.

»Wenn Sie uns helfen.« Sachte nahm er ihr die Zeichnung ab und steckte sie wieder ein. »Erzählen Sie mir mehr über diesen Mann, der sie besucht hat, bis er vor zwei Monaten ausblieb. Beschreiben Sie ihn mir. Und sagen Sie mir nicht, Sie hätten das vergessen. Natürlich erinnern Sie sich. Ich traue mich zu wetten, dass Sie auch mich beschreiben könnten, wenn jemand anders zu Ihnen käme und Sie darum bäte.«

Sie lächelte matt, als wäre sie auf eine makabere Weise amüsiert. »Natürlich könnte ich das. Gibt ja nich' so viele hier in der Gegend, die aussehen wie Sie.« Ihre Stimme drückte Zustimmung aus, und kurz sah Monk einen Schimmer von der Frau aufblitzen, die sie vor einem halben Jahrhundert gewesen sein musste.

»Dann verraten Sie es mir«, forderte er sie auf.

Sie stieß einen tiefen, müden Seufzer aus. »Das muss ich wohl. Genau weiß ich es nich', verstehen Sie, aber ich schätze, sie war eine von den Dirnen, die bloß einen Kunden haben, und dann is' er entweder ihrer müde geworden, oder er is' gestorben.« Sie deutete mit dem Kinn auf das Fenster. »Seitdem hab ich sie ein paarmal auf und ab gehen sehen und hab mir gedacht: Du armes Luder, wenn du auf die Art suchst, wirst du nich' viel finden. Höchstens solche, die verzweifelt sind. Und 'ne Dirne in ihrem Alter nimmt ein Mann doch bloß dann mit, wenn er kein Geld für 'ne jüngere hat.« Sie schüttelte bedächtig den Kopf und verriet dabei eine derart tiefe Trauer, dass Monk keinen Zweifel hatte. In Zenia Gadneys Schicksal sah sie ihr eigenes gespiegelt, wie es hätte sein können.

»Können Sie mir den Mann beschreiben, denjenigen, der aufgehört hat zu kommen?«, bat er sie erneut.

Sie richtete ihre Aufmerksamkeit wieder auf die Gegenwart und musterte ihn nachdenklich. »Fast Ihre Größe, würde ich sagen, aber knochiger. Irgendwie ungelenkiger. Graues Haar, das über der Stirn schon sehr schütter is'. Glattrasiert. Gut gekleidet, wie ein Gentleman, aber recht gewöhnlich. Ich würde wetten, dass er seinem Schneider nich' so viel gezahlt hat wie Sie Ihrem.«

»Danke«, sagte Monk trocken. »Noch etwas? Mantel? Vielleicht ein Regenschirm?«

»Nein. Mantel im Winter, aber nich' im Oktober, als er zuletzt kam. Einen Schirm hat er meines Wissens nie dabeigehabt. Einmal hab ich ihn aus der Nähe gesehen. Hatte ein nettes Gesicht ... irgendwie sanft. Er wirkte traurig, aber er lächelte sie an.«

»Er kam zu ihr ins Haus?«

»Natürlich. Was haben Sie erwartet? Dass sie das, was immer sie machten, auf der Straße erledigt haben?«

»Sie hätten ja auch in ein anderes Haus gehen können«, meinte Monk.

»Nein, sie sin' in ihr Haus gegangen.«

»Für wie lange?«

»Halbe Stunde, vielleicht länger.«

»Aber Sie haben ihn gesehen?«

»Natürlich hab ich ihn gesehen! Sonst könnte ich Ihnen doch nix sagen. Sind Sie blöd im Kopf geworden, oder was? Schnappen Sie ihn! Sie hat's weiß Gott nich' verdient, so aufgeschlitzt zu werden.« Sie schluckte schwer. Es kostete sie sichtlich Mühe, ihren Zorn zu bezwingen und ihre sorgfältig gepflegte Würde zu wahren.

»Worauf ich hinauswill, Mrs Scalford: Kam er am helllichten Tage, und konnten Sie genau sehen, wer in ein Haus ein paar Türen weiter auf der anderen Straßenseite trat?«

»An meinen Augen fehlt nix!« Sie überlegte kurz. »In der Regel war es am Nachmittag. Eigentlich komisch, wenn ich es bedenke. Warum is' er nich' gekommen, wenn es dunkel war?«

»Das weiß ich nicht«, antwortete Monk. »Aber ich werde es herausfinden.«

Es gab nur noch wenig bei der alten Frau zu erfahren. Monk bedankte sich und begab sich wieder auf die Straße. Fast unmittelbar gegenüber der Nummer vierzehn sprach er mit Mr Clawson, der eine Eisenwarenhandlung führte.

»Nich' dass ich wüsste!«, verwahrte sich Clawson empört, als Monk ihn fragte, ob er Zenia Gadney je mit jemand anderem als dem Besucher beobachtet hatte, der bis vor zwei Monaten zu ihr gekommen war. »Wir mögen hier vielleicht ein bisschen ärmlich sein, aber wir sind durch und durch ehrbar«, ereiferte er sich, schniefte laut und wischte sich die Hände an seiner Schürze ab.

Monk fragte sich, ob er Mr Clawson klarmachen sollte, dass er keineswegs hatte unterstellen wollen, dass Zenia Gadney ihr Gewerbe zu Hause betrieb, erachtete das letztlich aber nicht für der Mühe wert. Hier ging es nur um Stolz und die Wahrung des Scheins, auch wenn alle die Wahrheit kannten – alle, außer vielleicht Monk.

»Wenn sie also auf der Straße arbeitete, erledigte sie ihre Geschäfte dann woanders?«, fragte Monk abrupt.

»Ich weiß nich', was sie gemacht hat!«, rief Clawson wütend. »Ich hab angenommen, dass sie eine Witwe is'. Wirkte immer … na ja … etwas traurig. Trug es mit Fassung, das arme Ding, aber ich glaube, dass sie es schwer hatte.«

»Kam sie je zu Ihnen ins Geschäft, Mr Clawson?« Monk ließ den Blick über die Regale schweifen. Sie waren beladen mit Nähutensilien, Küchengeschirr, Putzmitteln, Pulver für jeden erdenklichen Gebrauch und Schachteln voller Nägel, Schrauben oder Reißzwecken. Außerdem gab es hübsche Holzschubladen für Schnupftabak und alle möglichen mehr oder weniger wirksamen Heilmittel gegen dieses oder jenes Zipperlein. Er bemerkte eine Schachtel mit dem Etikett »Nelken gegen Zahnschmerzen« und eine mit »Pfefferminze gegen Verstopfung«. Eine Reihe von Schachteln war nicht beschriftet, sondern wies lediglich Buchstabenkombinationen auf, die komplizierte Begriffe ersetzen sollten: Tabletten für Leber oder Nieren, Salben gegen Juckreiz, Flechten oder Verbrennungen. Und natürlich gab es die üblichen Fläschchen mit Opiummischungen, das Heilmittel für so gut wie jedes Leiden von Krämpfen bis zu Schlaflosigkeit.

Clawson folgte seinem Blick. Jetzt wirkte er weniger selbstsicher. »Hin und wieder«, murmelte er. »Wegen Kopfschmerzen und dergleichen. Sie hielt sich nich' immer so gut. Aber wer tut das schon?«

»Irgendetwas im Besonderen?«

»Nein.«

Monk wusste, dass der Mann log; die Frage war nur, warum. Es gab nichts gegen den Verkauf harmloser Heilmittel einzuwenden. Die meisten kleinen Läden im Viertel hatten einen Nebenerwerb.

»Mr Clawson, es wäre besser, wenn Sie mir verrieten, was

Sie über sie wissen, statt mich zu zwingen, Ihnen die Fakten einen nach dem anderen aus der Nase zu ziehen.«

»Liegt denn eine Beschwerde gegen sie vor?«, fragte Clawson. Er war ein kleiner Mann, der durch eine schwarz gerahmte Brille zu Monk hinaufblinzelte, doch in diesem Moment schien er verärgert und bereit, eine Frau, die er kannte, gegen die aufdringlichen Fragen eines Fremden zu verteidigen.

»Nicht die geringste«, erwiderte Monk nüchtern. »Im Gegenteil! Wir befürchten, dass jemand ihr etwas angetan hat, und müssen wissen, wer das sein könnte.«

Clawsons Züge spannten sich an. »Ihr was angetan hat? Wie kann das sein? Sie hat nie was Schlimmes gemacht. Wieso schnüffeln Sie in ihrem Leben rum? Haben Sie keine wirklichen Verbrecher, die Sie suchen müssen? Sie war doch bloß eine arme Frau, die ihre besten Jahre hinter sich hatte und sich so gut durchschlug, wie sie eben konnte. Sie hat keinen Menschen belästigt. Sie ist nicht in billigen Kleidern auf den Straßen rumgelaufen, und sie hat keinen Mann behelligt, der sich um seinen eigenen Kram gekümmert hat. Lassen Sie sie in Ruhe.«

»Wissen Sie, wo sie jetzt ist, Mr Clawson?«, fragte Monk ernst.

»Nein. Aber selbst, wenn ich's wüsste, würd ich's Ihnen nich' auf die Nase binden. Sie tut ja niemand was zuleide.«

Monk ließ nicht locker. »Verstehe ich Sie richtig: Sie hatte einen festen Freund, der sie bis vor etwa zwei Monaten regelmäßig besuchte. Danach begann für sie eine schwere Zeit, und sie musste Verdienstmöglichkeiten außer Haus finden, um sich über Wasser zu halten, tat das aber sehr diskret?«

»Ja, und?«, schnaubte Clawson. »Es gibt Hunderte von Frauen wie sie, die hin und wieder jemand gefällig sind, um über die Runden zu kommen. Und dann kommt einer wie Sie mit diesen schicken Kleidern und glänzenden Stiefeln daher und stellt Fragen. Ich weiß nich', wo sie is', und mehr sag ich nich'!«

»Haben Sie von der Leiche gehört, die gestern Morgen am Pier gefunden wurde?«

Wie aus der Pistole geschossen antwortete Clawson: »Sie würde Ihnen nix darüber sagen können, und ich weiß auch nix.«

Monk nickte. »Wahrscheinlich wissen Sie es wirklich nicht.« Plötzlich tat ihm dieser kleine Mann leid, der eine ihm fast unbekannte Frau so eifrig verteidigte und nun gleich eine traurige Nachricht erfahren würde. »Aber wenn Mrs Gadney nicht daheim ist und wir sie nicht lebendig und wohlbehalten irgendwo finden, müssen wir davon ausgehen, dass es sich bei der Leiche um die ihre handelt.«

Clawson wurde kreidebleich und musste sich an die Theke klammern, um das Gleichgewicht zu wahren. Fassungslos starrte er Monk an, unfähig, etwas zu erwidern.

»Es tut mir leid«, sagte Monk aufrichtig. »Jetzt verstehen Sie vielleicht, warum wir mehr über sie wissen müssen. Und um ehrlich zu sein, Mr Clawson, mir persönlich ist sehr daran gelegen. Je mehr ich über sie erfahre, desto dringender will ich den Mann aufspüren.«

Clawson schloss die Augen; die Knöchel seiner Finger waren weiß geworden. »Sie war 'ne stille kleine Frau, die hier reinkam, um sich für wenig Geld Opium zu kaufen, das sie gegen ihre Kopfschmerzen brauchte, und um den Tag besser rumzubringen, weil sie einsam war. Und als dieser eine … Kunde … nich' mehr zu ihr kam, war sie auf sich allein gestellt. Wenn sie dort rausging, um ein paar Shillings zu verdienen oder ein bisschen Trost zu finden, hat sie bestimmt nich' aufgeschlitzt und ermordet werden wollen! Sehen Sie zu, dass Sie die Bestie, die das getan hat, kriegen und auf die gleiche Weise zerstückeln!« Er öffnete die Augen und funkelte Monk an.

»Ich werde ihn kriegen«, versprach Monk hastig, ohne auf das Angebot einzugehen. »Übrigens, sie wurde nicht bei lebendigem Leib aufgeschlitzt. Was nach ihrem Tod mit ihr angestellt wurde, bekam sie nicht mehr mit.«

»Woher wissen Sie das?« Clawson wollte Gewissheit haben und nicht mit leeren Worten abgespeist werden.

»Der Polizeiarzt hat es gesagt. Das ließ sich am Blut erkennen.«

Clawson glaubte das nur zu gern. Er nickte bedächtig. »Gut.« Er nickte erneut. »Gut.«

Monk verließ ihn und setzte seine Befragungen in den Häusern dieser Straße und in zwei weiteren Geschäften in der Nähe fort. Aber als er am Abend müde und hungrig den Heimweg antrat, hatte er nichts mehr erfahren, was von Belang war.

Während er am Limehouse Pier auf die Fähre wartete, ging er alles noch einmal in Gedanken durch. Lag Zenia Gadneys Tod am Ende in ihrer Unerfahrenheit und der Verzweiflung über den plötzlichen Verlust ihres einzigen Helfers begründet? War er gestorben, oder hatte er sie lediglich sitzenlassen? Oder hatte irgendeine Krise zur Folge gehabt, dass er seine Mätresse nicht länger unterhalten konnte? So tragisch es war, Letzteres schien sehr wahrscheinlich.

Denkbar war freilich auch, dass ihr Tod direkt mit dem Mann zu tun hatte, der offenbar der Einzige in ihrem Leben gewesen war, der sie geliebt hatte. Wer war das? Niemand hatte eine Beschreibung gegeben, die seine Identifizierung unter Tausenden ehrbaren Herren mittleren Alters in London oder woanders ermöglicht hätte. Vielleicht hatte er sie deshalb so selten besucht, weil er in einiger Entfernung von London lebte und dort nur geschäftlich zu tun hatte? Konnte es am Ende sogar ein anderer Landesteil sein? Was, wenn er aus Manchester, Liverpool oder Birmingham stammte?

»Wir sollten uns darauf konzentrieren, ihren Bekannten zu ermitteln«, erklärte Orme, als sie bei Wapping New Stairs am Flussufer standen. Gerade herrschte Gezeitenwechsel. Das Wasser hatte seinen höchsten Stand erreicht und wälzte sich mit ungeheurer Wucht vorbei. Der Wind frischte wieder auf, blies ihnen scharf ins Gesicht. So ungestüm war er meist nur dann, wenn er von Osten und dem offenen Wasser herwehte.

Monk schlug den Mantelkragen hoch. »Ich werde mein Möglichstes tun, um ihn zu finden. Nur ist völlig unklar, woher und wie er kam.«

»Mit einem Hansom«, schlug Orme vor. »Was Sie sagen, klingt nicht so, als ob er aus der Gegend stammen würde. Und mit dem Omnibus wollte er anscheinend nicht fahren. Soll ich Ihnen helfen? In der Narrow Street habe ich keine Anhaltspunkte gefunden. Alles blinde Spuren. Anscheinend ist sie dort nie hingegangen, außer ein-, zweimal in Begleitung einer Freundin.«

»Nein«, erwiderte Monk. »Bei den Ortsansässigen um den Limehouse Pier herum werden Sie wohl mehr ausrichten. Dort ist sie gesehen worden, und irgendjemand hat bestimmt auch ihn bemerkt. Ein Fremder muss aufgefallen sein. Wir müssen dem Gedächtnis der Leute nur auf die Sprünge helfen.«

»Sie haben Angst«, erwiderte Orme düster. »Und die Zeitungen helfen da auch nicht. Die verbreiten nur Panik mit ihren Gruselgeschichten über eine Fahndung nach einem blutrünstigen Monster, das geifernd neuen Opfern auflauert.«

»Für sein Inneres mag das vielleicht zutreffen«, meinte Monk kopfschüttelnd. »Äußerlich sieht er aber wahrscheinlich aus wie Tausende andere. Wie lange dauert es nur, bis die Leute das begreifen? Vermutlich dachte die arme Frau, er sei völlig normal, nur vielleicht etwas sonderbar.«

»Was für ein Gewerbe!« Orme stöhnte, den Blick über das

Wasser gerichtet. »Weiß Gott, wie viele dieser Frauen geschlagen oder ermordet werden!«

»Nicht so viele, wie an Krankheiten sterben«, versicherte Monk ihm und dachte dabei an all diejenigen, denen Hester in ihrer Klinik in der Portpool Lane geholfen hatte.

»Ich mache mich gleich auf die Suche«, versprach Orme und knöpfte seinen Mantel zu. Er salutierte knapp, dann lief er, gegen den schneidenden Wind leicht vorgebeugt, den Pier hinunter und kletterte an Deck des Bootes.

Es dauerte zwei Tage, bis Monk den Mann aufspürte, der Zenia Gadney jeden Monat besucht hatte. Zunächst befragte er die örtlichen Hansom-Kutscher, doch die waren nicht in der Lage oder nicht willens zu helfen. Ihren Fahrgästen schauten sie ohnehin kaum ins Gesicht, und außerdem lag Oktoberanfang schon lange zurück. Allem Anschein nach hatte der Mann, nach dem Monk fahndete, sich seine Kutschen aufs Geratewohl genommen, manchmal in der Commercial Road East, zu anderen Zeiten in der West India Dock Road, dann wieder war er ostwärts zur Burdett Road gelaufen. Es war ein mühsames und zeitaufwendiges Unterfangen, doch zu guter Letzt konnte Monk seine Suche auf ein halbes Dutzend Männer einengen, die sich einer nach dem anderen eliminieren ließen.

Und am Ende blieb nur noch Joel Lambourn aus der Lower Park Street in Greenwich übrig.

Statt ihn in seinem Haus zu verhören, beschloss Monk, sich in der örtlichen Polizeiwache über ihn zu erkundigen, um schon einmal mit gewissen Kenntnissen gewappnet zu sein, ehe er sich dem Mann stellte.

Der diensthabende Wachtmeister blickte bei seinem Eintreten auf. Sein rundes Gesicht verriet höfliche Zurückhaltung. »Morgen, Sir. Was kann ich für Sie tun?«

»Guten Morgen, Sergeant«, grüßte Monk zurück und

nannte seinen Namen. »Ich stelle in einer Sache Ermittlungen an, die auch einen gewissen Joel Lambourn betreffen könnten, der in Ihrem Gebiet wohnt.« Er bemerkte, dass das Gesicht des Mannes plötzlich einen Ausdruck von Trauer annahm und von tiefen Falten durchfurcht wurde.

»Ich bin mir nich' sicher, wie ich Ihnen da helfen kann, Sir«, erwiderte der Sergeant kühl. »Weiß eigentlich so gut wie nix. Tut mir leid, wenn ich etwas zurückhaltend bin, aber dürfte ich irgendein Dokument sehen, das mir bestätigt, wer Sie sind? Kann doch nich' mit irgendwelchen Fremden über Leute reden.« Er machte keinerlei Anstalten, seine Feindseligkeit zu verbergen.

Verblüfft zeigte ihm Monk seine Dienstmarke.

»Danke, Sir.« Der Ton blieb eisig. »Was is' das für eine Sache, bei der wir Ihnen Ihrer Meinung nach helfen können, Mr Monk?« Er verzichtete bewusst darauf, Monk höflich mit seinem Rang anzusprechen.

»Kennen Sie Mr Lambourn?«

»Doktor Lambourn, Sir«, korrigierte der Sergeant ihn schnippisch. »Ja, ich kannte ihn gewissermaßen.«

»Sie *kannten* ihn? Und jetzt nicht mehr?«

»Da er tot is' – möge er in Frieden ruhen –, kenne ich ihn jetzt nich' mehr«, blaffte der Polizist.

»Das tut mir leid.« Monk war verlegen. Das hatte er nicht gewusst, auch wenn er es sich hätte denken können. »Könnte das vor etwa zwei Monaten geschehen sein?«

Der Sergeant schnitt eine Grimasse. »Wollen Sie mir sagen, dass Sie das nich' wussten?« Die Skepsis stand ihm ins Gesicht geschrieben.

»Ich wusste es nicht«, erklärte Monk. »Ich ermittle in dem Mord an einer Frau, deren Leiche vor vier Tagen am Limehouse Pier gefunden wurde. Es ist wahrscheinlich, dass Dr. Lambourn sie kannte. Ich hatte gehofft, er könnte uns ein bisschen mehr über sie erzählen.«

Der Sergeant starrte ihn perplex an. »Die arme Frau, die von diesem verdammten Schlächter aufgeschlitzt worden is'? Nehmen Sie's mir nich' übel, Sir, aber da täuschen Sie sich. Dr. Lambourn war ein ruhiger, sehr angesehener Gentleman. Hätte keiner Fliege was zuleide getan. Und er hätte keine Frau gekannt, die in dieser Art von Geschäft tätig war.«

Nur zu gerne hätte Monk ihn darauf hingewiesen, dass viele Menschen in der Öffentlichkeit ganz anders wirkten als in der Dunkelheit und Heimlichkeit einer Seitengasse, weit entfernt von der Gegend, wo sie lebten. Doch das Gesicht des Mannes verriet ihm bereits, dass er für derlei Andeutungen über Lambourn nicht offen war.

»Was für eine Art von Arzt war er?«, fragte er stattdessen. »Ich meine, welche Krankheiten hat er behandelt?«

»Er behandelte keine Patienten«, entgegnete der Sergeant. »Er hat geforscht, hat alles Mögliche über Krankheiten, Heilmittel und so studiert.«

»Wissen Sie, um welche Art von Krankheiten es sich handelte?«, beharrte Monk, dem überhaupt nicht klar war, ob das wirklich von Belang sein würde, aber bisher war Dr. Lambourn der einzige Mensch, der Zenia Gadney auf eine Weise gekannt zu haben schien, die tiefer reichte als die zufälligen Beobachtungen eines Nachbarn.

»Nein«, gab der Sergeant zu. »Aber er hat viele Fragen über Heilmittel gestellt, vor allem über Opium, Laudanum und Zeug von ähnlicher Art. Warum wollen Sie das wissen? Was hat das mit dieser armen Kreatur bei Ihnen in Limehouse zu tun?«

»Ich weiß es nicht, außer dass sie manchmal Opium gegen Kopfschmerzen und andere Probleme nahm.«

»Das macht doch halb England«, spottete der Sergeant. »Kopfweh, Bauchschmerzen, Schlafstörungen, das Baby schreit, weil die ersten Zähne wachsen, alte Leute haben Rheuma …«

»Ja, das stimmt wohl«, räumte Monk ein. »Was genau studierte Dr. Lambourn, wenn er sich über Opium und Heilmittel, in denen es enthalten ist, erkundigte? Und wie lauteten seine Fragen, wissen Sie das?«

»Nein, das weiß ich nich'. Er war ein stiller Gentleman. Hatte immer ein gutes Wort für jeden. Ich will ja nich' respektlos sein, Mr Monk, aber Sie müssen irgendwie falschen Informationen aufgesessen sein. Einen anständigeren Mann als Dr. Lambourn werden Sie nich' so schnell finden.«

Monk dachte daran, den Mann zurechtzuweisen, aber solange er keine weitergehenden Informationen zu diesem Thema hatte, würde ihm das nichts nützen. Er dankte dem Sergeant und trat wieder hinaus auf die Straße. Lambourn mochte Zenia durchaus den Lebensunterhalt bezahlt haben, aber ihren Tod konnte er unmöglich auf dem Gewissen haben, da er selbst offenbar vor zwei Monaten gestorben war. Trotzdem hätte Monk gern mehr über ihn in Erfahrung gebracht, und sei es nur wegen des Lichts, das das auf Zenia Gadneys Leben geworfen hätte.

»Sir!«, rief ihm der Sergeant unvermittelt von der Türschwelle nach.

Monk drehte sich um. »Ja?«

»Belästigen Sie Mrs Lambourn nich', Sir. Das war damals alles schwer genug für sie. Lassen Sie die arme Frau in Ruhe!«

Etwas an der Miene des Mannes beunruhigte Monk, ein Ausdruck von Zorn, der ihm unangebracht schien.

»Woran ist er gestorben?«, fragte er.

Der Sergeant blickte zu Boden. »Er hat sich das Leben genommen, Sir. Hat sich die Pulsadern aufgeschnitten. Lassen Sie sie in Frieden … Sir.« Das war eine Warnung und so direkt, wie der Sergeant sie nur auszustoßen wagte.

4

Was der Sergant auch davon halten mochte, Monk hatte keine andere Wahl, als mit Joel Lambourns Witwe zu sprechen. Falls sie nichts über die Beziehung ihres Mannes mit Zenia Gadney wusste, würde es sehr schmerzhaft für sie werden, davon zu erfahren. *Wenn* es ihr dagegen bekannt war, gehörte das vielleicht mit zu den Gründen, warum er sich das Leben genommen hatte. Monk wollte der Frau nicht zusätzlich wehtun, aber auch Zenia Gadney verdiente Gerechtigkeit. Darüber hinaus – und das war noch viel dringender – musste er den Schlächter, der sie so grausam zugerichtet hatte, überführen und an den Galgen bringen. Zu allem Überfluss schürten die Zeitungen mit ihren reißerischen Artikeln Panik. Schon gab es Gerüchte über Fabelwesen, halb Mensch, halb Tier, die durch die Hafengegend pirschten. Ein besonders verantwortungsloser Narr hatte sogar von einer dem Fluss entstiegenen Kreatur schwadroniert, die mit der Flut aus einem Versteck am tiefsten Grund gespült worden sei.

Eine halbe Stunde später stand Monk vor der Tür der Lambourns in der Lower Park Street, nur einen Katzensprung entfernt vom Greenwich Park mit seinen Bäumen und Wegen und natürlich dem Royal Observatory, der Sternwarte, wo die Weltzeit gemessen wurde. Die Straße führte durch ein ruhiges Wohngebiet mit stabil gebauten Häusern für Leute, die hart arbeiteten und ein zurückgezogenes Leben führten. Monk hasste das, was zu tun er im Begriff war, doch weil es keine Alternative gab, zögerte er nicht.

Ein Dienstmädchen in schlichter Wollbluse, Rock und gestärkter weißer Schürze öffnete die Tür. Sie blickte ihn fragend an. »Ja, Sir?«

Er stellte sich vor und fragte, ob er Mrs Lambourn sprechen dürfe. Höflich entschuldigte er sich für sein Eindringen in ihren Privatbereich und versicherte ihr, er wäre nicht gekommen, wenn es sich nicht um eine dringende Angelegenheit handeln würde.

Er wurde in ein blassgrünes Empfangszimmer mit Blick auf die Straße geführt. Die Vorhänge waren halb zugezogen, sodass die Stühle im Schatten standen und der gemusterte Teppich in einen warmen Lichtfleck gebadet war. Der Kamin war nicht eingeschürt worden, aber wahrscheinlich empfing Mrs Lambourn gegenwärtig auch nicht viele Besucher.

Monk dankte dem Dienstmädchen. Als sie gegangen war und die Tür hinter sich zugezogen hatte, blickte er sich im Zimmer um. Die Wände waren gesäumt von Bücherregalen, allesamt voll. Er stellte sich vor eines und studierte die Titel. Sie behandelten eine ganze Bandbreite von Themen, nicht nur Medizin und Medizingeschichte, sondern auch Historisches über Großbritannien, China (was er nun wirklich nicht erwartet hatte) und mehrere erst kürzlich erschienene Werke über die moderne Geschichte der Vereinigten Staaten von Amerika.

An der Wand gegenüber entdeckte er Philosophisches, die Werke von Shakespeare, Miltons »Das verlorene Paradies« und Gibbons »Verfall und Untergang des Römischen Reiches«. Sogar eine Reihe von Romanen gab es.

Monk las noch die Buchrücken, als Dinah Lambourn eintrat. Das gedämpfte Klicken beim Schließen der Tür ließ ihn herumfahren.

»Bitte verzeihen Sie mein Eindringen«, entschuldigte er sich. »Sie haben eine höchst interessante Büchersammlung!«

»Von meinem Mann«, sagte sie leise und stellte sich vor.

Unter normalen Umständen wäre sie eine Schönheit gewesen. Sie war groß und hatte ein ausdrucksstarkes Gesicht mit hohen Wangenknochen, das jetzt verletzlich, von Kummer gezeichnet, ja, verwundet wirkte. Das Schwarz ihrer Kleidung wurde von keinerlei Schmuck aufgelockert. Ihr volles dunkelbraunes Haar war bis auf das Dunkelblau ihrer Augen das einzige Farbige an ihr.

Ihre Gefühle waren schier mit Händen zu greifen, sodass Monk aufs Neue Gewissensbisse befielen, weil er sie mit einer derart quälenden Frage belästigte. Was für ein Mensch war Joel Lambourn gewesen, dass er eine Frau wie sie einfach zurückgelassen hatte, um auf der anderen Seite des Flusses und weiter westlich im Limehouse-Viertel eine so glanzlose Person wie Zenia Gadney aufzugabeln? Wozu, um Himmels willen? War er schwach und fühlte er sich von der schillernden Dinah an den Rand gedrängt? Konnte er ihre Bedürfnisse nicht erfüllen, weder physisch noch emotional, und brauchte er eine schlichte, gewöhnliche Frau, die nichts von ihm verlangte? Oder wagte er einfach nicht, sie zu kritisieren?

Oder hatte er eine dunkle Seite, von der Dinah nichts wissen durfte?

Sie wartete immer noch auf Monks Erklärung. Dieser wiederum zögerte. Wie konnte er es ihr beibringen, ohne ihr dabei allzu große Schmerzen zuzufügen? Dennoch musste sie die Wahrheit erfahren.

»Kannten Sie eine Frau namens Zenia Gadney, die in der Copenhagen Place in Limehouse lebte?«, fragte er leise.

Sie blinzelte, als hätte die Frage sie verwirrt. Dann stand sie einen langen Moment regungslos da; offenbar durchforschte sie ihre Erinnerung. »Nein, der Name sagt mir nichts«, antwortete sie schließlich. »Aber Sie haben in der Vergangenheitsform gesprochen. Ist ihr denn etwas zugestoßen?«

»Leider, ja. Das ist eine sehr unerfreuliche Angelegenheit, Mrs Lambourn. Möchten Sie sich vielleicht lieber setzen?« Das sagte er in einem Ton, der mehr nach einer Bitte statt nach einem Rat klang.

Langsam leistete sie der Aufforderung Folge. Ihr Gesicht war noch blasser geworden, ihre Augen bohrten sich in die seinen. »Ihr ist also etwas passiert. Das tut mir leid.« Das war nur ein leises Murmeln, doch es verriet Gefühle, die über bloße Höflichkeit hinausgingen.

»Haben Sie nicht gesagt, dass Sie sie nicht kennen?« Schon hatte sich etwas Eisiges in seine Stimme geschlichen.

»Was hat das damit zu tun?« Sie hob das Kinn. »Es tut mir trotzdem leid, wenn ihr etwas zugestoßen ist. Aber warum sind Sie *hier*? Limehouse ist Meilen entfernt und auf der anderen Seite des Flusses. Ich weiß nichts darüber.«

»Ich glaube, dass Ihr Mann sie kannte.«

Fast hätte sie die Fassung verloren. »Mein Mann ist tot, Mr Monk«, sagte sie mit belegter Stimme. »Und dieser Mrs … Gadney bin ich nie begegnet.«

»Ich weiß, dass Ihr Mann tot ist, Mrs Lambourn, und das tut mir zutiefst leid.« Er wollte sich aufrichtig entschuldigen und nicht nur sein Beileid zu ihrem Kummer bekunden, den zu verschlimmern er im Begriff stand, doch in dieser Situation schienen ihm Worte einfach zu hohl. »Die Zeugen, mit denen ich gesprochen habe, haben ihn als außerordentlich anständigen Mann bezeichnet«, fuhr Monk fort. »Andererseits drängt sich mir der Eindruck auf, dass er Mrs Gadney ziemlich gut kannte, und zwar über einen langen Zeitraum hinweg.«

Mrs Lambourn musste sich räuspern, ehe sie sich dazu bringen konnte weiterzusprechen. Ihre schmalen weißen Finger waren ineinander verhakt. »Was wollen Sie damit andeuten, Mr Monk? Wann und wie ist diese Mrs Gadney gestorben, dass Sie jetzt zu mir kommen, obwohl Sie anscheinend schon vorher wussten, dass mein Mann erst seit Kurzem tot ist?«

»Es sieht ganz danach aus, als hätte Ihr Mann Mrs Gadney mindestens einmal pro Monat in Limehouse getroffen«, entgegnete Monk. Er beobachtete ihr Gesicht auf Anzeichen von Schock, Abscheu oder Abwehr hin, erkannte aber nichts als Trauer. Zwar verriet es auch noch andere Emotionen, doch er konnte sie nicht identifizieren.

»Wann ist sie gestorben und woran?«, fragte sie, nun wieder äußerst gefasst.

»Vor beinahe einer Woche. Sie wurde ermordet.«

Ihre Augen weiteten sich. »Ermordet?« Nur mit Mühe brachte sie das Wort hervor. Ihre Zunge stolperte darüber, und in ihren Augen stand reines Entsetzen.

»Ja.« Monk empfand sich als brutal. »Ich könnte mir denken, dass Sie keine Zeitungen lesen, aber vielleicht haben Sie davon gehört. Solche Nachrichten verbreiten sich schnell. Am Limehouse Pier wurde eine Frau ermordet und ihre Leiche verstümmelt.«

»Nein, davon habe ich nichts gehört.« Sie war so blass geworden, dass Monk fürchtete, sie würde in Ohnmacht fallen.

»Soll ich nach Ihrem Dienstmädchen klingeln, Mrs Lambourn?«, erbot sich Monk. »Sie könnte Ihnen Wasser oder vielleicht Riechsalz bringen. Ich fürchte, ich habe Sie mit einer sehr hässlichen Nachricht überfallen. Es tut mir entsetzlich leid.«

»Ich … komme schon zurecht.« Sie zwang sich zu einer etwas aufrechteren Haltung, aber das kostete sie sichtlich Mühe. Ihre Stimme bebte. »Bitte sagen Sie, was immer Sie mir sagen müssen.«

»Sie kannten sie nicht?«, wiederholte er seine Frage.

Sie wich auf eine Gegenfrage aus. »Wissen Sie, wer das getan hat?«

»Nein, noch nicht.«

»Aber Sie glauben, ich könnte Ihnen weiterhelfen?«

»Möglicherweise. Bisher sieht es so aus, als wäre Dr. Lambourn ihr einziger Freund gewesen. Und ihren Ausgaben in den örtlichen Geschäften nach zu schließen, hatte sie nach jedem seiner Besuche Geld. Oft bezahlte sie dann ihre Rechnungen.« Er ließ die Bedeutung seiner Worte im Raum hängen; es noch deutlicher zu sagen war nicht nötig.

»Ich verstehe.« Sie faltete die Hände in ihrem Schoß und starrte darauf hinab. Sie hatte lange Finger mit eleganten Nägeln. Ihre blasse Haut war makellos.

»Erzählen Sie mir von Dr. Lambourn«, bat er. Es ging ihm darum, sie einfach reden zu lassen, um Aufschlüsse über ihre charakterlichen Eigenschaften zu gewinnen. Er war sich immer noch nicht sicher, ob er ihr glaubte, dass sie Zenia Gadney nicht gekannt hatte. Stand sie wirklich immer noch so sehr unter dem Schock ihres Verlusts, dass sie keine Neugier auf die andere Frau empfand, die von ihrem Ehemann so viel Treue und Aufmerksamkeit erfahren und allem Anschein nach auch Geld bekommen hatte?

Sie sprach mit leiser Stimme, als hinge sie eigenen Erinnerungen nach und hätte Monk vergessen. Ganz eindeutig erwartete sie nicht, dass er ihr glaubte, obwohl ihr sicher sehr daran gelegen war. Kein einziges Mal blickte sie zu ihm auf, um ihrer Wirkung auf ihn Nachdruck zu verleihen.

»Er war ein sanfter Mann«, begann sie, um Worte ringend, die zugleich ausdrucksstark und präzise genug waren, um das zu vermitteln, was sie mit dem inneren Auge sah. »Mir oder unseren Töchtern gegenüber hat er nie die Nerven verloren, auch damals nicht, als sie klein waren und viel herumlärmten.« Kurz flackerte ein Lächeln über ihr Gesicht, nur um ebenso schnell wieder zu verschwinden, wie sie ihre Gefühle wieder unter Kontrolle brachte. »Er hatte eine Engelsgeduld mit Menschen, die geistig nicht sehr hochstehend waren. Und es waren sehr, sehr viele, die ihm in dieser Hinsicht nicht das Wasser reichen konnten. Aber er verabscheute Lügner. Wenn unsere beiden Mädchen ihn anlogen, setzte es eine äußerst strenge Strafe.« Sie schüttelte den Kopf. »Das geschah nur zweimal. Sie liebten ihn sehr.«

Draußen fuhr eine Kutsche vorbei. Das Geräusch vermochte kaum, die Stille in dem Zimmer zu stören.

Monk ließ Mrs Lambourn etwas Zeit, ehe er sie ermunterte fortzufahren.

»Es tut mir leid«, entschuldigte sie sich erneut. »Ich erwarte immer noch, gleich seine Schritte zu hören. Das ist lächerlich, nicht wahr? Ich weiß doch, dass er tot ist. Mein ganzer Körper weiß es, jeder noch so kleine Teil, jeder Gedanke in meinem Kopf ist davon erfüllt. Und doch vergesse ich es, wenn ich mich schlafen lege; und auch am Morgen, wenn ich aufwache, ist mir immer einen Moment lang, als wäre er noch bei mir. Aber dann fällt es mir wieder ein.«

Monk versuchte, sich vorzustellen, wie es in seinem Haus wäre, wenn Hester nicht mehr zurückkehrte. Der Gedanke war unerträglich, und er bemühte sich, ihn zu verscheuchen. Er würde seelisch verkrüppeln! An so etwas durfte er einfach nicht denken! Stattdessen musste er sich auf die Aufgabe konzentrieren zu ermitteln, wer Zenia Gadney ermordet hatte. Was Joel Lambourns Selbstmord betraf, waren ihm die Hände gebunden. Er konnte nichts daran ändern. Vielleicht wurde das alles nur umso schmerzhafter, wenn der Grund dafür bekannt wurde. Wie gingen Menschen nur mit so etwas um? Fanden sie genügend Antworten, um weitermachen zu können? Das tägliche Leben musste ihnen nach einer solchen Katastrophe absurd und völlig bedeutungslos vorkommen. Er nahm an, dass die Gegenwart von Kindern sowohl schmerzte als auch half. Man nahm sich ihretwegen zusammen.

Aber wie war es in den Nächten, wenn man allein in dem Bett lag, das man miteinander geteilt hatte, und es still im

Haus war? Wenn einen Gedanken an das restliche Leben überfielen, das von Trauer geprägt sein würde?

»Mrs Lambourn, bitte sprechen Sie weiter …«

Sie seufzte. »Joel war sehr klug, ja, er war brillant. Er arbeitete für die Regierung auf verschiedenen Gebieten der medizinischen Forschung.«

»Was war sein letztes Thema?« Monk war nicht wirklich daran interessiert, es ging ihm lediglich darum, sie am Reden zu halten.

»Opium«, antwortete sie, ohne zu zögern. »Er forschte mit aller Leidenschaft über den Schaden, den es anrichtet, wenn es nicht richtig etikettiert ist. Und das ist fast überall die übliche Praxis, sagte er immer wieder. Er hatte eine gewaltige Menge an Fakten und Zahlen über die Toten gesammelt. Ständig saß er in seinem Arbeitszimmer, ging seine Ergebnisse akribisch durch, ob auch wirklich alles hundertprozentig stimmte. Schließlich musste er jeden Bericht in Hinblick auf die vorliegenden Fakten überprüfen lassen.«

»Zu welchem Zweck?« Obwohl Monk sich nicht in Details hatte vertiefen wollen, war sein Interesse geweckt.

Zum ersten Mal blickte sie ihm ins Gesicht. »Tausende von Menschen sterben an Opiumvergiftung, Mr Monk, darunter auch viele Kinder. Wissen Sie, was ein *›penny twist‹* ist?«

»Natürlich. Ein kleines Tütchen Opiumpulver, das man in Apotheken, aber auch in jedem Eckladen kaufen kann.« Er dachte an Mr Clawson in seinem Geschäft mit all den Heilmitteln, der Zenia Gadney so leidenschaftlich verteidigt hatte.

»Wie viel enthält ein Tütchen?«, fragte Dinah Lambourn.

»Ich habe keine Ahnung«, gab Monk zu.

»Der Verkäufer auch nicht. Genauso wenig die Frau, die es kauft, um es ihrem Kind zu geben oder es selbst einzunehmen, weil sie Kopf- oder Magenschmerzen hat oder nicht schlafen kann.« Mit ihren schönen Händen vollführte sie eine hilflose Geste. »Ich übrigens auch nicht. Und genau das wollte Joel nachweisen. Er wusste von Tausenden opiumbedingten Todesfällen im ganzen Land. Vor allem bei Kindern. Das war nur ein Teil seiner Studie, aber es war der Aspekt, der ihn am meisten beschäftigte.«

Monk versuchte immer noch, eine Vorstellung von dem Mann zu gewinnen, der nach Limehouse gefahren war, um Zenia Gadney zu besuchen und ihr jeden Monat Geld zu geben. Bisher war das Bild so unvollständig, dass es praktisch keinen Sinn ergab. Und warum hatte er sich das Leben genommen? Auch darin vermochte er bisher keinen Sinn zu erkennen.

»War er ein erfolgreicher Mann, in finanzieller Hinsicht, meine ich?«, fragte er und kam sich dabei vor, als rühre er an eine offene Wunde.

»Selbstverständlich!«, erwiderte sie in einem Ton, als hielte sie die Frage für naiv. »Er war brillant.«

»Wissenschaftliche Brillanz wird nicht immer finanziell belohnt«, gab Monk zu bedenken. War es möglich, dass sie nichts über seine geschäftlichen Angelegenheiten wusste? Hatte er es am Ende mit Glücksspiel versucht und böse Verluste erlitten? Oder war er wegen seiner Besuche in Limehouse erpresst worden, bis er nicht mehr zahlen konnte, und hatte es vorgezogen, Selbstmord zu begehen, statt sich der Schande und dem Ruin seiner Familie zu stellen? Andere Männer, die nach außen hin mindestens ebenso erfolgreich waren, hatten das schon getan.

»Sehen Sie sich doch um, Mr Monk«, sagte sie schlicht. »Wirken wir wie Leute in wirtschaftlicher Not? Ich versichere Ihnen, ich verkenne meine Situation keineswegs. Joels geschäftlicher Berater hat mich gründlich darüber aufgeklärt, wie es um unsere Finanzen steht und wie ich das Kapital benutzen und anlegen muss, damit wir nicht in Schwierigkeiten geraten. Wir sind mehr als ausreichend versorgt.«

Es würde ein Leichtes sein, ihre Angaben zu überprüfen, und später würde er einen seiner Leute damit beauftragen.

»Da bin ich froh«, sagte er wahrheitsgemäß. »Mrs Gadney hatte nicht so viel Glück. Sie lebte weitgehend von einem Monat zum nächsten.«

»Das tut mir leid für sie, aber das ist wirklich nicht mein Problem«, erwiderte Dinah. »Nun, da die arme Frau tot ist, wie Sie sagen, braucht sich ja wohl niemand mehr damit zu befassen.«

Er konnte die Sache jedoch nicht auf sich beruhen lassen. »Sind Sie sicher, dass Sie nichts von seinen monatlichen Besuchen bei ihr wussten?«, fragte er erneut. »Bei einem Mann, der Lügen hasst, kommt mir das wie ein höchst ungewöhnlicher Vertrauensbruch vor.«

Sie errötete und sog scharf die Luft zu einer Widerrede ein, nur um dann offensichtlich zu erkennen, dass ihr nichts einfiel.

Er beugte sich etwas vor und sagte mit sanfter Stimme: »Ich denke, es ist an der Zeit für die Wahrheit, Mrs Lambourn. Ich kann nicht lockerlassen, solange ich sie nicht kenne. Ich gebe Ihnen mein Wort, dass nichts an die Öffentlichkeit dringen wird, sofern die Beziehung Ihres Mannes mit Zenia Gadney in keinem Zusammenhang mit ihrer Ermordung steht. Aber ich werde es herausfinden. Auch das ist ein Versprechen. Ich frage Sie noch einmal: Wussten Sie von seinen Besuchen bei Zenia Gadney?«

»Ja«, flüsterte sie schließlich.

»Wann erfuhren Sie davon?«

»Vor Jahren. Ich weiß nicht mehr, vor wie vielen.«

Er wusste nicht, ob er ihr glauben sollte oder nicht. Gewiss, jetzt war bei ihr nichts mehr von Schock oder Überraschung zu spüren, aber wenn sie es vor zwei Monaten herausgefunden hätte, hätte die Trauer über Lambourns Selbstmord seither jede andere Emotion in ihr verdrängt. Hätte sie es dagegen schon seit Jahren gewusst, wie hätte sie dann glücklich leben können – nach ihren Maßstäben? Nun, vielleicht gehörte die Bereitschaft einer Frau, solche Verhältnisse zu akzeptieren, zu den Dingen, die ein Mann nie verstehen würde. Monk konnte sich jedenfalls nicht vorstellen, wie er es ertragen würde, wenn Hester ihn auf diese Weise betröge. Er hielt es nicht einmal aus, diesen Gedanken theoretisch in Betracht zu ziehen.

Dinah musterte ihn mit der äußeren Ruhe eines Menschen, der bereits das Schlimmste, das er sich vorstellen kann, erlebt hat und keine Energie mehr besitzt, noch mehr Dinge zu fürchten.

Wer immer Zenia Gadney getötet hatte, war voll leidenschaftlichen Hasses gewesen und hatte sie wie einen Haufen Abfall auf dem Pier zurückgelassen. Nicht einmal ein Tier sollte auf diese Weise verenden.

»War Zenia Gadney denn die einzige Frau, die Ihr Mann besuchte und bezahlte, Mrs Lambourn?«, fragte Monk. »Oder gab es noch andere?«

Sie erstarrte, als hätte er sie ins Gesicht geschlagen. »Sie war die Einzige«, antwortete sie mit einer solchen Bestimmtheit, dass es ihm schwerfiel, ihr nicht zu glauben. »Ich weiß nicht, ob sie ihrerseits mit anderen Männern … verkehrte. Aber Sie sagen, dass das nicht der Fall war.«

»Nicht, solange Dr. Lambourn am Leben war. Und danach scheint es keinen regelmäßigen Besucher mehr gegeben zu haben.«

Erneut blickte sie auf ihre Hände hinab.

»Warum hat sich Dr. Lambourn das Leben genommen?« Während er das fragte, fühlte sich Monk wie ein Folterknecht.

Dinah blieb lange regungslos sitzen. Monk lag schon eine

Wiederholung seiner Worte auf den Lippen, doch da blickte sie endlich auf. »Das hat er nicht getan, Mr Monk. Er wurde ermordet.« Sie holte tief Luft. »Ich habe Ihnen schon gesagt, dass er an einer Studie von höchster Bedeutung arbeitete. Wenn er sie erfolgreich zu Ende geführt hätte, hätte er Tausende von Leben gerettet. Aber das hätte auch gewisse Geschäftsleute einen beträchtlichen Teil ihrer Profite gekostet. Joel war nicht käuflich. Weder war er bereit, die Tatsachen zurechtzubiegen, bis sie ihnen passten, noch hätte er jemals die Wahrheit unterdrückt. Es gab nur einen Weg, ihn zum Schweigen zu bringen: seine Arbeit ins Lächerliche zu ziehen und ihren Wert zu bestreiten. Und als sie ihn auch damit nicht mundtot machen konnten, ließen sie es so aussehen, als hätte er seinen Irrtum erkannt und sich in seiner Verzweiflung und Scham umgebracht.« Sie starrte ihn eindringlich an, in den Augen ein Funkeln, das Gesicht angespannt und von der Leidenschaft ihrer Gefühle durchdrungen.

Monk glaubte ihr nicht, und ebenso konnte er sich vorstellen, dass sie selbst keinerlei Zweifel hegte.

Er räusperte sich in einem Versuch, seine Stimme zu festigen und den ungläubigen Ton daraus zu verbannen. »Was ist aus dieser Studie geworden?«

»Sie haben sie natürlich zerstört. Sie konnten es sich doch nicht leisten, sie weiterhin existieren zu lassen.«

Vage regte sich nun in ihm die Erinnerung an eine solche Untersuchung. Diese war in Verruf gebracht und als abwegiger Kreuzzug eines Einzelnen gewertet worden, eines Mannes, der am Ende jeden Bezug zur Realität verloren hatte. Da er früher ein guter Forscher gewesen war, galt sein tiefer Fall als umso tragischer.

»Ich wusste, dass Sie mir nicht glauben würden«, sagte Dinah leise. »Aber es ist wahr. Joel hätte nie Selbstmord begangen, und schon gar nicht wegen der armen Zenia Gadney. Vielleicht haben sie auch sie umgebracht.«

»Wer sind ›sie‹?«, fragte Monk.

»Personen, die ein besonderes Interesse am Import und Verkauf von Opium haben.«

»Und was hätten sie von Mrs Gadneys Tod gehabt?« Das ergab wirklich keinerlei Sinn. Selbst in ihrer Trauer musste Dinah das doch eigentlich begreifen.

Ihr Gesicht, vom Kummer verzerrt, wirkte schrecklich verletzlich. »Vielleicht, um ihn noch tiefer in die Schande zu stürzen, damit garantiert niemand mehr seine Forschungen wiederbeleben würde«, sagte sie.

»Hatte sie denn etwas mit seiner Arbeit zu tun?«

Dinah bekundete mit einer kleinen Geste Hilflosigkeit. »Ich kann mir nicht vorstellen, was das gewesen sein könnte.«

Monk versuchte, sich vor Augen zu führen, wie Joel Lambourn auf seinem Forschungsgebiet in Ungnade gefallen war, weil seine Kollegen seine Arbeiten für wertlos hielten, und wie er dann nach Hause zu seiner Frau kam, die so vollständig an ihn glaubte, dass sie die Möglichkeit seines Scheiterns nicht ein einziges Mal in Betracht gezogen hatte. Vielleicht war Zenia Gadney der einzige Mensch, bei dem er nicht perfekt sein musste: der nicht verlangte, dass er bestimmte Standards erfüllte oder irgendetwas vorlebte, sondern ihn einfach als den akzeptierte, der er war, mit seinen Stärken und seinen Schwächen.

Vielleicht war der Druck am Ende unerträglich geworden, und er hatte den einzigen Ausweg genommen, den er sah.

Es war möglich, vielleicht sogar wahrscheinlich, dass Zenia Gadneys Ermordung nichts mit Joel Lambourn oder mit Opium zu tun hatte. Sie war lediglich eine von Hunderttausenden gewesen, die es nahmen, um Erleichterung von ihren Schmerzen zu finden. Vielleicht hatte sich Lambourn geirrt, und es richtete tatsächlich keinen Schaden an, sah man einmal von der gelegentlichen Überdosis ab. Aber man konnte ja von so gut wie allem eine Überdosis nehmen. Alkohol war das offensichtlichste Beispiel dafür.

Um die Vernehmung zu einem Abschluss zu bringen, erkundigte er sich nach anderen Verwandten und erhielt die Adresse von Lambourns Schwester, Amity Herne.

Nachdem er sich noch einmal für die Störung entschuldigt hatte, trat er wieder hinaus in die Sonne und den kalten Wind. Ein Gefühl von Traurigkeit lastete schwer auf ihm, als trüge er das ersterbende Licht des endenden Jahres im Herzen.

5

Monk hatte Glück und traf Lambourns Schwester zu Hause an, als er sie am frühen Abend aufsuchte. Ihr Haus stand am hochmodischen Gordon Square. Auf dem Weg dorthin war Monk an einer Reihe von Kutschen vorbeigekommen, einige davon mit Wappen an der Tür, livrierten Dienern auf dem Kutschbock und alle mit perfekt zur Karosserie passenden Pferden.

Das Zimmermädchen bat ihn herein und ließ ihn in einem höchst beeindruckend eingerichteten Frühstückszimmer zurück, während es davoneilte, um Mrs Herne zu fragen, ob sie ihn empfangen würde.

Monk sah sich unterdessen in dem Zimmer um. Auf den ersten Blick fiel ihm der konventionelle Geschmack der Eigentümer auf. Hier gab es nichts, was von Individualität zeugte, nichts, was Begeisterung weckte oder Ablehnung provozierte. Es war nicht nur langweilig, sondern auf verquere Weise trügerisch. Alles Persönliche war verborgen. Amity Hernes Ehemann musste das glatte Gegenteil von ihrem Bruder sein. Einige von dessen Büchern waren auch hier vorhanden, zum Beispiel Shakespeare und Gibbon, Milton hingegen schien zu fehlen. Was Monk am meisten irritierte, war die Art und Weise, wie sie optisch zueinander passend und auf den Millimeter gerade in Reih und Glied aufgestellt waren, als wären sie noch kein einziges Mal herausgenommen worden.

Er musste einige Zeit warten, doch während seiner Inspektion entdeckte er nichts, was ihm einen Einblick in die

Leidenschaften oder Überzeugungen des Hausherrn vermittelt hätte, außer dass er bei allem, was er zur Schau stellte, eine gewisse Vorsicht walten ließ.

Amity Herne war eine gut aussehende Frau mit einer spröden, eleganten Aura. Ihr dichtes, blondes Haar war perfekt frisiert, ihre Haut ohne jeden Makel. Sie war fast so groß wie ihre Schwägerin, aber viel dünner. In ihrem elegant geschnittenen, dunklen Kleid wirkten ihre Schultern eine Winzigkeit zu knochig.

»Was kann ich für Sie tun, Mr Monk?«, erkundigte sie sich, ohne ihm einen Stuhl anzubieten. »Leider bin ich heute Abend mit der Gattin des Lord Chancellor zu einer Ausstellung über chinesische Seide verabredet. Sie werden verstehen, dass ich nicht zu spät kommen darf.«

»Selbstverständlich«, versicherte Monk ihr. »Ich komme ohne Umschweife zum Punkt. Bitte verzeihen Sie, wenn ich mit der Tür ins Haus falle. Ich untersuche den Tod einer Frau namens Zenia Gadney.«

Amity Herne runzelte die Stirn. »Ich kann mich an niemanden dieses Namens erinnern. Es tut mir leid zu hören, dass sie tot ist, aber ich kann Ihnen da nicht helfen. Ich habe keine Ahnung, wie Sie darauf verfallen sind, ich könnte sie kennen.«

»Vielleicht können Sie das wirklich nicht«, räumte Monk ein, ohne ihre verklausulierte Frage zu beantworten. »Aber Ihr verstorbener Bruder kannte Mrs Gadney ziemlich gut …« Er unterbrach sich, als er sah, wie sich ihre Züge anspannten. Das mochte der Trauer geschuldet sein, wirkte auf Monk aber eher wie Verärgerung.

»Mein Bruder bewegte sich nicht in denselben Kreisen wie mein Gatte und ich«, sagte sie sehr leise. Es war deutlich zu erkennen, dass sie ihn als Eindringling empfand, und vielleicht hatte sie – angesichts seines mutmaßlichen Selbstmords – damit auch recht. »Er war in einigen seiner Meinungen … exzentrisch«, fuhr sie fort. »Und wurde es mit zunehmendem Alter immer mehr. Es tut mir leid, dass Sie offenbar Ihre Zeit verschwendet haben.«

Monk rührte sich nicht von der Stelle. »Seine Witwe sagt, dass Dr. Lambourn Mrs Gadney gut kannte, und die Aussagen von Bewohnern ihres Viertels bestätigen das.«

»Das mag ja zutreffen.« Auch sie bewegte sich nicht und blieb weiter unmittelbar vor der Tür stehen. »Wie ich versucht habe, Ihnen zu erklären, war mein Bruder etwas exzentrisch. Wenn er von etwas überzeugt war, konnte ihn nichts auf der Welt mehr davon abbringen, und mit Sicherheit nicht der gesunde Menschenverstand oder irgendwelche Beweise.«

Monk bemerkte einen bitteren Unterton. Das war ein völlig neuer Aspekt an Joel Lambourn, den sie ihm hier vermittelte. Es war für ihn kein Vergnügen, das zu hören, aber er konnte jetzt nicht lockerlassen, wenn die Chance bestand, dass sich daraus eine neue Spur ergab, die ihn irgendwann vielleicht zu Zenia Gadneys Mörder führte. So zwang er sich, wieder an ihre Leiche zu denken, die verkrümmt dalag und so viel kleiner wirkte als zu Lebzeiten. Einmal mehr hielt er sich das wächsern weiße Gesicht und den zerstörten Körper vor Augen, das Blut und die blassen, hervorgequollenen Eingeweide.

»Mrs Gadney wurde ermordet«, sagte er leise, bewusst die grausamste Formulierung wählend. »Ihr Bauch wurde aufgeschlitzt und ihre Innereien herausgerissen. Sie wurde auf dem Limehouse Pier abgeladen wie ein aufgeplatzter Müllsack.«

Er ließ diese Worte wirken, um dann in sanfterem Ton fortzufahren. »Dr. Lambourn kannte sie gut genug, um sie einmal monatlich zu besuchen. Seine Witwe sagt, dass sie darüber im Bilde war, ja, dass sie schon seit Jahren davon wusste. Das ist ein Umstand, den ich nicht ignorieren kann.

Bisher ist Dr. Lambourn die einzige Person, mit der die Tote anscheinend eine Beziehung, welcher Art auch immer, unterhielt. Andere Leute kannten sie nur von gelegentlichen kurzen Gesprächen auf der Straße.«

Über Amitys Gesicht huschte eine Reihe von Emotionen in derart schneller Abfolge, dass Monk sie nicht identifizieren konnte, es sei denn als verschiedene Formen von Zorn. Wenn Trauer, Mitleid oder Angst dabei waren, wurden sie gleich wieder verdrängt, bevor er sie erkannte. Aber warum sollte sie ihm ihre Verletzlichkeit offenbaren, nachdem er so brutal zu ihr gewesen war? Zorn galt anscheinend bei den meisten als die wirksamste Verteidigung gegen das, was unerträgliche Schmerzen bereitete.

»Sie sollten sich besser setzen, Mr … Mr Monk«, sagte sie eisig. »Ich werde es Ihnen so deutlich erklären, wie ich kann. Und ebenso kurz. Offenbar gibt es sehr vieles, wovon Sie nichts wissen, was Sie aber allein schon um der Erinnerung an diese elende Frau willen erfahren müssen. Ein solcher Tod sollte weiß Gott niemanden ereilen.«

Sie trat zu einem großen Sessel hinüber und ließ sich vorsichtig nieder, wobei sie sich mit den Händen auf den Armlehnen abstützte. »Meine Schwägerin, Dinah, ist eine hochemotionale Frau und durch und durch Idealistin. Wenn Sie sie, wie Sie behaupten, kennengelernt haben, dann ist Ihnen das ja vermutlich bewusst geworden. Dinahs Bild von Joel war – gelinde gesagt – völlig unrealistisch.« Sie schüttelte dezent den Kopf. »Sie liebte ihn voller Hingabe, und natürlich auch ihre zwei Töchter, Adah und Marianne. Sie ist noch nicht so weit, dass sie sich der Wahrheit über ihn stellen könnte. Ich wage sogar zu behaupten, dass ihr das nie gelingen wird. Und ich weiß, dass alle Versuche, sie dazu zu zwingen, nichts bewirken werden. Wir alle brauchen etwas, woran wir glauben können. Aber ihr das jetzt zu sagen wäre nicht nur grausam, sondern völlig sinnlos. Das weiß ich aus eigener Erfahrung, denn ich habe mich schuldig gemacht und es selbst versucht.«

Monk konnte sich lebhaft vorstellen, wie Amity und Dinah mit ihren gegensätzlichen Ansichten über denselben Mann aneinandergerieten, den sie vermutlich beide liebten, wenn auch auf völlig verschiedene Weise. Glaubte Dinah nicht um seinetwillen mit solch zehrender Inbrunst an ihn, sondern um des Mannes willen, den sie gebraucht hatte, damit er ihren Hunger stillte und ihre Träume erfüllte?

Amity wurde ungeduldig. »Joel war ein charmanter Mann«, fuhr sie fort, den Blick ernst auf Monk gerichtet. »Er war mein älterer Bruder, und ich habe immer zu ihm aufgesehen. Aber so klug er auch war, er war auch ein Mann, der sich in seinen eigenen Ideen verirrt hatte, ein bisschen …« Die Ahnung eines Lächelns flackerte über ihre Mundwinkel und löste sich auf. »Weltfremd«, beendete sie den Satz. »Er steigerte sich in eine Sache hinein und weigerte sich dann, Gegenbeweise zur Kenntnis zu nehmen. Für einen Mann des Glaubens ist das ja vielleicht gut, aber nicht für einen Wissenschaftler. Er hätte Maler werden sollen oder Dramatiker, irgendetwas, wo es nicht auf die Wirklichkeit ankommt.«

Monk ließ sie reden.

Sie seufzte. »Als er jünger war, stand er mit den Dingen des wirklichen Lebens viel enger in Verbindung. Ich glaube, er ist erst in den letzten fünf, sechs Jahren von seinem Weg abgekommen.«

Monk starrte sie an. War sie in dieser Familie die Weise, die Tapfere, die gewillt war, sich der Wahrheit zu stellen, während Dinah nur sah, was sie sehen wollte? Amity strahlte Kälte aus, aber vielleicht war das nur ihre Rüstung, mit der sie sich gegen das schmerzhafte Eingeständnis ihres Scheiterns wappnete. Es gab jedenfalls nichts, womit sie ihm helfen konnte, und vielleicht hatte es nie etwas gegeben.

Amity senkte den Blick. »In seinem Beruf leistete er die

meiste Zeit hervorragende Arbeit. Er war gewissenhaft. Er war charakterfest wie nur wenige. Dinah wird Ihnen das gesagt haben, und sie hat recht. Aber dann wurde das mit dem Opium zur fixen Idee bei ihm, und er interpretierte einige der von ihm gesammelten Fakten falsch. Von da an ging es mit ihm bergab. Er türmte einen Irrtum auf den anderen, bis es für ihn keinen Ausweg mehr gab.«

Ihr Gesicht war düster und zeugte von vollendeter Konzentration. Monk beschlich das Gefühl, sie zwänge sich, all ihre inneren Qualen und Schmerzen an einem geheimen Ort zu verbergen und nur noch den Teil der Wahrheit bei sich zu behalten, der gesagt werden musste. Und nachdem sie Monk diesen Ausschnitt vermittelt hätte, würde er sie verlassen. Sie selbst würde danach die übrigen Teile ihres Lebens wieder zurückholen, Normalität vorgeben und es der Zeit erlauben, die Wunde wenigstens an der Oberfläche zu heilen.

Monk mochte sie nicht, und das verstärkte seine Schuldgefühle darüber, dass er nicht aufhörte nachzubohren.

»Irrtümer?«, fragte er.

»Sein letztes Gutachten war ein Fiasko, und die Regierung verwarf es. Sie hatte keine andere Wahl. Er hatte sich von Grund auf getäuscht. Daran trug er sehr schwer. Er wollte es einfach nicht wahrhaben, obwohl er eindeutig widerlegt worden war. Und das ist der Grund, warum er sich umgebracht hat. Er konnte seinen Kollegen, die Bescheid wussten, nicht ins Gesicht schauen. Armer Joel …«

»Und Mrs Gadney?«, fragte Monk, sanfter jetzt.

Amity zuckte mit den Schultern. »Ich kann es nicht mit Gewissheit sagen, aber es lässt sich leicht denken. Dinah ist eine schöne Frau, aber sehr … anspruchsvoll.« Das letzte Wort sprach sie mit geschürzten Lippen aus, als steckte eine tiefere, persönlichere Bedeutung dahinter. »Sie ließ ihm keinen Raum, in dem er auch weniger perfekt sein konnte. Vielleicht wünschte er sich eine Frau, die eine bloße Freundin war, die ihm einfach nur zuhörte, seine Interessen teilte, ohne unaufhörlich Bedürfnisse zu äußern.«

Flüchtig eröffnete sich Monk ein Blick auf unerträgliche Einsamkeit, auf emotionale Erschöpfung in einem Moment, da die gewaltige Enttäuschung und Vorwürfe, er hätte andere betrogen und im Stich gelassen, sich immer bedrohlicher vor dem Mann auftürmten und ihm mit jedem Fehler, jedem Nachweis eines Irrtums, jeder neuen Lüge zunehmend die Kehle zuschnürten.

Eine gewöhnliche Prostituierte mit nettem Gesicht, die genauso einsam, genauso vertraut mit dem Geschmack des Scheiterns war, musste in einer solchen Situation wie ein Geschenk des Himmels erscheinen. Endlich jemand, mit dem man lachen und weinen konnte, endlich jemand ohne fertiges Urteil, ohne jede Erwartung – außer anständig behandelt und bezahlt zu werden.

Würde Dinah das auch nur ansatzweise verstehen? Wahrscheinlich nicht. Ihr einziger Weg, damit umzugehen, bestünde wohl darin, es zu leugnen oder – falls das überhaupt möglich war – es zu ignorieren.

Hätte Dinah auch noch andere Dinge von ihm verlangen können, Dinge physischer Natur, die ihr zu bieten er zu müde, zu besorgt oder aus anderen Gründen unfähig war? Liebe umfasste weitaus mehr als ständiges Lob und den Glauben an den anderen. Bisweilen war es einfach die innere Ruhe, weil keine Erwartungen erfüllt werden mussten, weil man scheitern durfte und trotzdem geliebt wurde.

Er dachte an Beispiele seines eigenen Scheiterns zurück, und davon gab es das eine oder andere. Mehr als einmal hatte er sich durch seine Antipathie gegen Runcorn, seinen früheren Vorgesetzten, von der Konzentration auf die Wahrheit ablenken lassen. Und es hatte noch andere Fehler gegeben. Der schlimmste war vielleicht seine Überheblichkeit, die es dem Mörder Jericho Phillips ermöglicht hatte, mit einem Freispruch davonzukommen. Hester hatte ihm weder damals Vorwürfe gemacht noch ihn später daran erinnert.

Als er die größte Angst vor seiner eigenen Vergangenheit hatte, als die Geister, die sein Gedächtnisverlust nur verborgen hatte, ihn in den ersten Jahren grausam verfolgten, hatte Hester ihn nie einen Feigling gescholten, weil er diese Geister fürchtete. Und bei der Ermordung von Joscelyn Grey hatte sie die Möglichkeit seiner Schuld nicht ausgeschlossen, sehr wohl aber eine Kapitulation ohne einen bedingungslosen Kampf, und wenn er mit dem Rücken zur Wand ausgefochten werden musste.

Sich aus Erschöpfung in die Niederlage zu fügen, das hatte es bei ihr nicht gegeben. Vielleicht war das eine ihrer größten Stärken. Die ganz gewiss größte war freilich die Liebe in ihr, die jeder Mensch in seinen dunkelsten Momenten benötigte.

War der Mangel an solcher Liebe der Grund, warum Joel Lambourn aufgegeben hatte? War er den Anforderungen, die das Heldentum stellte, auf die einzige ihm mögliche Weise ausgewichen?

Monk erhob sich und dankte Amity Herne, obwohl das, was sie ihm gesagt hatte, weit von dem entfernt war, was er hören wollte.

Auf dem Heimweg ließ sich Monk noch einmal durch den Kopf gehen, was Amity gesagt hatte. Es belastete ihn allein schon deshalb, weil er es überhaupt nicht erwartet hatte. Ihre Meinung über Lambourn unterschied sich so grundsätzlich von derjenigen Dinahs, dass er unbedingt noch einen dritten Standpunkt hören musste, um schließlich alle drei gegeneinander abzuwägen.

Dinah liebte Lambourn aus tiefstem Herzen, wie eine Frau ihren Mann liebt, wobei die Leidenschaft, die sie nach wie vor eindeutig empfand, ihre Sichtweise vielleicht etwas verzerrte. Sie war immer noch verstört und weigerte sich zu glauben, dass er seinen Tod selbst herbeigeführt haben könnte. Es war nicht schwierig, ihre Haltung nachzuvollziehen, zumal sie offenbar weder von Zorn noch von Verzweiflung geprägt war, sondern von ihrer Entschlossenheit, weiter für eine Sache zu kämpfen, die für ihn immer mehr zu einer Herzensangelegenheit geworden war.

Oder wollte – musste? – Dinah sich an ihren Glauben klammern, um nicht nur ihre Überzeugungen zu behalten, sondern auch die Fähigkeit, nach Joels Tod weiterzumachen und sich um ihre Töchter zu kümmern? Das wäre ebenfalls nicht schwer zu verstehen.

Amity Herne hatte zugegeben, dass sie und Lambourn in vielerlei Hinsicht voneinander getrennt aufgewachsen waren. Sieben Jahre bedeuteten bei Kindern einen gewaltigen Altersunterschied. Joel war voll in seiner Ausbildung und später in seinem Berufsleben aufgegangen. Laut Amity hatten sie auch räumlich so weit voneinander getrennt gelebt, dass die einzige Kommunikation in Briefen bestand und sich erst recht keine Freundschaft zwischen ihnen entwickelt hatte. Erst in letzter Zeit hatte sie mehr über ihn und sein Wesen erfahren.

Oder war auch das ein Urteil, das sie sich mehr aufgrund eines emotionalen Bedürfnisses gebildet hatte als durch neutrale Beobachtung? Musste sie sich von jeder Schuld an seinem Selbstmord freisprechen, indem sie ihn als einen zu seinem Verhängnis mit Fehlern behafteten Mann darstellte, an den sie ohnehin nie hätte glauben können?

Wen konnte Monk sonst noch befragen? Amitys Mann, Barclay Herne, war wohl zu eng mit seiner Frau verbunden, um als unvoreingenommen zu gelten, auch wenn seine Meinung durchaus ausgewogener sein mochte als ihre. Wer hatte an der Spitze der Organisation gestanden, die Lambourns Untersuchung angefordert hatte? Dieser Mann hatte als Außenstehender vermutlich eine sachlich begründete Meinung über Lambourns Urteil, frei von persönlichen Gefühlen.

Es erforderte nur einige wenige Erkundigungen, um zu erfahren, dass der zuständige Minister, Sinden Bawtry, ein fähiger und charismatischer Mann war, der in politischen Kreisen einen sprunghaften Aufstieg genommen hatte. Er besaß ein immenses persönliches Vermögen und spendete großzügig für viele gute Zwecke, vor allem in den Bereichen Kunst und Kultur. Seine Sammlung von erlesenen Gemälden und die Tatsache, dass er einzelne davon Museen stiftete, brachten ihm große Bewunderung ein. Eine halbe Stunde seiner Zeit zu ergattern war keine leichte Aufgabe.

Es war schon Spätnachmittag, als Monk ins Vorzimmer seines Büros geführt wurde. Mit zunehmender Wartezeit wuchsen Monks Zweifel, dass Bawtrys Informationen ihm helfen würden, den Mord an der Frau auf dem Limehouse Pier zu klären. Ja, er musste die Wahrheit ein wenig strecken, um daran glauben zu können. Und dann stand er sich im Vorzimmer noch einmal eine Dreiviertelstunde die Beine in den Bauch und wurde von Minute zu Minute ungeduldiger, ehe er vorgelassen wurde.

Eigentlich hatte er einen Herrn mittleren Alters mit steifem Gebaren erwartet, doch tatsächlich trat ihm ein Mann von raumbeherrschender Vitalität entgegen und schüttelte ihm mit festem Druck die Hand.

»Tut mir leid für die lange Wartezeit«, sagte er herzlich. »Manche Leute sind einfach nicht in der Lage, sich kurzzufassen. Sie scheinen sich zu sagen: ›Je mehr Wörter ich verwende, desto ernster wird mein Anliegen genommen.‹« Er lächelte. »Was kann ich für Sie tun, Mr Monk? In Ihrer Nachricht schreiben Sie, dass es um den verstorbenen Dr. Joel Lambourn und einen möglichen Zusammenhang mit diesem schrecklichen Mord am Limehouse Pier geht. Sie haben mich ganz schön neugierig darauf gemacht, worin dieser Zusammenhang womöglich bestehen könnte.«

»Vielleicht gibt es gar keinen.« Monk entschied sich blitzschnell, es bei diesem Mann nicht mit einer Täuschung zu versuchen, egal, wie gering. Sein ansehnlicher Kopf und sein einnehmender Charme verbargen weder seine Intelligenz noch sein Machtbewusstsein. »Es scheint aber so zu sein, dass Dr. Lambourn das Opfer sehr gut kannte. Nun habe ich von Leuten, die Dr. Lambourn nahestanden, widersprüchliche Meinungen über ihn gehört. Um sie gegeneinander abwägen zu können, brauche ich den Standpunkt eines informierten, aber trotzdem weitgehend unparteiischen Zeugen, insbesondere, was den Wert seiner Arbeit und davon ausgehend, soweit möglich, seinen Geisteszustand in der letzten Phase seines Lebens betrifft.«

»Die Opiumuntersuchung«, sagte Bawtry mit einem knappen verstehenden Nicken. »Das dürfte auch wirklich das Einzige sein, worüber ich Ihnen kompetent Auskunft geben kann. Ich kannte Lambourn nicht persönlich. Aber vielleicht benötigen Sie eine Stellungnahme von gerade so jemandem. Ich glaube, er war ein außergewöhnlich liebenswerter Mensch, aber Zuneigung kann ein Urteil verzerren, egal, wie gerecht man auch sein möchte.«

»Ganz richtig«, bestätigte Monk, dessen Anspannung nun nachließ. Er empfand es als viel leichter, mit jemandem umzugehen, dessen Urteil nicht von Emotionen getrübt war.

Bawtry deutete mit einem winzigen Achselzucken eine Entschuldigung an. »Ein brillanter Mann, wenn auch vielleicht ein bisschen weltfremd. Hatte etwas von einem Kreuzfahrer, und in diesem Fall ließ er zu, dass sein tiefes Mitgefühl für die Opfer von Unwissenheit und Verzweiflung seinen Blick auf das große Ganze beeinflusste.« Er senkte die Stimme. »Um ehrlich zu sein: Wir brauchen eine bessere Kontrolle darüber, was alles in die Medikamente gemischt wird, die jeder kaufen kann, und vor allem bessere Informationen über den Opiumgehalt in den Mitteln, die Säuglingen verabreicht werden.« Sein Gesicht nahm einen unglücklichen, düsteren Ausdruck an. »Aber gerade das ist einer der Hauptgründe, warum wir Lambourns Studie nicht annehmen konnten: Einige seiner Beispiele waren zu extrem und beruhten eher auf Hörensagen als auf realen medizinischen Fällen. Der Bericht hätte mehr Schaden angerichtet als Gutes bewirkt, weil er so leicht in Verruf hätte gebracht werden können.«

Er sah Monk mit festem Blick in die Augen. »Sie stoßen sicher auf dasselbe Problem, wenn Sie einen Fall für einen Prozess vorbereiten. Sie dürfen nur das vorlegen, was einem Kreuzverhör standhalten wird, die physischen Indizien, Zeugen, denen die Leute glauben werden. Jeder Einzelne, den die Verteidigung zu Fall bringen kann, könnte die Geschworenen gegen Sie einnehmen.« Er lächelte, was eigentlich eine Frage ausdrückte. »Wie auch immer, er war ein Risiko für uns. Ich wünschte, es hätte sich anders verhalten. Er war ein anständiger Mann.«

Wieder verschwand mit einem Schlag alles Licht aus seinem Gesicht. »Sein Selbstmord war ein Schock für mich. Ich hatte keine Ahnung, dass er der Verzweiflung so nahe war, aber ich muss annehmen, dass, völlig unabhängig von der Untersuchung, noch etwas anderes dahintersteckte. Etwas, das mit der schrecklichen Sache mit der Frau in Limehouse zu tun hatte, wenn Sie tatsächlich recht haben. Ich hoffe, Sie täuschen sich, denn das wäre zu schmutzig. Aber ich weiß es nicht. Mein Urteil ist rein beruflicher und nicht persönlicher Natur.«

»Wissen Sie, was aus seiner Studie geworden ist?«, fragte Monk. »Ich würde gerne einen Blick in eine Abschrift werfen.«

Bawtry musterte ihn überrascht. »Halten Sie es für möglich, dass das irgendwie mit dem Tod dieser Frau zu tun hat? Es fällt mir schwer zu glauben, dass die Verbindung zwischen ihr und Lambourns wissenschaftlicher Arbeit über einen bloßen Zufall hinausging.«

»Wahrscheinlich haben Sie recht«, stimmte Monk ihm zu. »Aber es wäre nachlässig von mir, nicht jeder Spur zu folgen. Wusste sie vielleicht etwas? Er könnte mit ihr darüber gesprochen und ihr vielleicht etwas über die Sache anvertraut haben.«

Bawtry runzelte die Stirn. »Woran dachten Sie dabei? Meinen Sie den Namen eines bestimmten Menschen, der mit Opium, Heilmitteln oder unehrlichen Machenschaften zu schaffen hatte?«

»Das ist möglich.«

»Ich werde die Studie auftreiben, sofern noch eine Kopie vorhanden ist. Und wenn es eine gibt, werde ich dafür sorgen, dass Sie Einblick nehmen können.«

»Danke.« Monk fielen keine weiteren Fragen mehr ein. Er hatte ohnehin alle Zeit in Anspruch genommen, die Bawtry ihm gewähren konnte. Nur war er sich nicht sicher, ob das, was ihm dieser gesagt hatte, wirklich das war, was er hatte hören wollen. Aber es ließ sich nicht bestreiten: Sein Urteil war sorgfältig abgewogen, mitfühlend und absolut vernünftig.

»Vielen Dank, Sir«, sagte er leise.

Bawtrys Lächeln kehrte zurück. »Hoffentlich hat unser Gespräch Ihnen irgendwie genützt.«

6

Am nächsten Morgen marschierte Monk in das Büro des Gerichtsmediziners, der Lambourns Selbstmord untersucht hatte. Da der Befund der Analyse in den Archiven zugänglich war, hatte Monk keine Mühe, die Dokumente zu erhalten.

»Sehr traurig«, sagte der Sekretär, ein junger Mann, der seinen Beruf äußerst ernst nahm. Sein bereits schütteres Haar hatte er sich mit Pomade nach hinten gekämmt, und sein dunkler Anzug war makellos. »Bei jedem Menschen, der sich entscheidet, sein Leben selbst zu beenden, muss man nachdenklich innehalten.«

Da Monk keine passende Antwort dazu einfiel, nickte er nur stumm. Dann wandte er sich dem medizinischen Teil des Befunds zu. Demzufolge hatte Lambourn eine ziemlich große Dosis Opium eingenommen, ehe er sich die Pulsadern aufgeschnitten hatte und verblutet war. Der Polizeiarzt hatte das in seinem Befund kurz und bündig festgestellt, und niemand hatte an seiner Sorgfalt oder Qualifikation gezweifelt. Es gab nichts daran auszusetzen.

Der Gerichtsmediziner hatte nicht gezögert, auf Selbstmord zu erkennen, und seiner Erklärung nur noch die üblichen teilnahmsvollen Worte hinzugefügt, dass der Tote aus dem seelischen Gleichgewicht geraten und daher zu bemitleiden, nicht zu verurteilen sei. Seine Wortwahl drückte einen frommen Wunsch aus, der bis zu beinahe völliger Bedeutungslosigkeit abgegriffen war.

Die Beileidsbekundungen lasen sich höflich, doch steif.

Lambourn war ein bei seinen Kollegen angesehener Mann gewesen, und niemand hatte laut darüber spekulieren wollen, welche Gründe ihn zu dieser Tat geführt haben mochten. Dinah Lambourn war gar nicht erst um eine Aussage gebeten worden. Die einzigen persönlichen Worte stammten von seinem Schwager, Barclay Herne, der erklärt hatte, Lambourn sei deprimiert gewesen, und das nicht nur wegen der Ergebnisse seiner letzten Studie, sondern auch, weil die Regierung außerstande gewesen sei, seine Empfehlungen aufzugreifen. Beides hätte ihn über alle Maßen verstört. Am Ende seiner Stellungnahme äußerte Herne sein tiefes Bedauern.

Der Gerichtsmediziner hatte keinen weiteren Kommentar dazu abgegeben. Die Akte war geschlossen worden.

»Danke«, brummte Monk und reichte dem Sekretär die Unterlagen zurück. »Darüber muss doch ein Polizeibericht vorliegen. Wo ist er?«

Der Mann blickte ihn verständnislos an. »Fällt nicht in den Zuständigkeitsbereich der Polizei, Sir. Kein Schuldiger. Niemand war daran beteiligt, außer dem armen Kerl selbst. Wenn jemand dort gewesen wäre, hätte er ihn daran gehindert. Gebot der Vernunft.«

»Wer hat die Leiche gefunden?« Monk erwartete, dass der Sekretär ihm Dinah nennen würde, und versuchte bereits, sich ihr fassungsloses Entsetzen auszumalen.

»Ein Mann, der seinen Hund spazieren führte«, erklärte der Sekretär. »Wäre vielleicht eine Ewigkeit nicht entdeckt worden, wenn der Hund sie nicht gerochen hätte. Das können sie nämlich … ich meine, den Tod riechen.« Er schüttelte den Kopf. Man konnte sehen, dass er leicht zitterte.

»Wo war das überhaupt?« Monk nahm an, es handele sich beim Fundort entweder um Lambourns Haus oder seine Arbeitsstätte.

»Greenwich Park«, antwortete der junge Mann. »Auf dem

One Tree Hill. Komischer Name … dort gibt es ja mehr als einen Baum. Er war in einer Mulde, knapp unter dem Gipfel. Hockte mit dem Rücken gegen einen Baumstamm gelehnt da.«

Jäh drängte sich Monk ein völlig neues Bild auf, eines von totaler, verzweifelter Einsamkeit. Was war diesem Mann über alles andere hinaus noch zugestoßen, dass er seine Frau und seine Töchter zurückgelassen hatte und ganz allein in diesen Park, in die Kälte und Dunkelheit hinausgegangen war, wo er sich die Pulsadern aufschnitt und von einem wildfremden Mann entdeckt wurde? Nach allem, was Monk bisher gehört hatte, war Lambourn ein sanfter, besonnener Mensch gewesen. Was hatte ihn zu einer so unerträglich rücksichtslosen Tat getrieben?

»Im Bericht des Gerichtsmediziners steht nichts über seine Gesundheit«, fuhr Monk, an den Sekretär gewandt, fort. »Könnte er an einer tödlichen Krankheit gelitten haben?«

Das schien den Mann zu verwirren. »Keine Ahnung, Sir. Die Todesursache lag doch auf der Hand.«

»Die unmittelbare Ursache, ja, aber nicht der Grund«, hielt ihm Monk entgegen.

Der Sekretär runzelte die Stirn. »Vielleicht geht uns das nichts an, Sir. Dem armen Mann ist offensichtlich etwas derart Schlimmes zugestoßen, dass er glaubte, nicht mehr damit leben zu können. Da gibt es nichts, was wir für ihn tun können, außer sein bisschen Privatsphäre zu achten. Inzwischen hat es sowieso keine Bedeutung mehr.« Die unterschwellige Kritik war in seinem Ton, aber ebenso in der Wortwahl deutlich zu erkennen.

Monk brauste auf. »Die hat es sehr wohl, weil Dr. Lambourn offenbar die einzige Person war, die wohlvertraut mit dem Opfer eines extrem brutalen und abscheulichen Mordes in Limehouse war. Ich muss wissen, ob ihm irgendetwas bekannt war, das zu diesem Mord führte, ober ob jemand das zumindest annahm.« Er bemerkte, wie der Sekretär erschrak, und für einen Moment erfassten ihn Schuldgefühle. Natürlich hatte er keinen Beweis dafür, dass genaue Erkenntnisse über Joel Lambourns Tod ihn darauf bringen würden, wer Zenia Gadney ermordet hatte und warum. Das ärgerte ihn, denn dieser Fall hatte Aspekte, die einfach keinen Sinn ergaben. Doch ohne Spuren, die sich verfolgen ließen, tappte er im Dunkeln, es sei denn, Orme entdeckte etwas oder ein Zeuge meldete sich.

Der Sekretär schüttelte den Kopf, als wollte er eine Idee verscheuchen, die sich ihm aufdrängte. »Dr. Lambourn war ein Wissenschaftler, Sir, ein hochachtbarer Mann. Arbeitete für die Regierung und versuchte, ihr Informationen zu beschaffen. Nichts Persönliches, nicht diese Art von Dingen. Es ging um Medikamente, nicht um Menschen. Morde und Leute, die in so etwas verwickelt sind, interessierten ihn nicht im Geringsten. Sie haben von ›abscheulich‹ gesprochen? Das kann unmöglich Dr. Lambourn gewesen sein, Sir.«

»Wie lange war er schon tot, als er entdeckt wurde?«

Der Sekretär schaute wieder auf seine Dokumente, dann blickte er zu Monk auf. »Dazu steht hier nichts, Sir. Ich könnte mir vorstellen, dass es keinen Einfluss auf das Urteil hatte. Sicher wollten die Herren einfach möglichst diskret vorgehen. Einzelheiten belasten die Angehörigen nur. Hätte auch nichts geholfen.«

»Wer war der Polizeiarzt?«

»Ah … Dr. Wembley, Sir.«

»Wo finde ich ihn?«

»Das weiß ich nicht, Sir. Sie werden auf der Polizeiwache fragen müssen.« Die Missbilligung des Sekretärs lag jetzt offen zutage. Er betrachtete Monk als einen Störenfried, der einen abgeschlossenen Fall wieder eröffnen wollte, während der Anstand verlangte, dass niemand mehr daran rührte.

Monk notierte die Fakten, die er benötigte, bedankte sich und ging.

Auf der Polizeiwache gab man ihm Wembleys Adresse, doch es dauerte eine weitere Stunde, bis er die Praxis des Mannes fand und die Möglichkeit zu einem Gespräch unter vier Augen erhielt. Dr. Wembley war weit jenseits der sechzig, stattlich und hatte dickes graues Haar sowie einen Schnauzer.

Mit einem »Danke schön« ließ sich Monk auf dem ihm zugewiesenen Stuhl nieder und schlug entspannt die Beine übereinander.

»Was kann ich für die Wasserpolizei tun?«, erkundigte sich Wembley neugierig. »Haben Sie denn nicht Ihre eigenen Mediziner?«

»Es geht um einen Ihrer Fälle, der von Relevanz für einen der unseren sein könnte«, erwiderte Monk. »Ich wage zu behaupten, dass Sie von der Frau gehört haben, die auf dem Limehouse Pier ermordet und verstümmelt wurde.«

»Allmächtiger, ja! Die Zeitungen sind voll damit. Bereitet euch ja gewaltige Kopfschmerzen.« Sowohl sein Ton als auch das Gesicht verrieten Mitgefühl. »Hier unten hatten wir allerdings nichts dergleichen.«

Monk entschied sich, die Karten auf den Tisch zu legen. Seiner Einschätzung nach würde Wembley auf alles andere ungehalten reagieren.

»Die einzige Person, die nach unseren Ermittlungen die Frau kannte, ist leider selbst tot«, begann er. »Anscheinend hat dieser Mann sie mit Geld unterstützt. Er war ihr einziger Kunde, von dem man wusste, und besuchte sie regelmäßig einmal im Monat.«

»Sie war also Prostituierte«, schloss Wembley. »Mit nur einem einzigen Kunden? Das ist ungewöhnlich. Aber wenn er schon tot war, kann er sie nicht umgebracht haben. Drängt sich da nicht eher die Vermutung auf, dass sie jemand anderen aufgabelte und das Pech hatte, an einen Wahnsinnigen zu geraten?«

Monk nickte. »Allerdings. Das ist eine kluge Folgerung. Meine Männer ermitteln auch in dieser Richtung – auf der Grundlage des Wenigen, was wir haben. Bisher ist es ein Einzelfall. Keine Berichte über irgendjemanden in dieser Gegend, der außergewöhnlich brutal oder geistesgestört wäre. Keine Überfälle auf andere Frauen in den letzten Tagen. Und auch vorher hat es keine Gewaltverbrechen gegeben, die dem hier so ähnlich waren, dass man vom selben Täter ausgehen könnte.«

Wembley biss sich auf die Lippe. »Irgendwann muss man schließlich anfangen. Aber dafür, dass das eine Ersttat sein soll, hört es sich äußerst brutal an.«

»Eben«, bestätigte Monk. »Alternativ dazu lässt sich denken, dass es jemand war, den sie kannte, und dass der Hass persönlicher Natur war.«

»Wen, zum Teufel, könnte die arme Frau gekannt haben, der sie genug hasste, um ihr die Eingeweide herauszureißen?« Wembleys Züge verzerrten sich vor Abscheu. »Und warum an einem nach allen Seiten offenen Ort wie einem Pier? Riskierte er damit nicht, von einer vorbeifahrenden Fähre oder einem Lastkahn aus gesehen zu werden?«

»Genau. All das lässt ihn immer mehr wie einen durch und durch Wahnsinnigen erscheinen, jemanden, der von einer plötzlichen, unbeherrschbaren Raserei besessen war. Nur dass er das Messer oder vielleicht eine offene Klinge schon vorher eingesteckt haben muss. Laut dem Polizeiarzt war sie ziemlich lang und äußerst scharf. Wenn jemand die zwei gesehen hat – was bisher niemand zugeben wollte –, dann muss er sie für zwei Bekannte gehalten haben oder, falls sie gerade mitten im Geschlechtsakt waren, für eine Prostituierte mit ihrem Freier auf dem Pier.«

»Etwas ungewöhnlich, finden Sie nicht auch?«, fragte Wembley. »Warum kein Hauseingang? Es muss doch in dieser Gegend viele verschwiegene Stellen geben.«

»Vielleicht glaubte sie, sie wäre an einer von überall einsehbaren Stelle in Sicherheit«, mutmaßte Monk.

Wembley schürzte die Lippen. »Oder er hatte Macht über sie und konnte sie zwingen, ihm überallhin zu folgen. Mein Gott, was für ein Durcheinander!«

»Allerdings«, brummte Monk mit einem düsteren Lächeln. »Und es wird noch komplizierter. Der Mann, der sie unterstützte, war Joel Lambourn, der sich offenbar selbst das Leben genommen hat. Vor etwas mehr als zwei Monaten. Im Greenwich Park.«

Wembley holte tief Luft und ließ sie mit einem Seufzen entweichen. »Ein Zusammenhang mit ihm? Das ist eine Überraschung. Sie sind sich sicher, wie ich annehme?«

»Ja. Ein Zweifel scheint ausgeschlossen. Aber sowohl seine Witwe als auch seine Schwester, Mrs Herne, behaupten, über seine Beziehung zu der Toten im Bilde gewesen zu sein. Sie kannten vielleicht nicht den Namen der Frau, aber sie wussten von ihrer Existenz.«

Wembley schüttelte benommen den Kopf. »Da … da bin ich wirklich verblüfft. Er ist der Letzte, bei dem ich so etwas erwartet hätte.« Auf seinem Gesicht breitete sich ein Ausdruck tiefster Bestürzung aus. »Dann wiederum ist er der Letzte, bei dem ich erwartet hätte, dass er Selbstmord begeht. Jetzt muss ich einräumen, dass mein Urteilsvermögen erbärmlich ist. Und Mrs Lambourn wusste darüber Bescheid, sagen Sie?«

»Das behauptet sie zumindest.«

»Aber Sie haben Zweifel daran?«, drängte Wembley.

Monk bedachte ihn mit einem matten Lächeln. »Ich merke, dass mein Urteilsvermögen ebenfalls zu wünschen übrig lässt. Irgendetwas stimmt einfach nicht. Eine solche Tat passt nicht zu allem anderen, was ich über diesen Mann gehört habe. Kannten Sie Lambourn persönlich?«

»Ja, allerdings nicht gut.«

»Gut genug, um über seinen Selbstmord überrascht zu sein.«

Wembleys Stimme verriet sein Zögern. »Ja.«

»Aber Sie haben keinen Zweifel daran, dass er es getan hat«, fügte Monk hinzu.

»Zweifel?« Wembley blickte ihn bestürzt an. »Wollen Sie etwa sagen, dass es kein Selbstmord war?«

»Mrs Lambourn ist davon überzeugt, dass er ermordet wurde«, entgegnete Monk. »Aber vielleicht kann sie es einfach nicht ertragen zu akzeptieren, dass er sich den Tod wünschte. Ich glaube, ich könnte es auch nicht ertragen, wenn meine Frau sich umbrächte und ich hätte nichts von ihrer Verzweiflung, geschweige denn von ihren Selbstmordgedanken geahnt. Könnten Sie das?«

»Nein«, sagte Wembley sofort. »Was hat seine Schwester gesagt? Oder ist sie von der gleichen Art?«

»Überhaupt nicht.« Monk rief sich Amity Hernes Gesicht in Erinnerung, das so grundverschieden von dem ihres Bruders war, ihre Stimme und insbesondere ihre Einstellung. Er empfand es geradezu als widerwärtig, ihre Worte zu wiederholen. »Ihr schien es nicht schwerzufallen, an seinen Selbstmord zu glauben«, sagte er laut. »Sie meinte, er wäre in seinem Beruf gescheitert und auch in seinem Privatleben. Er konnte die Erwartungen nicht erfüllen, die seine Frau in ihn setzte. Und die Anstrengung, die es ihn kostete, es zu versuchen, der hohe Anspruch, all das überforderte ihn am Ende.«

»Ich weiß nichts über sein Privatleben!«, stieß Wembley erregt hervor, als fühlte er sich persönlich angegriffen. »Aber in seinem Beruf war er hervorragend. Auf seinem Gebiet einer der führenden Köpfe. Er setzte sich selbst hohe Maßstäbe –

und ich glaube nicht, dass er sie nicht erfüllte. Jedenfalls war er robust genug, um in einem gewissen Rahmen mit seinem Scheitern zu leben. Menschenskind, es gibt keinen Arzt auf der Welt, der nicht Woche für Woche mit etwas scheitert und damit leben muss!«

In einer frustrierten Geste hob er beide Hände. »Menschen sterben, Menschen schaffen es nicht, eine lähmende Krankheit zu überwinden. Sie selbst tun doch auch Ihr Bestes. Vielleicht gelingt es Ihnen sogar, jeden Fall zu klären, aber mit Sicherheit können Sie nicht jedes Verbrechen verhindern!« Sein Ton enthielt eine Anklage. Offenbar fühlte er sich von Monk angegriffen, was dieser zu keinem Zeitpunkt beabsichtigt hatte.

Doch Monk war auf eine verquere Weise erfreut. »Sie glauben also nicht daran, dass er Selbstmord begangen haben könnte, weil er sich als beruflich gescheitert empfand?«

Wembleys Züge strafften sich. Sie verrieten eindeutig Zorn. »Nein, das glaube ich nicht!«

»Weswegen dann?«

»Das weiß ich nicht!« Er funkelte Monk an. »Ich bin gezwungen, mich an die vorliegenden Tatsachen zu halten. Er wurde am frühen Morgen in einem abgelegenen Teil des Greenwich Park gefunden. Er war allein. Er hatte Opium eingenommen, und zwar genügend, um schläfrig zu werden und vielleicht jedes Schmerzempfinden und womöglich eine vollkommen natürliche Angst zu betäuben. Er hatte sich die Pulsadern aufgeschnitten und war verblutet.«

Monk beugte sich leicht vor. »Woher wissen Sie, dass er das Opium von sich aus einnahm und sich die Pulsadern selbst aufschnitt?«

Wembleys Augen weiteten sich. »Wollen Sie sagen, dass jemand anders das getan hat, um ihn dann verbluten zu lassen? Wozu, um Himmels willen? Und warum hat er sich nicht gewehrt? Er war kein kleiner oder schwacher Mann, und er war nicht gefesselt worden. Die Opiummenge in seinem Körper war beträchtlich, aber sie hätte nicht ausgereicht, um ihn auf der Stelle empfindungslos zu machen. Er muss in das, was sich abspielte, eingewilligt haben, zumindest anfangs.«

Monk überlegte fieberhaft. »Seine Handgelenke waren aufgeschnitten? Könnten die Verletzungen Anzeichen einer Fesselung verborgen haben?«

Wembley schüttelte langsam den Kopf. »Sie waren längs an der Innenseite aufgeschnitten, dort, wo die Schlagader ist. Wenn man ihn gefesselt hätte, wären an der Außenseite Striemen gewesen.«

Monk war noch nicht bereit, sich geschlagen zu geben. »Irgendwelche blauen Flecken?«

»Keine, die ich erkennen konnte. Jedenfalls nicht an den Knöcheln.«

»Im Gesicht?«

»Selbstverständlich nicht! Das wäre mir wohl kaum entgangen!«

»Wie sahen seine Haare aus?«

»Grau. Erste Anzeichen einer Stirnglatze. Warum?« Diesmal hatte Wembley allerdings gezögert.

»Und am Hinterkopf?«

»Immer noch dicht. Halten Sie es für möglich, dass das Haar einen Bluterguss verdeckte?«

»Hätte es denn einen geben können?«

Wembley nahm einen langen, tiefen Atemzug und ließ die Luft mit einem Seufzen entweichen. »Ich bin nicht darauf gekommen, das zu überprüfen. Möglich ist es. Aber Blut gab es keines. Das hätte ich bemerkt.«

»Wie hat er das Opium eingenommen?«

»Das weiß ich nicht. Wo wäre der Unterschied?«

»Pulver in einem Tütchen?«, fragte Monk. »Und Wasser, um es hinunterzuschlucken. Eine Lösung der einen oder anderen Art? Etwas wie Laudanum oder irgendein anderes, frei erhältliches Medikament?«

»Was hat das jetzt noch zu bedeuten?« Wembley sprach langsamer; seine Neugier war geweckt.

»Man kann Opium nicht lose mit sich herumtragen«, erklärte Monk. »Und Pulver kann man nicht einnehmen, ohne es in irgendetwas aufzulösen. Laudanum würde man in einer Flasche aufbewahren.«

Wembley schürzte die Lippen. »Die Polizei muss sie sichergestellt haben. Ich habe keine Flasche, Tüte oder sonst etwas gesehen. Wahrscheinlich hätte ich fragen sollen. Aber ich hielt es nicht für wichtig. Die Situation wirkte ja völlig eindeutig. Und ich gebe zu, dass ich erschüttert war«, rechtfertigte er sich. »Ich bewunderte seine Leistungen, und insoweit ich ihn kannte, mochte ich ihn.«

Für einen langen Moment trat Schweigen ein. Im Korridor draußen war das Echo von Schritten zu hören, die sich entfernten und verhallten.

Monk forderte Wembley nicht zum Weitersprechen auf. Es berührte ihn, dasselbe Bedauern um einen Mann zu empfinden, den er nie kennenlernen würde, den er jedoch nach allem, was er über ihn gehört hatte, gewiss gemocht hätte.

»Er hatte einen sehr feinen Humor«, fuhr Wembley mit leiser Stimme fort. »Wie nur wenige Wissenschaftler konnte er sich königlich über das Absurde amüsieren, und den Menschen gegenüber zeigte er eine Zuneigung, als ob ihm auch ihre Schrullen gefielen.« Sein Blick verlor sich in der Ferne, während sein inneres Auge in die Vergangenheit schaute. Es dauerte nicht lange, dann kehrte er in die Gegenwart zurück. »Wenn es einen Fehler gegeben hat, wäre ich sehr froh, wenn Sie ihn aufdecken könnten. Dieser Fall ist einer von jenen, bei denen ich mich viel lieber geirrt hätte.«

Als Nächstes versuchte Monk sein Glück bei der örtlichen Polizeiwache, war aber nicht überrascht, als ihm der Sergeant erklärte, der Fall sei abgeschlossen und dass man solche Tragödien am besten auf sich beruhen lassen solle. Ihn noch einmal aufzurollen wäre nur eine Belastung für die Hinterbliebenen und würde nichts nützen.

»Dr. Lambourn war ein hochangesehener Gentleman, Sir«, sagte er mit einem verkniffenen Lächeln. »Es erschüttert das ganze Viertel, wenn so etwas passiert. Allerdings fällt es wohl kaum in den Bereich der Wasserpolizei.«

Monk zermarterte sich das Hirn nach einem Grund dafür, den Mann zu fragen, ob jemand eine Flasche mit Wasser oder Alkohol oder sonst etwas, worin man Opium auflösen konnte, entfernt hatte, doch der Sergeant hatte recht: Die Sache ging die Wasserpolizei nichts an.

»Ich würde gern mit dem Polizisten sprechen, der als Erster am Fundort eintraf«, sagte er stattdessen. »Es könnte ein Zusammenhang mit einem Fall bestehen, der sehr wohl in den Bereich der Wasserpolizei fällt. Mord«, fügte er nach einer kurzen Pause hinzu, falls der junge Mann geneigt sein sollte, das auf die leichte Schulter zu nehmen.

Die Miene des Constable verriet keine Regung. »Tut mir leid, Sir, aber das dürfte Constable Watkins sein, und der ist augenblicklich in Deptford draußen.« Ein winziges Lächeln spielte um seine Mundwinkel. Monk war sich nicht sicher, ob es Charme oder Unverschämtheit ausdrückte. Er hielt Letzteres für wahrscheinlicher.

»Wird erst morgen wieder hier anzutreffen sein«, fuhr der junge Mann fort. »Könnte Ihnen aber sowieso nichts sagen. Der arme Mann war schon seit Stunden tot, hat uns der Doktor gesagt. Kann ich sonst noch etwas für Sie tun, Sir?«

Nur mit Mühe verbarg Monk seinen Ärger. »Wer war für den Fall zuständig?«

»Irgendein junger Beamter, den die Regierung geschickt

hatte, da Dr. Lambourn eine wichtige Persönlichkeit war. Behandelte die Sache sehr … diskret.« Vor dem letzten Wort zögerte er kurz, womit er ihm eine besondere Bedeutung verlieh.

»Und den Namen dieses Mannes kennen Sie nicht?«

»Das ist richtig, Sir. Er ist mir kein Begriff.« Erneut lächelte er und blickte Monk dabei dreist in die Augen.

Monk bedankte sich und ging. Er hatte das Gefühl, bewusst behindert worden zu sein, war sich aber sicher, dass er hier mit weiteren Fragen nur seine Zeit verschwenden würde. Vielleicht hatte Lambourn sein Opium in Alkohol aufgelöst eingenommen, möglicherweise eine große Menge, und da war es durchaus eine nette Geste, wenn man das nicht an die große Glocke hängte. Widerstrebend räumte er ein, dass derjenige, der Lambourn entdeckt hatte, das Opium aus Rücksicht verborgen haben könnte. Er selbst hätte vielleicht auch so gehandelt.

Am nächsten Morgen beriet er sich mit Orme in Wapping. Sie standen auf dem Kai vor der Wache der Wasserpolizei und schauten den Leichtern nach, die sich in langen Reihen von zehn bis fünfzehn mit schwerer Fracht beladenen Kähnen stromaufwärts zum Pool of London mühten, wo ihre Güter auf die wartenden Schiffe zum Weitertransport in alle großen Häfen der Welt umgeladen werden sollten. Hier draußen am Rand des Wassers konnten die beiden Polizisten ihre Besprechung ungestört von den Alltagsgeschäften in der Wachstube führen.

»Habe mich durch sämtliche Akten gewühlt, die ich auftreiben konnte«, murmelte Orme unglücklich. »Habe tausend Leute vernommen. Kein Verbrechen, das dem unseren so ähnlich ist, dass sich ein Vergleich lohnen würde – Gott sei Dank, muss man ja sagen. In den letzten zwei Jahren hat es nur das Übliche gegeben: Totschlag und Erwürgen.

Niemand ist aufgeschlitzt und zerfetzt worden.« Angewidert presste er die Lippen aufeinander. »Es gibt keine Hinweise, dass der Mörder so was schon einmal getan hätte, weder hier noch am anderen Ufer.« Er schüttelte den Kopf. »Ich glaube, diese Tat ist eine Ausnahme, Sir. Und ich weiß nicht, ob sie überhaupt etwas mit Dr. Lambourn zu tun hat. Und ich kann einfach niemanden finden, den sie sonst noch kannte – bis auf die üblichen Leute im Viertel, mit denen man eben ins Gespräch kommt: Ladeninhaber, eine Wäscherin und ein alter Mann zwei Straßen weiter, aber der ist schon über achtzig und kann kaum noch laufen, schon gar nicht zum Pier.«

»Und Lambourn war zu dem Zeitpunkt bereits zwei Monate tot«, bemerkte Monk. »Da in ihrer Umgebung offenbar niemand ein Motiv hatte, können wir nur noch die Leute überprüfen, die mit Lambourn verbunden waren. Was könnte er Zenia Gadney erzählt haben, dass irgendjemand glaubte, sie deswegen umbringen zu müssen, noch dazu auf diese Weise?«

»Um uns weiszumachen, das wäre die Tat eines Wahnsinnigen gewesen und hätte mit Limehouse und ihrem Beruf zu tun, aber nicht mit Lambourn«, antwortete Orme. »Das muss wirklich jemand im Blutrausch gewesen sein, Gott stehe uns bei. Ich habe noch nie so etwas … Bestialisches gesehen. Und so sinnlos! Wozu? Sie war ja schon tot!«

Monk widersprach nicht. »Was brachte Lambourn dazu, sich gerade zu diesem Zeitpunkt umzubringen? Warum nicht früher, oder später?«, fragte er, halb im Selbstgespräch. »Was hatte sich auf so schreckliche Weise geändert?«

Orme schwieg. Er wusste, dass von ihm keine Antwort erwartet wurde.

Dasselbe wollte Monk zwei Stunden später auch von Lambourns ehemaligem Assistenten wissen. Dieser, ein junger Arzt namens Daventry, wirkte etwas unglücklich darüber, dass er jetzt unter Lambourns Nachfolger arbeiten musste, einem steifen, sehr geschäftigen Mann, der keine Zeit für ein Gespräch mit Monk hatte und nur zu froh war, ihn mit einer Ausrede weiterschicken zu können.

Diesmal formulierte Monk seine Fragen etwas vorsichtiger. Er stand in einem hell erleuchteten Labor zwischen Gläsern, Flaschen, Phiolen, Brennern, Becken und Retorten. Jede freie Fläche war vollgestellt mit Geräten aus Glas und Metall. Eine Wand verschwand komplett hinter Stapeln von Akten.

»Sie haben bis zu Dr. Lambourns Tod eng mit ihm zusammengearbeitet?«, begann Monk.

»Ja.« Daventry strich sich sein nicht zu bändigendes dunkles Haar aus den Augen und starrte Monk wütend an. »Was wollen Sie jetzt schon wieder? Warum können Sie ihn nicht in Frieden lassen? Er war ein guter Arzt, besser als dieser …« Er unterbrach sich abrupt. »Verschwenden Sie meine Zeit nicht. Was wollen Sie?«

Monk war froh, auf jemanden zu stoßen, der Lambourn die Treue hielt, auch wenn das ihm selbst die Aufgabe vielleicht erschwerte. »Ich bin von der Wasserpolizei, nicht von der Regierung«, sagte er.

»Und wo ist der Unterschied?«, blaffte Daventry. Erst dann musterte er Monks Gesicht eingehender. »Verzeihen Sie«, entschuldigte er sich. »Ich bin es nur müde zu hören, dass Dr. Lambourn von zahllosen Menschen in den Schmutz gezogen wird, die ihn überhaupt nicht kannten und nicht an seine Arbeit glaubten.«

Monk änderte seinen Ansatz auf der Stelle. »Sie haben sehr wohl daran geglaubt?«, fragte er.

»Ich kenne sie nicht wirklich.« Daventry bemühte sich um Aufrichtigkeit. »Nur das eine oder andere Teilchen. Ich habe einen Teil der Daten für ihn gesammelt. Aber er war sehr akkurat und nahm nie etwas in seine Untersuchung auf, das er nicht überprüfen konnte. Er hat sogar einige von meinen Ergebnissen wieder hinausgeworfen, weil ich keine Gegenprobe anhand von mindestens zwei Informanten gemacht hatte.«

»Über Opium?«

»Unter anderem. Er arbeitete an allen möglichen Medikamenten. Aber ja, dasjenige, das ihm zuletzt am meisten am Herzen lag, war Opium.«

»Warum?«

Daventrys Augenbrauen schossen nach oben. »*Warum*?«, fragte er ungläubig.

»Ja. Was genau erforschte er, und für wen?«

»Den Gebrauch von Opium durch die Allgemeinheit, weil es zu viele Menschen tötet. Und zwar für die Regierung, für wen sonst?« Daventry starrte Monk an, als wäre er ein besonders dummes Schulkind. Dann bemerkte er die Verwirrung in dessen Miene. »Die Regierung erwägt, ein Gesetz zur Regulierung der Verwendung von Opium in Heilmitteln zu verabschieden«, erklärte er etwas müde, als hätte er dasselbe schon zu oft vor zu vielen Menschen aufgesagt, die offenbar nicht in der Lage waren, es zu begreifen.

»Um zu verhindern, dass es an die Allgemeinheit verkauft wird?« Jetzt war Monk derjenige, der es nicht fassen konnte. Eine geringe Dosis Opium wie in einem *penny twist* war das Einzige, was gegen Schmerzen wirkte, wenn man sich nicht bis zur Bewusstlosigkeit betrinken wollte. »Warum, um Himmels willen?«, fragte er. »Niemand peitscht ein solches Gesetz durchs Parlament! Abgesehen davon wäre es unmöglich, es durchzusetzen. Dann hätte man ja zwei Drittel der Bevölkerung im Gefängnis.«

Daventry blickte ihn mit einem Ausdruck letzter Verzweiflung an. »Nein, Sir, mit dem Gesetz soll der Verkauf lediglich reguliert werden, damit man genau weiß, wie viel Opium ein Medikament enthält. Nehmen wir zum Beispiel Battley's Sedativum, das dem Laudanum ziemlich ähnlich ist, nur dass es mit Calciumhydrat und Sherry hergestellt wird und nicht mit destilliertem Wasser und reinem Alkohol – da wird man genau wissen, wie viel Opium darin enthalten ist. Und das wird pures Opium sein, keines, das mit irgendetwas anderem verschnitten ist.«

»Weiß man denn nicht, wie viel darin ist?«, fragte Monk verwirrt.

»Nein, Sir, das weiß man nicht. Ist Ihnen etwa bekannt, was in Dover's Powder enthalten ist?«

Monk hatte keinen Begriff davon. »Außer Opium? Nein, das weiß ich nicht«, gab er zu.

»Salpeter, Tartar, Lakritze und Ipecacuanha«, klärte ihn Daventry auf. »Was wissen Sie über Chlorodin?«

Diesmal gab sich Monk gar nicht erst die Mühe zu antworten. Er wartete ganz einfach.

»Chloroform und Morphin«, sagte Daventry. »Aber in der Hauptsache geht es gar nicht so sehr um die genannten Präparate. Wenn Ihr Kind weint, weil es Zahn- oder Bauchschmerzen hat, was geben Sie ihm dann? Godfreys Magentropfen, das Beruhigungsmittel von Street für Kleinkinder, Winstons Beruhigungssirup oder Atkinsons Vorbeugungskur für Säuglinge? Wie viel Opium ist jeweils in den Ampullen enthalten, und was befindet sich sonst noch darin?« Er zuckte mit den Schultern. »Sie haben keine Ahnung, nicht wahr? Ebenso wenig weiß es die geplagte Durchschnittsmutter, die nur halb so viel Schlaf bekommt, wie sie bräuchte, und wahrscheinlich auch nur halb so viel Nahrung, und die vielleicht weder Buchstaben noch Zahlen lesen kann. Was würden Sie dazu sagen, wenn für diese Mittel einheitliche Richtwerte eingeführt würden, sodass unsere Mutter sich deswegen keine Sorgen mehr machen müsste?«

»Ist es denn das, was Sie anregen wollen?« Jetzt war Monks Interesse aufrichtig.

»Teilweise, ja.«

»Und Lambourn versorgte die Regierung mit den Fakten?«

»Ja.« Daventry, der erkannte, dass er bei Monk auf Verständnis stieß, erwärmte sich immer mehr für das Thema. »Übrigens auch zu anderen Mitteln. Aber das Opium war die Hauptsache.«

»Aber wie könnte irgendjemand etwas dagegen haben?« Monk war verwirrt.

»In dem Handel mit Opium steckt eine Menge Geld«, erwiderte Daventry. »Kaum fängt man an, den Leuten vorzuschreiben, was sie verkaufen können und was nicht, gehen sie auf die Barrikaden. Außerdem bedeutet das, dass die Regierung über alles Bescheid weiß. Und zwar über alles – oberhalb wie unterhalb des Ladentischs. Menschen, die Opium verkaufen – und Sie würden Augen machen, wenn Sie die Namen einiger Händler wüssten –, sind zwar überaus glücklich zu hören, wie vielen das Leben dadurch erleichtert wird, aber sie wollen nicht unbedingt wissen, wie viele Kinder an einer Überdosis sterben, oder wie viele Menschen abhängig werden und nicht mehr ohne die Substanz auskommen. Solche Maßnahmen sehen nach Schuldzuweisung und Kontrolle aus.«

Er machte eine weit ausladende Handbewegung, wie um die Allgemeinheit mit einzubeziehen. »Niemand will sich an die Opiumkriege erinnern. Wissen Sie, wie viele Vermögen durch den Opiumhandel entstanden sind? Sie würden es nicht glauben. Keiner will das alles noch mal aufwärmen. Da schafft man sich nur eine Menge Feinde.«

»Wissen Sie das aus eigenen Beobachtungen, oder hat Ihnen das Dr. Lambourn gesagt?«, fragte Monk in sanftem Ton.

Daventrys junges Gesicht lief glühend rot an. »Das meiste hat mir Dr. Lambourn erklärt«, antwortete er so leise, dass

Monk ihn kaum hören konnte. »Aber ich glaube es. Er hat nie gelogen.«

»Soweit Sie das wissen können …«, sagte Monk und lächelte dabei, um den Worten ihre Schärfe zu nehmen.

Daventrys Miene überschattete sich, doch er widersprach nicht.

»Warum, glauben Sie, hat er sich das Leben genommen?«, fragte Monk.

»Ich weiß es nicht!« Daventry stöhnte bekümmert. »Es scheint so sinnlos!«

»Kennen Sie Mrs Lambourn?«

»Ich bin ihr einmal begegnet. Warum?«

»Sie glaubt, dass er ermordet wurde.«

Daventrys Augen leuchteten auf. Er sog scharf die Luft ein. »Um seine Forschungsergebnisse zu unterdrücken? Das würde einen Sinn ergeben! Das kann ich mir gut vorstellen. Haben Sie vor herauszufinden, wer es war?« Das war eindeutig eine Kampfansage, die schon den Giftstachel der Verachtung barg, falls die Antwort Nein lautete.

»Zuallererst will ich herausfinden, *ob* es so ist«, entgegnete Monk. »Wo sind seine Unterlagen jetzt?«

»Die Leute von der Regierung haben sie an sich genommen«, antwortete Daventry schlicht.

»Aber Sie haben doch sicher Abschriften, Notizen, irgendetwas?«, beharrte Monk.

Daventry schüttelte den Kopf. »Nein. Hier ist nichts. Und das weiß ich, weil ich danach gesucht habe. Wenn er seine Unterlagen zu Hause aufbewahrt hat, werden die Leute von der Regierung das ebenfalls mitgenommen haben. Ich habe es Ihnen doch gesagt: Eine Menge Geld steht auf dem Spiel – und der Ruf von vielen Leuten obendrein.«

Mehrere Antworten lagen Monk auf der Zunge, doch er sprach keine einzige aus. An Daventrys Augen konnte er erkennen, dass dieser wirklich nichts über den Verbleib der

Dokumente wusste und darüber noch bestürzter war als Monk.

»Wie nahm er die Zurückweisung seiner Untersuchung durch die Regierung auf?«, fragte er stattdessen. Darüber brauchte er unbedingt Aufklärung. Konnte hierin der Grund für Lambourns Selbstmord liegen? Hatte ihn die Blamage tiefer getroffen, als Monk das ursprünglich vermutet hatte? Ging es nicht nur um diese eine Untersuchung, sondern darum, dass sein Ruf – auch auf anderen Gebieten – zerstört worden war?

Daventry schwieg.

Monk ließ nicht locker. »Mr Daventry? Wie nahm er die Ablehnung auf? Wie wichtig war ihm seine Arbeit?«

Daventrys Miene verhärtete sich. »Wenn er sich wirklich das Leben genommen hat, dann muss zwischen unserer letzten Begegnung und jener Nacht irgendetwas passiert sein«, antwortete er mit einer vor heftigen Gefühlen bebenden Stimme. »Als er mich verließ, war er fest entschlossen, gegen diese Kerle zu kämpfen. Er war davon überzeugt, dass seine Fakten stimmten und ein Arzneimittelgesetz absolut notwendig war, damit es endlich Vorschriften für die Herstellung von Medikamenten gab und jeder Kunde genau wusste, was er kaufte. Nur weiß ich einfach nicht, was geschehen ist. Ich kann mir nicht vorstellen, dass irgendjemand etwas gesagt haben könnte, das ihn hätte zweifeln lassen.«

»Ist es denkbar, dass er einen Fehler in seinen Berechnungen entdeckt hat, der alles infrage stellte?«

Daventry schüttelte den Kopf. »Das halte ich für ausgeschlossen. Und wenn er sich tatsächlich getäuscht hätte, dann hätte er das zugegeben. Er wäre nie auf den One Tree Hill gestiegen, um sich dort umzubringen! Diese Art von Mensch war er einfach nicht.«

»Ich fürchte, er war nicht annähernd so gut, wie er das von sich glaubte«, stellte eine halbe Stunde später einer von Lambourns ranghöheren Mitarbeitern betrübt fest. Nailsworth war ein junger Mann von blendendem Aussehen und großem Selbstbewusstsein. Er lächelte Monk entschuldigend an. Und mit einem Achselzucken schickte er hinterher: »Er bildete eine Theorie und suchte dann nach Indizien, um sie zu beweisen. Dabei ignorierte er alles, was sie infrage stellte.« Erneut spielte ein Lächeln um seine Lippen, eines, das ihm für Monks Geschmack allzu leicht fiel. »Wirklich, er hätte es besser wissen müssen. Früher war er hervorragend. Vielleicht hatte er ja gesundheitliche Probleme, von denen wir nichts wussten?«

Monk musterte ihn voller Abneigung, obwohl er wusste, dass er dem Mann damit möglicherweise nicht gerecht wurde. »Ja«, stimmte er ihm eine Spur zu scharf zu. »Ja, das ist ein absolut unwissenschaftliches Vorgehen und abgesehen davon nicht ganz ehrlich, wenn man erst eine Theorie formuliert und dann nur diejenigen Fakten untersucht, die sie bestätigen. Schlimmer noch, wenn man sich die Fakten zurechtbiegt, bis sie dazu passen, und sich am Ende auch noch einer objektiven Vorgehensweise rühmt.«

Monk meinte das sarkastisch und erwartete eigentlich, dass der Mann Lambourn sofort verteidigen würde, musste sich aber eines Besseren belehren lassen.

Nailsworth nickte. »Ich sehe, dass Sie verstanden haben. Wahrscheinlich gibt es in der Kriminologie wie bei uns Wissenschaftlern ein bestimmtes logisches Muster, mit dem sich Verbrechen aufklären lassen.«

»Allerdings.« Monk reagierte unerwartet verärgert. »Vielleicht möchten Sie mich durch die logischen Schritte führen, denen Sie gefolgt sind, bis für Sie feststand, dass Dr. Lambourns Forschungen ein Irrtum waren und er es nur nicht vermochte, diesen Umstand zu akzeptieren.«

»Nun, es ist auf tragische Weise klar geworden, dass er nicht fähig war, sich sein eigenes Scheitern einzugestehen«, sagte Nailsworth mit spitzer Zunge. »Leider lässt sich dieser Schluss kaum vermeiden.«

Monk unterbrach ihn. »Er ist zweifellos tot. Aber bitte beginnen Sie mit dem Anfang, nicht mit dem Ende.« Sein Lächeln war eher ein Zähneblecken. »Verhalten Sie sich wie beim Aufstellen einer Theorie: zuerst die Fakten.«

Nailsworths Augen waren hart und hell. »Dr. Lambourn sammelte eine gewaltige Zahl von Fakten und Zahlen über den Verkauf von Opium in diversen Landesteilen und listete sie in einer Studie auf«, sagte er eisig. »Die Regierung verglich sie mit Informationen, die sie von anderen Quellen bezogen hatte, und fand heraus, dass Lambourn sich in zu vielen Aspekten geirrt hatte und seine Schlussfolgerungen darum fehlerhaft waren. Sie verwarf seinen Bericht, was ihm sehr zu schaffen machte. Und dann zog sie auch noch seinen Leumund als Wissenschaftler und Arzt in Zweifel. Aus irgendeinem Grund nahm er die Sache mit dem Opium viel zu persönlich. Er setzte seinen guten Ruf darauf und verlor. Und das führte zu dem einen Umstand, den keiner bestreiten kann: Jetzt ist er tot, weil er sich die Pulsadern aufgeschnitten hat.«

Seine Augen hatten sich in Monks Gesicht gebohrt. »Es tut mir leid. Er war ein sehr angenehmer Mensch, und ich glaube, er hatte den aufrichtigen Vorsatz, ehrlich zu sein, aber er ließ es zu, dass seine Gedanken von seinen Gefühlen gelenkt wurden.«

Nailsworths Worte klangen freilich alles andere als bedauernd. Sie mochten Herablassung ausdrücken, aber keine Trauer. Monk fragte sich, was Lambourn getan hatte, dass er den jungen Mann derart tief in seiner Eitelkeit getroffen hatte.

»Seine Empfehlungen waren nicht nur restriktiv, sondern

auch völlig überflüssig«, ereiferte sich Nailsworth. »›Übertrieben‹, so wurde sein Befund bezeichnet. Es war eine Demütigung für ihn, und damit kam er nicht zurecht. Wenn Sie überhaupt so etwas wie Mitgefühl für seine Familie haben, dann lassen Sie die Sache auf sich beruhen.«

Monk beschränkte sich darauf, zu beobachten und zuzuhören. Nailsworth wirkte zutiefst verärgert, aber seine Stimme gab noch etwas anderes preis. Etwas, das er nicht zu zeigen wagte? Den Ehrgeiz, Lambourns Stellung einzunehmen? Eigene Interessen in der Opiumfrage? Eine gewisse Sorge, seine zukünftige Karriere zu gefährden, falls er zu viel verriet?

Monk bedankte sich und ging. Beim Verlassen des Hauses sagte er sich, dass die letzte dieser Möglichkeiten wohl am wahrscheinlichsten war. Wäre Nailsworth womöglich in Gefahr geraten, falls man ihn des Mitgefühls für Lambourn verdächtigt hätte?

Oder war es er, Monk, der sich hier die Fakten zurechtbog, bis sie zu einer bereits vorgefassten Theorie passten? War sie am Ende aus Zorn entstanden und dem Wunsch, dass es für Dinah Lambourn wenigstens einen Fetzen Trost geben würde? War vielleicht auch er schuldig, die Fakten im Sinne eines gewünschten Ergebnisses ausgewählt und interpretiert zu haben?

7

Hester stand am Küchentisch und hackte Zwiebeln, um sie mit den gestern übrig gebliebenen Kartoffeln und einer ziemlich großen Portion Kohl zu braten. Daraus würde sie »Brutzel und Zisch« machen, eine von Scuffs Lieblingsspeisen, derer – gab es Würstchen dazu – auch Monk nie überdrüssig wurde.

Da sie heute früh heimgekommen war, reichte die Zeit auch noch für Pudding, den ersten seit Tagen. Sie führte in der Portpool Lane eine Klinik für Straßenmädchen, wo in letzter Zeit extrem viel los gewesen war, sodass sie kaum noch zu etwas anderem kam.

Die Klinik wurde über Wohltätigkeitsveranstaltungen finanziert, und die beste Spendensammlerin war Margaret Rathbone gewesen. Seit dem Prozess gegen ihren Vater und dessen Tod hatte sie sich allerdings nicht mehr in der Klinik blicken lassen. Ihrer Meinung nach hatte Hester sie ebenso verraten wie Oliver, und ihre Freundschaft war zerbrochen – für immer, wie es den Anschein hatte.

Hester vermochte sie nicht von dieser Sichtweise abzubringen. Lange und voller Trauer hatte sie darüber gegrübelt. Ihre Freundschaft bedeutete ihr viel, und sie wollte sie retten. Doch über das, was Arthur Ballinger getan hatte, konnte man nicht hinwegsehen, nur weil er Margarets Vater gewesen war. Insbesondere über seinen zweiten Mord nicht, begangen an einer jungen Frau, der zu helfen Hester ein besonderes Anliegen gewesen war. Der Kummer darüber verfolgte Hester immer noch.

An Geld für Medikamente, Essen und Brennstoffe zu gelangen, das erwies sich nun nach Margarets Rückzug als umso schwieriger. Um Spenden zu bitten gehörte nicht unbedingt zu Hesters Gaben. Das erforderte nicht nur Charme, sondern auch diplomatisches Auftreten, und das hatte ihr noch nie gelegen. Gegenüber Heuchelei und gezierten Ausreden konnte sie keine Toleranz aufbringen – irgendwann kam unweigerlich der Moment, da die Wahrheit aus ihr herausplatzte. Doch zu guter Letzt hatte Christine Burroughs einen neuen Förderer aufgetrieben und sie alle aus der Not gerettet.

Scuff war noch in seinem Zimmer oben und mühte sich durch ein Buch. In einer höchst komplexen Mischung aus Stolz und Frustration versuchte er das allein, und Hester besaß genügend Einfühlungsvermögen, um nicht in seine Privatsphäre einzudringen.

Vielleicht würde Monk heute Abend rechtzeitig nach Hause kommen und mit ihnen essen.

Gerade hatte sie die letzte Zwiebel klein gehackt, als sie Monks Schritte im Flur hörte. Sie klangen schwer, als wäre er müde und vielleicht auch enttäuscht.

Eilig legte sie das Messer beiseite und wusch sich die Hände, um den Zwiebelgeruch loszuwerden. Als Monk eintrat, hängte sie gerade das Handtuch an der Leiste über der Ofentür auf. Er lächelte sie an, doch das vermochte seinen müden Gesichtsausdruck nicht zu überdecken. Daran änderte sich auch nichts, als er Hester sanft küsste.

»Was ist?«, fragte sie, sobald er sich von ihr löste. »Was ist passiert?«

Er wich ihrer Frage aus. »Wo ist Scuff?«

»Oben, er liest«, antwortete sie. »Er ist nicht so gut, wie er vorgibt, macht aber Fortschritte. Möchtest du eine Tasse Tee vor dem Essen?«

Er nickte und setzte sich auf den Stuhl am Kopfende des

Tischs, beugte sich dann vor, um den Rücken zu entspannen, und stützte sich mit den Ellbogen auf das blank geschrubbte Holz.

»Nichts Neues in deinem Fall?«, fragte Hester, während sie den Wasserkessel in die Mitte der Herdplatte schob und dann den Teewärmer aus dem Schrank nahm. Den Herd brauchte sie nicht nachzuschüren; das Feuer prasselte längst und würde das Wasser bald zum Kochen bringen.

»Ich weiß nicht«, brummte Monk. »Die einzige Person, mit der Zenia Gadney allem Anschein nach wirklich Kontakt hatte, war ein hochangesehener Arzt, der für die Regierung eine Untersuchung über den Gebrauch und Verkauf von Opium durchführte.«

»Opium?« Sie unterbrach ihre Vorbereitungen für das Abendbrot und setzte sich Monk gegenüber an den Tisch. Ihr Interesse war geweckt. Als Krankenschwester kannte sie den fast unüberschaubar großen Verwendungsbereich. Wenn man Opium länger nahm, konnte es einen süchtig machen, vor allem, wenn man es nicht einnahm, sondern wie die Chinesen in Tonpfeifen rauchte.

Kurz erläuterte Monk Hester Joel Lambourns Studie im Rahmen des geplanten Arzneimittelgesetzes.

»Aber was hat das mit Zenia Gadneys Tod zu tun?«, hakte sie nach, weil sie seinem Gedankengang noch nicht ganz folgen konnte. »Du verdächtigst ihn doch nicht, oder?«

»Er hat vor zwei Monaten Selbstmord begangen«, erwiderte er mit einem düsteren Lächeln. »Das war vor ihrem Tod.«

»Das ist ja schrecklich!«, ächzte Hester betroffen. »Armer Mann! Warum hat er sich das Leben genommen? Und wenn er vor ihrer Ermordung schon tot war, warum kümmerst du dich dann noch um den Fall? Das verstehe ich nicht.«

»Ich auch nicht«, gestand Monk. »Ich bin mir nicht einmal sicher, ob es einen Zusammenhang gibt, außer dass er sie kannte und anscheinend finanziell versorgte. Wäre die Reihenfolge umgekehrt, würde ich sagen, er hätte erst sie und dann sich selbst umgebracht.«

»Warum hat er sich das Leben genommen?«, wiederholte Hester ihre Frage. »Bist du sicher, dass es Selbstmord war?«

»Das offizielle Urteil lautet, dass er sich selbst getötet hat, weil die Regierung seine Untersuchung über den Schaden, den nicht gekennzeichnetes Opium anrichten kann, verworfen hat. Sein guter Ruf war zerstört, und das hielt er nicht aus.«

»War er denn so ... zerbrechlich?«, fragte Hester zweifelnd. »Wenn er sich wirklich selbst getötet hat, dann muss es doch sicher einen besseren Grund gegeben haben als diesen. Rauchte er selbst Opium? Oder hatte Zenia Gadney ihre Affäre beendet oder vielleicht damit gedroht, ihn bloßzustellen? Wollte sie zu seiner Frau gehen und ihr sagen, er hätte irgendwelche merkwürdigen Vorlieben oder dergleichen?« Sie beugte sich leicht vor, die Stirn in tiefe Falten gelegt. Das »Brutzel und Zisch« war einstweilen vergessen. »William, das ergibt doch überhaupt keinen Sinn, egal, ob es mit Zenia Gadneys Ermordung zu tun hat oder nicht.«

»Ich weiß.«

»Hast du Einsicht in die Studie erhalten?«

Monk schüttelte den Kopf. »Nein. Sämtliche Abschriften wurden vernichtet. Und seine Frau, Dinah Lambourn, sagt, dass sie ohnehin über seine Affäre Bescheid wusste.«

Hester starrte ihn verwirrt an. »Glaubst du ihr?«

»Ich weiß nicht.«

»Was ist sie für ein Mensch?«, fragte Hester neugierig, in Gedanken schon dabei, sich ein Bild von dieser Frau zu machen, die so viel verloren hatte und mit aller Macht versuchte, sich an irgendeinen Sinn in ihrem Leben zu klammern.

»Sehr emotional«, sagte Monk leise. »Aber sie hat eine Art von Würde, die man bewundern muss. Sie glaubte leidenschaftlich an ihn und tut das immer noch. Sie ist davon überzeugt, dass er ermordet wurde.«

Die Verwirrung stand Hester ins Gesicht geschrieben. Andererseits konnte sie verstehen, dass eine solche These ein naheliegender Strohhalm war, an den man sich klammerte, wenn man verzweifelt war. »Hältst du das für möglich?«, fragte sie skeptisch.

Sie bemerkte, wie Monk nachdenklich das Gesicht verzog.

»So allmählich frage ich mich das selbst«, erwiderte er. »Er soll eine sehr hohe Dosis Opium eingenommen und sich dann die Pulsadern aufgeschnitten haben.« Er begleitete seine Worte mit einer Handbewegung. »Auf dem One Tree Hill im Greenwich Park.«

»Er *soll*?«, fragte sie.

»Die Beweislage scheint unklar«, meinte er mit einem knappen Kopfschütteln. »Nichts, was Opium enthielt, wurde bei ihm gefunden: Kein Tütchen, keine Flasche, aus der er hätte trinken können. kein Messer, keine Klinge. Der Polizeiarzt, der ihn untersucht hat, kannte ihn sogar persönlich und ist sich dennoch nicht sicher. Einer von Lambourns Assistenten hat bestritten, dass ihn die Ablehnung der Untersuchung in Verzweiflung gestürzt hätte. Er meinte, Lambourn hätte beabsichtigt zu kämpfen. Sein anderer Helfer dagegen meinte, er wäre daran zerbrochen.«

Hester erhob sich, nahm die Teekanne vom Herd und schenkte sich und ihm je eine Tasse ein. Dampf stieg davon auf, und ein Wohlgeruch breitete sich aus. Schweigend reichte sie Monk eine Tasse.

»Seine Frau sagt, er sei stark gewesen, seine Schwester bezeichnet ihn als schwach«, fuhr Monk fort. »Aber selbst wenn er umgebracht wurde, ist mir nicht klar, wie das mit Zenia Gadneys Ermordung zusammenhängen könnte, außer dass seine Frau das behauptet.«

»Warum?« Erneut zeigte sich Hester verwirrt.

»Ich glaube, weil sie verzweifelt ist«, gestand er. »Ich kann mir nichts Schlimmeres vorstellen, als dass die Person, die man über alles liebt, sich das Leben nimmt, ohne einem irgendetwas zu sagen und ohne einem eine Möglichkeit zu geben, zu helfen oder es zu verstehen.«

Hester wollte sich das gar nicht ausmalen, und doch empfand sie herzzerreißendes Mitleid für diese Frau, über die sie sonst nichts wusste. Wie konnte das Glück, an das man glaubte, so zerbrechlich sein? Heute hatte man ein Heim, einen Platz in der Gesellschaft und das eine, das wirklich zählte – einen Seelengefährten –, und am nächsten Tag war alles weg, einfach verschwunden. Jedoch nicht, weil es einem die Zeit oder eine Krankheit genommen hatte, was eine nachvollziehbare Entwicklung bedeutete, sondern auf grausame Weise, ohne dass man einen Grund erfuhr. Alles, was man zu wissen geglaubt hatte, war weggefegt, und zurück blieb etwas, das dem, was man gehabt hatte, zwar ähnlich sah, doch in Wirklichkeit eine leere Hülle war, mit deren Inhalt sich jede Gewissheit aufgelöst hatte.

»Hester …« Seine Stimme durchdrang ihre Gedanken.

»Ist dann nicht …?«, begann sie. »Ist dann nicht alles, was zählte, verschwunden?«

»Ja. Zu lieben ist immer gefährlich.« Ein trauriges Lächeln flackerte über sein Gesicht, und er streichelte ihr zärtlich die Hand. »Und wie du mir mehr als einmal gesagt hast, gibt es nur eines, was noch schlimmer ist: nicht zu lieben.«

In diesem Moment erschien Scuff in der Tür. Er hielt ein Buch in der Hand und wirkte hochzufrieden mit sich. »Ich hab's ausgelesen!«, verkündete er triumphierend und schaute Hester Beifall heischend in die Augen. Er entdeckte ihn auch sofort, und sein Blick wanderte weiter zum Herd. »Abendbrot schon fertig?«

»Noch nicht.« Nur mit Mühe wahrte Hester eine ernste Miene. »Du hast noch Haushaltspflichten zu erledigen. Erst wenn du damit fertig bist, gibt es Brutzel und Zisch.«

Sein Grinsen reichte von einem Ohr zum anderen. Er warf

Monk einen Blick zu, nur um sich zu vergewissern, dass mit ihm alles in Ordnung war, dann stürmte er hinaus. Sie hörten ihn durch die Spülküche in den Hinterhof poltern, um dort zu fegen und aufzuräumen.

»So viel zur Gewissheit im Herzen.« Hester lächelte und erhob sich wieder. »Dann stelle ich mal besser den Brutzel und Zisch auf den Herd und mache mit dem Pudding weiter, sonst wird er nicht rechtzeitig fertig.«

Am späten Morgen des nächsten Tages stand Hester im Sprechzimmer eines Mannes, den sie seit ihren Tagen als Krankenschwester bei der Armee vor dreizehn Jahren kannte. Seitdem war sie ihm zwei-, dreimal begegnet und hoffte, dass er sich noch an sie erinnerte.

Dr. Winfarthing war ein umfangreicher Mann, und zwar in jeder Hinsicht: groß und rund, dazu eine mächtige Haarmähne von allmählich verblassendem Kastanienbraun, die jetzt grau gesprenkelt war und in alle Richtungen flog. Seine Züge verrieten Großzügigkeit, und hinter einer Brille, bei der man immer meinte, sie würde ihm jeden Moment von der Nase rutschen, funkelten freundliche Augen.

»Natürlich erinnere ich mich an Sie, Mädchen!«, rief er fröhlich. »Beste Krankenschwester, die ich kenne, und die penetranteste! Wen haben Sie jetzt wieder auf die Palme gebracht?«

Hester nahm ihm das überhaupt nicht übel. Aus seinem Mund war es fast ein Lob. Als Hester von der Krim zurückgekehrt war, hatte sie große – und unrealistische – Hoffnungen darauf gesetzt, das Pflegewesen in England zu reformieren. Bei Verzögerungen wurde sie ungeduldig, vor allem, wenn sie von Leuten verursacht wurden, die sich an veraltete, teilweise sogar fehlerhafte Methoden klammerten, nur weil sie damit vertraut waren. Wenn es um Menschenleben ging, hatte sie sich noch nie um Takt geschert.

»Im Moment niemanden«, antwortete sie mit einem selbstironischen Lächeln.

Winfarthing bot ihr mit weit ausladender Geste einen Stuhl in seinem ebenso geräumigen wie chaotischen Büro an. Wie immer war es vollgestopft mit Büchern, von denen viele nicht einmal entfernt mit Medizin zu tun hatten. So waren mehrere Gedichtbände darunter und einige Märchen, die ihn über die Jahre amüsiert oder seine Fantasie angeregt hatten.

»Soll ich mir damit schmeicheln, dass Sie einfach nur gekommen sind, um zu sehen, wie es mir geht?«, fragte er mit einem schiefen Lächeln. »Das wäre in der Tat ein Mordsspaß – zu beobachten, wie Sie es schaffen, hier herauszukommen, ohne meine Gefühle verletzt zu haben, und dabei einen Hauch von Anmut zu bewahren.«

»Dr. Winfarthing!«, protestierte Hester. »Ich …«

»Brauche Hilfe bei etwas«, beendete er den Satz für sie. »Ist es eine medizinische Angelegenheit, oder eine politische?«

Seine Frage kam der Wahrheit näher, als Hester erwartet hatte. Sie erinnerte sie daran, wie gut sie einander gekannt hatten – und wie leicht durchschaubar Hester gewesen war.

»Ich bin mir nicht sicher«, antwortete sie freimütig. »Kannten Sie einen gewissen Dr. Joel Lambourn?«

Alles Leuchten verschwand aus Winfarthings Gesicht. Mit einem Schlag wirkte es zerknittert und traurig und verriet, wie schwer die Jahre auf ihm lasteten. »O ja«, antwortete er. »Und ich mochte ihn. Er war ein außerordentlich anständiger Mann. Sie hätten ihn gemocht, auch wenn er Sie zur Weißglut gereizt hätte. Obwohl, wenn ich es recht bedenke, wäre es wahrscheinlich nicht so weit gekommen. Sie sind klüger, als er es je war, der arme Kerl.«

Hester war perplex. Aber das war bei Winfarthing nichts Neues. Er hatte es seit jeher vermocht, sie aus dem Konzept zu bringen. Er war einer der freundlichsten Menschen, die sie kannte, und er beobachtete mit messerscharfem Verstand. Wenn er einen Menschen mochte, zögerte er nie, offen mit ihm zu sprechen. Sein Vertrauen zu ihr war ein Kompliment für sie. Er behandelte sie von gleich zu gleich, und daher hatte falscher Schein in ihrem Gedankenaustausch nichts zu suchen.

»Sie kannten ihn sehr gut«, schloss Hester.

Winfarthing lächelte, denn er hatte bemerkt, dass sie seinem Kommentar über sie ausgewichen war und dabei einige Eleganz bewiesen hatte. »Er gehörte zu den Männern, die einem gestatten, sie so kennenzulernen, wie sie sind, sofern sie Respekt vor einem haben«, erklärte er und musste aus Verlegenheit über seine Rührung mehrmals heftig blinzeln. »Es schmeichelt mir sehr, dass er mich mochte. Das war das schönste Kompliment, das er mir machen konnte. War mir mehr wert, als hätte er mir gesagt, ich sei ein großer Arzt – was ich nicht bin. Und widersprechen Sie mir jetzt nicht, meine Liebe! Meine medizinischen Kenntnisse sind hinreichend … jetzt vielleicht etwas veraltet. Es ist vielmehr meine Menschenkenntnis, die Sie bewundern, und meine Fähigkeit, das Beste aus anderen herauszuholen.«

Sie blickte ihm fest in die Augen und nickte. Auch in diesem Punkt verdiente er, von ihr die Wahrheit zu erfahren. »Erzählen Sie mir mehr über Dr. Lambourn«, bat sie ihn.

Er fuhr sich mit der Hand durchs Haar, woraufhin es noch verwegener aussah. »Warum? Was kann Ihnen das jetzt noch bedeuten? Er lebt nicht mehr, der bedauernswerte Mann.«

»Kannten Sie auch seine Frau?« Erneut wich sie seiner Frage aus.

»Ich bin ihr einmal begegnet.« Er studierte aufmerksam Hesters Gesicht, wie um darin ihre eigentlichen Gedanken zu lesen. »Prächtige Frau, gut aussehend. Und wieder: Warum? Ich kann genauso beharrlich fragen, wie Sie mir ausweichen, und das wissen Sie genau.«

»Sie glaubt nicht, dass er sich das Leben nahm«, antwortete Hester.

»Wieder einer von Ihren ›verlorenen Fällen‹?« Winfarthing zuckte mit den massigen Schultern. »Mir fällt es auch schwer, das zu glauben, aber es heißt, dass alle Indizien dafür sprechen. Was könnte es sonst gewesen sein? Niemand klettert in der Nacht auf einen kahlen Hügel und durchtrennt sich versehentlich die Pulsadern, Mädchen. Das wissen Sie doch genauso gut wie ich.«

Hester kam sich albern vor, doch sie war nicht bereit aufzugeben. Wenn Winfarthing Dinah nicht glaubte, wer dann? »Wie wichtig war seine Untersuchung über den Verkauf und Gebrauch von Opium?«, wollte sie wissen. »War wirklich ein Arzneimittelgesetz für den Opiumverkauf geplant?«

Winfarthing runzelte die Stirn. »Ist es das, was er betrieb? Für wen? Er selbst war natürlich unbedingt für ein solches Gesetz!«

»Und Sie?«, drängte Hester.

»Dass Sie das noch fragen müssen, ist eine Beleidigung für mich!«, sagte er scharf, auch wenn sein Gesichtsausdruck keinen Zorn verriet. »Aber ein solches Gesetz muss auf Fakten beruhen, nicht auf religiösen oder finanziellen Interessen. Opium in der einen oder anderen Form ist für die meisten das Einzige, was gegen Schmerzen hilft. Das ist allseits bekannt. Gott allein weiß, wie viele Menschen damit durch den Tag – oder die Nacht – kommen.« Ihm war anzumerken, dass er das schweren Herzens sagte.

»Soviel ich weiß, ging es ihm bei sämtlichen Heilmitteln, die Opium enthalten – und das sind Hunderte –, um …«, begann sie.

»Mindestens! Wenn nicht Tausende«, fiel er ihr ins Wort.

»Um eine gesetzliche Regulierung der Herstellung und die Verpflichtung, auf dem Etikett die genaue Menge und angemessene Dosierung anzugeben.«

»Ah!« Winfarthing seufzte. »Armer Lambourn. Dann hatte er geballte wirtschaftliche Interessen gegen sich. Im Opiumimport steckt eine Menge Geld. Selbst das Vermögen einiger unserer angesehensten Familien ist darauf aufgebaut, wissen Sie das?«

»Genug, um zu versuchen, Dr. Lambourns Untersuchung zu unterdrücken?«

Seine Augenbrauen schossen in die Höhe. »Ist es das, was Sie vermuten? Politischer Druck? Da täuschen Sie sich.« Er richtete sich in seinem Stuhl kerzengerade auf. »Joel Lambourn hätte sich von keinem Menschen der Welt dazu bringen lassen, sich die Pulsadern aufzuschneiden. Er mag in politischer Hinsicht naiv gewesen sein, aber er war ein erstklassiger Wissenschaftler, und – was noch wichtiger ist – er liebte seine Familie. Nie hätte er sie auf diese Weise im Stich gelassen. Wie Sie am Anfang gesagt haben, kann es einen Menschen zerstören, wenn die Person, die er am meisten liebt und von der er abhängig ist, davonschleicht und sich umbringt.« Erneut blinzelte er. »Er hatte zwei Töchter, Marianne und Adah. War sehr stolz auf sie.« Plötzlich blitzte er Hester erbost an, als sollte sie ihm auf der Stelle sagen, dass das alles nicht stimme und es irgendeine andere Antwort geben müsse.

Sie senkte den Blick. »Es tut mir leid.«

»Was tut Ihnen leid? Dass Sie mich an etwas erinnern, das ich versucht habe zu vergessen? Ich weiß es doch. Behandeln Sie mich nicht wie einen Dummkopf.« Er schniefte. »Warum sind Sie überhaupt gekommen? Wegen Dinah Lambourn?«

»Nein.« Sie blickte wieder zu ihm auf. »Eigentlich hat es mit Zenia Gadney angefangen.«

»Wer, zum Teufel, ist Zenia Gadney?«

»Die Frau, die vor etwa zehn Tagen am Limehouse Pier ermordet und verstümmelt aufgefunden wurde.«

Er prallte benommen zurück. Seine Miene verriet größte

Bestürzung. »Was hat das mit Lambourn zu tun? Oder mit Opium?«

»Mit Opium nichts, soweit wir wissen. Gelegentlich hat sie das übliche Tütchen gekauft, aber das tut ja halb England. Aber Dr. Lambourn kannte sie gut, zumindest so gut, dass er sie einmal im Monat besuchte und finanziell unterstützte.«

»Alles Unsinn!«, bellte Winfarthing. »Wer immer das behauptet hat, ist entweder böswillig oder verrückt oder beides!«

»Das war seine Schwester, Amity Herne«, erwiderte Hester. »Aber dafür musste ein bisschen Druck auf sie ausgeübt werden. Seine Frau hat ebenfalls angegeben, darüber informiert gewesen zu sein, ohne allerdings Mrs Gadneys Adresse zu kennen.«

»*Mrs* Gadney? War die Frau denn verheiratet?«, hakte Winfarthing sofort nach. »Oder hat man ihr die Anredeform aus Gefälligkeit verliehen?«

»Größtenteils aus Gefälligkeit, glaube ich. Allerdings meinten die Leute in ihrer Nachbarschaft, sie könnte verwitwet gewesen sein.«

»Und sie wurde von Joel Lambourn unterstützt? Die Frau eines Kollegen vielleicht, die in Not geraten war?« Winfarthing zog immer noch eine skeptische Miene.

»Möglicherweise«, erwiderte Hester, selbst nicht frei von Zweifeln. »Vieles spricht dafür, dass sie nach seinem Tod ihren Körper verkaufte, um ihr Überleben zu sichern.«

»Wie alt war sie?«

»Ungefähr Mitte vierzig.«

»Da ist was faul an der Sache«, brummte Winfarthing kopfschüttelnd. »Irgendjemand lügt. Anders geht es nicht. Wollen Sie darauf hinaus, dass diese arme Frau etwas mit Lambourns Tod zu tun hatte?«

Erneut wich sie seiner Frage teilweise aus, indem sie eine von ihren eigenen beantwortete.

»Wenn er sich nicht wegen der Ablehnung seiner Untersuchung umgebracht hat und offenbar keine unheilbare Krankheit – oder überhaupt irgendeine Krankheit – hatte, dann muss ein anderer Grund dahinterstecken. Könnte das nicht eine Affäre mit einer Prostituierten sein, wegen der er an den Pranger gestellt werden sollte?«

Seine Miene verzerrte sich vor Abscheu. »Ich glaube, dass wir andere Menschen nie so gut kennen, wie wir meinen. Als Arzt brauche ich mir das von niemandem sagen zu lassen. Von den Dingen, die ich gesehen – oder gehört – habe, würden Sie mir einige bestimmt nicht glauben.« Er zuckte mit den Schultern. »Oder vielleicht doch? Trotzdem kann ich mir nicht vorstellen, dass Joel Lambourn in Limehouse mit einer Prostituierten mittleren Alters eine Affäre von zweifelhaftem Geschmack führte.« Seine Stimme nahm einen angriffslustigen Ton an, obwohl es seine eigene Schlussfolgerung war, gegen die er sich wehrte, nicht die Hesters. »Und wenn sie ihn tatsächlich bloßstellen wollte und er sich selbst tötete, ist damit noch nicht Ihre Frage nach ihrem Mörder beantwortet, richtig? Warum liegt Ihnen so sehr daran, Mädchen? War sie denn eine von den Frauen in dieser Klinik, die Sie führen?«

Hester schüttelte den Kopf. »Nein. Ich kannte sie überhaupt nicht und hatte vor dieser Sache nie von ihr gehört. Limehouse ist ja auch ein gutes Stück von der Portpool Lane entfernt. Es sind die Umstände ihres Todes, die mir so sehr zu schaffen machen. Mein Mann ist für diesen Fall zuständig, wissen Sie.«

»Natürlich.« Aus Verärgerung über sich selbst schnitt Winfarthing eine Grimasse. »Das hätte ich mir denken können. Wie auch immer, es fällt mir schwer zu glauben, dass Lambourn sich umgebracht haben soll, egal, weswegen. Mich stört es nicht, dass das Leben so manche Überraschung für uns bereithält, aber diese gefällt mir ganz und gar nicht.«

»Die Alternative ist, dass Dr. Lambourn ebenfalls ermordet wurde, und zwar von jemandem, der seine Untersuchung unterdrücken wollte«, sagte Hester und beobachtete dabei Winfarthing.

Der nickte sehr langsam. »Wohl möglich, nehme ich an. Mit Opium werden Vermögen erworben und verloren. Doch in seinem Fall nicht sehr wahrscheinlich. Ich ...« Er stockte.

»Was?«, fragte Hester hastig.

Er blickte sie an, das Gesicht vor Trauer ganz faltig. »Mir würde die Vorstellung widerstreben, dass die Korruption so tief verwurzelt ist, dass jemand einen Mann wie Joel Lambourn ermorden und als Versager und als Selbstmörder anprangern lässt, um so den Missbrauch von Opium zu vertuschen und ein dringend benötigtes Gesetz zu verhindern, das nicht nur den Verkauf von Opium, sondern von sämtlichen pharmazeutischen Erzeugnissen regeln würde.«

»Bedeutet das, dass Sie das nicht in Betracht ziehen werden?«

Er beugte sich ruckartig vor und funkelte sie an. »Das bedeutet es absolut nicht! Wie können Sie es wagen, mich das zu fragen?«

Sie schenkte ihm ein Lächeln voller Charme, wie man es bei ihr nicht oft sah. »Ich wollte Sie lediglich so weit reizen, dass Sie mir helfen. Aber diskret natürlich. Ich ... ich will doch nicht, dass jemand Sie mit aufgeschnittenen Pulsadern auf dem One Tree Hill findet.«

Er stöhnte laut auf. »Sie sind ein arglistiges Weib, wie es im Buche steht, Hester! Da sitze ich und denke schon, Sie wären Evas einzige Tochter, die sich nicht auf die Kunst verstünde, einen Mann um den Finger zu wickeln. Was für ein Narr ich mit meinen frommen Wünschen doch bin! Natürlich werde ich Ihnen bei dieser Sache helfen – um Joel Lambourns willen, nicht, weil Sie mich bezirzt haben!«

»Danke«, sagte sie aufrichtig. »Wenn Sie nach Informationen für ein Gutachten suchten, wie er es erstellt hat, worauf würden Sie achten? Und könnten Sie mir das bitte aufschreiben?«

»Nein, das kann ich nicht!«, donnerte er mit plötzlicher Vehemenz. »Der One Tree Hill ist nämlich groß genug für uns beide. Das meiste werde ich selbst erledigen. Ich kann schließlich bei den hohen Tieren, die ich kenne, genügend Ausreden, Erklärungen, Gründe vorbringen. Sie können es in den Apotheken und Geschäften versuchen, bei Hebammen ... und auch bei den Straßenhändlern. Erkundigen Sie sich, was es alles zu kaufen gibt. Sie *fragen*, haben Sie verstanden? Sie nehmen nichts mit!«

Hester nickte, und nachdem sie ihre Pläne abgesprochen hatten, verließ sie ihn eine Viertelstunde später wieder.

Noch am selben Tag nahm sie ihre Aufgabe in Angriff und machte sich daran, in Rotherhithe unter der grellen Wintersonne durch die geschäftigen Straßen zu marschieren. Vom nahe gelegenen Fluss wehten die Gerüche von Salz und Fisch und die Schreie der Möwen herüber. Wenn sie an eine Kreuzung kam und nach Norden schaute, konnte sie zwischen den Häuserreihen das Sonnenlicht grell auf dem Wasser glitzern oder dunkle Reihen von Masten und Spieren in den Himmel ragen sehen.

Sie erkundigte sich in kleinen Krämerläden, Apotheken und Tabakgeschäften und staunte darüber, wie viele Menschen irgendwelche Mittel verkauften, die eine nicht näher gekennzeichnete Menge Opium enthielten. Selbstverständlich hatte auch sie Opium in der Klinik in der Portpool Lane verwendet, doch sie hatte es in reiner Form gekauft und es in sorgfältig abgewogenen Dosierungen und so sparsam wie möglich angewendet. Nie hätte sie bestritten, dass es nicht nur das beste Mittel gegen Schmerz war, sondern in den meisten Fällen sogar das einzige.

Sie begann ihre Befragungen stets damit, dass sie die Ladeninhaber um Rat darüber bat, wie viel sie einnehmen solle und in welcher Häufigkeit. Dann erkundigte sie sich danach, ob das Alter und das Gewicht des Patienten eine Rolle spielten und unter welchen Umständen die Wirkung davon beeinflusst wurde. Gab es irgendetwas, das das Opium gefährlich werden ließ, zum Beispiel die gleichzeitige Einnahme von anderen Medikamenten oder das Vorliegen bestimmter Krankheiten?

»Hören Sie, gute Frau, entweder Sie nehmen es, oder Sie nehmen es nich'«, fuhr sie ein viel beschäftigter Mann entnervt an und schielte zu den hinter ihr wartenden Kunden hinüber. »Entscheiden Sie sich und stehen Sie nich' ewig rum. Ich hab keine Zeit für Gerede. Also: Wollen Sie's, oder wollen Sie's nich'?«

»Nein, danke«, antwortete sie und stapfte vorbei an den in Ringen aufgehängten Zwiebeln, getrockneten Kräutern und Eimern voller Blumen, den Säcken gefüllt mit Weizen und Hafer aus dem gedrängt vollen Laden hinaus.

Noch einen Tag damit zu verbringen, die Straßen hinauf- und hinunterzulaufen und die Nase in jedes infrage kommende Geschäft zu stecken, war nicht nötig. Es war ein Kinderspiel, Opium zu kaufen, nicht nur in Rotherhithe, sondern auch im übrigen London und in jeder englischen Stadt, egal, wie groß oder klein.

Monk gegenüber erwähnte Hester nichts von ihren Aktivitäten, als er spät am Abend heimkam, müde von seinen Ermittlungen am Fluss wegen Diebstählen und der Ermordung eines Seemanns bei einer Wirtshausschlägerei. Bei letzterer handelte es sich um eine dieser sinnlosen Streitereien im Rausch, die außer Kontrolle geraten war. Beschimpfungen wurden ausgestoßen, die Gemüter erhitzten sich, und plötzlich hatte einer eine zerbrochene Flasche in der Hand und zerfetzte dem Mann die Schlagader. Er verblutete, bevor irgendjemand sich besann und auf die Idee kam, ihm zu helfen. Der Schuldige war geflohen, und es hatte Monk und drei seiner Beamten fast den ganzen Nachmittag gekostet, ihn zu stellen und zu verhaften. Glücklicherweise war es zu keinen weiteren Verletzungen gekommen.

Folglich hatte er auch Orme erst spät getroffen, der immer noch nach dem »Schlächter von Limehouse« fahndete, wie die Zeitungen den Mörder nannten.

Am nächsten Morgen ging Hester in die Klinik, allerdings nur, um Squeaky Robinson um Hilfe zu bitten. Dieser war der Inhaber der Klinikgebäude gewesen, als sie noch das profitabelste Bordell in der Gegend beherbergt hatten, und führte jetzt die Bücher für die Klinik. Mit einem raffinierten Trick hatte ihn Oliver Rathbone dazu gebracht, das ganze Gelände mit sämtlichen Gebäuden einer wohltätigen Stiftung zu spenden und sich auf diese Weise dem Gefängnis zu entziehen. Dem über Nacht obdachlos gewordenen, zutiefst verbitterten Mann, dem von allen Seiten nur Misstrauen entgegenschlug, hatte man dann gestattet, auf dem Gelände zu wohnen und unter penibler Aufsicht die Geschäfte des Hauses in seiner neuen Funktion zu führen.

Seither hatten er und Hester im Laufe der Jahre gelernt, einander zu respektieren, und jetzt genoss Squeaky – zumindest auf bestimmten Gebieten – Sympathie und Vertrauen. Das war ein Umstand, der ihm zu seiner Verwirrung sehr behagte. Freilich hätte er das empört von sich gewiesen, wenn ihm jemand dergleichen unterstellt hätte.

Hester trat in das Büro, wo Squeaky seine Akten und Hauptbücher aufbewahrte. Er saß an seinem Pult und sah fast aus wie ein Schreiber. Regelmäßiger Schlaf in den Nächten und ein Leben frei von Ängsten hatten seine hohlen Wangen wenigstens teilweise füllen können, aber seine Nase war weiterhin lang, sein Gebiss nach wie vor mit kleinen Lücken behaftet und sein Haar strähnig wie eh und je.

»Morgen, Miss Hester!«, begrüßte er sie fröhlich. »Machen Sie sich wegen dem Geld keine Sorgen; uns geht's nich' schlecht.«

»Guten Morgen, Squeaky.« Sie nahm ihm gegenüber Platz. »Heute geht es nicht um Geld. Ich brauche Informationen über eine bestimmte Person. Nicht hier – in Limehouse. Wen sollte ich am besten fragen?«

»Sie sollten es bleiben lassen«, sagte er auf der Stelle. »Ich kenn Sie doch. Ihnen geht's bestimmt um das arme Ding, das sie auf dem Pier gefunden haben, oder? Lassen Sie's bleiben. Ein Wahnsinniger wie dieser Kerl sorgt für Ärger, den Sie garantiert nich' brauchen.«

Hester hatte schon mit Widerstand gerechnet und war darauf vorbereitet.

»Sie lebte dort in der Nähe«, begann sie im Konversationston, als hätte er sie gefragt. »Außer Dr. Lambourn muss noch jemand anders sie gekannt haben. Wenn sie tatsächlich auf der Straße arbeitete, hätten wenigstens die anderen Frauen etwas über sie gewusst. Der Polizei werden sie nichts davon verraten, aber miteinander werden sie ja wohl sprechen.«

»Was gibt's denn da zu wissen?«, fragte Squeaky. Er musterte sie von oben bis unten und schüttelte den Kopf. »Sie war 'ne Hure, die ein bisschen auf die Straße gegangen is', obwohl sie ihre beste Zeit hinter sich hatte. Ihr fester Liebhaber hat sich weiß Gott warum umgebracht, sie war pleite und hat nich' mehr richtig aufgepasst. Was gibt's da noch zu wissen?«

»Vielleicht den Grund, warum er überhaupt zu ihr kam«, regte sie an.

»Also, das is' was, wovon Sie wirklich nix wissen sollten«, sagte Squeaky scharf. »Wenn er so verrückt war, dass er den ganzen Weg von Greenwich übern Fluss nach Limehouse fahren musste, um sich zu holen, was immer er brauchte, dann is' das nix, worüber 'ne Lady Bescheid wissen sollte, und wenn sie zehnmal Krankenschwester bei der Armee war.« Er runzelte die Stirn. »Allerdings fragt man sich natürlich, warum sie nich' schlau genug war, um zu wissen, was man mit so 'nem dämlichen Wahnsinnigen macht, der darauf aus is', einen aufzuschlitzen, richtig? Ich meine, mit ihrer Erfahrung hätte sie doch riechen müssen, was für ein übler Kerl das war, und die Finger von ihm lassen, oder jedenfalls nich' mit ihm auf den Pier rausgehen dürfen, finden Sie nich' auch? Sie is' wirklich schrecklich, schrecklich sorglos gewesen. Sowieso eine verdammt blöde Stelle, um es dort mit jemand zu treiben! Aber trotzdem geht Sie diese Sache nix an!«

»Oder sie war verzweifelt«, wandte Hester leise ein. »Wen frage ich, Squeaky?«

Er stieß einen verzweifelten Seufzer aus. »Ich hab's Ihnen doch gesagt: Lassen Sie die Finger davon! Sie können dem armen Ding nich' helfen. Was wird aus Mr Monk, wenn Sie sich auch noch aufschlitzen lassen, hm? Überhaupt, was wird dann aus uns allen hier? Manchmal meine ich, ein Stallhase hat mehr Verstand als Sie.«

Mit einem weiteren dramatischen Seufzer räumte er sein Pult leer, worauf er weit mehr Sorgfalt verwendete als nötig. Doch schließlich folgte er Hester in den Korridor und weiter auf die Straße hinaus.

Auf dem Weg zum Pferdebus nörgelte er die ganze Zeit vor sich hin, und als sie in der Commercial Road in Limehouse ausstiegen, lief er so dicht neben ihr her, dass sie mehrere Male fast über seine Füße stolperte. Doch in den engen, feuchten, klammen Seitenstraßen war sie äußerst dankbar für seine Begleitung.

»Hab's Ihnen doch gesagt!«, knurrte er, nachdem auch die fünfte Person, die sie angesprochen hatten, geleugnet hatte, Zenia Gadney jemals gesehen oder von ihr gehört zu haben.

»Die sind alle viel zu verschreckt, um irgendwas zu sagen. Da stellen sie sich lieber taub.«

»Das ist doch lächerlich!«, blaffte Hester. »Sie haben in denselben Straßen gearbeitet. Da müssen sie von ihr gehört haben! Was glauben die denn, was ich von ihnen will? Sie sollen mir doch nur helfen, diesen Kerl zu schnappen!«

»Die machen nich' Ihnen was vor«, sagte Squeaky müde, während sie durch die Solomon's Lane zur Britannia Bridge trotteten, unter der im Wasser des Kanals Limehouse Cut die Lichter der Stadt schimmerten. Auf der East India Dock Road weit vor ihnen herrschte dichter Verkehr. »Sich selber machen sie was vor«, sinnierte Squeaky weiter. »Das Allerschlimmste is' doch das, was im eigenen Kopf passiert. Dem kann man nich' entkommen, nie.«

Hester schwieg. Mit Erinnerungen und Ängsten kannte sie sich aus. Die ihren stammten aus anderen Quellen als seine, aber das Grundgefühl war dasselbe – und die Hilflosigkeit.

Sie setzten ihre Befragung noch mehrere Stunden lang fort, aber was sie über Zenia Gadney in Erfahrung brachten, ging nicht über das hinaus, was Monk bereits wusste. Sie war eine ruhige, höfliche Frau gewesen. Wenn man mit ihr sprach, hörte sie sich nicht an wie die örtlichen Prostituierten, aber ebenso wenig wie die Ladeninhaber oder Wäscherinnen. Am ehesten wie eine unbescholtene Hausfrau. Wen sie auch fragten, niemand gab an, eine besondere Sympathie oder Abneigung gegen Zenia gehegt zu haben. Und ganz gewiss empfand keine der Prostituierten sie als Bedrohung.

»Die?«, rief eine Blondine mit derbem Gesicht. »Zu alt, das is' das Erste. Ich will nich' sagen, dass sie ausgesprochen hässlich oder nix wert war. Eigentlich war sie gar nich' schlecht, wenn man sich die Zeit nahm und genauer hinschaute, aber eben fade. So interessant wie 'n Eimer Lehm, wenn Sie mich verstehen.« Sie stemmte die Hände in die

Hüften. »Hatte keinen Willen zum Kampf in sich, keinen Spaß. Ein Mann will, dass man mehr macht als einfach bloß rumstehen! Wenn man schon nich' gut aussieht, dann muss man eben was anderes zu bieten haben, oder?« Sie musterte Hester und bildete sich ein Urteil. »Sie zum Beispiel sind klapperdürr, aber Sie haben Feuer. Sie könnten genug zu bieten haben, um sich durchzuschlagen.«

»Danke«, sagte Hester trocken. »Wenn ich eines Tages auf Ihre Anregung zurückgreifen muss, sollte ich mich wohl beeilen.«

Die Frau grinste sie an. »Sie treffen den Nagel auf den Kopf, Schätzchen! Viele Jahre haben Sie nich' mehr, um sich in diesem Geschäft zu halten.«

»Benutzte sie viel Opium?«, fragte Hester abrupt.

Die Frau starrte sie perplex an. »Woher, zum Henker, soll ich das wissen? Aber selbst wenn, was is' schon dabei? Vielleicht hatte sie Schmerzen. Haben wir die nich' alle? Sie hat es ja nich' verkauft, wenn Sie darauf hinauswollen. Ruhig war sie. Soll Bücher gelesen haben, hab ich gehört. Wenn Sie die Wahrheit wissen wollen ... ich schätze, es ging ihr früher mal ganz gut, aber dann is' sie irgendwie in Not geraten. Könnte mir vorstellen, dass ihr Mann gestorben is' oder ins Gefängnis gesteckt wurde. Und plötzlich saß sie auf dem Trockenen. Schlug sich eben durch, so gut sie konnte, das arme Ding. Bis sich dann plötzlich dieser verdammte Wahnsinnige auf sie gestürzt hat. Wenn die Schnüffler was taugen würden, hätten sie den Scheißkerl längst gehängt.«

Squeaky nickte, als verstünde er sie vollständig.

Hester blitzte ihn an, doch er grinste ihr ins Gesicht, wobei er seine schiefen, teilweise verfaulten Zähne bleckte.

»Na gut, auch wenn *Sie* nix zu tun haben«, erklärte sie der Frau, »*ich* schon.« Und ohne jedes weitere Wort rauschte sie mit wogendem Rock und verlockend schwingenden Hüften davon.

Als Hester zu Dr. Winfarthing zurückkehrte, traf sie ihn mit zutiefst deprimierter Miene hinter seinem Schreibtisch an. Mit einem gequälten Lächeln stemmte er sich hoch, um sie zu begrüßen.

»Was haben Sie herausgefunden?«, fragte sie ohne Vorrede.

»Ich habe höchstens an der Oberfläche gekratzt«, murmelte er. »Aber es genügt, um zu ahnen, dass sich darunter Unglaubliches tut. Das ist ein Rattennest, Mädchen. Mit Hunderten von Ratten, darunter einige riesige, fette Viecher mit scharfen Zähnen. Im Opium steckt eine Menge Geld. Ich habe genug Fragen gestellt, um eine Ahnung davon zu bekommen, wie sie den rohen Stoff ins Land bringen, was wohl uns allen klar wäre, wenn wir nur darüber nachdächten. Es wird schon bei der Ernte mit weiß Gott was noch allem verschnitten. Aber um das zu verstehen, müssen wir weiter in die Vergangenheit zurückgehen. Bis zu den Opiumkriegen in China von '39 bis '42 und von '56 bis '60. Da gibt es vieles, was Sie bestimmt nicht wissen wollen. Viele Tote, viel Betrug und gewaltige Profite.«

Endlich setzte Hester sich. »Ich weiß, dass manche Leute, bei denen man das nicht notwendigerweise erwarten würde, Opium nehmen. Künstler und Schriftsteller, die wir bewundern.«

Er schüttelte den Kopf. Mit geschürzten Lippen fuhr er fort: »Die Tatsache, dass es gegessen werden kann, ist nicht der große, schmutzige Skandal, von dem Sie jetzt gleich erfahren werden, Mädchen. Der besteht vielmehr in den schönen, ehrenhaften Vermögen, die auf Täuschung, Betrug und dem Tod vieler, vieler Soldaten beruhen, die in einen widerwärtigen Krieg geschickt wurden, um nicht für die Ehre, sondern für Geld zu kämpfen. Und Gott allein weiß, wie viele Chinesen dabei krepiert sind. Zigtausende! Sie werden sich unbeliebt machen, wenn Sie das ans Licht zerren. Keiner stört sich daran, wenn sich Fremde wie Wilde aufführen, aber wir wollen nicht hören, dass wir selbst so etwas getan haben – dass Engländer unehrenhaft gehandelt haben.« Es schmerzte ihn sichtlich, diese Worte auszusprechen.

»Wer sich ein bisschen in Geschichte auskennt, weiß das bereits«, erwiderte Hester mit sehr leiser Stimme, doch obwohl sie es aufrichtig meinte, bereitete es auch ihr Schmerzen, das zuzugeben. Vielleicht war es das, was sie neben dem vielfachen sinnlosen Tod immer noch am Krimkrieg empörte.

Winfarthing nickte. »Vielleicht diejenigen von uns, die den Krieg erlebt haben und versuchen mussten, die Trümmer zu beseitigen. Die anderen bestimmt nicht. Haben Sie danach jemals Menschen kennengelernt, die mehr darüber erfahren wollten? Ich jedenfalls nicht – und das steht so fest wie die Tatsache, dass es in der Hölle brennt.«

»War es das, worum es in Dr. Lambourns Untersuchung ging?«, fragte Hester.

»Das weiß ich nicht, aber in meiner stünde es, wenn ich an einer arbeiten würde. Für einige der Sachen, die wir dort angerichtet haben, würde sich sogar der Teufel schämen.« Er funkelte sie wütend an, doch nicht, weil er verärgert über sie gewesen wäre, sondern aus Angst um sie. »Lassen Sie die Finger davon, Hester. Sie können Lambourn nicht retten, möge er in Frieden ruhen. Und all das hatte nichts mit dem Tod dieser armen Frau zu tun. Sie ist nur eines von vielen Zufallsopfern.«

»Vielen Dank«, meinte Hester mit einem düsteren Lächeln.

»Ich will keinen Dank!«, fauchte Winfarthing. »Sagen Sie mir einfach, dass Sie die Finger davon lassen!«

»Ich gebe nie Versprechen ab, wenn ich nicht vorhabe, sie zu halten«, entgegnete sie. »Na ja, fast nie. Auf alle Fälle nicht gegenüber Menschen, die ich mag.«

Er stöhnte auf, doch er kannte sie viel zu gut, um mit ihr zu streiten.

8

Noch immer produzierte die Presse rabenschwarze Schlagzeilen über den Mordfall Zenia Gadney und das Unvermögen der Polizei, ihn zu lösen. Zügig marschierte Monk an einem Zeitungsjungen nach dem anderen vorbei und ignorierte sie, so gut ihm das möglich war. Doch vor dem Singsang, mit dem sie die Details hinausplärrten, um die Leute zum Kauf ihres Blatts zu verlocken, konnte er die Ohren nicht verschließen.

»Schrecklicher Mord in Limehouse immer noch ungeklärt!«, brüllte ein zahnlückiger Junge und hielt ihm seine Zeitung unter die Nase. »Polizei tut nichts!«

Monk schüttelte den Kopf und beschleunigte seine Schritte. Seine Männer leisteten doch ohnehin schon alles Erdenkliche. Orme ermittelte unermüdlich im Limehouse-Viertel. Andere verhörten Leichterschiffer, Hafenarbeiter, jeden, der regelmäßig an oder auf dem Wasser zu tun hatte, fragten, ob sie irgendetwas Merkwürdiges oder irgendjemanden mit auffälligen Verhaltensweisen bemerkt hatten. Bisher war jedoch nichts offenbart worden. Niemand an der Copenhagen Place und in den angrenzenden Straßen gab zu, Zenia Gadney persönlich gekannt zu haben. Für die Straßenmädchen war sie ein Störenfried, jemand, der die sichere Normalität ihres Alltags durcheinanderbrachte und ihnen die Polizei mit ihren lästigen Fragen auf den Hals hetzte. Schlimmer noch, da sie so brutal ermordet worden war, hatte sie potenzielle neue Kunden abgeschreckt. Wer wollte denn schon Mädchen ansprechen, wenn es von neugierigen Polizisten nur so wimmelte? Wenn ein Wahnsinniger durch das Viertel pirschte, erschien es den Freiern offenbar vernünftiger, ihre Gelüste zu zügeln oder woanders zu befriedigen. Man brauchte schließlich nur mit der Fähre nach Deptford oder Rotherhithe überzusetzen oder westwärts nach Wapping oder ostwärts auf die Isle of Dogs auszuweichen.

Für die Prostituierten gab es keine Alternative. Jede Straßenecke, jeder Abschnitt der Bürgersteige gehörte bereits einer anderen. Eindringlinge wurden vertrieben, so wie ein fremder Hund vom heimischen Rudel weggebissen wird.

Diejenigen, die nach übereinstimmender Meinung der Bewohner die Misere verschuldet hatten, waren die Polizisten. Es war ihre Pflicht, solche Verrückten zu ergreifen und zu hängen. Niemand, ob anständig oder nicht, war in Sicherheit, solange das nicht geschah.

Monk hatte eine Vorladung von Barclay Herne erhalten, Staatssekretär in der Regierung und Schwager des verstorbenen Joel Lambourn. Dieser wünschte, Monk wegen Zenia Gadneys Tod zu sprechen, und bat ihn, sich zu einem vertraulichen Gespräch im Ministerium einzufinden. Als Staatsdiener hatte Monk so gut wie keine Wahl. Freilich musste er sich eingestehen, dass er neugierig war zu erfahren, was Barclay zu dem Ganzen sagte. Es konnte doch gewiss nur um Joel Lambourn gehen. In welcher Beziehung konnte der Mann denn schon zu Zenia Gadney stehen?

Monk nahm einen Hansom. Nachdem es in den geschäftigen nassen Straßen des Regierungsviertels eine Stunde lang kaum vorangegangen war, stieg er schließlich vor Hernes Amtssitz in der Northumberland Avenue aus. Ein Diener führte ihn in ein behaglich eingerichtetes Wartezimmer, wo er eine weitere Viertelstunde ungeduldig im Stehen verbrachte und darüber rätselte, was Herne wohl von ihm wollte.

Als der Mann zu guter Letzt erschien, war Monk überrascht. Er hatte mit einer beeindruckenderen und weniger leutseligen Persönlichkeit gerechnet – zumindest an der Oberfläche. Herne war durchschnittlich groß, untersetzt und hatte ein auf den ersten Blick höchst gewöhnliches Gesicht. Erst als er die Tür hinter sich schloss und mit ausgestreckter Hand auf Monk zutrat, korrigierte dieser seinen Eindruck. Sein Lächeln veränderte seine ganze Erscheinung. Seine Zähne waren kräftig und sehr weiß, und seine Augen verrieten hohe Intelligenz.

Er schüttelte Monk die Hand derart fest, dass es fast schmerzte – ein fühlbarer Hinweis auf die Macht dieses Mannes.

»Danke«, sagte er und wirkte dabei völlig aufrichtig. »Freut mich, dass Sie sich die Zeit genommen haben. Ein bisschen früh für Whisky.« Er zuckte mit den Schultern. »Tee?«

»Nein, danke«, lehnte Monk ab. Nach der langen Fahrt in der Kälte sehnte er sich nach einem heißen Getränk, aber er wollte die Gastfreundschaft dieses Mannes nicht annehmen. »Was kann ich für Sie tun, Mr Herne?«

Herne deutete auf einen Stuhl und ließ sich seinerseits in einem grünen Ledersessel gegenüber nieder, hinter dem ein munteres Kaminfeuer prasselte.

»Ziemlich beunruhigende Situation«, meinte er bedauernd. »Ich habe erfahren, dass Sie den Tod meines verstorbenen Schwagers untersuchen, und zwar etwas eingehender, als das bisher geschehen ist. Ist das wirklich nötig? Meine Frau trägt das alles sehr tapfer, aber wie Sie sich vorstellen können, ist es höchst unangenehm für sie. Sind Sie verheiratet, Mr Monk?«

»Ja.« Monk hatte wieder Amity Hernes kühle, vollkommen gefasste Miene vor Augen. In einem Punkt gab er ihrem Mann schon jetzt recht: Wenn sie tatsächlich litt, verbarg sie das außerordentlich geschickt. Gleichwohl wählte er seine

Worte mit Sorgfalt. »Und wenn meine Frau je einen solchen Verlust erleiden sollte, wäre ich stolz auf sie, könnte sie ihn mit solcher Würde ertragen.«

Herne nickte. »Das bin ich allerdings auch. Dennoch wäre es mir bei Weitem lieber, könnten wir ihr jetzt jeden nur erdenklichen Beistand leisten und die Angelegenheit so rasch wie möglich regeln. Der arme Joel war …« Er deutete ein kaum sichtbares Schulterzucken an und senkte die Stimme geringfügig. »… innerlich nicht so ausgeglichen, wie andere das anscheinend glauben. Schließlich erzählt man nicht jedermann von den Problemen in der Verwandtschaft. Es ist nur zu natürlich, wenn man versucht, sie zu schützen … Sie verstehen?«

»Gewiss.« Monk wartete neugierig darauf, zu erfahren, was Herne nun wirklich von ihm wollte. Er konnte sich nicht vorstellen, dass es ihm nur darum ging, seiner Frau jede Belastung zu ersparen. Sie noch einmal zu verhören, hatte Monk ohnehin nicht in Erwägung gezogen. Er bezweifelte, dass er etwas anderes zu hören bekommen würde als bei ihrer ersten Aussage, als sie gemeint hatte, Dinah wäre naiv hinsichtlich Lambourns Schwächen gewesen, während ihr Mann es vielleicht nicht vermocht hätte, dem Druck, den sie mit ihrer idealistischen Sicht auf ihn ausübte, standzuhalten.

Herne schien es nun seinerseits Mühe zu bereiten, die richtigen Worte zu finden. Als er schließlich zu Monk aufblickte, trug sein Gesicht einen Ausdruck von Freimütigkeit.

»Unsere Beziehung war nicht immer unproblematisch«, vertraute er ihm an. »Als meine Frau und ich heirateten, lebten wir in Schottland. Um die Wahrheit zu sagen, wir sahen Joel und Dinah kaum. Meine Frau stand Lambourn nicht sehr nahe. Zwischen ihnen klaffte ein erheblicher Altersunterschied, sodass sie getrennt voneinander aufwuchsen.«

Monk wartete.

Anspannung zeigte sich jetzt in Hernes Haltung. Seine

Hände waren so starr, dass die Knöchel sich weiß färbten. Mit einem matten, um Entschuldigung bittenden Lächeln meinte er: »Erst vor Kurzem hat es mir gedämmert, dass Joel weit komplizierter war, als er auf seine Freunde und Bewunderer wirkte. Ach, charmant war er gewiss, auf eine sehr ruhige Weise. Er hatte ein phänomenales Gedächtnis und konnte sehr unterhaltsam sein, wenn er aus dem Nähkästchen plauderte und wirklich höchst ungewöhnliche Dinge zum Besten gab.« Er zögerte. »Und natürlich Witze. Keine von der Sorte, über die man laut lacht, sondern solche, die eher stilles Vergnügen bereiten, Belustigung über die Absurditäten des Lebens.« Erneut hielt er inne. »Es war sehr leicht, ihn zu mögen.«

Monk setzte schon dazu an zu fragen, was Herne nun eigentlich von ihm wollte, überlegte es sich dann aber anders. Vielleicht erfuhr er mehr, wenn er sein Gegenüber einfach weiterplaudern ließ.

Unvermittelt blickte ihm Herne in die Augen. »Aber er war nicht der Mann, den die arme Dinah in ihm sehen wollte.« Erneut senkte er die Stimme. »Er hatte eine einsame, eine viel dunklere Seite. Ich wusste von dieser Frau, die er in Limehouse unterhielt. Er besuchte sie regelmäßig. Wann genau oder wie oft, kann ich allerdings nicht sagen. Sie werden sicher verstehen, dass ich von den Details lieber nichts wissen wollte. Das war ein hässlicher Winkel in seinem Wesen, und ich wäre wirklich froh gewesen, nie etwas davon zu Gesicht zu bekommen.« Er machte eine kleine missbilligende Geste, die offenließ, ob sie dem galt, was er bei Lambourn alles für möglich erachtete, oder nur dem Umstand, dass er mehr über das Privatleben eines Mannes erfahren hatte, als ihm lieb war.

»Wie haben Sie das herausgefunden, Mr Herne?«, fragte Monk.

Hernes Miene nahm einen bedauernden Ausdruck an.

»Es hatte mit einer Bemerkung von Dinah zu tun, deren wahre Bedeutung mir erst im Nachhinein aufging. Im Grunde war es sehr peinlich.« Er verlagerte unbehaglich das Gewicht. »Joel wirkte immer so ... fantasielos, so trocken. Ich hatte größte Mühe, ihn mir zusammen mit einer verblühten Hure in den Seitengassen einer Gegend wie der West India Dock Road vorzustellen.« Er runzelte die Stirn. »Aber da der arme Mann gestorben ist, bevor diese bedauernswerte Kreatur umgebracht wurde, kann ihm diese entsetzliche Tat ja wohl kaum zur Last gelegt werden. Ich kann mir nur vorstellen, dass ihre finanzielle Lage immer verzweifelter wurde, ihre Instinkte sie verließen und sie unachtsam wurde, nachdem er sie so lange ausgehalten hatte.«

Monk neigte zu der gleichen Auffassung, wartete aber darauf, dass Herne seine begonnene Erklärung zu Ende führte.

»Meine Familie ...« Herne stockte, als bereitete es ihm Schwierigkeiten weiterzusprechen. »Ich wäre Ihnen sehr dankbar, wenn Sie sich nicht öffentlich zu der Verbindung zwischen Joel und dieser Frau äußern würden. Es ist auch so schon schwer genug für Dinah, dass sie von seiner ... Schwäche Kenntnis nehmen muss, als würden sein berufliches Scheitern und dann auch noch sein Selbstmord nicht genügen – Gott stehe uns allen bei. Und natürlich geht es mir dabei auch um meine Frau. Sie und Joel standen sich nicht nahe, aber er war dennoch ihr Bruder. Bitte ... machen Sie die Verbindung zwischen ihm und dieser Frau nicht öffentlich. Schließlich ist ein Zusammenhang mit ihrer Ermordung völlig ausgeschlossen.«

Monk musste nicht lange überlegen. »Wenn es nichts mit der Überführung des Mörders zu tun hat, dann haben wir auch nicht den geringsten Anlass, Dr. Lambourn zu erwähnen«, erklärte er.

Endlich schien alle Anspannung von Herne abzufallen. »Danke.« Er lächelte. »Ich ... wir sind Ihnen sehr verbunden.

Wir alle hatten es in letzter Zeit sehr schwer, insbesondere Dinah. Sie ist eine … extrem emotionale Frau.« Er erhob sich und streckte Monk die Hand entgegen. »Danke«, wiederholte er.

Erst nachdem Monk das Büro in der Northumberland Avenue verlassen hatte und auf dem Rückweg zur Wache der Wasserpolizei in Wapping einen Hansom bestiegen hatte, dämmerte ihm, was genau Barclay Herne ihm offenbart hatte. Als er dort, wo The Strand in die Fleet Street überging, in dichtem Verkehr stecken blieb, ging ihm die volle Bedeutung seiner Worte auf. Dinah Lambourn hatte ihm gegenüber zugegeben, dass sie über das Interesse ihres Mannes an einer anderen Frau im Bilde gewesen war, sich aber bewusst entschieden hatte, nicht mehr als lediglich diesen Umstand in Erfahrung zu bringen. Sie hatte ihm gesagt, sie wisse weder, wohin ihr Mann gegangen war, noch den Namen der Frau.

Herne wiederum hatte behauptet, er habe über Dinah von dieser Affäre erfahren, und hatte sich dann über Limehouse im Allgemeinen und über die West India Dock Road im Besonderen geäußert. Die war aber nur einen Katzensprung von der Copenhagen Place entfernt, wo Zenia Gadney gelebt hatte. Ohne ihre genaue Adresse zu kennen, hätte er es kaum besser treffen können. Es war die nächste Straße. Unbeabsichtigt hatte er Monk so verraten, dass Dinah Zenia Gadneys Adresse sehr wohl gekannt und folglich gelogen hatte.

Die bloße Vorstellung war ihm zuwider. Er versuchte, sie aus seinem Bewusstsein auszusperren, doch seine Fantasie lieferte ihm fieberhaft ein Bild nach dem anderen. Dinah hatte Lambourn fast obsessiv geliebt. Sie hatte zu viel Gutes in ihm gesehen und ihn auf einen Sockel gestellt, auf dem sich wohl kein Mann halten konnte. Jeder hatte Schwächen, über die er irgendwann stolpern musste. Das zu ignorieren oder zu leugnen bedeutete, ihm eine Bürde aufzuladen, die zu schwer war, als dass er sie im Alltagsleben tragen konnte.

Die Liebe sah nicht nur das Schöne, sondern akzeptierte auch die Narben und den Makel. Früher oder später provozierte das Gewicht unmöglicher Erwartungen Ausweichversuche: am Anfang vielleicht nur kleinere, mit der Zeit immer größere, wenn der Schmerz zunahm.

War das mit Joel Lambourn geschehen? War der Sockel zu hoch und es dort oben unerträglich einsam gewesen?

Der Hansom kam in dem dichten Verkehr kaum voran. Es regnete jetzt heftiger. Monk sah, wie die Tropfen von der Straße abprallten und das Wasser durch die Rinnen wirbelte. Frauenröcke waren längst durchnässt, Männer, die sich hinter ihren Schirmen verschanzten, rempelten einander an.

Hatte sich Dinah von Joel betrogen gefühlt? Hatte sie einen Abgott aus ihm gemacht, nur um zu entdecken, dass der Sockel, auf den sie ihn gestellt hatte, noch brüchiger war als Lehm, und war die Ermordung Zenia Gadneys ihre Rache an einem gefallenen Gott gewesen?

Oder waren all diese Spekulationen vielleicht doch an den Haaren herbeigezogen? Monk konnte das nur hoffen. Aus tiefstem Herzen wünschte er sich, er hätte unrecht. Er hatte Dinah gemocht, ja bewundert. Aber nun würde er die ganze Wahrheit über sie aufdecken müssen.

Er beugte sich vor und wies den Kutscher an, die Richtung zu ändern und ihn zur Britannia Bridge zu bringen, wo die Commercial Road East den Limehouse Cut kreuzte und in die West India Dock Road überging. Ein weiteres Mal musste er die Läden aufsuchen: den Krämer, den Bäcker und dazu all die Häuser in der Copenhagen Place.

Als er in dem Viertel eintraf, hatte es aufgehört zu regnen. Auf dem Bürgersteig an der Ecke zwischen der Solomon's Lane und der Copenhagen Place spielte ein gutes Dutzend Kinder Himmel und Hölle. Weiter vorn standen zwei Wäscherinnen, gewaltige Kleiderbündel gegen die Hüften gestemmt, auf der Straße und unterhielten sich. Ein Hund wühlte voller Hoffnung in einem Abfallhaufen. Zwei junge Frauen feilschten bei einem Gemüsekarren mit dem dahinter postierten Mann. Ein junger Bursche mit schief aufgesetzter Schirmmütze schlenderte pfeifend auf der Bordsteinkante vorbei. Es war eine fröhliche Varieténummer, die er zum Besten gab, und er traf jeden Ton.

Monk tat nicht gern, was er jetzt im Begriff war zu tun, doch wenn er nicht jede Gelegenheit nutzte, um seine Idee zu überprüfen, würde sein Verdacht ihn ewig verfolgen. Er fing gleich mit den Wäscherinnen an. Wie hätte sich Dinah wohl gekleidet, wenn sie hierhergekommen wäre, um Zenia Gadney zu suchen? Gewiss nicht modisch. Vielleicht hätte sie sich sogar von einem Dienstmädchen den Umhang geliehen, um den Schnitt und den feinen Stoff ihrer Kleider zu verbergen. An wen hätte sie sich gewandt, und welche Fragen hätte sie gestellt?

»Verzeihen Sie«, sprach Monk die Wäscherinnen an.

»Ham Sie jetzt endlich rausgefunden, wer sie abgemurkst hat?«, blaffte ihn die eine an. Sie hatte blondes Haar, das dort, wo die blasse Wintersonne darauf schien, heller wirkte, und ein breites, doch durchaus hübsches Gesicht.

Es verblüffte Monk, dass sie genau wussten, wer er war. Er trug doch keine Uniform! Aber vielleicht hätte er damit rechnen müssen. Dass er eine auffällige Erscheinung war, wusste er aus langjähriger Erfahrung. Sein hageres Gesicht, der Schnitt seiner Kleider, die aufrechte Haltung und sein forscher Gang hoben ihn vom Durchschnitt ab.

»Noch nicht«, antwortete er der Frau. »Aber wir haben mittlerweile genaue Vorstellungen davon, wer etwas gesehen haben könnte.« Damit wich er zwar der Wahrheit aus, aber das störte ihn keineswegs. »Ist einer von Ihnen eine Frau hier im Viertel aufgefallen, die Mrs Gadney suchte, sich vielleicht nach ihr erkundigte? Ziemlich groß, dunkles Haar, womöglich einfach gekleidet, aber mit dem Gebaren einer feinen Dame.«

Die zwei musterten ihn misstrauisch, dann wechselten sie einen Blick.

»Sie sind ja selbst eingelegt wie ein Hering«, brummte die verwelktere der beiden. »Und welche feine Dame würde schon nach einer wie ihr suchen?«

»Eine, von deren Mann sie Geld angenommen hatte«, antwortete Monk, ohne zu zögern.

»Da siehst du's, Lil!«, rief die Blonde triumphierend. »Hab ich's dir nich' gesagt? Sie hatte nix Gutes im Sinn. Ich hab's von Anfang an geahnt!«

Monk schnürte sich die Kehle zu. Wie froh wäre er gewesen, wenn er sich geirrt hätte!

»Sie haben sie gesehen?«, fragte er. »Eine Frau, die Mrs Gadney suchte? Sind Sie sicher?«

»Ich nich'! Aber ich hab so was von Madge gehört, die weiter hinten in der Straße lebt.« Sie verdrehte den Kopf und wies ihm mit dem Kinn die Richtung. »Sie war im Laden vom alten Jenkins, als es passiert is'.«

»Als was passiert ist?«, drängte Monk.

»Als diese Frau da war und alle möglichen Fragen über die andere gestellt hat, die sie umgebracht ham, was sonst? Isses nich' das, was Sie wissen wollten? Schrecklich verkrampft soll sie gewesen sein. Und dann das! Armes Ding.« Plötzlich kniff sie die Augen zusammen. »Sie reden ja grade so, wie wenn sie das gewesen wär, die die andere zerstückelt hat und dann auf dem Pier hat liegen lassen. Hören Sie, sie mag ja vielleicht nich' ganz richtig im Kopf gewesen sein, aber keine Frau tut so was einer anderen an. Das können Sie mir glauben.«

»Er hat ja gar nich' behauptet, dass sie das war!«, wies die andere ihre Freundin zurecht. »Hast du Ohren aus Stoff oder was? Er hat bloß gesagt, dass sie vielleicht wissen könnte, wer es war.«

»Vielen Dank«, unterbrach Monk sie und hob begütigend beide Hände. »Ich gehe gleich weiter zum Krämer und erkundige mich dort.« Damit wandte er sich um, überquerte zügig die Straße und bog in die Copenhagen Place ein. Hier war es zwar trockener als in der Stadtmitte, doch der vom Fluss herüberwehende Wind war kalt. Monk wickelte sich fester in seinen Mantel.

Er erreichte den Gemischtwarenladen und trat ein. Dort warteten an der Theke drei Kunden, ein Mann und zwei Frauen. Monk reihte sich geduldig hinter ihnen ein und lauschte ihrem Gespräch, konnte ihm jedoch wenig entnehmen, außer dass sie wütend und auch verängstigt waren, weil es in der Gegend ein rätselhaftes Verbrechen gegeben hatte und niemand es bisher hatte klären können.

»Sie war doch harmlos!«, rief eine der Frauen mit zunehmender Empörung. Sie hatte sich ihr weißes Haar mit Klammern so straff nach hinten gebunden, dass sich ihre Haut an der Stirn spannte und die Falten um ihre Augen beinahe verschwanden. »Hat all die Jahre immer ganz zurückgezogen gelebt. Wie weit isses bloß mit der Welt gekommen, dass so ein armes Ding wie sie zerstückelt wird wie ein Stück Fleisch?«

»Ein Jammer, dass sie das Rädern und Vierteilen abgeschafft haben, sag ich«, bestätigte der alte Mann mit einem verständnisvollen Nicken. »Natürlich müssen sie den Dreckskerl jetzt erst mal kriegen.«

»Hafermehl, Zucker und zwei Eier wie immer, Mr Waters?«, unterbrach ihn der hinter der Theke stehende Jenkins.

»Tun Sie doch nich' so, als ob Ihnen das gleichgültig wär!«, rief Mr Waters empört. »Sie hat schließlich ihre Lebensmittel immer bei Ihnen gekauft!«

»Das muss für Sie alle sehr schlimm sein«, mischte sich Monk ein, bevor sich die Gemüter noch mehr erhitzten.

Alle drei Kunden wirbelten zu ihm herum. »Und wer sind Sie?«, fragte Jenkins misstrauisch.

»Er is' von der Polizei«, stieß die andere Frau verächtlich hervor. Sie baute sich vor Monk auf. »Als Nächstes vergessen Sie wohl Ihren Namen, hm? Weswegen sind Sie denn jetzt schon wieder hier? Um uns zu sagen, dass Sie aufgeben?«

Monk lächelte sie an. »Wenn ich aufgegeben hätte, würde ich mich aus Scham nicht mehr hierherwagen«, erwiderte er und fuhr gleich fort, bevor ihr eine passende Erwiderung einfallen konnte. »Ist hier an dem Tag, an dem Zenia Gadney ermordet wurde, oder möglicherweise einen Tag davor, eine große, dunkle Frau aufgetaucht, um sich nach ihr zu erkundigen?«

Beide Frauen schüttelten den Kopf, doch Jenkins starrte Monk stirnrunzelnd an. »Ja, ja, da war eine, und die hat die Nerven verloren. Ja, und? Is' doch bloß traurig, dass eine so schöne Frau derart überschnappt.«

»Ach, und wenn's 'ne hässliche alte Schlampe wie wir gewesen wär, dann is' wohl nix dabei?«, giftete ihn eine der Kundinnen an. »Also, wenn Sie so von uns denken, brauchen Sie nich' zu erwarten, dass ich noch mal wegen meinem Abendbrot und meinen Kartoffeln zu Ihnen komme.« Sie knallte einen Shilling und zwei Pennys auf den Ladentisch und rauschte davon. Im Gehen schlug sie ihre Einkaufstasche gegen die Tür und stieß einen derben Fluch aus.

»Das tut mir leid«, entschuldigte sich Monk bei Jenkins. »Ich wollte Ihnen nicht Ihre Kunden vergraulen.«

»Lassen Sie sich deswegen keine grauen Haare wachsen, Sir«, beschwichtigte Jenkins ihn. »Ihr platzt immer wegen irgendwelchen Kleinigkeiten der Kragen. Sie kommt schon wieder. Also, was kann ich für Sie tun?«

»Erzählen Sie mir von dieser Frau, die einen Tag vor Zenia Gadneys Ermordung bei Ihnen war und sich so fürchterlich aufgeregt hat.«

»Sie wollen sie doch nich' beobachten, Sir? Sie war nich' aus der Gegend. War völlig außer sich, das arme Ding. Fantasierte und murmelte vor sich hin. Völlig ohne Zusammenhang. Ich schätze, dass sie sich verirrt hatte.«

»Können Sie mir beschreiben, wie sie aussah, und erinnern Sie sich noch an das, was sie sagte?«

»Daraus konnte ja kein Mensch schlau werden«, brummte Jenkins skeptisch.

»Das macht nichts. Zunächst zu ihrem Aussehen. Bitte.«

Jenkins dachte angestrengt nach. »Ziemlich groß für eine Frau ... dunkles Haar, soweit ich es sehen konnte. Aber nich' schwarz. Sie hatte so 'n altes Tuch, das den halben Kopf bedeckte. Hübsches Gesicht. Ich hab Ihnen ja schon gesagt, dass sie nich' aus der Gegend kam und sich auch nich' so anhörte. Aber das arme Ding war halb übergeschnappt. Zu viel Opium, wenn Sie mich fragen. Wenn man es bloß hin und wieder nimmt, richtet es keinen Schaden an. Es is' nun mal so, dass es hilft, wenn alles andere für die Katz is'. Aber wenn man zu viel davon schluckt, macht es einen wirr im Kopf. Und den allergrößten Schaden richtet es an, wenn man das Zeug raucht. Ich könnte mir gut vorstellen, dass sie das getan hat. Am Hafen unten kann man es in rauen Mengen kriegen. Meistens sind es die Chinesen. Im Osten drüben haben sie ein ganz tückisches Kraut, heißt es.«

Monk biss die Zähne zusammen und holte tief Luft. »Was hat sie denn vor sich hin gemurmelt? Können Sie sich erinnern?«

Jenkins schien seine Ungeduld überhaupt nicht zu registrieren. »Komisches Zeug«, sinnierte er. »Aus dem meisten bin ich nich' schlau geworden, aber in der Hauptsache ging es um Selbstmord und Huren und so was. Na, wie gesagt, sie war nich' bei Trost. 'ne Hure war sie jedenfalls nich', darauf würde ich mein Geld verwetten.« Er schüttelte den Kopf. »Sie war 'ne Dame, auch wenn sie halb übergeschnappt war.

Sie hat was von Lügen und Betrug und so was gefaselt. Ich würde sogar behaupten, dass sie ein ganz anderer Mensch is', wenn sie ihre Sinne beisammenhat. Sie sollten nich' allzu viel auf ihr Gerede geben, Sir. Und ich glaube nich', dass sie Mrs Gadney überhaupt kannte. Zwei gegensätzlichere Frauen kann man sich kaum vorstellen.«

»Erkundigte sie sich nach Mrs Gadney? Wollte sie wissen, wo sie lebte oder ob Sie sie kannten?«

»Daran kann ich mich nich' erinnern. Kam bloß wegen 'nem Tütchen Opium rein, schwadronierte von Leuten, die sich umbringen, und is' wieder verschwunden.«

»Danke. Sie haben mir sehr geholfen.« Monk kaufte ihm noch eine Flasche Sirup ab, in der Hoffnung, Hester würde einen Pudding mit Sirupsoße für ihn und Scuff auf den Tisch zaubern, dann bedankte er sich noch einmal und trat wieder auf die Straße hinaus.

Auch in den anderen Läden in der Copenhagen Place hörte er sich um. Vom Tabakhändler erfuhr er, dass eine große Frau mit dunklem Haar sich bei ihm nach Zenia Gadney erkundigt, aber zu dem Zeitpunkt einigermaßen gefasst gewirkt hatte. Er hatte ihr erklärt, dass Mrs Gadney ein paar Häuser weiter wohnte. Die genaue Nummer hatte er ihr nicht sagen können, nur dass sich das Haus ungefähr in der Mitte befand.

Zwei weitere Personen hatten die Frau gesehen, ohne allerdings Genaueres über sie sagen zu können. Wie auch immer, die Informationen, die Monk hatte, genügten, um ihn zu zwingen, Dinah Lambourn zur Rede zu stellen.

Weil ihm diese Aufgabe widerstrebte, kehrte er zunächst zur Wache in Wapping zurück, um sich zu vergewissern, dass dort alles seinen geregelten Gang ging. Danach jedoch blieb ihm nichts anderes übrig, als seinen Mantel anzuziehen und hinaus zum Kai zu marschieren. Der kürzeste Weg nach Greenwich war längs des nördlichen Flussufers, also die Seite, wo er sich befand, um dann von Horse Ferry ein Boot zum Greenwich Pier zu nehmen. Das würde eine Weile dauern, aber der kalte Spätnachmittagswind und die vertrauten Geräusche des Flusses würden ihm helfen, sich zu sammeln und sich seine Worte zurechtzulegen.

Er stand auf dem Kai und schaute über das viel befahrene Wasser, das jetzt mit dem Gezeitenwechsel unruhig wurde. Der Himmel verdunkelte sich bereits, und das Licht verblasste. In zehn Tagen war Wintersonnenwende und kurz danach Weihnachten. Er konnte seine Aufgabe immer noch verschieben. Einfach heimgehen und Dinah einen letzten Abend in Frieden zusammen mit ihren Töchtern gönnen. Die armen Mädchen – sie hatten ohnehin schon so viel verloren. Er fragte sich, ob sie überhaupt noch jemanden hatten – außer Amity Herne. Doch bei dieser Frau konnte er sich nicht vorstellen, dass sie ihnen in der Zeit der Verzweiflung, die ihnen nun mit Sicherheit bevorstand, Wärme und Trost würde geben können.

Gleich darauf schalt er sich. Was für ein hartherziger Gedanke das war! Sie konnte durchaus eine liebevolle Frau sein. Manchmal sprangen die Menschen angesichts einer Notlage über den eigenen Schatten und erwiesen sich als fürsorglicher und tapferer, als man es ihnen je zugetraut hätte.

Ein Aufschub würde auch für Monk selbst einen geschenkten Abend bedeuten, bevor er dann – obschon gezwungenermaßen – vor Dinah trat und die letzte Hoffnung auf ihre Unschuld aufgab.

Aber warum dachte er bei alldem überhaupt an sich? Was konnte diese kleine Enttäuschung denn schon ausmachen?

Eine Fähre näherte sich der Anlegestelle. Sobald sie ihre Passagiere entlassen hatte, konnte er damit nach Hause fahren. In einer halben Stunde wäre er daheim, in seiner eigenen Küche und – wichtiger noch – in der emotionalen Sicherheit all dessen, was zu Hause für ihn bedeutete. Er und Hester könnten gemeinsam überlegen, was sie Scuff zu Weihnachten schenken wollten, was er sich vielleicht alles wünschte und was ihn womöglich überfordern oder in Verlegenheit stürzen würde. Monk dachte an eine Taschenuhr. Der Junge hatte gerade erst gelernt, die Uhrzeit zu lesen, statt sie zu raten. Hester wollte ihm Bücher besorgen. Wäre beides zu viel? Würde Scuff sich dann verpflichtet fühlen, ihnen zwei Geschenke zu machen, jedem eines?

Er stellte sich auf die oberste Stufe, bereit, an Deck zu klettern.

Doch dann überlegte er es sich unvermittelt anders und lief zügig in die entgegengesetzte Richtung, zurück zur Straße. Er würde es jetzt erledigen, sich seiner Aufgabe stellen und sie hinter sich bringen.

Nach einer Stunde, die ihm viel zu kurz erschien, war er bei Dinah im Salon, und sie saß ernst, angespannt und kerzengerade in dem Stuhl gegenüber dem seinen, das Gesicht beinahe blutleer und die Finger mit solcher Kraft ineinander verknotet, dass die Knöchel weiß angelaufen waren.

Vielleicht würde er nie wissen, was er in solchen Situationen sagen sollte, um sie erträglicher zu machen. Er gab sich einen Ruck.

»Mrs Lambourn, als ich zuletzt hier war, sagten Sie mir, Sie wären darüber im Bilde, dass Ihr Mann eine Affäre mit einer anderen Frau hatte, wüssten aber nichts über sie, auch nicht ihre Adresse. Habe ich Sie da richtig verstanden?«

»Natürlich weiß ich es jetzt«, antwortete sie.

»Aber wussten Sie es, bevor sie ermordet wurde?«, beharrte er.

»Nein. Darüber haben wir nicht gesprochen.«

»Wie erfuhren Sie denn von ihr?«

Ihre Augen hoben sich ruckartig zu ihm und senkten sich

wieder auf ihre Hände. »So etwas weiß man einfach, Mr Monk«, sagte sie leise. »Kleine Veränderungen im Verhalten, Zerstreutheit, Erklärungen, um die man gar nicht gebeten hat, ausweichende Antworten bei bestimmten Themen. Am Ende habe ich ihn einfach zur Rede gestellt. Er hat es zugegeben, aber keine Einzelheiten genannt. Die wollte ich auch gar nicht wissen. Das verstehen Sie doch sicher?«

Monk nickte ernst. »Aber Sie hatten keine Ahnung, wo sie wohnte?«

Ein fast unmerkliches Kopfschütteln. »Das war eines von den Dingen, die ich nicht wissen wollte.«

»Den Namen auch nicht?«

Ihr Kinn zuckte nach oben. »Natürlich nicht. Es war mir lieber, dass sie … grau blieb, formlos.« Ihre Stimme klang angespannt. Sie zitterte ganz leicht.

Monk war sich sicher, dass sie log, aber in welchem Punkt, das war ihm nicht klar. »Am Tag, bevor sie ermordet wurde, wo waren Sie da, Mrs Lambourn?«

Ihre Augen wanderten in eine andere Richtung. »Wo ich war?«

»Ja, bitte.«

Sekundenlang schwieg sie und atmete langsam durch, als müsste sie sich vor einer großen Entscheidung sammeln, deren Konsequenzen sie ängstigten. An ihrer Schläfe, kurz unterhalb ihres dunklen Haars, zuckte ein Nerv.

Monk wartete.

»Ich … ich war mit einer Freundin in einer Soiree«, sagte sie schließlich. »Wir haben fast den ganzen Tag miteinander verbracht.«

»Der Name Ihrer Freundin?«

»Helena Moulton. Mrs Wallace Moulton, muss man wohl sagen. Ihre …« Wieder dieser tiefe Atemzug. »Ihre Adresse ist The Glebe, Nummer vier, in Blackheath. Warum ist das so wichtig, Mr Monk?«

»Danke.«

»Warum?«, fragte sie erneut, die Stimme trocken, fast knarzend. »Joel konnte ja nichts mit ihrem Tod zu tun haben.«

»Könnte sie in seinen Tod verwickelt gewesen sein?«, fragte Monk.

»Sie meinen ...« Plötzlich weiteten sich ihre Augen, und Zorn blitzte darin auf. »Sie meinen: Drohte sie damit, irgendwem von ihrer Affäre zu erzählen? War sie eine Frau von dieser Art? Gierig, hinterhältig, auf Zerstörung versessen? Nun, Joel war kein sehr guter Menschenkenner. Oft hielt er mehr von den Leuten, als sie wirklich verdienten.«

Monk hatte ihr erstes Gespräch noch lebhaft in Erinnerung. »Aber Sie haben mir doch gesagt, dass Sie glauben, er sei ermordet worden, weil seine Untersuchung über den Gebrauch von Opium zutraf«, hielt er ihr vor. »Mit Zenia Gadney hätte das gar nichts zu tun.«

Sie verbarg das Gesicht in den Händen. Einen langen Moment saß sie wie erstarrt da. Die Sekunden verstrichen im Takt zum Ticken der Uhr auf dem Kaminsims. Dinah verharrte regungslos. Ihre Schultern zuckten nicht; sie gab keinen Laut von sich.

Monk wartete in tiefster Betroffenheit. Er würde nach Blackheath reisen und Helena Moulton aufstöbern müssen. Von ganzem Herzen hoffte er, dass sie Dinahs Angaben bestätigen würde – und dass es andere geben würde, die das bezeugen konnten, auch wenn er diesbezüglich Zweifel hatte.

Endlich richtete sich Dinah auf. »Ich weiß die Antwort nicht, Mr Monk. Das Einzige, was für mich zählt, ist, dass Joel tot ist und nun auch diese Frau. Sie werden herausfinden müssen, wie all das geschehen konnte und wer die Schuld daran hat.« Sie wirkte erschöpft, zu müde, um noch Angst zu haben.

Monk erhob sich. »Danke. Es tut mir leid, dass ich Sie schon wieder belästigen musste.«

Jetzt sah sie ihm direkt in die Augen, ohne mit der Wimper zu zucken. »Sie müssen Ihre Pflicht erfüllen, was immer sie mit sich bringt. Wir müssen die Wahrheit erfahren.«

Monk war schon eine Weile gelaufen, als er endlich einen Hansom bekam und sich den Rest des Weges fahren ließ. The Glebe befand sich am Stadtrand, fast schon auf dem offenen Land des Blackheath Village. Da es keine lange Straße war, musste er sich nur einmal kurz erkundigen, um zum Haus von Mr und Mrs Moulton zu gelangen.

Dort wartete er eine halbe Stunde, bis Mrs Moulton von einem Besuch bei einer Freundin zurückkehrte und ihn in den Salon bat.

»Mrs Lambourn?«, rief sie überrascht. Sie war eine Frau von angenehmem Äußeren, die sorgfältig auf Kleider achtete, in welchen sie größer wirkte, als sie tatsächlich war. Ihre Miene verriet vollkommene Verwirrung.

»Richtig. Haben Sie sie am zweiten Dezember getroffen?«

»Himmel, was soll das? Da muss ich in meinen Kalender schauen. War an dem Tag irgendetwas Besonderes?«

»Ich bin mir nicht sicher.« Monk versuchte, sich seine Ungeduld nicht anhören zu lassen. »Mit Ihrer Hilfe könnte diese Frage vielleicht geklärt werden.«

Sie maß ihn mit einem ernsten Blick. »Ich weiß nicht, ob ich bereit bin, meine Unternehmungen mit Ihnen zu erörtern, Mr Monk, oder, was diesen speziellen Fall betrifft, die von Mrs Lambourn. Wir sind miteinander befreundet, und sie hat in jüngster Zeit eine entsetzliche Tragödie erlitten. Wenn etwas Unerfreuliches geschehen ist, etwas, das sie nach dem schrecklichen Verlust ihres Mannes noch tiefer ins Unglück stürzt, bin ich nicht bereit, Salz in ihre Wunden zu streuen.«

»Ich werde es so oder so herausfinden, Mrs Moulton«, erklärte er. »Das wird mich natürlich sehr viel mehr Zeit kosten, als wenn Sie es mir einfach sagen, und wird die Befragung einer ganzen Reihe von Leuten erfordern. Doch wenn ich dazu gezwungen bin, werde ich das tun. Auch ich empfinde das als abstoßend. Ich habe Hochachtung vor Mrs Lambourn und tiefes Mitgefühl für sie, aber die Umstände lassen mir keine andere Wahl. Wollen Sie es mir also sagen, oder muss ich so viele Personen verhören, wie es zur Ermittlung der Wahrheit eben erforderlich ist?«

Ihr war anzusehen, dass sie sich in einem Konflikt befand und sehr wütend war. Ihre Augen blitzten erregt, und die Röte stieg ihr in die Wangen. »Egal, was Mrs Lambourn Ihnen über ihren Verbleib am fraglichen Tag gesagt hat, ich habe keinen Zweifel daran, dass es wahr ist«, erwiderte sie eisig.

Monk überlegte fieberhaft. Diese Situation war höchst unangenehm, doch er war noch nie ausgewichen, wenn er gewusst hatte, dass es um seine Pflicht ging, und hier, das war ihm klar, gab es letztlich kein Entrinnen.

Er griff zu einer Lüge. »Sie hat mir gesagt, dass sie den ganzen Nachmittag mit Ihnen in einer Kunstausstellung in Lewisham verbrachte und Sie beide danach Tee trinken waren und bis zum frühen Abend über die Werke diskutierten.«

»Dann wissen Sie ja, wo sie war«, sagte Helena mit einem verkniffenen Lächeln. »Wozu noch der Aufwand, mich danach zu fragen?«

»Sagt sie also diesbezüglich die Wahrheit?«, fragte er sehr leise zurück, während er spürte, wie in seinem Inneren eisige Kälte hochkroch.

»Natürlich.« Helena war kreidebleich, entweder aus Zorn oder vor Angst.

»Wären Sie bereit, das notfalls vor Gericht zu bestätigen, vor einem Richter?«

Sie schluckte und blieb stumm.

Monk erhob sich. »Natürlich werden Sie das nicht, denn Sie waren nicht mit Mrs Lambourn zusammen.«

»O doch«, flüsterte sie, zitterte aber.

»Sie gab an, Sie beide wären in einer Soiree gewesen, keiner Ausstellung, und auch nicht in Lewisham.« Er schüttelte traurig den Kopf. »Sie sind eine gute Freundin, Mrs Moulton, aber in dieser Angelegenheit können Sie ihr nicht helfen.«

»Ich … ich …« Ihr versagten die Worte. Die Lüge war ihr nicht nur peinlich, nun hatte sie auch Angst um sich selbst.

Sein Ton wurde sanfter. »Darf ich annehmen, dass Sie nicht wissen, wo Mrs Lambourn am fraglichen Tag war?«

»Ja …« Die Antwort war kaum zu vernehmen, doch sie bestätigte sie mit einem schwachen Nicken.

»Danke. Sie brauchen nicht aufzustehen. Ihr Dienstmädchen wird mich zur Tür bringen.«

Damit ließ er Helena zurück, zusammengekauert und am ganzen Leib zitternd.

Monk fuhr erneut zur Lower Park Street. Nun blieb ihm gar nichts anderes übrig, als Dinah Lambourn zu verhaften. Freilich konnte er sich nicht vorstellen, dass sie die Grausamkeit besessen haben sollte, Zenia Gadney erst mit einem wuchtigen Schlag zu ermorden und ihr dann auf dem Pier die Eingeweide herauszureißen. Andererseits war Dinah eine ziemlich große Frau mit robustem Körperbau und hätte wohl in einem Zustand von aus Verzweiflung hervorgegangener Raserei die nötige Kraft aufgebracht. Zenia Gadney war einen halben Kopf kleiner und vielleicht fünfzehn Pfund leichter gewesen. Möglich war das zumindest.

Beim bloßen Gedanken daran wurde ihm schlecht, und doch konnte er die Indizien nicht leugnen. Dinah war in der Gegend gesehen worden, wie sie in einem Zustand wachsenden Zornes und bei zunehmendem Kontrollverlust nach Zenia suchte. Auf die Frage, wo sie gewesen war, hatte sie gelogen. Sie hatte – wie praktisch jedermann – Tranchiermesser in der Küche. Vielleicht hatte sie sogar eines von Joels alten Rasiermessern benutzt.

Über all das hinaus war sie von leidenschaftlicher und zwanghafter Natur. Zenia Gadney hatte ihr das geraubt, was sie am meisten geliebt hatte, den Mittelpunkt ihres Lebens hinsichtlich ihres Platzes in der Gesellschaft, ihrer finanziellen Sicherheit und – was weit über alles andere hinausging – hinsichtlich ihrer Gefühle. Lambourns Liebe zu ihr und ihr Glaube an ihn waren die Grundlage ihrer Identität. Auch das hatte ihr Zenia Gadney gestohlen. Da mochte Dinahs Drang nach Rache alles andere ausgelöscht haben.

Als er vor dem Haus in der Lower Park Street stand, versuchte er, sich auszumalen, was es für sein Leben bedeuten würde, hätte sich Hester jemand anders zugewandt, in seinen Armen gelegen, mit ihm gelacht, gesprochen, ihre Gedanken, Träume und die Vertrautheit der körperlichen Liebe geteilt. Würde er seinen Nebenbuhler töten, ihm am Ende gar die Eingeweide herausreißen wollen?

Vielleicht. Auch wenn das die Vernichtung seines eigenen Glücks bedeutete, alles Guten in der Welt, an dem ihm so viel lag, an das er aus tiefstem Herzen glaubte, und des eigenen Wertes, den er an sich sah.

Auf sein Klopfen hin erschien das Dienstmädchen und führte ihn in den Salon. Dort blieb er stehen und wartete. Er dachte an Dinahs Töchter, Marianne und Adah. Wer würde sich jetzt um sie kümmern? Welche Zukunft lag vor ihnen, nun, da ihr Vater Selbstmord begangen hatte und ihre Mutter wegen der brutalen Ermordung seiner Geliebten gehängt werden würde?

Er selbst konnte sich einfach nicht an Tragödien gewöhnen. Für ihn schliffen sich die Kanten nie ab. Stets verletzten sie ihn aufs Neue.

Dinah trat ein, aufrecht, das Gesicht aschfahl, als hätte sie schon gewusst, dass Monk zurückkehren würde.

»Sie waren nicht mit Mrs Moulton zusammen«, sagte er leise. »Sie war bereit, für Sie zu lügen. Als ich behauptete, Sie hätten ausgesagt, mit ihr in eine Kunstausstellung gegangen zu sein, bestätigte sie das.« Er schüttelte leicht den Kopf. »Sie wurden in Limehouse gesehen, noch dazu in der Copenhagen Place, wo Zenia Gadney lebte. Sie stellten Erkundigungen über sie an und waren dabei der Hysterie nahe.« Er unterbrach sich, als er auf ihrem Gesicht einen Ausdruck von Verblüffung, ja Fassungslosigkeit bemerkte. Einen Moment lang zweifelte er an seinen Erkenntnissen. War sie am Ende geistig umnachtet und wusste überhaupt nicht, was sie getan hatte?

»Ich habe sie nicht ermordet!«, stieß sie heiser hervor. »Ich bin ihr nie begegnet! Wenn ich … wenn ich das nicht beweisen kann, wird man mich dann hängen?«

Sollte er lügen? Am liebsten hätte er das getan. Aber die Wahrheit würde ihr bald nur allzu schmerzhaft klar werden. »Wahrscheinlich«, antwortete er. »Es sei denn, es gibt einen mildernden Umstand von außergewöhnlicher Bedeutung. Es … tut mir leid. Ich habe keine andere Wahl, als Sie zu verhaften.«

Sie schnappte keuchend nach Luft und geriet ins Schwanken, als würde sie gleich in Ohnmacht fallen. »Ich weiß …«

»Haben Sie im Haus lebende Bedienstete, die für Ihre Töchter sorgen, bis Angehörige, vielleicht Mrs Herne, benachrichtigt werden können?«

Sie stieß ein bitteres kurzes Lachen aus, das in einem Schluchzen endete. Gleich darauf hatte sie sich wieder so weit gefasst, dass sie sprechen konnte. »Ich habe im Haus lebende Bedienstete. Mrs Herne brauchen Sie nicht zu holen. Ich bin bereit, mit Ihnen mitzugehen. Wenn wir sofort aufbrechen könnten, wäre ich Ihnen sehr dankbar. Ich mag keine Abschiedsszenen.«

»Dann rufen Sie, wen immer Sie möchten, damit sie ein

wenig Kleidung, Nachthemden und Toilettenartikel für Sie packt«, wies er sie an. »Wenn Sie das selbst tun möchten, müsste ich Ihnen in Ihre Räume folgen.«

Ihre Wangen färbten sich leicht, nur um im nächsten Augenblick wieder so aschfahl zu werden wie zuvor.

Auf Dinahs Klingeln hin trat eine rundliche ältere Frau mit grauen Haaren ein. Sie starrte Monk voller Abscheu an, willigte aber sofort ein, als ihre Dienstherrin sie anwies, einen kleinen Koffer für sie zu packen und sich so lange um ihre Töchter zu kümmern, wie das nötig sein würde. Der Lakai wurde losgeschickt, einen Hansom zu holen, der wenig später vor der Haustür hielt.

Schweigend fuhren Monk und Dinah zum Greenwich Pier, wo die Fähre in der Dunkelheit wartete. Am anderen Ufer angekommen, stiegen sie in einen weiteren Hansom. In dessen beengtem Innern erwartete sie eine lange, holperige Fahrt über Kopfsteinpflaster durch die kalte Nacht.

Erst als sie sich gesetzt hatten, begann Dinah zu sprechen.

»Etwas können Sie für mich tun, Mr Monk, und ich denke, dass Sie mir das nicht verweigern werden«, sagte sie leise.

»Wenn es möglich ist.« Monk hoffte von Herzen, dass er nicht zu viel versprach, fürchtete er doch, dass ihm die Hände gebunden sein würden.

»Ich werde darauf angewiesen sein, dass der bestmögliche Anwalt für mich kämpft«, erklärte sie mit überraschender Ruhe. »Ich habe weder Zenia Gadney noch sonst wen ermordet. Und wenn es jemanden gibt, der mir helfen kann, das zu beweisen, dann ist das wohl Sir Oliver Rathbone. Ich habe gehört, dass Sie ihn kennen. Trifft das zu?«

Monk blickte sie verblüfft an. »Ja. Ich kenne ihn seit Jahren. Möchten Sie, dass ich ihn bitte, Sie aufzusuchen?«

»Ja. Ich werde jeden Preis bezahlen – jeden –, wenn er mich nur verteidigt. Würden Sie ihm das bitte ausrichten?«

»Natürlich, das verspreche ich Ihnen.« Freilich hatte er

keine Ahnung, ob Rathbone diesen allem Anschein nach aussichtslosen Fall annehmen würde. Doch in einem war sich Monk jetzt schon sicher: Geld wäre das geringste Problem. »Ich werde ihn noch heute Abend fragen, sofern er zu Hause ist.«

Sie stieß ein leises Seufzen aus. »Danke.« Endlich schien sie sich etwas zu entspannen und ließ sich, erschöpft von der physischen und emotionalen Strapaze, gegen die Rückenlehne sinken.

9

Oliver Rathbone kehrte nach einem Teilsieg vor Gericht mit gemischten Gefühlen nach Hause zurück. Sein Mandant war in einem weniger gewichtigen Anklagepunkt schuldig gesprochen und infolgedessen zu einer erheblich geringeren Strafe verurteilt worden. Aber die war Rathbones Meinung nach durchaus berechtigt. Der Mann hatte sich so einiges zuschulden kommen lassen, auch wenn man ihm mildernde Umstände zugestanden hatte. Womöglich hätte Rathbone ein besseres Ergebnis für ihn herausholen können, doch das hätte er als ungerecht empfunden.

Er verzehrte sein Dinner allein und ohne Freude. Vor seiner Hochzeit hatte ihn die Stille in seinem damaligen Haus in keinster Weise gestört. Sie hatte ihm nie Einsamkeit verheißen, sondern eher so etwas wie Frieden.

Zu guter Letzt hatte er sich der Tatsache gestellt, dass er Margaret nicht mehr bei sich haben wollte – und das war eine bittere Erkenntnis. Zwischen ihnen gab es keine Ungezwungenheit und jetzt nicht einmal mehr Freundlichkeit. Warum hatte es nur so kommen müssen?

Hatte es bei ihm an Zärtlichkeit und Verständnis gefehlt? Zumindest er hatte das nicht so gesehen. Er hatte Arthur Ballinger bis an die Grenzen seiner Fähigkeiten verteidigt. Der Mann war für schuldig befunden worden, weil er schuldig war. Am Ende hatte er es selbst zugegeben.

Diese Erinnerung rief wieder den Gedanken an die Fotografien in ihm wach. Sein Magen verkrampfte sich, und plötzlich war ihm, als wäre er in einen Schatten getaucht.

Vielleicht war der Abend ja kälter, als er gedacht hatte. Zwar brannte das Kaminfeuer, aber seine Wärme schien ihn nicht zu erreichen.

Er überlegte, ob es sinnvoll war, einen der Bediensteten zu bitten, den Kohlenkasten aufzufüllen, damit er bei Bedarf selbst nachschüren konnte, doch dann kam ihm plötzlich eine ganz andere Idee: Sollte er überhaupt in diesem Haus bleiben? Schließlich hatte es ursprünglich mindestens zwei Menschen eine Heimat bieten sollen. Und dieser Gedanke versetzte ihm erneut einen Stich. Hatte er eigentlich Kinder gewollt? Oder hatte er angenommen, sie würden sich von selbst einstellen?

Gott sei Dank hatten sie keine bekommen. Einen solchen Verlust zu ertragen wäre noch viel schwerer, wenn nicht gar unmöglich gewesen. Andererseits hätte Margaret ein Kind gar nicht mitnehmen dürfen. Neben so vielen anderen Dingen verbot das englische Gesetz Frauen einen solchen Schritt.

Was hätte er dann wohl gesagt – oder getan? Wäre sie um des Kindes willen geblieben, und hätten sie dann in eisiger Höflichkeit nebeneinanderher gelebt? Das wäre der Tod jedes Glücks gewesen!

Oder wäre Margaret mit Kind ein ganz anderer Mensch gewesen? Hätte es endlich die Loslösung von ihren Eltern bedeutet und ihre leidenschaftlichen Beschützerinstinkte auf ihre neue Familie und deren Zukunft gelenkt?

Er sinnierte noch über diese Möglichkeit, als Ardmore eintrat und ihm mitteilte, dass Monk in der Empfangshalle wartete.

Zu seiner Überraschung war Rathbone darüber erfreut, obwohl es bereits nach zehn Uhr abends war.

»Schicken Sie ihn rein, Ardmore. Und bringen Sie uns bitte den Port. Ich glaube nicht, dass er Brandy will. Vielleicht auch etwas Käse?«

»Sehr wohl, Sir.« Ardmore verließ ihn mit einem halb verborgenen Lächeln.

Gleich darauf trat Monk ein und schloss die Tür. Er wirkte müde und ungewöhnlich düster. Sein Haar war nass vom Regen, und seinem sehnsüchtigen Blick hinüber zum Kamin nach zu schließen, fror er.

Rathbone spürte, wie sein kurz aufgeflammtes Glücksgefühl wieder verflog. Er lud Monk ein, sich auf den Stuhl vor dem Kamin zu setzen, und nahm seinerseits ihm gegenüber Platz.

»Stimmt etwas nicht?«, erkundigte er sich.

Monk machte es sich bequem. »Ich habe heute eine Frau verhaftet. Sie hat mich gebeten, ihr einen guten Anwalt zu vermitteln. Sie hat ausdrücklich nach Ihnen verlangt.«

Rathbones Interesse ließ merklich nach. »Wenn Sie sie verhaftet haben, nehme ich an, dass Sie sie für schuldig halten, richtig? Woran eigentlich?«

Monks Züge spannten sich. »An der Ermordung und der anschließenden Ausweidung der Frau, die wir vor zwei Wochen am Limehouse Pier entdeckt haben.«

Rathbone zuckte zusammen. Er starrte Monk an, als ließe sich so erkennen, ob er das ernst meinen konnte. Doch nichts an Monks Miene wies auf launige Absichten hin. Im Gegenteil, sie verriet einen tiefen Schmerz. Rathbone richtete sich auf, verschränkte die Finger. »Dann sollten Sie mir die Sache wohl etwas detaillierter erklären, und zwar bitte von Anfang an.«

Monk schilderte ihm den Fall, angefangen mit der Entdeckung der Leiche auf dem Pier, wobei er sich mit einer kurzen Beschreibung begnügte. Dennoch drehte sich Rathbone der Magen um. Umso erleichterter war er, als Ardmore den Port brachte, und auch Monk war froh, nach dem Glas greifen zu können. Die reiche Wärme des Portweins war wohltuend, auch wenn sie die Bilder von dem grausigen

Fund unter der aufgehenden Wintersonne nicht aus seinem Bewusstsein tilgen konnte.

»Haben Sie sie identifiziert?«, fragte Rathbone, die Augen auf Monks Gesicht gerichtet.

»Eine Nebenerwerbsprostituierte in den Vierzigern, ausgehalten von einem Stammkunden. Er war offenbar einigermaßen großzügig, sodass sie nicht auf Zusatzeinkünfte angewiesen war. Sie führte ein äußerst bescheidenes, zurückgezogenes Leben in der Copenhagen Place, einer Straße in Limehouse, gleich hinter der Britannia Bridge.«

»Klingt eher nach einer Mätresse als nach einer Prostituierten«, bemerkte Rathbone. »Ist es die Ehefrau, die Sie verhaftet haben?« Das schien der naheliegendste Schluss zu sein.

»Seine Witwe«, korrigierte Monk ihn.

Das verblüffte Rathbone. »Hat die Tote den Ehemann umgebracht?«

»Was hätte sie davon gehabt? Nach seinem Tod war sie mittellos.«

»Ein Streit?«, regte Rathbone an. »Hatte sie etwas Besseres in Aussicht, und er ließ sie nicht gehen? Wer weiß das schon? Starb er eines natürlichen Todes?«

»Nein. Selbstmord – anscheinend.«

Rathbone beugte sich etwas weiter vor; sein Interesse war eindeutig geweckt. »Anscheinend? Sie haben Zweifel daran? Glauben Sie, dass seine Frau ihn umgebracht hat?«

»Nein. Sie betete ihn an, und jetzt ist sie bis auf das, was er ihr hinterlassen hat, ohne Einkünfte. Ich bin mir nicht ganz sicher, wie viel ihr geblieben ist, aber es ist vermutlich nicht unerheblich.« Monk zögerte. »Eigentlich ist die Sache noch viel verwickelter. Ich habe nicht den Schimmer einer Ahnung, wie es ihm in nächster Zeit ergangen wäre. Er war nämlich beruflich einigermaßen in Ungnade gefallen. Seine Zukunftsaussichten hatten sich wohl verschlechtert. Andererseits war er entschlossen, sich zu wehren – laut seiner Frau.«

Rathbone war fasziniert. Eine Geschichte voller Leidenschaft, Gewalt und Widersprüche.

»Monk, hier fehlt etwas, ein entscheidendes Element, das Sie mir vorenthalten. Hören Sie auf, mir etwas vorzuspielen, und rücken Sie mit der ganzen Geschichte heraus!«

»Bei dem Mann handelt es sich um Joel Lambourn«, antwortete Monk.

Rathbone verschlug es die Sprache. Er kannte den Namen. Dieser Mann hatte in hohem Ansehen gestanden. Mehr als einmal war er als Experte vor Gericht geladen worden, um ein Gutachten bezüglich bestimmter medizinischer Sachverhalte abzugeben. Rathbone sah ihn förmlich vor sich: ernst, höflich, aber mit der Autorität des Fachmannes auftretend, die sich auch nicht durch ein scharfes Kreuzverhör erschüttern ließ.

»*Der* Joel Lambourn?«, fragte er in plötzlicher tiefer Trauer.

»Ich glaube nicht, dass es zwei gibt.« Monk seufzte. »Es sieht ganz so aus, als hätte seine Frau, Dinah, Zenia Gadney aus Rache für deren Rolle bei Lambourns Selbstmord umgebracht. Dinah ist davon überzeugt, dass Lambourns Studie absolut korrekt durchgeführt wurde und frei von fachlichen Fehlern war. Außerdem hat sie …« Er unterbrach sich abrupt. »Es wäre besser, Sie sprächen mit ihr persönlich, als sich von mir aus zweiter Hand darüber informieren zu lassen, was sie gesagt hat und welche Unstimmigkeiten dabei aufgetreten sind.«

Rathbone lehnte sich in seinem Stuhl zurück und überlegte. Dabei war er sich sehr wohl bewusst, dass die Sache für Monk ein dringendes persönliches Anliegen war und dieser ihn aufmerksam beobachtete.

»Warum ist Ihnen das derart wichtig, dass Sie so spät am Abend noch zu mir kommen, statt es morgen bei mir in der

Kanzlei zu besprechen«, fragte er. »Was ist es, das Sie so sehr an diesem Fall fesselt? Ist es Mitleid für eine Witwe, die betrogen und beraubt worden ist und jetzt auf den Prozess und mit ziemlicher Sicherheit auf den Henker wartet? Ist sie attraktiv? Tapfer? Und das sind keine müßigen Fragen. Himmelherrgott, sagen Sie mir die Wahrheit!«

»Ja, sie ist attraktiv«, antwortete Monk mit einem traurigen Lächeln. »Aber die Wahrheit ist wohl, dass ich mir nicht sicher bin, ob sie schuldig ist. Die Indizien belasten sie sehr, und bisher haben wir keine andere verdächtige Person ermittelt, nicht einmal irgendwelche Spuren. In den Akten sind wir auf kein vergleichbares Verbrechen gestoßen, egal, ob aufgeklärt oder ungeklärt. Limehouse ist ganz gewiss kein Viertel für feine Leute, aber Zenia Gadney hat dort jahrelang gelebt, ohne dass ihr etwas zugestoßen wäre.«

»Jahrelang?«

»Mindestens fünfzehn oder sechzehn Jahre.«

»Ausgehalten von Joel Lambourn?« Rathbone spürte jetzt brennendes Interesse. War dieser Fall gar nicht so banal oder schmutzig, wie er zunächst vermutet hatte? »Das ist viel Geld. Wusste seine Frau Bescheid? Ich meine, Sie gehen ganz klar davon aus, dass sie am Ende im Bilde war, aber wann kam sie dahinter?«

»Ihre Geschichte ist widersprüchlich«, erwiderte Monk. »Erst leugnete sie, etwas gewusst zu haben, dann behauptete sie, davon erfahren zu haben, aber nicht den Namen oder die Adresse der Frau zu kennen.«

Rathbone hob die Augenbrauen. »Und sie wollte das nicht herausfinden? Eine Frau und nicht neugierig? Höchst erstaunlich. Die meisten Frauen würden das wollen, um die Konkurrentin wenigstens gesehen zu haben.«

»Um Konkurrenz im gewöhnlichen Sinn kann es sich wohl kaum gehandelt haben«, erwiderte Monk. »Dinah Lambourn ist auf ihre ganz eigene Weise wunderschön. Sie ist eine bemerkenswerte Frau, voller Leidenschaft und von außergewöhnlicher Würde. Zenia Gadney war angenehm, aber so gewöhnlich wie eine Pellkartoffel.«

»Die Grundnahrung für die meisten«, bemerkte Rathbone trocken. »Hat die Ehefrau Kinder?«

»Zwei Töchter. Gegenwärtig werden sie noch von der Haushälterin versorgt.«

Rathbone seufzte. Noch mehr Opfer bei dieser Tragödie. »Ich nehme an, dass ich zu dieser Frau gehen und mit ihr sprechen kann. Mir ihre Version anhören. Was sagt sie überhaupt?«

Monk biss sich auf die Lippe. »Ich denke, das sollten Sie besser von ihr selbst erfahren.«

»So schlimm?«

»Noch schlimmer.« Monk trank seinen Portwein aus und erhob sich. »Schlimmer in Bezug auf Lambourns Ende und schlimmer auch in Bezug auf die Frage, wer Zenia Gadney umgebracht hat und aus welchem Grund. Aber hören Sie ihr wenigstens zu, Oliver. Bilden Sie sich Ihr eigenes Urteil. Verlassen Sie sich nicht auf meines.«

Rathbone stand ebenfalls auf. »Eine Herausforderung ist mir willkommen, solange sie nicht absurd ist.«

»Verlassen Sie sich nicht darauf«, warnte Monk ihn. »Sie könnte durchaus absurd sein.«

Der nächste Morgen war kalt. Der Winter rückte näher.

Hinter sich hörte Rathbone die Tür mit einem Scheppern zufallen: Stahl auf Stein. Vor sich sah er die Frau allein in der Zelle stehen. In der Mitte befanden sich ein Tisch und zwei Stühle. Ansonsten war der Raum völlig leer.

»Ich bin Oliver Rathbone«, stellte er sich vor. »Mr Monk hat mir gesagt, dass Sie mich sprechen möchten.« Er betrachtete sie mit lebhafter Neugier. Monk hatte sie als attraktiv bezeichnet, aber das genügte bei Weitem nicht, um die besondere Eigenheit ihres Gesichts und ihrer ganzen Ausstrahlung zu erfassen. Sie war hochgewachsen, fast so groß wie Rathbone, und die Haltung, die sie selbst an diesem schrecklichen Ort zeigte, verlieh ihr eine beeindruckende Würde. Wahrhaft schön in einem klassischen Sinne war sie nicht – dafür war ihr Gesicht vielleicht zu prägnant, der Mund zu großzügig –, aber sie verkörperte einen Reiz, eine Kraft, eine selten gesehene Ausgeglichenheit und wirkte bei alldem ungemein sympathisch.

»Dinah Lambourn«, sagte sie. »Danke, dass Sie so schnell gekommen sind. Leider stecke ich in großen Schwierigkeiten und brauche jemanden, der für mich spricht.«

Rathbone forderte sie mit einer Geste auf, sich zu setzen, und als sie Platz genommen hatte, ließ er sich ihr gegenüber auf dem anderen Holzstuhl nieder.

»Monk hat mir berichtet, was geschehen ist«, begann er. »Bevor ich mir die Einzelheiten selbst anschaue oder mir anhöre, was die Polizei dazu sagt, würde ich Sie bitten, mir den Sachverhalt aus Ihrer Sicht zu schildern. Der Name Ihres Mannes ist mir ein Begriff. Er ist eine Kapazität auf seinem Fachgebiet. Einmal habe ich ihn persönlich erlebt, wie er ein Gutachten vor Gericht abgab. Ich konnte seine Aussage damals nicht erschüttern.« Mit einem winzigen Lächeln gab er ihr zu verstehen, dass seine Erinnerung daran angenehm war. »Den Hintergrund brauchen Sie mir nicht zu erklären. Beginnen Sie mit dem, was Sie über Zenia Gadney wissen, wie Sie es erfuhren, und vielleicht auch mit den letzten Wochen Ihres Mannes, je nachdem, für wie relevant Sie diese halten.«

Sie nickte langsam, als müsse sie diese Informationen noch verarbeiten und überlegen, wie sie ihre Geschichte erzählen solle. »Sie sind sehr relevant«, sagte sie leise. »Mehr noch, sie bilden das Herz des Ganzen. Die Regierung plant die Verabschiedung eines Gesetzes zur Regulierung der Etikettierung und des Verkaufs von Opium, das gegenwärtig praktisch überall erhältlich ist. Sie bekommen es in so gut wie jedem kleinen Laden. Es ist in zig Medikamenten enthalten, für die man kein ärztliches Rezept braucht, und die Höhe seines Anteils steht ganz im Belieben des Herstellers. Es gibt weder Etiketten, die den Käufer über seine Wirkung aufklären, noch erfährt er, in welchem Verhältnis es womit gemischt ist oder welche Dosierung angemessen oder gefährlich ist.« Sie hielt inne und studierte sein Gesicht, um sich zu vergewissern, dass er ihr noch folgte.

»Die Rolle Ihres Mannes«, erinnerte er sie.

»Wissenschaftliche Erkenntnisse zum Beweis der Notwendigkeit des Gesetzes zu sammeln. Im Parlament wird es nämlich von einer massiven Opposition bekämpft, hinter der all jene stehen, die mit dem bisher uneingeschränkten Verkauf von Opium ein Vermögen verdient haben.«

»Ich verstehe. Bitte fahren Sie fort.«

Sie holte tief Luft. »Joel arbeitete Tag und Nacht daran, Fakten und Zahlen zu erfassen, Proben und Gegenproben zu prüfen und alle möglichen Leute zu befragen. Je mehr er erfuhr, desto schlimmer stellte sich ihm das Gesamtbild dar. Manchmal hatte er Tränen in den Augen, wenn er Berichte über den Tod von Babys gehört hatte. Er war weiß Gott kein sentimentaler Mann, aber die vielen Todesfälle, die so leicht hätten vermieden werden können, belasteten ihn unendlich.« In ihrem Gesicht spiegelte sich ihre eigene Anteilnahme wider. »Nichts davon geschah aus Böswilligkeit. Die Leute waren nur völlig ahnungslos im Hinblick auf das, was sie benutzten. Das waren ganz einfache Menschen: Sie hatten Angst oder Schmerzen, waren vielleicht erschöpft und wussten einfach nicht mehr weiter; kurz, sie suchten verzweifelt nach irgendetwas, das ihre eigenen Schmerzen oder die von geliebten Angehörigen lindern konnte.«

Langsam zeichneten sich vor Rathbone die Konturen eines Zusammenhangs ab, der viel größer war, als er es sich vorgestellt hatte, und plötzlich befiel ihn das absurde Gefühl, ein Privileg zu genießen, nur weil es ihm physisch gut ging.

»Er präsentierte also der Regierung die Ergebnisse seiner Untersuchung?«, fragte er zusammenfassend. Das lag unabhängig von dem, was Monk ihm mitgeteilt hatte, eigentlich auf der Hand, doch er musste sich davor hüten, voreilige Schlüsse zu ziehen oder Dinah irgendwelche Formulierungen in den Mund zu legen.

»Ja. Und sie hat sie abgelehnt.«

Dinah war anzusehen, dass es ihr immer noch schwerfiel, diese Entscheidung zu akzeptieren. Rathbone nickte. Monk hatte ihre Loyalität zu ihrem Mann richtig eingeschätzt.

»Mit welcher Begründung?«, fragte er.

»Angebliche Inkompetenz, er habe sich in extremem Maße auf seine vorgefasste Meinung versteift.« Die Stimme brach ihr, und es bereitete ihr Mühe, die Worte auszusprechen. »Sie weigerten sich, die von ihm gesammelten Fakten zur Kenntnis zu nehmen. Für ihn war klar, dass seine Ergebnisse schlicht nicht ihren finanziellen Interessen entsprachen.«

»Mit ›sie‹ ist die Regierung gemeint?«, hakte Rathbone nach. Er konnte sehen, dass Dinah felsenfest von ihrer Darstellung überzeugt war, doch in seinen Ohren klang das so, als könnte sie sehr wohl befangen sein.

Sie hörte den skeptischen Unterton aus seiner Stimme heraus. Fast unmerklich strafften sich ihre Lippen. »Ich spreche von der Regierungskommission, in der Sinden Bawtry den Vorsitz führt und in der auch mein Schwager, Barclay Herne, mitarbeitet.« Sie gab sich keine Mühe mehr, ihre Verbitterung zu verbergen. »In der Regierung sitzen viele Leute, die glauben, dass ein neues Gesetz dem ärmeren Teil der Bevölkerung den Zugang zu Opium verwehren und sie darum in hohem Maße diskriminieren würde. Und natürlich würde es viel Geld kosten, die Medikamente korrekt zu analysieren und zu etikettieren. Das wiederum würde die Gewinne bei sämtlichen verkauften Fläschchen und Päckchen schmälern. Und damit natürlich auch die darauf aufgebauten Vermögen. Alles Teile des Erbes aus den Opiumkriegen.«

Sie beugte sich mit eindringlichem Blick vor, die Hände auf die vernarbte Tischplatte zwischen ihnen gelegt. »Es gibt sehr vieles, worüber wir nicht sprechen, Sir Oliver, quälende Dinge, die viele verzweifelt zu verbergen suchen. Niemand gesteht sich gern ein, dass Dinge, die sein Land getan hat, zutiefst beschämend sind und sich durch nichts rechtfertigen lassen. Joel war genauso patriotisch gesinnt wie Sie oder jeder andere anständige Bürger, aber er leugnete die Wahrheit nicht, wie schrecklich sie auch ist.«

Rathbone verlor zunehmend die Geduld. »Was hat das alles mit Zenia Gadneys Ermordung zu tun, Mrs Lambourn?«

Dinah zuckte zusammen. »Joel ist vor zwei Monaten tot aufgefunden worden ... zwei Monate vor Mrs Gadneys Ermordung.« Sie schluckte, als hätte sie etwas in der Kehle, das ihr die Luft abwürgte. »Er saß allein auf dem One Tree Hill im Greenwich Park. Er hatte eine ziemlich hohe Dosis Opium eingenommen und ...« Erneut stockte sie. »Seine Handgelenke wiesen tiefe Einschnitte auf; er war verblutet. Sie sagten, er hätte Selbstmord begangen. Der Grund sei sein berufliches Scheitern gewesen, nachdem die Regierung seine Untersuchung zurückgewiesen hatte. Sie hatten sich sehr abfällig über sein Fachwissen geäußert.«

Sie sprach jetzt schneller, als wollte sie das alles möglichst rasch hinter sich bringen. »Sie sagten, er sei überemotional und inkompetent. Er hätte nicht zwischen persönlichen Tragödien und einer objektiven Bewertung von Fakten unterscheiden können. Sie ... stellten ihn als dummen ... Amateur hin.« Sie blinzelte ihre Tränen weg, doch sie rannen ihr trotzdem über die Wangen. »Das verletzte ihn zutiefst, aber dennoch war er nicht selbstmordgefährdet! Ich weiß, Sie denken jetzt, dass ich das nur glaube, weil ich ihn geliebt habe, doch es ist die Wahrheit. Er war fest entschlossen, sich zu wehren, zu beweisen, dass er recht hatte. Das Thema lag ihm viel zu sehr am Herzen, als dass er einfach aufgegeben hätte.« Sie schüttelte den Kopf. »In den letzten Tagen vor seinem Tod habe ich ihn öfter um drei oder vier Uhr morgens mit vor Erschöpfung leichenblassem Gesicht in seinem Arbeitszimmer angetroffen. Ich forderte ihn auf, ich flehte ihn an, sich ins Bett zu legen, aber er sagte nur, dass nach allem, was er erfahren hatte, seine Alpträume viel schlimmer waren als jede Müdigkeit. Sir Oliver, er hätte sich nie und nimmer umgebracht! Das hätte er als Verrat an denjenigen empfunden, denen zu helfen seine Mission war.«

Es widerstrebte Rathbone, ihr diese Fragen zu stellen, aber er konnte sie nur verteidigen, wenn er die ganze Wahrheit kannte – was auch immer in der Vergangenheit geschehen war, wie immer es sich tatsächlich mit dem Opium verhielt. Da war es besser, ihr jetzt Schmerzen zuzufügen als vor Gericht, wo jeder Schaden eine öffentliche Angelegenheit und mit ziemlicher Sicherheit nicht wiedergutzumachen sein würde.

»Wenn es so ist, dann stimme ich Ihnen zu«, sagte er sanft. »Die Ablehnung seiner Studie war für ihn kein Grund, sich das Leben zu nehmen. Das wirft aber die Frage auf, was der wahre Grund gewesen sein könnte. Die Anklage wird sich möglicherweise Ihrer Auffassung anschließen, dass er bereit war, den Kampf gegen die Regierung aufzunehmen, dann aber behaupten, dass seine Affäre mit Zenia Gadney auf die eine oder andere Weise hochschwappte. Vielleicht drohte sie, ihn bloßzustellen …«

»Das ist absurd!«, rief Dinah scharf. »Dazu hätte sie fünfzehn Jahre Zeit gehabt! Wieso, um alles auf der Welt, hätte sie es jetzt tun sollen? Sie hätte gewusst, dass sie im Falle seines Todes kein Einkommen mehr hätte und gezwungen sein würde, ihr Geld auf der Straße zu verdienen, was für Frauen ihres Alters schwierig und – wie sich auf tragische Weise erwiesen hat – gefährlich ist.«

Rathbone ließ ihr Gesicht nicht aus den Augen. »Man wird argumentieren, dass sie sich dessen nicht bewusst war.«

Die Antwort kam wie aus der Pistole geschossen. »Sie war vielleicht eine gewöhnliche Frau, aber nicht dumm! Sie lebte in Limehouse. Dort kannte sie Leute, ging einkaufen, lief hierhin und dorthin durch die Straßen.« Dinahs Stimme nahm einen spöttischen Ton an. »Glauben Sie wirklich, sie ahnte nicht, wie gefährlich es dort war?«

»Dann war ihr zumindest nicht klar, dass Dr. Lambourn sich das Leben nehmen und sie ohne einen Penny zurücklassen könnte«, verteidigte sich Rathbone.

Dinah maß ihn mit einem verächtlichen Blick. »Sie kannte ihn seit fünfzehn Jahren und soll sich dessen nicht bewusst gewesen sein?« Bevor Rathbone sie auf den Schwachpunkt ihres Arguments hinweisen konnte, brachte sie schon das nächste vor. »Natürlich war sie sich dessen nicht bewusst – weil es einfach nicht stimmte. Wegen des Geldes hätte Joel sich nie umgebracht, und ich glaube auch nicht, dass sie so gierig oder dumm war, ihm zu drohen. Etwas weniger als das, was man eigentlich will, ist immer noch weitaus besser als überhaupt kein Geld, egal, ob man Zenia Gadney oder sonst wie heißt. Sie war Ende vierzig! Wohin wäre sie wohl gegangen, um einen anderen Mann zu finden, der sie unterstützte und keine Gegenleistung dafür verlangte?«

»Keine Gegenleistung?«, wiederholte Rathbone verblüfft. Konnte Dinah das wirklich glauben?

Sie errötete. »Ein Besuch im Monat«, sagte sie leise. »Ich weiß, dass die Anklage das nicht glauben wird, aber trotzdem ist das Argument logisch. Was immer er von ihr wollte oder bekam, dürfte einer Frau leichterfallen, als auf den Straßen von Limehouse nach Laufkundschaft zu suchen.«

Darüber dachte er einen langen Augenblick nach. »Der Staatsanwalt könnte unterstellen, dass Sie diejenige waren, die ihn erpresste, um seine Besuche bei Zenia zu unterbinden.«

»Und was hätte ich dann getan?«, konterte sie mit einem Anflug von Humor. »Mich mit einer Veröffentlichung der Affäre selbst erniedrigt? Machen Sie sich nicht lächerlich.«

Unwillkürlich musste er lächeln. Er bewunderte ihren Mut. »Warum hat er dann Selbstmord begangen, Mrs Lambourn?«

»Das hat er ja nicht.« Erneut verschwand alles Helle aus ihrem Gesicht, und Kummer legte sich darüber. »Sie haben ihn ermordet, weil er dafür kämpfen wollte, dass seine Untersuchung, wenn schon nicht von der Regierung, dann eben vom Volk akzeptiert wurde. Sie ließen es wie Selbstmord aussehen, um ihn ein für alle Mal in Verruf zu bringen.«

Das klang nun wirklich nach einer Räuberpistole, die sie sich aus den Fingern gesogen hatte, um sich die Schande wegen Lambourns Selbstmord und der Ablehnung seiner Arbeit zu ersparen, doch ganz konnte Rathbone ihre Geschichte nicht von der Hand weisen. »Mord?«, fragte er.

»Wie viele Menschen sind schon im dunklen Meer des Opiumhandels ertrunken?«, wollte sie wissen. »In den Opiumkriegen gefallen, im Chaos danach von Piraten ermordet worden, an einer Überdosis gestorben? Wie viele Vermögen sind erworben oder verloren worden?«

»Und wer hat Zenia Gadney umgebracht?«, spann Rathbone den Faden fort, ernsthafter jetzt und in Erwartung einer Antwort. »War das wirklich nichts als purer Zufall?«

»Das scheint extrem unwahrscheinlich, um nicht zu sagen, unmöglich.« Dinahs Angst war förmlich mit Händen zu greifen, und Rathbone blickte sie tief besorgt an. Er wusste genau, warum Monk ihn gebeten hatte, diesen Fall zu übernehmen.

»Ich wollte mein Möglichstes tun, um seinen Namen wiederherzustellen«, fuhr Dinah fort. »Aber seine Unterlagen sind alle verschwunden. Jemand hat sie an sich gerissen und zerstört. Ich habe trotzdem bis zum Schluss versucht, einen Doktor zu finden, der den Mut und die Mittel hat, das Thema aufzugreifen.«

»Obwohl Sie glauben, dass man ihn ermordet hat, um ihn zum Schweigen zu bringen?«

»Er hatte recht«, sagte sie schlicht.

Rathbone kehrte zu seiner eingangs gestellten Frage zurück. »Wer hat Zenia ermordet?«

»Sie«, erklärte Dinah. »Diejenigen, die auch Joel umgebracht haben.«

»Warum? Was wusste Zenia? Hatte sie Abschriften der Untersuchung?« Ihre Wohnung wäre kein ungeeignetes Versteck für ein solches Werk gewesen, wenn es denn existierte.

»Vielleicht.« Sie sagte das in einem Ton, als wäre es ihr erst jetzt in den Sinn gekommen.

Eine Antwort, die der Staatsanwalt sogleich in der Luft zerreißen würde, konnte Rathbone ihr freilich nicht durchgehen lassen. »Warum sind *sie* nicht einfach in ihr Haus eingebrochen?«, fragte er ironisch. »Damit hätten *sie* sicher keine Aufmerksamkeit auf sich gezogen. Und wenn sie die Unterlagen tatsächlich dort versteckt hatte und ihnen nichts verraten wollte, hätte man sie zusammenschlagen oder sogar töten können – aber doch nicht auf derart groteske Weise. Dieser Mord ist so entsetzlich, dass er ganz London in Angst und Schrecken versetzt hat. Die Leute trauen sich kaum noch aus ihren Häusern. Es steht in allen Zeitungen und beherrscht jedes Gespräch. Das ergibt doch keinen Sinn.«

Müde und erschöpft verbarg sie das Gesicht in den Händen. »Es ergibt sehr wohl einen Sinn, Sir Oliver. Wie Sie richtig beobachtet haben, ist ganz London von Grauen davor gepackt worden. Falls die Indizien auf mich weisen und dann auch auf Joel und ich meine Unschuld nicht beweisen kann, wird man mich hängen und Joel endgültig in Schimpf und Schande bringen. Seine Studie wird keine Gefahr mehr darstellen, und das Gesetz wird eines stillen Todes sterben. Wahrscheinlich wird es Jahre dauern, bis es jemandem gelingt, es wiederzubeleben. Was ist Zenias Leben – oder meines – denn schon wert im Vergleich zu den Millionen im Geschäft mit dem Opium oder zu der diskreten Beerdigung der Sünden der Opiumkriege?«

Rathbone wusste nicht, inwieweit er ihr glauben konnte. Doch je länger er ihr zuhörte, desto plausibler erschien es ihm, dass Lambourns Untersuchung zumindest unterdrückt worden war, weil sie nicht das von der Kommission gewünschte Ergebnis erbracht hatte.

Aber hätte ein solcher Misserfolg – aus der Sicht der Kommission – wirklich erst zu Lambourns und später auch noch zu Zenias Ermordung führen können, nur um Dinah zum Schweigen zu bringen? Fraglos genügten die ungeheuren Vermögen, die hier auf dem Spiel standen, um sogar zu Mord zu greifen. Steckte also tatsächlich eine abscheuliche Verschwörung dahinter?

Oder wurde er nur zum Narren gehalten – von einer wunderschönen Frau, deren Liebe zu ihrem Mann an seine eigene Wunde gerührt hatte, die Stelle, an der er verletzlich und angreifbar war wie nie zuvor? War er drauf und dran, sein Augenmaß zu verlieren?

Riskierte Dinah Lambourn tatsächlich das eigene Leben, um den Ruf ihres Mannes zu retten? Oder hatte die Eifersucht auf Zenia sie bis zum Wahnsinn zerfressen? Hatte sie sie in einem Anfall von Raserei umgebracht und log jetzt in letzter Verzweiflung, um dem Strick irgendwie zu entgehen?

Er vermochte es beim besten Willen nicht zu sagen.

Er wollte ihr glauben. Oder, um näher bei der Wahrheit zu bleiben, er wollte glauben, dass eine Frau in der Lage war, diese Art von Treue zu ihrem Mann aufzubringen. Dass sie über seinen Tod hinaus und trotz seiner fünfzehnjährigen Verbindung mit einer anderen Frau bereit war, für ihn, für ihre Erinnerungen an ihn und für alles, was sie miteinander geteilt hatten, zu kämpfen.

Dass ihre eigenen Gefühle verletzt worden waren, schien ihr nichts zu bedeuten. Kein einziges Mal hatte sie sich abfällig über ihn oder Zenia Gadney geäußert.

Ganz offensichtlich litt sie unter extremen emotionalen Qualen, doch nichts wies darauf hin, dass sie sich weigerte, die Realität zur Kenntnis zu nehmen. Wenn man sie schuldig sprach, stand ihr der Tod durch den Strick bevor. Nach den Umständen von Zenia Gadneys Tod und der Hysterie in der Öffentlichkeit war Gnade völlig ausgeschlossen.

Hatte am Ende *er* den Bezug zur Wahrheit verloren?

»Ich übernehme Ihre Verteidigung, Mrs Lambourn«, sagte er feierlich. »Erfolg kann ich Ihnen nicht versprechen. Was ich Ihnen verbindlich zusagen kann, ist, dass ich mein Möglichstes tun werde, Sie zu verteidigen.«

Sie lächelte ihn an, und dann strömten Tränen der Erleichterung über ihre Wangen.

Was, um alles auf der Welt, hatte er getan?

10

Wieder im Freien, stand Rathbone im auffrischenden Wind auf dem vereisten Bürgersteig vor dem Gefängnis und wunderte sich über seine Voreiligkeit. Damit wagte er sich doch auf Treibsand hinaus, und schon jetzt war es für eine Umkehr zu spät. Er hatte Dinah sein Wort gegeben.

Aber bevor er so früh am Tag in seine Kanzlei ging, wo er doch nur darüber grübeln würde, worauf er sich eingelassen hatte, war es vielleicht besser, ostwärts weiterzufahren, den Fluss in Wapping zu überqueren und Monk in seinem Haus in der Paradise Place aufzusuchen, um ihm mitzuteilen, dass er den Fall übernommen hatte. Er würde ohnehin mehr Informationen benötigen als das Wenige, was er gestern erfahren hatte. Er würde einfach so tun, als wäre Monk nicht Kommandant der Wasserpolizei, sondern immer noch ein Privatermittler, den er damit beauftragen konnte, seine Zeit und seine Fähigkeiten diesem einen Fall zu widmen.

Zügig lief er durch die Hauptstraße, fand einen Hansom und wies den Kutscher an, ihn nach Wapping Stairs zu bringen. Während sie sich durch den morgendlichen Verkehr kämpften, lehnte er sich zurück und dachte darüber nach, was er alles in Erfahrung bringen musste. Wie konnte man bei den Geschworenen hinreichend begründete Zweifel wecken, obwohl es keinen anderen Verdächtigen gab? Konnte er selbst, beim klaren Licht des Wintertags besehen, überhaupt vernünftige Zweifel haben?

Glaubte Dinah Lambourn tatsächlich an das schier Unmögliche? Konnte es wirklich sein, dass sie ihren Mann trotz all seiner Schwächen liebte, obwohl er sie fünfzehn Jahre lang mit einer anderen Frau betrogen hatte? Glaubte sie ihm allen Ernstes seine verwegene Geschichte von der Weigerung der Regierung, die Wahrheit über den Gebrauch und Missbrauch von Opium zu akzeptieren? Ein neues Gesetz war doch sicher unvermeidlich, wenn Lambourns Fakten über Opium und andere Medikamente halbwegs der Wahrheit entsprachen. Durch Lambourns Tod würde es allenfalls um ein Jahr verzögert. So etwas war doch gewiss nicht den Tod eines Menschen wert, um gar nicht erst von der irrsinnigen Ermordung einer Person wie der armen Zenia Gadney zu reden. Weigerte sich Dinah am Ende einfach nur, ein Scheitern zu akzeptieren, ob das ihres Mannes oder ihr eigenes?

Die wahrscheinlichste Antwort auf all diese Fragen war doch wohl, dass sie selbst einem Wahn anheimgefallen war, ein Opfer welcher Fakten auch immer war, die sie sich würde eingestehen müssen. Vielleicht konnte sie um des eigenen Überlebens willen nur Antworten zulassen, die ihre Scheinwelt intakt ließen.

Monk hatte Rathbone zur Übernahme dieses Falles überredet. Jetzt musste Rathbone ihn dazu überreden, ihm zu helfen, dieses übermächtige Chaos zu entwirren.

Tief in die Illusionen Fremder versunken, mal zu der einen Auffassung, mal zu deren Gegenteil neigend, erreichte er die Anlegestelle. Es war eine Wohltat für ihn, endlich zahlen und aussteigen zu können, um dann noch ein paar Minuten im Freien auf die Fähre zu warten, während er den Geräuschen von Wind und Wasser lauschte.

Als das Boot eintraf, stieg er die nassen und etwas glitschigen Steinstufen hinunter, vorsichtig einen Fuß vor den anderen setzend. Das hätte ihm gerade noch gefehlt, dass er in das kalte, schmutzige Wasser fiel. Abgesehen von den Unannehmlichkeiten würde er sich unsterblich blamieren. Doch unversehrt kletterte er an Bord und setzte sich.

Die Strömung war bei einsetzender Ebbe von gewaltiger Kraft. Kleine Wellen sorgten für eine unruhige Überfahrt, doch Rathbone war froh über den scharfen Wind, die Gerüche von Schlamm und Salz und das Kreischen der Möwen.

Am anderen Ufer genoss er den Weg von der Anlegestelle Princes Stairs hinauf, dann die Rotherhithe Street entlang und durch das kurze gewundene Stück an deren Ende zur Paradise Place.

Hester empfing ihn an der Tür. Sie sah gut aus. Ihr Gesicht hatte etwas Weiches, ohne dass dies das Feuer in ihr eindämmte, das voller Ungestüm gegen Ungerechtigkeit, Dummheit und jede Form von Arglist loderte. Trotz seiner Sorgen musste Rathbone unwillkürlich lächeln. Auf ihre Freundschaft wenigstens war Verlass.

»Oliver!«, rief sie erfreut. »Kommen Sie herein! Wie geht es Ihnen?« Das waren keine leeren Worte. Ihre Augen suchten sein Gesicht ab, forschten nach der Wahrheit. Erkannte sie die Enttäuschung darin, die Einsamkeit, die er gerne verborgen hätte?

»Mir geht es gut, danke«, sagte er und trat ein. »Aber Monk hat mir einen praktisch unmöglichen Fall vermittelt. Ich werde seine Hilfe benötigen. Bitte sagen Sie mir nicht, dass er schon gegangen ist.«

»Er ist da«, versicherte sie ihm. »Möchten Sie sich in den Salon setzen, wo Sie ungestört miteinander sprechen können? Wenn Sie wollen, bringe ich Ihnen Tee oder sogar ein Frühstück. Auf dem Fluss draußen muss es kalt gewesen sein.«

»Wissen Sie noch gar nicht darüber Bescheid?«, fragte er überrascht.

Sie gestattete sich ein winziges Lächeln. »Er hat lediglich gesagt, dass er Dinah Lambourn verhaften musste. Sie haben den Fall doch nicht übernommen? So früh? Wie … voreilig von Ihnen.« Ihr Lächeln wurde breiter. Vor langer Zeit, als sie gemerkt hatte, dass er in sie verliebt war, hatte sie sich über seine Vorsicht lustig gemacht und ihn damit aufgezogen, dass er mit seinem Drang zu peinlicher Ordnung doch unmöglich an der Seite eines so impulsiven Menschen wie sie glücklich werden könne. Damals hatte er geglaubt, sie hätte recht. Jetzt dachte er anders.

»Nicht einmal ein Mann ohne Neigung zu voreiligem Handeln würde Ihr Angebot ablehnen«, sagte er verschmitzt.

»Dann kommen Sie in die Küche«, lud sie ihn ein und schritt ihm voran durch den Flur.

Der Raum dahinter war behaglich warm, etwas unaufgeräumt und sah ganz nach dem aus, was er war: der Mittelpunkt des Hauses. Auf einer der Bänke stapelten sich saubere Leinentücher, und auf dem Herd simmerte ein Wasserkessel. Von den an der Decke angebrachten Haken hingen getrocknete Kräuter und zwei Zwiebelzöpfe herab. Blau gemustertes Porzellan wartete darauf, in den Geschirrschrank geräumt zu werden.

Monk saß am Küchentisch und aß eine Schale Porridge mit heißer Milch. Das war wahrscheinlich der Grund, warum Hester an die Tür gegangen war. Sobald er Rathbone erkannte, stand er auf und begrüßte ihn.

Plötzlich bemerkte der Anwalt, dass er heute noch gar nichts gegessen hatte; sein Magen knurrte laut.

Hester sah, wie er zu Monks Portion hinüberschielte. Ohne ihn zu fragen, lud sie eine Schale mit Porridge voll und stellte sie für ihn auf den Tisch. Sie erkundigte sich auch nicht, ob er Tee wollte, sondern schenkte ihm einfach eine Tasse ein.

»Und?«, brummte Monk. An seine eigene Portion würde er offenbar erst wieder denken, wenn er wusste, ob Rathbone den Fall übernommen hatte.

Mit einem schiefen Grinsen stellte sich der Anwalt Monks kühlen grauen Augen und ließ sich ihm gegenüber nieder. »Wenn ich ihn abgelehnt hätte, hätte ich Ihnen eine Nachricht nach Wapping geschickt und vielleicht auch eine hierher«, erklärte er niedergeschlagen. »Aber ich werde auf Ihre Hilfe angewiesen sein.«

»Mir ist nicht ganz klar, was ich für Sie tun kann«, erwiderte Monk, wirkte aber dennoch hocherfreut.

»Dann schieße ich gleich los.« Rathbone nippte an seinem Tee. Er war noch zu heiß, aber sein Duft hatte eine beruhigende Wirkung auf ihn. Hester hatte recht: Es war tatsächlich kalt am Fluss gewesen. Nur war ihm das während der Überfahrt gar nicht aufgefallen, weil er in Gedanken schon bei Monk gewesen war. »Gibt es irgendetwas Hilfreiches, das Sie vor Gericht aussagen könnten? Welche Merkmale könnte Zenia gehabt haben, die sie von vornherein zu einem möglichen Opfer abstempelten?«

Monk dachte lange nach, ehe er zögernd antwortete: »Die Tatsache, dass sie außer Lambourn nie andere Kunden hatte – zumindest, soweit wir das gehört haben –, müsste einen großen Nachteil für sie bedeutet haben, wenn sie tatsächlich gezwungen war, nach Freiern Ausschau zu halten.«

Rathbone nickte. »Sie war wohl mindestens Mitte vierzig.« Er goss heiße Milch auf seinen Porridge und führte den ersten Löffel zum Mund.

»Woher wissen Sie das?«, fragte Monk verblüfft.

»Von Dinah.«

Monks Augenbrauen hoben sich. »Wirklich? Hat Lambourn ihr das gesagt?«

Monks Frage traf Rathbone wie ein Nadelstich. Ihn befiel Angst. »War sie es denn nicht?«

»Doch, doch, aber woher wusste Dinah das? Mir gegenüber hat sie behauptet, Zenia nicht persönlich gekannt zu haben.«

»Dann wird Lambourn es ihr gesagt haben. Kommt mir allerdings merkwürdig vor, dass sie überhaupt über so etwas gesprochen haben.«

Hester beobachtete Rathbone aufmerksam. »Sie wissen nicht, ob Sie ihr glauben sollen oder nicht, richtig?«

»Ich bin mir nicht sicher«, gab er zu. »Ich habe aber ein starkes Gefühl, dass sie bei irgendetwas lügt oder zumindest etwas verschweigt. Aber dass sie diese arme Frau umgebracht und dann zerfetzt haben soll, glaube ich eher nicht.«

»Lambourn war es jedenfalls nicht«, meinte Monk. »Als sie ermordet wurde, war er längst tot, der arme Kerl.«

»Nun, wenn Lambourn es nicht gewesen sein kann und Dinah es auch nicht war, wer war es dann?«, fragte Rathbone. »Ist es wirklich nur ein grausamer Zufall, dass Zenia einem mörderischen Wahnsinnigen ausgerechnet an dem Tag über den Weg lief, als Dinah nach ihr suchte?«

»Hat sie denn zugegeben, dass sie nach ihr suchte?«, fragte Monk.

»Nein. Aber Sie haben mir doch gesagt, dass sie identifiziert worden ist.«

»Nur vage. Die Rede war von einer Frau, auf die ihre Beschreibung passte«, korrigierte ihn Monk. »Groß, dunkles Haar, gepflegte Wortwahl, auch wenn sie infolge von Raserei, Hysterie, Opium oder was immer es war, das ihr Bewusstsein verzerrt hatte, nicht mehr sie selbst zu sein schien.«

»Opium macht die Leute benommen, langsam, schwerfällig«, mischte sich Hester ein. »Aber bestimmt nicht gewalttätig. Eher schlafen sie ein, als dass sie jemanden überfallen.«

Rathbone starrte sie verwirrt an. Zögernd sagte er: »Dinah meinte, jemand von der Regierung könnte sowohl Lambourn als auch Zenia Gadney umgebracht haben. Mit der Absicht, Lambourns Untersuchung in Misskredit zu bringen und dann Dinah unter Mordanklage stellen und hängen zu lassen, um das Thema ein für alle Mal aus der Welt zu schaffen.« Sein Blick wanderte von Monk zu Hester und wieder zurück. »Halten Sie das für möglich?«

»Ja«, sagte Hester im selben Moment, als Monk mit »Nein« antwortete.

»*Vielleicht* möglich«, korrigierte sich Monk. »Denkbar mag es ja sein, aber jedem außer einem Dummkopf wäre klar, dass das nicht klappen würde. Lambourns Untersuchung wäre damit zwar beerdigt, aber das Arzneimittelgesetz nicht. Es ließe sich bestenfalls hinauszögern. Um ein Jahr vielleicht, wenn überhaupt.«

»Das habe ich mir auch gesagt«, murmelte Rathbone. Er biss sich auf die Lippe. »Das heißt also, ich bin wieder an meinem Ausgangspunkt angelangt. Zenia mag ungeschickt und angreifbar gewesen sein, weil sie es nicht mehr gewohnt war, Kunden auf der Straße zu finden, und sie hatte anscheinend kein gutes Urteilsvermögen hinsichtlich deren Unbedenklichkeit.« Er blickte Monk an. »Gibt es irgendeinen Teil von Dinahs Version, der bewiesen werden kann? Sie hat behauptet, sie hätte die Zeit, in der sie gemäß Ihren Ermittlungen in der Copenhagen Place gewesen sein soll, mit einer Freundin verbracht. Aber leider hat diese Freundin zugegeben, dass das gelogen war.«

Monk schüttelte den Kopf. »Mir fällt dazu nichts ein, was von Belang wäre. Niemand konnte sich vorstellen, dass sie beim Tod ihres Mannes die Hand im Spiel gehabt haben könnte. Am Anfang leugnete sie, über Zenia Gadney Bescheid gewusst zu haben, später gab sie das aber doch zu. Und ihre Schwägerin, Amity Herne, bestätigt das. Da sie sich nun hinsichtlich Zenias Alter verplappert hat, muss sie sogar noch sehr viel mehr gewusst haben. In den Zeitungen stand nichts darüber, weil wir selbst es nicht genau sagen konnten. Für ihr Alter sah Zenia jedenfalls ganz gut aus, soweit man das anhand von Körperbau, Hautgewebe, Haaren und so weiter beurteilen kann. Ihre Zähne waren bestens erhalten. Eine der Personen, die ich vernommen habe, hat sie jünger eingeschätzt.«

Rathbone erinnerte sich wieder an Dinahs Gesichtsausdruck und ihre Worte, als sie bestritten hatte, dass Zenia Joel Lambourns Natur falsch eingeschätzt haben könnte. Stirnrunzelnd legte er den Löffel neben die Schale. »Dinah hat sogar gesagt, dass Joel und Zenia sich seit fünfzehn Jahren gekannt hatten.«

Monk blickte ruckartig auf. »Woher, zum Henker, wusste sie das?«

»Das frage ich mich auch.« Rathbones Unbehagen wuchs. Was Frauen betraf, hatte er seinem Urteilsvermögen noch nie so recht getraut. Und seit Margaret war er restlos verunsichert. Hatte er sich mit seiner Zusage, diesen Fall zu übernehmen, endgültig zum Hampelmann gemacht?

Hester berührte ihn leicht an der Schulter, und für einen kurzen Moment spürte er die Wärme ihrer Hand. »Das ist zu erwarten, dass sie wegen der Affäre ihres Mannes mit dieser Frau lügt oder zumindest ausweicht«, bemerkte sie. »Sie muss sich ja selbst schrecklich bloßgestellt fühlen. Da wird sie natürlich versuchen, es sich auf eine Weise zu erklären, die am wenigsten wehtut und es ihr erspart zuzugeben, dass sie hereingelegt wurde. Gleichzeitig muss sie Sie davon überzeugen, dass sie nicht Zenias Mörderin ist. Ich glaube, jede andere Frau würde sich an ihrer Stelle ebenso verhalten.«

»Glauben *Sie* ihr?«, fragte Rathbone und drehte sich zu ihr um, da sie sich um den Tisch herumbewegte und sich gerade hinter ihm befand.

»Ich glaube ihr, was Lambourns Untersuchung betrifft«, erklärte Hester und setzte sich auf den dritten Stuhl am Tisch. »Ich habe mich mit einem hervorragenden Arzt unterhalten, den ich schon länger kenne, und er sieht das genauso wie ich. Er bestätigt, dass die Anzahl der Todesfälle unter Kindern erschreckend hoch ist und mit einem Mindestmaß an Kontrolle und Information ohne Weiteres erheblich gesenkt werden könnte.«

»Also hatte Lambourn bei den Fakten recht, auch wenn er sich bei der Beweisführung verzettelt hatte?«, fragte Rathbone.

Hester nickte. »Ja. Aber ich nehme an, dass die vielen Einzelbeispiele vor allem dazu dienten, seine Argumente mit starken Emotionen zu untermauern. Er war ja wohl gezwungen, die Zahlen so exakt wie nur möglich anzugeben.«

Rathbone wandte sich wieder an Monk. »Welche konkreten Beweise gibt es denn für seinen Selbstmord? Mrs Lambourn behauptet ja, dass es Mord war. Ist das möglich?«

Monk legte nachdenklich die Stirn in Falten. »Das weiß ich nicht. Es heißt, dass er auf dem One Tree Hill im Greenwich Park mit aufgeschnittenen Pulsadern entdeckt wurde und sich in seinem Körper eine beträchtliche Menge Opium befand. Ich habe mich erkundigt, ob es bei ihm irgendein Gefäß gab, in dem man das Opium in einer Flüssigkeit auflösen oder in welcher Form auch immer aufbewahren konnte. Darauf habe ich keine Antwort erhalten. Auch habe ich nicht mit dem Mann gesprochen, der ihn gefunden hat. Ich nahm offen gesagt an, dass Mrs Lambourn sich schlichtweg weigerte, an Selbstmord zu glauben, weil das zu schmerzhaft für sie gewesen wäre.«

»Das könnte tatsächlich der Fall sein«, pflichtete Rathbone ihm bei. »Aber wir brauchen Gewissheit.«

Monk lächelte ihn an. *»Wir?«*

Mit einem Schlag fühlte sich Rathbone wieder allein und isoliert. »Halten Sie sie für schuldig?«

»Ich weiß es nicht. Wahrscheinlich glaube ich es wirklich, aber ich wünsche mir sehr, dass ich mich täusche. Darum kann es gern beim ›wir‹ bleiben.«

»Sind Sie denn befugt, das zu untersuchen?« Das war Rathbones eigentliches Anliegen. In seiner Eigenschaft als Dinahs Verteidiger hatte er die Möglichkeit, sich selbst um Aufklärung zu bemühen, doch er wusste, dass Monk das viel besser konnte als er, sowohl was das Aufspüren von Beweismitteln betraf als auch das Wissen darum, wonach man suchen und wie man das Gefundene interpretieren musste.

Darauf antwortete Monk erst nach längerem Überlegen. »Das bezweifle ich, aber ich kann mich darum bemühen. Soweit ich es beurteilen kann, fällt es nicht in mein Aufgabengebiet, weil kein Zusammenhang mit dem Fluss besteht. Außerdem ist Joel Lambourns Tod ja schon offiziell als Selbstmord eingestuft worden, sodass man nicht von einem ungeklärten Verbrechen sprechen kann. Im Grunde genommen ist es also gar kein Fall. Nur in den Augen der Kirche mag das vielleicht anders sein; dort kommt es ganz darauf an, wie sie die Zurechnungsfähigkeit der betreffenden Person einstuft.«

»Opium?«, regte Hester an.

Beide blickten sie fragend an.

»Na ja, durch den Hafen kommen große Mengen herein«, erklärte sie. »Vieles davon landet in Limehouse. Du könntest argumentieren, dass Lambourns Studie dich sehr wohl etwas angeht, vor allem dann, wenn sie begründet ist.« Sie gönnte sich ein dezentes Lächeln. »Du könntest die Fakten ja ein bisschen dehnen und behaupten, du hättest gehört, er sei im Besitz von Informationen gewesen, die hinsichtlich des Schmuggels auch für dich von großem Wert wären, was meinst du?« Sie ließ es wie eine Frage klingen. »Ginge das? Wahrscheinlich ist es ja sogar die Wahrheit.«

Monk lächelte Hester mit vergnügt funkelnden Augen an. »Das könnte ich allerdings! Und das werde ich auch. Alles natürlich im Rahmen der Aufgabe, auf dem Fluss Schmuggler zu fangen.« Er wandte sich wieder an Rathbone. »Auffälligerweise waren die Beweise für Selbstmord verschwunden, als ich mich bei den Kollegen erkundigt habe. Und niemand scheint in der Lage zu sein, Lambourns Studie als Beweismittel vorzulegen. Sie ist in Bausch und Bogen verdammt worden, aber niemand hat sie mir bisher zeigen können.«

»Wie verhielt es sich mit Lambourn und Zenia Gadney?«, bohrte Rathbone weiter, der das Gefühl hatte, hier endlich einen Anhaltspunkt gefunden zu haben. »Was war eigentlich der Grund für seine Besuche bei ihr? Die ganze Angelegenheit ist ja schon einigermaßen anrüchig, aber das Verbrechen selbst ist extrem brutal. Es weist auf einen Hass von zutiefst persönlicher Natur hin, einen sexuell bestimmten Hass. Wie intensiv haben Sie nach einem Wahnsinnigen gefahndet, der Frauen im Allgemeinen hasst und Prostituierte im Besonderen?«

»Sehr intensiv«, antwortete Monk. »Orme ist ein hervorragender Mann. Es hat nichts gegeben, was im Geringsten vergleichbar gewesen wäre. Beim letzten Mord an einer Prostituierten, den wir hatten, handelte es sich um Strangulierung, und davor wurde eine in einem Streit um Geld totgeschlagen. Hier haben wir den Schuldigen erwischt. Eine Frau wurde niedergestochen, aber das war mehr ein Versehen als Absicht – die Wunde war näher beim Herzen, als der Täter das gewollt hatte. Es war ihr Zuhälter, und auch ihn haben wir gekriegt.«

Rathbone schürzte die Lippen. »Haben Sie in Ihrer Zeit als Ermittler je ein von einer Frau an einer anderen Frau begangenes Verbrechen von dieser außergewöhnlichen Brutalität gesehen?«

»Ein paar Stichwunden, die Prostituierte Konkurrentinnen zugefügt haben«, antwortete Monk. »Die können ganz schön übel sein, aber dass jemand einem Menschen den Bauch aufschneidet und die Eingeweide herausreißt, das ist völlig neu. Es ist schwer vorstellbar, dass eine Frau einer anderen so etwas antut. Allein schon deshalb wird Dinah massive Empörung entgegenschlagen. Offen gesagt habe ich keine Ahnung, wie Sie sie verteidigen wollen. Die Öffentlichkeit will jemanden hängen sehen. Haben Sie schon in die Zeitungen geschaut?«

Rathbone schnitt eine Grimasse. »Natürlich. Man kann ihnen wohl kaum entgehen, selbst wenn man das wollte. Ist es nicht gerade deshalb umso wichtiger, mit absoluter Sicherheit festzustellen, dass wir die richtige Person haben?«

»Also bitte«, entgegnete Monk müde. »Sie wissen genauso gut wie ich, dass die meisten nicht so denken. Sie würden zwar sagen, dass es die richtige Person sein soll, aber in diesem Fall glauben sie, sie bereits zu haben. Das noch einmal infrage zu stellen hieße, sie gegen sich aufzubringen. Dann hätten sie sich ja auf die Falsche gestürzt, auf ein unschuldiges Opfer; die Polizei wäre unfähig; und das Schlimmste an alldem wäre: Der wahre Schuldige würde immer noch sein Unwesen treiben, und alle wären in großer Gefahr. So etwas will niemand hören.«

Dem konnte Rathbone nicht widersprechen. Er wechselte das Thema. »Weiter muss ich so viel wie nur möglich über Dinah Lambourn in Erfahrung bringen. Nur so kann ich verhindern, dass der Staatsanwalt mir mitten im Prozess hässliche Überraschungen bereitet. Überlegen Sie nur: Wenn sie tatsächlich schuldig ist, dann ist sie von einer Gemütsart, die in Wahnsinn umschlagen kann. Der Mord an Zenia Gadney kann in diesem Fall allerdings nicht der erste Anlass gewesen sein, bei dem sie das zumindest ansatzweise gezeigt hat. Ich werde in Erfahrung bringen, so viel ich kann, aber ich brauche Hilfe dabei.«

Hester blickte ihn verwirrt und besorgt an. »Und wenn sie doch schuldig ist, Oliver, wollen Sie sie dann retten? In diesem Fall hat sie Zenia Gadney nicht nur ermordet, sondern auf grässliche Weise verstümmelt. Das ist unentschuldbar. Eine Provokation, die so etwas rechtfertigen könnte, ist gar nicht denkbar.«

»Hester ...«, begann Rathbone.

Sie schnitt ihm das Wort ab. »Und wenn sie damit davonkommt, was wird aus dem nächsten Opfer, das ihr über den Weg läuft? Und das ist noch nicht alles: Wenn sie entlastet wird, wird die Polizei nach jemand anders fahnden, jemandem, den es gar nicht gibt. Die Bewohner von Limehouse werden ihre Häuser voller Angst verlassen, und jeder wird jeden verdächtigen.«

»Glauben Sie, dass sie es war?«, fragte Rathbone erneut.

»Ich weiß es nicht.« Hester seufzte. »Aber wenn Sie erkennen, dass es tatsächlich so ist, müssen Sie entscheiden, wie Sie weitermachen wollen.«

Darüber hatte Rathbone noch gar nicht nachgedacht. Er war aufgewühlt von seinen Emotionen in die Paradise Place gekommen, bereit zu einem so gut wie unmöglichen Kreuzzug. Teilweise lag das auch daran, dass dieser Fall seinen Verstand und seine Energie beanspruchen und von seinem eigenen Schmerz ablenken würde.

Er wandte sich an Monk. »Hester hat recht. Ich brauche vollkommene Gewissheit. Werden Sie helfen?«

»Ich soll Ihnen dabei helfen, die Unschuld derjenigen Frau zu beweisen, die ich gerade wegen eines der bestialischsten Morde in meiner ganzen Laufbahn verhaftet habe?«, fragte Monk leise.

»Sind Sie denn sicher, dass sie schuldig ist?«, fragte Rathbone zurück.

»Nein. Nein, ich bin mir nicht sicher. Aber es gibt außer ihr keine plausiblen Verdächtigen.«

»Dann lassen Sie uns gemeinsam die Wahrheit herausfinden, weil wir nur so Gewissheit erlangen«, drängte Rathbone. Er blickte Hester eindringlich an.

Diese wiederum richtete die Augen auf Monk. »William?«

Mit einem Schulterzucken murmelte Monk: »Natürlich werde ich weiterermitteln. Ich muss ja.«

11

Als Rathbone gegangen war, blieben Hester und Monk einander gegenüber in ihrer wohlvertrauten, gemütlichen Küche sitzen.

»Was willst du für ihn tun? Was lässt sich überhaupt noch herausfinden?« Hesters Worte drückten eher eine Feststellung als eine Frage aus.

»Ich weiß es nicht.« Monk seufzte. »Ich habe so gut wie jede Untersuchungsmöglichkeit ausgeschöpft. Im Viertel gibt es nichts mehr, was sich noch ermitteln ließe. Keine vergleichbaren Verbrechen, keine Feindschaften, bei denen es um mehr ging als um einen Zank beim Krämer oder verschiedene Ansichten über das Wetter. Die arme Frau hatte anscheinend keine Beziehungen bis auf die mit Lambourn. Ich konnte nicht einmal herausfinden, was sie mit ihrer Zeit anstellte, außer vielleicht in der Nachbarschaft gelegentlich mit kleineren Näharbeiten auszuhelfen. Sie las Bücher, Zeitungen …«

»Könnte sie zufällig ein Gespräch aufgeschnappt und etwas über jemanden erfahren haben?«

»Möglicherweise.« Monk wollte etwas Positives sagen, das Hoffnung bot und zugleich aufrichtig war. »Aber wir sind auf nichts gestoßen, was so etwas nahelegt. Sie war eine beinahe unsichtbare Frau. Aber selbst wenn sie etwas wusste, lässt sich die Verstümmelung damit nicht logisch begründen.«

»Keine Angehörigen?« Ein verzweifelter Ton schlich sich in Hesters Stimme. Unbemerkt fiel ihr eine Haarsträhne in die Stirn.

»Niemand wusste von irgendwem«, erklärte Monk. »Und wir haben die Leute intensiv befragt.«

»Aber ihr versucht es weiter?«, drängte Hester.

»Dinahs oder Rathbones wegen?«, fragte Monk mit einem leisen Lächeln.

Sie zuckte fast unmerklich mit den Schultern. Ihr Blick wurde plötzlich weich. »Teilweise einfach nur der Wahrheit wegen, aber vor allem Oliver zuliebe«, gestand sie.

»Hester … ich kann nicht sehr viel tun. Lambourns Selbstmord fällt nun mal nicht in meine Zuständigkeit. Ich kann ein paar Fragen stellen, darf aber nicht viel Zeit dafür aufwenden. Man wird mir nur sagen, dass die Studie vernichtet wurde, und ich kann das Gegenteil nicht beweisen. Vielleicht bekomme ich sogar zu hören, dass Lambourn sie selbst zerstört hat, weil sie fehlerhaft war. Die Kollegen sind nicht verpflichtet zu überprüfen, was davon wahr ist.«

Hester blickte ihn unverwandt an. »William, es ist lange her, dass du Urlaub hattest. Jetzt könntest du dir doch ein paar Tage freinehmen. Ich werde dir helfen. Ich habe bereits Dr. Winfarthing gebeten, sich in Fachkreisen nach Informationen umzuhören, um seine Ergebnisse mit dem zu vergleichen, was über Joel Lambourn bekannt ist.«

Ein eisiges Angstgefühl überlief Monk. »Hester, falls Lambourn wirklich wegen dieser Studie umgebracht wurde, hast du womöglich auch Winfarthing in Gefahr gebracht!«

»Ich habe ihn vorher gewarnt«, versicherte sie ihm hastig mit leicht geröteten Wangen. »Glaubst du wirklich, dass ihm ernsthafte Gefahr droht?«

Mit ihrer Frage hatte sie ihn in eine Lage manövriert, in der ihm nichts anderes übrig blieb, als ihr und vor allem sich selbst die Wahrheit zu gestehen. Sie überlegte kurz, ob das von Anfang an ihre Absicht gewesen war.

»Möglich ist es …«, murmelte er. »Wenn das, was Dinah Lambourn über die Untersuchung ihres Mannes sagt, zutrifft, stehen große Geldsummen und möglicherweise auch der Ruf einiger Persönlichkeiten auf dem Spiel. Aber das heißt nicht, dass Lambourn ermordet wurde – oder Dinah unschuldig ist.«

»Ich werde dir helfen«, wiederholte Hester.

Monk gab ihr nur zu gerne nach, zumindest fürs Erste, solange ihn seine eigenen Bemühungen der Wahrheit nicht näher brachten. Was Dinah betraf, war seine Haltung zwiespältig. Obwohl ihm sein Verstand sagte, dass sie schuldig war, bewies sie einen Mut, der ihn zutiefst bewegte. Und wie sie hatte er Schwierigkeiten mit der Selbstmordtheorie, wonach die Verzweiflung über die Zurückweisung seiner Ergebnisse Lambourn in den Freitod getrieben haben sollte. Die Laufbahn des Forschers und die Hochachtung, mit der seine Kollegen sich über ihn geäußert hatten, sprachen doch eher dafür, dass er keiner war, der schnell aufgab.

Aber nicht nur um die Lambourns ging es ihm. Eingedenk seines eigenen Glücks wollte er alles tun, um Rathbone von der Verbitterung über das Scheitern seiner Illusion abzulenken.

Als Erstes sah er auf der Polizeiwache von Wapping nach dem Rechten, ehe er sich ins Archiv der Metropolitan Police begab, um dort zu erfahren, wer die Untersuchung von Joel Lambourns Tod geleitet hatte. Weil es sich um einen bedeutenden Mann gehandelt hatte, war ihm schon jetzt klar, dass sich neben der örtlichen Polizei von Greenwich auch höhere Stellen damit befasst hatten.

Zu seiner Verwunderung las er, dass Superintendent Runcorn die Ermittlungen geführt hatte, ausgerechnet der Mann, der zu Beginn seiner Laufbahn Monks Freund und Partner, später sein Rivale und noch später sein Vorgesetzter gewesen war. Es war nicht ganz eindeutig, ob Runcorn damals Monk entlassen oder ob Monk von sich aus den Dienst bei der Metropolitan Police quittiert hatte, jedenfalls hatte es einen hitzigen und höchst unerfreulichen Wortwechsel gegeben. Bei ihrer Trennung waren sie alles andere als Freunde gewesen. Die folgenden Jahre hatte Monk als Privatermittler verbracht. Das hatte ihm die Freiheit verschafft, selbst zu entscheiden, welche Aufträge er übernehmen oder ablehnen wollte – zumindest in der Theorie. In der Praxis hatte es harte Arbeit bedeutet und finanziell ein Leben am Rande der Armut.

In dieser Zeit hatten sich sein und Runcorns Weg mehrmals gekreuzt. Überraschenderweise hatten sie dabei zunehmend Respekt voreinander entwickelt. Später hatte Monk erkannt, dass sein eigenes Verhalten ohne Not aggressiv und oft intolerant gewesen war. Da er nun selbst als Kommandant bei der Wasserpolizei Männer führte, hatte er am eigenen Leib erfahren, wie schädlich die Aufsässigkeit eines Einzelnen sich auf die ganze Truppe auswirken konnte. Das hatte sein Bild von Runcorn von Grund auf geändert.

Seit Monk sich selbstständig gemacht hatte – wobei er gelegentlich mit ihm zusammenarbeitete –, hatte Runcorn nicht nur Monks Scharfsinn zu schätzen gelernt, dank dem er ihm stets einen Schritt voraus war, sondern auch seinen Mut und die Beharrlichkeit, mit der er die Nachteile ausglich, die ihm durch seinen Jahre zuvor erlittenen Gedächtnisverlust entstanden waren.

Die Erinnerung an den größten Teil seines Lebens vor jenem Unfall hatte Monk nicht mehr wiederherstellen können. Gelegentlich blitzten Bruchstücke auf, jedoch nie Gesamtbilder. Nichts fügte sich je zu einem Ganzen. Inzwischen verfolgte ihn der Verlust der Erinnerung nicht mehr. Er fürchtete sich nicht mehr vor Fremden wie in der ersten Zeit, als ihn stets die Sorge begleitet hatte, sie könnten ihn erkennen, während er nicht beurteilen konnte, ob sie ihm feindlich oder freundlich gesinnt waren oder was sie alles von ihm wussten.

Jetzt wieder Runcorn gegenüberzutreten fiel ihm schwerer als der Umgang mit völlig Fremden. Aber zumindest waren keine Erklärungen nötig. Die Zeit der jahrelangen Feindseligkeit und der Missverständnisse war überwunden.

Auf der Wache von Blackheath, wo Runcorn Superintendent war, stellte sich Monk zunächst mit Namen und Rang dem Sergeant am Empfang vor.

»Die Angelegenheit ist sehr ernst«, erklärte er dem Mann. »Es geht um einen Todesfall, über den ich neue Informationen habe. Demnach könnte es sich um einen Mord handeln. Superintendent Runcorn sollte das umgehend erfahren.«

Binnen zehn Minuten wurde Monk zu Runcorn geführt. Als er eintrat, wunderte er sich nicht über die peinliche Ordnung in seinem Büro. Anders als Monk hatte Runcorn schon immer streng, fast schon besessen, auf Reinlichkeit geachtet. Jetzt gab es bei ihm noch mehr Bücher als zuvor, aber er hatte auch einige recht hübsche Landschaftsmalereien an den Wänden hängen, die auf Anhieb eine behagliche Atmosphäre schufen. Das war neu und passte so gar nicht zum Charakter des Mannes, wie Monk ihn bisher gekannt hatte. Eines der Regale zierte eine äußerst zarte, blau und weiß bemalte Vase. Sie mochte keinen hohen Geldbetrag gekostet haben, war aber wunderschön und bei aller Schlichtheit höchst anmutig.

Runcorn stand sofort auf und trat Monk mit ausgestreckter Hand entgegen. Er war ein massiv gebauter Mann, hochgewachsen und mit dem Älterwerden um die Körpermitte etwas rundlich geworden. Er wirkte grauer, als Monk ihn in Erinnerung hatte, doch von dem inneren Zorn, der früher seinen Gesichtsausdruck verfinstert hatte, fehlte heute jede Spur. Er lächelte. Kurz und fest schüttelte er Monks Hand.

»Setzen Sie sich«, forderte er Monk auf und wies auf den Stuhl gegenüber seinem Schreibtisch. »Culpepper hat etwas von einem Todesfall gesagt, bei dem es sich um Mord handeln könnte.«

Monk hatte sich auf einen ganz anderen Empfang eingestellt – in einem gewissen Sinne auch auf einen anderen Mann. Fürs Erste war er aus dem Konzept gebracht. Doch wenn er jetzt zögerte, würde ihm das nicht nur zum Nachteil gereichen – was er sich bei Runcorn nicht leisten durfte –, sondern auch Zweifel an seiner Aufrichtigkeit wecken.

»Ich bin mit einem extrem brutalen Mord an einer Frau befasst, deren Leiche vor elf Tagen auf dem Limehouse Pier entdeckt wurde«, begann er, während er sich auf dem ihm angebotenen Stuhl niederließ.

Runcorns Miene verwandelte sich schlagartig in einen Ausdruck tiefsten Abscheus und verriet echte Anteilnahme.

Erneut geriet Monk ins Staunen. Selten hatte er bei Runcorn solche Sensibilität erlebt. Eigentlich konnte er sich nur an ein einziges Mal erinnern, dass er vor einem Grab von tiefem Mitgefühl ergriffen worden war. Vielleicht war das der Moment gewesen, als sich in ihm erstmals wirkliche Wärme und Wertschätzung für den Mann hinter der Fassade von Aggressivität und Berechnung geregt hatten.

»Haben Sie nicht schon jemanden verhaftet?«, fragte Runcorn leise.

»Allerdings. Die Zeitungen haben es noch nicht mitbekommen, aber das ist nur eine Frage der Zeit.«

Runcorn war sichtlich verwirrt. »Was hat das alles mit mir zu tun?«

Monk holte tief Luft. »Dinah Lambourn.«

»Was?« Runcorn schüttelte verstört den Kopf, als traute er seinen Ohren nicht.

»Dinah Lambourn«, wiederholte Monk.

»Was ist mit ihr?« Runcorn schien es immer noch nicht zu begreifen.

»Alle Indizien besagen, dass sie die Person war, die die Frau am Fluss ermordet hat. Deren Name war Zenia Gadney.«

Runcorn starrte ihn fassungslos an. »Das ist lächerlich! Wie hätte Dr. Lambourns Witwe überhaupt eine Prostituierte mittleren Alters in Limehouse kennen sollen, geschweige denn sich für sie interessieren?« Wütend wirkte er nicht, nur ungläubig.

Monk war sich der Absurdität des Ganzen bewusst, als er erklärte: »Joel Lambourn unterhielt in den letzten fünfzehn Jahren eine Affäre mit Zenia Gadney. Er besuchte sie mindestens einmal im Monat und gab ihr Geld. Sie war auf seine Unterstützung angewiesen.«

»Das glaube ich nicht«, sagte Runcorn. »Aber selbst wenn es so war, dann hätte er sie ja nach seinem Tod mittellos hinterlassen. Wahrscheinlich ging sie nur wieder auf die Straße und lief einem elenden Wahnsinnigen in die Arme. Ist das nicht die naheliegendste Antwort?«

»Ja. Nur können wir nirgendwo Spuren von einem Wahnsinnigen entdecken. Ein Mann, der Morde wie diesen begeht, taucht nicht einfach aus dem Nichts auf; davor oder danach hätte es etwas Ähnliches gegeben. Das wissen Sie genauso gut wie ich. Er schlägt aufs Geratewohl zu, wobei die Brutalität in dem Maße, wie sich sein Wahn verstärkt, immer mehr zunimmt.«

»Jemand, der einfach auf der Durchreise war?«, regte Runcorn an. »Ein Seemann vielleicht. Den kann man unmöglich aufspüren, weil er nicht hierhergehört. Seine vorangegangenen Verbrechen hätte er woanders verübt.«

»Ich wünschte, es wäre so«, sagte Monk im Brustton der Überzeugung. »Aber dieses Verbrechen war eine schrecklich persönliche Angelegenheit, Runcorn. Ich habe die Leiche gesehen. Wer so etwas im Wahn tut, hinterlässt Spuren. Am Fluss wären Leute gewesen, die etwas bemerkt hätten. Auch einen fremden Seemann hätte irgendjemand gesehen. Glauben Sie etwa, dass wir nicht in diese Richtung ermittelt haben?«

»Dinah Lambourn wäre aber auch gesehen worden«, gab Runcorn sofort zurück.

»Das wurde sie auch … von mehreren Personen. Bei der Suche nach Zenia Gadney hat sie ein ziemliches Aufsehen erregt. Kunden, die damals in den Läden waren, erinnern sich lebhaft an sie. Und auch die Inhaber.«

Runcorn schüttelte benommen den Kopf. »Soll ich etwa gegen sie aussagen? Das kann ich nicht. In meinen Augen war sie eine der rationalsten Frauen, denen ich je begegnet bin: eine Frau, die ihren Mann wirklich liebte und nach seinem Tod gebrochen war. Sie war völlig fassungslos.« Sein eigenes Gesicht fiel plötzlich vor Betroffenheit in sich zusammen. »Ich kann mir nicht vorstellen, wie ein Mensch es verkraften kann, wenn die Person, die er über alles liebt und der er vertraut, sich aus heiterem Himmel das Leben nimmt, ohne ihm je offenbart zu haben, dass sie leidet und sogar sterben will.«

»Ich auch nicht«, meinte Monk, angestrengt darum bemüht, jeden Gedanken an Hester beiseitezudrängen. »Man stelle sich nur vor, was das in ihr angerichtet haben muss, als sie von seiner fünfzehnjährigen Affäre mit einer Prostituierten mittleren Alters in Limehouse erfuhr.«

»Wusste sie es denn?«

»Ja. Ihre Schwägerin hat mir gesagt, dass sie im Bilde war, und Mrs Lambourn hat es mir bestätigt.«

Runcorn saß wie gelähmt auf seinem Stuhl. »Gibt sie zu, diese … Gadney getötet zu haben?«

»Nein, sie behauptet, dass sie es nicht war. Sie hat geschworen, mit einer Freundin, einer gewissen Mrs Moulton, bei einer Soiree …«

»Da haben wir's!«, rief Runcorn unendlich erleichtert. Endlich ließ seine Anspannung nach, und er machte es sich auf seinem Stuhl bequemer.

»Mrs Moulton dagegen gab an, in einer Kunstausstellung

gewesen zu sein. Unter Druck gestand sie dann, dass Dinah Lambourn nicht dabei war.«

Runcorn erstarrte wieder. »Was wollen Sie von mir? Ich kann nicht gegen sie aussagen. Ich weiß doch nichts über sie, außer dass sie sehr würdevoll ist und trauert.« Runcorn sah Monk mit offenem, bekümmertem Blick in die Augen.

Monk fiel sein Unterfangen immer schwerer. Er war über sich selbst überrascht, dass es ihm so sehr widerstrebte, Runcorn Schmerz zuzufügen. Früher hatte er immer mit dem größten Vergnügen nach einem Anlass für einen Streit gesucht.

»Sie hat mich geradezu angefleht, Oliver Rathbone zu bitten, sie zu verteidigen«, begann er zögernd. »Und er hat eingewilligt. Und jetzt will er von mir, dass ich ihm helfe. Ich weiß nicht, ob er sie vielleicht doch für unschuldig hält. Die Fakten sprechen eindeutig gegen sie. Aber die ganze Angelegenheit ist voller Unklarheiten, und es geht um sehr viel mehr als nur um Gerechtigkeit für Zenia Gadney.«

Runcorns Augen weiteten sich. *»Nur?«*

Monk machte keine Anstalten, seine Wortwahl zu verteidigen. »Auch um Gerechtigkeit für Dinah Lambourn und Joel Lambourn – und um die Frage des Arzneimittelgesetzes.«

Runcorn runzelte verdattert die Stirn. »Joel Lambourn? Jetzt verstehe ich überhaupt nichts mehr.«

Monk klärte ihn auf. »Dinah sagt, er hätte sich nicht das Leben genommen, sondern wäre ermordet worden. Der Grund sei seine wissenschaftliche Untersuchung über den Verkauf von Opium und den Schaden, den es anrichtet, insbesondere die Todesfälle unter Babys und Kleinkindern. Sie behauptet, seine Mörder hätten auch Zenia Gadney umgebracht und den Verdacht auf Dinah gelenkt, um zu verhindern, dass sie Fragen zu seinem Tod stellt oder zu großes Interesse an seiner Untersuchung weckt. Diese scheint übrigens verschwunden zu sein – und zwar sämtliche Kopien mitsamt den Notizen.«

Runcorn unterbrach ihn nicht, sondern lauschte ihm mit leicht vorgebeugtem Oberkörper. Er wirkte nach wie vor verwirrt und angespannt.

»Und wenn seine Affäre mit Zenia Gadney ans Tageslicht kommt, was sich wohl kaum vermeiden lässt«, fuhr Monk fort, »dann wird sie natürlich auch ein perfektes Motiv für seinen Selbstmord liefern.« Er beobachtete Runcorns Gesicht und bemerkte den Ausdruck des Abscheus, des Zorns und vor allem des Mitgefühls. Das war ein Runcorn, wie er ihn gar nicht kannte, ein Mann voller Sanftmut. Lag das daran, dass Runcorn sich verändert hatte, oder an einem Wandel in Monk selbst, von dem er erst jetzt erkannte, dass er sich schon vor Langem vollzogen hatte?

Runcorn überlegte lange, ehe er antwortete. Mit wohlabgewogenen Worten, die Augen fest auf Monks Gesicht gerichtet, gestand er dann: »Ich war nie wirklich glücklich über das Urteil zu Lambourn. Ich wollte den Fall gründlich untersuchen und sämtliche losen Enden verknüpfen.« Er schüttelte den Kopf. »Nicht dass ich irgendeine Lösung sehen konnte. Er saß dort ganz allein auf der Erde, mit dem Rücken an den Baum gelehnt, den Oberkörper halb zur Seite gekippt. Seine Pulsadern waren aufgeschnitten, und er war mit Blut bedeckt. Seine Kleider ebenfalls. Ich weiß gar nicht, warum ich so genau hinschauen wollte. Ich fand einfach, dass es entsetzlich ist, wenn ein Familienvater sich so etwas antut.« Er stockte, als müsste er einen Anlauf nehmen für das, was er als Nächstes sagen wollte.

Monk fragte sich, ob Runcorn sich als Junggeselle überhaupt in die Lage eines Mannes versetzen konnte, dessen Frau ihn auf eine Weise liebte, wie Dinah Lambourn ihren Mann geliebt hatte. Doch es wäre nur plump und unnötig grausam, ihn darauf hinzuweisen.

»Die Regierung wollte die ganze Angelegenheit so schnell wie möglich abschließen«, fuhr Runcorn fort. »Es hieß, Lambourns Studie wäre ein heißes Eisen und er hätte sich eine Reihe schwerer Fehleinschätzungen geleistet. Welche das waren, kann ich nicht beurteilen. Wie ich es verstanden habe, sammelte er Fakten über den Import und Verkauf von Opium, über die Stellen, wo es erhältlich ist, und über die Art und Weise der Etikettierung. Inwieweit kann man da ein Urteil fällen?«

»Das weiß ich nicht«, gab Monk zu. »Vielleicht bezüglich der Anzahl von Beweisen, die er benötigte, um eine persönliche Geschichte zu akzeptieren? Ob die Unterlagen von Ärzten korrekt zitiert und ordnungsgemäß aufbewahrt wurden? Hat man sich näher dazu geäußert?«

»Nein. Nur, dass die Akte um seines Rufs und seiner Familie willen so schnell und mit so wenig Aufhebens wie nur möglich geschlossen werden müsse. Auch wenn ich über die Details wirklich nicht glücklich war, konnte ich die Wünsche der Regierung nachvollziehen und sah auch selbst, dass Schonung angebracht war. Haben Sie denn den Verdacht, dass die Verantwortlichen in der Regierung sich selbst schützen wollen, nicht seine Frau?«

»Ich bin mir nicht sicher.« Monk sah sich gezwungen, mit offenen Karten zu spielen. »Aber ich brauche Gewissheit. Haben Sie jemals in diese Studie Einsicht genommen?«

»Nein. Die von der Regierung haben sein Haus durchsucht. Ich war nicht daran beteiligt. Die Studie dürfte ohnehin Eigentum der Regierung sein. Sie hat sie in Auftrag gegeben und bezahlt. Es hieß, die Ergebnisse beruhten auf Emotionen statt auf einer wissenschaftlichen Sammlung von Beweisen. Aber das ist auch alles, was ich gehört habe – keine Details.« Runcorn seufzte. »Es wurde nicht direkt gesagt, aber angedeutet, dass Anhaltspunkte für seelische Störungen vorlägen. Es schien die Herren nicht zu überraschen, dass er sich das Leben genommen hat – als hätte er schon länger den Hang dazu gehabt.«

»Wurde seine Affäre mit Zenia Gadney erwähnt?«

Runcorn schüttelte den Kopf. »Nein. Es hieß, er wäre in mehrfacher Hinsicht exzentrisch gewesen. Vielleicht ist es das, worauf sich die Andeutungen bezogen.« Sein Gesicht nahm einen bekümmerten Ausdruck an, als könnte er sich die Tragödie nur allzu lebhaft ausmalen. »Was haben Sie vor?«

»Mir noch einmal die Indizien vornehmen«, antwortete Monk. »Prüfen, ob Dinah Lambourns Version irgendeinen Sinn ergibt, ob irgendein Element Fragen zu den Theorien von Selbstmord, zunehmender Geistesstörung oder zumindest seelischer Unausgeglichenheit aufwirft.«

»Sind Sie denn absolut sicher, dass er eine Affäre mit dieser Frau in Limehouse hatte?« Runcorns Gesicht spiegelte immer noch seine Zweifel wider. Das verwunderte Monk allerdings. Sein Kollege war doch sicher lange genug Polizist, um sich nicht von scheinbaren Anomalien verwirren zu lassen.

»Dinah hat erst geleugnet, davon gewusst zu haben, es dann aber doch eingeräumt«, wiederholte Monk.

»Irgendetwas stimmt daran nicht«, beharrte Runcorn, den Blick auf die Tischplatte gesenkt, ehe er ihn wieder zu Monk hob. »Ich würde die Gelegenheit begrüßen, die Indizien Stück für Stück überprüfen zu können, ob es nicht doch Fehler gegeben hat, aber wir werden das sehr leise und vor allem inoffiziell machen müssen, sonst schreitet die Regierung ein und hindert uns daran.« Nun verriet seine Stimme kein Zögern, keine Zweifel.

Es verblüffte Monk, wie sehr sich der Mann verändert hatte. Der Runcorn, den er früher gekannt hatte, hätte sich nie einer übergeordneten Behörde widersetzt, weder offen noch heimlich. Er streckte ihm die Hand entgegen. Runcorn ergriff sie. Es war nicht nötig, ihre Vereinbarung mit Worten zu bestätigen.

»Ich kann die Wache gegen vier Uhr verlassen«, kündigte Runcorn an. »Kommen Sie um fünf zu mir.« Er schrieb seine Adresse in Blackheath auf einen kleinen Zettel. »Ich werde Ihnen sagen, was ich weiß, und dann können wir planen, wo wir anfangen.«

Monks Erstaunen über Runcorn wuchs, als er kurz vor fünf Uhr vor dessen Haus stand. Es war eine gediegene Familienresidenz in einer ruhigen Straße. Der Garten war gepflegt, und von außen erweckte das Anwesen einen Eindruck von Behaglichkeit und sogar Dauerhaftigkeit. Mit Runcorn hätte er so etwas nie in Verbindung gebracht.

Vollends überrascht war er, als ihm nicht Runcorn oder ein Dienstmädchen die Tür öffnete, sondern Melisande Ewart, die schöne Witwe, die er und Runcorn vor einiger Zeit in einem Mordfall verhört hatten. Sie hatte darauf bestanden, mit ihnen zu sprechen, obwohl ihr herrischer Bruder versucht hatte, sie daran zu hindern. Monk hatte schon damals gemerkt, dass Runcorn sie weitaus tiefer bewunderte, als er das eigentlich wollte, und vielleicht schon ein wenig in sie verliebt gewesen war. Damals wäre es ihm freilich peinlich gewesen, wenn sie das bemerkt hätte. Selbst Monk hatte nicht gewagt, irgendetwas zu erwähnen. Wäre die Situation nicht so schwierig gewesen, hätte Monk wohl einen Scherz gemacht. Bei Runcorn hätte er am allerwenigsten damit gerechnet, dass er sich verlieben würde, und dann auch noch in eine Frau von höherem gesellschaftlichen Rang, selbst wenn sie kein Geld hatte und von ihrem Bruder abhängig war, von dem sie sich unterdrückt fühlte.

Jetzt lächelte sie ihn leicht belustigt an, während ein Hauch von Rot in ihre Wangen stieg. »Guten Tag, Mr Monk. Wie schön, Sie wiederzusehen. Bitte treten Sie ein. Möchten Sie vielleicht eine Tasse Tee, während Sie den Fall erörtern?«

Endlich fand Monk seine Sprache wieder. Dankend nahm

er den angebotenen Tee an. Gleich darauf saßen er und Runcorn in einem kleinen Salon zusammen, der in allem von einem harmonischen Zusammenleben zeugte. An den Wänden hingen hübsche Bilder, eine Vase mit einem kunstvoll arrangierten Blumenstrauß zierte das Sideboard, und in einer Ecke stand ein ordentlich aufgeräumtes Nähkästchen. Die Bücher auf dem Regal, die sich in den verschiedensten Größen aneinanderreihten, waren eindeutig des Inhalts, nicht des äußeren Eindrucks wegen ausgewählt worden.

Monk lächelte unwillkürlich, bis Runcorn seine Aufmerksamkeit etwas verlegen wieder auf das anstehende Thema lenkte.

»Das sind die Aufzeichnungen, die ich damals geführt habe.« Er reichte Monk eine Mappe mit säuberlich beschrifteten Papierbögen.

»Danke.« Monk beugte sich sogleich darüber und las.

Unterdessen brachte Melisande den Tee, heißen Toast und Törtchen und war so rücksichtsvoll, sie gleich wieder mit einer kurzen, freundlichen Bemerkung zu verlassen. Beide Männer begannen zu essen.

Runcorn wartete in geduldigem Schweigen, bis Monk alles gelesen hatte und aufblickte.

Als sie sich nun über den Fall unterhielten, benahm sich Monk so, als wäre nichts Außergewöhnliches zwischen ihnen geschehen. Er konnte ja auch schlecht eine Bemerkung über die Veränderungen in dem Mann ihm gegenüber abgeben, über seinen inneren Frieden, der ihm sein Leben lang gefehlt hatte, aber sich jetzt auf so beeindruckende Weise in seiner ganzen Erscheinung zeigte. An die Anfänge ihrer Freundschaft konnte sich Monk ebenso wenig erinnern wie an die Umstände, unter denen sie sich in bittere Rivalität verwandelt hatte. Das alles gehörte zu dem verlorenen Teil seiner Vergangenheit. Doch er hatte genügend Hinweise auf seine eigenen Eigenschaften erhalten – seine Schroffheit, seine spitze Zunge, seinen ätzenden Sarkasmus, sein gepflegtes Äußeres und seine geschliffenen Umgangsformen –, mit denen Runcorn nicht hatte mithalten können. Runcorn war eher linkisch gewesen, hatte stets in Monks Schatten gestanden und mit jedem Patzer weiter an Selbstvertrauen verloren.

Doch nichts davon hatte jetzt noch etwas zu bedeuten. Runcorn hatte all das abgelegt wie einen nicht passenden Mantel. Und Monk freute sich so aufrichtig für ihn, wie er das früher nie für möglich gehalten hätte. Wahrscheinlich würde Monk nie erfahren, wie Runcorn um die schöne, anmutige Melisande mit ihren vollendeten Manieren geworben und sie am Ende gewonnen hatte. Aber das war auch gar nicht wichtig.

»Sie haben Lambourn am Fundort gesehen?«, fragte er Runcorn.

»Ja. Zumindest hat die Polizei die Stelle als Fundort bezeichnet.«

Monk bemerkte bei seinem Kollegen ein Zögern. »Sie haben Zweifel? Warum?«

Langsam formulierend, als rekonstruierte er die Szene in Gedanken Stück für Stück, erklärte Runcorn: »Er saß leicht zur Seite geneigt, als hätte er das Gleichgewicht verloren. Er lehnte gegen den Baumstamm, seine Hände ruhten auf der Erde, der Kopf hing seitlich herunter.«

»Würde man denn nicht genau das erwarten?«, fragte Monk mit einem Anflug von Skepsis. »Was bringt Sie darauf, dass man ihn dorthin geschafft haben könnte?«

»Zunächst war das nichts als ein Gedanke, weil seine Haltung einfach unbequem schien. Ich habe zwar nicht viele Selbstmorde gesehen, aber diejenigen, die sich das Leben auf relativ schmerzfreie Weise genommen haben, wirkten … entspannt. Würden Sie sich vor einer solchen Tat unbequem hinsetzen?«

»Ein Sturz vielleicht?«, regte Monk an. »Wie Sie gesagt haben, ist er umgekippt, als seine Kraft verebbte.«

»Seine Handgelenke und Unterarme waren mit Blut bedeckt«, Runcorn verzog bei der Erinnerung daran das Gesicht. »Auch die Hose hatte vorn an den Oberschenkeln Spritzer abbekommen, aber noch mehr war auf dem Boden.« Er richtete die Augen auf Monks Gesicht. »Der Boden war mit Blut getränkt. Aber kein Messer weit und breit! Mir wurde gesagt, er müsse es irgendwohin geschleudert haben oder noch ein Stück weit getorkelt sein, ehe es ihm aus den Händen fiel. Aber zu der Stelle, wo er kauerte, führte keine Blutspur. Und wozu, um alles auf der Welt, sollte man ein Messer von sich schleudern, nachdem man sich die Pulsadern geöffnet hat? Hätten Sie dann noch die Kraft, es zu halten oder gar so weit zu werfen, dass niemand es findet?«

Monk versuchte, sich die Situation vorzustellen – vergeblich. »Wie spät war es?«, wollte er wissen.

»Früher Vormittag. Ich traf gegen neun Uhr ein.«

»Wer immer ihn entdeckt hat, muss demnach sehr früh dort gewesen sein«, bemerkte Monk. »Vielleicht um sieben Uhr. Was könnte er so früh an einem Oktobermorgen auf dem One Tree Hill getrieben haben?«

»Spaziergang«, meinte Runcorn. »Ertüchtigung. Hatte schlecht geschlafen und wollte einen klaren Kopf bekommen, bevor der Tag anfing. So hat er es uns erklärt.«

»Könnte er das Messer eingesteckt haben?«

»Da müsste er schon übergeschnappt sein«, entgegnete Runcorn trocken. »Also bitte, Monk! Welcher geistig halbwegs gesunde Mensch stiehlt denn schon ein Messer, mit dem sich ein Selbstmörder gerade die Pulsadern aufgeschnitten hat? Das war ein respektabler Herr mittleren Alters. War in irgendeiner Angelegenheit für die Regierung tätig. In welcher Sache, habe ich vergessen, aber er hat es uns gesagt.«

»Für die Regierung?«, hakte Monk eilig nach.

Runcorn verstand, was er meinte. »Wie gesagt, ich habe nach Blutspuren gesucht, die dorthin führten. Es gab keine. Und das Messer ist nirgendwo gefunden worden. Ich habe die Umgebung in einem Umkreis von hundert Metern danach abgesucht. Das ist ein offenes Gelände. Wenn es dort gewesen wäre, hätte ich es entdeckt.«

»Ein Tier, das es davongetragen hat?«, murmelte Monk ohne jede Überzeugung.

Runcorn verzog die Mundwinkel. »Das Messer nehmen, ohne das Blut an der Leiche zu verschmieren? Sie waren schon einmal besser, Monk!«

»Wer hat dann also das Messer mitgenommen, und warum? Was hat er dort gemacht? War er zugegen, als Lambourn starb, oder danach?« Monk kleidete einen Gedankengang in Worte, von dem er wusste, dass er auch Runcorn beschäftigte. »Das ist unser Ausgangspunkt. Uns steht noch viel bevor.«

»Ich werde mir noch einmal die Zeugen vorknöpfen«, bot Runcorn mit düsterer Miene an. »Wir werden sehr diskret vorgehen müssen, so tun, als ginge es angesichts des bevorstehenden Prozesses nur darum, jeden Irrtum auszuschließen. Die Regierung wollte …« Er zuckte die Schultern. »Ich dachte, das wäre aus Barmherzigkeit geschehen, um den Ruf des Mannes zu schonen, aber jetzt beschleicht mich der Eindruck, dass das ihre Methode war, mich aus dem Weg zu räumen.«

Monk nickte. »Ich werde mir Urlaub nehmen. Der ist ohnehin überfällig. Geben Sie mir die Namen und Adressen einiger Zeugen, und ich werde den Leuten Folgendes sagen: ›Ich versuche sicherzustellen, dass Dinah Lambourns Verteidiger nichts an die Öffentlichkeit zerrt.‹« Er hatte keine Ahnung, ob man ihm glauben würde oder ob man ihn mit aufgewärmten Versionen derselben alten Geschichten und einem Hinweis auf die Ermittlungen der Regierung abspeisen würde, doch etwas Besseres fiel ihm im Augenblick nicht ein.

Nachdem er sich von Runcorn verabschiedet und bei Melisande bedankt hatte, trat er in die Dunkelheit der ruhigen Straße hinaus, bereit, so lange zu laufen, bis er einen Hansom für den zugegebenermaßen nicht allzu weiten Weg nach Hause fand.

Am nächsten Morgen, dem zwölften nach der Entdeckung von Zenia Gadneys Leiche, nahm Monk sein Vorhaben in Angriff. Zuallererst setzte er Orme darüber in Kenntnis. Ihm war immer noch nicht klar, was genau er sich davon versprach oder was eigentlich seine Gründe waren, nur, dass er die Unklarheiten so weitgehend wie nur möglich ausräumen wollte.

Er kehrte nach Greenwich zurück, fest entschlossen, mit allen Zeugen zu sprechen, die Lambourns Leiche gesehen hatten. Den Namen des Mannes, der sie beim Spazierengehen mit seinem Hund entdeckt hatte, hatte ihm bis dahin niemand genannt, aber jetzt hatte ihm Runcorn die Adresse gegeben. Und außerdem würde er diesmal nicht lockerlassen, bis er Constable Watkins aufgetrieben hatte, den Polizisten, der als Erster am Fundort gewesen war.

Ferner würde er noch einmal Dr. Wembley aufsuchen. Ihm konnte er erklären, er müsse die Ergebnisse seiner Ermittlungen gegen etwaige Beschuldigungen absichern, die Dinah vorbringen mochte. Zügig marschierte er unter der blassen Sonne dahin, ohne bewusst nach einer Droschke Ausschau zu halten. Insgeheim hoffte er, er würde herausfinden, dass Lambourn nicht Selbstmord begangen hatte, auch wenn die Regierung die Annahme seiner Untersuchung verweigert hatte und ihm die private Existenz unter den Füßen weggebrochen war.

Dass ihn solche Hoffnungen überhaupt bewegten, ärgerte

ihn. Er neigte doch sonst nicht dazu, sich zu Sentimentalität hinreißen zu lassen.

Kurz vor zehn Uhr erreichte er das ruhige, ordentliche Büro von Edgar Petherton in einer Seitenstraße der Trafalgar Road. Das war der Mann, der Lambourns Leiche entdeckt hatte. Monk stellte sich vor und erklärte ihm ohne Umschweife den Grund seines Kommens.

Petherton war in den Fünfzigern, hatte aber bereits silbernes Haar. Seine Augen waren überraschend dunkel, und seine Züge verrieten sowohl Humor als auch Intelligenz. Er lud Monk dazu ein, auf einem der mit Leder gepolsterten Sessel vor dem Kamin Platz zu nehmen, während er sich auf dem anderen niederließ.

»Was kann ich für Sie tun, Sir?«, erkundigte er sich. Seine Stimme war ruhig und verriet eine lebhafte Neugier. »Sind Sie sicher, dass ich es bin, den Sie sprechen möchten, und nicht mein Bruder? Der arbeitet an der Marineakademie. Sein Vorname ist Eustace, und wir werden oft miteinander verwechselt.«

»Vielleicht täusche ich mich tatsächlich«, räumte Monk ein. »Waren Sie es, oder war es Ihr Bruder, der vor neun oder zehn Wochen früh am Morgen mit seinem Hund spazieren ging und auf die Leiche von Dr. Joel Lambourn stieß?«

Petherton versuchte erst gar nicht, seine Betroffenheit bei der Erinnerung daran zu verbergen. »Leider kein Irrtum, das war ich. Ich habe bereits sämtliche Fragen beantwortet, die mir damals gestellt wurden. Erst von der Polizei und dann von einem Herrn von der Regierung. Innenministerium, glaube ich.«

»Ganz gewiss.« Nun gab Monk die Erklärung ab, die er vorbereitet hatte. »Ich nehme an, dass Sie über diesen extrem brutalen Mord an der Frau gelesen haben, die auf dem Limehouse Pier entdeckt wurde? Anfang dieses Monats?«

Petherton reagierte sichtlich schockiert. »Was, um alles

auf der Welt, hat das mit Lambourns Tod zu tun? Der arme Mann war an dem Tag doch schon längst tot.«

»Lambourns Witwe ist wegen des Verdachts auf Ermordung dieser Frau verhaftet und angeklagt worden«, erwiderte Monk. »Wir versuchen, die Hysterie in der Öffentlichkeit einzudämmen, damit wenigstens ein halbwegs gerechter Prozess gewährleistet werden ...«

»Mrs Lambourn?« Petherton schüttelte fassungslos den Kopf. »Das ist grotesk! Warum, in Gottes Namen, sollte sie so etwas tun? Da muss Ihnen ein schrecklicher Fehler unterlaufen sein!«

»Das ist möglich«, gestand Monk und fragte sich insgeheim, ob er das wirklich glaubte oder ob er nur irgendwelche verharmlosenden Worthülsen von sich gab. War er wirklich ein solcher Heuchler? Früher war er das doch nie gewesen. Oder hatte er damals nur nicht so sehr auf die Gefühle der anderen geachtet? »Wegen der zu erwartenden Strategie ihrer Verteidigung muss ich jetzt sämtliche Fakten noch einmal überprüfen, damit niemand sie verdrehen kann, um eine unwahre Version zu untermauern.«

»Und wenn sie doch wahr ist?«, fragte Petherton angriffslustig zurück.

»Dann wäre Mrs Lambourn womöglich doch unschuldig, und wir müssten mit verstärkten Kräften weiter nach dem Schlächter dieser armen Frau fahnden.«

Petherton runzelte die Stirn. »Können Sie sich wirklich vorstellen, dass eine Frau, noch dazu eine kultivierte, würdevolle Dame, so etwas einer Geschlechtsgenossin antun könnte?« Er starrte Monk an, als wäre dieser geradewegs einem Monstrositätenkabinett entstiegen.

»Ich bin schon lange bei der Polizei«, erwiderte Monk ernst, »und kann mir sehr vieles vorstellen, was ich vor zehn, fünfzehn Jahren niemals für möglich gehalten hätte. Trotzdem fällt es mir schwer, Mrs Lambourn so etwas zuzutrauen. Das ist auch der Grund, warum ich mich bei diesem Fall mit sämtlichen Details vertraut machen muss. Vielleicht gibt es tatsächlich eine andere Erklärung. Wenn ja, muss ich sie finden.«

»Ich kann nur wiederholen, was ich schon gesagt habe.« Petherton blickte drein, als wünschte er sich sehnlichst, er hätte die Fantasie oder den Mut zu lügen.

»Führen Sie Ihren Hund oft so früh am Morgen spazieren?«, erkundigte sich Monk. »Und ist Ihr Ziel meistens der Greenwich Park?«

»Ziemlich oft, ja. Eigentlich fast immer. Aber um Ihre erste Frage zu beantworten: Nein, so früh normalerweise nicht. Ich konnte nicht schlafen, und es war ein schöner Morgen. Darum ging ich eine gute Stunde früher los, als es meine Gewohnheit ist.«

»Und in der Regel ist der One Tree Hill das Ziel?«

»Nicht so oft. Doch an diesem Tag wollte ich nachdenken. Eine bestimmte persönliche Angelegenheit hatte mich beunruhigt. Aus diesem Grund achtete ich nicht so sehr auf meine Umgebung. Aufmerksam wurde ich erst, als Paddy – mein Hund – zu bellen anfing. Ich befürchtete schon, er wolle sich mit jemandem anlegen. Es war ein ungewöhnliches Kläffen, als hätte ihn etwas verstört. Was natürlich auch der Fall war. Ich rannte ihm hinterher und sah, wie er sich drohend und mit gesträubtem Nackenfell aufgebaut hatte und einen Mann anstarrte, der gegen den Baum gelehnt dasaß, die Beine weit von sich gestreckt. Er war leicht zu einer Seite gekippt, als schliefe er. Nur dass er tot war.«

»Erkannten Sie das auf Anhieb?«, fragte Monk hastig.

»Ich ...« Petherton zögerte. Ihm war anzumerken, dass er angestrengt nachdachte. »Ich glaube, ja. Sein Gesicht war extrem blass, fast blutleer. Er sah schrecklich aus. Und natürlich waren seine Handgelenke dunkelrot vom Blut. Auch auf dem Boden war Blut. Ich habe ihn nicht sofort berührt. Ich war ziemlich ... erschüttert. Als ich wieder halbwegs klar denken konnte, habe ich mich über ihn gebeugt und ihn am Unterarm berührt, oberhalb der Stichwunden …«

»Sein Ärmel war hochgekrempelt?«, unterbrach ihn Monk.

»Ja. Ja, der Hemdsärmel war weit oben.«

»Jacke?«

»Ich … soweit ich mich erinnere, hatte er keine an. Nein, er trug nur ein Hemd. Ich habe ihn am Arm berührt, und die Haut war kalt. Die Augen waren eingesunken. Ich konnte an seinem Hals keinen Puls spüren. An den Handgelenken habe ich es gar nicht versucht – das Blut …« Er holte tief Luft. »Und ich wollte keine … keine Abdrücke hinterlassen. Ich gebe es zu, ich schreckte davor zurück, die … Finger in sein Blut zu tauchen. Das wäre nicht nur abstoßend gewesen, sondern auch zudringlich. Der arme Mann hatte ohnehin schon die Hölle auf Erden erlebt. Seiner Verzweiflung sollte wenigstens mit … mit Anstand begegnet werden.«

Monk nickte. »Mit Sicherheit die richtige Entscheidung: Respekt zeigen und keine Spuren zerstören. Wo war eigentlich das Messer?«

Petherton blinzelte. »Ich habe keines gesehen.«

»Müsste es nicht dicht neben der Hand gelegen haben?«, hakte Monk in fast beiläufigem Ton nach.

»Dort war es aber nicht. Vielleicht hatte er sich bewegt, und es lag unter dem Körper?«

»Von der Jacke verdeckt?«

»Ich habe Ihnen doch gesagt, dass er keine Jacke anhatte, nur ein Hemd.«

»Trugen Sie eine Jacke?«

»Ja, natürlich trug ich eine. Es war Oktober und früh am Morgen. Fast noch dunkel. Es war kalt.« Verwirrt zog Petherton die Stirn in Falten. »Daran stimmt doch etwas nicht, finden Sie nicht auch? Ein Mann, der vorhat, Selbstmord zu begehen, setzt sich doch gewiss nicht absichtlich Unannehmlichkeiten aus, indem er vor der Morgendämmerung über eine halbe Meile durch die Kälte läuft. Das hatte ich mir noch gar nicht überlegt. Er muss vor lauter Verzweiflung schon halb den Verstand verloren haben, und trotzdem wirkte er so friedlich, als hätte er sich dort nur hingesetzt, gegen den Baum gelehnt und es einfach geschehen lassen.« Er schien auf eine Erklärung von Monk zu warten.

»Er hatte eine Menge Opium eingenommen«, murmelte der Polizist, die Augen auf Pethertons Gesicht gerichtet. »Das ist wahrscheinlich der Grund, warum er so ruhig wirkte. Seine Sinne dürften davon betäubt gewesen sein.«

»Aber wie konnte er dann auf den Hügel steigen?«, fragte Petherton postwendend. »Oder meinen Sie, dass er es einnahm, sobald er oben angelangt war? Dann hätte er aber sicher eine Jacke gebraucht, solange er unterwegs war. Ich frage mich, was damit geschehen ist.«

»Haben Sie dort oben Fußabdrücke von einer anderen Person bemerkt?«, wollte Monk wissen.

Petherton blickte ihn überrascht an. »Ich habe nicht darauf geachtet. Es war ja noch nicht richtig hell. Das Licht reichte gerade aus, um sich zurechtzufinden. Glauben Sie etwa, dass jemand bei ihm war?«

»Nun, wie Sie vorhin gesagt haben, er dürfte mit Sicherheit eine Jacke getragen haben, es sei denn, er war am Vorabend früh aus dem Haus gegangen und hatte nicht vorgehabt, so weit zu laufen.«

Nun begriff Petherton, worauf Monk abzielte. »Oder er wollte nur einen kleinen Spaziergang unternehmen und gleich wieder heimgehen? Jetzt erinnere ich mich wieder: Es war ein sehr milder Abend. Erst in der Nacht wurde es kalt. Ich war selbst im Freien. Habe im Garten bis spät herumgewerkelt.«

Monk änderte seinen Ansatz. »Ist Ihnen vielleicht irgendetwas aufgefallen, das Opium hätte enthalten können, oder ein Gefäß mit Wasser, um Pulver darin aufzulösen?«

»Nein! Ich habe doch nicht seine Taschen durchwühlt!« Wieder nahm sein Gesicht einen leicht angewiderten Ausdruck an.

»Könnte sich eine Flasche oder eine Phiole darin befunden haben?«, beharrte Monk.

Petherton zögerte. »Eine Flasche nicht, aber vielleicht eine kleine Phiole in einer Hosentasche. Was, sagten Sie, ist passiert?«

»Das weiß ich nicht, Mr Petherton. Aber ich muss es herausfinden. Falls tatsächlich etwas verheimlicht worden ist, bitte sprechen Sie um Ihrer selbst und der polizeilichen Ermittlungen willen mit niemandem darüber. Es hat weiß Gott schon genug Tragödien gegeben. Vielleicht findet sich ja noch eine banale Erklärung, auf die nur noch keiner gekommen ist.« Monk sprach leichthin, doch er spürte eine schwere Last auf sich ruhen. Fieberhaft überlegte er, welche Möglichkeiten es außer Selbstmord noch geben konnte, fand jedoch keine schlüssige Antwort. War es denn wirklich denkbar, dass Dinah Lambourn ihren Mann beschattet hatte, ihm vielleicht auf einem Pfad gefolgt war, den er oft nahm, ihn tot auf dem Hügel entdeckt und dann das Messer und die Phiole an sich genommen hatte, um den Verdacht auf irgendjemand anderen zu lenken?

Monk bedankte sich noch einmal bei Petherton und ließ ihn genauso perplex zurück, wie er sich selbst fühlte. Wieder an der frischen Luft, lenkte er seine Schritte westwärts auf diejenige Polizeiwache zu, wo er Constable Watkins anzutreffen hoffte.

Das war freilich weit schwieriger als erwartet. Zuerst wurde er irrtümlich nach Deptford geschickt, eine umständliche Fahrt von über einer Stunde Dauer, nur um dort zu erfahren, dass Constable Watkins schon aufgebrochen und nach Greenwich zurückgekehrt war.

In Greenwich war Watkins an einer Ermittlung beteiligt, und Monk wurde angewiesen zu warten. Nach einer weiteren Stunde fragte er erneut nach, woraufhin ihm der Sergeant mit einem Wortschwall an Entschuldigungen erklärte, dass Watkins fortgerufen worden sei und erst morgen zurückerwartet würde. Und nein, seine Adresse wisse er nicht.

Jetzt war es zu spät, um noch einmal Dr. Overstone aufzusuchen, aber solange Monk Pethertons Geschichte nicht mit Watkins' Bericht verglichen hatte, hatte das ohnehin keinen Zweck. Kurz, er hatte einen ganzen Tag vergeudet. Wütend stapfte er nach Hause, fester denn je davon überzeugt, dass man ihn absichtlich an der Nase herumführte, wobei ihm allerdings nicht klar war, ob man damit Lambourn schützen oder irgendein Geheimnis verbergen wollte.

Falls dieses Geheimnis Lambourns Schutz diente, würde Monk es dann auch wahren? Nicht, wenn es mit Zenia Gadneys Tod zu tun hatte. Und dass dem so war, war für Monk schon fast zur Gewissheit geworden, als er den Southwark Park durchquerte und seine Schritte zu seinem Haus in der Paradise Place lenkte.

Am nächsten Morgen um halb acht Uhr stand er wieder in der Polizeiwache von Greenwich, sehr zum Verdruss des Sergeants am Pult. Diesmal blieb er dort stehen, bis Constable Watkins eintraf. Der Sergeant versuchte, Monk loszuwerden, doch dann wurde er von einer alten Frau mit tristem Baumwollkleid und löcherigem Schal abgelenkt, die sich lauthals über einen streunenden Hund beklagte.

Monk trat sogleich auf Watkins zu, obwohl der Sergeant bei dessen Eintreten darauf geachtet hatte, ihn nicht wie die anderen alle namentlich zu begrüßen.

»Constable Watkins?«, fragte Monk laut und deutlich.

Der junge Mann drehte sich zu ihm um. »Ja, Sir. Morgen,

Sir. Kenne ich Sie?« Seine großen, blauen Augen verrieten nicht die geringste Arglist.

»Nein, Constable, bestimmt nicht«, erwiderte Monk lächelnd. »Ich bin Superintendent Monk von der Wasserpolizei in Wapping. Ich muss Ihnen ganz kurz ein paar Fragen zu einem Vorfall stellen, der Ihnen gemeldet worden ist. Es geht nur darum, bestimmte Fakten zu überprüfen. Möchten Sie vielleicht eine Tasse Tee, um damit den Tag anzufangen? Und ein Sandwich?«

»Nicht nötig, Sir, aber ... ja, danke, Sir.« Watkins nahm das Angebot an, angestrengt – wenn auch nicht sehr erfolgreich – darum bemüht, seine Vorfreude auf das Sandwich zu verbergen.

Der Sergeant verlagerte das Gewicht von einem Fuß auf den anderen und sog scharf die Luft ein. In diesem Moment begriff Monk, dass er Anweisungen von oben erhalten hatte.

»Constable!«, bellte der Mann. »Mr Monk – Constable Watkins ist im Dienst, Sir. Er kann nicht einfach ...« Dann blickte er Monk ins Gesicht, und seine Stimme erstarb.

»Ist Ihnen von Ihren Vorgesetzten befohlen worden, Constable Watkins auf keinen Fall zu gestatten, mit der Wasserpolizei bei deren Ermittlungen zusammenzuarbeiten, Sergeant? Oder bei einer bestimmten Untersuchung?« Monk sprach mit klirrender Stimme, die Glas hätte durchschneiden können.

Der Sergeant stritt das stammelnd ab, doch Monk konnte sehen, dass er den Nagel auf den Kopf getroffen hatte.

Ohne weitere Zwischenfälle verließ Monk mit Watkins die Wache und führte ihn zu einem Straßenverkäufer an der nächsten Ecke, wo es heißen Tee und Sandwiches gab. Es war ein kalter Morgen, und es wurde nur ganz allmählich heller. Vom Fluss her wehte ein eisiger Wind, der die Wolljacken und Schals mit Leichtigkeit durchdrang.

Watkins schien sich unbehaglich zu fühlen, doch offenbar hatte er erkannt, dass ihm nichts anderes übrig blieb, als sich zur Verfügung zu stellen. Freilich würde Monk sein Möglichstes zum Schutz dieses Mannes tun müssen.

»Constable, Sie waren der erste Polizeibeamte am Ort von Dr. Joel Lambourns Tod, oben auf dem One Tree Hill, vor ungefähr zweieinhalb Monaten.«

»Jawohl, Sir.«

»Ich habe mit Mr Petherton gesprochen, dem Mann, der Dr. Lambourn entdeckt hat. Er war äußerst hilfsbereit. Aber Sie werden verstehen, dass ich auf die Überprüfung seiner Angaben durch ein besser geschultes Auge angewiesen bin.«

»Jawohl, Sir.« Constable Watkins nippte an seinem Tee, ohne den Blick von Monks Gesicht abzuwenden.

Monk wiederholte aufs Wort genau, was ihm Petherton gesagt hatte, einschließlich seiner Aussage über das Hemd, die hochgekrempelten Ärmel, das Blut an Lambourns Handgelenken und auf dem Boden. »Gab es noch etwas anderes?«, fragte er zum Schluss. »Bitte denken Sie sorgfältig nach, Constable. Es würde nichts nützen, später noch etwas hinzuzufügen. Das würde im besten Fall einen Eindruck von äußerster Inkompetenz erwecken und im schlimmsten Fall nach Unredlichkeit aussehen. So etwas können wir nicht dulden. Der Tod eines Menschen ist eine ernste Angelegenheit, egal, um wen es sich handelt. Dr. Lambourns Bedeutung für die Regierung macht den Fall umso gravierender. Habe ich die Szene so beschrieben, wie Sie sie als Polizeibeamter erlebt haben? Führen Sie sich Ihren Eindruck noch einmal vor Augen und antworten Sie mir dann.«

Watkins schloss die Augen. Nach sekundenlangem Schweigen öffnete er sie wieder und richtete sie auf Monks Gesicht. »Jawohl, Sir, das alles ist absolut zutreffend.«

»Mr Petherton hat die Szene also korrekt und wahrheitsgemäß beschrieben?«

»Jawohl, Sir.«

»Er hat nichts weggelassen? Es gab sonst nichts Auffälliges? Keine Fußabdrücke? Keine Spuren eines Kampfes? Nichts?«

»Nein, Sir. Überhaupt nichts.«

»Danke, Constable. Das war alles. Ich darf Sie nicht noch länger von Ihren Pflichten abhalten. Sie können Ihrem Sergeant sagen, dass ich ihm zu Dank verpflichtet bin und dass alles, was Sie mir gesagt haben, Ihren ersten Bericht bestätigt. Sie haben nichts hinzugefügt oder verändert. Darauf können Sie auch notfalls vor Gericht einen Eid leisten.«

Watkins errötete und stieß einen Seufzer der Erleichterung aus. »Danke, Sir.«

Monk suchte erneut Dr. Wembley auf, doch der konnte sich an keine neuen Details erinnern, sondern wiederholte lediglich, was er beim ersten Mal ausgesagt hatte. Spät am Abend fuhr Monk bei kaltem Sprühregen zu Runcorn und berichtete ihm von seinen Ergebnissen.

Sie saßen in dem kleinen, gemütlichen Salon, wo im Kamin kräftig eingeschürt worden war, auf dem Tisch zwischen ihnen standen frisch gebrühter Tee und in dünne Scheiben geschnittener, kalter Hühnerbraten. Diesmal war auch Melisande dabei. Eigentlich hatte sie nur das Essen bringen wollen, aber dann hatte Runcorn sie mit einer Geste zum Bleiben aufgefordert. Angesichts ihrer entschlossenen Haltung war Monk gar nicht erst auf die Idee gekommen zu widersprechen. Abgesehen davon wollte er alles vermeiden, was sie belasten konnte. Über ihr Leben wusste er wenig, nur dass sie damals in dem Fall, bei dem er sie kennengelernt hatte, ungeheuren Mut bewiesen hatte, als sie auf einer Aussage vor Gericht bestand. Jetzt schaute er ein-, zweimal zu ihr hinüber und las in ihrem Gesicht nichts als tiefe Anteilnahme und Konzentration.

»Genau dasselbe haben sie mir auch gesagt«, kommentierte Runcorn, als Monk seinen Bericht beendet hatte. Plötzlich nahm sein Gesicht einen peinlich berührten Ausdruck an. »Ich habe mir übrigens noch einmal die Anweisungen angeschaut, die mir damals erteilt wurden. Ursprünglich hatte ich angenommen, sie dienten dazu, Lambourns Ruf und die Gefühle seiner Witwe zu schützen. Jetzt kommt es mir viel eher so vor, als sollte damit die Wahrheit vertuscht werden. Und wenn bestimmte Leute sich schon die Mühe machen, sie zu verbergen, müssen wir uns nach dem Grund fragen.«

»Entweder ist er mit hochgekrempelten Hemdsärmeln dort hinaufgegangen«, sinnierte Monk, »oder aber er hatte eine Jacke an, und jemand nahm sie weg. Andererseits war der Abend davor laut Petherton mild gewesen. Er selbst hatte sich lange in seinem Garten aufgehalten. Erst in der Nacht wurde es kalt und bis zum Morgen richtig frostig. Vielleicht hatte Lambourn gar nicht vor, so weit zu laufen, und schon gar nicht, im Freien zu bleiben.«

Runcorn nickte, unterbrach ihn aber nicht.

»Petherton war sich sicher, kein Messer und kein Gefäß für Flüssigkeiten bemerkt zu haben – es sei denn, dieses war so klein, dass es in die Hosentasche passte. Watkins hat das bestätigt, war sich aber sicher, dass die Hosentaschen leer waren. Sie können nicht beide lügen oder sich getäuscht haben. Und trocken kann man solche Mittel nicht schlucken.«

»Dann war also noch jemand dort draußen«, schloss Runcorn. »Im besten Fall hat er das Messer und den Behälter für die Flüssigkeit einfach nur weggeschafft. Oder aber Mrs Lambourn hatte recht, und ihr Mann wurde tatsächlich ermordet.« Die Stirn in tiefe Falten gelegt, blickte er Monk ins Gesicht.

»Und der andere dachte, es würde ihm gelingen, die Wahrheit zu verschleiern«, überlegte Monk laut. »Aber er war zu sorglos. Kein Messer. Nichts, um das Opium darin zu transportieren. Keine Jacke, um an einem Oktoberabend eine längere Strecke zu laufen. Lag das daran, dass er überrascht wurde und schnell und unvorbereitet handeln musste? Oder war es einfach nur Überheblichkeit?«

Zum ersten Mal meldete sich Melisande zu Wort. »Das war wirklich sehr dumm«, sagte sie langsam. »Das Messer hätte neben ihm liegen müssen – oder das Gefäß, das er benutzte, um das Opium einzunehmen. Warum hat der andere das nicht zurückgelassen? Wenn die Jacke einfach dort geblieben wäre, hätte das nicht so sinnlos gewirkt.« Sie blickte von einem zum anderen. »War irgendetwas am Messer oder am Gefäß, das die Identität dieser anderen Person preisgegeben hätte?«

Eine Antwort darauf erübrigte sich. Runcorn warf Monk einen eindringlichen Blick zu. »Ist es wirklich denkbar, dass der andere ihn mit eigenen Händen ermordet hat, um ihn zum Schweigen zu bringen und seine Studie verschwinden zu lassen? Aber warum?«

»Ja, so langsam halte ich das in der Tat für denkbar«, antwortete Monk mit heiserer Stimme. »Und es muss einen Grund geben, der rationaler ist als der Wunsch, die Studie und damit die Verabschiedung des Gesetzes zu verzögern, womit schließlich höchstens ein Jahr gewonnen wäre.«

Schweigen trat ein. Das friedlich im Kamin flackernde Feuer erzeugte ein warmes Licht und ein sanftes Knistern.

»Was hast du nun vor?«, fragte Melisande in die Stille hinein. Ihre Stimme wie auch ihre Züge verrieten Angst.

Runcorn blickte sie an. Noch nie hatte Monk seine Gefühle so nackt in seinem Gesicht gespiegelt gesehen. Es war, als wären er und Melisande allein im Zimmer. Ihm war offenbar unbedingt daran gelegen, was sie dachte, und doch wusste er, dass er diese Entscheidung ganz allein und auf der Grundlage seiner persönlichen Überzeugung treffen musste. Persönliche Erwägungen durften ihn da nicht beeinflussen.

Monk wagte kaum zu atmen. Er hatte es nicht in der

Hand, die Entscheidung zu beeinflussen, sondern konnte nur hoffen, dass Runcorn die richtige traf.

Glühende Asche fiel im Kamin in sich zusammen, und die Kohlen rutschten nach unten.

»Wenn wir nichts tun, beteiligen wir uns an dem Verbrechen«, sagte Runcorn nach langem Nachdenken. »So leid es mir tut, aber wir müssen die Wahrheit aufdecken. Wenn Lambourn ermordet worden ist, müssen wir herausfinden und beweisen, wer das getan hat, wer es vertuscht hat und aus welchem Grund.« Er legte die Hand sanft auf die ihre. »Das könnte sehr gefährlich werden.«

Sie lächelte ihn mit vor Furcht und Stolz glühenden Augen an. »Ich weiß.«

Für sich selbst brauchte Monk die Antwort nicht zu geben. Ursprünglich war er gerade deshalb zu Runcorn gekommen, weil er insgeheim genau diese Entscheidung befürchtet hatte. Jetzt gestand er sich ein, dass er, wäre er sicher gewesen, dass Dinah Lambourn log, ihren Fall Rathbone nicht vermittelt und schon gar nicht seine Nachforschungen angestellt hätte.

Runcorn erhob sich und schürte das Feuer nach.

Sie redeten noch ein bisschen länger und erörterten ihren Bericht an Rathbone sowie ihr weiteres Vorgehen für den Fall, dass er ihnen neue Anweisungen erteilte. Schließlich verabschiedete sich Monk und trat auf die dunkle Straße hinaus. Es hatte aufgehört zu regnen, war aber kälter geworden.

Es war schon spät, und es würde nicht leicht sein, eine Droschke zu finden. Er hätte wohl bessere Chancen, wenn er auf die von Lampen beleuchteten Straßen im Zentrum der Stadt zumarschierte. Dort gab es Clubs und Theater, aus denen andere Nachtschwärmer strömten und sich nach einer Fahrgelegenheit umsahen.

Zügig lief er im Licht der vor einigen Häusern postierten

Laternen einen Fußweg hinunter, als er spürte, dass hinter ihm noch jemand war. Sein erster Gedanke war, dass dies ein weiterer Spätheimkehrer auf der Suche nach einem Hansom war. Der Mann lief auf leisen Sohlen und schien sich sehr schnell zu bewegen. Höflich trat Monk beiseite, um ihn vorbeizulassen. Unvermittelt traf ihn ein Schlag an der Schulter, der so schwer war, dass er ihm den Arm betäubte. Hätte er Monk am Kopf getroffen, wäre er bewusstlos umgefallen.

Der Angreifer holte schon wieder aus, doch diesmal trat Monk mit dem Fuß zu und traf ihn mit solcher Wucht zwischen den Oberschenkeln, dass der Mann vornüberkippte. Noch während er stürzte, rammte ihm Monk das Knie unter das Kinn, sodass sein Kopf ruckartig nach hinten flog. Schon befürchtete Monk, ihm das Genick gebrochen zu haben. Der Knüppel, mit dem er Monk erwischt hatte, polterte über das Pflaster und in die Abflussrinne.

Monks Arm war immer noch gelähmt.

Unterdessen wälzte sich der Angreifer auf die Seite und stemmte sich keuchend auf Hände und Füße.

Trotz seiner Erleichterung darüber, dass der Mann noch lebte, trat Monk erneut zu, diesmal in den unteren Brustbereich, damit es dem anderen den Atem verschlug.

Der Mann hustete und würgte.

Monk richtete sich auf. Auf der anderen Straßenseite bemerkte er noch eine Gestalt. Diese machte keinerlei Anstalten, hilfsbereit herüberzulaufen, sondern bewegte sich im Gegenteil ganz ohne Eile. In der rechten Hand hielt sie irgendetwas.

Monk fuhr herum. Vor ihm ragte ein massiver Schatten auf, vielleicht noch ein halb in einem Hauseingang verborgener Schläger. Er wirbelte auf dem Absatz herum. Sein linker Arm hing immer noch bleiern und vor Schmerzen pochend herunter. So schnell ihn seine Beine trugen, rannte

Monk den Weg, den er gekommen war, zum Anfang der Straße zurück.

Zu Runcorns Haus war es etwa eine halbe Meile. Monk hatte keine Ahnung, wie viele Angreifer hinter ihm her sein mochten. Er war in einem Viertel, das er nicht kannte, und es war kurz vor Mitternacht. Obendrein war sein linker Arm zu nichts zu gebrauchen.

Er konnte keinesfalls auf direktem Wege zu Runcorns Haus zurückkehren. Wer immer es auf ihn abgesehen hatte, rechnete gewiss genau damit. So blieb Monk in den breiteren Straßen, schlug mehrere Haken und stürmte durch fremde Gärten, bis er schließlich Runcorns Küchentür erreichte. Verzweifelt hielt er nach irgendwelchen Zeichen Ausschau, dass noch jemand wach war.

Doch kein Licht brannte. Er kauerte sich in den Garten, machte sich zwischen Gemüsebeeten und einem Geräteschuppen so unsichtbar wie nur möglich. Nie hätte er sich träumen lassen, dass Runcorn an einer Tätigkeit im Garten Freude finden würde. Unwillkürlich musste er grinsen, obwohl er allmählich zu frösteln begann. Hier draußen konnte er unmöglich bleiben. Dafür war es viel zu kalt. Überdies setzte nun auch wieder der Regen ein. Von seiner Verletzung ganz zu schweigen. Und dringender noch: Früher oder später würden seine Verfolger auf die Idee kommen, ihn hier zu suchen. Wohl eher früher!

Er hob eine Handvoll Kieselsteine auf und warf sie gegen eines der Fenster im oberen Stockwerk.

Stille.

Er versuchte es erneut. Mit mehr Kraft diesmal.

Endlich ging das Fenster auf, und Runcorn streckte den Kopf heraus, nichts als eine Silhouette vor dem Nachthimmel.

Langsam richtete sich Monk auf. »Sie sind hinter uns her«, sagte er in die Dunkelheit. »Ich bin überfallen worden.«

Das Fenster wurde geschlossen. Gleich darauf öffnete sich die Hintertür. In Nachthemd und Jacke kam Runcorn heraus. Wortlos half er Monk hinein, schloss die Tür wieder und schob den Riegel vor. Dann musterte er Monk von oben bis unten.

»Tja, nun wissen wir wenigstens, dass wir recht haben«, sagte er trocken. »Wir haben ein Gästezimmer. Bluten Sie?«

»Nein. Ich kann nur den Arm nicht bewegen.«

»Das ist sicher bald wieder vorbei. Ich bringe Ihnen ein sauberes Nachthemd und einen kräftigen Whisky.«

Monk lächelte. »Danke.«

Einen Moment lang verharrte Runcorn. »So, wie es früher war, finden Sie nicht?«, sagte er mit bedachtsamer Zufriedenheit. »Nur besser.«

12

Oliver Rathbone saß in seinem Dienstraum im Old Bailey und versuchte, sich noch einmal zu sammeln, ehe er vor Gericht die Verteidigung der wegen des Mordes an Zenia Gadney angeklagten Dinah Lambourn begann. Seit Langem war er nicht mehr in einem derart aufsehenerregenden Fall aufgetreten, und schon hatte es heftige Kritik an ihm gehagelt, weil er ihn überhaupt angenommen hatte. Natürlich hatte diesen Kommentaren jede Grundlage gefehlt. Schließlich war allgemein bekannt, dass jeder Angeklagte das Recht hatte, sich vor Gericht vertreten zu lassen, und zwar unabhängig von der Person, der Tat, die ihm zur Last gelegt wurde, und der Gewissheit seiner Schuld. So verlangte es das Gesetz.

Persönlicher Abscheu stand allerdings auf einem anderen Blatt. Mit dem Verstand nachzuvollziehen, dass irgendjemand Dinah Lambourn verteidigen sollte, war eben etwas ganz anderes, als sich persönlich für sie einzusetzen.

»Keine kluge Entscheidung, Rathbone«, hatte einer seiner Freunde mit geschürzten Lippen und einem bedächtigen Kopfschütteln gemeint. »Das hätten Sie irgendeinem hungrigen Bettler überlassen sollen, der nichts zu verlieren hat.«

»Würden Sie so einem auch die Verteidigung Ihrer Frau anvertrauen?«, hatte Rathbone schockiert gefragt.

»Meine Frau würde keine Hure aufschlitzen und ihre Leiche am Fluss abladen!«, hatte der Mann hitzig gekontert. »Hätte dazu auch in Gottes Namen keinen Anlass! Nicht, dass sie überhaupt auf eine solche Idee käme.«

»Dinah Lambourn vielleicht auch nicht«, hatte Rathbone erwidert und sich über sich selbst geärgert, weil er so dumm gewesen war, sich überhaupt auf eine solche Diskussion einzulassen.

Aber vielleicht hatte der Mann ja recht. Als Rathbone in seinem großen, bequemen Stuhl saß und die vor ihm auf dem Schreibtisch ausgebreiteten Dokumente studierte, fragte er sich, ob er nicht doch voreilig gewesen war. Hatte er diesen Fall angenommen, um sich selbst dafür zu bestrafen, dass er Margaret enttäuscht hatte? Um beruflichen Selbstmord zu begehen?

Die Zeitungen begleiteten den Prozess mit balkendicken Schlagzeilen und würzten ihn mit Spekulationen über alle möglichen anderen Verbrechen, hinter denen Eifersucht und Wahnsinn stecken mochten. Einige Journalisten hatten Dinah als eine von Hass zerfressene Furie dargestellt, die sich auf jede Frau stürzte, sobald diese es wagte, ihren Mann auch nur anzuschauen. Einhellig wurde ihr unterstellt, sie sei verrückt vor Eifersucht, neige zu Wahnvorstellungen und hätte Lambourn mit ihrem vereinnahmenden Wesen in den Selbstmord getrieben.

Ein Blatt wies im Leitartikel darauf hin, dass die Metzeleien überhaupt kein Ende mehr nehmen würden, wenn die Geschworenen einen derart abscheulichen Mord billigten, nur weil der Mann der Täterin mit einer Prostituierten verkehrt hatte. Was, wenn eine Ehefrau solche Gerüchte einfach für wahr hielt? War ihr Mann dann nicht in Lebensgefahr, sobald er mit einer anderen Frau sprach?

Natürlich hatte Rathbone auch gehört, wie andere Frauen für Dinah Partei ergriffen. Das Ehebett, hieß es, würde besudelt, wenn Männer Huren aufsuchten, und das nicht nur unmittelbar durch den Bruch des Treuegelübdes, sondern auch mittelbar, weil sie später ihre treue Gemahlin mit den Krankheiten des Bordells und über sie auch ihre Kinder anstecken konnten. Und dann auch noch das Geld, das solche Männer für ihre Gelüste zum Fenster hinauswarfen, während es ihren Frauen am Nötigsten fehlte!

Wie Rathbone in seinem Club gehört hatte, war Dinah für manche Männer die Verkörperung des Opfers schlechthin. Andere sahen in ihr das Symbol für alle hysterischen Frauen, die danach strebten, sämtliche Männer in ihrer Freiheit einzuschränken und sie auf Schritt und Tritt zu verfolgen.

Ein Reporter wiederum verstieg sich zu der Darstellung Dinahs als Heldin aller betrogenen Ehefrauen, die benutzt, verhöhnt und weggeworfen wurden. Hier wie überall riss die Hitze der Emotionen jede Vernunft mit sich fort wie eine Sturmflut Strandgut.

Rathbone hatte sich auf jede Eventualität vorbereitet und wusste gleichwohl, dass das viel zu wenig war. Weder Monk noch Orme hatten einen Zeugen auftreiben können, der Zenia kurz vor ihrem Tod mit einem Mann gesehen hatte. Die einzige Person, mit der sie gesehen worden war, wenn auch nur kurz auf der Uferstraße, war unbestreitbar eine Frau. Er hatte kein Interesse, die Aufmerksamkeit darauf zu lenken.

So konnte er nichts zu Dinahs Verteidigung vorbringen, außer ihrer Loyalität, die sie Lambourn und auch Zenia bewiesen hatte, und ihrem Charakter. Auf ihre Vernehmung im Zeugenstand wollte er allerdings lieber verzichten. Mit ihrem Glauben an eine Verschwörung, für die es keinerlei Beweise gab, bot sie einfach zu viele Angriffsflächen für Spott und Hohn.

Monk und Hester forschten immer noch nach hieb- und stichfesten Indizien, und auch Runcorn wollte sich an der Suche beteiligen, sofern er dazu kam. Das Schlimme war nur, dass alles, was für Dinah sprach, sich ebenso als Zeichen ihrer Schuld interpretieren ließ. Und nicht zuletzt gab es keinen anderen Menschen, der als Verdächtiger präsentiert werden konnte.

Der Überfall auf Monk war brutal und gut organisiert gewesen, taugte jedoch nicht dazu, mit der Ermordung Zenia Gadneys in Zusammenhang gebracht zu werden. Bislang hatte es auch keinen zweiten Angriff gegeben. Trotzdem hatte Rathbone das Gefühl, sich im Kreise zu drehen, und war nur zu froh, als der Gerichtsdiener ihn holen kam und aus seiner zunehmenden Panik riss. Gleich würde der Prozess beginnen.

Zunächst wurden all die üblichen Formalitäten absolviert. Das war ein Ritual, das nicht unbedingt Rathbones ganze Konzentration erforderte. Er blickte zur Anklagebank hinauf, wo Dinah, flankiert von zwei Wärterinnen, hoch über dem restlichen Saal saß. An der linken Wand befanden sich unterhalb des Fensters die Geschworenenbänke, und direkt vor ihm war der große Stuhl postiert, auf dem der Richter in voller Pracht mit scharlachroter Robe und mächtiger Allongeperücke thronte.

Er musterte sie alle einen nach dem anderen, während die üblichen Eidesformeln heruntergeleiert wurden. Dinah Lambourn wirkte in ihrer Angst mit der blassen Haut und den großen Augen wunderschön. Das dichte, dunkle Haar hatte sie straff nach hinten gebunden, sodass ihre wunderbar ebenmäßigen Züge hervorgehoben wurden: die Wangen- und Stirnknochen, die geschwungenen, sensiblen Lippen. Kurz fragte sich Rathbone, ob das für oder gegen sie sprechen würde. Würden die Geschworenen ihre Würde bewundern oder sie als Arroganz missverstehen? Das ließ sich unmöglich abschätzen.

Den Richter, Grover Pendock, kannte Rathbone seit Jahren, aber nicht wirklich gut. Seine Frau litt unter einer körperlichen Behinderung, und er hielt sich von gesellschaftlichen Anlässen fern, an denen sie nicht teilnehmen konnte. Rathbone wusste nicht, ob das aus Rücksicht auf sie geschah oder nur eine bewundernswerte Ausrede war, um sich einer Pflicht zu entziehen, an der er keine Freude fand. Er hatte zwei Söhne. Der ältere, Hadley, hatte sich einen Namen als Sportler erworben, und der Richter war extrem stolz auf ihn. Der jüngere war der gelehrtere von den beiden, hieß es, musste sich aber erst noch beweisen.

Als Rathbone nun zum Richter aufblickte, bemerkte er, wie ernst dessen fleischiges Gesicht mit dem mächtigen Kinn und dem schmalen Mund war. Natürlich stand dieser Prozess im Zentrum der allgemeinen Aufmerksamkeit. Da musste er wissen, dass man mit Argusaugen beobachten würde, wie er die Verhandlung angesichts des in der Öffentlichkeit entfachten Wirbels führte. Man erwartete, ja ersehnte eine zügige und endgültige Entscheidung. Je früher das Urteil fiel, desto schneller würde die Hysterie verebben, und die Zeitungen würden sich wieder um andere Dinge kümmern. Es durfte keine Zweifel an der Rechtmäßigkeit des Verfahrens geben, keine unziemlichen Verhaltensweisen und vor allem nicht die geringste Möglichkeit einer Berufung.

Der Vertreter der Anklage wirkte grimmig und voller Selbstvertrauen, als wärmte er sich bereits für den Kampf auf. Sorley Coniston, ein Mann von Ende vierzig, war größer und schwerer als Rathbone und hatte ein weiches Gesicht. Wenn er lächelte, kam eine kleine Lücke zwischen den Schneidezähnen zum Vorschein, die nicht unattraktiv war. Er war fast gut aussehend. Seine Würde wurde nur durch eine gewisse Arroganz an seinem Gebaren verdorben, als er sich erhob, um seinen ersten Zeugen aufzurufen.

Wie erwartet, war das Sergeant Orme von der Thames River Police. Rathbone hatte das schon vermutet, dennoch fragte er sich, warum Coniston stattdessen nicht Monk gewählt hatte.

Doch beim Anblick von Ormes ruhigem Gesicht, als dieser den Zeugenstand erklomm und auf die Fläche zwischen dem Richterstuhl, der Geschworenenbank und den Pulten der Anwälte hinabschaute, die einer Arena ähnelte, begriff er diese Entscheidung. Monk war hager und elegant. Alles an ihm zeugte vom Kommandanten: die Haltung, das schmale, knochige Gesicht, die ausdrucksstarken Augen. Orme war gewöhnlich. Niemand konnte ihn für hinterhältig oder überschlau halten. Ihm würde man glauben. Und wer seine Aufrichtigkeit infrage stellte, würde sich selbst mehr schaden als ihm.

Coniston trat in die Mitte der Fläche vor dem Richterpult und blickte nach oben zu Orme, der bereits vereidigt worden war und sich mit Namen und Rang ausgewiesen hatte.

»Sergeant Orme«, begann Coniston höflich, als gehörten sie demselben Stand an. »Möchten Sie bitte dem Gericht von Ihrem Erlebnis am frühen Morgen des zweiten Dezembers erzählen, als Sie sich dem Limehouse Pier näherten? Schildern Sie doch denjenigen unter uns, die nicht dabei waren, die Szene.«

Auch wenn Orme auf diese Situation vorbereitet worden war, fühlte er sich dennoch unbehaglich. Das war an seinem Gesicht zu erkennen und an der Art und Weise, wie er sich leicht vorbeugte und sich mit beiden Händen ans Geländer klammerte. Rathbone wusste, dass das, worum Orme hier gebeten wurde, zwar Teil seines Alltagslebens war, er es aber nicht gewohnt war, dergleichen für andere in Worte zu fassen. Die Geschworenen würden einen Eindruck von der Bestürzung über das, was er gesehen hatte, erhalten. Coniston bereitete sie bereits auf das Entsetzliche an dem Verbrechen vor. Rathbone war beeindruckt. Sein Gegenspieler hätte sich auch weniger Mühe machen und davon ausgehen können, dass die Betroffenheit sich von selbst einstellen würde.

»Mr Monk und ich waren auf dem Rückweg von der Untersuchung eines Raubüberfalls weiter flussaufwärts«, begann Orme.

»Nur Sie zwei?«, fragte Coniston. »Saßen Sie am Ruder?«

»Randan«, antwortete Orme und benutzte den Fachaus-

druck für die Zweisitzer der Wasserpolizei, deren Insassen sich die Arbeit teilten. »Zwei Männer hintereinander; jeder an einem Ruder.«

»Ich verstehe. Danke. Wie spät war es? Wie waren die Lichtverhältnisse?«

»Sonnenaufgang, Sir. Viele Farben am Himmel und auch auf dem Wasser.« Orme war anzumerken, dass er sich unbehaglich fühlte.

»Hielten Sie sich in Ufernähe oder weiter draußen in der Strömung?«, wollte Coniston wissen.

»In Ufernähe, Sir. Da, wo die Strömung ist, kommt man dem Schiffsverkehr, Fähren und dergleichen in die Quere.«

»Im Schatten der Docks und Lagerhallen? Malen Sie doch bitte das Bild für uns, Sergeant Orme.«

Orme verlagerte das Gewicht auf den anderen Fuß. »Knapp zwanzig Meter weit draußen, Sir. Die Gebäude ragten über uns auf, aber in ihrem Schatten waren wir nicht. Das Wasser war in Ufernähe glatter. Da kam der Wind nicht mehr hin.«

»Ich verstehe. Sie beschreiben das sehr gut«, lobte ihn Coniston elegant. »Sie und Kommandant Monk ruderten also von einem Einsatz nach Wapping zurück, nachdem Sie in den frühen Morgenstunden hinausgerufen worden waren. Es war kühl. Die Brise wühlte den Fluss auf, nur in Ufernähe nicht, wo man beinahe schon im Schatten der Docks und Lagerhallen war. Die aufgehende Sonne goss rotes Licht über das glatte, ruhige Wasser um Sie herum?«

Ormes Züge verspannten sich, als stieße ihn das Interesse für Schönes angesichts der damaligen Umstände ab. »So was in der Richtung, Sir.«

»Geschah irgendetwas, das Sie veranlasste anzuhalten?«

Im Gerichtssaal herrschte absolute Stille, nur unterbrochen vom leisen Rascheln eines Rocks, als eine Dame die Haltung wechselte.

»Ja, Sir. Wir hörten eine Frau schreien. Auf dem Limehouse

Pier. Sie kreischte und fuchtelte mit den Armen. Warum, das konnten wir erst sehen, als wir anlegten und die Stufen zum Pier hinaufkletterten. Die Leiche einer Frau lag völlig verkrümmt auf der Seite. Der … der Körper war aufgeschlitzt worden, und ihre Kleider waren mit Blut getränkt …« Er brachte den Satz nicht zu Ende, was nicht nur an seinen Emotionen lag, sondern auch am lauten Aufkeuchen und Stöhnen im Gerichtssaal. In der Zuschauergalerie weinte eine Frau, und Stimmengewirr erhob sich von Leuten, die tröstliche Worte murmelten oder andere zur Stille mahnten.

»Ruhe! Bitte, meine Damen und Herren!«, rief Richter Pendock. »Lassen Sie uns fortfahren. Gewähren Sie Sergeant Orme Gehör!«

»Danke, Mylord«, sagte Coniston nüchtern und wandte sich wieder an Orme. »Ich nehme an, dass Sie und Kommandant Monk die Überreste dieser armen Frau untersucht haben?«

»Jawohl, Sir. Es war nichts mehr zu machen. Für sie kam jede Hilfe zu spät«, krächzte Orme. »Wir baten die Zeugin um Namen und Anschrift. Aber sie konnte uns nichts sagen. Sie wusste selbst nichts. Sie war nur dort hinausgegangen, weil sie ihren Mann gesucht hatte. Dann bin ich bei der Toten geblieben, während Mr Monk zur örtlichen Polizeiwache gelaufen ist.«

Coniston zog die Augenbrauen hoch. »Die örtliche Polizei? Fiel die Frau denn nicht in Ihren Zuständigkeitsbereich – sie wurde immerhin auf dem Pier entdeckt, also am Fluss?«

»Richtig, Sir. Aber zuallererst wollten wir wissen, wer sie war.«

Coniston lächelte und entspannte sich etwas. »Natürlich. Dazu kommen wir noch. Sie war Ihnen also nicht bekannt?«

»Nein, Sir.«

»Und könnten Sie uns die Leiche beschreiben, Sergeant?« Diesmal gab er keine Entschuldigungen ab.

Rathbone hätte gern Einspruch erhoben, doch der wäre unbegründet gewesen. Das Verbrechen war entsetzlich. Darum hatte Coniston das Recht, die Geschworenen mit grässlichen Details zu schockieren, bis sie weinten und ihnen schlecht wurde. An seiner Stelle hätte er, Rathbone, es nicht anders gehandhabt.

Orme schluckte schwer. Selbst von seinem Platz aus konnte Rathbone sehen, dass seine Nackenmuskeln und der Kiefer verkrampft waren. Welche Mühe es ihm bereitete, die Fassung zu wahren, mussten auch die Geschworenen erkennen.

»Ja, Sir«, sagte Orme leise. Er klammerte sich noch fester an die Brüstung und atmete mehrmals tief durch, bevor er anfing. »Sie war nicht mehr jung, vielleicht vierzig, hatte aber ihre Figur behalten. Ihre Haut war sehr weiß, soweit wir das sehen konnten. Ihre Kleider waren aufgerissen oder zerfetzt worden, und ihre … Brüste waren ganz entblößt. Jemand hatte sie aufgeschlitzt … von …« Er fasste sich ruckartig ans Brustbein und ließ die Hand dann langsam an sich hinunter bis auf Höhe der Lenden gleiten. Erneut schluckte er. »Und ihre Eingeweide waren herausgerissen worden, Sir, und lagen auf ihr verteilt herum. Es … es war nicht leicht zu erkennen, ob alles noch da war. Und ich hätte das sowieso nicht beurteilen können.«

Nun wirkte auch Coniston blass. »War das das volle Ausmaß ihrer Verletzungen, Sergeant?«

»Nein, Sir. An ihrem Haar klebte Blut, als hätte sie dort ein ziemlich schwerer Schlag getroffen.« Orme erweckte den Eindruck, als würde er weitersprechen wollen, verzichtete jedoch aus Rücksicht auf die Zuhörer darauf anzumerken, dass die Verstümmelungen dem Opfer erst zugefügt worden waren, als es bereits tot war.

Coniston neigte den Kopf. »Danke sehr, Sergeant. Wenn Sie bitte im Zeugenstand bleiben möchten, falls mein geschätzter Freund von der Verteidigung noch Fragen an Sie hat.« Mit einem höflichen Lächeln blickte er zu Rathbone hinüber. Natürlich gab es keine Fragen, die dieser noch hätte stellen können, und das wussten sie beide.

Rathbone erhob sich. »Danke, Mylord«, sagte er, an den Richter gewandt. »Aber ich denke, Sergeant Orme hat uns bereits alles gesagt, was er weiß.«

Orme verließ den Zeugenstand, und Overstone nahm seine Stelle ein, der Polizeiarzt, der die Leiche untersucht hatte. Alles an ihm drückte militärische Präzision aus, die Haltung, der direkt auf Coniston gerichtete Blick, das düstere Gesicht, das glatt auf dem Kopf anliegende, schüttere Haar. Er wirkte müde, als hätte er solche Untersuchungen schon zu oft durchgeführt und empfände sie von Mal zu Mal als belastender. Rathbone dachte, dass es diesen Mann vermutlich all seine Kraft kostete, mit steter, emotionsloser Stimme zu sprechen.

Coniston begann die Vernehmung. »Sie haben die Leiche dieser bedauernswerten Frau untersucht, die die Polizei am Limehouse Pier entdeckt hatte?«

»Ja.«

»Beschreiben Sie sie mir bitte. Ich meine, ihre äußere Erscheinung, wie sie zu Lebzeiten gewesen sein muss.«

»Etwa eins sechzig groß. Durchschnittliche Figur. Hatte um die Hüften schon etwas zugenommen. Sie wirkte gut ernährt. Ihr Alter würde ich auf Mitte bis Ende vierzig schätzen. Hellbraunes Haar, blaue Augen. Soweit sich das beurteilen lässt, muss sie im Leben hübsch gewesen sein. Sie hatte gute Zähne und feingliedrige Hände.«

»Irgendwelche Anzeichen einer Krankheit?«, erkundigte sich Coniston in einem Ton, als wäre das eine sinnvolle Frage.

Overstones Züge strafften sich. »Die Frau ist zerstückelt worden!«, stieß er hervor. »Wie, in Gottes Namen, kann ich das wissen?«

Coniston errötete leicht, obwohl er diese Reaktion provoziert hatte. Schlagartig begriff Rathbone, dass er das absichtlich getan hatte. Die Nerven aller im Saal waren zum Zerreißen gespannt. Rathbone spürte, wie sich seine Muskeln verkrampften und sein Nacken von der Anstrengung schmerzte, die es ihn kostete, ruhig zu atmen. Mehrere Geschworene blickten ihn an. Offenbar fragten sie sich, wie, um alles auf der Welt, er es anstellen wollte, jemanden zu verteidigen, der eines solchen Verbrechens bezichtigt wurde. Wahrscheinlich rätselten sie sogar darüber, warum er überhaupt hier war.

Coniston zeigte sich nur kurz zerknirscht. »Aber Sie konnten die Todesursache feststellen, nicht wahr, Sir?«, fragte er in respektvollem Ton.

»Ja. Ein brutaler Schlag auf den Kopf. Er zerschmetterte den Schädel. Sie dürfte auf der Stelle gestorben sein. Die Verstümmelung wurde ihr erst nach dem Tod zugefügt – dem Himmel sei's gedankt. Sie kann nichts mehr davon gespürt haben.« Overstones Gesicht verriet eine Spur von Zweifel, doch sie war so winzig, dass Coniston nicht darauf einging.

»Danke, Doktor«, sagte er leise und kehrte zu seinem Pult zurück, um sich dort noch einmal umzudrehen. »Nur noch eines … Hat es große Kraft erfordert, den tödlichen Schlag auszuführen?«

»Nicht unbedingt, wenn Schwung dahintergelegt wurde.«

»Haben Sie die Waffe, die benutzt wurde, je gesehen?«

»Die Leiche ist zu mir gebracht worden, Mann!«, rief Overstone gereizt. »Man hat mich nicht zum Pier geholt, damit ich sie mir dort anschaue.«

Conistons Miene blieb unbewegt. »Nun gut. Haben Sie dann vielleicht eine Vorstellung von der Waffe? Was halten Sie für das Wahrscheinlichste? Bitte.«

»Ein schweres Metallstück, ein Bleirohr, etwas in dieser Art. Ich bezweifle, dass ein Holzbalken das ausreichende Gewicht gehabt hätte, außer vielleicht Hardwood oder Ebenholz.«

»Und die Verstümmelungen? Wäre dafür besondere Kraft oder Geschicklichkeit vonnöten gewesen?«

»Nur eine scharfe Klinge. Fachmännisch wurde das nicht gerade ausgeführt. Auch nicht das Abschlachten.« Das letzte Wort sprach Overstone voller Verachtung aus.

»Hätte auch eine Frau genügend Kraft dafür?« Coniston fasste in Worte, was alle im Saal dachten.

»Ja«, antwortete Overstone kurz und bündig.

Coniston dankte ihm und wandte sich an Rathbone. »Ihr Zeuge, Sir Oliver.«

Verzweifelt versuchte Rathbone, irgendetwas zu finden, das die Situation in einem anderen Licht erscheinen ließe. Allmählich musste sich Dinah fragen, warum sie ihn überhaupt beauftragt hatte. Ihr Leben lag in seinen Händen.

Er gab sich einen Ruck. »Gab irgendetwas an den Verletzungen, egal, wie gering, Aufschluss über die Persönlichkeit des Menschen, der sie dem Opfer zufügte?«

»Nein, Sir.«

»Nichts, das einen Rückschluss auf die Größe zulässt? Die Kraft? Ob die Person rechts- oder linkshändig war? Männlichen oder weiblichen Geschlechts? Alt oder jung?«

»Nichts, Sir, ich habe es doch schon gesagt«, wiederholte Overstone. »Außer vielleicht die Wucht des Schlags. Er könnte mit beiden Händen ausgeführt worden sein.« Er hob zur Illustration die Hände über den Kopf, verschränkte sie ineinander und ließ sie seitlich niedersausen. »Aber das bringt uns wohl kaum weiter. Es zeigt nur, dass die Größe irrelevant ist.«

»Es hätte also jeder sein können, außer vielleicht ein Kind?«

»Richtig.«

Als nächsten Zeugen rief Coniston Monk auf.

Monk war wie immer makellos gekleidet, elegant bis hinunter zu den polierten Stiefeln. Doch die Stufen zum Zeugenstand erklomm er staksig und steif, und als er sich oben postierte, hing eine Schulter etwas tiefer herab als die andere.

Die Anspannung im Saal schien leicht nachzulassen, da offenbar niemand wusste, was von ihm zu erwarten war. Die Leute nahmen wohl an, dass das Schlimmste überstanden war. Dennoch beobachteten die Geschworenen Monk mit ernsten, blassen Gesichtern, und einige rutschten unbehaglich hin und her. Sie wussten, dass die Zuschauer sie nicht aus den Augen ließen und ihre Gedanken zu lesen suchten. Zu Dinah Lambourn, die hoch aufgerichtet zwischen zwei stämmigen Wärterinnen auf der Anklagebank saß, sah Rathbone niemanden hinüberschielen.

Diesmal schien sich Coniston bewusst zu sein, dass er es mit einem potenziell feindseligen Zeugen zu tun hatte, obwohl Monk derjenige war, der Dinah verhaftet hatte. Dass er und Rathbone seit Langem Freunde waren, musste weithin bekannt sein. Freilich war Coniston viel zu klug, um das und die etwaigen Konsequenzen für seine Strategie nicht in sein Kalkül mit einzubeziehen. Und so schritt er trotz aller Bedenken durchaus zuversichtlich über die freie Fläche vor dem Richterpult.

»Mr Monk«, begann er in sanftem Ton. Schlagartig verstummte das Publikum, um sich kein Wort entgehen zu lassen. »Sie waren in der Morgendämmerung jenes Tages mit Sergeant Orme zusammen, als Sie die Leiche dieser armen Frau am Limehouse Pier entdeckten. Sie beide hörten die Schreie der bedauernswerten Frau, die sie dort entdeckt hatte. Orme blieb zurück und bewachte die Leiche, während Sie losgingen, um die örtliche Polizei zu informieren, die sie womöglich identifizieren konnte, und die entsprechenden Behörden in Kenntnis zu setzen, damit diese die Leiche übernahmen?«

»Ja«, bestätigte Monk, sorgfältig auf eine ausdruckslose Miene bedacht.

»Wusste die örtliche Polizei, wer sie war?«, fragte Coniston beiläufig, als wäre er nicht im Bilde.

»Nein«, antwortete Monk.

Das schien Coniston leicht zu verwirren. Er blieb wie angewurzelt stehen. »Es hatte nie ein Haftbefehl gegen sie vorgelegen, noch war sie je wegen ihrer Aktivitäten als Prostituierte verwarnt worden?«

»So wurde es mir gesagt«, bestätigte Monk erneut.

»Wenn sie denn eine Prostituierte war … Finden Sie das nicht außerordentlich?« Dieser Frage verlieh Coniston einen überraschten Unterton.

Monk verriet weiter keine Regung. »Es geschieht oft, dass man jemanden nicht erkennt, der eines gewaltsamen Todes gestorben ist, vor allem dann nicht, wenn viel Blut geflossen ist und einen natürlicherweise davor schaudert. Tote können kleiner wirken, als man sie in Erinnerung hat. Und wenn sie nicht so bekleidet sind, wie sie es zu Lebzeiten waren, oder sich in einer anderen Umgebung befinden, als man es bei ihnen gewohnt war, begreift man nicht immer, wen man vor sich hat.«

Coniston erweckte den Eindruck, als wäre das nicht die Antwort, die er hören wollte. Er ging jedoch nicht weiter darauf ein. »Haben Sie dann Nachforschungen bezüglich ihrer Identität angestellt?«

»Selbstverständlich.«

»Wo führten Sie die Befragungen durch?« Coniston spreizte die Hände, eine Geste, die unzählige Möglichkeiten umfasste.

»Bei Nachbarn, Ladeninhabern, Frauen aus dem Viertel, mit denen sie hätte bekannt sein können.«

»Wenn Sie von ›Frauen‹ sprechen, meinen Sie damit Prostituierte?«, drängte Coniston.

Monks Gesicht blieb leer. Wahrscheinlich war Rathbone der Einzige, der einen winzigen Wangenmuskel zucken sah. »Damit meine ich Wäscherinnen, Fabrikarbeiterinnen, Straßenhändlerinnen, Frauen, die sie hätte kennen können.«

»Hatten Sie damit Erfolg?«

»Ja. Sie wurde als Zenia Gadney identifiziert, eine Frau mittleren Alters, die in der Copenhagen Place, Hausnummer vierzehn, unmittelbar oberhalb des Limehouse Cut ein zurückgezogenes Leben führte. Sie war bei einigen Bewohnern der Straße bekannt.«

»Wie bestritt sie ihren Lebensunterhalt?« Coniston war immer noch ruhig und höflich, doch seine innere Anspannung konnte den Geschworenen nicht entgehen.

»Keine Einkünfte«, erklärte Monk. »Ein Mann besuchte sie einmal jeden Monat und gab ihr ausreichend Geld für ihre Bedürfnisse, die offenbar bescheiden waren. Wir haben keinerlei Hinweise darauf entdeckt, dass sie anderweitig Geld verdiente, außer sehr gelegentlich mit kleinen Näharbeiten, die sie aber vielleicht aus Gutmütigkeit und um der Gesellschaft, nicht so sehr um des Geldes willen übernahm.« Monks Gesicht war düster und seine Stimme gesenkt, als trauerte er nicht nur um Zenias schrecklichen Tod, sondern auch um die offenbare Vergeblichkeit ihres Lebens.

Rathbone, der ihn gut kannte, merkte ihm das dank seiner Mimik und seiner Wortwahl sofort an. Ihm war nur nicht klar, ob Coniston es ebenfalls spürte. Würde er ihn richtig einschätzen?

Coniston zögerte kurz, dann setzte er die Vernehmung fort. »Ich nehme an, dass Sie sich im Rahmen Ihrer Aufgaben darum bemühten, diesen Mann zu identifizieren und die Natur der Beziehung zwischen ihm und der Toten zu durchleuchten?«

»Natürlich«, antwortete Monk. »Es handelte sich um Dr. Joel Lambourn aus der Lower Park Street, Greenwich.«

»Ich verstehe«, sagte Coniston eilig. »Das müsste also der verstorbene Ehemann der Angeklagten, Dinah Lambourn, sein?«

Monks Gesicht verriet keine Regung. »Ja.«

»Haben Sie Mrs Lambourn aufgesucht? Haben Sie sie über die Verbindung ihres Mannes mit Mrs Gadney befragt?«, erkundigte sich Coniston in unschuldigem Ton. »Die Pflicht, sich über die Beziehung ihres Mannes mit der Toten zu informieren, muss sehr unangenehm für Sie gewesen sein.« Seine Stimme ließ jetzt einen Hauch von Mitleid anklingen.

»Selbstverständlich war ich dort.« Monk gab sich alle Mühe, jede Spur von Anteilnahme aus seiner Miene zu tilgen, doch das gelang ihm nicht ganz.

Die Geschworenen verfolgten das Verhör aufmerksam. Selbst Pendock beugte sich auf seinem Richterstuhl vor. Durch die Galerie zog sich ein Seufzen, als wäre die Anspannung zu groß geworden.

»Und ihre Reaktion?«, bohrte Coniston ein wenig zu scharf nach, als ärgerte es ihn, dass er fragen musste.

»Zuerst gab sie an, Mrs Gadney nicht zu kennen. Aber dann räumte sie ein, darüber informiert gewesen zu sein, dass ihr Mann sie bis zu seinem Tod unterstützt hatte.«

»Sie wusste es also!«, stellte Coniston laut und deutlich fest und drehte sich sogar halb zur Galerie um, damit jeder im Saal es mitbekam. Im nächsten Moment wirbelte er wieder zu Monk herum. »Mrs Lambourn wusste, dass ihr Mann Zenia Gadney jahrelang besucht und ausgehalten hatte?«

»Das hat sie mir so gesagt«, bestätigte Monk.

Rathbone kritzelte eine kurze Notiz in seine vor ihm ausgebreiteten Unterlagen.

»Aber zuerst leugnete sie es?«, fragte Coniston nach. »War sie verlegen? Wütend? Gedemütigt? Womöglich verängstigt?«

Rathbone erwog schon einen Einspruch mit der Begründung, dass diese Fragen nicht in Monks Fachgebiet fielen, überlegte es sich dann aber anders. Es würde nichts nützen und nur die Aufmerksamkeit auf seine Verzweiflung lenken.

Der Schatten eines Lächelns flackerte über Monks Gesicht und verschwand. »Ich weiß es nicht. Sie war ohne Zweifel von einem mächtigen Gefühl ergriffen, aber von welchem, kann ich nicht beurteilen. Es hätten durchaus Schock und Entsetzen über die Art und Weise von Zenia Gadneys Tod sein können.«

»Oder Reue?«, ergänzte Coniston. »Oder gar deren Fehlen?«

Rathbone machte Anstalten, sich zu erheben.

Pendock bemerkte das. »Mr Coniston, das ist eine unangemessene Spekulation. Beschränken Sie sich bitte auf Fragen, die der Zeuge beantworten kann.«

Coniston zeigte sich zerknirscht. »Verzeihung, Mylord.« Er blickte wieder zu Monk auf. »Aber es wäre in jedem Fall zutreffend zu sagen, dass Mrs Lambourn emotional extrem aufgewühlt war?«

»Ja.«

»Sahen Sie sich angesichts der Erkenntnisse, die Sie über Dr. Lambourns Beziehung mit dem Opfer gewonnen hatten, und der Tatsache, dass Mrs Lambourn früher oder später davon erfahren hatte, dazu veranlasst, Recherchen anzustellen, ob Mrs Lambourn jemals Zenia Gadney persönlich aufgesucht hatte?«

»Ja.« Monks Züge waren völlig erstarrt. Doch so sehr ihn diese Antwort auch schmerzte, er wich ihr nicht aus. »Mehrere Zeugen hatten einen Tag, bevor Zenia Gadneys Leiche auf dem Pier entdeckt wurde, in der Copenhagen Place eine Frau gesehen, die Mrs Lambourns Beschreibung entsprach. Sie hatte vor allem in den Läden Erkundigungen nach Mrs Gadney angestellt, mit dem Ziel, sie zu finden.«

Coniston nickte bedächtig. »Sie suchte also gezielt nach

dem Opfer. Hat jemand ihren Geisteszustand erwähnt? Bitte äußern Sie sich präzise, Mr Monk.«

»Sie war verzweifelt. Laut zwei, drei Zeugen tobte sie sogar. Darum konnten sie sich an sie erinnern.«

»Haben Sie Mrs Lambourn danach befragt?«

»Selbstverständlich.«

»Und ihre Antwort?«

»Erst erzählte sie mir, dass sie mit einer Freundin in einer Soiree war. Ich suchte diese Freundin auf, doch die sagte mir etwas anderes.«

»Ist es möglich, dass diese Freundin sich täuschte – oder schlimmer noch: dass sie log?«

»Nein«, erklärte Monk niedergeschlagen. »Ich fragte sie lediglich, wo sie zur besagten Zeit gewesen war, und erhielt die widersprüchliche Antwort. Sie gab an, in der Gesellschaft vieler anderer gewesen zu sein, und wir konnten uns inzwischen vergewissern, dass das zutreffend ist. Die Soiree, an der Mrs Lambourn teilgenommen haben will, hat es nie gegeben.«

»Sie hat also gelogen«, stellte Coniston fest, wieder mit lauter, klarer Stimme.

»Ja.«

Ein winziges Lächeln spielte um Conistons Lippen. »Um es zusammenzufassen: Sie haben ermittelt, dass die Angeklagte, Mrs Dinah Lambourn, wusste, dass ihr Ehemann das Opfer viele Jahre lang besucht und ihr regelmäßig Geld gegeben hatte. Am Tag vor dem Mord erschien Mrs Lambourn in der Straße, in der das Opfer wohnte, und erkundigte sich nach der Frau. Einige Leute berichteten Ihnen, dass sie verzweifelt, beinahe hysterisch war. Als Sie sie dazu vernahmen, behauptete sie, woanders gewesen zu sein, was Sie als unwahr entlarven konnten. Ist das zutreffend?«

»Ja«, sagte Monk kläglich.

»Haben Sie sie zu diesem Zeitpunkt wegen des dringenden Verdachts, Zenia Gadney ermordet zu haben, verhaftet?«

»Ja. Sie erklärte, sie hätte sie nicht umgebracht, und leugnete, in der Copenhagen Place gewesen zu sein.«

»Nachgewiesenermaßen eine Lüge«, hob Coniston mit sichtlicher Genugtuung hervor. »Danke, Commander Monk.« Er wandte sich an Rathbone. »Ihr Zeuge, Sir Oliver.«

Langsam trat Rathbone in die Mitte der freien Fläche und hob das Gesicht zu Monk empor. Ihm war bewusst, dass der ganze Saal ihn beobachtete und sich gespannt fragte, was er jetzt noch tun konnte. Vor seinem inneren Auge tauchte plötzlich das Bild eines frühen Christen auf, der in eine Arena voller Löwen wankte. Er hoffte auf ein Wunder, war sich aber keineswegs sicher, dass er auch daran glaubte.

»Mr Monk, Sie haben ausgesagt, Mrs Lambourn hätte zugegeben, gewusst zu haben, dass ihr Mann Mrs Gadney viele Jahre lang besuchte. War diese eigentlich irgendwann verheiratet, oder benutzen wir den Titel nur aus Rücksicht?«

»Nachbarn haben mir gesagt, sie hätte sich als verheiratet bezeichnet. Allerdings sind wir auf keinerlei Spuren von einem Mann namens Gadney gestoßen. Auch ist dieser Name in keinem Geburtsregister verzeichnet.«

»Und Dr. Lambourn hatte sie in all den Jahren finanziell unterstützt, die sie dort lebte?«, fuhr Rathbone fort.

»Etwa fünfzehn Jahre lang«, bestätigte Monk.

»Ich verstehe.« Rathbone runzelte die Stirn. »Und Sie sagen, dass Mrs Lambourn offenbar die ganze oder zumindest die meiste Zeit Bescheid wusste? Sind Sie sich dessen sicher?«

»Ja.«

»Weil sie es zugegeben hat? Und Sie glaubten ihr natürlich?« Rathbone ließ seine Stimme skeptisch klingen.

Kurz blitzte in Monks Zügen Humor auf, der sofort wieder verschwand. »Weil eine andere Person es mir bestätigt hat«, korrigierte er ihn.

»Ah. Also haben Sie keinen Zweifel daran, dass sie tatsächlich eine beträchtliche Zeit, wahrscheinlich jahrelang, über Mrs Gadney im Bilde war?«

»Das ist richtig.«

»Und wie lange war Dr. Lambourn tot, als Mrs Gadney ermordet wurde?«

»Etwa zwei Monate.«

Rathbone las in Monks Gesicht, dass dieser genau wusste, wie die nächste Frage lauten würde. Ihre Blicke kreuzten sich.

»Und welchen Grund konnten Sie dafür ermitteln, warum Mrs Lambourn nach zweimonatiger Witwenschaft plötzlich in der Copenhagen Place auftauchte, dort Zenia Gadney suchte und sich hysterisch benahm, ohne sich darum zu scheren, dass Ladeninhaber und Kunden sie in einem solchen Zustand sahen? Was wollte sie damals von Zenia Gadney, noch dazu so dringend, obwohl sie jahrelang alles über sie gewusst hatte?«

Mehrere Geschworene beugten sich weit vor, als fürchteten sie, ein Wort zu verpassen. Einer legte konzentriert die Stirn in Falten und schüttelte den Kopf.

In der Zuschauergalerie raschelten Kleider, und da so viele gleichzeitig mit offenem Mund Luft holten, war ein scharfes Zischen zu hören.

Pendock starrte Rathbone mit sorgenvoller Miene an.

Monk hingegen wirkte nicht beunruhigt. Kurz fragte sich Rathbone, ob er womöglich sehenden Auges in eine Falle getappt war. Zuzutrauen war das Monk, wenn es ihm um die Wahrheit ging. Er war es, der Dinah verhaftet hatte, aber er war es auch, der Rathbone gebeten hatte, sie zu verteidigen, und der sich eigens Urlaub genommen hatte, um eine andere Antwort zu finden.

»Sie hat behauptet, nicht in der Copenhagen Place gewesen zu sein«, erklärte Monk langsam und deutlich. »Sie glaubt, dass ihr Mann, Dr. Lambourn, wegen seiner Forschungen ermordet wurde, mit denen er beweisen wollte, dass das in diesem Land verkaufte Opium …«

Coniston schoss hoch. »Mylord! Das ist absolut irrelevant und irreführend obendrein! Opium ist ein gewöhnliches Medikament, das von Ärzten verschrieben wird und in England in allen Apotheken und Tausenden von gewöhnlichen Läden gekauft werden kann. Falls Mrs Lambourn es eingenommen hat, ob wegen Schmerzen oder aus sonstigen Gründen, entschuldigt das noch lange nicht ihre Tat. Millionen nehmen Opium ein. Es treibt niemanden in den Wahnsinn und liefert keine Ausreden für Mord.«

»In zu hoher Konzentration oder zu oft eingenommen kann es allerdings zur Sucht führen, vor allem, wenn es geraucht wird«, bemerkte Rathbone spitz. »Und bei Überdosierung ist es tödlich.«

Coniston drehte sich zu ihm um. »Zenia Gadney war nicht süchtig, und sie starb auch nicht an einer Überdosis Opium, Sir Oliver! Sie wurde mit einem schweren Metallstück totgeschlagen und dann grässlich verstümmelt. Ihre Eingeweide wurden herausgerissen und …«

Pendock schlug wütend mit dem Hammer auf sein Pult. »Wir wissen, wie sie gestorben ist, Mr Coniston!«, donnerte er. »Sir Oliver! Wollen Sie unterstellen, dass Mrs Lambourn Opium einnahm und dieses entsetzliche Verbrechen damit auf irgendeine Weise entschuldigt werden kann?«

»Nein, Mylord, ich …«

»Gut!«, blaffte Pendock. »Dann fahren Sie bitte mit Ihren Fragen an Mr Monk fort, wenn Sie noch welche haben. Ansonsten unterbrechen wir den Prozess für das Mittagessen.«

»Nur noch ein paar, Mylord.« Ohne Pendocks Einverständnis abzuwarten, wandte sich Rathbone wieder an Monk. »Glauben Sie, dass Mrs Lambourns plötzliche Entscheidung, Zenia Gadney aufzusuchen, mit dem Tod ihres Mannes zu tun hatte?«

»Nicht so sehr mit seinem Tod an sich wie mit der Zerstörung seines Rufs«, erklärte Monk. »Sie konnte nicht glauben, dass er sich das Leben genommen haben soll.«

Erneut stand Coniston auf. »Mylord, Joel Lambourns tragischer Selbstmord ...«

Pendock hob müde die Hand. »Ich bin mir dessen bewusst, Mr Coniston.« In scharfem Ton wandte er sich an Rathbone. »Sir Oliver, Dr. Lambourn war bereits zwei Monate tot, als Mrs Lambourn mit der Suche nach Zenia Gadney begann. Wenn sie aber schon seit fünfzehn Jahren von ihrer Existenz wusste, ergibt es doch keinen Sinn, ausgerechnet jetzt nach ihr zu suchen. Wenn sie glaubte, Mrs Gadney sei auf die eine oder andere Weise an Dr. Lambourns Selbstmord schuld gewesen, dann müssen Sie auch Beweise dafür vorlegen. Haben Sie welche?«

»Nein, Mylord, ich ...«

»Dann fahren Sie bitte fort.« Das war ein Befehl.

Rathbone holte frustriert Luft. Es ging ihm gegen den Strich, gerade jetzt nachzugeben, sah das doch nach einer Kapitulation aus. So kam es sogar ihm selbst vor. Doch er wusste nichts, was er Monk jetzt noch fragen konnte. Alles, was Joel Lambourns Tod oder das Thema Opium berührte, würde garantiert zurückgewiesen werden, es sei denn, er konnte dessen Relevanz als so offensichtlich darstellen, dass seine Nichtzulassung eine Berufung begründen würde.

»Keine weiteren Fragen, danke, Mylord«, erklärte er so würdevoll, wie ihm das möglich war, und kehrte an sein Pult zurück.

Nach der Mittagspause kündigte Coniston an, sich auf die Umstände von Joel Lambourns Tod und dessen Auswirkungen auf die Witwe konzentrieren zu wollen. Rathbone wurde hellhörig. Vielleicht eröffnete ihm das ja eine Möglichkeit, das Thema wieder auf die Tagesordnung zu setzen, und zwar auf eine Weise, die es ihm erlaubte, die Selbstmordthese doch noch infrage zu stellen. Monk hatte ihm jedenfalls genügend Anhaltspunkte geliefert, die eine Debatte rechtfertigten – wenn er nur einen Fuß in den Türspalt zwängen konnte. Erforderlich wäre nichts anderes als eine wenn auch noch so geringe Fehleinschätzung seitens Conistons oder ein Irrtum eines seiner Zeugen.

Rathbone blickte sich um und überschlug rasch, wie viele Journalisten schon mit gezückter Feder dasaßen. Selbst wenn die Geschworenen vielleicht das eine oder andere überhörten, *ihnen* würde nicht die geringste Nuance entgehen.

Als Rathbone sich wieder zum Richter und zum Zeugenstand umdrehte, stach ihm plötzlich ein bekanntes Gesicht ins Auge. Es gehörte einem gewissen Sinden Bawtry, einem aufstrebenden Angehörigen der Regierung, der einen guten Ruf als Philanthrop hatte. Sein Vermögen hatte er sich mit der Herstellung von frei verkäuflichen Medikamenten erworben, dem im ganzen Land bekannten »Hausmittel gegen Schmerzen aller Art«.

Ohne selbst genau zu wissen, warum, vermied Rathbone den Blickkontakt. Bawtry sollte nicht merken, dass er ihn gesehen hatte, zumindest jetzt noch nicht. Dass er ein stattlicher Mann war und der Presse bestimmt auffallen würde, stand auf einem anderen Blatt. Morgen würde jede Zeitung brühwarm melden, dass er den Prozess verfolgt hatte.

Rathbone saß wie auf Kohlen. Der Fall zog weitere Kreise, als er gedacht hatte. Dass Bawtry sich für den Zusammenhang mit Lambourn interessierte, lag auf der Hand. Die Frage war nur: War er als Privatperson hier oder als Vertreter seiner Regierung?

Aufmerksam beobachtete Rathbone, wie ein ihm unbekannter Polizist die Stufen zum Zeugenstand erklomm. Monk hatte ihm erzählt, dass er bei Lambourns Tod die

Ermittlungen geführt hatte. Aber wer war dieser Mann – er hieß Appleford –, und warum hatte Coniston ihn ausgewählt?

»Commissioner Appleford«, begann der Staatsanwalt in glattem Ton. »Ich glaube, die Untersuchung von Joel Lambourns tragischem Tod wurde von der regulären Polizei auf Ihre Einheit übertragen. Ist das richtig?«

»Ja.« Appleford war von durchschnittlicher Größe und schlank, auch wenn er um die Hüften schon etwas Speck angesetzt hatte. Sein hellbraunes Haar war auffallend schütter, doch seine ganze Erscheinung wirkte elegant und äußerst selbstbewusst, als wäre er nur gekommen, um dabei zu helfen, Schwierigkeiten zu klären, mit denen Geringere als er überfordert wären.

»Warum wurde der Fall nicht in der Verantwortung des Superintendent der örtlichen Polzeiwache belassen? Das wäre Mr Runcorn in Greenwich gewesen, nicht wahr?«

»Mr Runcorn war zunächst mit der Beweisaufnahme befasst«, erwiderte Appleford mit der Andeutung eines Lächelns. »Bis sich dann herausstellte, dass es sich bei dem Toten um Joel Lambourn handelte, einen redlichen Mann und ausgezeichneten Wissenschaftler, der kurz zuvor einige« – er zögerte, als suchte er nach einer angemessen vornehmen Formulierung – »emotionale Schwierigkeiten durchlebt hatte. Da war es der Wunsch der Regierung Ihrer Majestät, seine persönlichen Angelegenheiten so diskret wie nur möglich zu behandeln, ohne dabei in irgendeiner Weise das Gesetz zu unterlaufen. Bei der Feststellung der Todesursache führte kein Weg um den Befund Selbstmord herum, aber die persönlichen Umstände wurden nicht veröffentlicht. Damit wäre ja niemandem geholfen gewesen, und wenigstens seine Angehörigen konnten so geschützt werden. Es schien das Gnädigste zu sein, was man für einen Mann tun konnte, der sich solche Verdienste um sein Land erworben hatte.«

»Allerdings.« Coniston neigte kurz den Kopf. »Wurde der Justiz irgendetwas Sachdienliches vorenthalten? Ich meine, bestanden etwaige Zweifel dahingehend, dass er seinen Tod womöglich nicht selbst verursacht hatte?«

»Nicht die geringsten. Er hatte Opium genommen – in ziemlich hoher Dosierung –, wahrscheinlich, um die Schmerzen zu betäuben, und sich dann die Pulsadern aufgeschnitten.«

»Danke, Commissioner.« Coniston wandte sich an Rathbone. »Sir Oliver?«

Rathbone wusste von Anfang an, dass er bei diesem Zeugen nichts erreichen würde, doch er war einfach nicht bereit, sich einschüchtern zu lassen und es gar nicht erst zu versuchen.

»Ist es denn übermäßig schmerzhaft, sich die Pulsadern zu öffnen?«, fragte er. »Ich meine, ist es so qualvoll, dass man Opium benötigt, um es zu ertragen?«

»Das kann ich nicht beurteilen!«, erwiderte Appleford mit einer Spur von Sarkasmus.

»Ich bitte um Verzeihung«, konterte Rathbone nicht minder ironisch, »aber ich dachte, Sie wären als Experte aufgerufen worden, der noch besser befähigt ist als Superintendent Runcorn. Ist das denn nicht der Fall?«

»Mir wurde die Verantwortung dafür übertragen, die Angelegenheit diskret zu klären!«, bellte Appleford. »Das lag nicht in Runcorns Machtbefugnis.«

»Offenbar nicht«, stimmte ihm Rathbone zu. »Denn anscheinend weiß so gut wie jeder, dass Joel Lambourn gründlich diskreditiert und darüber so tief verzweifelt war, dass er im Greenwich Park Selbstmord beging. Es geschah doch im Greenwich Park, nicht wahr? Oder ist *das* die Stelle, an der die Diskretion ins Spiel kommt?«

Coniston sprang auf. Die Empörung stand ihm ins Gesicht geschrieben, sein ganzes Gebaren zeugte davon. »Mylord, Sir Oliver versucht doch nur, den Zeugen in Verlegenheit zu bringen, weil ihm keine nützlichen Fragen einfallen. Können wir Dr. Lambourns letzter Tragödie nicht einfach mit Anstand und Taktgefühl den kleinen persönlichen Bereich gönnen, der ihr noch geblieben ist? Sie steht doch in keinem Zusammenhang mit Zenia Gadneys Ermordung.«

Rathbone wirbelte zu ihm herum. »In keinem Zusammenhang? Das hört sich ganz so an, als ob Sie über sehr viele Informationen verfügen, die mir nicht zuteilwurden. Ihre ganze Anklage beruht auf der Tatsache, dass Sie glauben, dass Mrs Lambourn Zenia Gadney wegen irgendetwas ermordet habe, das mit Dr. Lambourn zu tun hat.« Seine Stimme troff nun vor Sarkasmus. »Wollen Sie etwa einen anderen Zusammenhang zwischen den zwei Frauen nahelegen, von denen eine die hochangesehene Witwe eines Arztes in Greenwich ist und die andere eine Prostituierte mittleren Alters auf der gegenüberliegenden Seite des Flusses in Limehouse?«

»Natürlich ist Dr. Lambourn der Zusammenhang!«, ereiferte sich Coniston. »Aber durch sein Leben, nicht durch seinen Tod.«

»Kann man das einfach so getrennt voneinander behandeln?«, fragte Rathbone ungläubig.

In der Galerie entstand ein allgemeines Rascheln, da die Leute sich in der Furcht, etwas zu verpassen, wieder weit vorbeugten.

Die Männer auf der Geschworenenbank blickten sich im Saal um und dann wieder nach oben zum Richter.

»Allerdings!«, erklärte Coniston kühn. »Und zwar insoweit, als die beruflich bedingte Verzweiflung, die ihn in den Selbstmord trieb, vollkommen getrennt von der Verzweiflung seiner Frau über die häuslichen Verhältnisse zu behandeln ist, welche die Ursache dafür ist, dass sie Zenia Gadney ermordete.«

Rathbone machte Anstalten zu protestieren. Dieser Schluss war doch wirklich an den Haaren herbeigezogen. »Mylord ...«

»Ihrem Einwand wird stattgegeben, Mr Coniston«, fuhr der Richter Rathbone über den Mund. »Sir Oliver, wenn Sie keine sachdienlichen Fragen an Commissioner Appleford zu stellen haben, entlässt ihn das Gericht und geht zum nächsten Zeugen über. Mr Coniston?«

Rathbone sackte deprimiert auf seinen Sitz zurück. Er fühlte sich, als hätte ihn ein Gewicht zerschmettert, das er hätte fallen sehen müssen, aber nicht bemerkt hatte. Ihm war es ein Rätsel, was er jetzt noch versuchen sollte. Diese Entscheidung war ungerecht, doch mit einem neuerlichen Protest würde er sich nur Pendocks Zorn zuziehen, ohne dass er irgendetwas zu Dinahs Entlastung vorbringen konnte – ganz einfach, weil er nichts in Händen hatte.

Plötzlich fühlte er sich am Rande der Verzweiflung.

13

Als der Prozess gegen Dinah eröffnet wurde, brach Hester zu ihren eigenen Ermittlungen auf. Das Thema des Verkaufs von Opium brannte ihr mit jeder neuen Information, auf die sie stieß, immer dringlicher auf den Nägeln. Schließlich hatte sie, die in ihrer Zeit als Krankenschwester bei den Soldaten grässliche Verwundungen, verheerende Formen der Ruhr und Fiebererkrankungen behandelt hatte, bisher nur die Vorteile von Opium bei der Linderung von Schmerzen erlebt.

Zuletzt hatte sie in der Klinik in der Portpool Lane Prostituierte gepflegt, darunter auch blutjunge Mädchen von zwölf oder dreizehn Jahren. Erst von Dr. Winfarthing hatte sie erfahren, dass Medikamente, die Opium enthielten, bei Kindern auch schlimme Schäden anrichten konnten.

Doch im Fall Dinah Lambourn reichte die Zeit nicht, um Lambourn zu rehabilitieren. Zuallererst mussten sie herausfinden, wer Zenia Gadney ermordet hatte. Und der erste Schritt hierzu war wohl, mehr über sie in Erfahrung zu bringen als die wenigen dürren Fakten über ihr Leben in der Copenhagen Place.

Die Straßenmädchen, die die Klinik in der Portpool Lane nutzten, stammten größtenteils aus der näheren Umgebung, aber manche Patientinnen mit chronischen Krankheiten waren auch schon aus weiter entfernten Vierteln gekommen. Für sie konnte Hester in der Regel nicht viel tun, aber alles, was ihre Qualen linderte, war eine große Hilfe. Jetzt machte sie sich auf die Suche nach einer ganz bestimmten Patientin, an deren Bett sie schon so manche Nacht verbracht und eine Lungenentzündung so weit kuriert hatte, dass sie bis auf Weiteres auf die Straße zurückkehren konnte. Der nächste Besuch würde wahrscheinlich im Winter sein, wenn Hunger, Kälte und Erschöpfung durchaus ihren Tod bedeuten konnten.

Obwohl Gladys Middleton auf die vierzig zuging und seit ihrem zwölften Lebensjahr permanent ge- und verkauft worden war, sah sie erstaunlich hübsch aus. In ihrem dichten schwarzen Haar fehlte jede Spur von Grau. Ihre Haut verlor allmählich ihren Glanz, war aber frei von Schönheitsfehlern – zumindest bei Kerzenlicht. Ihre letzte Erkrankung hatte sie beträchtliches Gewicht gekostet, doch in ihrem Fall war der Verlust von Vorteil. Sie hatte immer noch großzügige Rundungen und trug sie beim Gehen mit erstaunlicher Anmut zur Schau.

Es erforderte fast den ganzen Tag, bis Hester wusste, wo Gladys jetzt lebte. Aber auch, als sie die richtige Pension entdeckt hatte, musste sie warten. Das tat sie in einem Hauseingang, wo sie sich so klein wie nur möglich machte.

Als Gladys schließlich aus einem Gasthaus an der Ecke trat, folgte sie ihr in einem Abstand von etwa fünfzig Metern zu der Pension. Kurz nach ihr trat Hester dort ebenfalls ein, doch inzwischen fehlte von Gladys jede Spur. Aufgeben kam für Hester nicht infrage. Wiederholt landete sie bei der falschen Person, musste sich entschuldigen und versuchte bei der nächsten ihr Glück, bis sie schließlich an die richtige Tür klopfte.

Gladys öffnete ihr vorsichtig. Es war zu früh, um Kunden zu erwarten. Draußen war es noch hell, und ein Freier lief Gefahr, auf der Straße einem Bekannten zu begegnen, was dann natürlich zu peinlichen Fragen und verlegenem Herumdrucksen führte.

»Hallo, Gladys«, sagte Hester mit einem schnellen Lächeln. Es hätte keinen Zweck, so zu tun, als hätte sie nicht vor, sie um einen Gefallen zu bitten. Gladys hatte in ihrem täglichen Überlebenskampf zu viel gesehen, um das nicht zu durchschauen, und würde es nicht schätzen, mit Ausreden hingehalten zu werden, so schmeichelhaft sie auch sein mochten.

Andererseits würde ein kleines Geschenk bestimmt nicht schaden. Hester hielt eine Flasche Tonic Cordial hoch, das, wie sie wusste, Gladys' Lieblingsgetränk war.

Gladys musterte sie erst entzückt, dann misstrauisch. »Es is' nich' so, dass ich nich' dankbar bin oder mich nich' freue, Sie hier zu sehen, aber was woll'n Sie von mir?«

»Zunächst nicht in der Tür stehen müssen«, antwortete Hester immer noch lächelnd.

Widerstrebend trat Gladys einen Schritt zurück.

Hester folgte ihr. Das Zimmer war sauberer, als sie erwartet hatte. Hier fehlte jedes Zeichen von Gladys' Gewerbe, außer vielleicht einem schwachen Geruch nach Schweiß.

»Danke.« Hester ließ sich auf einer Stuhlkante nieder. Die Flasche Cordial hielt sie weiter in der Hand. Sie wollte sie nicht als Geschenk verstanden wissen, sondern als Angebot in einem Handel.

Gladys nahm ihr gegenüber Platz, ebenfalls auf einer Stuhlkante und sehr unsicher. »Also, was woll'n Sie von mir?«, wiederholte sie.

»Eine Information.«

»Ich weiß nix.«

»Unsinn!«, widersprach Hester barsch. »Frauen, die nichts wissen, überleben nicht lange. Lügen Sie mich nicht an, dann lüge auch ich Sie nicht an.«

Gladys zuckte mit den Schultern, womit sie sich in einem gewissen Sinne geschlagen gab. »Worum woll'n Sie mich bitten?«

»Kannten Sie Zenia Gadney?«

Alle Farbe wich aus Gladys' Gesicht. »Gott im Himmel! Darüber weiß ich wirklich nix, das schwör ich Ihnen!«

»Ich bin mir sicher, dass Sie nichts über den Mord wissen«, bestätigte Hester wahrheitsgemäß. »Was ich von Ihnen hören will, ist, was für ein Mensch sie war.«

Gladys blinzelte sie verwirrt an. »Was meinen Sie damit, was für'n Mensch sie war?«

Wollte sie Zeit schinden, oder verstand sie wirklich nicht? Hester tippte auf die Flasche Cordial. »Dieses Zeug ist ziemlich gut für Ihre Gesundheit.«

»Hm, aber 'ne aufgeschlitzte Kehle wird es bestimmt nich' kurieren«, erwiderte Gladys heiser. »Oder Eingeweide, die einem rausgerissen und um die Hüften gewickelt werden!«

»Warum sollte irgendjemand Ihnen so etwas antun?« Hester hob die Augenbrauen. »Wie auch immer, der Frau wurde ein schwerer Gegenstand auf den Kopf geschlagen. Wahrscheinlich bekam sie danach überhaupt nichts mehr mit. Sie hatten keine Affäre mit Dr. Lambourn, oder?«

Gladys starrte sie perplex an. »Natürlich nich'! So einer war er nich'. Er wollte doch bloß wissen, ob es leicht is', Opium zu kaufen, oder ob ich weiß, was alles in dem Zeug drin is', das ich nehm, wenn ich was zum Einschlafen brauch oder Bauchschmerzen hab.«

»Und Sie selbst?« Hester gab sich alle Mühe, einen dringenden Ton zu unterdrücken. Sie konnte es sich nicht leisten, Gladys ihre Schwäche und Unsicherheit spüren zu lassen. »Wussten Sie, was es enthält oder wie viel genau man einnehmen muss? Oder wie lange man warten muss, bis man wieder etwas schlucken kann?«

»Ich weiß, wie es wirkt. Da brauch ich doch sonst nix zu wissen, oder?«

»Hat er Sie danach gefragt?«

»Mich selber hat er überhaupt nix gefragt. Er wollte es von denen wissen, die Kinder haben. Ich war bloß dabei.«

Hester kehrte zu ihrer ersten Frage zurück. »Kannten Sie Zenia Gadney?«

»Ja. Wieso?«

»Was für ein Mensch war sie?«

»Das haben Sie mich doch schon gefragt. Was woll'n Sie denn von mir wissen?« Gladys schüttelte den Kopf. »Sie war älter als ich, ruhig, nix Aufregendes, aber sauber. Kommt eben immer darauf an, was die Leute wollen. Manche wollen sie eben ganz gewöhnlich, aber bereit, ihnen jeden Wunsch zu erfüllen, wenn Sie verstehen, was ich meine. Wie ihre eigene Frau, bloß einfacher.«

»O ja, ich verstehe. Dann hat sie eigentlich so gut wie überhaupt nichts mit Mrs Lambourn gemeinsam.«

»Wie is' die denn?«, fragte Gladys neugierig.

Hester erinnerte sich an Monks Beschreibung und an die Wirkung, die Dinah bei ihm hinterlassen hatte. »Attraktiv, aber keine aufregende Schönheit. Groß, dunkel und faszinierende Augen.«

Gladys schüttelte den Kopf. »Hm, Zenia war das glatte Gegenteil. Sie war ein richtiges Mauerblümchen, mausgrau und sehr still. Eigentlich war sie richtig langweilig, aber auch nett, wenn Sie verstehen, was ich meine? Hat nie über andere hergezogen. Is' nie böse geworden und hat nie Lügen über einen verbreitet. Und gestohlen hat sie auch nie.«

»Woher wissen Sie das alles über sie?«, fragte Hester verblüfft.

Über so viel Dummheit konnte Gladys nur die Augen verdrehen. »Hab eben von ihr gehört, weil sie das gekriegt hat, was wir alle wollen, was sonst? Ein einziger Gentleman, und nett dazu, der bloß ein Mal im Monat zu ihr musste, sie behandelt hat, als ob sie 'ne Dame wär, und ihr alles bezahlt hat. Wenn mir so was passieren würde, dann wär das für mich, wie wenn ich gestorben und in den Himmel gekommen wär. Wie hat sie das bloß angestellt? Das würd ich für mein Leben gern wissen. Es is' ja nich' so, als ob sie es verstanden hätte, 'nen Mann zum Lachen zu bringen oder ihm das Gefühl zu geben, er wär der Interessanteste oder Schönste, der ihr je übern Weg gelaufen is'.«

»Glauben Sie, dass Dr. Lambourn sie liebte?«, wollte Hester wissen. »War sie besonders sanft?«

Gladys zuckte mit den Schultern. »Woher soll ich das wissen? Ich schätze, sie muss bereit gewesen sein, ein paar wirklich seltsame Dinge mit ihm zu machen. Sonst fällt mir nix ein. Dabei kam er mir so anständig vor, wie eine Frau sich 'nen Mann nur wünschen kann. Und er wirkte so normal. Das beweist nur wieder, dass man nie weiß, was hinter 'nem gewöhnlichen Gesicht wirklich steckt.«

Der Gedanke an gewisse Praktiken war Hester auch schon in den Sinn gekommen, so unappetitlich er auch war. Dabei kannte sie Dinah Lambourn überhaupt nicht. Warum bekümmerte es sie dann nur so sehr, dass diese Frau vielleicht einen Mann mit perversen Neigungen leidenschaftlich geliebt hatte? Vielleicht lag ihre Bestürzung darin, dass sie sich selbst ausmalte, wie sie sich fühlen würde, falls sie jemals einen solchen Hang bei Monk entdeckte. Für sie wäre das unerträglich. Damit wäre alles, was sie mit niemandem sonst teilte und was für sie unendlich kostbar war, für immer zerstört.

Aber würde sie dann die Frau umbringen, die ihm solche Dienste geleistet hatte, wie das jetzt Dinah zur Last gelegt wurde? Womöglich. Zwar nicht so wild, so brutal, aber würde sie sie trotzdem töten? Es befremdete, ja beunruhigte sie, dass auch sie einen Mord nicht von vornherein von der Hand weisen konnte.

Mit einem Schlag hatte die Angelegenheit ein anderes Gesicht bekommen, ein trauriges, hässliches und unvorstellbar schmerzhaftes.

»Glauben Sie, dass Zenia ihn liebte?«, fragte sie Gladys.

Gleich darauf befielen sie Zweifel. Diese Frau würde keinen Sinn darin erkennen! Gladys lebte, arbeitete und dachte, um zu überleben. Liebe war ein Luxus, den sie sich wahrscheinlich nie würde leisten können. Vielleicht hatte sie sich noch nicht einmal gestattet, davon zu träumen. In Hunderten verschiedenen Verkleidungen galt das wohl für Millionen von Frauen jeden Ranges von der Dienerin bis hin zur ehrbaren, ja sogar wohlhabenden Dame von höchstem gesellschaftlichen Status. Hierbei konnten auch Kinder eine wichtige Rolle spielen. Weder Hester noch Gladys würden je welche bekommen, aber Hester hatte die Liebe. Dessen war sie sich absolut sicher.

Dann wiederum glaubten viele Frauen, sie hätten die Liebe gefunden. Vielleicht auch Dinah Lambourn.

Sie blickte Gladys an. Diese saß ihr gegenüber, die Stirn in Falten gelegt, auf dem Gesicht einen Ausdruck tiefer Konzentration.

Hester wartete.

Zu guter Letzt sah Gladys auf. »Vielleicht. Is' ja nich' wirklich wichtig«, antwortete sie langsam. »Was ihr passiert is', war schrecklich. Mir is' egal, was sie getan hatte – *das* war einfach nich' richtig.«

Hester war sich nicht sicher, wie sie darauf reagieren sollte. »Hatte sie denn etwas so Schlimmes getan?«, bohrte sie nach. Zwar fürchtete sie, Gladys in die Enge und zurück ins Schweigen zu treiben, doch ihr wurde immer klarer, dass die andere Frau mehr wusste, als sie verriet.

»Das isses ja.« Gladys biss sich auf die Lippe. »Sie war irgendwie geheimniskrämerisch, manchmal ein bisschen etepetete, als ob sie was Besseres wär als unsereins, aber auf ihre eigene Art war sie nett. Sie tat so, als wär sie aus 'ner besseren Welt gekommen, aber dann hab ich mir gedacht, dass es vielleicht wirklich so war. Etwas, das sie mal gesagt hat, bringt mich darauf. Tillie Biggs hatte sich an dem Tag blöd gesoffen. Lag im Straßengraben, als gehörte sie dorthin. Da konnte sie wenigstens nich' mehr rausfallen. Und Zenia war die Einzige, die sich Zeit genommen hat, ihr zu helfen. Wir anderen haben bloß gesagt, dass die dumme Kuh doch selber schuld is', aber davon wollte Zenia nix wissen. ›Wir alle haben uns irgendwas selber zuzuschreiben‹, hat sie gesagt. Aber das heißt doch nich', dass wir keine Hilfe brauchen.«

»Was hat sie getan?« Hester spürte, wie sich ihr die Kehle zuschnürte und eine Emotion sich ankündigte, die sie nicht beherrschen konnte.

Mit einer kleinen, traurigen Geste meinte Gladys: »Sie hat sie hochgestemmt und in 'nen Durchgang geschleppt, wo 's trocken war und keiner über sie fallen konnte. Hat sie dort noch gegen 'ne Wand gelehnt und dann so zurückgelassen. Mehr konnte man nich' tun, und das wusste sie auch.« Sie verstummte, während sie mit sich rang, ob sie noch mehr sagen sollte.

Hester war unschlüssig. Sollte sie Gladys ermuntern oder besser warten? Sie setzte schon zum Sprechen an, überlegte es sich dann aber anders.

»Könnte mir vorstellen, dass sie selber schon in ein paar Straßengräben gefallen war«, fuhr Gladys leise fort. »Einmal hat sie mir erzählt, dass sie verheiratet gewesen war. Vielleicht hatte der Mann sie wegen dem Saufen verlassen. Oder sie war ihm weggelaufen. Ich weiß nich'.« Sie schüttelte den Kopf. »Aber eine von uns war sie nich'. Auch nich' aus der Gegend.«

»Woher kam sie eigentlich, wissen Sie das?«, fragte Hester sanft. Gladys' Antwort hatte eine schmerzhafte Dimension in das Gespräch gebracht, die sie gerne vermieden hätte. Zenia wurde damit viel zu real: eine Frau mit Träumen und spontaner Freundlichkeit, empfänglich für Schmerz.

Gladys zwang sie zurück in die Gegenwart. »Das hat sie

nie verraten. Komisch war sie ja. Sie liebte Blumen. Ich meine, sie wusste, wie man sie pflegt, welche Art von Erde sie mögen und all das, denn manchmal hat sie darüber geredet. In welchem Monat sie blühen und so was. Hier haben wir ja keine Blumen. Manchmal stand sie am Pier und schaute übers Wasser. Man konnte fast meinen, sie wär auf der anderen Seite vom Fluss drüben im Süden aufgewachsen.« Sie zuckte mit den Schultern. »Vielleicht wollte sie einfach nur für sich sein. Ein bisschen nachdenken. Davon träumen, in ein Boot zu steigen und irgendwohin zu fahren. Na ja, manchmal geht's mir so.«

Wieder wartete Hester, um den Moment nicht zu zerstören.

Mit einem verlegenen Lächeln blickte Gladys zu ihr auf. »Blöd, oder?«

»Nein«, widersprach ihr Hester. »Wir alle müssen hin und wieder von etwas träumen. Wer kannte sie denn sonst noch? Was für ein Mensch war Dr. Lambourn? Hat sie je über ihn gesprochen?«

»Nein. Aber ich hab mir gedacht, dass sie ihn bei dem Geld für sich allein behalten wollte. Konnte nix davon erübrigen. Hätte ja auch nich' für mehr als eine gereicht.«

»Neidisch?«, fragte Hester hastig.

»Natürlich. Aber so was wie diesen Mord würden wir doch bei Gott niemand antun! Wofür, in drei Teufels Namen, halten Sie uns?« Gladys war empört, ja verletzt.

»Das habe ich auch gar nicht gedacht«, verteidigte sich Hester, der allmählich die Fragen auszugehen drohten. Nachdem sie Gladys gefunden und mit ihr gesprochen hatte, hielt sie es für denkbar, dass Dinah vorübergehend den Verstand verloren und tatsächlich Zenia Gadney zerfetzt hatte. Konnte sich eine ansonsten normale Frau, die betrogen worden war, so sehr in ihre Gefühle hineinsteigern, dass sie die dunkelste, die blutigste Seite ihrer Natur auslebte? Waren ihre Wunden – Scheitern, Abscheu vor sich selbst, Hass – derart tief, dass sie sie in den Wahn getrieben hatten?

Unvorstellbar erschien ihr das nicht mehr.

Sie wechselte das Thema. »Der Ladeninhaber hat gesagt, Mrs Lambourn hätte in Limehouse Opium gesucht. Das tat Dr. Lambourn doch auch, nicht wahr? Ich meine, er stellte Fragen darüber.«

»Das hab ich gehört. Mich hat er nie gefragt. Aber was hätte ich denn schon wissen können?«

»Sind Sie ihm begegnet?«

»Ja, zweimal. Ich hab Ihnen doch gesagt, dass er die Leute nach allem Möglichen befragt hat.«

»Über Opium?«

»Ja. Und dann suchte er Agony.«

»Was?« Hester starrte sie perplex an.

»Agony. Ich glaube zwar, dass sie in Wirklichkeit Agatha Nisbet oder so ähnlich heißt, aber jeder hier nennt sie Agony. Wenn jemand wirkliche Schmerzen hat und es nich' mehr aushält, kommt sie und hilft.«

»Mit Opium?«, fragte Hester hastig.

»Natürlich. Oder kennen Sie was Besseres, wenn die Schmerzen so schlimm sind?«

»Nein«, gab Hester zu. »Hat er sie gefunden?«

»Weiß nich'. Wahrscheinlich schon, denn später hat er nich' mehr nach ihr gefragt.«

»Können Sie ihn mir beschreiben?« Hester fragte eher aus Neugier und nicht so sehr, weil sie sich noch etwas Hilfreiches versprach. Auch war ihr nicht mehr klar, was sie sich von ihrer Aktion versprach. Sie war mit der Vorstellung aufgebrochen, eine Erklärung für den Mord an Zenia Gadney zu erhalten, die nicht auf Dinahs Schuld hinauslief. Doch jetzt waren ihre Gefühle vollkommen durcheinandergewirbelt worden, und sie konnte sich auf einmal sehr wohl vorstellen, dass Trauer zu Raserei führen konnte. Ihre Zuversicht, dass sie zu einem anderen Ergebnis gelangen würde, hatte sich in das Gegenteil verkehrt.

Konnte sie mit einer solchen Erkenntnis zu Monk und Rathbone zurückkehren? Würde das die Kapitulation bedeuten oder einfach nur Realismus?

Gladys antwortete ihr einmal mehr mit dem für sie offenbar typischen Schulterzucken. »Er war überhaupt nich' so, wie ich ihn mir vorgestellt hatte.« In ihrem Gesicht spiegelte sich immer noch Überraschung. »Er war höflich, ein richtig feiner Herr. Und er hat mich behandelt, als ob ich was Besonderes wär. Na ja, wirklich hineinschauen kann man wohl nie in die Menschen, was meinen Sie?«

Hester blieb noch ein bisschen länger, doch mehr erfuhr sie nicht von Gladys, außer Auskunft über die Gegenden, wo sie vielleicht die Suche nach »Agony« beginnen konnte. Sie bedankte sich, vergaß geflissentlich die Flasche Cordial und ging.

Inzwischen war es später Nachmittag, und es regnete.

In der Copenhagen Place erkundigte sie sich noch bei einer Reihe von Leuten. Unter anderem sprach sie mit dem Ladeninhaber, bei dem auch schon Monk gewesen war, und hörte sich seine Erzählung über Dinahs Besuch und ihre Raserei an.

Danach trat sie hinaus auf die kalte, zugige Straße. Während von den Dächern das Regenwasser auf sie herabtropfte und die Passanten sie auf dem nassen Fußweg anrempelten, versuchte sie, sich vorzustellen, wie Dinah sich gefühlt haben mochte. Für sie musste eine Welt zusammengebrochen sein. Alles, was sie geliebt und was ihr Glück ausgemacht hatte, war für immer zerstört.

Verblüffend war nur, dass Dinah offenbar schon seit Jahren darüber Bescheid gewusst hatte, dass ihr Mann diese Frau besucht und bezahlt hatte. Was war geschehen, dass

Dinah sich von der nachgiebigen Gattin, die das geduldet, wenn nicht sogar akzeptiert hatte, in eine Bestie bar jeder Menschlichkeit verwandelt hatte?

Hätte Hester Monk beim Ehebruch ertappt, dann hätte das ihre Liebe zu ihm verändert. Aber hätte es ihre Werte, den Glauben an Barmherzigkeit, an Ehre, zerstört?

Sie wäre vielleicht bis zur Unerträglichkeit verletzt gewesen. Sie hätte bis zur Erschöpfung geweint und weder schlafen noch essen können. Und wenn die Verzweiflung allumfassend gewesen wäre, hätte sie sich vielleicht selbst das Leben genommen, aber doch nicht einem anderen Menschen!

Oder?

War es denkbar, dass am Ende Dinah Joel Lambourn ermordet hatte? Hatten Monk oder Rathbone auch das erwogen und sich dabei aus dem Strudel von Emotionen befreit, den Dinahs Schmerz in ihnen ausgelöst hatte?

Aber Lambourns Tod hatte doch wie Selbstmord ausgesehen. Nach der Einnahme von Opium, um die Schmerzen zu betäuben, war er sogar sanft gewesen. Hier war kein Hass im Spiel, nicht einmal Zorn. Doch sein Tod würde Dinah alles rauben: ihren Rang in der Gesellschaft, ihr Prestige und vor allem das Einkommen, an das sie sich gewöhnt hatte. Und was war mit Adah und Marianne? Hatte sie eigentlich an sie gedacht? Konnte eine Frau jemals ihre Kinder vergessen?

Was hinterließ Lambourn? Genügend, dass sie davon leben, die Mädchen erziehen und erfolgreich verheiraten konnte?

Wäre Dinah überhaupt physisch in der Lage gewesen, eine solche Tat allein zu begehen? Hatte sie ihren Mann mitten in der Nacht auf den One Tree Hill gelockt? Ihn dazu überredet, das Opium einzunehmen und dann ruhig sitzen zu bleiben, während sie ihm die Pulsadern aufschnitt? Hatte sie in aller Ruhe die Flasche und das Messer an sich genommen, und war sie dann zurück nach Hause zu ihren Kindern spaziert? Warum sollte sie überhaupt die Flasche und das Messer fortschaffen? Das ergab doch keinen Sinn! Wenn er sich wirklich umgebracht hatte, hätte beides dort bleiben können. Die Tatsache, dass es aus seinem Haus stammte, verriet doch nichts Besonderes. Wozu es dann verstecken? Was sonst hätte Lambourn verwenden sollen?

Und wenn Dinah fähig war, so kaltblütig zu planen, warum dann diese Raserei bei der Verstümmelung von Zenia Gadney? Was könnte sie dazu provoziert haben, nachdem sie jahrelang über diese Regelung Bescheid gewusst hatte? Warum plötzlich zwei Morde innerhalb von zwei Monaten?

Irgendetwas stimmte nicht. Es musste eine andere Antwort geben.

Den Rest des Tages verbrachte Hester damit, mit Bewohnern des Viertels zu sprechen und noch etwas mehr über Zenia Gadney zu erfahren, doch nichts davon konnte das Bild, das Gladys ihr vermittelt hatte, wesentlich verändern: eine stille, melancholische Frau, die sich ihre Jugend mit Alkohol kaputt gemacht, dann aber offenbar ihre inneren Dämonen bezwungen hatte. Die letzten fünfzehn Jahre ihres Lebens hatte sie in der Copenhagen Place verbracht. Bisweilen hatte sie für andere Leute Kleider ausgebessert, aber wohl eher um der Freundschaft, nicht des Geldes willen. Auf diese Weise konnte man Kontakte pflegen und gelegentlich ins Gespräch kommen. Anscheinend hatte sie von Dr. Lambourn ausreichend Unterstützung erhalten, sodass sie bei genügender Sparsamkeit auf keine andere Einkommensquelle angewiesen war.

Mehrere Leute erzählten, dass sie bei fast jedem Wetter auf die Straße hinausgegangen war. Meistens war sie die Narrow Street am Flussufer entlanggelaufen. Bisweilen blieb sie einfach stehen und schaute nach Süden, das Gesicht dem

Wind zugewandt, um die über den Fluss gleitenden Lastkähne zu beobachten. Wenn man sie angesprochen hatte, hatte sie immer eine freundliche Antwort gegeben, aber von sich aus hatte sie selten das Gespräch gesucht.

Niemand sprach schlecht von ihr.

Hester ging weiter in die Narrow Street, postierte sich so, wie Zenia das so oft vor dem im Licht glitzernden grauen Wasser getan hatte, und ließ sich den Wind ins Gesicht wehen. Eindringlich konnte sie so Zenias Einsamkeit nachempfinden und spürte vielleicht auch etwas von dem Bedauern, das über sie hereingebrochen sein musste. Was hatte ihre Trunksucht ausgelöst? Eine Familientragödie? Der Tod eines Kindes vielleicht? Eine unglückliche Ehe? Sie würden es wohl nie mehr erfahren.

In Zenias Leben hatte es anscheinend nichts gegeben, was zu ihrem schrecklichen Tod geführt haben konnte, außer vielleicht ihre Verbindung mit Joel Lambourn. Ansonsten war sie wahnsinniger Raserei zum Opfer gefallen, weil sie zufällig gerade greifbar gewesen war.

Hester war voller Mitleid mit Dinah aufgebrochen, einer Frau, der nicht nur der geliebte Mann geraubt worden war, sondern auch in einem gewissen Sinne alles, worin sie das Glück in ihrem Leben gesehen haben mochte. Selbst ihre schönsten Erinnerungen waren jetzt für immer befleckt. Und bald würde sie in diesem schrecklichen Ritual des Hängens das eigene Leben verlieren.

Doch jetzt, da Hester vor dem Fluss stand und beobachtete, wie sein graues Wasser an ihr vorbeiwirbelte, galt ihre Anteilnahme nur noch Zenia Gadney. Das Leben hatte für diese Frau so wenig Tröstliches bereitgehalten und ihr in ihren letzten eineinhalb Jahrzehnten so gut wie keine Wärme vergönnt, wie man sie erfährt, wenn man mit anderen lachen oder teilen kann, wenn man sich gegenseitig berührt. Stattdessen war Joel Lambourn einmal im Monat zu ihr gekommen und hatte sie entlohnt. Was konnte er gewollt haben, das so abwegig, so obszön war, dass seine Frau es ihm nicht hatte geben können und er es sich gegen Bezahlung bei einer traurigen Prostituierten geholt hatte?

Sie war froh, dass sie es nicht wissen musste.

Die Bugwelle eines Bootes klatschte laut auf die jetzt bei Ebbe freigelegten Kieselsteine am Ufer. In der Strömung in der Mitte des Flusses zog ein Verband von hoch mit Kohle, Holz und Stoffballen beladenen Lastkähnen vorüber. Die Männer an Bord hielten geschickt das Gleichgewicht, während sie die Boote ebenso kraftvoll wie elegant mit ihren langen Stangen steuerten. Der heftiger werdende Wind trug die Gerüche von Salz und Regen heran. Die Schreie der Möwen dehnten sich zu einem langen, klagenden Kreischen.

Hester hatte das Gefühl, das Thema Zenia Gadney ausgeschöpft zu haben.

Hatte der Versuch, Erkenntnisse über Dr. Lambourns Jagd nach Informationen über Opium zu gewinnen, überhaupt noch einen Sinn? Wahrscheinlich nicht. Das Licht verblasste, und die Luft wurde mit dem einsetzenden Gezeitenwechsel kälter. Es war Zeit, nach Hause zurückzukehren. Dort war es warm, und sie konnte nicht nur den über das Wasser wehenden Wind hinter sich lassen, sondern auch die Eindrücke von Tod, Wut und Verzweiflung – und von Gier, die letztlich alles, was wirklich wertvoll war, zerstört hatte.

Sie würde Scuff noch eine seiner Lieblingsspeisen zum Abendbrot bereiten, seinem Lachen über irgendetwas Banales lauschen und ihm schöne Träume wünschen, sobald er sauber geschrubbt war, nach Seife roch und reif fürs Bett war.

Später würde sie neben Monk liegen und Gott für alles danken, was in ihrer Welt gut war.

Agatha Nisbet, Agony, aufzuspüren, das kostete Hester den ganzen nächsten und die Hälfte des darauf folgenden Tages. Erst musste sie einen schmalen Weg vorbei am Greenland Dock, dann landeinwärts zum Norway Yard laufen. Später unternahm sie einen neuerlichen Anlauf in der Rotherhithe Street. Aber fündig wurde sie erst, als sie sich durch mehrere Dutzend Werften gefragt hatte, bis sie schließlich vor einer nicht mehr benutzten großen Lagerhalle stand. Und die beherbergte eine behelfsmäßige Klinik für verletzte Hafenarbeiter und Seeleute.

Tapfer trat sie ein, hoch aufgerichtet, als gehörte sie dorthin. Zwei Personen beäugten sie misstrauisch, erst eine junge Frau, die schwungvoll die Böden schrubbte, dann ein Mann mit Blutflecken auf den Kleidern, dem Anschein nach ein Krankenpfleger. Sie lächelte ihn freundlich an, woraufhin er sich entspannte und darauf verzichtete, sie zur Rede zu stellen.

Im Weitergehen kam sie an drei Frauen mittleren Alters vorbei. Sie wirkten müde und abgekämpft, und ihre Kleider waren zerknittert, als hätten sie die ganze Nacht darin durchgearbeitet. Das brachte eindringliche Erinnerungen an ihren eigenen Dienst in allen möglichen Krankenhäusern zurück: putzen, Bandagen aufwickeln, Betten frisch beziehen, Kranken und Verletzten beim Essen helfen und vor allem Befehle entgegennehmen. Die Müdigkeit kam ihr wieder in den Sinn, die Kameradschaft, der geteilte Kummer und die Siege.

Auf dem Boden lagen Strohmatratzen, allesamt besetzt von Männern mit blassen Gesichtern, schmutzig, an Armen, Beinen oder sogar am ganzen Körper verbunden. Die glücklicheren unter ihnen schienen zu schlafen. Wenn Agatha Nisbet ihnen Opium verabreicht und die Verletzungen verbunden hatte, sah Hester keinen Grund zur Kritik. Wer etwas daran auszusetzen hatte, sollte einmal selbst ein, zwei Wochen lang hier auf diesem Boden mit gebrochenen Knochen und zerschundenem Körper in langen, bitteren Nachtstunden bei Kälte und Dunkelheit liegen, ohne dass ihm jemand Linderung verschaffte, wenn sogar das Einatmen schier unerträgliche Schmerzen bereitete.

Hester hatte das Ende des riesigen Raumes erreicht und wollte gerade an eine der Türen dort klopfen, als diese aufflog und sie sich plötzlich einer mannsgroßen Frau mit den breiten Schultern eines Kanalarbeiters gegenübersah. Sie hatte grau durchwirktes, braunes Kraushaar. Ihr markantes Gesicht mochte vor dreißig Jahren, in ihrer Jugend, hübsch gewesen sein. Jetzt aber hatten die Zeit und ein schweres Leben sie verhärtet, während Sonne, Wind und Wetter ihre Haut hatten rau werden lassen. Glühende blaue Augen bohrten sich verächtlich in Hester.

»Was woll'n Sie hier, Verehrteste?«, fragte sie mit leiser, leicht quäkender Stimme, die etwas zu hoch war und überhaupt nicht zu dieser wuchtigen Erscheinung passte. Das Wort »Verehrteste« zischte sie voller Geringschätzung.

Hester verkniff sich eine schneidende Bemerkung, die ihr schon auf der Zunge lag. »Miss Nisbet?«, fragte sie höflich.

»Ja, und? Wer sind Sie?«, kam es zurück.

Hester ließ sich nicht einschüchtern. Mit lauter Stimme antwortete sie: »Hester Monk. Ich leite eine Klinik auf der anderen Seite des Flusses. Portpool Lane.«

»Na, so was.« Agatha Nisbets Augen musterten sie kühl von oben bis unten. »Was woll'n Sie dann von mir?«

Hester beschloss, den Stier bei den Hörnern zu packen. »Eine bessere Opiumquelle, als ich sie im Moment habe.«

Agatha kräuselte die Lippen. »Sie meinen, billiger?«

»Ich meine, verlässlicher. Billiger wäre gut, aber ich glaube, dass gute Ware einen guten Preis kostet.« Hester zuckte leicht mit den Schultern. »Es sei denn, man ist neu im Geschäft – dann bekommt man weniger. Händler, die die Kranken mit dem größten Vergnügen übers Ohr hauen würden, gibt es in rauen Mengen.« Sie blickte nun ihrerseits Agatha prüfend an. »Aber ich könnte mir vorstellen, dass sie bei Ihnen spätestens beim zweiten Mal auf Granit beißen.«

Agatha zeigte mit einem Lächeln zwei Reihen kräftiger und außergewöhnlich weißer Zähne. »Wenn sie nur ein bisschen Verstand haben, versuchen sie's auch nich' beim ersten Mal. So was spricht sich rum.«

»Was Sie haben, ist also garantiert verlässlich?«

»Und ob! Aber das wird Sie 'ne Stange Geld kosten.«

»War Lambourn bei Ihnen?«, fragte Hester hastig.

Agathas Blick wurde misstrauisch. »Der is' doch tot.«

Hester brachte ein einigermaßen argloses Lächeln zustande. »Eben. Und jetzt wird das Parlament womöglich kein Gesetz zur Regulierung des Opiumverkaufs mehr beschließen, wenigstens nicht in nächster Zeit.«

Agathas Augen verengten sich zu Schlitzen.

Plötzlich befiel Hester ein eiskaltes Gefühl von Angst. Hatte sie am Ende zu viel geredet und ihr eigenes Leben in Gefahr gebracht? Ihr Mund war wie ausgetrocknet, aber das durfte sie sich nicht anmerken lassen. »So gewinne ich ein bisschen Handlungsspielraum«, fuhr sie mit lauter Stimme fort, die ihr trotzdem schrecklich heiser vorkam.

Agatha stand regungslos da, eine Hand in die Hüfte gestemmt. Wie riesig ihre Faust mit den vorstehenden glänzenden Knöcheln war! Hester konnte den Gedanken daran nicht mehr verdrängen.

»Und was genau meinen Sie?«, fragte Agatha mit einer Stimme, so sanft, dass Hester geglaubt hätte, mit einem Kind zu sprechen, hätte sie nicht den Körper gesehen.

Hester konnte kaum noch schlucken, die Kehle schnürte sich ihr zu, und sie schnappte nach Luft, doch dann bekam sie sich wieder in den Griff. »Dass ich meinen Beruf nicht mehr ausüben kann, wenn ich keine Lieferungen mehr bekomme«, antwortete sie. »So etwas kommt den Herren in der Regierung nicht in den Sinn, oder? Reiche Männer können sich Opium kaufen, damit es ihnen schöne Träume verschafft, die kleinen Leute auf den Straßen und in den Docks, die mit Krankheiten geschlagen sind und Schmerzen leiden, müssen nehmen, was sie bekommen. Muss ich mich deutlicher ausdrücken?« Sie ließ bei der abschließenden Frage einen Beigeschmack von Abscheu durchklingen.

Agathas mächtiger Körper entspannte sich, und sie gestattete sich die Andeutung eines Lächelns. »Ich mach uns 'nen Tee.« Sie trat einen Schritt zurück, um Hester in ihr Zimmer zu lassen. »Ich hab den besten, den's gibt. Kommt eigens für mich aus China.«

Hester blinzelte. »Kommt denn nicht jeder Tee aus China?« Sie folgte Agatha in deren Zimmer, das erstaunlich aufgeräumt und blitzsauber war. Ein dezenter Geruch nach Rauch und heißem Metall zog von einem Holzofen in der Ecke herüber. Auf der Heizplatte stand ein dampfender Wasserkessel.

Hester schloss die Tür hinter sich und trat näher.

Agatha wandte sich zu ihr um. »Die meisten, nich' alle! Es gibt Leute, die sagen, dass sie in Indien auch guten Tee anbauen. Aber das hier is' der beste. So zart. Die haben ein großes Wissen, dic Chinesen.«

Obwohl sie wegen etwas ganz anderem gekommen war, wuchs Hesters Interesse. Sie setzte sich auf den Stuhl, den ihr Agatha anbot, und ließ sich eine Tasse mit blassgelbem Tee ohne Milch reichen. Er hatte einen ungewohnten, doch reinen Geschmack. Unwillkürlich blickte sie sich kurz um und bemerkte ein Regal, vollgestellt mit mindestens dreißig Büchern in verschiedenen Stadien des Verfalls. Man konnte sehen, dass sie gründlich gelesen worden waren. An der Wand gegenüber standen Glasgefäße aneinandergereiht, die alle Arten von getrockneten Blättern, Kräutern, Wurzeln und Pulvern enthielten.

Sie zwang sich, ihr Augenmerk wieder auf die gewaltige

Frau zu richten, die sich mittlerweile ihr gegenüber niedergelassen hatte und gespannt auf ihre Reaktion wartete.

Hester nippte erneut an dem Tee. Er hatte wirklich so gut wie nichts mit dem gemeinsam, was sie kannte, doch sie glaubte, den Geschmack mit der Zeit mögen zu lernen. »Danke«, sagte sie laut.

Schulterzuckend hob Agatha ihre eigene Tasse an die Lippen.

»Wie sind Sie auf diesen Tee gekommen?«, fragte Hester und nahm einen weiteren Schluck.

»In London gibt's viele Chinesen«, antwortete Agatha. »Wissen 'ne Menge über Medizin, die armen Teufel. Haben mir einiges beigebracht.« Sie blickte Hester scharf an. Das war eine Warnung: Ihre Geheimnisse waren gefährlich, und sie würde sie nicht umsonst mit ihr teilen.

Davor hatte Hester großen Respekt. Sie selbst hatte ihre Kenntnisse auf dem Schlachtfeld erworben. »Ich wünschte, wir hätten auf der Krim genügend Opium gehabt«, sagte sie leise. »Wäre hilfreich gewesen, vor allem, wenn wir amputieren mussten.«

Agatha beobachtete sie aus halb zusammengekniffenen Augen. »Das ham Sie oft gemacht, hm?«

Hester nickte versonnen. »Ziemlich oft.« Die Erinnerungen kehrten zurück, und wieder fühlte sie sich, als kauerte sie inmitten des Elends auf dem Schlachtfeld im Schlamm und versuchte, die Schreie aus ihrem Bewusstsein auszusperren, damit sie sich auf die stummen, aschfahlen Gesichter mit den vor Schock eingesunkenen Augen vor ihr konzentrieren und ihr Heilwissen wachrufen konnte.

Agatha nickte bedächtig. »Durchleben Sie's nich' noch mal«, mahnte sie. »Damit machen Sie sich bloß verrückt. Kriegen Sie jetzt auch noch Menschen mit grässlichen Schmerzen, aufgeschlitztem Bauch, zertrümmerten Knochen und so was rein?«

Das war die Gelegenheit, die Hester erhofft hatte. »Nicht oft. Aber manchmal. Nierensteine, die nicht von selbst abgehen, oder ein aufgerissener Unterleib nach einer schweren Geburt. Schreckliche Wunden nach Schlägen. Und deswegen brauche ich gutes Opium.«

Agatha zögerte, als träfe sie eine schwere Entscheidung.

Hester wartete. Die Sekunden verstrichen.

Agatha holte tief Luft. »Ich kann Ihnen das beste Opium besorgen.« Ihre Augen bohrten sich in die von Hester. »Guter Preis. Aber ich kann noch mehr. Es zu essen is' besser, als nix zu machen, aber nich' so gut, wie es zu rauchen. Aber es gibt was noch Besseres. Ein Schotte hat 'ne Nadel angefertigt, die man in die Vene sticht, genau dort, wo der Schmerz am schlimmsten is'. Das war vor fünfzehn Jahren, wenn nich' noch länger. Ich kann Ihnen so 'ne Nadel besorgen.«

Ein Schauer der Erregung fuhr durch Hester. »Ich habe davon gehört! Können Sie mir zeigen, wie man sie benutzt? Und wie viel man verabreicht?«

Agatha nickte. »Damit muss man sehr vorsichtig umgehen. Wenn man es falsch macht, kann man jemand umbringen. Und schlimmer noch, wenn man es mehr als ein paar Mal spritzt, passiert was mit den Leuten, und sie wollen es jeden Tag haben, weil sie ohne es nich' mehr auskommen.«

Hesters Herz pochte zum Zerspringen. »Wie kann man das verhindern?«, fragte sie mit heiserer Stimme.

»Das kann man nich'. Man gibt ihnen weniger und beim nächsten Mal noch weniger und dann überhaupt nix mehr. Sie kapieren's. Die meisten wenigstens. Aber manche eben nich'. Die hören ihr Leben lang nich' auf, es zu spritzen. Kommen irgendwie an das Zeug ran. Und brauchen immer mehr! Diejenigen, die es verkaufen, werden steinreich davon.« Ihr wutverzerrtes Gesicht ließ Hester zusammenzucken.

»Gibt es andere Wege, Schmerzen zu behandeln?«, fragte Hester leise, obwohl sie die Antwort bereits kannte.

Eine Pause trat ein – bis Agathas einsilbige Antwort die Stille durchbrach. »Nein.«

»Hat Dr. Lambourn Sie deswegen befragt? Wegen Nadeln?«

»Nich' am Anfang. Ihm ging's vor allem um den Tod von Kindern, denen sie Medikamente verabreicht hatten, ohne zu wissen, was drin war. Aber ob so oder so, für ihn is' nix Gutes dabei rausgekommen.«

»Sie haben mit ihm gesprochen?«, fragte Hester.

»Natürlich. Das hab ich Ihnen doch gesagt. Aber selbst wenn die Regierung seine Untersuchung angenommen hätte, hätte sich für Sie oder mich nix geändert. Die da oben wollten sowieso nix davon wissen. Was kümmert Sie das also noch?« Sie beobachtete Hesters Gesicht mit scharfen, klugen Augen.

»Aber er hat Sie über die Sucht nach dem Rauchen von Opium befragt?«, fragte Hester nach.

Agatha schnitt eine Grimasse. »Nich' viel, aber ich hab's ihm trotzdem gesagt. Er hat aufmerksam zugehört.«

»Glauben Sie, dass er sich umgebracht hat?«, fragte Hester unverblümt.

Agatha runzelte die Stirn. »Wie diese Art von Feigling is' er mir nich' vorgekommen, aber wahrscheinlich kann man so was nie genau wissen. Warum is' Ihnen das so wichtig?«

Hester fragte sich, wie viel von der Wahrheit sie ihr anvertrauen durfte. Ein letzter prüfender Blick, und sie beschloss, ganz auf Lügen zu verzichten. Das ohnehin schon heikle Thema Opium in der Medizin wurde durch den Missbrauch des Mittels zur Linderung seelischer Schmerzen oder zur Flucht aus allem Elend mit zusätzlichen Komplikationen befrachtet. Wo war die Trennlinie zwischen Versorgung in einer Notlage und Profitgier? Und spielte einer dieser Aspekte eine Rolle bei Joel Lambourns Tod oder dem von Zenia Gadney?

»Ich halte es für möglich, dass er ermordet wurde und die

Szene dann wie ein Selbstmord arrangiert wurde«, erklärte sie laut. »Einige Teile der offiziellen Version ergeben einfach keinen Sinn.«

»Ja? Aber, wie gesagt, was kümmert das Sie?« Agatha musterte Hester immer eindringlicher.

»Denn wenn er ermordet wurde, dann lässt sich hinter dem Mord an Zenia Gadney auf dem Limehouse Pier ein gewisser Sinn erkennen«, erklärte Hester.

Agatha erschauerte. »Seit wann haben die Verbrechen von Wahnsinnigen einen Sinn? Was is' los mit Ihnen?«

»Mrs Lambourn steht wegen der Ermordung Zenia Gadneys vor Gericht, weil der Doktor das Opfer jeden Monat besuchte und ihr Miete und Lebensunterhalt bezahlte«, platzte Hester heraus.

»Dummes Miststück!«, schimpfte Agatha. »Und was, zum Henker, hat ihr das geholfen?«

»Überhaupt nichts. Allein schon, weil ihr Mann da bereits zwei Monate tot war.«

»Warum hat sie's dann getan?«, fauchte Agatha mit zornig blitzenden Augen.

»Vielleicht hat sie es gar nicht getan. Sie behauptet außerdem, der Doktor hätte sich nicht selbst getötet.«

Agatha starrte sie an. Ihr Gesicht verriet, dass sie verstand. »Und Sie glauben, das hatte mit seiner Herumfragerei wegen dem Opium zu tun?«

»Sie nicht auch? Im Geschäft mit Opium steckt eine Menge Geld.«

»Und ob!«, stieß Agatha mit ätzender Wildheit hervor, als wäre mit dem Gedanken daran eine schlimme Erinnerung zurückgekehrt. »Vermögen werden damit gemacht oder der Ruf ruiniert. Niemand denkt jetzt noch gern an die Opiumkriege. Haufenweise Geheimnisse, die meisten davon blutig und mit Toten und mit Geld gespickt.« Sie beugte sich etwas weiter vor. »Seien Sie bloß vorsichtig! Sie würden sich wundern, welche hohen Familien damit reich geworden sind und heute kein Wort mehr darüber verlieren.«

»Wusste Dr. Lambourn darüber Bescheid?«

»Er hat nix gesagt, aber er hat sich von keinem was vormachen lassen – und ich genauso wenig. Legen Sie sich bloß nich' mit den Opiumverkäufern an, Mädchen, sonst treiben Sie bald mit dem Bauch nach oben den Fluss runter. Ich besorg Ihnen, was Sie brauchen, und das mach ich nich' wegen dem Profit. Diese Scheißkerle werden Sie noch zum Frühstück verspeisen, aber mich kriegen sie nich'.«

»Wusste Zenia von alldem?«, fragte Hester eilig.

Agathas Augen weiteten sich. »Woher, zum Henker, soll ich das wissen?«

»Mir ist nicht klar, wie Sie das machen, aber ich würde mein Geld darauf verwetten, dass Ihnen bei den Dingen, die Sie interessieren, keiner das Wasser reichen kann«, konterte Hester schlagfertig.

Agatha lachte leise, fast lautlos vor sich hin. »Stimmt, aber Wahnsinnige, die Frauen abschlachten, kümmern mich nich', außer sie sind hinter mir her. Und wenn sie das versuchen …« Sie hob ihre riesigen Hände und knackte mit den Knöcheln. »Außerdem hab ich ein großes Tranchiermesser, das ich zur Not auch benutzen kann. Aber lassen Sie die Finger von fremden Angelegenheiten, Mädchen! Ich besorg Ihnen Ihr Opium, das beste auf der Welt. Anständiger Preis.«

»Und die Nadel?«, fragte Hester zögernd.

Agatha blinzelte. »Und die Nadel. Aber Sie müssen vorsichtig damit umgehen!«

»Das werde ich.« Hester erhob sich, froh, dass ihr langer, schwerer Rock ihre leicht zitternden Knie verbarg. »Ich bin Ihnen zutiefst dankbar.«

Stöhnend verdrehte Agatha die Augen, aber dann ließ sie mit einem breiten Grinsen ihre großen weißen Zähne aufblitzen.

14

Oliver Rathbone frühstückte gerade, als das Dienstmädchen ihn mit der Meldung unterbrach, dass Mrs Monk gekommen war und ihn wegen einer dringenden Angelegenheit zu sprechen wünschte.

Sofort legte er Gabel und Messer beiseite und stand auf. »Bitten Sie sie herein.« Er deutete auf seine halb aufgegessene Mahlzeit, auf die er im Moment ohnehin keinen Appetit hatte. Wenn er aß, dann nur, weil er wusste, dass Nahrung nötig war. »Danke, ich brauche nichts mehr. Aber bringen Sie bitte frischen Toast und Tee für Mrs Monk.«

»Sehr wohl, Sir Oliver.« Damit nahm das Hausmädchen den Teller an sich und ging.

Gleich darauf trat Hester ein, die Wangen vom Wind gerötet.

»Verzeihen Sie«, entschuldigte sie sich, da sie auf den ersten Blick erkannt hatte, dass sie ihn störte. »Ich musste Sie unbedingt abfangen, bevor Sie zum Gericht aufbrechen.«

»Setzen Sie sich. Gleich kommt frischer Tee.« Rathbone deutete auf den Stuhl, auf dem Margaret immer gesessen hatte, und als sie Platz nahm, ließ auch er sich wieder nieder. »Sie müssen ja sehr früh von zu Hause weggegangen sein. Ist etwas passiert? Leider habe ich keine guten Nachrichten für Sie.«

»Schlechte Nachrichten?« Hesters Gesicht überschattete sich.

Rathbone hatte gelernt, sie nicht anzulügen, ja nicht einmal schonend vorzubereiten. »Allmählich neige ich zu der Auffassung, dass Mrs Lambourn recht haben könnte, zumindest insoweit, als womöglich tatsächlich ein Regierungsbeschluss vorliegt, dass Lambourns Untersuchung jede Glaubwürdigkeit von vornherein abgesprochen werden soll. Ich habe versucht, seinen Selbstmord in Zweifel zu ziehen, aber der Richter hat das jedes Mal im Ansatz unterbunden. Ich glaube, dass auch Coniston Anweisungen hat, jede Bemerkung abzuwehren, die in diese Richtung zielt.«

»Aber das werden Sie ihm doch nicht durchgehen lassen?« Das war zur Hälfte eine Frage. Hesters Stimme und Augen verrieten nach wie vor Zweifel.

»Noch sind wir nicht geschlagen«, verkündete Rathbone trotzig. »In einem gewissen Sinne legt die von mir vermutete Vereinbarung, Beweismittel zu unterdrücken, den Schluss nahe, dass es etwas zu verbergen gibt. Anders, als sie das behaupten, ist es jedenfalls nicht angebracht, irgendjemandes Gefühle zu schonen.«

Das Dienstmädchen kam mit frischem Tee und Toast herein, wofür Rathbone ihr ausdrücklich dankte. Ohne Hester zu fragen, schenkte er ihr ein. Lächelnd nahm sie die Tasse entgegen und bediente sich bei Toast und Butter.

»Oliver, ich habe mich bei Leuten umgehört, die ich kenne. Ich habe ein langes Gespräch mit einer Prostituierten nicht weit von der Copenhagen Place geführt. Sie kannte Zenia Gadney, womöglich sogar sehr gut.«

Rathbone hörte das Mitleid in ihrer Stimme und spürte, wie er sich innerlich anspannte, um die Emotionen abzuwehren, die Hester sonst sicher auch in ihm wecken würde. Er wünschte sich, er wäre fester von Dinah Lambourns Unschuld überzeugt. Doch selbst wenn Joel Lambourn ermordet worden war und sich nicht selbst das Leben genommen hatte, bewies das noch nicht, dass Dinah Zenia nicht aus Rache für den jahrelangen Betrug umgebracht hatte.

Aber hatte Zenia sie wirklich betrogen? Anscheinend hatte sie ja ziemlich offen von diesem Geschäft gelebt. Wenn jemand Dinah betrogen hatte, dann allein Joel. Doch der war zum Zeitpunkt des Mordes schon tot und für sie nicht mehr greifbar gewesen. Falls überhaupt etwas Rathbones Glauben an Dinahs Schuld ins Wanken brachte, dann die idiotische Wahl des Zeitpunkts für Zenias Tod und die Tatsache, dass sowohl Pendock als auch Coniston es mit aller Entschiedenheit darauf anzulegen schienen, Rathbone daran zu hindern, Zweifel an Joels Selbstmord zu wecken.

Hester blickte ihn fragend an. Sie spürte, dass er in Gedanken nicht bei ihr war. »Oliver?«

Er konzentrierte sich wieder. »Ja? Verzeihung. Was haben Sie in Erfahrung gebracht, dass Sie es mir mitteilen müssen, bevor ich wieder zum Gericht gehe?«

Sie strich Marmelade auf ihre Toastscheibe. »Dass Zenia eine sehr ruhige Frau war, zurückgezogen lebte, gelegentlich Näharbeiten ausführte, die einiges Geschick erforderten, aber das nicht so sehr um des Geldes willen, sondern aus Freundschaft tat. Sie ging oft spazieren, gerne den Fluss entlang. Dann stand sie am Ufer, den Blick nach Süden gerichtet, und betrachtete das Wasser und den Himmel.«

Rathbones Neugier war geweckt. »Sie meinen, sie schaute in Richtung Greenwich?«

»Jedenfalls zum südlichen Ufer. Sie hatte eine Vergangenheit, über die sie sehr selten sprach. Einmal deutete sie Gladys gegenüber etwas an. Das ist das Mädchen, das ich vorhin erwähnt habe.«

Rathbone überlief ein Schauer. »Was für eine Vergangenheit? Eine, die ein anderes Motiv für diesen brutalen Mord liefern könnte?«

Hester schüttelte den Kopf. »Nicht, soweit ich das beurteilen kann. Sie sagte, Zenia sei einmal verheiratet gewesen, hätte aber offenbar so schwer getrunken, dass sie sich damit ihr Leben ruinierte und entweder ihren Mann verließ oder von ihm verlassen wurde.«

»Wer war der Mann?«, fragte Rathbone schnell, einen Hoffnungsschimmer vor Augen, an den zu glauben er kaum noch wagte. »Wo können wir ihn finden? Könnte er ihr nach Limehouse gefolgt sein und sie ermordet haben? Wollte er vielleicht wieder heiraten, und sie stand ihm im Weg?« Seine Gedanken überschlugen sich. Endlich gab es Alternativen, die nichts mit Dinah Lambourn zu tun hatten.

Hester holte ihn schnell in die Realität zurück. »Das war nur eine Bemerkung, die Zenia einmal machte, als eine Frau im Vollrausch in den Straßengraben gefallen war; den Rest hat sich Gladys zusammengereimt. Sie wusste nicht einmal, ob es wirklich stimmte, und niemand hat außer Joel Lambourn je einen anderen Mann in der Copenhagen Place gesehen, der sie besuchen wollte oder sich nach ihr erkundigte. Der angebliche Ehemann könnte mittlerweile tot sein, wenn er denn jemals existiert hat.«

Ihre Stimme wurde leise, und ihr Gesicht nahm einen traurigen Ausdruck an. »Vielleicht hat sie ihn nur erfunden, um damit einen Eindruck von Ehrbarkeit zu erwecken oder interessanter zu wirken. Oder es war Wunschdenken.«

Auch Rathbone spürte in sich Trauer, die ihm schier die Kehle zuschnürte, eine Ahnung von Zärtlichkeit und von Träumen, die er lieber nicht verstanden hätte. »Warum sind Sie dann mit diesem dringlichen Gebaren zu mir gekommen?«, fragte er enttäuscht.

»Es tut mir leid. Mein Verhalten war missverständlich.« Hester machte mit ihrer zierlichen Hand eine wegwerfende Bewegung. »Der eigentliche Grund meines Kommens ist, dass ich auf eine Frau namens Agatha Nisbet gestoßen bin, die so etwas wie eine behelfsmäßige Klinik am südlichen Flussufer in der Nähe des Greenland Dock führt. Dort werden vor allem verletzte Hafenarbeiter und Leichterschiffer behandelt. Sie bezieht Opium von einer ziemlich zuverlässigen Quelle …«

»Opium?« Jetzt war Rathbone hellwach.

»Ja«, bestätigte Hester mit einem bitteren Lächeln. »Ich habe einen Handel mit ihr abgeschlossen und Opium bester Qualität für unsere Klinik bestellt. Sie hat mehrmals mit Joel Lambourn gesprochen. Seine Untersuchung über Opium hatte ihn zu ihr geführt. Es ging ihm nicht darum, den Handel zu unterbinden, sondern nur um die Einführung von Beschriftungen mit genauen Mengenbezeichnungen, damit die Leute wissen, was sie einnehmen. Agatha Nisbet meinte, es seien die vielen Todesfälle unter den Kindern gewesen, die ihn besonders empört hätten.«

Rathbone nickte. Das wusste er bereits.

»Aber sie hat mich gewarnt.« Hesters Gesicht verzerrte sich vor Wut, Empörung und Mitleid. »Einige von diesen Händlern kennen keine Skrupel. Ohne mit der Wimper zu zucken, machen sie Menschen danach süchtig, Hauptsache, sie können einen dauerhaften Markt schaffen, der ihnen Gewinne sichert. Viele unserer mächtigen Familien verdanken dem Opium ihr Vermögen und wären ganz und gar nicht von einer Parlamentsdebatte über dieses Gutachten erbaut gewesen. Dann wären nämlich ihre Machenschaften an den Pranger gestellt und dazu alle möglichen Gespenster ausgegraben worden.«

»Gespenster kann man nicht ausgraben«, brummte Rathbone überflüssigerweise. »Glauben Sie, dass diese Frau in Bezug auf Lambourns Untersuchung recht hat?«

»Unbedingt!«, rief Hester, ohne zu zögern. »Was sie sagt, ist plausibel. Zumindest klingt es so. Wir wissen nicht, welche Familien ihr Vermögen dem Opium verdanken und was sie verlieren würden, wenn alles ans Licht käme und der Verkauf gesetzlich geregelt würde. Einige Gesellschaften würden verschwinden, ganz einfach, weil sie nicht mehr dieselben Gewinne einstreichen würden, wenn sie die Zusammensetzung der Mittel messen und angeben müssten.«

Rathbone überlegte. Hesters Erkenntnisse eröffneten ihm

völlig neue Möglichkeiten, aber noch gab es keine Beweise. Die großen Vermögen waren schon immer auf erschreckende Weise entstanden: durch Freibeuterei – was nur ein anderer Ausdruck für Piraterie war –, Sklaverei bis zu deren Verbot vor knapp fünfzig Jahren und schließlich durch Opiumhandel. Nur wenige große Häuser waren frei von Makeln. Da im und außerhalb des Gerichtssaals große Angst vor Enthüllungen herrschte, hielt er es für unwahrscheinlich, dass »begründete Zweifel« Dinah Lambourn würden retten können.

Hester riss ihn aus seinen Gedanken. »Wissen Sie irgendetwas über die Opiumkriege?«

»Nicht viel«, gestand er. »Das geschah ja alles in China. Eine Art Handelskrieg, soviel ich weiß. Unser Anteil daran ist von hohen Stellen gerechtfertigt worden, aber es muss eine schmutzige Angelegenheit gewesen sein. Ich glaube, wir haben Opium in China eingeführt, und jetzt sind dort Hunderttausende danach süchtig. Kein Grund, stolz zu sein.«

»Vielleicht sollten wir uns das näher anschauen«, regte Hester leise an. »Es könnte noch wichtig werden.«

»Glauben Sie dieser Frau? Ich meine nicht ihre Aufrichtigkeit, sondern ihr Wissen über die Hintergründe.«

»Doch … ja. Was sie gesagt hat, deckt sich in vielem mit meinen Erfahrungen auf der Krim.«

»Gibt es denn Kriege, die nicht hässlich sind?« Voller Bitterkeit hielt sich Rathbone vor Augen, was er über den Krimkrieg wusste und gehört hatte, seine Gewalt, die Verluste und seine Vergeblichkeit. »Dieser Bürgerkrieg in Amerika – Gott allein weiß, wie viele Leben er gekostet hat. Ist auch ein ziemlich guter Markt für Opium. Das muss ein entsetzliches Gemetzel gewesen sein. Und darin sind die Verwundeten noch gar nicht eingerechnet! Vermutlich weiß man bis heute nicht, wie hoch die Zahl ist. Und es sind nicht nur die Opfer! Hinzu kommen noch die Verwüstungen und der Hass, der zurückbleiben wird.«

»Ich glaube, dass Hass auch zur Hinterlassenschaft der Opiumkriege gehört«, murmelte Hester. »Und Geld und Schuld. Dazu haufenweise Geheimnisse, die man lieber begraben hat.«

»Geheimnisse bleiben nicht auf Dauer unter der Erde«, sagte Rathbone leise. Es drängte ihn, Hester seine eigene Verschlusssache anzuvertrauen, die immer noch bei ihm zu Hause herumlag, statt in einem Banktresor zu ruhen, aus dem nur er sie herausholen konnte. In seinem Bewusstsein würde sie freilich nie Ruhe geben.

Hester starrte ihn aufgeschreckt an. Sie kannte ihn zu gut, als dass er sie mit billigen Ausreden abspeisen konnte. »Oliver? Wissen Sie etwas über Dinah, wovon wir keine Ahnung haben? Etwas Schlimmes?«

»Nein!«, rief er, vor Erleichterung aufatmend. »Es … es war etwas ganz anderes.«

»*Es*?«, fragte sie misstrauisch. »Worüber sprechen wir jetzt?«

»Es war … es …« Er atmete tief durch. Sein Wissen belastete ihn in einem Maße, dass er es allein kaum noch ertrug. »Wissen Sie, was nach Arthur Ballingers Tod aus seinen Fotografien geworden ist?«

Hester erblasste, und ein Ausdruck des Schmerzes trat in ihre Augen. »Nein, warum? Befürchten Sie, dass sie in die falschen Hände gefallen sein könnten?« Sie griff über den Tisch und berührte sanft seine Hand. »Es hat keinen Sinn, sich Sorgen zu machen. Bestimmt sind sie irgendwo sicher verwahrt, wo niemand sie finden wird. Aber selbst wenn nicht, haben wir es nicht in der Hand, dies zu ändern.« Ihre Hand lag warm auf der seinen. »Wenn jemand sie hat, kann er ja nur Schuldige damit erpressen. Haben Sie denn wirklich Mitleid mit Männern, die Kindern derart schlimme Dinge angetan haben? Ich weiß, dass sie zumindest am Anfang vor allem dumm waren, aber das kann sie doch nicht schützen.«

»Es geht nicht um Geld, Hester, sondern um Macht.«

»Macht?« Hesters Gesicht verriet nun deutlich Angst und vielleicht erste Ansätze eines keimenden Begreifens.

»Macht, sie zu zwingen, Dinge zu tun, die er von ihnen will.«

»Glauben Sie, dass in diesen Unterlagen noch andere Leute vorkommen … Richter, Politiker oder …?« Sie sah es seinem Gesicht bereits an. »Sie wissen es. Hat Ballinger ihre Namen veröffentlicht?«

»Nein. Noch viel schlimmer, Hester! Er hat sie mir hinterlassen!« Er starrte sie eindringlich an, wartete auf das Entsetzen, wenn nicht den Abscheu in ihren Augen.

Sie saß regungslos da. Langsam sickerte ihr die volle Bedeutung seiner Worte ins Bewusstsein. Sie studierte ihn. Vielleicht erkannte sie wenigstens teilweise die Bürde, die auf ihm lastete, und die bittere Ironie seiner Situation. Die Aufzeichnungen waren Ballingers Erbe und Rache in einem. Er mochte sich nicht bewusst gewesen sein, was er Rathbone damit antun würde, musste sich aber an der Vorstellung des grässlichen Nachgeschmacks, den sie bargen, ergötzt haben.

»Es tut mir leid«, murmelte Hester schließlich. »Wenn Sie sie vernichtet hätten, hätten Sie anders gesprochen, nicht wahr?« Das war keine Frage, sondern ihre Art, ihm zu verstehen zu geben, dass sie verstanden hatte.

»Ja«, gab er zu, »aber ich werde sie verstecken. Und dafür sorgen, dass sie im Falle meines Todes zerstört werden. Das wollte ich auch tun, aber als ich sah, wer alles darin steht, brachte ich es nicht über mich. Vielleicht mache ich das doch noch. Sie verleihen dem, der sie besitzt, solche … Macht. Am Anfang benutzte Ballinger sie nur für gute Zwecke, verstehen Sie? Er hat es mir selbst gesagt. Damit zwang er bestimmte Leute, gegen Ungerechtigkeit oder Missbrauch vorzugehen, wenn sie anders nicht dazu zu bewegen waren.« War er im Begriff, Ausreden für Ballinger zu finden? Oder für sich selbst, weil er die Bilder nicht vernichtet hatte? Er blickte Hester ins Gesicht und erkannte ihre Verwirrung. Er wartete darauf, dass sie ihn fragte, ob er sie benutzen würde, doch das tat sie nicht.

»Glauben Sie, dass Dinah unschuldig ist?«, wollte sie stattdessen wissen.

»Ich weiß es nicht«, antwortete er wahrheitsgemäß. »Erst hielt ich das für möglich, aber nach Prozessbeginn befielen mich ernsthafte Zweifel. Jetzt bin ich in dieser Frage hin- und hergerissen, aber an Lambourns Selbstmord glaube ich immer weniger. Und wenn er tatsächlich umgebracht worden ist, dann weckt das viele Zweifel und wirft neue Fragen auf.«

Über die Vorhalle näherten sich Schritte. Gleich darauf trat Ardmore ein und erinnerte Rathbone äußerst höflich daran, dass es Zeit war aufzubrechen.

Lächelnd stand Hester auf und wandte sich zum Gehen. Erklärungen waren nicht vonnöten, nur ein leises »Auf Wiedersehen«.

Das Gespräch mit Hester beschäftigte Rathbone noch, als er eineinhalb Stunden später Sorley Coniston vor dem Gerichtssaal begegnete und sie kurze Grüße austauschten.

»Morgen«, sagte Coniston mit der Andeutung eines Lächelns. »Harte Nuss für Sie, Rathbone. Was hat Sie nur darauf gebracht, diese Sache anzunehmen? Hab mich schon früher öfter gefragt, ob Sie manche Fälle bloß deshalb annehmen, weil sie berüchtigt sind, hab mir dann aber gesagt, dass Sie sich irgendwas dabei gedacht haben. Sie haben sich wohl nicht verändert, was?«

»Nicht allzu sehr«, antwortete Rathbone trocken. Er kannte Coniston nicht besonders gut, glaubte aber, dass er ihn mögen würde, wenn sie mehr miteinander zu tun hätten. Er war unberechenbar und vertrat seine Meinungen bisweilen verblüffend aufrichtig. »Diesmal weiß ich selbst noch nicht, was ich mir dabei denke.«

»Um Himmels willen, Mann!«, rief Coniston kopfschüttelnd. »Bei der Sache hier ist die einzige Frage, wie weit Sie die verdammte Opiumfrage ins Spiel bringen können. Lambourns Privatleben mag aus den Fugen geraten sein, aber er war ein anständiger Mann und immer aufrichtig. Zerren Sie nicht seine privaten Fehler an die Öffentlichkeit. Das haben seine Kinder nicht verdient, selbst wenn Sie glauben, dass es ihm recht geschieht.«

Rathbone erwiderte sein Lächeln. »Kalte Füße?«, fragte er verschmitzt.

»Werde sie ins Feuer halten«, erwiderte Coniston. »*Ihre*, meine ich.«

»Wirklich?« Rathbone zuckte die Schultern mit einer Zuversicht, die er nicht empfand, und sie traten in den Gerichtssaal.

Zwanzig Minuten später erhob sich Coniston, um die erste Zeugin zu befragen, Dinah Lambourns Schwägerin, Amity Herne.

Rathbone verfolgte, wie sie über die freie Fläche zum Zeugenstand ging. Mit einer Hand anmutig den Rock fassend, damit sie nicht über den Saum stolperte, erklomm sie die Stufen nach oben und stellte sich dem Saal gegenüber hin.

Gerne hätte Rathbone zu Dinah hinübergeschaut, um ihre Miene zu sehen, doch er wollte nicht die Aufmerksamkeit der Geschworenen auf sie lenken, solange sie Amity Herne so aufmerksam beobachteten. Er konnte nicht ermessen, welchen Schmerz es ihr bereiten musste zu erleben, dass ihre nächsten Angehörigen gegen sie aussagten. Gaben sie ihr die Schuld an Lambourns Tod? An dem Unglück, das zu seinem Selbstmord geführt hatte? Er würde es wohl bald erfahren. Plötzlich merkte er, dass er die Hände, die er, unsichtbar für die Zuschauer, unter dem Pult in den Schoß gelegt hatte, derart fest ineinander verkrampfte, dass ihn die Muskeln schmerzten.

Amity schwor bei ihrem Namen, dass sie die Wahrheit, die ganze Wahrheit und nichts als die Wahrheit sagen würde. Sie wies sich als die Schwester Joel Lambourns aus, des verstorbenen Mannes der Angeklagten.

»Mrs Herne, mein Beileid für den kürzlich erlittenen Verlust Ihres Bruders«, begann Coniston. »Und ich entschuldige mich dafür, dass ich die Pflicht habe, vor aller Öffentlichkeit ein Thema anzusprechen, das Ihnen angesichts der Tragödie, die Ihre Familie getroffen hat, zusätzliche Schmerzen bereiten muss.«

»Danke«, hauchte sie. Sie war eine attraktive Frau, wenn auch nicht schön, und für Rathbones Geschmack eine Spur zu wenig emotional. Aber vielleicht stellte angesichts der Umstände eine gewisse Steifheit die einzige ihr verbliebene Möglichkeit dar, noch irgendwie Fassung zu wahren, während ihr ansonsten jede Privatsphäre verwehrt wurde. Die Würde, mit der sie darauf wartete, dass Coniston die erste Wunde öffnete, erinnerte Rathbone an Margaret, die in seinem Bewusstsein immer noch allgegenwärtig war. Er hätte ihr mehr Bewunderung zeigen müssen. Verzerrte der Verlust seiner Illusionen seine Sicht auf alle anderen Menschen?

Coniston, der elegant und fast ehrerbietig vor seinem Pult stand, hatte mit Sicherheit erkannt, dass die Geschworenen es jedem verübeln würden, der ohne Not grob mit Amity Herne umsprang. Er würde sie von Anfang an mit Samthandschuhen anfassen und so ein Muster vorgeben, an das Rathbone sich wohl oder übel würde halten müssen.

»Mrs Herne«, begann er, »war Ihnen die Natur der Untersuchung, die Ihr Bruder, Dr. Lambourn, für die Regierung durchführte, ein Begriff?«

Rathbone richtete sich auf. Der Richter würde doch bestimmt nicht zulassen, dass dieses Thema aufgeworfen wurde!

»Nur in groben Umrissen«, antwortete Amity mit leiser, präziser Stimme. »Es war eine Art medizinische Studie, das ist alles, was er darüber sagte.«

»Vertraulich?«, fragte Coniston.

»Das nehme ich an.« Sie richtete die Augen fest auf ihn, ohne sie zur Galerie hinüberwandern zu lassen oder einen Blick auf die Anklagebank zu werfen, wo Dinah zwischen zwei Wärterinnen saß.

»Aber ich habe ihn nicht nach Einzelheiten befragt«, fuhr sie fort. »Ich weiß, dass die Angelegenheit ihn bedrückte. Sie ging ihm sehr nahe, und ich machte mir Sorgen, dass er sich noch mehr in sie hineinsteigern würde.«

Rathbone erhob sich. »Mylord, Mrs Herne hat soeben erklärt, wenig darüber gewusst zu haben, womit ihr Bruder in seiner Arbeit befasst war. Wie konnte sie da beurteilen, ob sein Engagement zu weit ging?« Er hätte noch gerne ins Feld geführt, dass ihre Bemerkung ohne jeden Belang für Zenia Gadneys Tod war, doch diesen Punkt wollte er sich für später aufheben. Dann würde er ihm aber einen günstigen Ansatz bieten.

Coniston lächelte. »Wenn es sich auf seinen Geisteszustand auswirkte, Mylord, wird es zwangsläufig auch Folgen für den Geisteszustand der Angeklagten gehabt haben.«

»Mylord!« Rathbone stand noch immer. »Wie kann sich Dr. Lambourns Einsatz für seine Untersuchung zwei Monate nach seinem Tod auf den Geisteszustand der Angeklagten ausgewirkt haben? Will mein gelehrter Freund unterstellen, dass hier so etwas wie übertragbarer Wahnsinn im Spiel war?«

Gedämpftes nervöses Gelächter erhob sich von der Galerie. Ein Geschworener schnäuzte sich und hielt sich sein Taschentuch lange vor das Gesicht.

»Ich gestatte diese Art der Befragung«, verkündete Pendock und räusperte sich. »Unter der Voraussetzung, dass Sie sehr bald eine gewisse Relevanz für diesen Prozess herstellen, Mr Coniston.« Er vermied es, Rathbone anzusehen.

»Danke, Mylord.« Coniston verneigte sich knapp, dann wandte er sich wieder seiner Zeugin zu. »Mrs Herne, verfolgte Dr. Lambourn seine Aufgabe, worin sie auch immer bestand, mit mehr Leidenschaft, als das bei ihm üblich war?«

»Ja«, sagte sie entschieden, und ein Ausdruck von Trauer überschattete ihr Gesicht, »er ging voll und ganz darin auf.«

»Was meinen Sie damit, Mrs Herne? Was ist daran ungewöhnlich, wenn ein Arzt in seiner Arbeit aufgeht?« Coniston war immer noch die Höflichkeit in Person.

»Als die Regierung seine Schlussfolgerungen zurückwies, war er verzweifelt. Bisweilen sogar fast hysterisch. Ich …« Die Situation schien ihr unangenehm zu sein. Sie klammerte sich an das Geländer und schluckte mehrmals, als kämpfte sie die Tränen zurück. »Ich glaube, dass das der Grund war, warum er sich das Leben nahm. Ich wünschte, ich hätte früher begriffen, wie ernst es um ihn stand. Vielleicht hätte ich irgendetwas sagen oder tun können. Ich erkannte nicht, dass alles, was ihm im Leben etwas bedeutete, um ihn herum auseinanderbrach. Oder zumindest wirkte das so auf ihn.«

Coniston stand regungslos in der Mitte der freien Fläche, eine elegante Erscheinung, die volles Verständnis ausdrückte. »Alles brach auseinander, Mrs Herne? Ist das nicht zu drastisch? Nur weil die Regierung seine Ansichten über … was auch immer das war, nicht akzeptierte?«

»Das und auch …« Ihre Stimme erstarb. Niemand rührte sich. Es war, als wäre der ganze Saal erstarrt.

Coniston wartete.

»Das und auch sein persönliches Leben«, schloss Amity mit einem Flüstern.

Pendock beugte sich etwas weiter vor. »Mrs Herne, mir ist

bewusst, dass das für Sie entsetzlich schwer sein muss, aber ich muss Sie bitten, etwas lauter zu sprechen, damit die Geschworenen Sie hören können.«

»Verzeihung«, murmelte sie niedergeschlagen. »Es ist mir fürchterlich ... peinlich, das in der Öffentlichkeit zu erwähnen. Joel war ein sehr ruhiger Mann, lebte sehr zurückgezogen. Ich weiß nicht, wie ich das schonend formulieren kann.« Sie starrte Coniston an. Kein einziges Mal schweifte ihr Blick zu Rathbone ab. Man hätte meinen können, sie hätte gar nicht wahrgenommen, dass er anwesend war und sie bald ins Kreuzverhör nehmen würde. Ja, es schien, als hätte sie den ganzen Rest des Gerichts aus ihrem Bewusstsein ausgesperrt.

»Sein persönliches Leben«, soufflierte Coniston. »Er war Ihr Bruder, Mrs Herne. Wenn er Ihnen etwas anvertraute, und sei es auch nur indirekt, müssen Sie das dem Gericht sagen. Es tut mir leid, wenn ich Sie dazu zwinge, aber hier geht es um Mord. Eine Frau hat das Leben verloren, noch dazu auf barbarische Weise. Eine andere ist angeklagt, sie ermordet zu haben, und im Falle eines Schuldspruchs wird sie mit Sicherheit das ihre verlieren. Da können wir uns nicht den Luxus erlauben, irgendwelche Leute auf Kosten der Wahrheit zu schonen.«

Mit ungeheurer Mühe hob Amity den Kopf. »Er deutete mir gegenüber an, er hätte Bedürfnisse, die zu erfüllen seine Frau nicht gewillt sei, und dass er darum eine andere Frau aufsuche.« Sie sprach diese Worte klar und deutlich aus und wirkte dabei, als fügte sie sich selbst Messerstiche zu. »Der Druck, so leben zu müssen, wie es der Vision seiner Frau von ihm als perfektem Mann entsprach, wurde für ihn immer unerträglicher.« Sie biss sich auf die Lippe. »Ich wünschte, Sie hätten mich nicht gezwungen, das zu sagen. Aber es ist die Wahrheit. Man hätte es mit ihm sterben lassen sollen.« Tränen strömten über ihre Wangen.

»Ich wünschte, das wäre möglich gewesen«, murmelte Coniston betroffen. »Diese andere Frau, von der Sie sprechen, wussten Sie, wer das war? Erwähnte Ihr Bruder ihren Namen oder irgendetwas anderes über sie? Zum Beispiel, wo sie lebte?«

»Er sagte, dass sie Zenia hieß. Wo sie lebte, sagte er nicht, zumindest mir nicht.« Die Möglichkeit, dass er es jemand anderem offenbart haben könnte, ließ sie feinsinnig anklingen.

»Zenia?«, wiederholte Coniston. »Sind Sie sicher?«

Amity stand steif da. »Ja. Ich habe seitdem nie wieder von jemandem dieses Namens gehört.«

»Und war diese ... Lösung seiner Frau, Dinah Lambourn, bekannt?«

»Mir wurde gesagt, dass sie es erfahren hatte.«

»Wie erfuhr sie es?«

»Das weiß ich nicht. Joel sprach nicht darüber.«

»Äußerte er sich darüber, wann sie es erfuhr?«

»Nein. Zumindest nicht mir gegenüber.«

»Danke, Mrs Herne. Noch einmal: Ich bedaure zutiefst, dass ich dieses quälende Thema ansprechen musste, aber die Umstände haben mir keine Wahl gelassen.« Er wandte sich an Rathbone. »Ihre Zeugin, Sir Oliver.«

Rathbone dankte ihm und erhob sich langsam. Gemessenen Schrittes ging er über die freie Fläche auf den Zeugenstand zu. In seinem Rücken spürte er die Blicke der Geschworenen. Sie belauerten ihn, sofort bereit, ihm die Schuld zu geben, falls er Amity gegenüber die geringste Gefühllosigkeit zeigte. Sie waren von Natur aus gegen ihn eingenommen, weil er eine Frau verteidigte, der ein bestialisches Verbrechen zur Last gelegt wurde. Und jetzt kam erschwerend hinzu, dass er im Begriff war, spitzfindige, grausame Fragen zu stellen, als wären ihre Trauer und nur allzu verständliche Verlegenheit nicht schon schlimm genug.

»Sie haben bereits Unsägliches erlitten, Mrs Herne«, begann er in sanftem Ton. »Ich bewundere Sie für Ihre Aufrichtigkeit hinsichtlich der … Vorlieben Ihres Bruders. Das kann Ihnen nicht leichtgefallen sein. Standen Sie und Ihr Bruder einander sehr nahe?« Er wusste die Antwort bereits, da ihm Monk von ihrer Vernehmung berichtet hatte.

Amity blinzelte. In diesem Moment erkannte er, dass sie eine Lüge erwog, sich aber dagegen entschied, als ihre Blicke sich kreuzten.

»Nicht bis vor Kurzem«, gab sie zu. »Mein Mann und ich lebten in einiger Entfernung. Da waren Besuche schwierig. Aber wir blieben immer in Verbindung. Wir waren ja nur zu zweit, Joel und ich. Unsere Eltern sind schon lange tot.« In ihrer Stimme klangen Schmerz und Trauer an, und ihr Gesicht verriet Einsamkeit. Sie war die ideale Kronzeugin für Coniston.

Rathbone wechselte die Taktik. Hier war für ihn nur sehr wenig zu gewinnen. »Lernten Sie damals auch Ihre Schwägerin besser kennen?«

Erneut zögerte sie.

Dem Anwalt schnürte sich der Magen zu. Warum hatte er sie das nur gefragt? Wenn sie bejahte, würde sie Dinah entweder verteidigen oder als Verräterin gelten. Wenn sie es leugnete, würde sie einen Grund angeben müssen. Er hatte einen Fehler begangen.

Eine leichte Röte stieg ihr in die Wangen. »Ich habe es versucht«, sagte sie schuldbewusst. »Wenn die Entwicklung eine andere gewesen wäre, wären wir vielleicht enge Freundinnen geworden. Aber sie war außer sich vor Trauer um Joels Tod, als gäbe sie sich selbst die Schuld …« Sie ließ ihre Stimme ersterben.

In der Galerie bewegten sich einige Leute, Seufzer und das Rascheln von Stoff und Papier waren zu hören.

»Machten Sie ihr Vorwürfe?«, fragte Rathbone deutlich.

»Nein … natürlich nicht.« Sie wirkte verblüfft.

»Es war nicht ihre Schuld, dass Dr. Lambourns Untersuchungsbericht zurückgewiesen wurde?«

Coniston machte Anstalten aufzustehen.

Rathbone wandte sich mit hochgezogenen Augenbrauen zu ihm um.

Coniston ließ sich wieder auf seinen Stuhl sinken.

»Mrs Herne?«, mahnte Rathbone sanft.

»Wie hätte das sein können?« Amity seufzte. »Das ist nicht möglich.«

»Hätte sie auf seine … Bedürfnisse eingehen sollen? Diejenigen, derentwegen er dann zu dieser Frau namens Zenia ging?«

»Ich … ich …« Endlich war sie um Worte verlegen. Sie blickte nicht hilfesuchend zu Coniston hinüber, senkte aber verschämt die Augen.

Jetzt stand Coniston auf. »Mylord, die Frage meines gelehrten Freundes ist gleichermaßen peinlich und unnötig. Wie hätte Mrs Herne …«

Rathbone winkte mit eleganter Geste ab. »Schon gut, Mrs Herne. Ihr Schweigen ist Antwort genug. Danke. Ich habe keine weiteren Fragen.«

Nach Amity rief Coniston Barclay Herne auf und bat ihn, in aller Kürze darzulegen, was die Regierung dazu bewogen hatte, Lambourn mit einer vertraulichen Untersuchung über den Gebrauch und Verkauf bestimmter Medikamente zu beauftragen. Als Nachsatz fügte er den mittlerweile als Tatsache akzeptierten Umstand hinzu, dass Lambourn sich zu seinem großen Bedauern zu leidenschaftlich mit dem Thema identifiziert hatte und darum zu einem derart einseitigen Urteil gelangt war, dass die Regierung es nicht hatte akzeptieren können.

»Wie reagierte Dr. Lambourn auf die Zurückweisung seiner Untersuchung, Mr Herne?«, fragte Coniston düster.

Herne legte einen Ausdruck tiefer Trauer in seine Miene.

»Sehr schlecht, leider«, antwortete er mit etwas rauer, leiser Stimme. »Er betrachtete das als eine Art persönliche Beleidigung. Ich sorgte mich um seinen Geisteszustand. Ich bedaure aus tiefstem Herzen, dass ich mich nicht mehr um ihn kümmerte. Vielleicht hätte ich ihm zureden sollen, bei einem Kollegen Rat zu suchen, aber … Ich glaubte wirklich nicht, dass ihm das in einem Ausmaß zusetzen würde, das … mit der Realität nichts mehr zu tun hatte.« Er stand da wie ein Häufchen Elend, denn man zwang ihn, die rein private Tragödie seiner Familie offenzulegen.

Zu seiner Überraschung empfand Rathbone einen Hauch von Mitleid. So unauffällig wie möglich wandte er sich ab, um zu sehen, ob Amity Herne nach der Absolvierung ihrer Aussage im Gerichtssaal geblieben war. Tatsächlich bemerkte er sie nach kurzem Suchen, als ein dicker Mann sich vorbeugte. Amity Herne saß unmittelbar dahinter und neben Sinden Bawtry, dessen schöner Kopf zur Seite gedreht war, als spräche er mit ihr.

Gleich darauf richtete sich ihr Vordermann wieder auf, und Rathbone konzentrierte sich erneut auf den Zeugenstand.

Herne beantwortete gerade die nächste Frage. »Später habe ich mich natürlich gefragt, ob er selbst in noch höherem Maße dem Opium zugesprochen hatte, als wir das annahmen. Es tut mir leid, das sagen zu müssen. Jetzt fühle ich mich schuldig, dass ich seinen Zusammenbruch nicht ernster genommen habe.«

»Danke, Mr Herne.« Erneut verneigte sich Coniston vor Rathbone. »Ihr Zeuge, Sir Oliver.«

Rathbone bedankte sich und bezog an seinem üblichen Platz in der Mitte der freien Fläche Stellung – wie ein Gladiator in der Arena und ebenso ungeschützt. »Sie haben Opium erwähnt, Mr Herne. War Ihnen denn bekannt, dass Dr. Lambourn es einnahm?«

»Erst nach seinem Tod!«, rief Herne hastig.

»Gerade haben Sie gesagt, dass Sie sich Vorwürfe machen, weil Sie nicht merkten, dass er es so häufig benutzt habe. Wie konnte irgendjemand das von Ihnen erwarten, wenn Sie gar nicht wussten, dass er es überhaupt einnahm?«

»Ich meinte, dass ich es vielleicht hätte merken müssen«, verbesserte sich Herne.

»Könnte er mehr eingenommen haben, als ihm bewusst war?«, regte Rathbone an.

Herne starrte ihn verwirrt an. »Ich verstehe nicht, was Sie meinen.«

»War das Thema seiner Untersuchung denn nicht Opium, das als nicht verschreibungspflichtiges Medikament im ganzen Land frei erhältlich ist, ohne dass Angaben auf dem Etikett dem Kunden Aufschluss darüber geben, wie …?«

Coniston sprang auf. »Mylord, Dr. Lambourns Untersuchung war vertraulich. Dies ist nicht der geeignete Ort, um über etwas zu debattieren, dessen Richtigkeit erst noch bewiesen werden muss.«

»Ja, Ihrem Einspruch wird stattgegeben, Mr Coniston.« Pendock beugte sich zu Rathbone hinüber. »Diese Art der Fragestellung ist irrelevant, Sir Oliver. Sie können sie nicht mit Zenia Gadneys Ermordung in Zusammenhang bringen. Wollen Sie unterstellen, dass Mrs Lambourn irgendwie unter dem Einfluss von nicht korrekt etikettiertem Opium stand, und das in einem Ausmaß, dass sie nicht mehr für ihre Taten verantwortlich war?«

»Nein, Mylord. Aber mein gelehrter Freund hat das Thema der Einnahme von Opium aufgeworfen …«

»Gewiss«, sagte Pendock hastig. »Mr Coniston, Sir Oliver hatte keine Einwände gegen Ihren Hinweis darauf, ich aber sehr wohl! Das hat nichts mit dem Mord an Zenia Gadney zu tun. Bitte beschränken Sie sich auf den vorliegenden Fall. Fahren Sie fort, Sir Oliver, wenn Sie den Zeugen noch irgendetwas zu fragen haben, das einen Bezug zu diesem Prozess hat.«

Rathbone stand regungslos in der Mitte der freien Fläche und blickte auf zu dem auf seinem hohen Stuhl thronenden Pendock. Diese Position, seine weiße Allongeperücke und seine scharlachrote Robe hoben den Richter von allen übrigen Personen im Saal ab. Dieser Mann hatte Macht, der sich alle fügen mussten. Und Rathbone erkannte in Pendocks Gesicht durch nichts zu erschütternde Unerbittlichkeit. Es war ein merkwürdiger, eisiger Moment des Begreifens. Pendock war nicht unparteiisch; er verfolgte seine eigenen Zwecke, stand vielleicht sogar unter Befehl von weiter oben.

»Keine weiteren Fragen«, erklärte Rathbone. Damit drehte er sich auf dem Absatz um und kehrte zu seinem Sitz zurück. Als er sich gegenüber der Galerie befand, bemerkte er, wie Sindon Bawtry Pendock unverwandt ins Gesicht starrte.

Am Ende des Prozesstags suchte Rathbone Dinah im Gefängnis auf. Als ihrem Anwalt stand es ihm zu, mit ihr unter vier Augen zu sprechen. Sobald die Zellentür in seinem Rücken zufiel und sie eingesperrt waren in diesem muffigen, engen Raum, wo jedes Wort von den Steinmauern widerhallte, begann Rathbone ohne Umschweife. Die Zeit war kurz – und kostbar.

»Wann erfuhren Sie von dem Verhältnis Ihres Mannes mit Zenia Gadney? Sie kämpfen um Ihr Leben. Lügen Sie mich jetzt nicht an. Glauben Sie mir, das können Sie sich nicht leisten.«

Ihr Gesicht war leichenblass, die Augen hohl, der ganze Körper angespannt, doch nichts an ihr ließ ein Schwanken erkennen. Rathbone konnte gar nicht ermessen, welche Anstrengung sie das kostete.

»Wann genau, das weiß ich nicht mehr. Vor ungefähr fünfzehn Jahren«, antwortete sie.

»Und entspricht das, was Ihre Schwägerin gesagt hat, der Wahrheit? Dass Ihr Mann bestimmte Praktiken von Ihnen wollte, zu denen Sie nicht bereit waren?«

Kurz flammte Zorn in ihren Augen auf. »Nein! Joel war … sanft, absolut normal! Nie hätte er ihr so etwas erzählt! Über solche Dinge spricht man nicht, selbst dann nicht, wenn sie wahr wären!«

Er musterte sie aufmerksam. Sie war wütend und kämpferisch – aber es war Joel, für den sie kämpfte! Oder ging es ihr doch um sich selbst? Leugnete sie die angeblichen Praktiken deshalb so vehement, weil sie erlogen oder weil sie die bittere, peinliche Wahrheit waren? Er wollte ihr glauben.

»Warum ging er dann all die Jahre immer wieder zu ihr und bezahlte sie?«, drängte er. Diese Frage war womöglich der Dreh- und Angelpunkt der ganzen Affäre. Von Dinahs Antwort darauf konnte ihr Wohl oder Wehe abhängen.

Sie blinzelte, senkte die Augen aber nicht. »Sie war eine Freundin. Sie war … eine ehrbare, verheiratete Frau gewesen. Sie hatte einen Unfall und große Schmerzen erlitten. So wurde sie nach Opium süchtig. Sie …« Dinah holte tief Luft und begann von vorn. »Ihr Mann war ein Freund von Joel. Als Zenia auf die Straße ging, half Joel ihr – mit Geld. Amity erzählte er nichts davon, weil sie damals woanders lebte und es sie nichts anging. Egal, Amity und Joel hatten einander ohnehin nie nahegestanden, auch nicht in der Kindheit. Er war sieben Jahre älter als sie, und sie hatten kaum Gemeinsamkeiten. Er war immer sehr fleißig gewesen, sie nicht.« Sie schüttelte kaum merklich den Kopf. »Und wozu hätte er ihr so etwas erzählen sollen? Er war Arzt. Was ihm vertraulich gesagt wurde, behielt er für sich. Mir erzählte er nur von Zenia, um mir zu erklären, warum er nach Limehouse ging und ihr Geld für ihren Lebensunterhalt gab.«

Fast hätte Rathbone ihr geglaubt. Doch ihr extrem angespannter Nacken, die Art und Weise, wie sich ihre Augen in die seinen bohrten, ohne sich je abzuwenden, weckten in ihm die Befürchtung, dass all das nur ein Teil der Wahrheit war und sie ihm etwas Entscheidendes vorenthielt.

Andererseits wusste er von Hester, dass Zenia Gladys erzählt hatte, sie sei einmal verheiratet gewesen und die Ehe wäre an ihrer Trunksucht gescheitert. Falls schon damals Opium das Problem gewesen war, warum hatte sie das dann nicht gesagt? Oder hatte Gladys nur angenommen, es müsse sich um Alkohol gehandelt haben, weil Zenia Mitleid für die Betrunkene im Straßengraben gezeigt hatte?

Das passte – fast!

»Mrs Lambourn«, sagte er ernst. »Sie haben keine Zeit mehr, Geheimnisse für sich zu behalten, egal, wie schmerzhaft sie sind. Sie kämpfen um Ihr Leben, und glauben Sie mir, da wird es Sie auch nicht retten, dass Sie eine Frau sind. Wenn Sie schuldig gesprochen werden, treten Sie drei Sonntage nach dem Urteil den Gang zum Galgen an.«

Ihr Gesicht war so bleich und starr, dass Rathbone befürchtete, sie würde gleich umkippen. Er kam sich brutal vor, doch sie ließ ihm keine Wahl, wenn er überhaupt noch eine Chance bekommen sollte, sie zu retten.

»Um Himmels willen, sagen Sie mir die Wahrheit!«, rief er verzweifelt.

»Das ist die Wahrheit«, ächzte sie mit kaum vernehmbarer, erstickter Stimme. »Joel brachte ihr jeden Monat Geld, damit sie überleben konnte, ohne sich als Prostituierte verkaufen zu müssen.«

»Können Sie das beweisen? Oder Teile davon?«

»Natürlich nicht. Wie denn?«

»Wussten Sie, dass das Geld regelmäßig dorthin gelangte?« Er klammerte sich jetzt an jeden Strohhalm.

Ein Schimmer glomm in ihren Augen auf. »Ja. Es wurde am Einundzwanzigsten jedes Monats gezahlt. Das wurde ins Haushaltsbuch eingetragen.«

»Als was?«

»Unter ihren Initialen – ZG. Er belog mich nicht, Sir Oliver.«

Rathbone sah ihr an, dass sie das wirklich glaubte. Aber wie hätte sie es auch ertragen können, etwas anderes anzunehmen? Welche Frau würde das an ihrer Stelle tun?

»Leider gibt es keine Belege dafür, die wir dem Gericht zeigen könnten«, sagte er leise. »Der Umstand, dass er es Ihnen gegenüber als einen Freundschaftsdienst bezeichnete, beweist nicht, dass das alles war. Was war aus Zenias Mann geworden? Warum hatte er nicht für sie gesorgt?«

»Er ist tot«, antwortete sie schlicht, und unerwartet nahm ihr Gesicht einen Ausdruck von Trauer an.

»Wie hieß er?«

»Das … das weiß ich nicht.«

Diesmal war er sich sicher, dass sie log, nur konnte er nicht verstehen, warum. Er wechselte das Thema. »Warum haben Sie der Polizei gesagt, Sie wären mit Mrs Moulton bei einer Soiree gewesen, obwohl Sie wussten, dass sie das nicht bestätigen würde? Warum diese Lüge, bei der man Sie zwangsläufig ertappen würde?«

Sie blickte auf ihre Hände hinunter. »Ich weiß.«

Sein Ton wurde sanfter. »Gerieten Sie in Panik?«

»Nein«, flüsterte sie.

»Was, um alles in der Welt, erhofften Sie sich von einem Gespräch mit Zenia?«, drängte er. »Was, dachten Sie, würde sie Ihnen über Ihren Mann erzählen? Glaubten Sie, er hätte Unterlagen bei ihr zurückgelassen? Oder sie hätte ihm irgendwie geholfen? Wusste sie etwas über Opium, das seine Ergebnisse bestätigt hätte?«

Sie stellte sich wieder seinem Blick. »Ich war nicht in der Copenhagen Place. Ich weiß nicht, wer diese Frau war. Sie legte es eindeutig darauf an, so auszusehen wie ich. Nur hat es keinen Sinn, den Ladeninhaber und die anderen Leute als

Zeugen zu holen, weil sie genau das sagen werden, was alle von ihnen erwarten – und was sie schon jetzt für die Wahrheit halten. Aber ich war nicht dort. Das weiß ich so sicher, wie ich hier sitze.«

Sie machte einen tiefen, zittrigen Atemzug. »Und ich werde nie glauben, dass Joel Selbstmord begangen hat. Er wusste, dass seine Untersuchung zutraf, und war fest entschlossen, die Kerle zu bekämpfen. Sie haben keinen Begriff davon, was für ein schändliches Verbrechen der Opiumhandel ist, Sir Oliver, und auch nicht von den Leuten, die darin verwickelt sind.« Ihre Stimme bebte. »Joel hat geweint über all das, was wir in China angerichtet haben. Es ist sehr schmerzhaft, sich einzugestehen, dass das eigene Vaterland Gräueltaten begangen hat. Viele können das nicht. Stattdessen erfinden sie nur noch mehr Lügen, um die ersten zu vertuschen.« Ein eigenartiger Ausdruck trat in ihre Augen, fast eine Herausforderung.

Mit einem Schlag erkannte er klar und deutlich eine neue Wahrheit. Der Schweiß brach ihm aus allen Poren, und ihm stockte der Atem. Dinahs Behauptung, sie sei mit Helena Moulton in diesem Konzert gewesen, war eine bewusste Lüge. Sie hatte einkalkuliert, dass man sie entlarven und Monk keine andere Wahl bleiben würde, als sie wegen des Mordes an Zenia Gadney zu verhaften – und dass sie in einem Prozess auf Leben und Tod vor Gericht stehen würde. Sie hatte von Anfang an gewollt, dass es so kam. Sie hatte Monk gebeten, ihn, Rathbone, für ihre Verteidigung zu gewinnen, weil sie glaubte, dass er die Wahrheit über Joels Ermordung ans Licht bringen und seinen guten Namen wiederherstellen würde. Vielleicht würde sogar jemand anders sein Werk fortsetzen. Von solcher Tiefe war ihr Glaube an ihn – und ihre Liebe.

So lächerlich es ihm vorkam, auf einmal war sein Mund wie ausgetrocknet, und er musste schwer schlucken, um überhaupt sprechen zu können. Er wandte sich ab und vertrieb mit einem schnellen Blinzeln die Tränen.

»Ich werde alles tun, was in meiner Macht steht.« Das war ein Versprechen, das er halten würde, auch wenn er nicht wusste, ob es genügen würde, um Dinah, geschweige denn Joel Lambourns Ruf, zu retten. Wie er musste auch sie erkannt haben, dass Richter Pendock gegen sie war. Und dennoch wich sie nicht zurück.

Wie sehr sie sich von Margaret unterschied! Wie tapfer, waghalsig und loyal. Wie schön und auch kämpferisch. Was für ein Mensch musste Joel Lambourn gewesen sein, dass er einer solchen Frau wert war?

Er erhob sich sehr langsam. »Ich sehe Sie morgen wieder«, stieß er heiser hervor. »Ich kenne eine Stelle, wo ich zumindest versuchen kann, Hilfe zu bekommen.«

15

Monk war bereits um sechs Uhr auf den Beinen. Gestern hatte er spät am Abend eine dringende Nachricht von Rathbone erhalten, mit der Bitte, um acht Uhr morgens in seine Kanzlei zu kommen, damit sie vor der Fortführung des Prozesses noch genügend Zeit für eine Besprechung hatten. Beim gemeinsamen Frühstück mit Hester waren beide recht schweigsam, denn ihnen wurde immer eindringlicher bewusst, wie verzweifelt es um den Fall stand. Um sieben Uhr saß Monk in der Fähre nach Wapping. In der Schulter spürte er nach wie vor einen Schmerz von dem Überfall auf der Straße. Seitdem waren er und Runcorn gewarnt und achteten sorgfältiger auf ihre Sicherheit.

Auf das Treffen mit Rathbone freute er sich nicht gerade. Ein Handgemenge auf einem der Kais, bei dem ein Mann totgeschlagen worden war, hatte ihn gestern den ganzen Tag in Anspruch genommen, und in der kurzen Zeit, die er am Abend für den Mordfall hatte erübrigen können, hatte er nichts erreicht. Er wusste, dass Hester Rathbone schon von der Krankenschwester Agatha Nisbet erzählt hatte, aber all das diente eigentlich nur dazu, das zu bestätigen, was ihm ohnehin schon klar war: dass Joel Lambourn Nachforschungen über Opium als Bestandteil von frei verkäuflichen Medikamenten durchgeführt hatte.

Hatten der im Rauschgifthandel erzielte Reichtum und die Gräueltaten in den Opiumkriegen wirklich etwas mit einem Fall zu tun, der zunehmend Züge einer Familientragödie aufwies?

Vielleicht hoffte Rathbone ja, dass Monk etwas Neues in Erfahrung gebracht hatte, doch er kam mit leeren Händen.

Orme war immer noch dabei, die Bewohner von Limehouse zu befragen, insbesondere diejenigen aus der unmittelbaren Umgebung des Piers, doch wirklich Nützliches hatte ihm niemand sagen können. Jemand gab an, drei Männer beobachtet zu haben, die schon erheblich angetrunken gewesen waren, wusste aber nicht mehr genau, an welchem Abend das gewesen war. Jemand anders hatte am fraglichen Abend zwei Frauen gemeinsam zum Pier gehen sehen, aber mit Sicherheit keinen Mann. Die ganze Untersuchung war bisher ein einziges Fiasko und bedrückte Monk sehr.

Das Boot erreichte die Stufen von Wapping. Monk bezahlte den Fährmann und kletterte an Land. Gerade herrschte Ebbe, und die Treppe war frei, wenn auch nass. Für Monk bedeutete das, dass er darauf achten musste, nicht auszurutschen. Blaue Flecken oder – schlimmer noch – ein Sturz ins kalte Wasser und durchnässte Kleider wären ein denkbar schlechter Beginn des Tages, der auch so schon schwer genug zu werden versprach.

Unbeschadet kam Monk oben an und schritt über den nach allen Seiten offenen Kai. Da das Wasser nun wieder hereinflutete, frischte der vom Meer kommende Wind auf. Es roch nach Salz und Fisch und hin und wieder nach nicht gerade erfrischend duftenden Abwässern. Gleichwohl war die Luft alles in allem immer noch besser als in den Straßen der Stadt, enthielt sie doch eine Lebenskraft, die er lieben gelernt hatte. Hier war der Himmel weit. Keine Gebäude versperrten die Sicht, und immer gab es Licht, egal, wie dunkel das Wetter sein möchte. Selbst in der Nacht ließen sich im gelben Schein der Lampen die Schiffe erkennen.

Monk hatte keine Zeit, zuerst auf der Wache nach dem Rechten zu sehen. Er lief direkt zur High Street und stieg in einen Hansom.

Rathbone war bei seinem Eintreffen angespannt, strotzte aber geradezu vor Energie. Er nahm Monk persönlich in Empfang und führte ihn in sein vertrautes, ruhiges Zimmer. Im Kamin glühte ein Feuer, obwohl Rathbone später fast den ganzen Tag am Gericht verbringen würde.

»Kommen Sie rein. Setzen Sie sich.« Er deutete auf einen der Ledersessel. »Monk, ich brauche Ihre Hilfe. Diese Sache ist plötzlich dringlich geworden. Lambourns Schwester hat gestern ausgesagt, und jetzt sieht es verheerend für Dinah aus. Lambourn ist dabei auch nicht gut weggekommen. Ich glaube, sie ist mehr ihrem Mann als ihrem Bruder loyal ergeben.«

»Ihr Mann lebt ja auch noch«, kommentierte Monk zynisch.

Rathbones Züge spannten sich an, doch er verzichtete auf eine Bemerkung. »Sinden Bawtry war übrigens zum zweiten Mal im Gericht.«

»Um das Interesse der Regierung am Arzneimittelgesetz zu schützen?«, fragte Monk.

»Möglicherweise. Aber auf alle Fälle ihren Ruf. Der Richter entscheidet bei jeder Gelegenheit gegen mich, und bisweilen dehnt er seinen Spielraum ganz schön weit aus. Ich kann mich des Eindrucks nicht erwehren, dass er nach Anweisungen handelt.« Zu rastlos, um sich zu setzen, marschierte Rathbone unentwegt hin und her. »Monk, ich habe plötzlich begriffen, worum es hier eigentlich geht. Ich verstehe nicht, wie ich so blind sein konnte! Na gut – jetzt ist mir vieles klar. Das alles ist jetzt ohne Bedeutung.« Er schritt von Monks Sessel zur Tür und wieder zurück. »Dinah hat das mit der Soiree bewusst erlogen, damit Sie sie verhaften würden und sie Sie bitten konnte, mich für ihre Verteidigung zu gewinnen!« Die letzten Worte schrie er fast und beobachtete dabei aufmerksam Monks Gesicht.

Dieser war konsterniert. Der Kummer seines Freundes

wegen Margaret musste sein Urteilsvermögen noch schlimmer getrübt haben, als er das befürchtet hatte! »Dinah Lambourn hat sich bei einem extrem sadistischen Mord selbst belastet, nur um sich damit eine Gelegenheit zu verschaffen, von Ihnen verteidigt zu werden?«, fragte Monk, unfähig, sich seine Fassungslosigkeit nicht anmerken zu lassen. »Wieso, um Himmels willen? Hätte sie es nicht irgendwie bewerkstelligen können, Ihnen vorgestellt zu werden?«

»Doch nicht mir, Sie Dummkopf!«, rief Rathbone mit einem Anflug von schwarzem Humor. »Sie wollte einen öffentlichen Prozess als Bühne für die Geschichte über Joels Tod. Durch den Mord an Zenia Gadney sah sie ihre Chance dazu, und die hat sie ergriffen. Um den Namen und den Ruf ihres Mannes als sorgfältiger, ehrenhafter Wissenschaftler zu retten, ist sie sogar bereit, das Todesurteil zu riskieren.«

Monk begriff schlagartig, als er ein Leuchten in Rathbones Gesicht und in seinen Augen neben Bestürzung auch Enthusiasmus bemerkte. Rathbone war angespannt und war in den wenigen Monaten seit dem Fall Ballinger abgemagert. Doch an diesem Morgen strahlte er Energie aus – er kämpfte in einem großen Fall.

Ob Rathbone recht hatte oder sich täuschte, konnte Monk nicht beurteilen, aber er wollte ihm diesen Fall nicht wegnehmen, bedeutete er doch zumindest eine gewisse Linderung seiner Schmerzen. »Was soll ich für Sie tun?«, fragte er in banger Erwartung einer Bitte, die so vage oder verzweifelt war, dass er sie unmöglich erfüllen konnte.

»Dinah hat gesagt, Lambourn hätte Zenia unterstützt, weil sie die Witwe eines Freundes von ihm gewesen sei«, antwortete Rathbone. »Sie sei praktisch von Anfang an im Bilde gewesen. Die Beträge seien am einundzwanzigsten Tag jedes Monats unter dem Kürzel ZG ins Haushaltsbuch eingetragen worden. Wenn wir beweisen können, dass das zutrifft, ist das Hauptmotiv entkräftet.«

Monk sank das Herz in die Magengrube. »Oliver, das hat er ihr gegenüber behauptet – oder aber, sie hat sich eine raffinierte Ausrede für sein Verhalten ausgedacht. Es ist …«

»Beweisbar!«, fiel ihm Rathbone ins Wort. »Verfolgen Sie zurück, woher Zenia kam. Schauen Sie in die Register. Sie muss in den letzten neunundzwanzig Jahren verheiratet gewesen sein. Finden Sie den Ehemann.« Er glühte schier vor Eifer und beschwor Monk eindringlich mit leiser Stimme. »Spüren Sie die Verbindung mit Joel Lambourn auf. Vielleicht haben sie gemeinsam studiert, zusammen ihren Arztberuf ausgeübt. Irgendwo müssen sich ihre Wege gekreuzt haben, wenn sie später so enge Freunde wurden, dass Lambourn die Witwe des Mannes sein Leben lang unterstützte, ja ohne Unterbrechung Monat für Monat zu ihr hinausfuhr. Ein solcher Mensch ist verdammt loyal! Da werden sich seine Spuren doch nachverfolgen lassen.«

Monk schwieg.

»Spüren Sie das auf!«, wiederholte Rathbone eindringlicher.

»Glauben Sie das?«, fragte Monk, in der Hoffnung, seinen Freund würden Zweifel befallen.

Rathbone zögerte ein wenig zu lange, was er gleich selbst erkannte. »Im Prinzip – ja«, meinte er mit einem matten, selbstironischen Lächeln. »In irgendeinem Punkt lügt sie, ich weiß nur nicht, in welchem. Ich bin davon überzeugt, dass sie sich mit dem erlogenen Alibi absichtlich selbst belastet hat und wirklich auf einen Prozess hoffte, bei dem sie eine neue Untersuchung von Joels Selbstmord erzwingen konnte. Und dass wir es irgendwie schaffen würden zu beweisen, dass es tatsächlich Mord war, dass seine Studie in jedem Punkt zutraf und jemand ein Interesse daran hat, alles zu vertuschen.«

Monk stemmte sich hoch. »Dann rolle ich meine Untersuchung neu auf«, versprach er leise. »Und ich werde Runcorn dazu bringen, dasselbe zu tun.«

Rathbone lächelte. Seine Anspannung ließ nach, und in seinen Augen glomm neue Hoffnung. »Danke.«

Von Rathbone fuhr Monk direkt zu Runcorn ins Büro. Das erforderte eine lange Fahrt in östlicher Richtung und eine neuerliche Überquerung des Flusses, diesmal bei heftiger werdendem Wind und Graupelschauern. Würde es an Weihnachten schneien?

Runcorn war bei seinem Eintreffen gerade im Begriff, die Polizeiwache zu verlassen. Kaum hatte er Monks Gesicht gesehen, kehrte er wortlos um, bedeutete Monk, ihm zu folgen, und stieg wieder die Treppe zu seinem Büro hinauf. Runcorn hatte die Tür noch nicht richtig hinter sich geschlossen, als Monk schon in geraffter Form wiedergab, was Rathbone ihm gesagt hatte. Runcorn hörte ihm zu, ohne ihn ein einziges Mal zu unterbrechen.

Am Ende nickte Runcorn. Er fragte nicht, ob Monk das glaubte. »Dann sollten wir nachforschen, ob jemand etwas über Zenias Herkunft weiß«, brummte er. »Das Problem liegt nur darin, dass wir sehr viele Leute befragen werden. Da könnten schnell die Falschen, sprich Lambourns Feinde, davon Wind bekommen, dass wir das immer noch untersuchen.«

Monk nahm an, Runcorn dächte an seine eigene Sicherheit. Doch dann genügten ein Blick auf sein Gesicht und die Erinnerung daran, wie er im Schein des Kaminfeuers Melisande angeschaut hatte, und er schämte sich für seinen Gedanken.

»Hat irgendjemand etwas zu Ihnen gesagt?«, fragte Monk. Fast rechnete er schon mit einer bejahenden Antwort. Für ihn war der nächtliche Überfall auf der Straße ebenso wenig Zufall wie die Anwesenheit Sinden Bawtrys beim Prozess und die Parteilichkeit von Richter Pendock, der die Verteidigung nach Rathbones Überzeugung bei jeder Gelegenheit behinderte.

»Indirekt«, meinte Runcorn mit einem scheinbar gleichgültigen Schulterzucken, wenngleich Monk einen rauen Unterton heraushörte. »Nicht so sehr eine Warnung, sondern eher ein ›Dankeschön im Voraus‹ für die diskrete Behandlung der Angelegenheit.«

Monk fragte sich, ob er Runcorn sagen sollte, dass er Verständnis hätte, wenn er die Sache nicht weiter verfolgen wollte. Schließlich konnte er damit seine Laufbahn gefährden. Und dann fiel ihm wieder ein, wie ehrgeizig Runcorn früher gewesen war, wie weit der berufliche Aufstieg bei ihm im Vordergrund gestanden hatte.

Runcorns Stimme riss ihn aus seinen Überlegungen. »Wir werden sehr vorsichtig sein müssen. Verfolgen Sie Zenias Weg, nicht den Lambourns. Es wäre leichter, Lambourns Laufbahn nachzuvollziehen, zu ermitteln, wem er nahestand oder wer vor etwa fünfzehn Jahren gestorben ist, aber das würde unsere Gegner auf unsere Spur bringen. Zenia ist kein gewöhnlicher Name. Bei einer Mary oder Betty gäbe es schon größere Schwierigkeiten.« Er bedachte Monk mit einem schiefen Grinsen. »Würde gern wissen, ob Gadney ihr Mädchenname ist oder ob ihr Mann so hieß. Was meinen Sie?«

»Wir werden überprüfen, welche Gadneys vor etwa fünfzehn Jahren gestorben sind«, versprach Monk, von frischem Enthusiasmus beseelt. Er freute sich darauf, wieder mit Runcorn zusammenzuarbeiten, so, wie sie das wohl am Anfang ihrer Laufbahn getan hatten.

»Dann fangen wir besser sofort an.« Runcorn strebte schon wieder zur Tür. »Es könnte allerdings eine Weile dauern. Wie lange, glaubt Rathbone, haben wir noch Zeit?«

»Eine Woche vielleicht«, meinte Monk. »Er wird das Ende hinausschieben, so lange er nur kann.«

Keiner der beiden brauchte darauf hinzuweisen, dass eine neuerliche Öffnung der Akten so gut wie ausgeschlossen war, sobald das Urteil feststand. Kein Beweis der Welt würde die Geschworenen dann noch beeinflussen können. Für eine Aufhebung des Spruchs würde es eines erwiesenen Fehlurteils oder des Auftauchens neuer, unwiderlegbarer Fakten bedürfen. Die Zeit war bei diesem Unterfangen ihr größter Feind – zusammen mit den Interessen bestimmter Kreise, denen es um ihren Ruf und um viel Geld ging.

Die Verpflichtung, Geburten, Todesfälle und Hochzeiten in Registern zu erfassen, war erst 1838, vor neunundzwanzig Jahren, eingeführt worden. Doch anfangs hatte es häufig Versäumnisse gegeben, sodass man sich nicht immer darauf verlassen konnte, dass die Einträge korrekt waren. Und wenn jemand sich bei einem Namen verlesen oder Zahlen verwechselt hatte, erschwerte dies Nachforschungen ungemein. Natürlich wurde auch gern gelogen, vor allem beim Alter.

Nachdem sie Runcorns Büro in Greenwich verlassen hatten, nahmen die zwei Polizisten die Fähre zurück ins Zentrum von London. Von Osten her fegte ein Graupelschauer fast waagrecht zu ihnen herüber, und obwohl sie mit eingezogenen Köpfen auf ihren Sitzen kauerten, stachen ihnen die feinen Eiskügelchen ins Gesicht.

In Wapping gingen sie an Land und fuhren mit einer Droschke weiter westwärts. In behaglichem Schweigen saßen sie einander gegenüber, jeder in seine Gedanken über den Fall und dessen mögliche Auswirkungen versunken. Ein Gespräch zu erzwingen war nicht nötig. Gelegentlich eingestreute Wörter genügten vollauf.

Beim Archiv angekommen, wurden sie in die riesigen, stillen Lagerräume geführt. Sogleich machte sich Monk daran, auf gut Glück unter dem Namen Gadney nach Einträgen über einen Todesfall zu forschen, denn sie kannten ja weder den Vornamen noch irgendwelche Daten. Er begann fünfzehn Jahre vor dem mutmaßlichen Todesjahr und arbeitete sich systematisch in die nähere Vergangenheit vor.

Runcorn machte es genau umgekehrt und durchwühlte die Akten von der Gegenwart in die Vergangenheit.

Sie forschten, bis sie trübe Augen und vom vielen Staub eine trockene Kehle bekamen.

»Nichts«, murmelte Runcorn enttäuscht.

»Wir müssen das Ganze noch einmal überdenken«, räumte Monk ein und stellte das letzte schwere Buch an seinen Platz im Regal zurück. »Lassen Sie uns das in einem Pub bei einem ordentlichen Mittagessen tun. Ich habe den Geschmack von dieser Tinte schon richtig auf der Zunge.«

»Vielleicht war Gadney ihr Mädchenname, und ihr Mann hieß ganz anders«, sinnierte Monk eine Viertelstunde später, als sie dicke Scheiben frischen Brots belegt mit zerbröselndem Caerphilly-Käse und Essiggurken verzehrten. Sie hatten beide so viel Durst, dass ein Pint Apfelmost schnell geleert war und sie ein zweites bestellten. »Die Leute nannten sie Mrs Gadney, aber das bedeutet nicht zwangsläufig, dass das der richtige Name war.«

»Dann kann der Mann geheißen haben, wie er wollte.« Runcorn wischte sich Brösel von den Lippen. »Hat jemand einen Akzent erwähnt? Bitte sagen Sie mir nicht, dass sie Irin war! Die Zeit ist zu knapp, um auch noch in einer so weit entfernten Gegend zu recherchieren.«

»Davon hat niemand etwas gesagt.« Monk griff nach einem Stück gewürztem Apfelkuchen, der so lange gebacken worden war, dass die Obstscheiben zart waren, aber noch ihre Form behalten hatten. »Offenbar ist den Leuten nichts Besonderes aufgefallen. Wie auch immer, vielleicht war sie schon geboren, als die Pflicht zum Eintrag in ein zentrales Register eingeführt wurde. In diesem Fall müssten wir uns an die Gemeindekirchen wenden und jeweils in deren Büchern nachschlagen. Aber was würde uns das nützen? Der Geburtsort allein besagt ja nichts.«

»Vielleicht doch«, widersprach Runcorn. »Frauen heiraten

oft dort, wo sie geboren wurden, und ziehen erst danach zu ihrem Mann.«

Er hatte recht. In früheren Jahren hätte Monk erst mit ihm gestritten und darauf bestanden, dass ein solcher Ansatz sie auf keinen Fall weiterbringen würde – jetzt wertete er Runcorns Einwand als Ermunterung weiterzumachen. Er trank seinen Apfelmost aus. »Gut, Sie setzen die Suche nach dem Namen Gadney fort, egal, ob die Braut oder der Bräutigam so hieß. Und ich werde Lambourns berufliche Laufbahn zurückverfolgen. Mich umhören, ob sich jemand an seine Freunde von vor fünfzehn Jahren erinnert. Vielleicht kann sich jemand an den Namen Gadney erinnern.«

Runcorn runzelte die Stirn. »Bei der Regierung wird man davon Wind bekommen«, warnte er. »Wie lange, glauben Sie, wird es dauern, bis Ihre Aktivitäten Bawtry oder einem seiner Untergebenen gemeldet werden? Ich begleite Sie. Zu zweit kommen wir schneller voran als einer allein.«

Monk schüttelte den Kopf. »Kümmern Sie sich um die Hochzeiten. Wenn Bawtry oder sonst jemand genau wissen will, was ich tue, habe ich einen Grund. Oder lasse mir einen einfallen.«

»Zum Beispiel?« Runcorns beunruhigte Miene verriet, dass ihm nicht nur bewusst war, welches Risiko sie eingingen, sondern auch, dass Monk ihn zu schützen suchte.

Monk überlegte kurz. »Ich könnte ja dafür sorgen wollen, dass die Beweise gegen Dinah Lambourn absolut wasserdicht sind.« Seine Lippen kräuselten sich zu einem ironischen Lächeln. »Es macht mir nichts aus, die Kerle anzulügen.«

»Lassen Sie sich nicht ertappen!« Runcorns Augen verrieten keinen Humor, nur Sorge.

Monk stand auf. »Um sechs Uhr treffen wir uns wieder hier.«

»Was, wenn ich etwas entdecke?«, fragte Runcorn.

»Sie werden mich nicht erreichen können, weil ich nicht weiß, wo ich sein werde. Warten Sie hier auf mich.«

Runcorn widersprach nicht. Er erhob sich ebenfalls, und sie traten gemeinsam in den stürmischen Nachmittag hinaus.

Monk verbrachte einen so anstrengenden wie ergebnislosen Nachmittag. So diskret er nur konnte, befragte er frühere Kommilitonen von Lambourn, wobei er seine Ungeduld nur mit Mühe unterdrücken konnte. Es war schwierig genug, diese Männer aufzuspüren, die ausnahmslos behaupteten, zu beschäftigt zu sein, um Zeit für ihn erübrigen zu können. Vielleicht war es ihnen nur peinlich, über jemanden zu sprechen, dessen Leben ein derart tragisches Ende genommen hatte, doch drängte sich Monk der Verdacht auf, dass sie einen Wink erhalten hatten, an höherer Stelle würde man es nicht wohlwollend aufnehmen, wenn sie allzu bereitwillig plauderten. Türen, die ihnen bisher offen gestanden hätten, könnten in Zukunft auf unerklärliche Weise zufallen und versperrt bleiben.

Er trieb Professoren auf, die Lambourn unterrichtet hatten, dazu Männer, die mit ihm zusammen Arzt geworden waren, sowie einen, der von Medizin zu Chemie gewechselt war. Sie erinnerten sich zwar an Lambourn, hatten aber nichts zu sagen, was Monk nicht schon wusste.

Viele Stunden lang hätte er noch so weitermachen können, ohne brauchbare Auskunft zu erhalten, und hätte damit nur das Risiko erhöht, noch größere Aufmerksamkeit auf seine Erkundigungen zu lenken. Abgesehen davon wollte er Runcorn nicht warten lassen. Er hatte eine vage Erinnerung, genau das früher ziemlich oft getan zu haben.

Bei seiner Rückkehr in das Gasthaus saß Runcorn am selben Platz in der Ecke und trommelte ungeduldig mit den Fingern auf die Tischplatte.

Monk wusste, dass er nicht zu spät kam; gleichwohl zog er seine Uhr aus der Tasche, um sich zu vergewissern, ehe er Runcorn gegenüber Platz nahm.

Sein Kollege blickte ihn mit sorgendurchfurchter Miene an. »Das wird Ihnen nicht gefallen«, sagte er leise.

Monks Muskeln spannten sich jäh an, und der Atem stockte ihm. »Haben Sie etwas entdeckt?« Sein Mund war trocken und seine Stimme rau.

Runcorn wollte ihn nicht länger auf die Folter spannen. »Ehe, kein Todesfall.«

Monk prallte benommen zurück. »Der Ehemann lebt also noch?«

»Jetzt nicht mehr.« Runcorn holte tief Luft. »Zenia Gadney war tatsächlich verheiratet – mit Joel Lambourn.«

»Was?« Monk fuhr hoch. Da hatte er sich sicher verhört! Ein Witz, wenn auch ein schlechter, konnte das jedenfalls nicht sein. In Runcorns Augen fehlte jedes schalkhafte Funkeln.

»Es kommt noch schlimmer«, stieß Runcorn düster hervor. »Sie heirateten etwa fünf Jahre, bevor er scheinbar Dinah ehelichte.«

»Warum ist das noch schlimmer?«, ächzte Monk, obwohl er die Antwort gar nicht hören wollte.

»Glauben Sie mir, ich habe genau hingeschaut«, murmelte Runcorn kläglich. »Ich habe alles doppelt überprüft. Es hat nie eine Scheidung gegeben.«

»Dann … dann war die Ehe mit Dinah illegal? Verflucht!« Monk vergrub das Gesicht in den Händen. Das hatte ihm gerade noch gefehlt. »Glauben Sie, dass Dinah dahinterkam?« Langsam hob er den Kopf und sah Runcorn an.

»Es gibt keinen Eintrag einer Hochzeit zwischen Joel Lambourn und Dinah«, klärte ihn Runcorn auf. »Ich stelle mir vor, dass sie von Anfang an im Bilde war.«

»So ist das also«, sagte Monk leise. »Das ist die Lüge, die

Rathbone bei ihr gespürt hat. Er wusste, dass sie ihm nicht die vollständige Wahrheit sagte. Das war keine Hure, die Lambourn besuchte. Er versorgte seine Frau. Auch das wusste Dinah ganz genau. Sie hatte keinen Grund, eifersüchtig zu sein.«

Runcorn biss sich auf dic Lippe. »Sie hatte jeden Grund, sich Zenias Tod zu wünschen.«

Mit einem Schlag begriff Monk den Sachverhalt. »Demnach war Zenia Gadney die gesetzliche Erbin all seiner Besitztümer? Sie war ja immer noch seine Ehefrau. Dinah ist die Geliebte, und die Kinder sind unehelich. Was für eine elende Sache!«

»Vielleicht ging Dinah ja in die Copenhagen Place, um die Bezahlung weiterzuführen?«, spekulierte Monk in einem verzweifelten Versuch, sich an den letzten Strohhalm zu klammern.

»War sie nicht ein bisschen spät dran?«, bemerkte Runcorn trocken. »Zenia war da schon auf die Straße gegangen.«

»War sie das?«, fragte Monk. »Wir haben das nur angenommen, weil sie auf der Straße umgebracht wurde. Die Leute aus dem Viertel hatten nur bemerkt, dass Lambourn sich nicht mehr in der Gegend blicken ließ. Und als sie ein paar Rechnungen später als üblich bezahlte und außerdem Näh- und Stopfarbeiten übernahm, vermuteten sie, das Geld wäre ihr ausgegangen. Aber genäht hatte sie auch schon vorher immer wieder mal.«

Er hielt einen Moment lang inne. »Dinah war nach Lambourns Tod eine gebrochene Frau. Da müssen sie viel dringendere Dinge beschäftigt haben, als festzustellen, ob es Zenia gut ging. Und sie dürfte auch nicht allzu viel Geld übriggehabt haben, bis das Erbe geregelt war – vielleicht war es nicht mehr, als sie für ihren Unterhalt und den ihrer Kinder brauchte. Auf jeden Fall werden ihre Kinder Vorrang gehabt haben, lange vor Zenia.«

»Wir müssen herausfinden, wie viel Vermögen vorhanden

ist«, murmelte Runcorn bedrückt. »Sie haben das Recht, danach zu fragen.«

Monk nickte heftig. »Ich werde eine ganze Reihe von Fragen stellen – unter anderem auch danach, wie viel Amity Herne über ihren Bruder wusste und warum sie im Zeugenstand gelogen hat. Keine von ihren Behauptungen kann stimmen: weder dass Zenia eine Prostituierte war noch dass er bei ihr die sexuelle Befriedigung bekam, die ihm Dinah verweigert haben soll.«

»Vielleicht weiß sie sehr viel«, stieß Runcorn angewidert hervor. »Wie zum Beispiel den Umstand, dass Dinah nichts erben wird, Zenia dagegen sehr viel bekommen würde, wenn sie noch am Leben wäre. Aber da sie tot ist, ist Amity Herne die nächste Verwandte!«

Monk starrte ihn entgeistert an. »Ich weiß nicht, ob die ganze Angelegenheit damit besser oder noch schlimmer wird«, stöhnte er.

»Das hängt ganz vom Nachlass ab.« Runcorns Gesicht wirkte eingefallen, düster. »Und zwar in zweierlei Hinsicht: seine tatsächliche Höhe und das Vermögen, das entweder Dinah oder Amity erwartete.«

»Herne ist ja schon wohlhabend«, meinte Monk.

Runcorn rieb sich nachdenklich am Kinn. »Wann ist man wohlhabend genug? Für manche Leute existiert ein solcher Zustand einfach nicht. Man tötet, weil man verzweifelt ist – man tötet, weil man mehr will, als man hat.« Er stand langsam auf. »Ich besorge Ihnen ein Pint. Sie sollten etwas essen und trinken. Hier gibt es vorzüglichen Schweinebraten.«

»Das ist freundlich von Ihnen.« Monk seufzte in tiefer Dankbarkeit. »Sehr freundlich.«

Ein Lächeln huschte über Runcorns Lippen – und verschwand gleich wieder –, dann bahnte er sich seinen Weg zum Tresen mit all den schimmernden Krügen und auf Hochglanz polierten Zapfhähnen.

»Jawohl, Sir«, antwortete der Notar am nächsten Tag düster auf Monks Frage. »Eine beträchtliche Summe. Die genaue Höhe kann ich Ihnen nicht nennen, aber Dr. Lambourn war ein sehr kluger, sehr umsichtiger Mann. Lebte immer im Rahmen seiner Möglichkeiten.«

»Wem hinterließ er sein Vermögen, Mr Bredenstoke?«, erkundigte sich Monk.

Bredenstokes Miene verriet keine Regung, nicht einmal seine Wimpern zuckten. »Seinen leiblichen Töchtern, Sir: Marianne und Adah.«

»Alles?«

»Bis auf ein paar Legate, ja, Sir.«

»Nichts für seine Frau?«

»Nein, Sir. Sie bekommt nur so viel, dass es für die Erziehung der Kinder reicht.«

Monk wurde es unerwartet warm ums Herz. »Vielen Dank.«

16

Da es Samstag war, tagte das Gericht nicht. Das verschaffte Rathbone eine höchst willkommene Atempause. Er schrieb mehrere Briefe mit guten Wünschen für das Weihnachtsfest, das kurz bevorstand, und legte sie in der Vorhalle ab, damit Ardmore sie zur Post brachte.

Einmal wenigstens bedrückte ihn die Stille im Haus nicht so sehr wie sonst immer. Dabei war er sich gar nicht des Umstands bewusst, dass sie nichts mit dem Frieden in der Zeit der freudigen Erwartung der Rückkehr einer geliebten Person zu tun hatte. In Wahrheit handelte es sich um nichts anderes als eine Leere, die sich endlos vor ihm erstreckte. Und nun, da ihn die Enttäuschung so schwer getroffen hatte, schien sie in gewisser Hinsicht auch weit in seine Vergangenheit hineinzureichen.

Waren Margaret und er jemals wirklich so glücklich gewesen, wie er gemeint hatte? Oder hatte er nur das geliebt, wofür er sie gehalten hatte – und war dabei einem verhängnisvollen Irrtum erlegen? Empfand sie genauso wie er: dass sie sich und ihr Leben einem Mann hingegeben hatte, dem sie blind vertraute, nur um festzustellen, dass er bei Weitem nicht dem entsprach, was sie in ihm gesehen hatte, und dass ihre Verbindung ein Fehler war?

Sie hatten doch beide gewiss keine Täuschung beabsichtigt, sondern sich einfach nur falsche Vorstellungen gemacht, oder? Hatten sie nur das gesehen, was sie hatten sehen wollen? Hätte er Margaret wirklich geliebt, wäre sein Handeln dann immer noch dasselbe gewesen? Damals hatte er das geglaubt, doch im Nachhinein und im Lichte ihres Verlusts befielen ihn Zweifel. Erforderte Liebe denn nicht mehr Großzügigkeit, als er sie aufgebracht hatte? Vergab sie alles?

Und wenn ihm das Gleiche mit Hester geschehen wäre, hätte er ihr verziehen? *Was* eigentlich? Schwäche, weil sie es nicht fertigbrachte, sich der Wahrheit über ihren Vater zu stellen? Ihre Unfähigkeit, das zu sehen? Oder einfach nur die Tatsache, dass sie nicht das war, was er in ihr gesehen hatte, oder vielmehr: was sie für ihn hätte sein müssen, um ihn glücklich zu machen?

Doch Hester hätte nie einen anderen Menschen über ihr Rechtsempfinden, ihre Moral erhoben. Ein Zerwürfnis hätte ihre Gefühle verletzt, ihr sogar das Herz gebrochen, aber sie hätte von jedem erwartet, dass er die Verantwortung für seine Fehler trug, worin auch immer sie bestehen mochten. Sie hätte ihm ihre Liebe nicht entzogen und wäre nach bestem Wissen und Gewissen ehrlich zu sich selbst geblieben.

Und dann erkannte er zur eigenen Überraschung, dass er Hesters Respekt und Freundschaft vermutlich für immer verwirkt hätte, wenn er sich selbst verraten und sich Margarets Wunsch, ihrem Vater zuliebe das Recht zu beugen, gefügt hätte. Gleichermaßen war ihm klar, dass ein solcher Verlust ein Preis war, den zu zahlen er nicht gewillt war – damals genauso wenig wie heute.

Auch Monks Freundschaft würde ihm fehlen, allerdings auf andere Weise und nicht ganz so schmerzhaft.

Diese Gedanken drehte und wendete er immer noch hin und her, als das Dienstmädchen hereinkam, um ihm mitzuteilen, dass Monk im Frühstückszimmer wartete. Sofort legte er die Feder beiseite, verschloss das Tintenfass und trat in die Vorhalle, um Monk zu empfangen.

Monk kam ihm bereits entgegen. Er wirkte ernst, angespannt und leicht atemlos, als wäre er gelaufen.

»Was ist los?«, fragte Rathbone, ohne sich mit den üblichen höflichen Floskeln abzugeben.

Monk war nicht minder direkt. »Sie hatten recht. Sie hat gelogen oder zumindest die Wahrheit unterschlagen.«

Rathbone sackte der Magen nach unten. Mit einem Mal begriff er, wie sehr er sich gewünscht hatte, dass sich Dinahs Unschuld herausstellen würde, und dass er auf diesen Schlag in keiner Weise vorbereitet gewesen war.

»An Lambourn war überhaupt nichts faul«, fuhr Monk fort. »Keine sonderbaren Vorlieben, soweit ich das beurteilen kann. Mehr noch, bis auf eine Ausnahme war er in jeder Hinsicht ein höchst ehrenwerter Mann und leistete mehr, als er hätte tun müssen.«

Rathbone überwand sich. »Und die Ausnahme?«

»Er ließ sich nie von seiner Frau scheiden, um Dinah heiraten zu können. Dinah muss einverstanden gewesen sein, denn eine Ehe zwischen ihr und Lambourn ist in keinem Register eingetragen.«

»Wie … wie … meinen Sie das?«, stammelte Rathbone verständnislos.

»Seine einzige offizielle Ehe war die mit Zenia Gadney. Genauer gesagt: mit Zenia Lambourn, wie sie von da an hieß. Deshalb hat er sie aus Loyalität und Mitleid unterstützt. Anscheinend war sie eine Zeit lang wegen einer schmerzhaften Verletzung süchtig nach Opium. Falls Dinah überhaupt in die Copenhagen Place ging, dann ist es gut möglich, dass sie die Zahlungen fortführte. Wenn sie den ersten Monat nach Joels Tod ausließ, könnte das an ihrem Kummer gelegen haben oder an Schwierigkeiten, das Geld von der Bank zu bekommen, solange sein Testament nicht offiziell bestätigt war.«

Rathbones Erleichterung äußerte sich in einem Wutausbruch. »Warum, zum Henker, stehen Sie mit einer Leichenbittermiene herum? Himmelherrgott, das bedeutet, dass sie unschuldig ist! Sie hat kein Motiv!«

»Natürlich hat sie eines!«, blaffte Monk, Zornesröte im Gesicht. »Mit Lambourns Tod hat sie alles verloren! Zenia war die Witwe, und das Erbe ist ganz offenbar beträchtlich.«

Hektisch versuchte Rathbone, aus diesem Gewirr einen Sinn und einen Rettungsanker zu bergen. »Wusste sie darüber Bescheid?«, fragte er.

»Sie muss gewusst haben, dass er ein erhebliches Vermögen hatte«, antwortete Monk. »Und ihr war selbstverständlich klar, dass sie nicht mit Lambourn verheiratet war. Was immer sie für sich selbst wünschte – oder nicht –, sie benötigt Geld, um für ihre Töchter zu sorgen. Die eigentliche Frage ist wohl eher: Wusste sie überhaupt, was in seinem Testament stand?«

»Wissen Sie es?«, fragte Rathbone eilig.

»Ja. Nach ein paar kleineren Legaten geht der Großteil seines Vermögens an seine zwei Töchter, Adah und Marianne.«

»Verflucht noch mal, Monk! Warum haben Sie das nicht gleich gesagt?«

»Weil mir nicht klar ist, ob Dinah das wusste. Das hängt davon ab, ob er sie darüber aufgeklärt hat. Laut dem Notar war sie vom Testament nicht betroffen. Ob er Lambourn gefragt hat, was er da machte und warum er das Geld nicht seiner Witwe hinterlassen wollte, hat er mir nicht verraten.«

Rathbone ließ sich auf das weiche Polster seines Sessels fallen. »Fassen wir zusammen: Lambourn unterhielt keine Geliebte oder Hure, er unterstützte seine Gemahlin, während er mit der Frau zusammenlebte, die er liebte – und die jetzt bereitwillig den Tod durch den Strick riskiert, nur um seinen Ruf als Wissenschaftler vor dem Vorwurf der Inkompetenz und seinen Namen vor dem Makel des Selbstmords zu retten.«

Monk ließ sich auf dem Sessel gegenüber Rathbone nieder. »Hinzu kommt, dass Amity Herne im Zeugenstand bewusst gelogen hat, um ihren Bruder vor dem Gericht als

Scharlatan hinzustellen, der sich wegen seines beruflichen Versagens und seiner perversen sexuellen Vorlieben umgebracht habe. Aber das hat nichts mit dem Ziel des Prozesses zu tun: der Überführung der Person, der zur Last gelegt wird, die Frau, mit der er sie betrogen hat, ermordet und zerstückelt zu haben! Das wirft natürlich die Frage auf, worum es bei diesem bluttriefenden Alptraum wirklich geht. Ist es tatsächlich Opium und das Recht, es ungehindert von den Einschränkungen durch das geplante Arzneimittelgesetz zu importieren und mit ungeheuren Profiten zu verkaufen?«

»Dinah hat also recht«, schloss Rathbone. »Jemand mit einem eigennützigen Interesse an Opium hat Lambourn auf eine Weise umgebracht, die dazu angetan ist, ihn persönlich und damit auch seine Untersuchung in Verruf zu bringen. Und als Dinah versuchte, ihn zu verteidigen, hat er auch diesen unvorstellbar abscheulichen Mord an Zenia Gadney begangen und die Schuld auf sie abgewälzt, um auch sie zum Schweigen zu bringen. Das ist ungeheuerlich! Gibt es in der Regierung wirklich jemanden, der so abgrundtief verdorben ist? Bei Gott, hoffentlich nicht!« Ihm fiel der Gerichtssaal wieder ein, die Galerie und Sinden Bawtry, der fast verdeckt vom Schatten einer Säule am Ende der Reihe gesessen hatte. Was hatte er vor? Das Arzneimittelgesetz zu retten oder es zu sabotieren?

»Wer sonst noch?«, drängte Monk. »Das Thema ist immer noch die sehr ernste Frage, ob Dinah Lambourn schuldig ist. Ich persönlich glaube das nicht, auch wenn meine Meinung gewiss nicht das Maß aller Dinge ist.«

»Ich muss noch sehr viel mehr über das Arzneimittelgesetz in Erfahrung bringen«, brummte Rathbone, angestrengt darum bemüht, seine Gedanken zu ordnen. »Und auch über die zu erwartenden Folgen, wenn es verabschiedet wird. Wer wird dabei verlieren? Würde ein vernünftiger Mann, und sei er noch so habgierig, solche Taten begehen, nur um ein Gesetz zu verzögern, das in ein, zwei Jahren so oder so kommen wird?«

»Nein«, räumte Monk mit einem langsamen Kopfschütteln ein. »Dahinter muss mehr als nur das Arzneimittelgesetz stecken. Und Sie können es sich nicht leisen, Zeit zu verlieren.«

Rathbone stand auf. »Ich kann es mir nicht leisten, sie mir nicht zu nehmen. Vielleicht steht etwas anderes im Vordergrund als das Arzneimittelgesetz oder womöglich die Opiumkriege, aber der Zusammenhang mit beidem lässt sich nicht leugnen. Wieso hätte man sonst Lambourn und seine Untersuchung vernichten wollen? Kommen Sie mit.« Das klang wie ein Befehl und war auch so gemeint.

Gehorsam stand Monk auf. »Wohin gehen wir?«

»Zum Premierminister. Zumindest hoffe ich, dass er uns empfängt.« Auf dem Weg zur Tür und weiter durch die Vorhalle schmiedete Rathbone bereits Pläne, wen er alles ansprechen würde. Einen Mann hatte er dabei besonders im Auge, dem er früher einmal einen beträchtlichen Gefallen erwiesen hatte. Dieser konnte ihm sogar an einem Samstagvormittag Zugang zur Downing Street Nummer 10 und zu Gladstones geneigtem Ohr vermitteln, sofern der Premierminister die Angelegenheit für wichtig genug hielt.

In ehrfürchtigem Schweigen folgte Monk seinem Freund.

Es war mitten am Nachmittag, als sämtliche erwiesenen Gefälligkeiten zurückerstattet worden waren und William Ewart Gladstone in seinem Tagesprogramm Platz fand, um Rathbone und Monk zu empfangen. Sie wurden in sein Büro geführt, wo der Premierminister vor dem Kamin stand. Mit seinem Backenbart und dem merkwürdig vertrauten Gesicht war er eine imposante Erscheinung, als wäre sein aus der Zeitung ausgeschnittenes Bild zum Leben erwacht.

»Nun, meine Herren?« Gladstone musterte seine Besucher. »Ihr Kommen muss einen außerordentlich wichtigen Grund haben. Bitte fassen Sie sich kurz. Ich kann Ihnen exakt eine halbe Stunde gewähren.«

»Danke, Sir.« Rathbone hatte das, was er sagen wollte, auf dem Hinweg auf mehrere verschiedene Weisen zusammengefasst und bei jedem Versuch mal das eine, mal das andere Detail ausgelassen, denn es kam ihm darauf an, nicht nur die wesentlichen Punkte darzustellen, sondern auch denjenigen Teil des Falles, der den Kreuzritter in Gladstone am ehesten ansprechen würde, den Moralapostel, der so oft in ihm zum Vorschein kam.

»Ich verteidige Joel Lambourns Witwe, die eines abstoßenden Mordes angeklagt ist, meiner Meinung nach jedoch unschuldig ist«, begann er. Er bemerkte den Abscheu in Gladstones Gesicht und traf blitzschnell seine Entscheidung. Angesichts Gladstones wohlbekannter puritanischer Ader ging er damit ein großes Risiko ein, doch er war es gewohnt, das Mienenspiel der Geschworenen zu beobachten, und erkannte immer schnell, ob er im Begriff war, jemanden für sich zu gewinnen oder abzuschrecken.

»Diese Frau ist von bemerkenswerter Loyalität zu ihrem Mann«, fuhr er fort. »Erst heute Morgen habe ich von Commander Monk« – er deutete auf seinen Begleiter – »erfahren, dass sie gar nicht verheiratet waren, denn er war immer noch der Ehemann des Opfers, Zenia Gadney. Seine Besuche in Limehouse waren also kein sexuelles Abenteuer, sondern dienten dazu, sie finanziell zu unterstützen und ihr, soweit er das konnte, Trost zuzusprechen. Und das tat er, obwohl sie früher unter einer verheerenden Opiumsucht gelitten hatte und in einen Wahnsinn abgeglitten war, aus dem er ihr herausgeholfen hatte.«

Jetzt erkannte er, wie plötzlich Anteilnahme und Zorn in Gladstones Augen traten. »Die Sucht nach Opium gehört zu den schlimmsten Flüchen unserer Zeit«, sagte der Premierminister leise. »Und dennoch können wir nicht auf das Gute verzichten, das es bei all den Opfern quälender Schmerzen bewirkt. So wahr uns Gott helfe, wir müssen sorgfältig abwägen, was wir mit dem Arzneimittelgesetz anrichten.«

Hastig kehrte Rathbone zu seinem Thema zurück. »Dinah Lambourn hat sich hinsichtlich Zenia Gadneys Tod absichtlich selbst belastet. Als die Polizei sie verhörte, verwickelte sie sich bewusst in Widersprüche, weil es ihr Wunsch war, in einem aufsehenerregenden Mordfall vor Gericht zu stehen …«

»Warum?«, rief Gladstone fassungslos. Für einen Moment fiel sein zerklüftetes Gesicht in sich zusammen, während er versuchte, aus alldem schlau zu werden.

»Um die Studie ihres Mannes über die medizinischen Fakten bei den durch Opium herbeigeführten Todesfällen in das Licht der Öffentlichkeit zu rücken«, erklärte Rathbone, wobei er die Worte »ihres Mannes« bewusst verwendete. »Insbesondere bei Kindern. Er hatte seine Erhebung der Regierung vorgelegt, doch dort hatte man sie als fehlerhaft zurückgewiesen und später seinen Ruf mit der Bezichtigung geschädigt, er hätte sich das Leben genommen.«

»Ich erinnere mich.« Gladstone schüttelte betrübt den Kopf. »Eine in tiefer Verzweiflung begangene Sünde. Armer Mann.«

»Mit Verlaub, Sir«, widersprach ihm Rathbone mit der gebotenen Höflichkeit, »allmählich neige ich zu der Auffassung, dass Dinah Lambourn recht hat und es sich tatsächlich um einen sehr raffiniert inszenierten Mord handelt.« Er wandte sich zu Monk um, damit dieser das näher erklärte.

Monk griff bereitwillig den Faden auf. »Zunächst sprach wirklich alles für Selbstmord, Sir. Doch als der für die Untersuchung verantwortliche Inspector das genauer überprüfen wollte, wurde ihm der Fall von Regierungsbeamten aus der Hand genommen, die behaupteten, aus Gründen der Loyalität und Diskretion im besten Interesse von Lambourns Angehörigen zu handeln. Zu Dinah Lambourn als Hauptverdächtiger wiederum führten mich bestimmte Spuren bei der Mordsache Zenia Gadney. Als ich sie verhörte, bestritt sie leidenschaftlich, dass ihr Mann Selbstmord begangen habe und seine Untersuchung fehlerhaft gewesen sei.«

Monk sprach hastig, um zu verhindern, dass er unterbrochen wurde. Doch dann fiel Rathbone auf, dass er seinen Redefluss bewusst verlangsamte.

»Sie erklärte, man habe ihren Mann ermordet und es wie einen Selbstmord aussehen lassen, um ihn zu diskreditieren. Der Gerechtigkeit halber war ich verpflichtet, ihre Angaben zu überprüfen, und stieß dabei auf mehrere Ungereimtheiten in der Version der mit der Sache betrauten Beamten. Ich kann Ihnen sämtliche Details schildern, Sir, wenn Sie das möchten, aber ein auffälliges Beispiel ist die Tatsache, dass in seiner Nähe weder ein Messer noch eine Klinge gefunden wurden.«

Rathbone, der Gladstones Mienenspiel scharf beobachtete, erkannte darin gesteigertes Interesse.

»Glauben Sie denn, dass er ermordet wurde, Sir?«, fragte der Premierminister.

»Ja, Mr Gladstone«, antwortete Monk wie aus der Pistole geschossen. »Ich glaube, dass in bestimmten Kreisen das Interesse bestand, Lambourn und später die arme Zenia Gadney zu töten, um auf diese Weise die Schuld auf Dinah Lambourn zu wälzen und sie mundtot zu machen. So kann die ganze Untersuchung über die Gefahren des Opiums unter den Teppich gekehrt werden.«

»Welches Interesse genau?«, wollte Gladstone wissen.

»Das weiß ich nicht, Sir«, gestand Monk. »Es ist uns nicht gelungen, Kopien von Dr. Lambourns Arbeit zu finden, obwohl wir sein Haus und dasjenige von Mrs Gadney gründlich durchsucht haben. Darum ist uns unbekannt, welche

Informationen oder Schlüsse daraus hervorgingen oder wessen Interessen er geschadet haben könnte.«

»Ihr Argument steht auf tönernen Füßen, Commander Monk«, stieß Gladstone grimmig hervor. »Was wünschen Sie sich nun von mir?«

Monk holte tief Luft. Er hatte viel zu gewinnen – oder zu verlieren. »Eine Zusammenfassung des Inhalts des geplanten Gesetzes und sämtliche Briefe und Notizen, die Lambourn seinen Auftraggebern geschickt hat, bevor er den vollständigen Bericht einreichte.«

»Ganz schön viel«, bemerkte Gladstone trocken. »Glauben Sie wirklich, dass diese Frau unschuldig ist?«

»Ganz sicher bin ich mir nicht, aber ich glaube es in der Tat.« Der Schweiß brach Monk aus allen Poren, denn er wusste genau, was auf dem Spiel stand. Wie würde sich das auf seine Laufbahn auswirken, falls Dinah sich am Ende doch als schuldig erwies?

Gladstone überlegte. »Ein solches Handeln erscheint mir bemerkenswert und zugleich äußerst töricht. Das Gesetz kommt auf jeden Fall. Das ist für das Wohlergehen des Volkes unabdingbar. Ich kann eine Zusammenfassung für Sie erstellen lassen. Informationen über Lambourns Untersuchung könnten schwer zu erhalten sein, aber ich werde tun, was ich kann.«

»Danke, Sir!«, rief Rathbone erleichtert, doch schon im nächsten Augenblick kehrten die Sorgen zurück. Er biss sich nervös auf die Lippe. »Wahrscheinlich benötigt die Anklage nur noch einen Tag, um die Beweisführung abzuschließen. Dann muss ich mit der Verteidigung beginnen. Das kann ich bestenfalls auf drei, vier Tage ausdehnen. Sobald das Urteil verkündet ist – und gegenwärtig besteht so gut wie kein Zweifel an einem Schuldspruch –, wird die Todesstrafe verhängt, und die zu kippen ist praktisch ausgeschlossen.«

Er warf Monk einen Blick zu, dann sah er wieder den

Premierminister an. »Nicht nur das Leben einer Unschuldigen steht auf dem Spiel, die dafür bestraft werden soll, dass sie zu ihrem Mann gehalten hat, sondern auch das Arzneimittelgesetz, wenn es verschoben oder verwässert wird. Wie viele Menschen, der Großteil davon vermutlich Kinder, das völlig unnötigerweise das Leben kosten wird, kann niemand ermessen.«

Gladstones Züge spannten sich an. Er war sichtlich aufgewühlt. Erst nach einer Weile antwortete er. Dabei war sein Blick nicht auf seine Besucher gerichtet, sondern verlor sich irgendwo in der Tiefe seiner Erinnerung.

»Zu unserer großen Schande haben wir viele Flecken in unserer Geschichte, aber zu den dunkelsten Episoden im langen Leben unserer Nation zählen die Opiumkriege. Es hat glorreiche Zeiten der Tapferkeit, Ehre, der genialen geistigen Errungenschaften und christlicher Nächstenliebe gegeben. Die Kriege verkörpern das Gegenteil: Gier, Unehre, barbarische Grausamkeit. Großbritannien ist nach Tee süchtig, den wir in der Zeit dieser Konflikte nur in China kaufen konnten. Wir lieben auch Porzellan und Seide, alles Produkte, die wir gleichfalls größtenteils aus China beziehen. Die einzige Münze, die man dort als Tauschmittel akzeptiert, ist Barrensilber, von dem wir nur sehr wenig haben.«

Rathbone wechselte einen Blick mit Monk, doch keiner unterbrach den Premierminister.

Gladstones Stimme nahm einen rauen Ton an. »Wir brachten Argumente und Bitten vor, und als die Chinesen sich davon nicht beeindrucken ließen, begannen wir, ihnen von Indien aus Opium zu verkaufen. Am Anfang mögen sie es vielleicht für die Linderung von Schmerzen verwendet haben, aber das änderte sich schnell, und sie rauchten es zu ihrem Vergnügen. Ich habe weder Zeit – noch Lust –, Ihnen das Fortschreiten dieses Gräuels zu schildern, aber binnen weniger Jahre wurden Zigtausende so süchtig, dass sie nicht mehr in der Lage waren, zu arbeiten, geschweige denn sich oder ihre Familie zu erhalten.

Wir überschwemmten das Land mit Opium, obwohl die chinesische Regierung alles unternahm, um den Handel zu unterbinden. Am Ende haben wir eine ganze Nation vergiftet und einen großen Teil ihrer Bevölkerung zu Apathie, Hilflosigkeit, ja sogar zu schleichendem Tod degradiert. Natürlich ziehen es viele von uns vor, das zu leugnen. Niemand bekennt sich gern zu schändlichen Taten. Im Gegenteil, viele von uns halten es für patriotisch, sie zu leugnen und zu verbergen, am Ende sogar zu lügen und die Schuld anderen zuzuweisen. Menschen sind ermordet worden, um eigene Verbrechen zu verschleiern, und die Täter sahen sich im Recht.« Er sprach mit leiser, heiserer Stimme. »Und dann führen sie Begriffe wie ›mein Land‹, ›meine Familie‹, ›gut‹ oder ›böse‹ im Mund. Das ist der Gipfel des Verrats an Gott.«

Monk und Rathbone schwiegen. Sie hätten auch nicht gewusst, was sie darauf antworten sollten. Angesichts der Tiefe von Gladstones Emotionen hätten Worte nicht nur unnötig, sondern störend gewirkt.

Als erinnerte sich Gladstone jäh ihrer Anwesenheit, nahm er seine Ansprache wieder auf. Sein Gesicht glühte mittlerweile vor Zorn und Scham. »In unseren Augen mag der Verkauf von Opium am Anfang ein ordentliches Gewerbe gewesen sein. Und es gibt tatsächlich Menschen, die sich darauf berufen, dass, hätten wir sie nicht von Indien aus mit Opium überschwemmt, andere in die Lücke gesprungen wären und es aus Ländern geliefert hätten, wo es ebenfalls angebaut wird. Die Franzosen und die Amerikaner zum Beispiel haben die Hände im Spiel.«

»Ist das wahr?«, fragte Rathbone, nur um sich im nächsten Moment zu wünschen, er wäre stumm geblieben. Er hätte den Premierminister nicht unterbrechen dürfen.

Gladstone blickte ihn kurz an. »Ja, aber es ist ein fadenscheiniges Argument. Die Sünde eines Menschen rechtfertigt nicht die Sünde eines anderen.«

»Und die Kriege, Sir?«, fragte Monk.

»Gegen die Chinesen natürlich«, erwiderte Gladstone. »Erst versuchten sie, uns mit gutem Zureden vom Verkauf des Opiums abzubringen, dann mit Streit, mit Handelszöllen, kurz: mit sehr wenig Diplomatie. Selbst die Gesandten der Königin wurden behandelt wie die Knechte irgendeines Vasallen, die in seinem Namen Tributzahlungen leisteten.« Er war inzwischen so empört, dass er um Worte rang. »Als die mächtigste Nation der Welt ließen wir uns eine solche Beleidigung nicht gefallen. Zornausbrüche wurden nur mit Mühe beherrscht.« Er senkte die Stimme. »Oder überhaupt nicht.«

Rathbone konnte sich das lebhaft vorstellen, blieb aber stumm.

»Es kam zu gewalttätigen Zwischenfällen«, fuhr Gladstone fort. »Einige davon waren unsäglich bestialisch, und auch wir sind nicht frei von Schuld. Andererseits halte ich es für ausgeschlossen, dass wir so tief gesunken sind, dass wir Dinge taten, die ich von den Chinesen gehört habe.« Ihn überlief ein Schauer. »Aber das ist keine Entschuldigung. Wir hatten es nicht zum ersten Mal mit Wilden zu tun und sollten nicht davon ausgehen, dass ein Mann ein von Grund auf zivilisiertes Wesen ist, nur weil er fähig ist, Dinge von erhabener Schönheit oder Segnungen wie Papier, Porzellan und auch Schießpulver mit seinen vielen Verwendungszwecken zu schaffen. Aber was immer dieser Mann sein mag, uns entbindet das nicht von unseren Pflichten vor Gott als Christen.« Sein Gesicht hatte sich vor Zorn dunkel verfärbt, und er bebte am ganzen Leib.

Rathbone sah zu Monk hinüber und bemerkte in seiner Miene Betroffenheit und auch Verwirrung. Er holte Luft, wagte dann aber nicht zu unterbrechen.

Gladstone gewann seine Selbstbeherrschung zurück und konnte fortfahren. »Die Zwischenfälle häuften sich, ja eskalierten, bis die Chinesen tonnenweise Opium beschlagnahmten. Was auch gerechtfertigt war. Manche streiten das ab, aber es ist die Wahrheit. Es war illegale Ware, die wir in ihr Land schmuggelten. Wie auch immer, unsere Flotte griff an. Die chinesischen Schiffe waren winzig und mit Waffen aus dem Mittelalter bestückt. Unsere Breitseiten versenkten sie reihenweise mit Mann und Maus, während wir selbst praktisch keine Verluste erlitten. An den Flussmündungen griffen wir ihre Festungen an und schossen Stadtmauern sturmreif, obwohl Frauen und Kinder dahinter Schutz gesucht hatten. Unsere Schiffe – wie die ›Nemesis‹, die einen Rumpf aus Stahl hatte und als Raddampfer von Wind und Gezeiten unabhängig war – erwiesen sich den ihren als in jeder Hinsicht überlegen. Einige hatten primitive Steinschlosspistolen, andere nichts als Pfeil und Bogen – Gott sei ihren Seelen gnädig. Unser Sieg war total.«

Nur langsam dämmerte Rathbone das ganze schreckliche Ausmaß dieses Krieges.

»Dreihundert Millionen Menschen!«, rief Gladstone. »Wir zwangen sie, für ihren eigenen Hafen von Kanton ein Lösegeld von sechs Millionen Silberdollar zu zahlen. Bis 1842 brachten wir Shanghai und die gesamte Mündung des Yangtse unter unsere Kontrolle und zwangen ihnen einen schmachvollen Vertrag nach dem anderen auf. Wir nahmen ihnen die Insel Hongkong weg und dazu die Häfen von Kanton, Xiamen, Amoy, Futschau, Shanghai und Mingbo und verlangten neun Millionen Dollar als Reparation für die Beschlagnahmung und Vernichtung des geschmuggelten Opiums.«

Er schüttelte den Kopf. »Aber das war noch längst nicht alles. Sie mussten zusätzliche Zugeständnisse machen. 1844 verlangten Frankreich und die Vereinigten Staaten exakt dieselben Reparationen, doch das kann uns nicht als Entschuldigung dienen. Es waren unser Krieg, unsere Waffen und unsere Gier, die diese Orgie der Gewalt entfesselten und sie zu unseren Bedingungen beendeten.«

Sein Blick wanderte von Rathbone zu Monk. »Der zweite Opiumkrieg wenige Jahre später war um keinen Deut besser. Wieder bereicherten wir uns. Dass auch andere sich schuldig machten, ist keine Rechtfertigung für uns. Frankreich, die Vereinigten Staaten und später auch Russland schlossen sich uns im Krieg und bei der Plünderung an. Aber die Hauptrolle spielten wir, und unbestreitbar waren wir es, die sich bei den Verträgen und der Beschlagnahmung weiterer Häfen den Löwenanteil sicherten. Und die ganze Zeit hörten wir nicht auf, Opium an ein geschundenes Volk zu verkaufen, das in einem sonnenlosen Meer der Sucht versank. Es ist eine Episode, die von entsetzlicher Schande zeugt, und Sie werden auf viele stoßen, die sie leugnen.«

Rathbone räusperte sich. »Und das Arzneimittelgesetz wird die Etikettierung sämtlicher Medikamente in Großbritannien zur Vorschrift machen und verhindern, dass sie von Personen ohne medizinische Ausbildung verkauft werden?«

»Das wird es«, bestätigte Gladstone. »Ein gewisser Mr Wilkie Collins, ein Schriftsteller mit beträchtlichen Fähigkeiten und – wichtiger noch – von hohem Ansehen, setzt sich mit seinem ganzen Prestige für das Gesetz ein, aber es war Dr. Lambourn, der die medizinischen Grundlagen schaffen sollte. Sein Tod war ein schwerer Schlag; und noch größerer Schaden ist durch seine Diskreditierung entstanden. Aber wir werden das alles überwinden, das verspreche ich Ihnen. Dennoch würde mich brennend interessieren, worin seine Entdeckung bestand, dass alle möglichen Leute ihn töten und seinen Namen in den Schmutz ziehen wollten. Meine Herren, vielleicht müssen wir mehr darüber erfahren.« Er hielt inne und blickte seine Besucher eindringlich an. Diese spürten, dass er noch nicht fertig war, und warteten.

»Neulich habe ich mit Sinden Bawtry darüber gesprochen«, fuhr Gladstone fort. »Er hat mir gesagt, dass Dr. Lambourns Studie zu fehlerhaft sei, um von irgendeinem Wert zu sein, und dass man sie um Lambourns Erinnerung willen zerstört habe. Ich glaubte ihm, aber jetzt haben Ihre Worte erhebliche Zweifel in mir geweckt. Ich kenne Bawtry seit einigen Jahren – ein Mann mit großen Fähigkeiten, hochgebildet und von großer Liebe zu seinem Land. Gleichwohl kann es sein, dass er getäuscht wurde. Was Dr. Lambourn betrifft, könnte er im Laufe seiner Forschungen zufällig das eine oder andere hässliche Geheimnis entdeckt haben: Geschichten über Barbarei und Schande, die ans Licht gekommen wären.«

Damit erhob er sich. Monk und Rathbone verstanden und strebten zur Tür.

»Das war sehr freundlich von Ihnen, dass Sie Zeit für uns gefunden haben, Sir«, bedankte sich Rathbone.

Gladstone nahm es mit einem Lächeln zur Kenntnis, das guten Willen, aber keinerlei Freude verriet. »Tun Sie Ihr Möglichstes, um Mrs Lambourn zu retten«, drängte er. »Mich schaudert beim Gedanken an die Aufdeckung unserer Schande vor Gericht, aber noch viel schlimmer wäre es, eine unschuldige Frau zu opfern, nur damit die Wahrheit weiter verborgen werden kann. Würden wir das tun, würden wir nicht nur unsere jeweiligen Berufe beschmutzen, sondern auch unser Rechtssystem! Aber lassen Sie sich warnen: Sie werden sich erbitterte Feinde machen, Sir Oliver! Doch ich will Sie nicht abschrecken. Tun Sie, was Sie können, meine Herren. Und halten Sie mich auf dem Laufenden. Einen guten Tag Ihnen beiden.«

Draußen in der ebenso dunklen wie würdevollen Downing Street wandte sich Rathbone an Monk. »Ich bin mir nicht sicher, ob das unserer Sache nun hilft oder schadet. Nichts ist so, wie ich ursprünglich dachte. Ich hatte angenommen, ein kluger, aber mit schweren Fehlern behafteter Mann mit abweichenden sexuellen Vorlieben hätte sein Leben auf tragische Weise mit Selbstmord beendet, und seine Frau wäre von ihrer Trauer und dem Gefühl, betrogen worden zu sein, zu einer blutrünstigen Rache getrieben worden. Stattdessen scheinen wir es jetzt mit einem außergewöhnlichen Mann zu tun zu haben, dessen einziger Fehler darin bestand, dass er seine opiumsüchtige Frau ohne förmliche Scheidung verließ. Er lebte mit der Frau zusammen, die er wirklich liebte, ohne sie je über ihre Situation zu täuschen. Aus Mitleid oder einem Pflichtgefühl heraus unterstützte er seine Ehefrau auch weiterhin, und zwar sowohl finanziell als auch emotional. Als er eine Untersuchung über die Gefahren des ungeregelten Gebrauchs von Opium verfasste, ließ er sich weder durch Geld noch sonstwie davon abbringen und wurde schließlich wegen seines Mutes ermordet. Aus Liebe zu ihm riskiert seine Witwe – oder mutmaßliche Witwe – ihr eigenes Leben, nur um seinen Ruf zu retten. Seine gesetzliche Ehefrau war entgegen der allgemeinen Annahme keine Prostituierte, sondern wurde von ihrem anständigen Gatten unterstützt, der dafür keinerlei Gegenleistungen von ihr verlangte. Ist überhaupt irgendetwas so, wie es auf den ersten Eindruck wirkt?«

Monk schüttelte den Kopf. »Ich weiß es nicht.«

Rathbone musste an eigene Erfahrungen denken, als auf einen Schlag alles ganz anders gewesen war, als er es erwartet hatte. Vertrautes war unerklärlicherweise fremd geworden und Selbstverständliches wie weggewischt gewesen. Konnte so etwas jedem widerfahren? Dinah musste das gewiss auch erlebt haben! Hatte sie entdeckt, dass Lambourn nicht der Mann war, den sie geliebt hatte und der nur in ihrer Einbildung existierte?

Oder verstand er die Verhältnisse erst jetzt so, seit er nach dem schmerzhaften Verlust seiner Illusionen die Erfahrung gemacht hatte, dass man sich der Realität nicht mehr sicher sein konnte?

Zügig liefen die beiden Männer durch die stille Straße.

»So kurz vor dem Ende des Prozesses ist es vielleicht bereits unmöglich, das Urteil abzuwenden, und das ängstigt mich«, sagte Rathbone. »Jemand hat zwei Morde begangen. Ich kann mir nicht vorstellen, dass Lambourns und Zenia Gadneys Tod nicht miteinander zusammenhängen. Amity Herne hat einen Meineid geleistet, aber mir ist nicht klar, warum. Aus Feindschaft gegen ihren Bruder oder gegen Dinah? Um so zu rechtfertigen, dass ihr Mann Joels Untersuchung verworfen hat? Oder hat sie ein persönliches Interesse an der Verhinderung des Gesetzes?«

»Ich weiß es auch nicht«, gab Monk zu. »Aber Gladstone hat recht. Wir machen uns unbeliebt, wenn wir das Grauen der Opiumkriege aus der Vergessenheit zurückholen.« Er blieb jäh stehen und starrte Rathbone unverwandt an. »Aber Sie haben das trotzdem vor!«

»O ja!«, versicherte Rathbone ihm. Doch kaum hatte er die Worte ausgesprochen, fragte er sich, ob er damit das Ende seiner Laufbahn besiegelt hatte.

17

Gladstones Ausführungen hatten Monk zutiefst erschüttert. Vielleicht war ihm vor seinem Gedächtnisverlust das schändliche Verhalten der Briten teilweise bewusst gewesen, aber ganz gewiss nicht das volle Ausmaß ihrer Gier. Ihre Brutalität und Doppelzüngigkeit entsetzten ihn. Was für eine Überheblichkeit doch hinter der Anmaßung steckte, das eigene Volk hätte das Recht, eine giftige Substanz in ein technisch weniger fortschrittliches Land zu schmuggeln und es kraft seiner überlegenen Waffen zu erobern. Und damit nicht genug: Es hatte obendrein Reparationen für die Verwüstungen verlangt, die es selbst angerichtet hatte!

Wäre Großbritannien das Opfer gewesen und nicht der Angreifer, hätte Monk vor Empörung gekocht. Er hätte die Eindringlinge verdammt und auf Rache gebrannt.

Doch hier waren seine eigenen Landsleute die Barbaren gewesen, das Volk, von dem er angenommen hatte, es sei zivilisiert und hätte fremden Rassen mit weniger gerechten Gesetzen einen Ehrenkodex und einen höheren Glauben gebracht.

Er saß in seinem Salon im Schein des Kaminfeuers, umgeben von vertrauten Gemälden und Büchern, die er gelesen hatte und liebte. Scuff schlief in seinem Zimmer oben. Mit leiser Stimme berichtete Monk Hester, was er vom Premierminister erfahren hatte.

Schließlich stand er auf und drehte die Lampen höher. So konnte er ihr Gesicht beobachten, während sie ihm zuhörte. Er sah die Trauer darin, den Schmerz bei der Schilderung bestimmter Details, auch wenn er einige für sich behielt. Schämte sie sich ebenso wie er? Dabei wirkte sie weniger überrascht, als er das erwartet hatte.

»Wusstest du das schon?«, fragte er unwillkürlich. Warum hatte sie ihm dann nicht widersprochen und versucht, wenigstens einen Teil davon zu bestreiten?

»Nein«, antwortete sie ruhig. »Aber ich habe schon davor Ignoranz und Dummheit gesehen. Am Anfang wollte ich sie nicht wahrhaben, suchte Entschuldigungen dafür oder Gründe, warum etwas nicht dem Schein entsprach. Letztlich musste ich akzeptieren, dass die meisten meiner Beobachtungen zutrafen und es in einigen Fällen sogar noch schlimmer war. Menschen lügen, um ihre Fehler zu verbergen, und begehen dann noch größere, wenn sie ihre Lügen vertuschen.«

Sie blickte ihn mit einer merkwürdigen Mischung aus Sorge und Sanftheit an, als würde sie ihn am liebsten vor alldem beschützen. »Früher habe ich mir immer vorgestellt, die Mächtigen wären anders, aber das stimmt meistens nicht. Niemand gesteht sich gern ein, dass sein eigenes Volk genauso gierig und grausam sein kann wie irgendein fremdes. Wir stellen alle möglichen geistigen Verrenkungen an, um einen Grund dafür zu finden, warum etwas in Wahrheit nicht dem äußeren Schein entspricht, aber wir täuschen nur diejenigen, die zum Narren gehalten werden wollen.«

»Vielleicht habe ich es gewusst und nur vergessen«, murmelte Monk eingedenk seines Kampfes darum, sich selbst wieder kennenzulernen, Indizien über den Mann zusammenzusetzen, der er gewesen war, die guten Eigenschaften wie die schlechten. Damals war er auf so vieles gestoßen, bei dem es weit angenehmer gewesen wäre, es zu leugnen und einen Weg zu finden, es anders zu erklären als so, wie es auf den ersten Blick wirkte.

Als hätte sie seine Gedanken gelesen oder vielleicht ähnlichen Erinnerungen nachgehangen, lächelte Hester ihn an.

Es war ein wundersam schöner Moment des gegenseitigen Verstehens. Sein und ihr Schmerz wurden geteilt und verschmolzen zu etwas Tieferem und Friedlichem.

Monk berührte Hester liebevoll, und ihre Hand schloss sich um die seine.

Das Schweigen fand ein natürliches Ende.

»Glaubst du, dass Joel Lambourn im Laufe seiner Untersuchung etwas entdeckt hat, das mehr umfasst als nur den Schaden, der beim unwissentlichen Gebrauch von Opium entstanden ist?«, fragte Hester. »Etwas, das streng genommen nicht zum Thema gehört, aber noch viel gefährlicher ist als die anderen Probleme?«

Monk hatte bereits selbst darüber gerätselt. »Mir leuchtet nicht ein, warum seine Studie eine solche Brisanz haben soll, wenn sie nichts als Zahlen zum Missbrauch von Opium, zu Todesfällen bei Kindern und vielleicht noch hier und dort zu Süchtigen enthält«, brummte er. »Durch ihre Unterdrückung ließe das Arzneimittelgesetz sich vielleicht um ein Jahr verzögern, aber andere Forscher werden die gleichen Beweise finden. Und es gibt auch noch andere Medikamente, bei denen eine Regelung geboten ist. Opiumimporteure werden ehrlicher sein müssen; Apotheker werden beim Wiegen, Messen und Beschriften sorgfältiger arbeiten müssen; viele kleine Händler werden kein Opium mehr verkaufen können. Tausende werden jede Woche ein paar Pence verlieren. Würde einer von ihnen Lambourn deswegen ermorden? Oder gar Zenia Gadney wegen eines Parlamentsgesetzes auf solch abscheuliche Weise umbringen?«

»Nein«, antwortete Hester ernst. »Wir haben irgendetwas übersehen. Jemand hat noch viel mehr zu verlieren als einen kleinen Profit.«

»Wer?«, fragte Monk. »Die Vermögen aus dem Opiumhandel sind bereits verdient worden, und niemand hat deswegen seinen guten Ruf verloren.«

»Ich weiß es nicht.«

»Gladstone meinte, manche Leute könnten in den Ruin gestürzt werden, wenn mehr Einzelheiten ans Licht kämen«, sagte Monk. »Hatte Lambourn irgendwo eine Gräueltat aufgedeckt, deren Enthüllung bestimmte Leute ihr Ansehen kosten würde?«

Hester schüttelte den Kopf. »Unwahrscheinlich. Er brauchte sich doch gar nicht um den Schmuggel oder die Gewalt zu kümmern, wenn er beweisen wollte, dass Opium in frei erhältlichen Medikamenten zum Tod führen kann, weil die Leute die Höhe der Dosierung nicht kennen. Und dass es zu Sucht führen kann, wenn es nicht sorgfältig beschriftet ist und darum falsch eingenommen wird. Das war es doch, worum es ihm ging, oder?«

»Könnte er zufällig auf etwas anderes gestoßen sein?« Monks Gedanken überschlugen sich. Es entsetzte ihn, dass er so wenig wusste. »Womöglich lügt jemand, weil er den Gedanken an die Schande für unser Land einfach nicht erträgt. Manche – was sage ich da? –, viele Leute würden lieber sterben wollen, als eine solche Erniedrigung ertragen zu müssen.«

»Ich weiß.« Hester seufzte.

Monk beobachtete ihr Gesicht, bemerkte die tiefe Sorge, die sich plötzlich darin spiegelte, und zu spät fiel ihm wieder ein, dass ihr Vater sich lieber umgebracht hatte, statt die Schande zu ertragen, in den Konkurs gegangen zu sein, weil Joscelyn Grey ihn um sein ganzes Geld betrogen hatte. Das war der erste Fall, den er in seinem neuen Leben nach dem Gedächtnisverlust übernommen hatte. Dabei hatten er und Hester sich kennengelernt. Allein schon deswegen hätte er mehr Einfühlungsvermögen zeigen müssen, statt über Schande und Selbstmord zu schwadronieren. Wie tollpatschig von ihm!

»Hester ...« Was konnte er jetzt noch sagen? Die Schamesröte stieg ihm brennend ins Gesicht.

Sie lächelte unter Tränen. »An ihn hatte ich gar nicht gedacht«, sagte sie sanft. »Es war töricht von ihm, einem bösen Menschen blind zu vertrauen; und ich war nicht da und konnte nicht helfen. Ich war zu sehr damit beschäftigt, mich auf der Krim um mich selbst und mein Gewissen zu drehen. Schande für die Nation ist etwas anderes.« Sie senkte den Blick auf ihren Schoß. »Es kann so leicht sein, zu sagen, das sei alles für unser Land geschehen, und dann ungeheuerliche Dinge anzustellen, um andere Gräueltaten zu verbergen. Es ist ja so leicht, an solche Ausreden zu glauben. Aber ich kenne die Antwort nicht. Morgen gehe ich wieder zu Winfarthing und noch zu ein, zwei anderen Leuten, die mir vielleicht mehr über die Opiumkriege und die Art und Weise, wie wir sie geführt haben, sagen können.«

»Ich finde nicht, dass das eine gute Idee …«, begann Monk, doch seine Worte erstarben, als er die Entschlossenheit in Hesters Augen sah. Er konnte sagen, was er wollte, sie würde es allein schon um ihres Seelenfriedens willen tun, so wie sie ohne die Einwilligung ihrer Eltern auf die Krim gegangen war und später trotz seiner Einwände die Klinik aufgebaut hatte. Es wäre so viel bequemer, wenn sie sich mehr um ihr eigenes Wohlergehen oder um das seine sorgte, ganz zu schweigen von ihrer Sicherheit. Doch dann würde sich die Unzufriedenheit auf anderen Wegen hereinschleichen und in dem Maße wachsen, in dem sie sich selbst und das, woran sie glaubte, verleugnete.

»Dann sei aber wenigstens sehr vorsichtig«, schloss Monk lahm. »Denk an Scuff!«

Hester errötete leicht. Dann sog sie die Luft ein, als wollte sie in scharfem Ton antworten, biss sich aber nur auf die Lippe. »Das werde ich«, versprach sie.

Als Erstes suchte Hester Winfarthing auf. Allerdings musste sie fast eine Stunde warten, bis er den letzten Patienten behandelt hatte und seine Aufmerksamkeit ihr widmen konnte. Wie immer war das Sprechzimmer mit Büchern und Dokumenten übersät. Ganz oben auf dem chaotischsten Haufen lag ein winziges Kätzchen. Das Tier machte keine Anstalten, sich zu regen, als Hester sich auf einem Stuhl dicht vor ihm niederließ.

Winfarthing schien das nicht bemerkt zu haben. Er wirkte müde und unglücklich. Seine dichten Haare standen ihm zu Berge – er hatte sie sich im wahrsten Sinne des Wortes gerauft.

»Nein, ich habe nichts, was Ihnen weiterhelfen wird«, erklärte er, bevor Hester dazu kam, ihn zu fragen. »Sonst hätte ich Sie sofort informiert.«

Hester wiederum berichtete ihm alles, was sie über Dinah und Zenia Gadney in Erfahrung gebracht hatten.

»Gütiger Himmel!«, entfuhr es Winfarthing. »Ich würde liebend gerne zu ihren Gunsten aussagen, aber was spricht denn schon für sie? Wenn sie es nicht war, die diese Frau umgebracht hat, wer dann?« Ein Ausdruck von Abscheu breitete sich auf seiner Miene aus. »Ich habe keine große Zuneigung zu Politikern, Respekt auch nicht, aber es fällt mir schwer zu glauben, dass einer von ihnen Joel Lambourn kaltblütig ermorden würde, nur um das Arzneimittelgesetz zu verzögern. Früher oder später kommt es sowieso – vermutlich früher –, egal, was seine Gegner unternehmen. Lässt sich in ein, zwei Jahren wirklich so viel Geld verdienen, dass es das Leben eines Mannes wert ist? Ganz zu schweigen von der eigenen Seele?«

»Nein, das glaube ich nicht«, erwiderte Hester. »Es muss mehr dahinterstecken, viel mehr.«

Winfarthing betrachtete sie neugierig. »Was? Etwas, das Lambourn wusste und in seiner Studie erwähnte?«

»Glauben Sie das denn nicht?« Hester fühlte sich zunehmend unsicher und suchte hektisch nach Antworten. Sie wünschte sich, Dinah wäre unschuldig und Joel Lambourn kein Scharlatan, der Selbstmord begangen hatte. Was war es, das sie, abgesehen vom logischen Verstand, antrieb? Nur zu deutlich las sie in Winfarthings Gesicht, dass er sich genau diese Frage stellte, und schon spürte sie ein leichtes Brennen auf den Wangen. »Die Theorie von Lambourns Selbstmord ergibt keinen Sinn«, verteidigte sie sich. »Die physischen Beweise stimmen nicht.«

Winfarthing ignorierte ihr Argument. »Was meinten Sie vorhin? Was könnte dahinterstecken?«, fragte er. »Etwas, das er über den Umfang des heutigen Opiumverkaufs entdeckt hatte? Schmuggel? In Großbritannien kümmert es doch niemanden, was die East India Company in China anstellt.« Er schnippte verächtlich mit den Fingern. »Was die meisten von uns betrifft, könnte China genauso gut auf dem Mond sein – wären da nicht Seide, Tee und Porzellan. Aber was dort ansonsten passiert, ist dem Mann auf der Straße vollkommen egal. Diebstahl? In jedem moralischen Sinn ist ohnehin alles Diebstahl: Korruption, Gewalt, die Vergiftung einer halben Nation, weil wir die Mittel und den Wunsch haben, es zu tun, und weil es absurd hohe Profite einbringt.«

»Ich weiß es nicht«, sagte Hester zum wiederholten Mal, eine Spur verzweifelter jetzt. »Es muss doch etwas geben, das uns ans Herz geht. Wir können Menschen aus fremden Ländern abschlachten und Wege finden, das vor uns zu rechtfertigen, aber unseresgleichen können wir nicht ausrauben und auch ganz gewiss nicht betrügen.«

»Sind Sie sicher, Hester?«, fragte er leise. »Wie kommen Sie darauf, dass Lambourn etwas dieser Art entdeckt hatte? Über wen? Es ist allgemein bekannt, dass wir unter den Chinesen Opium verbreitet haben, um damit den Luxus zu bezahlen, den wir von ihnen kaufen: Seide, Porzellan und vor allem Tee – danach sind *wir* süchtig. Sie wollten es sich nur mit Silber bezahlen lassen, aber wir haben keines. Also haben wir sie süchtig nach Opium gemacht und es uns mit Silber bezahlen lassen, um es ihnen gegen noch mehr Tee zurückzugeben, wenn wir nicht gleich direkt getauscht haben. Der Unterschied ist, dass wir den Tee legal importieren und er uns nicht schadet. Das Opium schmuggeln wir dagegen nach China, und es bringt die Bevölkerung langsam um. Sie wandern durch Höhlen der Seele, ›die kein Mensch ermessen kann, in sonnenloses Meer‹. Lesen Sie Coleridge, *Kubla Khan*, oder de Quincey!«

Über dieses Thema hatte Hester auch schon eine Weile nachgedacht, war sich aber nicht schlüssig, wie sie ihre Frage dazu formulieren sollte oder welche Antwort sie eigentlich suchte. Sicher wusste sie nur, dass sie Winfarthing volles Vertrauen schenkte.

»In sonnenloses Meer«, wiederholte sie. »Das klingt nach Gefängnis, nach Ertrinken. Wie schlimm ist echte Abhängigkeit von Opium?«

Er musterte sie unverwandt. Seine Augen verengten sich. »Warum fragen Sie das? Warum jetzt?«

»Wir rauchen es nicht wie die Chinesen, sondern nehmen es in Form von Medikamenten ein, die daneben noch alle möglichen anderen Bestandteile enthalten«, antwortete sie zögernd. »Es ist das einzige Mittel gegen wirklich schlimme Schmerzen.«

»Das weiß ich, Mädchen. Was wollen Sie damit sagen?«

»Ich habe im Hafenviertel eine Frau kennengelernt, die eine Klinik für schwerverletzte Dockarbeiter und Seeleute betreibt. Sie hat mir eine Spritze mit einer daran befestigten Kanüle gezeigt, über die Opium direkt ins Blut befördert werden kann. Auf diese Weise können Schmerzen schneller und länger betäubt werden. Größere Wirkung bei geringerer Dosierung.«

Winfarthing nickte bedächtig. »Und noch größere Abhängigkeit«, knurrte er. »Was sonst! Passen Sie auf, Hester.

Passen Sie nur gut auf! Opiumsucht ist eine schlimme Angelegenheit. Sie haben recht: Sie ist ein Meer, in dem Millionen gleichzeitig ertrinken können und trotzdem jeder für sich allein untergeht. Erst nimmt man es gegen die Schmerzen, dann, um bis zum nächsten Tag durchzuhalten, und am Ende, um den Wahnsinn abzuwehren. Gute Menschen wenden es bei anderen an, um unerträgliches Leiden zu lindern, böse erzeugen damit eine Leidenschaft, aus der sich nur die Wenigsten befreien können.«

»Wer hat diese Nadeln?«, wollte Hester wissen.

»Das weiß ich nicht. Sie?«

»Nein. Ich weiß nicht einmal, ob es viele oder wenige gibt. Und ich habe nicht den Schimmer einer Ahnung, ob das vielleicht mit Dr. Lambourns Tod zusammenhängen könnte. Niemand scheint zu wissen, was in dieser Untersuchung …«

Plötzlich streckte Winfarthing sich. »Ist es das, worum sich diese Angelegenheit Ihrer Meinung nach dreht? Weder das Arzneimittelgesetz noch die Opiumkriege, sondern die Tatsache, dass jemand eine Krankheit erzeugt, die nur er behandeln kann?«

»Das weiß ich nicht«, gestand Hester. »Aber die Opiumkriege sind auch ohne alles andere hässlich genug!«

»Meine Liebe, die Menschen hören nicht, was sie nicht hören wollen«, erinnerte Winfarthing sie sanft. »Man wird Sie eine Lügnerin, eine Vaterlandsverräterin nennen, wenn Sie so etwas auch nur andeuten. Und die wahren Täter wird man verteidigen, weil es uns nicht leichtfällt, uns einzugestehen, dass wir möglicherweise getäuscht wurden. Niemand trennt sich freiwillig von einer Illusion über sich selbst. Da wollen manche sogar lieber sterben.«

»Oder töten?«, flocht Hester eilig ein. »Die Stimme zum Verstummen bringen, die das infrage stellt, woran man glaubt? Ist es nicht ein alter Brauch, solche Leute als Gotteslästerer zu brandmarken und zu bestrafen?«

Winfarthing schüttelte den Kopf. »Wenn jemand gesteinigt worden wäre, könnte ich das vielleicht noch akzeptieren. Aber einem Menschen die Pulsadern aufzuschlitzen und das Ganze wie einen Selbstmord aussehen zu lassen, das hat nichts mit Zorn zu tun, Hester. Es ist kaltblütiger Mord. So etwas tut nur jemand, dem es darum geht, seine eigenen Interessen zu schützen, nicht diejenigen von anderen.«

Hester schwieg. Sie versuchte, sich Joel Lambourn allein in der Dunkelheit auf dem One Tree Hill vorzustellen.

»Einem Menschen das anzutun, was Zenia Gadney angetan worden ist, zeugt von einem Unmenschen«, fuhr Winfarthing fort. »Und ein solches Verbrechen zu begehen, um jemand anderen zu belasten, übersteigt alles, was zur Rechtfertigung eines Wahnsinnigen herangezogen werden könnte. Sie haben recht. Hier geht es wirklich nicht um das Arzneimittelgesetz oder die Opiumkriege.«

»Dann ist es Eigeninteresse, um ein Vermögen zu schützen, das durch den Opiumhandel erworben wurde und immer noch vermehrt wird.« Hester weigerte sich, von ihrem Verdacht abzurücken.

»Schützen? Wovor?«, fragte Winfarthing. »Das Arzneimittelgesetz wird zur Vorschrift machen, dass man genau misst, beschriftet und …«

»Aber Lambourn ist tot«, unterbrach Hester ihn. »Und er hat sich *nicht* die Pulsadern geöffnet. Es gab kein Messer und auch keine Flasche oder Ampulle für Opium.«

»Ungereimtheiten«, bestätigte Winfarthing. »Oder Unachtsamkeit seitens der Polizei. Ist es möglich – nicht wahrscheinlich, aber möglich –, dass eine andere Person das Messer gestohlen hat?«

»Warum versuchen Sie, den Mord wegzuerklären?«, warf Hester ihm wütend vor. Sie war verwirrt und fühlte sich in die Enge gedrängt, als glitte ihr eine schreckliche Wahrheit aus den Händen und hinterließe noch hässlichere Lügen. »Glauben Sie jetzt tatsächlich, dass er wegen seines Versagens Selbstmord begangen hat? Oder wollen Sie mich auf Kosten von Dinah Lambourns Leben daran hindern, etwas Anstößiges aufzuwirbeln?«

Seine unglückliche Miene verriet ihr, dass sie ihn verletzt hatte.

»Verzeihen Sie mir!«, rief sie. »Das war ungerecht von mir, und ich wünschte, ich hätte es nicht gesagt. Ich fühle mich so hilflos. Ich weiß, dass hier etwas zum Himmel stinkt, und habe zu wenig Zeit, um daraus schlau zu werden.«

Winfarthing wischte ihre Selbstbezichtigung mit einer kleinen Geste beiseite. »Sie haben sich nicht verändert, hm? Nichts dazugelernt?« Er blickte sie liebevoll an. »Das freut mich. Manche Menschen sollten nie alt werden – zumindest nicht ihre Seele. Aber seien Sie auf der Hut, Mädchen. Wenn wirklich etwas hinter dieser Sache steckt, dann ist es äußerst übel und sehr gefährlich.« Er beugte sich über das Pult und griff nach seiner Feder und einem Blatt. Darauf kritzelte er einen Namen und reichte es Hester. »Dieser Mann hat auf einem ähnlichen Gebiet gearbeitet wie Lambourn und ihm geholfen. Auch er hat viele Fragen über Opium, seine Verwendung und seine Gefahren gestellt. Er arbeitet unter den Armen und fristet sein Leben, so gut er kann. Es wird nicht ganz leicht sein, ihn zu finden. Er ist ziemlich sprunghaft – heute glücklich, morgen zu Tode betrübt –, aber er ist ein guter Mensch. Achten Sie sorgfältig darauf, bei wem Sie sich nach ihm erkundigen.«

Hester nahm das Blatt in die Hand und warf einen Blick darauf. Alvar Doulting. Diesen Namen hatte sie noch nie gehört. Sie steckte es in ihre kleine Handtasche. »Vielen Dank. Ich werde versuchen, ihn aufzutreiben.«

Es kostete sie den halben nächsten Tag, bis sie endlich fündig wurde und Alvar Doulting am St. Saviour's Dock in einem Nebenraum eines Warenlagers antraf. Dort hatte er mit einem halben Dutzend Patienten alle Hände voll zu tun, die größtenteils üble Blutergüsse und Knochenbrüche bis hin zu Trümmerbrüchen erlitten hatten. Nach einer knappen Vorstellung, bei der sie kurz die Krim erwähnte, begann sie einfach, ihm zu helfen.

Doulting war ein junger Mann, sehr ernst und blass, was von Erschöpfung oder dem plötzlichen Kälteeinbruch herrühren mochte. Sein hageres Gesicht, das Kraft und zugleich Sensibilität verriet, war mit Bartstoppeln übersät und von tiefen Erschöpfungsfalten durchzogen. Seine Kleider waren zerlumpt. Um sich zu wärmen, trug er sie in mehreren Schichten übereinander. Statt einer Krawatte oder eines Halstuchs hatte er sich einen Wollschal umgebunden.

Doulting brauchte Hester nur kurz bei der Arbeit zuzusehen, um zu erkennen, dass sie eine erfahrene Kraft war und sich nicht durch die Armut der schmutzstarrenden Patienten stören ließ. Sie achtete nur auf die Schmerzen und die Gefahren des Blutverlusts, dann des Wundbrands, des Schocks und natürlich der Unterkühlung.

Sie behalfen sich mit Lumpen, Stofffetzen, aus denen sie Verbände improvisierten, Schienen, die sie aus allem bastelten, was einigermaßen fest war, und mit billigem Brandy, den sie den Patienten zur Schmerzbetäubung einflößten und auch zur Reinigung der Wunden auftrugen, bevor sie sie mit Nadeln und Fäden aus Catgut zunähten. Opium hatte er nur sehr wenig, und er benutzte es nur bei den schlimmsten Fällen.

Erst nach zwei Stunden fanden sie Zeit für ein Gespräch unter vier Augen. Dazu setzten sie sich in sein winziges Büro, das vollgestopft mit Büchern und Stößen von Papierbögen war, welche offenbar Notizen über Patienten enthielten. Hester kannte das aus eigener Erfahrung. Oft war man einfach zu müde oder zu sehr in Anspruch genommen, um sich all die

Informationen zu merken, sodass man sie lieber kurz hinkritzelte. Auf einem kleinen Ofen in der Ecke stand ein Wasserkessel. Doulting bot Hester Tee an, den sie dankbar annahm.

»Danke für Ihre Hilfe.« Er lächelte und reichte ihr die dampfende Tasse.

Sie wehrte den Dank mit einer unscheinbaren Geste ab, die er vielleicht gar nicht bemerkte. Und weil sie mit einer langen Vorrede keine Zeit verschwenden wollte, fiel sie gleich mit der Tür ins Haus: »Ich versuche, Joel Lambourns Witwe vor dem Galgen zu retten. Wie ich das sehe, hat sie niemanden umgebracht, aber ich weiß nicht, wer der Mörder ist. Wenn ich ein Motiv erkennen könnte, wäre das vielleicht hilfreich.«

Doulting hatte sich auf einem Hocker niedergelassen. Als er zu Hester aufsah, sprachen aus seinen Augen Hoffnungslosigkeit und tiefe Betroffenheit. Er versuchte gar nicht erst, seine Gefühle in Worte zu fassen. »Das können Sie nicht«, sagte er nüchtern. »Sie führen einen Krieg, den niemand gewinnen wird. Erst haben wir die Chinesen ruiniert, jetzt stürzen wir uns selbst in den Ruin.« Er stieß ein leises, bitteres Lachen aus. »Ein Schlückchen Opium, um die Schreie des Babys zu ertragen, die Magenschmerzen zu lindern, ein bisschen Schlaf zu finden. Ein tiefer Schluck, um die quälenden Wundschmerzen des Soldaten, des Mannes mit dem zerquetschten Bein oder die Schmerzen des bösen Nierensteins zu betäuben.«

Sein Gesicht verzerrte sich jäh. »Ein Pfeifenkopf voll für den Mann, dessen Leben eine einzige graue Tretmühle ist und der viel lieber sterben würde, als die Flucht in Träume aufzugeben.« Seine Stimme sank zu einem Flüstern ab. »Und in ein paar Fällen eine Kanüle und den Inhalt einer dünnen Glasphiole in eine Vene, und für eine Weile – nur eine kurze Weile – verwandelt sich die Hölle in einen Himmel, bis man die nächste Dosis braucht.«

Er blinzelte. »In dem Blut und in den Profiten, die bei diesen Geschäften fließen, werden Sie ertrinken. Glauben Sie mir, ich weiß das. Ich habe mein Haus verloren, meine Praxis, die Frau, die ich heiraten wollte.«

Hester spürte die Angst auf sich zukriechen, als rückten die Schatten um sie herum immer näher, doch zugleich brandete auch Kraft in ihr hoch. Endlich war sie auf etwas sehr Reales gestoßen und nicht schon wieder auf eine Mauer aus Schweigen.

»Was hatte Joel Lambourn entdeckt, das zu verbergen einen Mord wert war?«, fragte sie.

»Das weiß ich nicht«, antwortete Doulting. »Das Einzige, was er mir verriet, war die Anzahl der Kinder, die eines unnötigen Todes starben, weil die Verpackungen nicht beschriftet waren. Ihre Mütter gaben ihnen gegen die Schmerzen beim Wachsen der ersten Zähne ein Kolikmittel, auf dem keine Angaben über die Höhe der Dosierung und die Häufigkeit der Einnahme standen. Die Zahl der Toten ist verheerend, und bei den Mitteln handelt es sich um Markenfabrikate, die wir alle kennen und für vertrauenswürdig halten.«

»Was noch?«, drängte Hester und nippte an ihrem Tee. Er war zu stark und ganz gewiss nicht frisch, aber er war heiß. Bittersüße Erinnerungen an ihre Tage bei der Armee kehrten zurück.

»Mehr hat er mir nicht gesagt«, beteuerte Doulting. »Er wusste, dass jemand versuchte, ihm Knüppel zwischen die Beine zu werfen, ihn als unfähig hinzustellen. Er war sehr vorsichtig. Alles wurde genau dokumentiert.« Doulting war leichenblass geworden, als verfolgten ihn Schuldgefühle und die Leiden der Opfer. Und immer wieder verzog er das Gesicht – wie jemand, der selbst von Schmerzen heimgesucht wird. »Ich habe versucht, meine eigenen Informationen zu sammeln, und ihm alles, was ich hatte, gegeben. Ich habe viele Fragen gestellt und Notizen angefertigt. Einige dieser Geschichten würden Ihnen das Herz zerreißen.«

»Wo sind Ihre Notizen jetzt?«

»In meinem Büro wurde Feuer gelegt, und all meine Unterlagen und Aufzeichnungen sind verbrannt. Selbst meine Instrumente, Skalpelle und Nadeln, sämtliche Medikamente – alles wurde vernichtet. Ich musste an einem anderen Ort ganz von vorn anfangen und mir alles zusammenbetteln und -borgen.«

Hester befiel Eiseskälte. »Wissen Sie, wer das war?«

»Namen? Nein. Bei der Absicht bin ich mir nicht sicher. Es ging um mehr als einfach nur darum, einen Bericht zu verhindern, der die Regulierung des Opiumverkaufs zur Folge haben könnte. Es wird natürlich Geld kosten, wenn alles genau gewogen und beschriftet werden muss und Medikamente nur noch von qualifizierten Leuten verkauft werden dürfen, die die Patienten aufklären können, aber so teuer ist das doch wirklich nicht. Dann wieder höre ich schon den Protest derjenigen, die Regeln beim Verkauf für eine Schikane der kleinen Leute halten. Das, worum es ihnen in Wahrheit geht, ist die Freiheit, den Verzweifelten ihre eigenen Präparate nach Belieben anzudrehen, ohne dass irgendjemand weiß, was sie enthalten.«

»Halten Sie es für möglich, dass diese Art von irrigem Glauben Menschen dazu treiben kann, einen Mord wie den an Zenia Gadney zu begehen?«

Doulting schüttelte den Kopf. »Nein. Und sparen Sie sich die Mühe, mich danach zu fragen, wer dahintersteckt. Ich bin davon überzeugt, dass Lambourn es wusste. All das muss auch in seinen Aufzeichnungen gestanden haben. Nur war er mir gegenüber in dieser Hinsicht sehr wortkarg. Er meinte, es wäre besser für meine Sicherheit, wenn ich es nicht wüsste.«

»Aber es ist jemand hier in London?«, beharrte Hester.

Doulting nickte mit gequälter Miene, der anzusehen war, wie sehr es ihn belastete, dass andere Schmerzen litten und er bestenfalls an den Rändern ihrer Leiden herumdoktern konnte. »Die Tatsache, dass dieser Kerl Lambourn umgebracht, die arme Zenia Gadney abgeschlachtet hat und Dinah Lambourn dafür an den Galgen liefern will, hat nicht das Geringste mit dem Schicksal der armen Leute hier zu tun. Es ist und bleibt im Dunkeln. Vielleicht gibt es nichts auf der Welt, was das ändern kann.«

Hester glaubte, dass er ihr die Wahrheit sagte, soweit er sie kannte oder sich zusammengereimt hatte. Die Angst stand ihm ins Gesicht geschrieben. Und die kläglichen Instrumente und wenigen Medikamente in seiner Praxis bestätigten sie. Aber hatte Lambourn Beweise gehabt, dass jemand eine Sucht erzeugte, um dann gegen viel Geld vorübergehend Abhilfe zu schaffen? Und galt das überhaupt als Verbrechen? Eine Sünde war es ganz gewiss, doch konnte man dafür von einem Gericht bestraft werden? Und hätte Lambourn diesen Beweis benutzt? Sein eigentliches Anliegen, Regeln für den Verkauf von Medikamenten, hätte das jedenfalls nicht vorangebracht.

War die Suchtfrage nicht ein grundsätzlich anderes Thema, das auch zu einer anderen Zeit – wenn überhaupt – in Angriff genommen werden sollte? Wer würde dann zuhören? Die Leute wollten nicht wissen, dass diejenigen, denen sie vertrauten, zu solcher Brutalität und Gier, zu solcher Gleichgültigkeit gegenüber der Zerstörung von Menschen fähig waren. Würden sie ihm überhaupt glauben, oder würde es heißen, wer in die Hölle wolle, hätte jedes Recht dazu, den Weg dorthin nach eigenem Gutdünken zu gehen? Es war um so vieles leichter und sicherer, den Überbringer unbequemer Nachrichten zu verdammen und die Worte, statt der beängstigenden, unaustilgbaren Taten, zu zerstören.

»Wenn er Informationen über Erkrankungen oder Tod wegen fehlenden Wissens über die Dosierung sammelte, wie konnte er dann etwas über die Auslösung von Sucht durch Injektion in die Vene erfahren?«, fragte Hester. »Er kümmerte sich doch um verzweifelte Mütter, die Kinder verloren hatten: einfache Leute, die nie weiter als ein paar Meilen von ihrem Zuhause entfernt gewesen waren.«

»Das weiß ich nicht.« Doulting seufzte müde. »Ich weiß weder, wo er überall war, noch, mit wem er sonst noch alles sprach. Wahrscheinlich hatte er es zufällig von alten Soldaten erfahren. Er hat sich nie dazu geäußert.«

»Alte Soldaten?«, fragte Hester.

Ein trauriges Lächeln flackerte über Doultings Lippen. »Veteranen aus dem Krimkrieg und den Opiumkriegen. Männer mit Verwundungen, die ihnen ihr Leben lang Schmerzen bereiten werden. Sie nehmen Opium, damit sie in den Nächten nicht von ihren alptraumhaften Erinnerungen verfolgt werden. Andere brauchen es, um Fieberanfälle, Schüttelfrost oder Malariakrämpfe abzuschwächen oder um gegen die Symptome von Krankheiten Abhilfe zu schaffen, deren Namen sie gar nicht kennen.«

Hester kam sich dumm vor, weil sie nicht selbst daran gedacht hatte. Sie hatte sich einfach zu einseitig auf Lambourns Studie über die Kindersterblichkeit konzentriert. Aber vielleicht hatte er dieses Problem deshalb in den Vordergrund gerückt, um von den anderen Dingen abzulenken, über die er gestolpert war und die, wie er wusste, nie als Tatsachen anerkannt würden.

»Sie werden Dinah Lambourn mit einer Aussage zu diesem Thema nicht retten können«, murmelte Doulting ohne jede Hoffnung. »Das Gericht wird das nicht zulassen. Wir Briten werden nicht zugeben, welchen Schaden wir mit dem Opium angerichtet haben, weil wir es waren, die damit gehandelt und es an eine ganze Nation verkauft haben. Wir haben Zivilisten überfallen, ausgeraubt und ermordet, wir haben die Männer, Frauen und Kinder eines Volkes vergiftet, das militärisch zu rückständig war, um Widerstand leisten zu können. *Wir* sind Barbaren, wir alle – diejenigen, die das getan haben, und wir anderen, die wir es jetzt vorziehen, uns nicht dazu zu bekennen.« Er stieß einen leisen Seufzer aus. »Es ist ja so viel einfacher zu behaupten, das sei doch harmlos, und Andersdenkende als Verräter anzuprangern, sie zum Schweigen zu bringen und dann einfach weiterzumachen wie zuvor. Wenn wir es zugeben, müssen wir Schadenersatz leisten und unsere Profite zurückerstatten. Sehen Sie irgendjemanden, der dazu bereit wäre?«

Darauf fiel Hester keine Antwort ein. »Es ist immer noch Zeit, den wahren Täter zu finden!«, rief sie. »Jemand hat wegen dieser Angelegenheit erst Joel Lambourn und später Zenia Gadney umgebracht.«

»Aber wem ist geholfen, wenn wir das beweisen?«

»Mir geht es im Moment nur darum, Dinah vor dem Galgen zu retten«, erklärte Hester.

»Und Sie glauben, dass wir weiterkommen, wenn wir wissen, was Lambourn entdeckt hat?« Doulting lächelte, doch in seinen Augen fehlte jede Zuversicht.

»Doch! Es ist möglich!«, beharrte sie. »Zumindest wird dann den Geschworenen vor Augen geführt, dass hinter diesem Fall sehr viel mehr steckt als nur Eifersucht. Dinah hat fünfzehn Jahre lang in dem Wissen um Zenia Gadney gelebt. Was, um alles auf der Welt, hätte sie davon, wenn sie sie ausgerechnet jetzt umbrächte, da Joel tot ist?«

»Das weiß ich nicht. Aber sind Menschen, die solche Morde begehen, immer vernünftig?« Er stellte die Frage in sanftem Ton, als könnte er ihr damit die Schärfe nehmen.

Hester wusste keine Antwort darauf. Aber nicht nur das bedrückte sie. Noch war die Frage nach Lambourns Vermögen ungeklärt, und die Möglichkeit stand im Raum, dass Zenia jederzeit hätte beweisen können, dass nicht Dinah seine gesetzmäßige Witwe war, sondern sie. Hätte sie das getan? Lambourn hatte sich aus freien Stücken um sie gekümmert und sie finanziell versorgt. Nie hatte er ihr einfach nur das Geld geschickt, sondern er hatte sie besucht und mit ihr gesprochen. Hätte sie nach alldem noch versucht, seine Kinder zu enterben?

Oder war Dinah nicht bereit gewesen, dieses Risiko einzugehen? Der Staatsanwalt konnte sich genau darauf berufen. Außerdem war Zenia auf so grauenhafte Weise gestorben, dass es sehr schwer sein würde, sie als etwas anderes als das Opfer darzustellen.

Statt auf Doultings Frage einzugehen, wechselte Hester das Thema. »Wo finde ich die Soldaten, mit denen er in Kontakt stand? Ich könnte sie natürlich selbst suchen, aber ich kann es mir nicht leisten, Zeit zu verlieren.«

»Ich schreibe Ihnen alles auf, was ich weiß«, bot Doulting ihr an. »Danach muss ich aber zu meiner Arbeit zurückkehren.«

Hester trank ihren Tee aus und stellte die Tasse auf eine der wenigen freien Stellen auf dem Tisch. »Vielen Dank.«

18

Rathbone wusste, dass ihm die Verteidigung aus den Händen glitt. Dabei war er sich immer noch nicht sicher, was der Kern dieses Falles war: Leidenschaft, die am Ende jemanden zum Mord getrieben hatte? Alle seine Überlegungen führten ihn unweigerlich zu seiner Überzeugung zurück, dass Dinah unschuldig war. Dabei fragte er sich allerdings, ob er das vielleicht nur glauben *wollte*. Der Grund, warum er sich zu Dinah mit ihrer Treue zu Lambourn hingezogen fühlte, lag in seinem inneren Bedürfnis zu glauben, dass es eine solche Liebe wie die von Dinah tatsächlich gab, eine Liebe, die tiefer war als der Überlebenstrieb, tiefer als alle Indizien, die Dinah belasteten. Da hatten selbst die Existenz dieser anderen Frau in Lambourns Leben und sein mutmaßlicher Selbstmord Dinahs Leidenschaft nicht erschüttern können.

War das ein gesunder Glaube oder nur ein Beweis für ihr Unvermögen, sich der Wahrheit zu stellen?

Er lag wach in der Stille seines Schlafzimmers und kam einer Antwort kein bisschen näher. Im Osten wurde der Himmel allmählich hell, und durch den Spalt zwischen zwei Vorhängen drang das Dämmerlicht herein. Es versprach, einer dieser klaren Wintertage zu werden, die das nahende Weihnachten noch festlicher machten. Gestern war der kürzeste Tag des Jahres gewesen. Überall wurden Kränze aus Stechpalmenzweigen und Efeu gebunden und Girlanden um die Türen gewunden. Bald würden Weihnachtssänger durch die Straße ziehen.

Im Garten draußen ließen die letzten Chrysanthemen, die in der Nacht vom Frost gebissen worden waren, die arg zerzausten Köpfe hängen. In der Luft hingen die Gerüche von feuchtem Laub und blauem Holzrauch. Alldem wohnte eine Schönheit inne, die eindringlich daran erinnerte, dass die Zeit nie stehen blieb und der Mensch auch das Wertvollste nicht festhalten konnte.

Dieses Weihnachten würde er allein sein.

Konnte er Dinah überhaupt noch retten? Bisher hatte er immer geglaubt, sich fest auf sein vollendetes juristisches Geschick verlassen zu können. Das konnte ihm nicht einmal Margaret nehmen. Doch jetzt war er sich da nicht mehr so sicher.

Wenn Dinah unschuldig war, wer war dann der Täter?

An wen konnte er sich nur wenden, der etwas bezeugen konnte, das ihm weiterhalf?

Bestand wirklich ein Zusammenhang mit Lambourns Studie? Zenias Ermordung schien doch eher von einer extrem persönlichen und heftigen Emotion herzurühren und nicht von der Gier irgendwelcher Profiteure. Aber war es denkbar, dass Lambourns Tod und der Mord an Zenia nicht in einem Zusammenhang standen, sondern nur zwei schreckliche Ereignisse waren, die unabhängig voneinander binnen zweier Monate zufällig dieselbe Familie getroffen hatten? Suchte er ein Muster, das es überhaupt nicht gab?

Wenn das zutraf, war Dinah unschuldig und Zenia Gadney das zufällige Opfer eines Wahnsinnigen, den sie vielleicht nie finden würden. Mit Sicherheit würden sie jedenfalls in den nächsten zwei Tagen keine Beweise für die Existenz eines solchen Mannes entdecken. Heute war Sonntag. Er wusste, dass Richter Pendock den Prozess noch vor Weihnachten abschließen wollte, das dieses Jahr auf einen Mittwoch fiel. Ansonsten würde sich die Entscheidung bis zur darauffolgenden Woche hinziehen. Die Geschworenen würden sich maßlos darüber ärgern und die Schuld ihm geben.

Er hatte das Gefühl, im Strudel seiner Verzweiflung zu versinken, immer tiefer, bis das Wasser über seinem Kopf zusammenschlug und er keine Luft mehr bekam. Wie albern von ihm! Er lag in seinem eigenen Bett und starrte nach oben zur Decke, an der sich das Tageslicht ausbreitete. Seine Gesundheit war so gut wie eh und je. Was ihn niederdrückte, waren seine Enttäuschung und das Wissen um ein Scheitern, das viel tiefer ging als ein verlorener Prozess. Es war sein Wunsch, Dinah als unschuldig, zurechnungsfähig, tapfer, loyal zu sehen, als eine Frau, die ihren Mann auch noch nach seinem Tod liebte – und zwar mehr als sich selbst.

Es war in diesem Moment, dass er beschloss, Amity Herne noch heute aufzusuchen und irgendwie ein besseres Verständnis von Lambourn und dessen komplizierten Beziehungen zu erhalten. Vielleicht erfuhr er Dinge, die er gar nicht hören wollte, aber es war zu spät, sich gegen Wahrheiten zu sträuben, selbst wenn sie Dinahs Schuld bewiesen.

Jemanden an einem Sonntag zur Essenszeit zu besuchen war äußerst unschicklich – noch dazu ohne Einladung –, doch die Umstände ließen Rathbone keine Wahl. Und schlimmer noch: Ihm war es völlig egal, wie gestört oder sogar belästigt Amity und ihr Mann sich fühlen mochten.

Er wählte Kleider von konservativer Eleganz, als käme er gerade aus der Kirche, was jedoch nicht der Fall war. Heute Morgen hätte er den rituellen Zuspruch und die pompöse Selbstgewissheit des Pfarrers nicht als hilfreich empfunden. Er musste jetzt denken, planen, sich mit den hässlichsten und schlimmsten aller möglichen Entwicklungen befassen.

Um halb eins stand er vor Barclay Hernes Haustür. Sekunden später führte ihn der Butler etwas widerstrebend ins Frühstückszimmer und bat ihn zu warten, während er seinen

Dienstherrn über Sir Olivers Besuch in Kenntnis setzte. Eigentlich hatte Rathbone nur Amity Herne befragen wollen, aber nun würde er eben die Gelegenheit nutzen und mit allen beiden sprechen. Wenn es sich bewerkstelligen ließ, würde er beobachten, wie sie aufeinander reagierten. Er hätte gern gewusst, ob Barclay in seinem Ehrgeiz womöglich Amity dazu überredet hatte, sich von Lambourn zu distanzieren. Er selbst war mehr als bereit, jede erdenkliche Art von Druck auf sie auszuüben, um Details, welcher Art auch immer, zu erfahren, die Dinah in ein neues Licht rückten. Vielleicht bot sich dann doch noch eine Gelegenheit, den Prozess über Weihnachten hinaus zu verlängern, was Monk noch etwas Zeit verschaffen würde, Entlastungsmaterial zu finden.

Mit solcherlei Gedanken beschäftigt, schritt er rastlos in dem protzigen Zimmer auf und ab. Die Regale enthielten optisch aufeinander abgestimmte, in Leder gebundene Bücher, und über dem Kamin hing ein schmeichelhaftes Gemälde von Amity, etwa zwanzig Jahre jünger und mit makelloser Haut an Gesicht und Schultern. Doch nichts von alldem vermochte Rathbone von seinen trüben Gedanken über die Ausweglosigkeit seiner Lage abzulenken.

Die Tür ging auf. Barclay Herne trat ein und schloss sie hinter sich. Seine Kleidung war leger. Statt einer förmlichen Schleife trug er ein lose um den Hals geworfenes Tuch, und sein Hausrock passte ganz und gar nicht zur Hose. Insgesamt erweckte er den Eindruck, sich nicht wohl in seiner Haut zu fühlen.

»Guten Tag, Sir Oliver. Ist Dinah etwas zugestoßen? Doch hoffentlich kein Zusammenbruch?« Das war eindeutig eine Frage. Er musterte besorgt Olivers Gesicht.

»Nein, nein«, versicherte der Anwalt ihm. »Zumindest war sie bei zufriedenstellender Gesundheit, als ich sie zuletzt sah. Aber leider kann ich nicht viel Hoffnung bieten, dass sie es lange bleiben wird.«

Herne zuckte zusammen. »Ich weiß nicht, was ich für Sie tun kann«, murmelte er hilflos.

Rathbone fühlte sich unbehaglich. Ihm war bewusst, dass er sie beide in höchste Verlegenheit stürzte, und vermutlich würde sein Vorstoß ohnehin nichts bewirken. Gleichwohl riskierte er es: »Ich spüre, dass es noch ein wichtiges Element gibt, nur ist mir nicht klar, wie ich es verstehen muss. Darum wäre ich Ihnen für die Gelegenheit zu einem offenen Gespräch mit Ihnen und Mrs Herne sehr dankbar. Mir ist bewusst, dass heute Sonntag ist und Sie für den Nachmittag womöglich ganz andere Pläne haben, zumal so kurz vor Weihnachten. Andererseits ist das die letzte Möglichkeit, noch irgendeinen Umstand zu finden, der vernünftige Zweifel an Mrs Lambourns Schuld wecken oder wenigstens ein Gnadengesuch begründen könnte.«

Die letzte Spur von Farbe wich aus Hernes Gesicht. Auf seiner Stirn bildeten sich feine Schweißperlen. »Wenn Sie in unser Gesellschaftszimmer kommen möchten? Wir haben noch nicht gespeist. Vielleicht möchten Sie uns Gesellschaft leisten.«

»Es tut mir leid, wenn ich Sie belästige«, entschuldigte sich Rathbone, folgte Herne aber durch den großzügigen Flur in das Gesellschaftszimmer. Dort empfing ihn eine ansprechende Atmosphäre: üppige burgunderrote Samtvorhänge und prachtvolle dunkle Möbel mit handgeschnitzten Mahagonifüßen. Die zueinander passenden, niedrigen Tische hatten alle eine glänzende Platte ohne jegliche Kratzer oder sonstige Gebrauchsspuren.

Amity saß auf einem der Stühle neben dem Kaminfeuer, das bereits lebhaft brannte. Durch die Fenster war im Licht der Wintersonne ein kleiner Garten zu sehen, in dem sämtliche immergrünen Pflanzen zurückgeschnitten und die schwarze Erde säuberlich gerecht worden war.

Amity erhob sich nicht. »Guten Tag, Sir Oliver.« Sie war

überrascht, ihn zu sehen, und eindeutig nicht erfreut. Mit eisiger Miene versuchte sie, im Gesicht ihres Mannes zu lesen, ehe sie sich wieder Rathbone zuwandte.

Herne beantwortete ihre unausgesprochene Frage: »Sir Oliver hat um ein Gespräch gebeten. Er hofft, Aufschlüsse über Dinah zu gewinnen, die ihr vielleicht helfen könnten.«

Amity musterte Rathbone. Ihre haselnussbraunen Augen waren kühl, verhüllt. Sie musste alles hassen, woran er sie an diesem ruhigen Sonntag erinnerte, nachdem sie vielleicht schon gehofft hatte, alles vor sich selbst verleugnen zu können oder wenigstens für einen Tag eine Atempause und etwas Abstand von dem Unvermeidlichen zu gewinnen.

Rathbone entschuldigte sich erneut. »Es tut mir sehr leid. Wäre es möglich gewesen, einen günstigeren Tag zu wählen, hätte ich das getan.« Amity hatte ihn nicht gebeten, sich zu setzen, doch er unterlief den stillschweigenden Hinauswurf kurzerhand und nahm trotzdem Platz. Dazu wählte er den Stuhl ihr schräg gegenüber. Demonstrativ machte er es sich bequem, womit er seine Absicht zu bleiben deutlich bekundete. Eine winzige Veränderung in ihrem Mienenspiel verriet ihm, dass sie verstanden hatte.

»Ich weiß nicht, wie Sie darauf kommen, dass ich Ihnen etwas sagen könnte, das hilfreich sein könnte«, sagte sie unterkühlt. »Ist es dafür nicht ein kleines bisschen zu spät?« Ihre Frage war brutal, aber ehrlich.

»Allerdings«, bestätigte Rathbone. »Andererseits habe ich ein starkes Gefühl, dass ein wichtiger Umstand vorliegt, der mir zwar noch nicht bekannt ist, jedoch für die Verteidigung von entscheidender Bedeutung sein könn…«

»Welche Verteidigung kann es denn schon für die Ermordung einer Frau auf … solche Weise geben?«, unterbrach Herne ihn, der sich nun auf der anderen Seite des Kamins gegenüber seiner Frau niederließ. »Einem Menschen so etwas anzutun lässt sich mit keinem Grund der Welt rechtfertigen. Sie … sie hat sie aufgeschlitzt, Sir Oliver! Sie hat sich nicht einfach mit ihr geschlagen und sie zu hart getroffen. Das könnte man vielleicht noch verstehen, aber nicht diese … Gräueltat!« Er schnappte nach Luft, als wäre er über seine Wortwahl erschrocken, und murmelte etwas Unverständliches.

»Du brauchst dich nicht zu erklären, Barclay«, wies ihn Amity eilig zurecht. »Zenia Gadney mag eine Frau von loser Moral und hochpeinlich für die Familie gewesen sein, aber sie hatte es nicht verdient, wie ein Fisch ausgenommen zu werden.«

Erneut setzte Herne zu einem Widerspruch an, zog es aber vor zu schweigen.

»Natürlich haben Sie vollkommen recht«, stimmte Rathbone Amity zu. »Es lässt sich in der Tat nichts erkennen, was einem derart barbarischen Verbrechen einen Sinn verleihen könnte. Sie haben es bestätigt, und Dinah hat es zugegeben, dass sie von Anfang an nicht nur über Zenias Existenz im Bilde war, sondern auch über ihre Beziehung mit Dr. Lambourn und über die Tatsache, dass er sie mindestens fünfzehn Jahre lang unterstützt hat. Mehr noch, dass das Geld aus der Haushaltskasse stammte und an jedem einundzwanzigsten Tag des Monats in das Journal eingetragen wurde. Dinah hat mir gesagt, dass sie Dr. Lambourns Fürsorglichkeit Mrs Gadney gegenüber bewunderte und die Zahlungen weiterführen wollte, sobald sein Testament anerkannt war.«

Amitys Augen weiteten sich. »Und das glauben Sie ihr? Sir Oliver, Zenia Gadney – oder soll ich sagen, Zenia Lambourn? – war die rechtmäßige Witwe meines Bruders! Sie hatte einen Anspruch auf sein Erbe und nicht nur auf ein paar Pfund monatlich nach Gutdünken einer Frau, die in Wahrheit nicht mehr als seine Geliebte war!«

»Amity …«, protestierte Herne.

Sie ignorierte ihn. »Es dürfte Ihnen Schwierigkeiten bereiten, das vor den Geschworenen ins rechte Licht zu rücken, Sir Oliver. Jemanden des Geldes wegen zu ermorden, und sei es auch nur, um die eigenen Kinder zu ernähren, lässt sich einfach nicht rechtfertigen. Zumal auch noch die Raserei einer Wahnsinnigen hinzukommt! Da wird es Ihnen vermutlich nicht leichtfallen, die zwölf Herren davon zu überzeugen, dass es sich so einfach verhielt. Wenn ich Mr Coniston wäre, würde ich ihnen zu bedenken geben, dass Joel Dinahs allmählich überdrüssig geworden war und erwog, Zenia zu bitten, wieder ihren Platz als seine rechtmäßige Gattin einzunehmen, und dass das der Tropfen war, der das Fass zum Überlaufen brachte und Dinah zu diesem Ausbruch trieb.«

»Um Gottes willen, Amity!«, entfuhr es Herne. »Musst du wirklich …?«

»Bitte keine Blasphemie, Barclay«, tadelte sie ihn leise. »Und schon gar nicht am Tag des Herrn und vor unserem Gast. Ich will ein solches Vorgehen ja gar nicht befürworten, sondern nur Sir Oliver davor warnen, dass das beim Schlussplädoyer des Staatsanwalts durchaus angesprochen werden könnte. Da ist es doch sicher besser, wenn er sich dagegen wappnet. Irgendwie muss sich die Brutalität dieser Tat schließlich erklären lassen.«

Rathbone spürte, wie ihm innerlich immer eisiger wurde. Er verabscheute nicht nur das, was diese Frau gesagt hatte, sondern auch die ruhige, durchdachte Art und Weise, mit der sie es vortrug. Doch nichtsdestoweniger hatte sie den Nagel auf den Kopf getroffen: An Conistons Stelle würde er wahrscheinlich dasselbe tun.

»So etwas hatte ich gar nicht erwogen«, gab er zu. »Aber Sie haben natürlich recht. Irgendeine Erklärung muss es für diese Brutalität geben, und auch wenn ich das nicht glaube, was Sie unterstellen, kann ich keinerlei Beweise anführen, die es widerlegen.«

»Das tut mir leid. Ich wünschte, wir könnten Ihnen helfen.« Amitys Ton war sanfter geworden. »Aber letztlich wird nur mit der Wahrheit gedient sein.«

Barclay beugte sich, die Ellbogen auf die Knie gestützt, vor und verbarg das Gesicht in den Händen. War er tiefer erschüttert als seine Frau? Oder zeigte er einfach nur seine Emotionen offener? Lambourn war Amitys Bruder gewesen. Vielleicht konnte ein Teil ihrer selbst Dinah den Kummer nicht verzeihen, in den sie ihn gestürzt hatte.

Rathbone richtete die Augen auf Amity. »Kannten Sie Zenia gut? Ich meine, in der Zeit, bevor die Umstände eintraten – worin sie auch bestanden haben mögen –, die ihre Sucht auslösten, und die Trennung von Dr. Lambourn vollzogen wurde?«

Ein Ausdruck von Verwirrung huschte über Amitys Miene. Mit dieser Frage hatte sie nicht gerechnet. Sie zögerte, suchte die passende Antwort.

»Nein«, sprang Herne für sie ein. »Wir lebten damals nicht in der gleichen Gegend, und die Gesundheit meiner Frau erlaubte keine weiten Reisen. Joel sagte uns, dass Zenia eine ruhige, sanfte, hochanständige, wenn auch etwas einfache Frau war.«

Zwischen Amitys gepflegten Augenbrauen bildeten sich zwei winzige Falten. Sie war verärgert. »Mein Mann meint damit, dass sie nicht exzentrisch war und nie die Aufmerksamkeit auf sich zog.«

Im Gegensatz zu Dinah, sagte sich Rathbone, behielt das aber für sich. Unwillkürlich musste er an Margaret und dann an Hester denken. Es hatte eine Zeit gegeben, als er Margarets stille Würde, ihre Anmut und Beherrschtheit als anziehend empfunden hatte, also genau das, was er sich von Frauen, und insbesondere der eigenen Gemahlin, am meisten wünschte. Hesters Leidenschaft und Energie dagegen waren ihm zu anstrengend, zu unberechenbar gewesen. Aber vielleicht war er in Hester auf eine Weise verliebt gewesen, die bei seiner Liebe zu Margaret völlig gefehlt hatte.

Aber warum hatte er Hester dann nicht den Hof gemacht, bevor sie Monk geheiratet hatte? War das Klugheit gewesen, weil er sich gut genug gekannt hatte, um sich nicht einzubilden, sie könnte sein Glück bedeuten? Oder einfach nur Feigheit? Hatte Joel Lambourn Zenia verlassen, weil sie ihn gelangweilt hatte, während ihn die schillernde, lebensfrohe Dinah mit ihrer offenkundigen Leidenschaft gefesselt hatte? Und hatte er das später bedauert?

Wäre er, Rathbone, je Hesters überdrüssig geworden? Hätten ihr Feuer und ihre Intelligenz von ihm mehr verlangt, als er bereit war zu geben, vielleicht mehr Leidenschaft, als in ihm steckte?

Darüber brauchte er nicht zu grübeln. Monk hatte Hester geliebt, als sie heirateten – und wahrscheinlich auch schon lange davor, ohne dass er sich das eingestanden hatte. Rathbone wusste, dass Monk sie jetzt noch viel tiefer liebte – dazu genügte ein Blick auf sein Gesicht. Die Zeit, gemeinsam erlebte Erfahrungen, gute wie schlechte, hatten ihre Verbindung gestärkt. Wenn er selbst überhaupt etwas wert war, wäre das Gleiche doch auch bei ihm geschehen!

Er blickte Amity an. »Vertraute Mr Lambourn Ihnen seine Gefühle an, Mrs Herne? Ich habe hohe Achtung vor Ihrer Sensibilität beim Schutz seiner Persönlichkeit, zumal er jetzt nicht mehr selbst dazu in der Lage ist, aber ich bin auf tiefere Kenntnisse angewiesen, um die Wahrheit zu erfassen.«

Herne hob den Blick, um Amity zu beobachten. Er wartete.

Amity schien mit sich zu kämpfen. »Ich kann ihn nur aufgrund seiner Taten beurteilen«, sagte sie schließlich. »Er hat Zenia immer öfter besucht, wahrscheinlich häufiger, als er das Dinah wissen ließ. Vielleicht hat sie das herausgefunden. In diesem Fall wären Misstrauen ihrerseits und dann Angst im Spiel gewesen. Joel war ein sehr stiller Mann. Er hasste emotionale Szenen, wie das wohl bei den meisten Männern der Fall ist. Manche Frauen benutzen sie als Waffen – im Verborgenen natürlich, nie direkt. Und Dinah hatte einen Hang zum Dramatischen. Sie war sehr ichbezogen und fordernd. Manche schöne Frauen sind äußerst verwöhnt und begreifen nie, dass gutes Aussehen eine Gabe, aber auch eine Bürde ist. Man kann sich daran gewöhnen und sich mit der Zeit darauf verlassen.«

»Und Zenia war … gewöhnlich?«, flocht Rathbone leise ein.

Amity lächelte. »Und ob. Sie war nicht einfach, nur … Wie kann ich es sagen, ohne grausam zu sein? Sie war langweilig. Aber auch liebevoll und selbstlos. Vielleicht stellt das eine andere Art von Schönheit dar, eine, die mit der Zeit intensiver wird, wohingegen herrliche Farben und edle Züge häufig das Gegenteil erleiden. Man sehnt sich nach dem Gewöhnlichen, nach Ehrlichkeit, die keine Anstrengung kostet.«

Herne starrte sie an, das Gesicht von tiefen Sorgenfalten durchfurcht. Gleichwohl verriet seine Miene nicht, was es war, das ihn bekümmerte.

»Ich verstehe«, hörte sich Rathbone mit tonloser Stimme sagen. »War das, bevor ihn die Zurückweisung seiner Untersuchung in solche Nöte stürzte?«

»Das haben wir doch längst besprochen«, fuhr Herne ihn an. »In seinem Bericht wimmelt es von Gemeinplätzen, was der Sache in keiner Weise angemessen war. Joel ließ sich dazu hinreißen, sich mit seinen Gefühlen auf die Tragödien einzulassen, was ja bei den meisten gewöhnlichen Leuten durchaus verständlich ist. Es wäre unmenschlich, kein Mitleid für eine Frau zu empfinden, die durch ein unglückliches Versehen ihr eigenes Kind getötet hat …« Er kniff schmerzlich berührt die Augen zu und sog zwischen den zusammengepressten Zähnen die Luft ein, um schließlich mit rauer

Stimme fortzufahren: »Aber in einer wissenschaftlichen Studie haben solche Gefühle nichts zu suchen! Ich habe versucht, ihm das zu erklären, ihn darauf hinzuweisen, dass die Arbeit auf die wesentlichen Tatsachen und Zahlen zusammengestrichen werden müsste, die sich hätten messen und bewerten lassen. Auf dieser Grundlage hätten wir in aller Ruhe die nötigen Maßnahmen ergreifen können, um die Risiken zu mindern, ohne dabei übertrieben restriktiv vorzugehen und den rechtlich zulässigen Gebrauch von Medikamenten einzuschränken. Doch er wurde regelrecht ... hysterisch. Er weigerte sich, auf uns zu hören.« Er blickte Amity an, als suchte er bei ihr eine Bestätigung.

Und die erfolgte prompt. »Joel hatte jeden Bezug zur Realität verloren und schien nicht mehr er selbst zu sein. Wegen seines Mitgefühls für die Notleidenden habe ich natürlich immer Achtung vor ihm gehabt. Das haben wir alle. Aber sich in einen derart überreizten Zustand hineinzusteigern hilft dem eigenen Anliegen nicht! Wir haben es alle beide versucht ...« Sie warf Herne einen Blick zu, und ihr Mann nickte eilfertig. »Aber wir konnten ihn nicht dazu bewegen, das viele Hörensagen aus seiner Untersuchung zu streichen und sich streng auf die Zahlen zu beschränken. Er hätte in jedem einzelnen Fall die persönlichen Umstände der Zeugen und natürlich auch ihre Adresse korrekt angeben müssen. Dazu fehlten ein Verzeichnis der benutzten Medikamente und eine Darstellung der Gutachten glaubwürdiger Ärzte und Gerichtsmediziner.«

Rathbone staunte. Nach allem, was er bisher gehört hatte, war Lambourns berufliches Verhalten ganz anders gewesen. »Ich verstehe«, sagte er ernst. »Kein Gerichtshof würde Hörensagen als Beweismittel akzeptieren. Mir leuchtet ein, dass das Parlament ebenso wenig dazu bereit war. Glauben Sie, dass seine Gesundheit zu diesem Zeitpunkt schon beeinträchtigt war?«, fragte er, an Amity gewandt.

Während sie die Antwort erwog, hörte Rathbone in der Stille Schritte über den Flur hallen und dann Stimmen.

Amity schreckte hoch. Kerzengerade aufgerichtet verharrte sie regungslos auf ihrem Stuhl.

Mit vor plötzlicher Unruhe versteinerter Miene erhob sich Herne langsam. »Mr Bawtry speist mit uns zu Mittag«, erklärte er etwas atemlos, an Rathbone gewandt. »Er hat gesagt, er würde kommen, falls ihm das möglich sei. Es tut mir leid. Ich weiß, es handelt sich um eine Familienangelegenheit, aber er ist mein Vorgesetzter, und ich kann ihn nicht abweisen.«

Rathbone winkte mit einer kleinen, eleganten Geste ab. »Selbstverständlich. Und wir haben die eher persönliche Seite des Falles ohnehin schon ausreichend erörtert. Sollte sich noch Neues hinsichtlich der Studie oder Dr. Lambourns Reaktion auf ihre Ablehnung ergeben, wird Mr Bawtry mit den Einzelheiten ebenso vertraut sein wie Sie. Ich werde mich so kurz wie möglich fassen.« Er blickte Amity an, halb in der Erwartung, auf Eis in ihren Augen zu stoßen, doch stattdessen bemerkte er eine Lebhaftigkeit, die ihn vollkommen verblüffte. Dann blinzelte sie, stand auf und drehte sich zur Tür um, die in diesem Moment vom Pagen geöffnet wurde. Gleich darauf trat Sinden Bawtry ein. Er war eindeutig über Rathbones Anwesenheit in Kenntnis gesetzt worden. Lächelnd trat er auf Amity zu und streckte dann Rathbone die Hand entgegen.

»Guten Tag, Sir Oliver. Sehr erfreut, Sie kennenzulernen. Ich könnte mir vorstellen, dass Sie hier sind, um in letzter Minute noch Informationen zu erhalten, mit deren Hilfe Sie diesen vermaledeiten Prozess, so respektabel es die Umstände zulassen, und – wenn möglich – vor Weihnachten über die Bühne bringen können.«

Rathbone schüttelte ihm die Hand. Sie fühlte sich kühl und fest an. Bawtry hatte einen kräftigen Händedruck, ohne dass er versuchte, die Hand seines Gegenübers zu zerquetschen. Das hatte er auch gar nicht nötig. Obwohl er hier nicht zu Hause war, beherrschte er den Raum mit einer Selbstverständlichkeit, als wäre er der Gastgeber und die anderen seine Freunde.

»Es gibt nichts, was wir noch tun können!«, rief Herne mit steigender Verzweiflung in der Stimme. »Wir haben schon erklärt, dass der arme Joel sich mehr und mehr in Hirngespinste verrannte und sich von seinen Emotionen überwältigen ließ. Da konnten wir seine Untersuchung nicht akzeptieren. Zu unprofessionell.«

Amity warf ihm einen verärgerten Blick zu, konnte aber nichts sagen, weil Bawtry ihr zuvorkam.

»Je weniger über den armen Joel geredet wird, desto besser«, bemerkte er und lächelte dabei Rathbone an. »Es wäre für Ihre Verteidigung doch höchst ungünstig, wenn Sie versuchten, den Mord an dieser Frau mit einem Hinweis auf irgendeinen Grund zu erklären. Die einzige Hoffnung für Ihre Mandantin, die ich sehe, besteht wohl darin, glaubwürdig darzustellen, dass Mrs Gadney dringend auf Geld angewiesen war und ihr Glück trotz mangelnder Erfahrung in der Prostitution suchte.«

Sein Lächeln nahm einen düsteren, fast um Verzeihung werbenden Ausdruck an. »Das könnten Sie leicht bewerkstelligen, ohne dabei ihren Namen allzu sehr zu beschmutzen. Lassen Sie, um Himmels willen, nicht anklingen, dass sie ihr Schicksal verdient hätte, sondern nur, dass sie das Pech hatte, zum Zeitpunkt des Überfalls allein und wehrlos gewesen zu sein. Wenn sie schrie, dann hörte niemand sie. Eine Frau, die es gewohnt war, auf der Straße zu leben, wäre vielleicht so vorsichtig gewesen und hätte einen solchen Ort gemieden, es sei denn, sie wäre in Begleitung eines – wie nennt man das? – Zuhälters gewesen.«

Herne gab ein Bild des Jammers ab. »Sie war früher eine ehrbare Frau …«

»Das war Dinah auch!«, fuhr Amity ihm über den Mund. »Mein Gott, Barclay, lass uns das doch hinter uns bringen! Es gibt nur ein mögliches Ende. Wir machen uns bloß etwas vor, wenn wir so tun, als ob das Ganze nur Pech wäre und nichts mit Dinahs Eifersucht oder Verzweiflung zu tun hätte, weil es ihr nicht gelungen war, sich Joels Erbe zu sichern. Das Ammenmärchen von seiner Ermordung durch irgendwelche mysteriösen Verschwörer im Greenwich Park ist doch absurd! Das glaubt kein Mensch!« Sie wandte sich zu Rathbone um. »Wenn Sie noch …«

Sanft, fast liebkosend legte ihr Bawtry die Hand auf den Arm. »Mrs Herne, es ist nur natürlich und spricht für Ihre Ehrlichkeit und Ihre Menschlichkeit, dass Sie ein Ende dieser Seelenqualen herbeisehnen, die dieser Prozess uns auferlegt, aber wir müssen durchhalten – schweigend, falls nötig.« Und mit einem Seitenblick auf Rathbone fügte er, immer noch an Amity gewandt, hinzu: »Sir Oliver wird sein Bestes für Ihre Schwägerin tun, aber sein Bemühen ist zum Scheitern verurteilt. Dessen ist er sich ebenso bewusst wie wir. Es geht darum, dass dem Recht Genüge getan wird.« Er bedachte Rathbone mit einem flüchtigen Lächeln, das auch seine Augen erreichte. »Wie ich das sehe, könnte es notwendig werden, die Angelegenheit über Weihnachten hinaus auszudehnen, nur damit jeder begreift, dass das Gericht es sich wirklich nicht leicht gemacht hat. Ein Jammer, aber unvermeidlich.«

Die Anspannung schien aus Amitys Gesicht zu weichen, und ihre Augen begannen wieder zu leuchten. »Verzeihung«, sagte sie leise. »Natürlich. Ich will auch gar nicht das Unvermeidbare bestreiten. Aber es wäre wohl unnatürlich, das alles nicht als belastend zu empfinden.«

»Allerdings«, stimmte Bawtry ihr zu. Er richtete den Blick auf ihren Mann. »Ich weiß, dass Sie ihn gern mochten, Barclay, und dass diese Enthüllungen über seine Frau Sie schockieren müssen. Der Wunsch, dies alles zu leugnen, ist eine natürliche Reaktion, aber Sie werden sicher Kraft von Ihrer eigenen Frau bekommen – und Dankbarkeit empfinden, dass Sie nicht die Kontrolle über Ihre Fähigkeiten und Ihren Ruf als Wissenschaftler verlieren wie der arme Lambourn.«

Herne war deutlich anzusehen, welche Anstrengung es ihn kostete, sich zu fassen, Haltung anzunehmen und die Augen auf seinen Vorgesetzten zu richten. »Gewiss«, stimmte er Bawtry zu. Dann wandte er sich an Rathbone. »Ich bedaure, dass wir Ihnen nicht mehr helfen konnten, Sir Oliver. Leider lassen sich die Fakten nicht bestreiten. Danke für Ihren Besuch.«

Rathbone blieb nichts anderes übrig, als sich würdevoll zurückzuziehen, auch wenn in seinem Innern widersprüchliche Emotionen brodelten, von denen keine einzige auch nur ansatzweise eine Hilfe war.

19

Am Nachmittag desselben Sonntags stand Monk am Kai im Wind und sah zu, wie die Fähre an den Stufen anlegte und gleich darauf Runcorn mit staksigen Bewegungen an Land kletterte. Wegen der Sturzgefahr auf den feuchten, schlüpfrigen Steinen war äußerste Vorsicht geboten. Runcorn wirkte müde und durchgefroren, doch oben angekommen, trat er zügig auf Monk zu.

Sein Kollege begrüßte ihn mit einem knappen Nicken, dann stapften sie, den Kopf wegen Kälte und Wind eingezogen, zur Wache der Wasserpolizei. Sie kannten einander zu gut, um auf unnötige Höflichkeitsfloskeln angewiesen zu sein.

Auf der Wache begaben sie sich sogleich in Monks Büro, in das ihnen einen Moment später ein Constable Tee brachte. Monk dankte ihm, und sobald sie allein waren, nahmen er und Runcorn einander gegenüber am Schreibtisch Platz. Dort lag eine kurze Mitteilung von Rathbone. Monk überflog sie und reichte sie Runcorn. Sie enthielt Nachrichten über den Stand des Prozesses, seine persönliche Einschätzung und ein paar Worte über seinen Besuch bei Barclay Herne.

Runcorn blickte auf, seine Miene noch grimmiger als zuvor. »Je mehr ich darüber nachdenke, desto fraglicher erscheint mir, dass Lambourn sich umgebracht hat«, stieß er hervor. »Am Anfang sah die Sache eindeutig aus, und die Leute von der Regierung waren sich absolut sicher.« Er schüttelte langsam den Kopf. »Ich habe ihnen geglaubt. Mir ging es nur um die Witwe und die Töchter. Ich wollte es nicht noch schlimmer für sie machen und ihnen nicht mehr als das unbedingt Notwendige zumuten. Dabei war ich früher doch gar nicht so … sentimental!« Das letzte Wort stieß er voller Abscheu hervor.

Widerspruch, der in diesem Fall Trost bedeutet hätte, lag Monk auf der Zunge, doch das hätte nur gönnerhaft gewirkt. Hätte jemand ihn mit gut gemeinten Worten beschwichtigt, hätte er keine Hilfe darin gefunden, sondern sich in seiner Auffassung bestätigt gesehen, dass solche Formeln einen komplexen Sachverhalt wie diesen einfach nicht erfassten.

»Ich bin ja auch nicht besser«, meinte er mit einem schiefen Grinsen. »Wenn Dinah schlicht und schüchtern gewesen wäre, wäre ich vielleicht ihretwegen nicht zu Rathbone gegangen, und ich bin mir ziemlich sicher, dass er ihren Fall nicht angenommen hätte.«

Ein düsteres Lächeln huschte über Runcorns Lippen. »Wie ich das sehe, hat Lambourn die Wahrheit über das Opium gesagt. Vor allem über die Schäden, die es ohne korrekte Beschriftung anrichtet. Wahrscheinlich muss die Information wirklich klar und verständlich sein. Aber viele Menschen können nicht lesen. Sie werden auf Bilder angewiesen sein. Das kostet Geld. Andererseits glaube ich nicht, dass diejenigen, die dieses Zeug importieren, einen Menschen wegen solcher Forderungen umbringen.«

Sein Gesicht nahm einen fast gequälten Ausdruck an. »Und ich muss akzeptieren, dass das, was wir in China getan haben, entsetzlich war, ein Verrat an all den Werten, von denen die meisten von uns glauben, dass wir dafür einstehen. Gerade in dieser Hinsicht betrachten wir uns als zivilisiert, ja als Christen. Doch anscheinend brauchen wir nur außerhalb der Sichtweite der Heimat zu sein, und schon werden zumindest ein paar von uns zu verdammten Wilden. Aber hätte jemand Lambourn umgebracht, weil er *das* wusste?

Wir alle kennen doch zumindest einen Teil der Wahrheit.« Er seufzte. »Und wer immer diese arme Frau ermordete, ist für meine Begriffe ein Wilder.«

Monk waren ähnliche Gedanken durch den Kopf gegangen. Doch er sah nun auch jenes Element, das Hester erwähnt hatte – die verzweifelte Abhängigkeit von Opium bei denjenigen, die erst wegen Schmerzen und dann aufgrund ihrer Sucht in die Klauen dieses Gifts geraten waren. »Ich würde gern genauer über Lambourns Aktivitäten kurz vor seinem Tod Bescheid wissen.«

Runcorn verstand sofort. »Sie meinen: Was hat er erfahren, dass es jemanden dazu provozierte, ihn umzubringen? Mit wem hat er gesprochen? Woher wusste diese Person, dass er etwas Bestimmtes herausgefunden hatte?«

»Richtig. Was, zum Henker, war das nur? Was könnte irgendjemanden hier in London in Gefahr bringen? Was hatte Lambourn entdecken und dann auch beweisen können? Auf den Beweis kommt es an. Es muss etwas Persönliches sein. Etwas, das zu wertvoll ist, als dass man es verlieren darf, wenn ein Mensch deswegen bis zum Äußersten geht und zum Mörder wird.«

»Es hat zahllose barbarische Verbrechen gegeben«, stieß Runcorn bitter hervor. »Ich habe gehört, dass jetzt über zwölf Millionen Chinesen opiumsüchtig sind.« Er sah Monk fest in die Augen. »Haben Sie hier jemals so etwas gesehen? Ich meine, Opiumhöhlen? Schmutzige Häuser in Seitengassen, wo Menschen auf Pritschen aneinandergedrängt liegen wie die Waren im Laderaum eines Schiffs und das Zeug rauchen. In diesen Spelunken kann man kaum noch die Wände sehen, so dicht ist der Qualm! Und sie liegen einfach da! Wissen die meiste Zeit gar nicht mehr, wo sie sind. Wie lebende Tote.« Er erschauerte.

»Ich weiß«, bestätigte Monk leise. Auch er hatte diese Szenen gesehen, wenn auch nicht allzu oft. »Ich könnte das ja verstehen, wenn ein Chinese hierherkäme und Hunderte von uns tötete, vor allem die Familien, die ihr Vermögen damit verdient haben. Aber warum Lambourn? Der war doch auch gegen Opium – sogar in der Medizin, wenn die Informationen mangelhaft waren.«

Runcorn nickte. »Richtig, das kann es nicht gewesen sein. Er muss etwas anderes entdeckt haben. Aber was?« Er massierte sich nachdenklich das Gesicht. Dabei entstand ein Geräusch, als hätte er beim Rasieren im kalten Morgenlicht einige Stoppeln übersehen.

»Wir sollten seinen Weg zurückverfolgen, so weit das möglich ist. Das hätte ich schon damals tun sollen. Aber ich hatte den Leuten von der Regierung geglaubt, als sie mir sagten, das hätte an der Ablehnung seiner Studie gelegen.«

»Gladstone hat noch nicht mit Neuigkeiten über die Untersuchung von sich hören lassen«, brummte Monk. »Wem hat Lambourn sie eigentlich gegeben?«

»Seinem Schwager, Barclay Herne«, antwortete Runcorn. »Der hat mir gesagt, er hätte sie weitergereicht, später wieder zurückerhalten und zerstört.«

»Was zutreffen kann, aber nicht muss«, kommentierte Monk.

»Ohne Erlaubnis von höherer Stelle kann er sie aber nicht vernichtet haben«, gab Runcorn zu bedenken. »Ansonsten hätte er eigenmächtig gehandelt und sie schuldhaft unterdrückt.«

»Vielleicht hat er all die Stellen geschwärzt, die für ihn problematisch waren«, überlegte Monk laut, halb im Selbstgespräch. Doch schon während er das sagte, befielen ihn Zweifel.

Runcorn warf ihm einen skeptischen Blick zu. »Wieso hätte Lambourn Dinge in seine Untersuchung aufnehmen sollen, die nichts mit der Etikettierung von Opium zu tun hatten? Das und die möglichen Gesundheitsschäden bei fehlerhaften Angaben waren doch das Thema. Selbst wenn Hester mit diesen Nadeln und der Sucht recht hat, wird das vom Arzneimittelgesetz überhaupt nicht berührt.«

Monk gab keine Antwort. Runcorn hatte recht, und das wussten sie beide.

Sie tranken ihren Tee aus und verfielen in Schweigen.

Doch plötzlich hatte Monk einen Gedankenblitz.

»Vielleicht haben sie die Untersuchung gerade deswegen vernichtet, weil nichts daran auszusetzen war!«

Runcorn blickte ihn verständnislos an.

Monk beugte sich aufgeregt vor. »Sie enthielt nichts, was irgendjemanden schädigte, nichts, was keinen Sinn ergab. Lambourn wusste von der Opiumsucht, und er kannte die Namen derer, die sie ausnutzten, aber er nahm das nicht in sein Werk auf, weil es für das Thema nicht relevant war. Es war Lambourn selbst, den sie zerstören mussten, damit er mit niemandem darüber sprechen konnte!«

»Ah!« Endlich ging Runcorn ein Licht auf. »Sie mussten ihn hinreichend diskreditieren, um Selbstmord verständlich erscheinen zu lassen. Gott im Himmel, was für eine elende Niedertracht! Den Ruf des Mannes ruinieren, damit man ihn umbringen und das als Selbstmord hinstellen kann!« Er schlug sich die Hand an die Stirn und raufte sich die kurzen, dichten Haare. »Kein Wunder, dass Dinah sich so hilflos fühlt. Und wahrscheinlich hat sie nicht den Schimmer einer Ahnung, wer das sein könnte. Lambourn dürfte ihr, allein schon um ihrer Sicherheit willen, nichts gesagt haben.«

Monk nickte aufgeregt. »Richtig. Er muss im Laufe seiner Erhebungen darauf gestoßen sein, weil ...« Er holte tief Luft und ließ sie mit einem Seufzer entweichen. »Im Grunde besteht nur über eines Gewissheit: Er hat es erst sehr spät herausgefunden, so spät, dass ihm keine Zeit blieb, etwas zu unternehmen, bevor er ermordet wurde. Seine Untersuchung muss ihn darauf gebracht haben. Und die Leute, denen er seine Ergebnisse präsentierte, stehen damit in irgendeinem Zusammenhang, denn sie haben sie unterdrückt.«

»Wir müssen genau nachvollziehen, was er in der letzten Woche seines Lebens getan hat, wo er überall war, mit wem er gesprochen hat«, sagte Runcorn. »Können Sie den einen oder anderen von Ihren Männern vom normalen Dienst abziehen? Wir haben nicht viel Zeit, höchstens ein paar Tage. Und dann ist morgen auch noch Heiligabend! Kann Rathbone bis nach Weihnachten durchhalten?«

»Ihm wird nichts anderes übrig bleiben!« Monk stöhnte. »Das Ärgerliche ist nur, dass der Verkauf von Opium nicht verboten ist, egal, ob mit oder ohne Nadeln. Selbst wenn wir den großen Unbekannten enttarnen, kann ihm das Gesetz nichts anhaben.«

Runcorn runzelte nachdenklich die Stirn. »Das kommt ganz darauf an, was er alles treibt. Es ist keine Kleinigkeit, Waren zu verkaufen, an denen ein verzweifelter Bedarf besteht, vor allem dann nicht, wenn die Abnehmer sie nicht jedes Mal bezahlen können.« Die Augen überschattet, den Mund zu einem dünnen Strich zusammengepresst, blickte er Monk eindringlich an.

Sein Kollege nickte langsam. »Wir müssen noch sehr viel mehr darüber erfahren. Und vor allem brauchen wir Klarheit darüber, ob wir auf der richtigen Fährte sind.«

»Hester?«, sagte Runcorn in fragendem Ton, fast so, als wagte er es nicht, sie ins Spiel zu bringen.

Monk erwiderte seinen Blick. »Vielleicht.« Dann stand er auf und ging zur Tür. »Ich hole Orme. Wir fangen sofort an.«

Runcorn erhob sich ebenfalls. »Ich habe auch zwei Männer, denen ich trauen kann. Ich brauche sie ja nur für die Details. Sie können bei Lambourns Bediensteten Daten und Uhrzeiten erfragen. Und vielleicht geraten wir an einen Fährmann, der uns helfen kann. Lambourn hat wahrscheinlich jedes Mal dieselben Fähren benutzt. Die meisten von uns sind Gewohnheitstiere. Das macht es einem leichter, wenn schon sonst nichts.«

Zwei Stunden später hatten Monk, seine Männer und Runcorn mehrere Blätter mit all dem vollgeschrieben, was sie bereits über Lambourns letzte Tage wussten. Als Grundlage dienten ihnen Runcorns Aufzeichnungen über seine eigenen Ermittlungen und das, was Hester Monk über ihre Besuche bei Agatha Nisbet und anderen Verkäufern opiathaltiger Medikamente erzählt hatte. Jetzt ging es ihnen darum, die Zeitangaben genauer zu erfassen, in der Hoffnung, auf die Nadel im Heuhaufen zu stoßen, das eine Element, das nicht zu den anderen passte und das der Grund für Lambourns Ermordung gewesen war.

Monk schob seinen Stuhl zurück und streckte sich. Vom Grübeln über den Blättern war er schon ganz steif und hatte Schmerzen im Rücken und im Nacken.

»Orme, können Sie noch einmal die Fährschiffer vernehmen? Sie werden schon mit Ihnen sprechen, wenn Sie ihnen die Hin- und Rückfahrt oder von mir aus auch das Stillstehen bezahlen müssen.« Er fletschte die Zähne zu einem grimmigen Grinsen. »Dürfte leicht verdientes Geld sein: ein Mal nicht den Rücken für ein paar Pence krumm zu machen, sondern sich einfach an den Rudern auszuruhen und im Gedächtnis zu kramen.« Er wandte sich an einen der anderen Polizisten. »Und Sie überprüfen, ob Lambourn irgendwann in den Opiumhöhlen von Limehouse war. Ich bezweifle das zwar, weil uns wahrscheinlich längst alle Informationen über ihn vorliegen, aber wir brauchen Gewissheit.«

»Jawohl, Sir. Soll ich's auch auf der Isle of Dogs versuchen? Dort gibt es eine ganze Reihe von Spelunken.«

»Gute Idee. Dann wissen wir, ob er irgendwann dort war und herumgeschnüffelt hat. Wenn er etwas herausgefunden hätte, wäre er zurückgekehrt, um sich zu vergewissern. Und dann hätte er versucht, sich die Händler herauszugreifen.«

Er warf Runcorn einen fragenden Blick zu. Früher hatte er in Momenten wie diesem auch ihm Befehle erteilt. Damals hatte es stets einen kurzen Machtkampf gegeben, bei dem jeder eifersüchtig sein Territorium verteidigt hatte. Jetzt verkniff er sich die Worte und wartete. Er bemerkte ein anerkennendes Aufblitzen in Runcorns Augen und ein deutliches Nachlassen seiner Anspannung.

»Ich gehe noch einmal in Lambourns Haus und verneh-me das Personal«, versprach Runcorn ruhig. »Der Diener wird wissen, zu welchen Zeiten er kam und ging. Und die Köchin wohl auch. Als ich damals mit ihnen redete, hielten sie eisern zu ihm und schwiegen. Diesmal werden sie helfen, wenn sie begreifen, dass es darum geht zu beweisen, dass es Mord und kein Selbstmord war. Die Schwierigkeit wird darin bestehen, ihnen keine Worte in den Mund zu legen.« Er sah Monk offen in die Augen.

Dieser nahm die Veränderung zwischen ihnen beiden mit einem flüchtigen Lächeln zur Kenntnis. »Und ich nehme mir diese Agatha Nisbet vor, von der mir Hester erzählt hat. Ich will von ihr erfahren, was Lambourn ihr gesagt hat und was sie sonst noch alles über ihn weiß.«

»Sehr schön. Wann tauschen wir unsere Ergebnisse aus?«

»Wieder hier, heute Abend um neun?«

»In meinem Haus und um zehn«, widersprach Runcorn. »Sie können es von hier aus zu Fuß erreichen. Früher werden wir heute ohnehin nicht fertig. Rathbone wird den Prozess nicht länger als zwei Tage nach Weihnachten hinausziehen können. Das verschafft uns sechs Tage, um noch etwas zu finden.«

Monk nickte. »Klingt vernünftig. Aber nehmen wir mein Haus. In der Küche. Punsch und etwas zu essen.« Er blickte Orme an.

»Gerne, Sir!«, rief dieser. »Taylor auch?«

»Natürlich«, antwortete Monk. »Paradise Place, Rotherhithe.«

Taylor strahlte, als hätte er eine Auszeichnung erhalten. »Jawohl, Sir, das kenn ich!«

Monk benötigte eine Stunde, um die behelfsmäßige Klinik zu finden, die ihm Hester beschrieben hatte. Doch sehr viel länger musste er sich gedulden, bis Agatha so freundlich war, sich mit ihm in ihr winziges Büro zu setzen und seine Fragen zu beantworten.

Sie war ungefähr so groß wie er, aber viel massiver. Er konnte sich gut vorstellen, dass er sich sehr schnell von ihr würde einschüchtern lassen. Doch als er ihr in die Augen sah, bemerkte er die Freundlichkeit und Intelligenz, die Hester erwähnt hatte.

»Was woll'n Sie?«, fragte sie grob. »Ich hab der Wasserpolizei nix zu sagen.«

Wenn überhaupt eine Chance auf ihre Kooperation bestand, wäre es vorbei damit, sobald sie eine Lüge witterte. Monk beschloss darum, genauso direkt zu sein, wie er das von ihr erwartete.

»Ich versuche, den Mord an einem guten Mann zu klären, bevor seine Frau deswegen verurteilt und gehängt wird. Oder, genauer gesagt: bevor sie wegen eines anderen Mordes verurteilt wird, der von denselben Personen verübt wurde, die auch das erste Opfer auf dem Gewissen haben. Ich glaube, dass dieser Mann, ein Arzt, umgebracht wurde, weil er etwas Schlimmes über jemanden herausgefunden hatte, der am Handel mit Opium beteiligt ist und jeden vernichten wird, der darüber Bescheid weiß und ihn anklagen könnte.«

Plötzlich schlug ihre Langeweile in Interesse um. »Das müssten Dr. Lambourn und das arme Ding sein, das sie drüben am Limehouse Pier aufgeschlitzt haben. Und wenn es nich' die Frau des Arztes is', die sie umgebracht hat, wer war's dann?« Ihre klaren Augen bohrten sich in die von Monk, und er bemerkte, dass sich ihre großen Hände zu Fäusten geballt hatten.

»Ja«, bestätigte er. »Als Dr. Lambourn Nachforschungen über Opium anstellte, stieß er zufällig auf ein paar andere Dinge. Eines davon war für eine bestimmte Person so gefährlich, dass derjenige Lambourns Ruf als Wissenschaftler in Misskredit brachte, ihn ermordete und dann seinen Tod wie Selbstmord aussehen ließ. Auf diese Weise wollte derjenige dafür sorgen, dass mit ihm auch das Geheimnis beerdigt wurde.«

Agatha wartete, unbeweglich wie ein Berg, und beobachtete ihn.

»Ich glaube, dass er das in der letzten Woche seines Lebens herausfand«, fuhr Monk fort. »Und jetzt folge ich seinen Spuren, so dicht ich nur kann.«

»Seien Sie bloß leise dabei«, riet sie ihm mit einem Anflug von schwarzem Humor. »Sie wollen doch nich' auch noch mit aufgeschlitzter Kehle oder noch übler zugerichtet im Fluss gefunden werden.«

»Ich sehe, dass Sie vollkommen verstanden haben. Was hoffte Lambourn, von Ihnen zu erfahren, und was haben Sie ihm gesagt?« Er überlegte, ob er noch etwas über ihre Sicherheit hinzufügen sollte, sagte sich dann aber, dass ihr Schutz anzubieten einer Beleidigung gleichkäme. Sie musste so gut wie er wissen, dass Schutz einfach nicht möglich war.

»Opium«, murmelte sie nachdenklich. »Vieles von dem, was damit zusammenhängt, is' wirklich nich' schön.«

»Zum Beispiel?«, fragte Monk. »Diebstahl? Es mit schlechten Ersatzstoffen zu strecken und auf diese Weise unrein zu machen? Schmuggel gibt es nicht. Es kommt absolut legal ins Land. Was ist es wert, jemanden deswegen zu ermorden?«

»Man kann töten, um einen Markt zu beherrschen, egal,

welchen!« Sie schnaubte voller Abscheu. »Bäcker und Fischhändler tun das! Auch vom Fleischmarkt wollen sich alle möglichen Leute 'ne Scheibe abschneiden und sich im Geschäft halten!«

»Hat sich Lambourn bei Ihnen danach erkundigt?«

Ihre Züge spannten sich an. »Ich hab meine eigenen Wege, um an Opium ranzukommen – an reines. Ich wende es gegen Schmerzen an, aber nich' bei irgendwelchen reichen Dummköpfen, die vor ihren Schwierigkeiten fliehen wollen. *Das* hab ich ihm gesagt.«

»Warum dann der Aufwand mit Dr. Lambourns Ermordung? Verraten Sie mir das, Mrs Nisbet!«, drängte Monk. »Er war ein guter Mensch, ein Arzt, der sich dafür einsetzte, dass Medikamente korrekt gekennzeichnet wurden, damit die Leute sich nicht mehr versehentlich selbst umbrachten. Man hat erst ihn ermordet, um ihn zum Schweigen zu bringen, und dann seine Frau abgeschlachtet, um seine zweite Frau dafür hängen zu lassen. Was immer es ist, das er entdeckt hat, es ist viel schlimmer als die Gaunereien, die ich am Hafen mitbekomme. *Diese* Banditen können nicht ganz London umbringen.«

Agatha Nisbet nickte bedächtig. »Es gibt tatsächlich Schlimmeres als Diebstahl. Schleichendes Gift, zum Beispiel. Es hat gute Männer auf dem Gewissen, die jetzt in einer Art lebendem Tod dahinvegetieren, der grauenhafter is' als das Grab. Opium hat eine gewaltige Macht. Wie das Feuer. Das wärmt den Kamin – oder es brennt das ganze Haus nieder.«

Monk war bewusst, dass sie ihn scharf beobachtete. Nichts würde ihr entgehen, weder das kleinste Zucken in seinem Gesicht noch die winzigste Bewegung seiner Augen. Einen kurzen Moment fragte er sich, was diese Frau gesehen und getan haben mochte; was das Leben ihr verwehrt hatte, dass sie diesen Weg gewählt hatte. Dann wandte er sich wieder der Gegenwart zu.

»Das Grauen, das ich gesehen habe, ist eher gewöhnlicher Natur«, erklärte er vorsichtig, denn ihm war klar, dass sie erst fortfahren würde, wenn er ihre Arbeit irgendwie gewürdigt hatte. »Hier eine Frau, die vergewaltigt und totgeschlagen wurde, dort ein Mann, den man abgestochen hat, oder ausgemergelte Kinder, die misshandelt und gequält wurden. Das alles hat es schon mal gegeben, und es wird wieder geschehen. Das Beste, was ich erreichen kann, ist, dass es weniger oft passiert. Aber was wissen Sie über diese Sache, die ganz London ins Unglück stürzen wird?«

Agathas Miene wurde jäh düster und hart. »Mord«, sagte sie leise. »Am Ende läuft alles auf Mord hinaus, oder? Mord wegen Geld. Mord für Schweigen. Mord für Träume, für Frieden statt rasenden Schmerzen, Mord für 'ne Nadel und 'ne Tüte mit weißem Pulver.«

Monk schwieg. Jenseits der Tür hörte er schnelle, leichte Schritte, und von weiter hinten vernahm er das Stöhnen von jemandem. Kein Knarzen von Bettfedern, nur das Rascheln von Strohsäcken auf dem Boden.

»Wer?«, fragte er schließlich. »Wer war es, den Lambourn enttarnt hat?«

»Das weiß ich nich'«, antwortete Agatha nach kurzem Zögern. »Und ich will's nich' wissen, weil ich ihn sonst umbringen müsste.«

Monk hatte keinen Zweifel daran, dass sie das tun würde. Was seine eigene Moral betraf, war er im Zwiespalt, denn womöglich empfand er genauso wie sie. Er lächelte sie an.

Sie erwiderte sein Lächeln und ließ dabei ihre weißen Zähne aufblitzen. »Sie sind ein komischer Heiliger, was?«, stellte sie neugierig fest. »Wenn Sie den Scheißkerl erwischen, dann knüpfen Sie bitte seinen Strick in meinem Namen besonders fest, ja? Der Mann, den er zerstört hat, war ein guter Mensch, und es gibt weiß Gott nich' so viele von der Sorte, dass man es sich leisten könnte, auch nur einen zu verlieren.« Sie sprach mit rauer Stimme, als hätte sie ihre Tränen schon so lange unterdrückt, dass ihr die Kehle davon schmerzte.

»Das werde ich«, versprach Monk, ohne zu zögern. »Sobald ich ihn kriege.«

»Es heißt, Lambourn hätte sich die Pulsadern geöffnet?«, fragte Agatha, die Augen auf Monk gerichtet.

»Ja.«

»Aber das hat er nich'?« Ihre Stimme war fest und verriet keine Spur von Zweifel.

»Meiner Meinung nach nicht«, antwortete Monk ruhig. Er wollte keine absolute Sicherheit vortäuschen.

»Er hatte ein besseres Ende als manche andere, aber trotzdem hätte das nich' passieren dürfen.«

»Nach welcher Art von Person muss ich fahnden?«, fragte Monk. »Können Sie mir irgendwelche Anhaltspunkte geben?«

Sie stieß ein angewidertes Schnauben aus. »Wenn ich das wüsste, würd ich ihn selber packen. Einer, der unauffällig is', der aussieht, als könnte er Opium und Kornblumen nich' voneinander unterscheiden. Jemand mit reiner Weste und guten Manieren, der nie mit eigenen Augen gesehen hat, was mit denjenigen geschieht, die sich dieses Zeug in die Venen spritzen und ohne Wiederkehr in den Wahnsinn reisen. Aber hin und wieder dürfen Leute wie ich erleben, wie solche Kerle hinter Gittern zu uns rausschauen.«

Lange schwieg Monk, dann erhob er sich. »Danke.« Damit wandte er sich zur Tür und ging hinaus.

Aufgewühlt von Agatha Nisbets Worten, kehrte Monk nach Wapping zurück. Er suchte also einen Mann, der seine Gewinne nicht dem Verkauf von Opium allein verdankte, sondern Opium zusammen mit Nadeln, einer Kombination, die binnen Wochen oder sogar Tagen eine tödliche Sucht auslösen konnte. Das war nicht mehr mit den üblichen Haushaltsheilmitteln zu vergleichen, wie sie jeder kaufen konnte. Und auch nicht mit der Gepflogenheit der Chinesen, Opium in der Pfeife zu rauchen.

Monk stand nun vor zweierlei Problemen. Zunächst musste er den Mann aufspüren. Aber selbst wenn er ihn zu fassen bekam, wären ihm dann nicht die Hände gebunden? Etwas derart Verdammenswertes zu verkaufen mochte eine Todsünde sein, doch es stellte keinen Gesetzesbruch dar. Es sei denn, natürlich, er hatte auch bei Lambourns und Zenia Gadneys Ermordung die Hände im Spiel gehabt.

Aber selbst wenn Joel Lambourn hinter sein Geheimnis gekommen war, wozu hätte dieser Mann ihn umbringen sollen, wenn man ihm nichts anhaben konnte? Was konnte er getan haben, dass er deswegen dann doch zum Äußersten gegriffen hatte? Und was ließ sich beweisen?

Das alles war immer noch ein undurchdringliches Wirrwarr.

Zurück in seinem Büro, studierte Monk noch einmal sämtliche Informationen, die ihm über die mit der Untersuchung zum Arzneimittelgesetz befassten Personen vorlagen, und erstellte eine Liste all derer, die mit Joel Lambourn in Verbindung gestanden hatten. Später würde er sie mit den Ergebnissen von Runcorns Recherchen über Lambourns Bewegungen in den letzten Tagen seines Lebens vergleichen müssen.

Natürlich musste die Liste nicht auf direkte Kontakte beschränkt bleiben. Ebenso gut konnte sie auch Personen umfassen, die lediglich in einem Gespräch erwähnt worden waren.

Wer war der Arzt, der Agatha Nisbets Meinung nach dazu verleitet worden war, für den Mann hinter dem Ganzen Opium zusammen mit Nadeln zu verkaufen? Wie konnten sie ihn aufstöbern, und würde er im Falle ihres Erfolgs etwas

Brauchbares zu sagen haben? Wahrscheinlich nicht. Ohne sein regelmäßiges reines Opium würde er nicht lange genug leben. Eine falsche Dosierung oder eine zusätzlich hineingemischte Substanz konnte seinen Tod bedeuten. Auch darüber musste Monk unbedingt mehr in Erfahrung bringen. Hester würde ihm sicher helfen können, und Winfarthing würde vielleicht noch mehr wissen.

Wie viel hatte Lambourn gewusst? Das war die nächste große Frage. Auch hier mussten sie ermitteln, mit wem er gesprochen hatte, wo überall er am Ende seines Lebens gewesen war.

Damit war aber immer noch nicht die andere Hälfte des Problems beantwortet: Wer hatte von Lambourns Erkenntnissen erfahren und sein Wissen an den Mann im Hintergrund, den wahren Profiteur, weitergegeben, den Mann, der erst den Forscher und dann Zenia Gadney umgebracht hatte?

Welches war die logische Verbindung zwischen ihnen allen?

Hatte Lambourns Studie die verhängnisvolle Information enthalten, oder diente ihre Vernichtung nur als Ablenkungsmanöver zur Erklärung seines angeblichen Selbstmords? Monk würde seine Bemühungen verdoppeln müssen, wenn er herausfinden wollte, wer die Beseitigung der Studie angeordnet und wer dies ausgeführt hatte. Waren die Verantwortlichen ausdrücklich darin genannt worden? Oder ließen sich die relevanten Informationen aus den Unmengen von Fakten und Zahlen ableiten? Oder war all das womöglich irrelevant? Sie konnten es sich nicht leisten, auch nur eine von diesen Fragen zu ignorieren.

Er würde Runcorn bitten, einen guten Mann damit zu beauftragen, ihre Ergebnisse noch einmal zu überprüfen.

Die Studie war Barclay Herne überreicht worden, der anscheinend Sinden Bawtry berichtet hatte, dass sie zu viele

Mängel aufwies, um dem Parlament als Grundlage für die Verabschiedung des Arzneimittelgesetzes zu dienen.

Wer hatte sie noch gelesen? Wenn niemand infrage kam, konnte nur einer von den beiden der Verkäufer des Opiums sein. War am Ende Herne der Mörder seines Schwagers? Bawtry war im Athenäum gewesen, wie mindestens ein Dutzend Personen bezeugt hatten.

Aber der Opiumhändler hatte doch sicher noch andere an der Hand, die für ihn arbeiteten. Dazu konnte durchaus dieser ominöse Arzt gehören, der früher laut Agatha Nisbet ein anständiger Mann gewesen war. Wie konnte er, Monk, ihn ausfindig machen? Und wie schnell?

Wie viele Tage blieben ihm noch, bis der Prozess beendet wurde und es für weitere Erkenntnisse zu spät war?

Monk sandte Nachrichten an Runcorn, Orme und seinen anderen Helfer, Taylor. Fast auf den Schlag um zehn Uhr saßen sie alle um den Küchentisch, an dem normalerweise gegessen wurde. Einen fünften Stuhl hatte Hester für sich aus Scuffs Zimmer geholt, ohne den schlafenden Jungen zu wecken.

Der Herd wärmte den ganzen Raum, in dem es nach frischem Brot, geschrubbtem Holz und sauberer Wäsche roch.

Bei Tee und Toast mit Butter hatte Monk ihnen berichtet, was er von Agatha Nisbet erfahren hatte, und dabei betont, wie wichtig es war, den geheimnisvollen Arzt zu finden. Als niemand etwas dazu bemerkte, schaute er auf und sah, dass Hesters Blick auf ihm ruhte und anhand seiner Miene zu ergründen suchte, was er dachte.

»Hat sie dir noch mehr über diesen Arzt gesagt?«, fragte sie leise. »Irgendetwas – Alter, Erfahrungen, Fähigkeiten, was er jetzt macht?«

»Nein.« Monk seufzte. »Ich glaube, sie wollte ihn schützen. Es muss sie entsetzlich geschmerzt haben, dass er so tief gefallen ist.«

»Opium richtet das bei den Menschen an«, erklärte Hester mit düsterer Miene. »Ich kenne mich nicht wirklich damit aus, aber ich habe das eine oder andere gesehen und gehört. Manchmal muss man es bei schlimmen Verletzungen anwenden, und oft ist es zu brutal, es abzusetzen, vor allem dann, wenn die Wunden nie richtig verheilen.«

Monk musterte sie. Er erkannte den Schmerz, den ihr die Erinnerung an die eigene Hilflosigkeit bereitete. Unwillkürlich strafften sich ihre Schultern und dehnten ihr Kleid, verkrampften sich ihre Nackenmuskeln und schloss sich ihr Mund, sodass ihre Betroffenheit wie eine schlecht verheilte Wunde zum Vorschein kam. Er fragte sich, wie viel mehr als er sie gesehen hatte, welches Grauen sie mit niemandem teilen konnte.

Er griff über den Tisch und berührte ihre Finger, die auf der polierten Holzplatte lagen – ganz kurz nur, dann zog er die Hand wieder weg.

»Weißt du, wo du suchen musst?«, fragte er sie. Es widerstrebte ihm, auch zu Hause als Polizist aufzutreten, doch sie wusste, dass das seine Pflicht war, und würde es ihm verübeln, wenn er bei ihr eine Ausnahme machte, nur um sie zu schonen.

»Ich glaube, ja«, antwortete sie und sah ihm in die Augen. Die anderen Männer am Tisch, die sie schweigend beobachteten, nahm sie in diesem Moment nicht wahr.

»Ich begleite dich«, sagte Monk spontan. »Vielleicht ist er gefährlich.«

Sie schüttelte den Kopf. »Nein. Wir haben nicht die Zeit, zwei Leute auf eine Aufgabe anzusetzen. Uns bleiben ja nur noch wenige Tage. Als ich den Mann zuletzt sah, dachte ich nicht daran, dass er selbst süchtig sein könnte. Aber das hätte ich sehen müssen!« Ihre Stimme verriet bittere Selbstkritik, Zorn.

»Du gehst nicht allein«, erklärte Monk, ohne zu zögern.

»Wenn das der Mann ist, der Lambourn ermordet und Zenia Gadney zerstückelt hat, würde er nicht lange fackeln und dasselbe auch mit dir machen. Entweder ich komme mit, oder du bleibst hier!«

Ein feines Lächeln huschte über ihre Lippen, als hätte sein Verbot sie amüsiert.

»Hester!«, mahnte er scharf.

»Denk an die anderen Aufgaben, die auch noch zu erledigen sind«, entgegnete sie. »Laut Agatha war dieser Arzt früher ein guter Mensch. Davon werden immer noch einige Reste vorhanden sein, solange ich keine Bedrohung für ihn darstelle.« Sie beugte sich etwas weiter vor, um sich auf diese Weise mehr Autorität zu verschaffen. »Wir müssen wissen, wer ihn benutzt. Das ist derjenige, der Lambourn und Zenia Gadney ermordet hat – oder hat umbringen lassen. Den Arzt können wir uns vornehmen, nachdem wir Dinah entlastet haben. Vorher reicht die Zeit einfach nicht.«

Monk presste die Zähne aufeinander und ließ langsam die Luft entweichen. »Was, wenn dieser Arzt der Mörder ist?«, fragte er und wünschte sich im selben Moment, sein Einwand wäre nicht nötig gewesen.

Ihre Augen verrieten ihm, dass sie begriffen hatte.

Doch es war Runcorn, der in Worte fasste, was sie gedacht haben musste. »Das wird der Grund sein, warum in der Nähe von Lambourns Leiche keine Flasche oder Ampulle herumlag«, meinte er niedergeschlagen. »Er hatte das Opium nicht getrunken, es war ihm mit einer dieser Spritzen injiziert worden. Und natürlich nahm der Mörder sie dann mit. Es lag wohl kaum in seinem Interesse, dass jemand darüber Bescheid wusste. Aber es kann doch nicht so viele Personen geben, die eine solche Ausrüstung besitzen.«

»Das ändert trotzdem nichts daran, dass wir noch nicht wissen, wer Zenia Gadney umgebracht hat.« Zum ersten Mal meldete sich Orme zu Wort. »Ich bin wochenlang jeden

Tag am Limehouse Pier draußen gewesen. Niemand gibt zu, sie am fraglichen Abend dort gesehen zu haben, außer in Begleitung einer Frau. Wenn sie einen Mann getroffen hat, ob Arzt oder nicht, einen, der von Herne oder Bawtry bezahlt wurde, dann ist das danach geschehen.« Er blickte erst Runcorn und dann Monk an. »Ich nehme an, Sie halten es für möglich, dass es trotz allem Dinah war, die die beiden umgebracht hat, nicht aus Eifersucht oder rasender Wut, sondern weil sie dafür Geld bekam und Opium dahintersteckte?«

Keiner antwortete ihm. Dieser Gedanke war nicht von der Hand zu weisen, und dennoch wollte ihn niemand akzeptieren.

Am Ende war es Runcorn, der das Schweigen brach.

»Ich habe damals mit allen gesprochen, die in Lambourns Haus leben«, begann er. »So konnte ich eine ziemlich gute Liste über seine Unternehmungen in seiner letzten Woche aufstellen. Allerdings enthält sie nur das, was man ohnehin erwarten würde.« Er zog zwei Blätter aus seiner Jackentasche und breitete sie auf dem Tisch aus.

Monk warf einen kurzen Blick darauf, doch Runcorns Miene verriet ihm, dass das noch nicht alles war.

»Aber dann habe ich versucht, seinen letzten Tag zu rekonstruieren«, fuhr Runcorn fort. »Die Ereignisse, die zu seinem Selbstmord geführt haben könnten. Ich glaube einfach nicht, dass irgendjemand beschließt, sich am nächsten Tag umzubringen. Wenn man das tut, dann geschieht es spontan. Wer immer ihn ermordet hat, hat das sorgfältig geplant, damit auch wirklich jedes Detail auf Selbstmord hinweist.«

Alle am Tisch nickten zustimmend. Niemand erwähnte Dinah, doch gerade deswegen schien sie umso gegenwärtiger zu sein.

»Mit wem traf er sich an diesem Tag?«, wollte Monk wissen. Schon bevor Runcorn den Mund öffnete, wusste er, dass die Antwort nicht leicht sein würde. Die Verwirrung war seinem Kollegen an den Augen abzulesen.

»Dr. Winfarthing«, erklärte Runcorn. »Gleich am Morgen. Am Nachmittag nur Ladeninhaber in Deptford. Danach kam er zu einem frühen Dinner nach Hause und arbeitete dann in seinem Büro, bis er am Abend einen kurzen Spaziergang mit Mrs Lambourn unternahm. Gegen zehn legten sie sich beide schlafen. Niemand hat ihn mehr lebend gesehen. Am nächsten Morgen wurde er am One Tree Hill von dem Mann entdeckt, der mit seinem Hund hinausgegangen war.«

»Das ergibt doch keinen Sinn«, stieß Hester betrübt hervor. »Nichts von alldem hätte Selbstmordgedanken auslösen können. Und das war noch nicht einmal der Tag, an dem er erfuhr, dass seine Studie abgelehnt worden war, oder?« Ihr Blick wanderte von Monk zu Runcorn und wieder zurück zu Monk.

»Nein«, antwortete Runcorn. »Das hatten sie ihm drei Tage zuvor mitgeteilt. Man nahm an, dass es so lange gedauert hätte, bis er sich für diese Tat wappnete. Vielleicht glaubte er aber auch, dass seine Vorgesetzten es sich noch einmal anders überlegen würden oder dass er neue Fakten aufdecken würde. Winfarthing hat jedenfalls bestätigt, dass er bei ihrem Treffen am Morgen des bewussten Tages fest entschlossen gewirkt hatte zu kämpfen.«

»Das führt uns wieder zurück zu Dinah Lambourn«, stellte Orme fest.

»Niemand hat sich mit ihm in Verbindung gesetzt?«, fragte Monk Runcorn. »Niemand hat ihn besucht, eine Nachricht, einen Brief hinterlassen? Könnte etwas in der Post gewesen sein?«

»Das habe ich den Butler gefragt«, sagte Runcorn. »Er meinte, Dr. Lambourn hätte die Post persönlich gesichtet, als er gegen fünf heimkam. Es seien aber nur die üblichen Rechnungen gewesen. Keine persönlichen Briefe.«

»Und dann ging er zu Bett?«, rief Hester ungläubig. »Sind Sie sich da sicher? Kann es sein, dass er das Haus noch einmal verließ, als Dinah nach oben kam?« Ihre Stimme wurde leiser. »Und nie wieder zurückkehrte?«

Runcorn schüttelte den Kopf. »Laut dem Butler sind sie beide nach oben gegangen. Lambourn hätte ihm auf seine Frage hin ausdrücklich bestätigt, dass er sich schlafen legen wollte. Aber vielleicht las er noch eine Weile und ging dann wieder hinunter. Die Frage ist nur: Warum?«

Zögernd meldete sich Taylor zu Wort. »Es sei denn, er hat sich tatsächlich das Leben genommen.« Er biss sich auf die Lippe. »Sind wir denn sicher, dass sie nicht doch was von seiner Absicht wusste, aber dann gelogen hat, um das zu verbergen? Niemand gibt das gern zu, auch nich' vor sich selbst, wenn jemand, den er liebt, sich so was antut. Könnte sie nich' einfach gewollt haben, dass ihre Töchter an Mord glauben? Frauen sind schließlich zu so gut wie allem bereit, um ihre Kinder zu schützen.«

Hester musterte erst Taylor, dann Monk. Ihre Miene verriet Monk, dass sie das nicht ausschloss.

Doch Runcorn ließ sich nicht beirren. »Entweder ist jemand zu später Stunde zu ihm gekommen, oder er ist noch einmal außer Haus gegangen, um jemanden zu treffen.«

»Auf dem One Tree Hill?«, fragte Monk. »Der ist ja fast eine Meile von der Lower Park Street entfernt und recht steil. Wen hätte er dort mitten in der Nacht treffen wollen?«

»Jemanden, dem er vertraute«, meinte Runcorn. »Jemanden, mit dem er nicht gesehen werden wollte oder der nicht mit ihm gesehen werden wollte.«

»Und er dachte, er würde bald wieder zurück sein«, ergänzte Hester. »Sie sagen, er hatte keine Jacke an. Und das im Oktober!«

»Jemanden, dem er vertraute«, sinnierte Monk. »Vielleicht jemanden, der ihm nahe genug kommen konnte, um ihm eine Nadel in die Vene zu stechen und das Opium einzuspritzen.«

»Wie bei der armen Mrs Gadney«, warf Orme ein. »Sie wurde ja auch von jemand umgebracht, dem sie vertraute, sonst hätte sie nicht allein mit ihm in der Dunkelheit draußen auf dem Pier gestanden.«

»Mit Sicherheit kein Freier«, erklärte Monk im Brustton der Überzeugung. »Doch nicht so offen auf dem Präsentierteller.«

»Bestimmt nicht«, bestätigte Orme. »Ich hab bei den Vernehmungen sorgfältig Protokoll geführt. Außer mit Lambourn hat niemand sie zusammen mit einem Mann gesehen – zu keinem Zeitpunkt. Alles andere ist reine Spekulation. In den Zeitungen wird behauptet, sie hätte es mit Prostitution versucht, aber dafür gibt es keinerlei Beweise.« Er beugte sich weit vor. Seine Stimme klang jetzt sicher. »Was, wenn sie dort draußen mit jemandem war, den sie kannte, vor dem sie keine Angst hatte – genau so wie bei Lambourn?«

»Dieselbe Person?« Monk sprach das aus, wovon er wusste, dass sie es in diesem Moment alle dachten. »Wen konnte Zenia kennen, mit dem auch Lambourn verkehrte?«

»Eine angesehene Persönlichkeit«, sagte Runcorn langsam. »Jemand, zu dem auch Lambourn Vertrauen hatte und bei dem sie nie befürchtet hätte, dass er ihr etwas antun würde. Vielleicht …« Er überlegte. »Vielleicht jemand, der sich als Lambourns Anwalt ausgab oder als Freund.«

»Ein Arzt …«, sagte Hester. »Oder ein Angehöriger.«

»Oder seine Frau …«, murmelte Orme betrübt.

Niemand widersprach ihm.

Runcorn blickte in die Runde. »Jetzt haben wir noch bis zum Montag nach Weihnachten Zeit, um Beweise zu finden. Vorausgesetzt, Sir Oliver kann die Verhandlung bis dahin vertagen.«

20

In der Nacht lag Rathbone lange wach und grübelte. Monk hatte ihn regelmäßig auf den neuesten Stand seiner Ermittlungen gebracht und ihm sogar mitgeteilt, wonach sie suchten. Doch bislang hatten sie keine Beweise gefunden, die sie dem Gericht vorlegen konnten.

Dinahs einzige Verteidigung bestand in ihrem Glauben daran, dass ihr Mann ermordet worden sei, weil er etwas entdeckt hatte, das den Ruf einer bestimmten Persönlichkeit ruinieren würde. Sie selbst wiederum war bereit, ihr eigenes Leben zu riskieren, solange sie auf diese Weise die Polizei und das Gericht zwingen konnte, die Wahrheit zu ermitteln.

Wann sollte Rathbone die Geschworenen darauf aufmerksam machen? Wenn er es zu früh enthüllte, würde dieser Gedanke seine Macht bis zum Schlussplädoyer verlieren. Wartete er indes zu lange, würde es nach einem verzweifelten Manöver in letzter Minute aussehen.

Mit weit aufgerissenen Augen starrte er in die Finsternis und hatte das Gefühl, die Kontrolle über diesen Fall vollkommen verloren zu haben. Er musste sie unbedingt zurückgewinnen. Doch auch wenn sein Vorgehen momentan auf nichts als dem Vertrauen in Dinahs Unschuld und der Hoffnung auf Monks Fähigkeit beruhte, noch einen Beweisfaden zu finden, tat er gut daran, dies vor Coniston zu verbergen. Und auf keinen Fall durften die Geschworenen etwas davon mitbekommen.

In Monks Nachricht war deutlich von einer Opiumsucht

die Rede gewesen, die noch schlimmer war als diejenige beim bloßen Rauchen, da hier die Substanz durch die Vene direkt in den Blutkreislauf gespritzt wurde. Jemand machte Menschen in einer Zeit der Schwäche, des physischen oder seelischen Leidens bewusst abhängig und beutete dann ihre Verzweiflung aus.

Solche Skrupellosigkeit war Ausdruck unendlicher Verderbtheit, doch vor dem Gesetz galt sie nicht als Verbrechen. Monk hatte das ausdrücklich eingeräumt. Warum war Lambourn dann also umgebracht worden? Was hatte er entdeckt, dass er deswegen hatte sterben müssen?

Rathbone blieb nichts anderes übrig, als zu raten, und zwar auf Anhieb das Richtige. Nur dann konnte er hoffen, eine Verlängerung zu erwirken, in der Monk auf einen konkreten Beweis stoßen musste. Bis dahin hätte Rathbone die Grundlagen seiner Argumentation errichtet und müsste nur noch das fehlende Stückchen einfügen, das alle Teilchen zusammenführte, und den Namen desjenigen nennen, der die Morde an Lambourn und Zenia Gadney zu verantworten hatte.

Würde ihm das gelingen? Mit den Umrissen eines Plans im Kopf schlief er endlich ein.

Als der Prozess am Montagvormittag fortgeführt wurde, bemerkte Rathbone gleich als Erstes die selbstgefällige Zufriedenheit in Sorley Conistons Gesicht. Wie die Dinge standen, konnte sein Gegner kaum noch verlieren.

Wenn Rathbone den Hauch einer Chance haben wollte, musste jetzt er das Tempo diktieren und die andere Seite mit Indizien unter Druck setzen. Morgen war Heiligabend. Momentan konnte er bestenfalls auf vernünftige Zweifel bauen, doch ein Blick hinüber auf die zwölf Geschworenen ließ keine Hoffnung aufkommen. Regungslos saßen sie mit grimmiger Miene da, als bereiteten sie sich bereits für den Augenblick vor, in dem sie stoisch verkünden würden, dass sie bereit waren, eine Frau für eine Tat zum Tode zu verurteilen, die sie ihrer Überzeugung nach begangen hatte.

Rathbone sah weit und breit keinen anderen Verdächtigen, den er ihnen anbieten konnte, doch jetzt musste er schleunigst einen aus dem Hut zaubern. In seiner Vorstellung war das ein namen- und gesichtsloser Meuchelmörder, angeworben vom wahren Schuldigen, der danach trachtete, Lambourns Glaubwürdigkeit zu zerstören und seine Studie aus der Welt zu schaffen. Während Rathbone sich das vor Augen hielt, kam ihm sein Ansatz genauso verzweifelt vor, wie er auf alle Anwesenden wirken musste. Egal – jetzt galt es, dieser Person ein Profil zu verleihen: Ziele, Verlustängste, Gier, Niedertracht.

Nachdem Richter Pendock alle an ihre Pflichten erinnert hatte, erhob sich Coniston und rief seinen letzten Zeugen auf. Rathbone war gemäß den Vorschriften über dessen Namen und Funktion in Kenntnis gesetzt worden, hatte aber keine Möglichkeit, etwas gegen die Aussage dieses Mannes vorzubringen, von der er jetzt schon wusste, worauf sie hinauslaufen würde. Er hatte gehofft, Coniston würde nicht auf die Idee kommen, auch ihn aufzutreiben, aber angesichts von Amity Hernes Wissen über Dinah Lambourn war nichts anderes zu erwarten.

Bislang hatte Rathbone nur vermocht, die Ahnung eines Zweifels zu wecken und die Frage aufzuwerfen, ob sich Lambourn wirklich selbst das Leben genommen hatte oder ob angesichts des Fehlens einer Waffe oder eines Behälters zum Mischen des Opiums nicht doch eine andere Person bei ihm gewesen war. Eine Nadel oder Spritze hatte bisher niemand erwähnt. Bestand wenigstens eine winzige Möglichkeit nahezulegen, dass er ermordet worden war? Und wenn ja, ließ sich ein zweiter Mörder ins Spiel bringen und die These von Dinahs Schuld erschüttern?

Der neue Zeuge wies sich mit Namen und Beruf aus und wurde vereidigt.

»Mr Blakelock«, begann Coniston, »Sie sind als Registrierbeamter für die Erfassung von Geburten, Todesfällen und Hochzeiten zuständig?«

»Jawohl, Sir«, antwortete der Zeuge, ein stattlicher Mann, der vorzeitig ergraut war, sich aber ansonsten gut gehalten hatte.

»Haben Sie vor achtzehn Jahren auch die Hochzeit eines gewissen Dr. Joel Lambourn ins Register eingetragen?«

»Jawohl.«

»Mit wem?«

Die Zuschauer zeigten kein Interesse. Nur Rathbone saß stocksteif da, die Augen auf die Geschworenen gerichtet.

»Zenia Gadney«, erklärte Blakelock.

»Zenia Gadney?«, wiederholte Coniston mit gellender Stimme, als hätte ihn die Antwort verblüfft.

Sogar Pendock schreckte hoch, und sein Kinn klappte nach unten.

Durch die Geschworenenbank ging ein Schauer der Erregung. Ein Mann keuchte, alle anderen schnappten nach Luft.

Coniston wartete, bis die volle Bedeutung allen ins Bewusstsein gesickert war. Mit einem winzigen Lächeln fuhr er schließlich fort.

»Und wurde diese Ehe aufgelöst, Sir?«

»Nein.«

Coniston zuckte mit den Schultern und breitete in einer Geste der Hilflosigkeit die Hände aus. »Wer ist dann Dinah Lambourn, die Mutter seiner Kinder, mit der er in den letzten fünfzehn Jahren seines Lebens bis zu seinem Tod zusammenlebte?«

»Ich nehme an, dass ›seine Geliebte‹ in diesem Fall der angemessenste Ausdruck wäre«, antwortete Blakelock.

»Und als Lambourn starb, wäre dann nicht Zenia … Lambourn die Witwe und nicht die Angeklagte?«

»Ja.«

»Und infolgedessen Erbin des Vermögens?«

Rathbone erhob sich. »Mylord, das ist eine Spekulation, die anzustellen Mr Blakelock keine Befugnis hat und die im Übrigen falsch ist. Wenn Sie das wünschen, kann ich Dr. Lambourns Notar aufrufen, der Ihnen bestätigen wird, dass er sein Vermögen seinen Töchtern Adah und Marianne vermacht hat. Es gab ein kleines Legat, eine Leibrente für Zenia Gadney. Die beläuft sich in etwa auf den Betrag, den er ihr zu seinen Lebzeiten gab.«

Pendock funkelte ihn an. »Sie hatten davon Kenntnis, Sir Oliver?«

»Ich hatte von den Bestimmungen des Testaments Kenntnis, Mylord. Es erschien mir naheliegend, mich diesbezüglich zu erkundigen.«

Pendock setzte zu einer Widerrede an, überlegte es sich dann aber anders. Es wäre unangebracht gewesen, Rathbone zu fragen, was Dinah ihm anvertraut hatte; abgesehen davon würden sich die Geschworenen ohnehin ihr eigenes Urteil bilden. So, wie es stand, hatte Coniston es ohnehin nicht nötig, kleinere Scharmützel zu gewinnen.

»Ich bitte um Entschuldigung, Mylord«, sagte Coniston mit einem leisen Lächeln. »Es war nur eine Vermutung, und wie mein gelehrter Freund zu bedenken gegeben hat, in diesem Fall eine unberechtigte. Vielleicht möchte die Verteidigung jemanden aufrufen, der beweist, dass der Angeklagten bekannt war, dass ihre Kinder erben würden? Dann würde sich ihre sehr natürliche Sorge erübrigen, durch den Selbstmord ihres Mannes in Armut zu verfallen, und zurückbliebe nur noch das Motiv der nicht minder natürlichen Eifersucht.«

Rathbone gestattete sich einen Gesichtsausdruck von völliger Fassungslosigkeit. »Will der Strafverfolger unterstellen, dass die Angeklagte auf die Frau eifersüchtig war, die sie so offensichtlich in Dr. Lambourns Gunst ersetzt hatte?«, rief er. »Oder dass Zena Gadney nach all den Jahren plötzlich so eifersüchtig wurde, dass sie Dinah Lambourn angriff? In diesem Fall wäre zwar die Verstümmelung immer noch abstoßend und unnötig, aber der Schlag, der Mrs Gadneys Tod verursachte, könnte durchaus als Selbstverteidigung aufgefasst werden!«

»Das ist absurd!«, rief Coniston ungläubig, doch ohne Empörung erkennen zu lassen. »Mylord ...«

Pendock hob die Hand. »Schon gut, Mr Coniston. Ich sehe selbst, wie grotesk das ist.« Er funkelte Rathbone an. »Sir Oliver, ich dulde nicht, dass dieser ernste und bedeutende Prozess zu einer Farce entartet! Die Angeklagte suchte das Opfer dort, wo es lebte. Was immer geschah, nachdem sie es gefunden hatte, starb es durch Gewalteinwirkung und an einer grässlichen Verstümmelung. Das sind unbestreitbare Fakten. Die Geschworenen werden sich ihre eigene Meinung darüber bilden, wer die Schuld trägt. Ist das das Ende der Beweisführung seitens der Anklage, Mr Coniston?«

»Ja, Mylord.«

Pendock wandte sich an Rathbone. »Haben Sie noch Fragen an Mr Blakelock?«

»Nein, Mylord, danke.«

»Dann dürfen Sie den ersten Zeugen der Verteidigung aufrufen.« Pendock hob den Blick zu Blakelock. »Danke. Sie dürfen den Zeugenstand verlassen.«

Mitten auf der freien Fläche vor dem Richterpult kam sich Rathbone plötzlich vor wie ein Gladiator in einer römischen Arena, der ohne schützende Rüstung oder Schwert auf die Löwen wartete. Noch nie hatte er sich so verletzlich gefühlt, nicht einmal bei Fällen, bei denen er gewusst hatte, dass sein Mandant schuldig war. Wie ein Schock traf ihn die Erkenntnis, dass es nicht sein Glaube an Dinah war, der gelitten hatte, sondern der Glaube an sich selbst.

Jetzt musste er sorgfältig Andeutungen über eine mächtige Person streuen, die wild entschlossen war, sich selbst zu schützen. Zugleich musste er unbeirrt an seinem Glauben an Dinahs Unschuld festhalten, auch wenn das jeder Vernunft Hohn zu sprechen schien. Zu keinem Zeitpunkt durfte er aus den Augen verlieren, dass Lambourn im Laufe seiner Untersuchung etwas entdeckt hatte, das einen mächtigen Mann gefährdete, woraufhin man ihn ermordet hatte, um ihn zum Schweigen zu bringen. Um seine Glaubwürdigkeit zu erschüttern, hatte man dann seinen Tod wie einen Selbstmord arrangiert. Zenia Gadney wiederum hatte man ermordet, weil man sie als Opfer brauchte, damit Dinah aus dem Weg geräumt und ihr Kreuzzug zur Rettung von Lambourns Ruf und seiner Mission im Keim erstickt werden konnte.

Er zwang sich zu einem Lächeln, das ihm selbst gespenstisch vorkam.

»Ich rufe Mrs Helena Moulton auf.«

Der Gerichtsdiener befahl Helena Moulton in den Saal. Gleich darauf trat sie ein und erklomm etwas zögernd die Stufen zum Zeugenstand. Die Nervosität war ihr deutlich anzusehen. Ihre Stimme zitterte, als sie schwor, die Wahrheit zu sagen.

»Mrs Moulton«, begann Rathbone in sanftem Ton, »sind Sie mit der Angeklagten, Mrs Dinah Lambourn, bekannt?«

»Ja.« Mrs Moulton vermied es, zur Anklagebank zu sehen. Als wäre ihr Hals mit einer Klammer fixiert worden, starrte sie unentwegt in Rathbones Richtung.

»Waren Sie Freundinnen?«, fragte er.

»Ich … ja. Ja, wir waren Freundinnen.« Sie schluckte. Sie war kreidebleich, und ihre Hände lagen verkrampft auf der Brüstung. Auf ihren mit Juwelen besetzten Ringen glitzerte das Licht.

»Denken Sie an Ihre Gefühle bei dieser Freundschaft zurück«, forderte Rathbone sie auf. Ihm war schmerzlich bewusst, dass es Helena Moulton jetzt peinlich sein musste, sich zu ihrer Freundschaft mit Dinah zu bekennen, und sie wohl Angst hatte, die Kreise, in denen sie sich bewegte, würden ihr deswegen unterstellen, sie billige die Dinah zur Last gelegte Tat.

Rathbone glaubte nicht, dass ihre Aussage einen Umschwung zu Dinahs Gunsten auslösen würde, ja nicht einmal, dass sie überhaupt etwas bewirken würde, aber er brauchte jede zusätzliche Stunde, um die er die Vernehmung seiner wenigen Zeugen in die Länge ziehen konnte, um vielleicht doch noch die Umrisse irgendeines anderen Verdächtigen entwerfen zu können. Vielleicht stieß Monk zufällig gerade jetzt auf einen Beweis seiner Existenz. Und erstaunlicherweise hatte er fast das gleiche Vertrauen in Runcorn. Dieser Mann hatte etwas Stures, eine Art, sich festzubeißen und bis zum Ende nicht lockerzulassen.

Mrs Moulton wartete auf die Frage. Damit war sie nicht allein. Pendock zeigte sich allmählich verärgert.

»Sie haben viel zusammen unternommen?«, fuhr Rathbone fort. »Sie sind zu Nachmittagspartys, Kunst- und Reisefotografieausstellungen und auch ins Theater gegangen und haben natürlich auch im Sommer Gartenpartys besucht?«

»Wie viele andere auch«, sagte sie misstrauisch.

»Selbstverständlich. Ohne viele Leute kann man ja wohl kaum von einer Party sprechen, nicht wahr?«, säuselte Rathbone. »Sie beide waren gern zusammen?«

Auf eine Frage wie diese konnte sie schlecht mit Nein antworten. Sonst hätte sie indirekt zugegeben, Hintergedanken verfolgt zu haben.

»Doch, doch … ja«, bestätigte sie widerstrebend.

»Sie müssen über vieles gesprochen haben.«

Coniston erhob sich. »Mylord, damit wird nur die Zeit dieses Gerichts verschwendet. Die Staatsanwaltschaft nimmt zur Kenntnis, dass Mrs Moulton mit der Angeklagten befreundet war. Allerdings kann ich Letztere wohl nicht mehr berechtigterweise ›Mrs Lambourn‹ nennen.«

Rathbone wollte protestieren, hatte jedoch keine hinreichende Begründung. Falls er dieses Scharmützel verlor, war das in den Augen der Geschworenen nur eine weitere Niederlage.

Pendock maß Rathbone mit einem verdrießlichen Blick. »Wollen Sie auf irgendetwas Bestimmtes hinaus, Sir Oliver? Wenn ja, dann sprechen Sie es bitte zügig an. Welche gesellschaftlichen Ereignisse Mrs Moulton und die Angeklagte besucht haben, erscheint doch wirklich völlig irrelevant.«

»Mylord, ich versuche zu klären, inwieweit Mrs Moulton in der Lage ist, den Geisteszustand der Angeklagten zu beurteilen.«

»Dann betrachten Sie das bitte als geklärt und stellen Sie Ihre Frage.«

»Sehr wohl, Mylord.« Rathbone hatte sich mehr Zeit erhofft, konnte aber nichts gegen den Richter vorbringen. »Mrs Moulton, war die Angeklagte in der letzten Woche vor Dr. Lambourns Tod nervös oder übermäßig besorgt?«

Mrs Moulton zögerte. Kurz sah sie auf, als wollte sie mit der in der Anklagebank stehenden Dinah Blickkontakt herstellen, doch dann überlegte sie es sich anders und starrte wieder Rathbone an. »Soweit ich mich erinnere, war ihr Verhalten nicht anders als sonst. Sie … sie erwähnte allerdings, dass sie sehr viel zu tun hatte, und wirkte ziemlich müde.«

»Und nach seinem Tod?«

Ein Ausdruck von tiefem Mitgefühl legte sich über ihr Gesicht, und alle Befangenheit und Anspannung fielen von ihr ab. »Sie war wie eine Schlafwandlerin«, sagte sie mit rauer Stimme. »Ich habe noch nie jemanden gesehen, der derart von seinem Kummer gebeugt war. Ich wusste, dass sie einander nahe waren. Er war ein sehr sanfter Mann, ein guter Mensch …« Sie schluckte und gewann nur mit Mühe die Fassung zurück. »Ihre Trauer schnitt mir ins Herz, aber es gab nichts, was ich hätte tun können. Niemand konnte etwas tun.«

»Das ist richtig«, bestätigte Rathbone leise. »Selbst die engsten Freunde vermögen es nicht, einen solchen Verlust auszugleichen. Der Tod an sich ist schon entsetzlich, aber dass ein Mensch sich selbst das Leben genommen haben soll, macht ihn noch viel schlimmer.«

»Das hat sie aber nicht geglaubt!«, rief Mrs Moulton eindringlich und beugte sich weit über das Geländer, als könnte sie so den Abstand zwischen ihnen verringern und ihren Worten mehr Macht verleihen. »Sie hat immer gesagt, dass sie ihn umgebracht haben, um zu … verhindern, dass seine Untersuchung angenommen wird. Und ich bin mir sicher, dass sie das auch fest glaubte.«

»Allerdings, Mrs Moulton, dessen bin ich mir auch sicher!«, pflichtete Rathbone ihr bei. »Mehr noch, ich beabsichtige, das den Geschworenen klarzumachen.«

Eine Ahnung von Unmut flackerte über Conistons Gesicht, ohne allerdings den Ausdruck von Selbstgefälligkeit zu verdrängen.

Pendock war irritiert, unterbrach aber nicht.

Rathbone sprach eilig weiter, beseelt von einer zarten Zuversicht, die wie eine Flamme im Wind flackerte und jeden Moment erlöschen konnte.

»Wie Sie wissen, wurde Ihre Freundin wegen des Verdachts des Mordes an Zenia Gadney verhaftet, nachdem sie am Tag davor in der Copenhagen Place gesehen worden war, wo sie Anwohner nach ihrer Adresse fragte. Im Verhör gab sie aber an, am fraglichen Tag bei Ihnen gewesen zu sein. Trifft das zu?«

Das Unbehagen war Helena Moulton deutlich anzumerken. »Ja«, hauchte sie so leise, dass Pendock sie bitten musste, ihre Antwort für die Geschworenen zu wiederholen. Sie gab sich einen Ruck. »Ja!«

Rathbone schenkte ihr ein winziges aufmunterndes Lächeln. »Und verbrachte sie diesen Tag mit Ihnen, Mrs Moulton?«

»Nein.«

Pendock beugte sich vor.

»Nein«, wiederholte sie deutlicher. »Sie …« Sie schluckte. »Sie sagte, sie sei mit mir bei einer Soiree gewesen. Ich weiß nicht, wie sie darauf gekommen ist. Das konnte ich unmöglich bestätigen. Ich war in einer Kunstausstellung, wo mich Dutzende von Leuten sahen. Abgesehen davon hat an diesem Tag weit und breit keine Soiree stattgefunden.«

»Sie kann also auf keinen Fall die Wahrheit gesagt haben?«, schloss Rathbone.

»Auf keinen Fall.«

Erneut erhob sich Coniston. »Mylord, mein gelehrter Freund verschwendet schon wieder unsere Zeit. Wir haben längst festgestellt, dass die Angeklagte gelogen hat! Das ist nicht mehr Gegenstand dieses Prozesses.«

»Mylord!«, rief Rathbone, an Pendock gewandt. »Das ist nicht das Argument, auf das ich hinarbeite. Was Mr Coniston offenbar nicht mitbekommen hat, ist die Tatsache, dass Dinah Lambourn zu keinem Zeitpunkt erwarten konnte, dass man ihr diese Aussage glauben würde.«

Coniston breitete theatralisch die Hände aus. Es war eine Geste der Hilflosigkeit, mit der er den Zuschauern im Allgemeinen und den Geschworenen im Besonderen den Schluss nahelegte, dass Rathbone wirklich verzweifelt sein musste, wenn er mit allen Mitteln Zeit schinden wollte, um das Unvermeidbare hinauszuschieben.

»Sir Oliver!«, donnerte Pendock entnervt. »Das scheint in

der Tat ein völlig nutzloses Manöver zu sein. Wenn Sie in diesem ... Durcheinander so etwas wie einen roten Faden sehen, dann lassen Sie das Gericht das bitte wissen.«

Rathbone wurde zu größerer Eile gedrängt, als ihm das recht sein konnte, und Pendocks Miene verriet ihm, dass er ihm keinen größeren Spielraum gewähren würde. Bevor ihm endgültig das Wort entrissen wurde, musste er Dinahs so tapferes wie verzweifeltes Wagnis jetzt schildern.

»Mylord, ich versuche, den Geschworenen zu zeigen, dass Dinah Lambourn glaubte, dass ihr Mann mit der Zurückweisung seiner Untersuchung verunglimpft und dann seine Kompetenz als Wissenschaftler mit übler Nachrede in den Schmutz gezogen worden war. Als er sich weigerte, still und leise zurückzutreten und sich von etwas zu distanzieren, von dem er wusste, dass es die Wahrheit war, wurde er kaltblütig ermordet. Damit das wie ein Selbstmord aussah, wurden die Umstände entspechend arrangiert.«

Der Gerichtssaal explodierte. Jemand schrie eine wüste Beschimpfung. Ein Mann jubelte. Die Geschworenen fuhren aufgeschreckt herum.

Pendock drosch mit seinem Hammer auf das Pult und verlangte Ruhe.

Coniston zeigte sich erst ungeduldig und dann angewidert.

Sobald sich die Zuschauer einigermaßen beruhigt hatten, fuhr Rathbone mit erhobener Stimme fort: »Sie war willens, sich einem Prozess über einen Mord auszusetzen, den sie nicht begangen hat!«, dröhnte er. »Ihr Ziel war es, sich vor der Öffentlichkeit über den heimtückisch eingefädelten Mord an ihrem Mann Gehör zu verschaffen und zu erzwingen, dass sich wenigstens ein Mensch fand, der seinen Tod noch einmal untersuchte.« Er wandte sich an die völlig verdatterten Geschworenen. »Sie ist bereit, ihr Leben aufs Spiel zu setzen, damit Sie, die Vertreter unseres Volks, die Möglichkeit bekommen, die Wahrheit über Joel Lambourns Entdeckung zu erfahren und für sich zu beurteilen, ob er ein guter, ehrlicher und fähiger Mensch war, der nach Kräften seinem Land diente, oder ob er verblendet, eitel und letztlich doch ein Selbstmörder war.«

Er deutete nach oben zur Anklagebank. »So groß war – und ist – ihre Liebe zu ihm. Sie hat niemanden getötet, noch weiß sie, wer Joel Lambourn oder die bedauernswerte Zenia Gadney ermordet hat. Und das werde ich Ihnen beweisen, so wahr es einen gnädigen Gott und in England ein Gesetz gibt!«

Gegen den Sturm, der jetzt auf den Zuschauerrängen ausbrach, vermochte Pendocks Hammer nichts mehr auszurichten. Schließlich ließ der Richter den Saal räumen und ordnete eine verfrühte Mittagspause an. Dann erhob er sich und eilte hinaus, seine Robe flatterte wie ein gebrochener scharlachroter Flügel.

Zur Not war Rathbone bereit, Adah und Marianne Lambourn aufzurufen, einfach um Zeit zu gewinnen. Vielleicht entdeckte Monk ja noch in letzter Sekunde einen Beweisfetzen, der hinreichende Zweifel aufwerfen würde. Ursprünglich hatte Rathbone gehofft, zu erfahren, wer Zenia ermordet hatte, und das auch beweisen zu können. Wenn es ihm zudem gelungen wäre zu belegen, dass Lambourn nicht Selbstmord begangen hatte, hätte Dinah rational und liebevoll gewirkt, doch bislang war er bei jedem Schritt in diese Richtung behindert worden. Im Augenblick blieb ihm nur noch die Möglichkeit, vage auf eine manipulierende Person hinzuweisen, der er erst noch einen Namen verleihen musste.

Vielleicht hätte ihn der bisherige Verlauf des Prozesses nicht überraschen dürfen. Wenn Dinah recht hatte, dann hatte eine Persönlichkeit von enormer Macht sehr viel zu verbergen, und sowohl Pendock als auch Coniston waren dementsprechend in Kenntnis gesetzt worden. Darüber hinaus hatte man wohl auch die Drohung anklingen lassen, dass mit der Enttarnung des Betreffenden sein Ruf nicht wiedergutzumachenden Schaden zu erleiden drohte und mit ihm womöglich die Ehre der Regierung.

Rathbone gestand sich ein, dass er darauf angewiesen war, vernünftigen Zweifel zu begründen. Der bestand in der Möglichkeit, dass es irgendeine andere Lösung geben konnte, egal, wie vage, deren Existenz sich beweisen ließe. Gelang ihm das, musste er nur noch diesen Nachmittag und den morgigen Tag überstehen, dann würde ihm Weihnachten eine kurze Atempause bis Freitag verschaffen. Und danach kam das Wochenende. Zugleich wusste er aber auch, dass er sich bei niemandem beliebt machen würde. Er würde den Leuten das Fest verderben, wenn sie seinetwegen gleich nach Weihnachten erneut ihre lästige Pflicht erfüllen mussten. Gerne hätte er darauf verzichtet, hätte er eine andere Wahl gehabt.

Sein erster Zeuge in der Nachmittagssitzung war der Ladeninhaber, der Dinahs Besuch in der Copenhagen Place und ihre extremen Emotionen derart lebhaft geschildert hatte, dass die meisten seiner Kunden jetzt das Gefühl hatten, selbst dabei gewesen zu sein und die Frau auf Anhieb erkennen zu können.

Rathbone wusste freilich, dass die eigenen Gedanken das Auge durchaus täuschen konnten. Insofern hoffte er, dass genau das auch bei ihrem Besuch in Jenkins' Laden der Fall gewesen war und dessen Erinnerungen statt einem echten Erlebnis eher dem Wissen um die späteren Ereignisse zu verdanken waren. Es stellte natürlich ein gewisses Risiko dar, diesen Mann jetzt in den Zeugenstand zu rufen, zumal nach ihm Coniston die Möglichkeit bekommen würde, ihn auszufragen, doch inzwischen hatte Rathbone ohnehin nichts mehr zu verlieren.

Aus der Sicherheit seines Ladens und des vertrauten Gewerbes gerissen, wirkte Mr Jenkins äußerst gewöhnlich, als er sich im Zeugenstand postierte. So, wie er sich an das Geländer klammerte, konnte man fast meinen, er kämpfte bei stürmischer See auf der heftig schwankenden Kommandobrücke seines Schiffs um Halt. War das die nur zu verständliche Nervosität eines Mannes, der sich in einer höchst ungewohnten Umgebung befand und obendrein genau wusste, dass von seinem Wort das Leben einer Frau abhing? Oder plante er aus Furcht vor dem Zorn ihrer Gegner, das, was er Rathbone angekündigt hatte, zurückzunehmen?

Zuallererst musste Rathbone ihn beruhigen. Er trat vor, bis er dem Zeugenstand so nahe war, dass er darauf verzichten konnte, mit erhobener Stimme zu sprechen.

»Guten Tag, Mr Jenkins«, begann er. »Vielen Dank dafür, dass Sie uns Ihre Zeit opfern. Wir sind uns dessen bewusst, dass Sie ein Geschäft zu führen haben und Ihre Kunden außer am Sonntag jeden Tag Ihre Dienste in Anspruch nehmen. Darum werde ich Sie nicht lange von der Arbeit abhalten. Sie haben einen Gemischtwarenladen in der Copenhagen Place, Limehouse, ist das richtig?«

Jenkins räusperte sich. »Jawohl, Sir.«

»Sind die meisten Ihrer Kunden Leute aus dem Viertel, die in einem Umkreis von … sagen wir, einer halben Meile um Ihr Geschäft leben?«

»Jawohl, Sir.«

»Weil die Menschen Lebensmittel aller Arten benötigen und sie verständlicherweise nicht weiter als unbedingt nötig tragen möchten?«

Coniston rutschte ungeduldig auf seinem Stuhl hin und her.

Pendock zog ein verdrießliches Gesicht.

Nur die Geschworenen lauschten aufmerksam. Sie glaubten, gleich würde etwas Wichtiges und vielleicht Brisantes kommen. Schließlich war Rathbone berühmt und weithin gefürchtet. Und wenn sie das nicht vor dem Prozess gewusst hatten, so war es ihnen spätestens jetzt klar.

Jenkins nickte. »O ja, Sir. Ich kenn sie ganz gut. Ich hab die Sachen, die sie brauchen, alle im Laden. Sie müssen mich gar nich' fragen.«

»Ein Fremder würde Ihnen also sofort auffallen?«, fragte Rathbone lächelnd. »Jemand, der nicht im Viertel lebt und vielleicht Wünsche hat, die Ihnen neu sind?«

Jenkins schluckte. Er wusste um die Bedeutung dieser Frage. »Ich denke, ja.« Schon war er sich weniger sicher. Seine Worte verrieten Unschlüssigkeit.

»Eine gut gekleidete Frau, die nicht aus Limehouse stammte, die noch nie bei Ihnen Lebensmittel gekauft hatte und weder Tasche noch Korb bei sich trug?«, half ihm Rathbone.

Jenkins starrte ihn wortlos an.

Doch Rathbone brauchte eindeutige Antworten. Freilich durfte er die Fragen nicht noch einmal wiederholen oder dem Zeugen Antworten in den Mund legen, sonst würden ihm die Geschworenen die Verzweiflung anhören.

»Ich könnte mir vorstellen, dass Sie einen sehr freundlichen oder zumindest ungezwungenen Umgang mit den meisten Ihrer Kunden pflegen, Mr Jenkins. Sie sind ja auch unbescholtene Bürger, die einem ordentlichen Beruf nachgehen?«

»Ja … ja, natürlich.«

»Eine Frau mit wildem, um nicht zu sagen hysterischem Gebaren würde in Ihrem Laden also sofort auffallen?«

Coniston erhob sich.

Rathbone drehte sich mit fragender Miene zu ihm um, den Kopf schiefgelegt, als sei er verwundert.

Mit einem entnervten, unendlich gelangweilten Seufzen ließ sich sein Gegner zurück auf seinen Stuhl sinken.

Nichts von alldem würde seinen Eindruck auf die Geschworenen verfehlen. Für einen Moment war ihre Konzentration durchbrochen und die Intensität der Emotionen gemindert worden.

»Mein gelehrter Freund scheint die Bedeutung meiner Frage nicht erfasst zu haben, Mr Jenkins«, meinte Rathbone mit einem Lächeln. »Vielleicht ist sie auch anderen unklar. Ich versuche zu zeigen, dass Ihr Geschäft in der Nachbarschaft Dienste an der Gesellschaft leistet. Sie kennen sämtliche Frauen in der Umgebung, die ihren täglichen Bedarf an Tee, Zucker, Mehl, Gemüse und so weiter bei Ihnen decken. Das sind anständige, respektable Personen, die sich bei Ihnen unter Freunden fühlen. Eine Frau, die Sie noch nie gesehen haben und die offenbar auch sonst niemand kennt und deren Gebaren hysterisch und sehr fordernd ist, fällt da aus dem Rahmen. Es ist sehr wahrscheinlich, um nicht zu sagen, so gut wie sicher, dass man sich an sie erinnert. Trifft das zu?«

Jenkins konnte nicht anders, als zuzustimmen. Hatte Coniston mit seinem Verhalten der Verteidigung am Ende sogar unbeabsichtigt einen Gefallen getan? Rathbone wagte nicht, sich mit einem Blick auf ihn zu vergewissern. Dann würden die Geschworenen ihn sofort als Spieler durchschauen.

»Ich … ich denke, dass ich sie mir merken würde«, murmelte Jenkins.

»Dann möchte ich Sie bitten, zur Anklagebank zu sehen und mir zu sagen, ob Sie sicher sind, dass die Frau dort oben dieselbe Person ist, die in Ihren Laden kam und fragte, wo Zenia Gadney lebte. Wir haben bereits gehört, dass es eine große, dunkelhaarige Frau war, die ihr ungefähr ähnelte, aber in London gibt es Tausende Frauen dieses Aussehens. Sind Sie sicher, ohne jeden Zweifel sicher, dass sie diese Frau war? Sie schwört, dass sie es nicht war.«

Jenkins spähte zu Dinah hinauf. Dabei blinzelte er leicht, als wären seine Augen getrübt.

Rathbone wandte sich an Pendock. »Mylord, darf ich mit Erlaubnis des Gerichts die Angeklagte bitten, sich zu erheben?«

Pendock blieb keine Wahl. Das Ersuchen war nur eine Förmlichkeit. Hätte er es abgewiesen, hätte er Gründe dafür anführen müssen, und die gab es nicht.

»Bitte«, brummte der Richter.

Rathbone drehte sich zur Anklagebank um, woraufhin Dinah sich erhob. Wie Rathbone sofort merkte, wirkte sich das zu ihrem Vorteil aus. Man konnte sie deutlicher sehen, und jeder einzelne Geschworene verrenkte sich schier den Hals. Ihr Gesicht war blass und von der Trauer schwer gezeichnet, doch auf gewisse Weise war sie schöner als bei sich zu Hause, wo ihr alles vertraut war. Auch wenn die Öffentlichkeit sie bereits verurteilt hatte, war sie vom Gericht noch nicht für schuldig befunden worden und durfte darum ihre eigenen Gewänder tragen. Da sie noch um ihren Mann trauerte, war sie entsprechend schwarz gekleidet. Zusammen mit ihren ausdrucksstarken Zügen und ihrer makellosen Haut betonte das auf verblüffende Weise die Schönheit ihres Gesichts, aber auch das darin gespiegelte Leid. Sie wirkte gefasst, als hätte sie nicht mehr die Energie, zu hoffen oder zu kämpfen.

Jenkins schluckte erneut. »Nein.« Er schüttelte den Kopf. »Ich kann nich' sagen, dass sie das war. Sie … sieht anders aus. Ich kann mich nich' erinnern, dass ihr Gesicht so aussah.«

»Danke, Mr Jenkins«, stieß Rathbone, vor Erleichterung aufatmend, hervor. »Mein gelehrter Freund wird Sie vielleicht noch etwas fragen wollen, aber was mich betrifft, möchte ich Sie nicht länger davon abhalten, in Ihr Geschäft zurückzukehren und wieder Ihre Dienste an der Gemeinschaft in der Copenhagen Place zu leisten.«

»Jawohl, Sir.« Nervös wandte sich Jenkins zu Coniston um.

Der Vertreter der Klage verriet nur für den Bruchteil einer

Sekunde ein Zögern, und mindestens ein, zwei Geschworene mussten es bemerkt haben.

»Mr Jenkins«, begann Coniston in freundlichem Ton, da er gespürt hatte, dass der Ladeninhaber die Sympathien der Zuschauer genoss. Das war ein Mann aus dem Volk, hatte wahrscheinlich eine Familie, die er versorgte, und versuchte sein Bestes in einer Situation, die ihm zuwider sein musste. Sicher wollte er die Befragung so schnell wie möglich hinter sich bringen und wieder in sein ruhiges, von harter Arbeit geprägtes Leben zurückkehren, das ihm viele kleine Freuden bot und in dem er seine Meinung frei äußern konnte, ohne dass jedes Wort auf die Goldwaage gelegt wurde.

Rathbone wusste, dass all das nun Coniston durch den Kopf ging, denn er hatte genau dasselbe erwogen.

Coniston lächelte. »Mr Jenkins, ich stelle fest, dass ich eigentlich keine weiteren Fragen an Sie habe. Sie sind ein aufrichtiger Mann, der durch Zufall und ohne eigenes Zutun in eine höchst unangenehme Situation geraten ist. Ihr Mitgefühl, Ihre Vorsicht und Bescheidenheit sind bewundernswert. Sie haben weder Macht über andere angestrebt noch das Licht der Öffentlichkeit gesucht. Bitte nehmen Sie auch meinen Dank an und kehren Sie in Ihr Geschäft zurück, wo Sie sicher dringend gebraucht werden, zumal so kurz vor Weihnachten.« Er verbeugte sich knapp und kehrte gemessenen Schritts an seinen Platz zurück.

Pendocks Gesicht verriet Anspannung. Er blickte auf die Uhr, dann zu Rathbone hinüber.

»Sir Oliver?«

Rathbone hätte gerne mit Monk gesprochen, bevor er seinen nächsten Zeugen aufrief. Aber dafür war es zu früh. Er erhob sich. »Die Aussage meines nächsten Zeugen könnte sich ziemlich lange hinziehen, Mylord, und ich gehe davon aus, dass Mr Coniston den Wunsch haben wird, einige seiner Angaben sehr genau nachzuprüfen.« Nun sah auch er auf die Uhr. Er wollte es vermeiden zuzugeben, dass er Runcorn nirgendwo entdecken konnte. Aber wenn Pendock ihn dazu zwang weiterzumachen, blieb ihm nichts anderes übrig.

»Na schön, Sir Oliver.« Der Richter seufzte. »Der Prozess wird bis morgen Vormittag vertagt.«

»Sehr wohl, Mylord. Danke.«

Kaum hatte Rathbone sein Zimmer erreicht, schrieb er Runcorn eine Nachricht, mit der Bitte, bei der Fortführung der Verhandlung am nächsten Morgen als Zeuge aufzutreten. Ihre geringen Erfolgsaussichten wären davon abhängig. Er selbst würde die Befragung nach Möglichkeit in die Länge ziehen, denn sonst hätte er außer Dinah selbst kaum etwas vorzubringen, es sei denn, Monk hätte noch etwas entdeckt, das es ihm erlaubte, den Verdacht glaubhaft in eine andere Richtung zu lenken. Er werde zumindest versuchen, die Injektion von Opium mit einer Spritze anzusprechen und auf die verheerende Sucht hinzuweisen, die dadurch ausgelöst würde.

Kaum hatte er den Brief zusammengefaltet, in einen Umschlag gesteckt und sein Wachssiegel angebracht, befielen ihn Zweifel. Hatte er am Ende zu viel gesagt?

Müde ging er nach Hause, fand jedoch keinen Schlaf.

Am Morgen nahm Rathbone unausgeruht und zutiefst besorgt einen Hansom zum Gericht. Runcorn hatte nichts von sich hören lassen, und wenn er nicht erschien, würde Rathbone nichts vorbringen können. Nicht, dass er glaubte, Pendock würde eine Entschuldigung, wie triftig auch immer, akzeptieren. Er hatte nicht einmal die Gewissheit, dass Runcorn seine Nachricht überhaupt erhalten hatte. Für den Fall, dass Runcorn sich heute nicht auf seiner Polizeiwache blicken ließ, hatte er sie der Sicherheit halber zu ihm nach Hause geschickt. Aber vielleicht war er erst spät heimgekommen und zu müde gewesen, um die Post zu öffnen.

Am Ludgate Circus war die Straße hoffnungslos verstopft von Einkäufern, Freunden, die einander ein frohes Fest wünschten, und Feiernden, die nicht bis zum Weihnachtstag warten wollten.

Rathbone hämmerte an die Rückwand seiner Kabine, um die Aufmerksamkeit des hinter ihm postierten Kutschers zu gewinnen. »Können Sie nicht einen Weg um dieses Gewühl herum finden? Ich muss zu einem Prozess im Old Bailey!«

»Ich tu ja schon mein Bestes!«, rief der Mann. »Es is' eben Weihnachten!«

Rathbone schluckte die Antwort, die ihm auf der Zunge lag, hinunter. Schließlich konnte der Mann nichts dafür, und mit Grobheit würde er alles nur noch schlimmer machen. Was, um alles auf der Welt, sollte er dem Gericht nur sagen, wenn sein Zeuge nicht auftauchte? Wen konnte er dann noch kurzfristig aufbieten? Man würde ihn für vollkommen unfähig halten! Das Gesicht brannte ihm jetzt schon beim bloßen Gedanken daran.

Hätte er die Nachricht vielleicht doch zu Runcorns Polizeiwache schicken sollen?

Schon wieder blieb der Hansom stehen. Um sie herum standen Gefährte aller Arten, während die Kutscher teils schimpfend, teils lachend Vorfahrt verlangten.

Rathbone war zu ungeduldig, um noch länger zu warten. Es war ja nur ein kurzer Weg vom Ludgate Hill zum Old Bailey. Vor ihm ragte die mächtige Kuppel der St. Paul's Cathedral in den Winterhimmel, links von ihm türmte sich der Central Criminal Court auf, das Strafgericht, und unmittelbar dahinter befand sich das Newgate Prison. Er sprang aus der Droschke, warf dem Kutscher eine Handvoll Münzen zu und marschierte eilig los. Bald rannte er.

Er jagte die Stufen zum Gericht hinauf und wäre fast mit Runcorn zusammengestoßen, der in der Tür stand. Warum war er so unendlich erleichtert? Er hätte dem Mann vertrauen sollen! Jetzt war allerdings keine Zeit mehr, mit ihm zu sprechen. Durch seine eigene Schuld war er zu spät gekommen. Nur ein paar Schritte von ihm entfernt stand Coniston, und über die Vorhalle näherte sich Pendock. Wenn er jetzt versuchte, Rücksprache mit Runcorn zu nehmen, würde das wirken, als wäre er hinsichtlich der erwarteten Aussage unsicher. Und Coniston ein solches Geschenk zu machen konnte er sich wirklich nicht leisten.

Fünfzehn Minuten später stand er an seinem Pult, vor ihm seine Notizen, zuoberst ein Brief von Runcorn. Er riss den Umschlag auf und las die wenigen Zeilen.

»Lieber Sir Oliver!
Alles bereit. Habe ein paar interessante Dinge untersucht. Bin mir noch nicht ganz sicher, aber ich glaube, Mrs Monk ist dem Arzt auf der Spur.
Runcorn.«

Erneut machte sich Rathbone Vorwürfe, dass er ihm nicht genügend vertraut hatte.

»Bitte rufen Sie Ihren Zeugen auf, Sir Oliver«, forderte ihn Pendock auf. Seine Stimme klang rau und angespannt, als hätte auch er wenig geschlafen.

»Ich benenne Superintendent Runcorn von der Greenwich Police«, erklärte Rathbone.

Runcorn trat ein und schritt an den Zuschauerrängen vorbei zum Zeugenstand. Kräftig und vor Selbstvertrauen strotzend, war er eine imposante Erscheinung. Nachdem er den Eid geleistet hatte, wartete er aufrecht stehend auf die Fragen. Seine Hände hingen locker an den Seiten herab – er klammerte sich nicht am Geländer fest.

Rathbone räusperte sich. »Superintendent, Sie sind Kommandant der Polizei im Gebiet Greenwich, richtig?«

»Jawohl, Sir«, antwortete Runcorn würdevoll.

»Wurden Sie alarmiert, als vor knapp drei Monaten Joel Lambourns Leiche auf dem One Tree Hill im Greenwich Park entdeckt wurde?«

»Jawohl, Sir. Dr. Lambourn war in Greenwich eine bekannte und weithin bewunderte Persönlichkeit. Sein Tod war eine Tragödie.«

Coniston stand auf. »Mylord, wir haben bereits in ziemlicher Ausführlichkeit von Dr. Lambourns Tod und der Reaktion der Angeklagten vernommen. Ich vermag nicht zu erkennen, was Mr Runcorn dem bisher Gesagten noch hinzufügen könnte. Mein gelehrter Freund ist verzweifelt und verschwendet die Zeit des Gerichts. Wenn es hilfreich ist, wird die Strafverfolgung den Fakten zustimmen, wie sie bereits präsentiert worden sind.«

Rathbone befürchtete, dass Runcorns Aussage verhindert wurde, bevor er überhaupt begonnen hatte. Noch bevor Pendock den Mund öffnen konnte, protestierte er.

»Mylord, ist es nicht eher Zeitverschwendung, wenn die Anklage zu etwas die Zustimmung erteilt, das sie selbst präsentiert hat?«

»Das alles noch einmal zu hören ist Zeitverschwendung!«, blaffte Pendock. »Wenn Sie nichts Neues zu sagen haben, Sir Oliver, dann haben Sie zwar mein Mitgefühl für Ihre Notlage, aber es ist nicht meine Aufgabe, Wunschdenken nachzugeben. Mr Conistons Einwand wird stattgegeben.« Er wandte sich an den Staatsanwalt. »Mr …«

»Mylord!« Rathbone hob die Stimme, gab sich aber alle Mühe, sie frei von Emotionen zu halten. »Mr Coniston hat Indizien bezüglich Dr. Lambourns Tod vorgelegt, aber aus Gründen, die er selbst am besten kennt, hat er auf eine Vernehmung von Superintendent Runcorn verzichtet, dem Mann, der ursprünglich mit der Untersuchung beauftragt war. Hätte Mr Coniston diesen Todesfall nicht für relevant erachtet, hätte er ihn nicht auf die Tagesordnung gesetzt.

Mehr noch, Eure Lordschaft hätten ihm das nicht gestattet! Mit allem Respekt stelle ich dem Gericht anheim, der Verteidigung das Recht zu gewähren, Mr Runcorn im Lichte der neu entdeckten Indizien zu befragen.«

Kein Laut war im Gerichtssaal zu hören. Niemand rührte sich.

Pendocks Mund war ein dünner, harter Strich.

Coniston starrte erst Pendock, dann Rathbone an.

Runcorn blickte zu den Geschworenen hinüber und lächelte.

Einer von ihnen rutschte auf seinem Stuhl herum.

»Bleiben Sie beim Thema, Sir Oliver«, sagte Pendock schließlich. »Ob Mr Coniston Einspruch erhebt oder nicht – wenn Sie davon abweichen, werde *ich* Ihnen Einhalt gebieten.«

»Danke, Mylord«, brachte Rathbone hervor, dem es nur mit Mühe gelang, die Fassung zu wahren. Einmal mehr wurde ihm eindringlich bewusst, dass Pendock ihn mit Habichtsaugen auf den geringsten Protokollfehler hin beobachtete. Was immer der Grund sein mochte, was immer Dinah Runcorn gesagt haben mochte, Pendock würde die Verteidigung mit jedem rechtlich zulässigen Mittel behindern.

Rathbone nahm einen neuerlichen Anlauf. »Sie wurden mit der Untersuchung von Dr. Lambourns Tod beauftragt, als seine Leiche am One Tree Hill entdeckt wurde.« Obwohl er diese Worte an Runcorn richtete, blickte er dabei die Geschworenen an.

»Ja«, bestätigte Runcorn. »Ein Mann, der seinen Hund spazieren führte, sah Lambourns Leiche mehr oder weniger gegen einen Baum…«

Coniston erhob sich. »Mylord, Mr Runcorn unterstellt, dass …«

»Ja, ja!«, stimmte Pendock ihm zu. Er wandte sich zum Zeugenstand um. »Mr Runcorn, hüten Sie bitte Ihre Zunge. Unterstellen Sie nicht etwas, wovon Sie nichts wissen. Äußern Sie sich einfach zu dem, was Sie gesehen haben, ist das klar?«

Das war bis zum Äußersten getriebene Bevormundung. Rathbone sah, wie sich Runcorns Gesicht rot verfärbte, und betete zu Gott, dass er nicht die Beherrschung verlor.

»Ich war im Begriff zu sagen: ›gegen einen Baumstamm gelehnt dasaß‹«, stieß Runcorn zwischen aufeinandergepressten Zähnen hervor. »Wäre er nicht abgestützt gewesen, wäre er umgefallen. Er war ohnehin schon leicht zur Seite gekippt.«

Pendock entschuldigte sich nicht, doch Rathbone sah seinem Gesicht an, dass er sich über sich selbst ärgerte. Auch die Geschworenen mussten das bemerkt haben.

Rathbone verkniff sich ein Grinsen. »Er war tot?«, fragte er.

»Ja. Sogar schon kalt«, bestätigte Runcorn. »Aber die Nacht war frostig gewesen, und es ging ein leichter Wind, der für die Jahreszeit zu kalt war. Seine Handgelenke waren an der Innenseite aufgeschnitten, und es sah so aus, als wäre er verblutet.«

Pendock beugte sich vor. »›Sah so aus‹? Wollen Sie zu verstehen geben, dass das nicht der Fall war, Mr Runcorn?«

»Nein, Mylord.« Runcorns Miene gab keine Regung preis. »Ich versuche lediglich, die Dinge so auszudrücken, wie sie mir zu dem Zeitpunkt bewusst waren. Der Polizeiarzt hat das dann bestätigt. Bei der Autopsie kam später heraus, dass er auch eine beträchtliche Dosis Opium eingenommen hatte, die aber nicht ausgereicht hätte, ihn zu töten. Ich vermutete damals, dass es vielleicht die Schmerzen beim Aufschneiden der Handgelenke betäuben sollte.«

»Damals?«, fragte Rathbone eilig dazwischen. »Erfuhren Sie später etwas Genaueres? Der Polizeiarzt konnte Ihnen doch sicher nicht die Gründe für die Einnahme des Opiums mitteilen, sondern nur die bloße Tatsache?«

Runcorn starrte Rathbone eindringlich an. »Nein, Sir. Ich habe nur meine Meinung geändert. Ich glaube nicht, dass Lambourn sich die Pulsadern aufgeschnitten hat. Ich vermute, dass das Opium dazu diente, ihn schläfrig zu machen, seine Reaktionen zu verlangsamen, ihn vielleicht sogar zu betäuben, damit er sich nicht wehren konnte. Bei einer Selbstverteidigung entstandene Wunden würden sich bei mutmaßlichem Selbstmord nur schwer erklären lassen.«

Coniston stand schon wieder auf.

Pendock blitzte Runcorn an. »Mr Runcorn! Ich werde keine wilden und unbeweisbaren Spekulationen in diesem Gericht dulden! Das ist nicht die Wiederaufnahme eines bereits abgeschlossenen Verfahrens mit amtlichem Urteil – eine Tatsache, von der ich weiß, dass sie Ihnen sehr wohl bekannt ist. Wenn Sie etwas Relevantes über die Ermordung Zenia Gadneys zu bieten haben, dann sagen Sie uns das bitte. Alles andere ist hier nicht statthaft. Haben Sie verstanden?«

»Ja, Mylord«, sagte Runcorn selbstbewusst. Mit erhobenem Haupt stand er da, den Blick nach vorn gerichtet. »Aber da wir jetzt wissen, dass Zenia Gadney auch Joel Lambourns Frau war, ein Fakt, der uns bei seinem Tod nicht bekannt war, scheint sein Ende so kurz vor dem Mord an Zenia Gadney doch eine Reihe von Fragen aufzuwerfen. Es fällt schwer, einen Zusammenhang von vornherein zu bestreiten.«

»Natürlich gibt es einen Zusammenhang!«, bellte Pendock. »Der besteht in Dinah Lambourn, der Angeklagten! Wollen Sie mir etwa sagen, dass sie auch ihren Mann ermordet hat? Damit dürfte der Verteidigung wohl kaum gedient sein.«

Coniston verbarg nicht ganz sein Grinsen.

Die Geschworenen blickten vollkommen verwirrt drein.

»Ich halte es für wahrscheinlich, dass der Täter derselbe ist«, konterte Runcorn. »Zumindest besteht diese Möglichkeit, und es wäre unverantwortlich, sie nicht zu untersuchen.

Bei der Vernehmung von Marianne Lambourn konnte ich mich davon überzeugen, dass Dinah Lambourn es nicht gewesen sein kann. Marianne konnte in der fraglichen Nacht wegen eines Alptraums nicht einschlafen und hörte ihren Vater das Haus verlassen. Ihre Mutter ging nicht hinaus.«

Rathbone war verblüfft. War sich Runcorn seiner Sache wirklich sicher? Würde Coniston das Mädchen nach seiner Aussage nicht nach allen Regeln der Kunst niedermachen und jedem im Saal zeigen, dass sie keineswegs ausschließen konnte, nicht doch eingeschlafen zu sein, und dass ihre Aussage darum nichts wert war?

Aber selbst wenn es so kam, würde er wenigstens einen halben Tag gewinnen! Was war mit Monk? Hatte er irgendwelche neuen Erkenntnisse? Wusste Runcorn mehr?

Coniston starrte Rathbone an, eifrig darum bemüht, in seinem Gesicht zu lesen.

»Sir Oliver!«, sagte Pendock drohend. »Waren Sie sich dieser Details bewusst? Wenn Sie irgendwelche …«

Rathbone überlegte fieberhaft. »Nein, Mylord«, versicherte er ihm hastig. »Ich hatte seit letztem Freitag keine Gelegenheit, mit Superintendent Runcorn zu sprechen.«

Pendock blickte Runcorn an.

»Ich habe das erst gestern erfahren, Mylord«, erklärte dieser mit plötzlicher Ehrerbietung. »Ich hatte Anlass zur neuerlichen Untersuchung von Dr. Lambourns Tod, da gewisse Fakten bezüglich seiner Forschungsarbeit über den Verkauf von Opium ans Licht gekommen sind. Dabei geht es um den Handel in England, aber auch um allgemeine Aspekte, insbesondere eine neue Methode, Opium über eine Hohlnadel direkt in die Vene zu spritzen, was die Suchtgefahr um ein Vielfaches erhöht.«

Pendock packte seinen Hammer und drosch ihn wütend auf das Pult. »Das ist ein Prozess gegen Dinah Lambourn wegen der Ermordung von Zenia Gadney!«, donnerte er. »Ich dulde nicht, dass er in einen politischen Zirkus verwandelt wird, nur um die Geschworenen vom anstehenden Sachverhalt abzulenken. Und noch viel weniger werde ich Versuche zulassen, über die Segnungen oder Kehrseiten des Verkaufs oder der Verwendung von Opium zu debattieren!« Er fuhr zu Rathbone herum. »Beweise, Sir Oliver, keine Spekulationen! Und vor allem gibt es bei mir keinen Skandal wegen übler Nachrede! Habe ich mich klar genug ausgedrückt?«

»Vollkommen, Mylord«, antwortete Rathbone mit dem größtmöglichen Anschein von Unterwürfigkeit, zu dem er in der Lage war. »Dieser Ort ist vor allen anderen derjenige, wo niemand Beschuldigungen vorbringen sollte, die er nicht erhärten kann.« So gut er konnte, ließ er sich keine Regung anmerken, doch als sich Pendocks Wangen puterrot verfärbten, wusste er, dass ihm das nicht wirklich gelungen war.

Coniston nieste oder bekam vielleicht sogar einen Hustenanfall. Er nuschelte eine Entschuldigung.

Rathbone wandte sich wieder an Runcorn. »Bitte seien Sie vorsichtig, Superintendent«, mahnte er ihn. »Haben die Fakten, die Sie aufgedeckt haben, einen direkten Bezug zu dem Mord an Zenia Gadney oder der Tatsache, dass dieses Verbrechen Dinah Lambourn zur Last gelegt wird?«

Runcorn überlegte kurz.

Rathbone konnte sich des Eindrucks nicht erwehren, dass er erwog, wie viel genau er sagen wollte.

»Superintendent?« Rathbone spürte, dass er die Initiative ergreifen musste, bevor Coniston wieder aufsprang.

»Ja, Sir, das glaube ich«, antwortete Runcorn. »Wenn Dr. Lambourn und Zenia Gadney von derselben Person getötet wurden und die Angeklagte das nicht gewesen sein kann, dann war das zwangsläufig jemand anders, und wir müssen ihn überführen. Die Polizei sieht es als immer wahrscheinlicher an, dass es sich um jemanden handelt, über den Dr. Lambourn im Laufe seiner Untersuchung über Opium etwas Bestimmtes erfuhr – jemanden, der ungeheure Profite einstrich, indem er Menschen süchtig machte. Zunächst brachte er sie dazu, es sich bei schmerzhaften Verletzungen wie Knochenbrüchen und Ähnlichem direkt ins Blut zu spritzen, und als sie davon abhängig waren und nicht mehr ohne Opium leben konnten, diktierte er ihnen die Preise …«

Coniston schnellte hoch. »Mylord, kann Mr Runcorn – oder sonst jemand – auch nur die Spur eines Beweises für dieses angebliche Gift vorlegen? Das ist ein Ammenmärchen! Wilde Spekulation!« Er schnappte nach Luft, um dann das Thema zu wechseln. »Und was den Schwur irgendwelcher Angehöriger betrifft, dass Mrs Lambourn in der fraglichen Nacht das Haus nicht verlassen habe, haben wir nichts gehört, was das belegt hätte, außer dem von Dritten überbrachten Wort einer Fünfzehnjährigen, die natürlich zu ihrer Mutter hält. Welches Kind dieses Alters würde denn schon glauben wollen, dass die eigene Mutter seinem Vater kaltblütig die Pulsadern aufgeschnitten und ihm dann beim Verbluten zugeschaut haben könnte.«

Rathbone kam sich vor, als bebte plötzlich der Boden unter seinen Füßen. Nur mühsam hielt er sich aufrecht.

»Sir Oliver«, sagte Pendock mit sichtlicher Erleichterung. »Sie riskieren, sich lächerlich zu machen. Ist das alles nicht ein verzweifelter Versuch, Zeit zu vergeuden, zu welchem Zweck auch immer? Welcher Ritter, glauben Sie, wird zu Ihrer Rettung angesprengt kommen? Sie haben absolut nichts vorgelegt, was Ihr Hirngespinst von einer Verschwörung unterstützen würde. Entweder Sie legen Ihre Beweise auf den Tisch, oder Sie machen Anstalten zu einer glaubwürdigen Verteidigung, Sir! Wenn Sie nichts in Händen haben, dann ersparen Sie Ihrer Mandantin diese zwecklose Tortur und gestatten ihr, sich schuldig zu bekennen.«

Das Blut stieg Rathbone siedend heiß ins Gesicht. »Meine Mandantin hat mir gesagt, dass sie unschuldig ist, Mylord«, entgegnete er mit vor Bitterkeit rauer Stimme. »Ich kann von ihr nicht verlangen zu behaupten, sie hätte eine Frau totgeschlagen und ihr dann den Bauch aufgeschlitzt, nur um dem Gericht Zeit zu ersparen!«

»Nehmen Sie sich in Acht, Sir Oliver!«, warnte Pendock. »Oder ich belange Sie wegen Missachtung des Gerichts!«

»Das würde das Ende noch weiter hinausziehen, Mylord«, schnappte Rathbone, was er im nächsten Moment auch schon bereute, aber da war es zu spät. Er hatte sich Pendock unwiderruflich zum Feind gemacht.

Durch die Galerie wogte ein erregtes Schaudern. Selbst in die Geschworenen kam plötzlich Leben. Ihre Blicke schossen von Rathbone zu Pendock, weiter zu Coniston und schließlich zu Runcorn, der immer noch auf Fragen wartete.

Dinah Lambourn war nicht die Einzige, um die es bei diesem Prozess ging. Auf die eine oder andere Weise war vielleicht jeder im Saal davon betroffen. Sie alle spielten eine Rolle bei der Handhabung des Rechts.

Rathbone wählte seine Worte mit peinlicher Sorgfalt. Dinah Lambourns Leben hing von seinem Geschick ab und von seiner Fähigkeit, Eitelkeiten und persönlichen Groll zu vergessen. Auf sie musste er sich konzentrieren und darauf, die Geschworenen zu zwingen, sich die Wahrheit anzuhören, worin sie auch bestehen mochte.

Rathbone hatte keine Ahnung, was Runcorn noch alles wusste. Und während er ihm ins Gesicht starrte, überlegte er hektisch, welche Fragen der Mann von ihm hören wollte. Worauf konnten sie sich beziehen, damit ihm Pendock nicht gleich wieder in die Parade fuhr? Welches Bindeglied bestand noch zwischen Zenia Gadney-Lambourn und dem Verkauf von Opium zusammen mit Spritznadeln?

»Mr Runcorn, hatten Sie Gelegenheit zu überprüfen, ob Zenia Gadney vielleicht Teile von Dr. Lambourns Forschungsarbeit kannte? Genauer gesagt, Abschnitte über Verbrechen in Zusammenhang mit oder als Folge von dem Verkauf von Opium, das rein genug war, um es direkt ins Blut zu spritzen und damit Degeneration, Wahnsinn oder sogar den Tod herbeizuführen?«

Jetzt beugten sich die Geschworenen weit vor. Ihre Gesichter verrieten Anspannung, Faszination und Furcht.

Runcorn ergriff die Gelegenheit. »Ja, Sir. Wir hielten es für möglich, dass Dr. Lambourn mehr als eine Abschrift angefertigt hatte, zumindest von den heikleren Teilen. Da in seinem eigenen Haus nichts zu finden war, mutmaßten wir, dass er sie bei seiner ersten Frau, Zenia Gadney, hinterlassen haben könnte. Vielleicht glaubte er, dass außer Dinah Lambourn niemand von ihrer Existenz wusste.«

Coniston stand auf. »Dann kann die arme Frau nicht deswegen ermordet worden sein. Das Einzige, was Sir Oliver bisher erreicht hat, ist, dass er ein zweites Motiv für die Angeklagte präsentiert hat, Mylord.«

Pendock bedachte Rathbone mit einem matten Lächeln. »Sie scheinen sich selbst in den Fuß geschossen zu haben, Sir Oliver.«

Runcorn sog die Luft scharf ein. Er blickte Rathbone eindringlich an, dann wanderten seine Augen weiter zum Publikum auf der Galerie.

Rathbone begriff sofort. Er dankte Runcorn mit einem fast unsichtbaren Nicken, ehe er Pendocks Lächeln erwiderte.

»Wenn Dinah Lambourn die Einzige wäre, die die Wahrheit kennt, dann sei dem so, Mylord. Aber vielleicht haben Sie vergessen, dass sowohl Barcley Herne als auch seine Frau, Amity Herne, Joel Lambourns Schwester, sehr wohl über seine erste Ehe Bescheid wussten. Ich glaube, Sie werden das in den Protokollen ihrer Vernehmungen bestätigt finden, Mylord.«

Einmal mehr wich alle Farbe aus Pendocks Gesicht. Er

richtete sich kerzengerade auf und ballte die auf dem handgeschnitzten Pult liegende Hand zur Faust. »Wollen Sie unterstellen, dass Barclay Herne diese bedauernswerte Frau ermordet hat, Sir Oliver?«, fragte er bedrohlich langsam. »Ich nehme an, dass Sie sich über seinen Aufenthalt in der fraglichen Zeit kundig gemacht haben. Sollten Sie das versäumt haben, kann ich Ihnen nachhelfen. Er nahm an einem Dinner im Athenäum teil. Ich war auch dort.«

Ein Faustschlag ins Gesicht hätte Rathbone nicht härter treffen können. Binnen Sekunden war aus Sieg Niederlage geworden. »Nein, Mylord«, antwortete er ruhig. »Ich habe lediglich darauf hingewiesen, dass Dinah Lambourn nicht die einzige Person war, der bekannt war, dass Joel Lambourn mit Zenia Gadney verheiratet war und sie, soweit wir wissen, einmal im Monat besuchte. Es ist nicht auszuschließen, dass er selbst oder seine Schwester, Mrs Herne, anderen davon erzählte – vielleicht Bekannten von früher, als Dr. Lambourn noch mit Zenia Gadney zusammen war. Oder soll ich Zenia Lambourn sagen?«

»Warum, zum Kuckuck, sollten Sie so etwas tun?«, fragte Pendock perplex. »So etwas möchte doch sicher niemand an die große Glocke hängen. Das wäre wirklich äußerst peinlich. Ihre Unterstellung ist exzentrisch, um es höflich auszudrücken.«

Rathbone unternahm einen letzten Versuch. »Mylord, wir wissen nicht, ob Dr. Lambourns Untersuchung Hinweise auf den Verkauf von Opium und die besagten Nadeln enthielt oder ob sie sich genauer über das Elend bei der Sucht äußerte, die solche Methoden verursachen können. Ebenso wenig wissen wir über den Wahrheitsgehalt dieser Geschichten. Aber es besteht weiter eine hohe Wahrscheinlichkeit, dass bestimmte Personen namentlich benannt werden, entweder als Verkäufer dieses Gifts oder als Süchtige, mitsamt dem körperlichen wie geistigen Verfall, den es auslösen kann. Sämtliche Kopien dieses Dokuments aufzuspüren und sicherzustellen, dass sie nicht in die falschen Hände fallen, könnte darum als Dienst an den darin erwähnten Personen – und vielleicht auch an unserem Land – aufgefasst werden. Opium – wenn es richtig und unter ärztlicher Aufsicht eingenommen wird – ist immer noch das einzige Mittel, das wir haben, um qualvolle Schmerzen zu lindern.«

Daraufhin blieb Pendock lange stumm.

Die Zuschauer warteten. Die Augen aller – auf der Galerie, der Geschworenenbank, hinter den Pulten der beiden Anwälte – waren auf den Richter gerichtet.

Schließlich traf Pendock eine Entscheidung.

»Haben Sie Belege dafür, Mr Runcorn?«, fragte er leise. »Belege, nicht Annahmen und Skandalgeschichten?«

»Ja, Mylord. Aber das sind alles Fragmente, die immer wieder in den zahllosen Berichten über den tragischen Tod von Säuglingen auftauchten, mit dem sich Dr. Lambourn befasste. Er stieß auf die anderen Anhaltspunkte wohl eher zufällig, und wir nehmen an, dass er sich erst in den letzten Tagen seines Lebens zusammenreimte, wer dahintersteckte.«

Rathbone trat einen Schritt vor. »Mylord, wenn wir für den Rest des Tages Zeit hätten, die Beweise vernünftig zu ordnen und zu gewährleisten, dass keine Unschuldigen unbeabsichtigt verunglimpft werden, wären wir in der Lage, sie dem Gericht – oder Eurer Lordschaft in Ihrem Büro – vorzulegen, damit Sie sich Ihr eigenes Bild von ihrem Wert machen können.«

Pendock stieß einen schweren Seufzer aus. »Na gut. Der Prozess wird bis Freitagvormittag vertagt.«

»Danke, Mylord.« Rathbone neigte den Kopf. Plötzlich war ihm fast schlecht vor Erleichterung. Aber seine Freude war wirklich absurd! Er hatte eine Atempause gewonnen, nur über Weihnachten, sonst nichts.

Runcorn stieg vom Zeugenstand herunter und trat auf Rathbone zu. »Sir Oliver, Mr Monk möchte Sie so bald wie möglich sprechen«, raunte er ihm zu. »Wir haben noch mehr.«

21

Während Rathbone im Gericht Runcorn befragte, lief Monk sich die Füße wund, um mehr über Barclay Herne und Sinden Bawtry in Erfahrung zu bringen, und Hester suchte in aller Stille noch einmal Dr. Winfarthing auf. Sie hatte sich noch nicht entschieden, Monks Warnung, vorsichtig zu bleiben, in den Wind zu schlagen – noch nicht –, doch eines wusste sie schon jetzt: Wenn sie Monk auf ihrer Suche nach dem Arzt mitnahm, von dem Agatha gesprochen hatte, würde sie diesen kaum dafür gewinnen können, mit ihr zu reden.

Wie immer war Winfarthing hocherfreut, Hester zu sehen, doch als er sie mit der ihm eigenen Herzlichkeit begrüßt und sich in seinen Sessel hatte fallen lassen, verriet sein Gesicht, wie schwer seine Sorgen auf ihm lasteten.

»Ich nehme an, Sie sind wegen dieser armen Frau, Dinah Lambourn, gekommen.« Er seufzte niedergeschlagen.

»Ja. Wir haben nicht mehr viel Zeit bis zum Urteilsspruch. Sie kannten Joel Lambourn – Sie haben mit ihm zusammengearbeitet?«

»Und was wollen Sie jetzt von mir, Mädchen?«, schnaubte er. »Wenn ich irgendeinen Beweis dafür hätte, dass er sich nicht selbst umgebracht hat, meinen Sie nicht, dass ich das sofort gemeldet hätte?«

»Natürlich. Aber inzwischen hat sich die Sachlage geändert. Was wissen Sie über Opium und Spritzen?«

Er riss die Augen auf und atmete tief durch. »Ist es das, womit Sie sich jetzt beschäftigen? Dass er jemandem über den Weg gelaufen ist, der Nadeln und Opium verkaufte, das so rein war, dass man es sich direkt ins Blut spritzen konnte? Damit kann man Menschen umbringen, wenn man die Dosierung nicht richtig hinbekommt. Im besten Fall macht man sie mit ziemlicher Wahrscheinlichkeit süchtig, es sei denn, man beschränkt sich auf wenige Tage.«

»Ich weiß. Im Amerikanischen Bürgerkrieg setzten einige Ärzte Opium ein, um den am schlimmsten Verwundeten zu helfen. Sie glaubten nicht, dass man danach süchtig werden konnte. Natürlich täuschten sie sich. Aber immerhin handelten sie aus edlen Gründen. Aber was ist, wenn jemand das um des Geldes oder – schlimmer noch – um der Macht willen getan hat?«

Winfarthing nickte sehr langsam. »Allmächtiger im Himmel, Mädchen! Sind Sie sicher? Was für ein abscheuliches Verbrechen! Haben Sie jemals gesehen, was das Opium in einem Menschen anrichtet? Haben Sie die Entzugserscheinungen gesehen, wenn er seine Dosis nicht bekommt?« Sein Gesicht war bei der Erinnerung an das Elend vor Kummer völlig verzerrt.

»Nein. Nur die üblichen Schmerzsymptome«, antwortete sie.

»Oh, Schmerzen gibt es auch!«, rief er. »Und Übelkeit, Erbrechen, Durchfall, Panikattacken, Depression, Unruhe, Schlaflosigkeit, Muskelzittern, Krämpfe, Schüttelfrost, Zuckungen, Kopfschmerzen, Gänsehaut, Appetitlosigkeit – und noch andere Folgeerscheinungen, wenn man großes Pech hat.«

Hester spürte, wie sich ihr ganzer Körper anspannte, als würde sie selbst bedroht. »Wie lange?«, fragte sie heiser.

»Das kommt darauf an.« Er beobachtete sie aufmerksam. »Vielleicht nur zwei Tage – oder auch zwei Monate.«

Sie rieb sich über das Gesicht. »Wie können wir ihn nur schnappen? Das Ganze ist ja nicht einmal illegal!«

»Meinen Sie, das weiß ich nicht?« Winfarthing stöhnte

müde. »Aber dem Verkäufer winken riesige Gewinne. Wenn man erst einmal von Opium abhängig ist, ist man bereit, alles zu geben, was man hat, oder alles zu tun, was von einem gefordert wird, nur um seine Dosis zu bekommen. Es ist diese Bereitschaft, die das größere Problem darstellt. Wenn Sie recht haben und es wirklich das ist, worauf Lambourn gestoßen ist, dann haben Sie es mit einem von Grund auf bösen Mann zu tun.«

Hester runzelte die Stirn. »Aber warum haben die Kerle Lambourn umgebracht? Was konnte er ihnen denn schon anhaben? Es ist ja nicht gegen das Gesetz, und Lambourn muss das gewusst haben!«

Winfarthing saß wie festgefroren da und starrte sie an, als wäre ihm soeben etwas an ihr aufgefallen, das er noch nie zuvor bemerkt hatte.

»Was ist?«, fragte sie.

»Hatte er vielleicht jemanden mit Entzugserscheinungen gesehen?«, fragte er.

»Das weiß ich nicht …« Dann begriff Hester, woran er dachte. »Sie meinen, dass genau das in seiner Untersuchung stand? Eine Beschreibung der Sucht nach Opium, wenn es gespritzt wird, und der Entzugserscheinungen – verbunden mit der Bitte, auch das in das Gesetz aufzunehmen! Dann könnte man solche Geschäfte für illegal erklären!«

»Ganz genau. Es muss möglich sein, ein Gesetz zu verfassen, das die eingeschränkte Verwendung von Opium in sorgfältig beschrifteten Medikamenten zulässt, wenn sie geschluckt werden. Zugleich muss aber seine Verwendung oder Gabe mittels Spritze verboten werden, es sei denn, es wird von einem Arzt verabreicht, aber auch das nur unter strenger Aufsicht. Dann wäre unser Mann ein Verbrecher – und alles wäre anders.«

»Das gilt aber nur für die Zukunft. Wie können wir diesen Punkt im Prozess vortragen, um Dinah Lambourn rechtzeitig zu entlasten?«, fragte Hester eindringlich. »Wir haben nur noch Tage! Werden Sie aussagen?«

»Selbstverständlich. Aber es wird mehr erforderlich sein als meine Stellungnahme, Mädchen. Wir werden den Arzt brauchen, von dem diese Agatha gesprochen hat. Wer ist das überhaupt? Kennen Sie ihn?«

»Nein. Andererseits habe ich eine Ahnung ... Nur weiß ich nicht so recht, wie ich ihn dazu bringen kann, vor Gericht zu erscheinen. Vielleicht kommt er sogar, wenn ...« Sie unterbrach sich, weil sie zu verzagt war, um echte Hoffnung anklingen zu lassen.

»Tun Sie es!«, drängte er. »Ich begleite Sie. Gott im Himmel, ich bin zu jedem verdammten Wagnis bereit, solange ich nur dieses Geschäft mit der Sucht beenden kann. Wenn Sie einen Mann mit Entzugserscheinungen gesehen, ihn schreien und würgen gehört hätten, während er am ganzen Körper von Krämpfen geschüttelt wurde, würden Sie dasselbe tun.«

»Dinah für ein Verbrechen hängen zu sehen, das sie nicht begangen hat, genügt mir vollauf«, erwiderte Hester. »Aber niemand glaubt an ihre Unschuld. Wir müssen dafür sorgen, dass die Leute den Zusammenhang mit Opium begreifen. Und Ihre Schilderung wird ihnen die Augen öffnen. Ich werde zusehen, dass Oliver Rathbone Sie als Zeugen aufruft. Aber jetzt muss ich weiter zu Agatha Nisbet und sie dazu bringen, mir zu verraten, wo ich diesen Arzt finden kann.«

»Soll ich mitkommen?«, fragte Winfarthing besorgt.

Hester überlegte einen Moment lang. Es wäre sicherer und leichter, wenn sie ihn an ihrer Seite hätte, doch Agatha würde sich dann wohl zurückziehen.

»Nein, danke, aber ich weiß Ihr Angebot zu schätzen.«

Er funkelte sie wütend an. »Sie sind töricht. Ich sollte darauf bestehen.«

»Nein, das sollten Sie bleiben lassen. Sie wissen so gut wie ich, dass Agatha nichts mehr sagen wird, wenn ich nicht allein erscheine.«

Er schnitt eine Grimasse und ließ sich resigniert in seinen Stuhl zurücksinken. »Seien Sie aber vorsichtig«, warnte er. »Wenn sie sich bereit erklärt, seinen Namen zu verraten, geben Sie mir Ihr Wort, dass Sie sie zu ihm mitnehmen. Sonst muss ich Sie trotz allem doch noch begleiten.«

»Sie haben mein Wort«, versprach Hester.

Er dankte es ihr mit einem strahlenden Lächeln. »Ich sehe Sie dann im Gericht.«

Zwei Stunden später stand Hester in »Agony« Nesbits beengtem Büro.

»Nein«, sagte Agatha tonlos, »das werd ich ihm nich' antun.«

Hester starrte sie an. Den Zorn in den Augen der anderen Frau ignorierte sie. »Woher nehmen Sie das Recht, das über seinen Kopf hinweg zu entscheiden? Sie haben gesagt, er sei früher ein guter Mann gewesen, und es sei der Verkäufer von Opium mit einer Spritze gewesen, der ihn verwandelt habe. Geben sie ihm die Chance, wieder so gut zu werden, wie er es früher war. Wenn er diese Chance nicht ergreift, dann können wir das nicht ändern. Lambourn wird zum Selbstmörder abgestempelt, Dinah wird hängen, und niemand wird den Opiumhändlern das Handwerk legen oder die Kerle bestrafen.«

Agatha schwieg.

Hester wartete.

»Ich werd nich' versuchen, ihn zu überreden«, sagte Agatha schließlich. »Sie haben nich' gesehen, was Entzug is', sonst würden Sie nich' um so was bitten. Sie würden das niemandem zumuten, schon gar nich' 'nem Menschen, den Sie mögen ... 'nem Freund.«

»Das vielleicht nicht«, räumte Hester ein. »Aber ich würde ihn auch nicht bevormunden.«

»Wenn er jemand braucht, dann den Mann, der ihm das

Opium liefert«, meinte Agatha. »Ohne das Zeug leidet er monatelang unter dem Entzug, vielleicht sogar sein Leben lang, mal mehr, mal weniger.«

»Können Sie es ihm nicht besorgen?«

»Ich hab ja kaum genug für die Verletzten. Woll'n Sie mir etwa Ihres geben? Wissen Sie überhaupt, wie viel nötig is', um 'nen Süchtigen auf die Beine zu bekommen?«

»Nein. Gibt es da einen Unterschied?«

»Sie sind 'n zähes Luder!«, zischte Agatha.

»Ich bin Krankenschwester«, korrigierte Hester sie. »Das heißt, dass ich Realistin bin … wie Sie.«

Daraufhin schnaubte Agatha nur und schwieg mehrere Sekunden lang. Schließlich straffte sie ihre mächtigen Schultern. »Na gut, dann kommen Sie mit. So, wie Sie sich anhören, ham Sie keine Zeit zu verlieren.«

Alle Spannung fiel von Hester ab, und endlich lächelte sie. Sie wandte sich zur Tür.

Sobald Alvar Doulting Agatha sah, wusste er, weswegen die zwei Frauen gekommen waren. Heftig den Kopf schüttelnd, wich er in sein Zimmer zurück, als ließen die sich in seinem Rücken auftürmenden Regale eine Flucht zu.

Agatha blieb abrupt stehen und packte Hester mit ihrer knochigen Hand derart fest am Arm, dass diese sich auf die Lippe beißen musste, um nicht aufzuschreien.

»Keiner kann dich zwingen«, beschwichtigte Agatha Doulting.

»Wenn Sie es nicht tun, wird Dinah Lambourn hängen«, warnte Hester ihn. »Und Joel Lambourns Untersuchung wird für immer unter Verschluss bleiben. Vor allem der Teil über Opium durch die Nadel. Natürlich werden Menschen süchtig sein, was immer wir auch machen, aber wenn es verboten wird, werden es weniger werden. Es ist Zeit für die Entscheidung, was Sie tun, was Sie … sein wollen.«

»Keiner kann dich zwingen«, wiederholte Agatha. Ihr Gesicht war blass, ihre Stimme klang gepresst. Ihre Finger hielten Hesters Arm noch immer wie ein Schraubstock umklammert.

Doultings Augen schossen gehetzt zwischen den beiden hin und her. Die Sekunden verstrichen. Er wirkte geschlagen, als könnte er nicht länger kämpfen. Vielleicht wusste er, dass er nichts mehr zu gewinnen hatte, außer den letzten Fetzen Ehre des Mannes, der er einst gewesen war.

»Hindere mich nicht daran, Agatha«, sagte er leise. »Wenn ich den Mut dazu aufbringe, dann tue ich es auch.«

»Sie werden aussagen, dass Sie Joel Lambourn über die Sucht nach Opium durch eine Nadel direkt in die Vene aufgeklärt haben und er das in seine Untersuchung aufgenommen hat?«, fragte Hester klar und deutlich. »Und Sie werden schildern, wie es sich auf diejenigen auswirkt, die in seinen Sog geraten?«

Doulting sah ihr in die Augen und nickte langsam.

Hester war nicht klar, ob sie wagen sollte, ihm zu glauben. »Danke«, flüsterte sie.

Doulting sank auf die Bank zurück und wandte den Kopf Agatha zu.

»Ich besorg dir genügend«, versprach diese hastig und zerrte Hester am Arm mit sich. »Kommen Sie, wir haben hier genug getan.« Sie drehte sich noch einmal zu Doulting um. »Ich komm bald wieder.«

Rathbone saß in Monks Küche. Vor ihm dampfte sein Tee unberührt vor sich hin. Auf einem Gestell war das Gebäck für das morgige Weihnachtsfest zum Abkühlen ausgebreitet worden.

»Sind Sie sicher?«, drängte Rathbone und blickte erst Monk, dann Runcorn an. »Sind die Aussagen wirklich unwiderlegbar?«

Hester nickte. »Ja. Dr. Winfarthing wird als Erster auftreten. Er wird bestätigen, dass Joel Lambourn bei ihm war und er ihm den Verkauf von Opium in Kombination mit Nadeln schilderte. Danach wird Doulting dem Gericht von Lambourns Besuch bei ihm berichten und wiederholen, was er ihm erklärt hat. Lambourn hat das in seinen Untersuchungsbericht aufgenommen. Das ist der Grund, warum er umgebracht wurde. Würde man diese Art des Opiumverkaufs verbieten, verlören die Händler ein Vermögen. Das war es wert, Lambourn zu ermorden – und Zenia Gadney.«

»Und Dinah Lambourn zu hängen«, ergänzte Runcorn bitter.

»Wer hat denn nun eigentlich Lambourn umgebracht?«, fragte Rathbone.

»Der Verkäufer jenes Opiums, das so rein ist, dass man es injizieren kann, ohne einen Menschen gleich zu töten«, sagte Hester leise. »Oder jemand, den er dafür bezahlt hat. Moralisch betrachtet, ist er jedenfalls schuldig.«

»Wer?«, drängte Rathbone und blickte sie nacheinander an. »Barclay Herne?«

Diesmal gab ihm Monk die Antwort. »Möglicherweise, aber soweit wir das beurteilen können, besitzt er nicht das Vermögen, wie es Geschäfte dieser Art von Handel einbringen würden. Außerdem ist ein solcher Mord zu gefährlich für ein geringes Entgelt.«

»Aber wer dann?« Rathbone, dem allmählich das Ausmaß des drohenden Skandals dämmerte, stöhnte. »Sinden Bawtry? Mein Gott, das wäre entsetzlich! Es wird gemunkelt, dass seine Versetzung in ein sehr hohes Regierungsamt ansteht. Wenn das zutrifft, wäre es kein Wunder, dass Joel Lambourn auf seine Enttarnung drängte. Denn sonst hätte Bawtry die Macht gehabt, die Aufnahme von Opium als Suchtmittel in das Arzneimittelgesetz zu verhindern.« Er holte tief Luft. Seinen Tee ignorierte er immer noch. »Aber Bawtry speiste am fraglichen Abend zusammen mit Gladstone. Daran lässt sich nicht rütteln. Und das Dinner fand meilenweit vom Tatort auf der anderen Seite des Flusses statt.«

Betretenes Schweigen breitete sich aus. Schließlich war es Rathbone, der es brach. »Herne etwa?«, fragte er skeptisch in die Runde. »Sollte er es für ihn erledigt haben? Für eine angemessene Belohnung zu einem späteren Zeitpunkt?« Er konnte sich einfach nicht vorstellen, dass Barclay Herne die Leidenschaft und den Mut für eine so gefährliche Tat besaß, die doch nur jemand begehen konnte, der keine Skrupel kannte und von Gier zerfressen oder selbst süchtig war. Er erinnerte sich an Hernes selbstbewusstes Auftreten vor Gericht und dann an seine Blässe und Nervosität bei seinem unerwarteten Besuch vorigen Sonntag. »Wir können uns keinen Fehler leisten«, schloss er. »Wenn ich etwas sage, muss ich damit recht haben und in der Lage sein, es zu beweisen – oder zumindest eine hohe Wahrscheinlichkeit glaubwürdig darzustellen.«

Runcorn kaute auf der Lippe. »Das wird nicht leicht sein. Der Richter mag nicht wissen, wen er schützt, aber ihm wurde mit Sicherheit gesagt, dass es um viel geht. Vielleicht glaubt er, es handele sich um Englands Ansehen und die Vergiftung von halb China mit Opiumpfeifen. Wie auch immer, ich wage die Behauptung, dass seine Zukunft davon abhängt, dass es ihm gelingt, die Angelegenheit weiter unter dem Deckel zu halten.«

»Dessen bin ich mir verdammt sicher«, knurrte Rathbone. Er wandte sich an Hester. »Glauben Sie wirklich, dass Agatha Nisbet kommen wird? Und Doulting? Er könnte sich bis zur Besinnungslosigkeit mit Rauschgift vollpumpen oder am Prozesstag längst tot in einer dunklen Gasse liegen.«

Angespannt blickten alle auf Hester.

»Ich weiß es nicht«, gab sie zu. »Uns bleibt nichts, als es zu versuchen.«

»Nun, wir haben nicht viel zu verlieren«, fasste Rathbone die Lage zusammen. »Wie die Dinge stehen, werden sie Dinah schuldig sprechen. Ich habe niemanden mehr, den ich als Zeugen aufrufen könnte. Sie hat mich schon einmal angelogen, und ich bin mir nicht sicher, ob sie überhaupt etwas von Lambourns Enthüllungen wusste. Die Tatsache, dass sie weiter an ihn glaubt, wird meines Erachtens nicht genügen.« Er wandte sich wieder an Hester. »Glauben Sie denn dieser Agatha Nisbet?«

Hester zögerte nicht eine Sekunde. »Ja. Aber mit Alvar Doulting wird es nicht leicht sein. Wenn es ihm einigermaßen gut geht, bringt sie ihn mit, aber sie wird ihn zu nichts zwingen. Sie müssen zusehen, dass Sie noch mindestens einen weiteren Prozesstag herausschlagen. Ich werde ihr helfen, ihn so weit wie möglich zu stärken.«

»Ich habe sonst niemanden mehr«, wiederholte Rathbone.

»Dann müssen Sie Dinah persönlich aufrufen«, sagte Hester mit unsicherer Stimme. »Gleich nach Weihnachten.«

Je mehr Rathbone von Hester erfuhr und je mehr Enthüllungen sich damit abzeichneten, desto mehr festigte sich bei ihm die Überzeugung, dass sowohl Coniston als auch Pendock von einem drohenden Skandal wussten und ihnen eingeschärft worden war, ihn mit aller Macht unter Verschluss zu halten, selbst wenn eine Frau gehängt wurde, weil man bei der Frage nach ihrer Unschuld nicht auch den allerletzten Aspekt überprüft hatte. Wer war noch alles süchtig nach diesem so weit verbreiteten Gift? Wer verdankte noch alles sein Vermögen dem Handel mit Opium?

Sie setzten alles auf eine Karte. Das war ihnen allen schmerzhaft bewusst. »Ich werde mit Dinah sprechen«, versprach er. Seit der Enthüllung, dass sie nie Lambourns rechtmäßige Frau gewesen war, hatte er noch keine Zeit gehabt, sie zu besuchen. Er konnte sie sich nicht anders als mit Lambourn verheiratet vorstellen. »Aber wir müssen in jedem

Fall etwas zu bieten haben, das besser ist als ein verschwommenes Bild von einem Opiumhändler, dessen Namen wir noch nicht einmal wissen.«

Monks Blick wanderte zu Hester und wieder zurück zu Rathbone. »Ich weiß. Wir werden einfach nicht aufhören, nach Beweisen zu suchen. Aber dafür brauchen wir Zeit. Glauben Sie, dass Sie den zusätzlichen Tag herausschinden können?«

Gerne hätte Rathbone das bejaht, doch er war skeptisch. Wenn es ihm nicht gelang und die Leute merkten, dass er in zunehmender Verzweiflung Fragen stellte, deren Antworten auf der Hand lagen, würde Coniston Einspruch wegen erkennbarer Zeitverschwendung erheben, und Pendock würde ihm zu Recht das Wort verbieten. Und – wichtiger noch – die Geschworenen würden sehen, dass ihm die Argumente ausgegangen waren.

Und verständlicherweise würden sie versuchen, den Prozess noch am Freitag zu beenden, damit sie wenigstens die restlichen Weihnachtstage unbeschwert verbringen konnten.

Hester zog eine skeptische Miene. Sie hatte die Unentschlossenheit in seinen Augen gesehen. »Rufen Sie Winfarthing am Freitag auf«, schlug sie vor. »Gleich nach Dinah.«

»Sind Sie sich bei ihm sicher?«

»Fällt Ihnen etwas Besseres ein?«, fragte sie mit einem fast unmerklichen Schulterzucken zurück.

»Mir fällt überhaupt nichts ein«, gestand er. »Können wir uns darauf verlassen, dass er nichts Belastendes sagen wird, auch nicht versehentlich?«

»Höchstwahrscheinlich«, erwiderte sie.

»Und diese Frau, die Nisbet?« Als er den harten Ton in seiner eigenen Stimmme vernahm, erkannte er, wie tief die Furcht in ihm saß, dass er in seinem eigenen Schmerz über Verlust und Desillusionierung am Ende Dinah Lambourn im Stich lassen und sie das mit dem Leben bezahlen würde.

Hester lächelte. »Es gibt keine Gewissheiten. Das alles haben wir doch schon einmal erlebt. Wir spielen unsere Karten aus, so gut wir eben können. Eine Garantie auf den Sieg haben wir nie gehabt. Das ist nicht vorgesehen.«

Rathbone wusste, dass sie recht hatte. Er war schlichtweg nicht mehr so tapfer wie früher und sich der Dinge, auf die es ankam, weniger gewiss. Oder vielleicht war er seiner selbst nicht mehr so sicher.

Als Rathbone auf dem Rückweg mit der Fähre über den Fluss fuhr, genoss er zu seiner eigenen Überraschung den kalten Wind im Gesicht und sogar die Unannehmlichkeiten, die ihm das aufgewühlte Wasser bereitete. Im Pool of London schien heute viel los zu sein: Große Ozeansegler lagen vor Anker, die darauf warteten, Fracht aus allen möglichen Häfen der Welt zu entladen; Leichterboote, die Waren von den Wasserstraßen im Inland zu den riesigen Schiffen brachten, Fähren, die sich in beide Richtungen dazwischen hindurchschlängelten, sogar ein Boot der Wasserpolizei, das sich seinen Weg zum St. Saviour's Dock bahnte. Jeder schien heute mit doppelter Anstrengung zu arbeiten. Mit Paketen beladen, eilten die Leute durch die Straßen, riefen sich Glückwünsche zu, besorgten die letzten Einkäufe für das morgige Fest.

Am Nordufer angekommen, kletterte Rathbone von Bord und zahlte den Fahrpreis. Zügig lief er zur Commercial Road, wo er einen Hansom nahm. Sein Ziel war das unmittelbar hinter dem Old Bailey gelegene Newgate Prison, wo Dinah Lambourn eingesperrt war.

Vor der Begegnung mit ihr kehrte Rathbone in einem ruhigen Gasthaus ein, wo er sich Steak-and-Kidney-Pudding gönnte, einen üppigen, in Teig gebackenen Auflauf mit Rinderlende, Nierenfleisch und Austern, den er mit einer halben Flasche bestem Rotwein hinunterspülte. Auch wenn er zu sehr von seinen Sorgen belastet war, um den reichhaltigen Geschmack genießen zu können, fühlte er sich danach von frischer Entschlossenheit beseelt. Ein großer Teil seines Tatendrangs war freilich von Zorn auf sich selbst befeuert, weil er sich so leicht hatte geschlagen geben wollen.

Er hatte angestrengt darüber nachgedacht, was er Dinah sagen sollte, und kurz bevor er das Gefängnis erreichte, traf er seine Entscheidung. An der Pforte gab er dem Aufseher die nötigen Informationen und musste sich zum x-ten Mal ausweisen, als ob man ihn dort nicht schon längst kennen würde.

Dann wurde er zu der vertrauten Zelle eskortiert, wo er allein wartete, bis Dinah hereingeführt wurde. Sie wirkte abgemagert und noch blasser als beim letzten Mal, als wüsste sie, dass der Kampf vorbei und sie verloren war. Und die Schuld an diesem Scheitern spürte Rathbone wie eine Wunde tief im eigenen Innern.

»Bitte setzen Sie sich, Mrs Lambourn«, bat er sie. Nachdem sie sich auf dem Stuhl ihm gegenüber niedergelassen hatte, nahm auch er Platz. Während er ihre unbeholfenen Bewegungen beobachtete, erkannte er, dass sie vor Angst ganz starr war.

»Ich habe soeben mit Mr Monk gesprochen«, eröffnete er das Gespräch. »Er und Mr Runcorn haben viel über Dr. Lambourn herausgefunden, und alles davon bestätigt das, was Sie mir gesagt haben. Leider kann das Ihre Aussichten nicht wesentlich verbessern, denn wir haben keine Beweise, die vor Gericht bestehen könnten. Wenn wir unsere neuen Zeugen aufrufen, gehen wir ein gewaltiges Risiko ein, und ich brauche Ihre Bestätigung, dass Sie das verstanden haben.«

»Sie haben jemanden gefunden?« In ihrem Gesicht blitzte jäh eine wilde, verwegene Hoffnung auf, und ihre Augen begannen fast fiebrig zu glänzen.

Rathbone schluckte schwer. »Zeugen, denen man vielleicht nicht glauben wird, Mrs Lambourn. Der eine ist Arzt, aber, wie mir gesagt wurde, so etwas wie ein Abtrünniger. Die andere Zeugin führt als selbst ernannte Krankenschwester eine Klinik für Hafenarbeiter in Rotherhithe. Sie sagt, dass Dr. Lambourn sie während seiner Recherchen über den Nutzen und die Gefahren von Opium befragt hat. Noch haben wir nichts in Händen, was ihre Angaben erhärtet, und sie ist auch nicht unbedingt das, was man eine respektable Person nennen würde. Andererseits hat sie Dr. Lambourn diese Dinge geschildert, woraufhin er andere Gewährsleute befragte, die ihm ihre Angaben bestätigten.«

Dinah war verwirrt. »Auf Opium bezogen? Das verstehe ich nicht.«

»Nein, nicht allein auf Opium bezogen. Das ist ja gerade der springende Punkt. Sie hat von einer völlig neuen Spritztechnik mit einer Hohlnadel berichtet, über die das Opium direkt ins Blut gelangt. Damit lassen sich Schmerzen sehr viel effektiver behandeln, doch zugleich kann diese Methode in kürzester Zeit Sucht auslösen – mit verheerenden Folgen.« Er schnitt eine Grimasse. »Ein kurzes Glücksgefühl, erkauft für den Preis eines Lebens in der Hölle danach.«

»Was hat das mit Joel zu tun?«, fragte Dinah. »Oder mit Zenias Tod? In Joels Studie ging es doch ausschließlich um die Notwendigkeit von Angaben über die Menge und Dosierung von Opium in frei erhältlichen Medikamenten.«

»Ich weiß«, bestätigte Rathbone sanft. »Wir glauben, dass er rein zufällig von den Spritzen und ihren Folgen erfuhr und das dann in seine Studie mit aufnahm. Wenn es so war, dann hätten die Ergebnisse durchaus auch in das Arzneimittelgesetz einfließen können, und der uneingeschränkte Verkauf wäre womöglich verboten worden.«

Dinahs Augen weiteten sich. Begreifen und zunehmendes Entsetzen spiegelten sich darin. »Wenn die Folgen wirklich so schrecklich sind, wie Sie sagen, dann muss das unbedingt verboten werden«, sagte sie langsam.

Rathbone nickte. »Die Studie ist vernichtet worden, aber allein für den Fall, dass er jemandem davon erzählt hatte, Ihnen zum Beispiel, musste er diskreditiert werden.«

»Sie haben ihn umgebracht, damit er nichts davon wiederholen konnte«, flüsterte Dinah heiser.

»Ja.«

»Und die arme Zenia?«

»Der Mord an ihr diente wahrscheinlich dazu, Sie zu beseitigen und mit Ihnen alles, was er Ihnen vielleicht gesagt hat.«

»Wer ist dieser Arzt, den Sie erwähnt haben?«

»Dr. Winfarthing? Ich persönlich kenne ihn nicht. Mrs Monk sagt, dass Dr. Lambourn ihn befragt hat. Ich möchte ihn vor allem verhören, um die Aufmerksamkeit des Gerichts so lange zu gewinnen, bis Monk Agatha Nisbet zu einer Aussage überreden kann. Das könnte einen ganzen Tag dauern. Trotzdem muss ich noch jemand anders aufbieten, der mir am Freitagvormittag zur Verfügung steht. Das ist der erste Tag nach Weihnachten, und vorher wird es uns nicht gelingen, mit Winfarthing zu sprechen und ihn der Anständigkeit halber zu warnen, dass die andere Seite versuchen wird, seine Glaubwürdigkeit in den Schmutz zu ziehen.«

»Dann sagt er am Ende vielleicht gar nicht aus?«, fragte Dinah mit zitternder Stimme.

»Abgesehen von solch unschönen Methoden könnte es unseren Interessen sogar schaden, ihn aussagen zu lassen, bevor ich Gelegenheit habe herauszufinden, was er eigentlich bezeugen wird; womöglich werde ich dann auf seine Vernehmung verzichten. Vergessen Sie nicht, nach mir wird Mr Coniston die Gelegenheit bekommen, ihn ins Kreuzverhör zu nehmen. Sie haben sicher genug erlebt, um zu wissen, dass er Winfarthing oder jedem anderen schwer zusetzen wird. Er wird es mit allen Mitteln darauf anlegen, seine Glaubwürdigkeit, wenn nicht sogar seinen Ruf zu zerstören.«

Er senkte die Stimme zu einem beinahe fürsorglichen Ton. »In diesem Prozess geht es nicht nur um Ihr Leben oder Ihre Freiheit. Wenn Sie nicht schuldig sind, dann muss es irgendjemand anders sein.«

»Aber ich weiß nicht, wer!« Dinah schloss die Augen, und unter den Lidern quollen Tränen hervor. »Meinen Sie nicht, dass ich es Ihnen sagen würde, wenn ich etwas wüsste?«

»Doch, doch, natürlich«, versicherte er ihr geduldig. »Aber wenn ich Sie retten soll, muss ich jetzt den Geschworenen die Augen öffnen und ihnen aufzeigen, dass es eine solche Person gibt. Sie wiederum müssen entscheiden, ob Sie mir den Auftrag dazu erteilen wollen. Es wird qualvoll sein. Und bevor ich Winfarthing in den Zeugenstand rufe, muss ich den Freitagvormittag mit etwas anderem füllen, sonst erklärt der Richter die Beweisaufnahme für beendet, und es ist zu spät. Er wird das Urteil zweifellos noch vor dem Wochenende fällen wollen. Fürs Erste sind Sie mein einziger Trumpf – außer Ihren Töchtern. Aber, glauben Sie mir, Coniston wird Sie lieber in der Luft zerfetzen, als zuzulassen, dass die Wahrheit ans Licht kommt. Er ist wohl wirklich von Ihrer Schuld überzeugt und wird deswegen auch Ihre Kinder nicht schonen.«

»Ich werde aussagen«, erklärte sie in einem Ton, mit dem sie jedes weitere Argument unterband. Freilich hatte er es längst gewusst, wie sie entscheiden würde.

»Und Sie wissen, was Coniston gegen Sie im Schilde führt?«

»Natürlich. Er wird versuchen, mich als hysterische Frau darzustellen, die sich dem Gedenken an einen Mann verschrieben hat, der nicht dazu bereit war, sie zu heiraten, weil er Angst davor hatte, sein Geld zu verlieren und ihre unehelichen Töchter aufziehen zu müssen.« Sie zwang sich zu einem kurzen Lächeln, das Rathbone in der Seele wehtat, denn er merkte ihr das Bemühen um Tapferkeit an. »Schlimmer, als in drei Wochen vor den Henker zu treten, kann das wohl kaum sein.«

Rathbone setzte schon zum Widerspruch an, entschied dann aber, dass leere Versprechungen nur eine Verhöhnung wären. Er senkte den Blick auf die vernarbte Tischplatte und sah schließlich wieder zu Dinah auf. »Ich weiß, dass Sie Zenia Gadney nicht umgebracht und den Verdacht bewusst auf sich selbst gelenkt haben, um vor Gericht gestellt zu werden, damit Sie Joels Ruf und Ehre vor der Öffentlichkeit retten können. Womöglich verlieren wir, aber noch sind wir nicht am Ende!«

»Wirklich nicht?«, flüsterte sie.

»Wirklich nicht. Ich rufe Sie am Freitag als meine erste Zeugin auf und vernehme Sie, bis Winfarthing auftaucht.«

»Wird er das?«

»Ja.« Es war ein kühnes Versprechen. Rathbone hoffte, er würde es halten können. Er erhob sich. »Aber jetzt muss ich heimgehen und mir überlegen, welche Fragen ich Ihnen stellen werde und mit welchem Konzept ich dann an Winfarthings Vernehmung herangehen soll.«

Sie blickte zu ihm auf. »Und Miss Nisbet?«

»Ah, das ist etwas anderes. Bei ihr weiß ich genau, was ich sie fragen werde.«

Vielleicht übertrieb er da ein wenig, aber in Agatha Nisbets Fall beunruhigte ihn nur eines: Würde sie überhaupt kommen? In dieser Hinsicht musste er sich auf Hester verlassen. Von Monk und Runcorn wusste er, dass sie immer noch an dem Mordfall arbeiteten und fieberhaft zu ermitteln suchten, wer Lambourn auf den One Tree Hill begleitet und dort zurückgelassen hatte, damit er verblutete.

Hester und Monk hatten beide ihr Möglichstes getan, um Scuff von dem brisanten Prozess fernzuhalten, doch der Junge war zu aufmerksam, um sich überlisten zu lassen. Nur der Adventszeit und seiner Vorfreude auf sein erstes Weihnachtsfest in einer Gemeinschaft war es zu verdanken, dass er sich hatte ablenken lassen.

Der Morgen des Weihnachtstags war sonnig und kalt – zumindest am Anfang. Später zogen Wolken auf, und es roch nach Schnee.

Hester war lange vor Sonnenaufgang auf den Beinen, um die Gans rechtzeitig ins Backrohr zu schieben und im ganzen Haus Girlanden und Stechpalmenzweige aufzuhängen.

Nach langem Debattieren hatten sie und Monk beschlossen, Scuff eine Taschenuhr zu schenken, und zwar die beste, die sie sich leisten konnten, eine mit seinen auf der Unterseite eingravierten Initialen. Dazu hatten sie noch einige kleinere Aufmerksamkeiten für ihn vorbereitet, Tütchen voller Süßigkeiten, selbst gemachten Karamellen und seinen Lieblingsnüssen. Monk hatte für ihn ein Paar warme Wollsocken besorgt, und Hester hatte vorsichtig eines von Monks Halstüchern auf die passende Größe für Scuffs schmalen Kragen zurechtgeschnitten. Und natürlich hatte sie auch ein Buch für ihn ausgewählt, bei dem sie sicher war, dass er es verschlingen würde.

Gegen acht Uhr, als es endlich heller Tag war, hörte sie die Küchentür aufgehen, und Scuff spähte nervös herein. Als er die Stechpalmen und die Girlanden bemerkte, weiteten sich seine Augen.

»Is' heute Weihnachten?«, fragte er atemlos.

»Allerdings«, antwortete sie mit einem breiten Lächeln. »Frohe Weihnachten, Scuff!« Sie legte den Kochlöffel, mit dem sie den Porridge umgerührt hatte, beiseite und trat zu ihm hinüber. Kurz überlegte sie, ob sie ihn um Erlaubnis für einen Kuss bitten sollte, doch dann entschied sie sich, ihm keine Gelegenheit zu lassen, ihn ihr zu verweigern, selbst wenn er sich danach sehnte. Und bevor er wusste, wie ihm geschah, schloss sie beide Arme um ihn und gab ihm einen dicken Kuss auf die Wange. »Frohe Weihnachten, Scuff!«, rief sie fröhlich.

Für einen Moment erstarrte er, doch dann erwiderte er schüchtern ihren Kuss. »Frohe Weihnachten, Hester«, sagte er, nur um sogleich dunkelrot anzulaufen, weil ihm ihr Vorname herausgerutscht war.

Sie bemühte sich, ihr Lächeln vor ihm zu verbergen, und tat so, als hätte sie nichts bemerkt. »Möchtest du gleich frühstücken?«, fragte sie leichthin. »Als Erstes gibt es Porridge, aber iss nicht zu viel, weil ich auch noch Rührei mit Speck mache. Und zum Dinner gibt es natürlich Gänsebraten.«

Er schnappte nach Luft. »Echten?«

»Aber sicher. Es ist ja auch echtes Weihnachten.«

Scuff schluckte. »Ich hab 'n Geschenk für Sie. Wollen Sie's jetzt haben?« Er rutschte auf seinem Stuhl herum, schon halb im Begriff aufzustehen.

Sie brachte es nicht über sich, ihn auf später zu vertrösten, zumal seine Augen leuchteten und seine Wangen vor Aufregung gerötet waren. Da wäre es grausam gewesen, ihn warten zu lassen. »Ich würde es sehr gerne jetzt sehen.«

Er glitt zu Boden, rannte auf den Flur hinaus und polterte die Treppe zu seinem Zimmer hinauf. Gleich darauf kam er wieder hereingestürmt, in der Hand etwas Kleines, das er in ein Stück Stoff gewickelt hatte. Ohne ihr Gesicht aus den Augen zu lassen, reichte er es ihr.

Sie nahm es entgegen. Neugierig und bereits etwas besorgt packte sie es aus. Es entpuppte sich als ein kleiner silberner Anhänger mit einer Perle darin, der an einer zarten Kette befestigt war. In diesem Moment war es das schönste Schmuckstück, das Hester je gesehen hatte. Zugleich überlegte sie entsetzt, wie er an die Kette herangekommen sein mochte.

Sie blickte Scuff in die Augen.

»Gefällt's Ihnen?«, fragte er atemlos.

Sie hatte einen Kloß im Hals und musste erst schlucken, bevor sie antworten konnte. »Natürlich! Es ist wunderbar! Wer könnte nicht davon entzückt sein?« Konnte sie es wagen, Scuff nach der Herkunft zu fragen? Oder würde er dann glauben, sie hätte kein Vertrauen zu ihm?

Die Anspannung fiel von ihm ab, und er strahlte sie erleichtert an. »Ich hab's von 'nem Tosher, der immer die Abwasserkanäle abgrast«, verkündete er stolz. »Ich hab Botengänge für ihn erledigt, und da hat er's mir geschenkt.« Plötzlich schaute er verlegen weg. »Ich hab ihm gesagt, dass es für meine Mama is'. Is' das schlimm?«

Jetzt war Hester diejenige, der das Blut ins Gesicht schoss. »Das ist überhaupt nicht schlimm – im Gegenteil!«, beruhigte sie ihn, während sie sich die Kette mit äußerster Vorsicht um den Hals legte und den Verschluss zuschnappen ließ. Sie bemerkte das freudige Leuchten in seinen Augen.

»Schöner kann man es gar nicht sagen!«, ergänzte sie. »Wir haben übrigens auch ein paar Kleinigkeiten für dich, sobald William herunterkommt.«

»Für ihn hab ich auch was«, versicherte Scuff ihr, wie um sie zu beruhigen.

»Ganz bestimmt hast du was«, antwortete sie. »Hast du jetzt Lust auf Porridge? Heute ist schließlich ein besonderer Tag, und wir haben viel zu tun.«

Er setzte sich wieder an den Tisch. »Wie lange dauert Weihnachten eigentlich?«

»Den ganzen Tag, bis Mitternacht. Und morgen ist der Stephanustag. Das ist auch ein Feiertag.«

»Fein! Weihnachten gefällt mir!«, rief er überglücklich.

22

Als der Prozess am Freitag fortgesetzt wurde, wirkte Coniston deutlich entspannt, als hätte er nach einer langen, anstrengenden Reise das Ziel vor Augen. Sein Gesicht drückte sogar so etwas wie Mitgefühl für Rathbone aus.

Pendock sorgte zügig für Ruhe im Saal.

»Haben Sie einen Zeugen, Sir Oliver?«, fragte er.

»Ja, Mylord. Ich rufe die Angeklagte auf, die unter dem Namen Dinah Lambourn bekannt ist.«

Pendock blickte ihn leicht verwirrt an, als hielte er das für einen Irrtum, verzichtete aber auf einen Kommentar.

Dinah wurde von der Anklagebank zum Zeugenstand geführt. Am ganzen Leib zitternd, erklomm sie zögernd die Stufen. Als hätte sie Angst herunterzufallen, klammerte sie sich mit beiden Händen an das Geländer. Und vielleicht war ihre Furcht gar nicht so unberechtigt. Ihr Gesicht sah aus, als flösse unter der alabasterfarbenen Haut kein Blut mehr.

Rathbone trat in die Mitte des Saales und blickte zu ihr auf. Wie lange würde er sie dort oben aussagen lassen müssen? Und bevor er Winfarthing aufrief, musste er unbedingt mit ihm sprechen. Ein Anwalt, der einen Zeugen verhörte, ohne zu wissen, was dieser sagen würde, war dumm. Bei allem Vertrauen in Hester brauchte er einfach ein wenig eigene Vorbereitung.

»Sie haben fünfzehn Jahre lang mit Joel Lambourn als dessen Ehefrau zusammengelebt?«, begann er mit gepresster Stimme.

»Ja.«

»Haben Sie ihn je geheiratet?«

»Nein.«

»Warum nicht?« Diese Frage klang brutal, doch er wollte bei den Geschworenen erst gar keine Zweifel daran aufkommen lassen, dass Dinah von Anfang an über Zenia Gadney im Bilde gewesen war.

»Weil er schon mit Zenia verheiratet war, als wir uns kennenlernten«, antwortete sie.

»Und er ließ sich nicht von ihr scheiden, um Sie heiraten zu können?« Rathbone versuchte, einen überraschten Ton in seine Stimme zu legen, ohne grausam zu wirken, doch das war unmöglich. Unwillkürlich zuckte er beim Klang seiner eigenen Worte zusammen.

»Ich habe ihn nie darum gebeten«, erklärte Dinah. »Ich wusste, dass Zenia einen schlimmen Unfall gehabt hatte und wegen der Schmerzen erst nach Alkohol und dann nach Opium süchtig geworden war. Vom Gin kam sie schließlich los, aber vom Rauschgift nie wirklich. Es gab eine Zeit, als nur ein einziger Umstand sie vor dem Selbstmord bewahrte, und an den klammerte sie sich damals mit aller Kraft: Das war die Tatsache, dass er sie nicht im Stich ließ. Ich selbst habe ihn geliebt und werde ihn immer lieben. Gerade deshalb hätte ich nie von ihm verlangt, dass er etwas tat, was er für grausam und ein Unrecht hielt. Ich hätte nicht gewollt, dass er sich selbst verleugnete.«

»Aber war es nicht ein Unrecht, dass er sein Leben mit Ihnen teilte?« Rathbone stellte diese Frage nur deshalb, weil er wusste, dass Coniston sie sonst nachholen würde.

»Er hat mich nie gebeten, mein Leben mit ihm zu teilen«, erwiderte Dinah. »Ich selbst habe mich dafür entschieden. Und, ja, die Gesellschaft wird wohl sagen, dass das unrecht war. Aber das kümmert mich nicht wirklich.«

»Recht und Unrecht kümmern Sie nicht? Oder liegt Ihnen nur nichts am Urteil der Gesellschaft?«

»Ich glaube, sie liegt mir durchaus am Herzen«, antwortete Dinah mit einem verzerrten Lächeln. »Die Gesellschaft, meine ich. Aber nicht so sehr, dass ich ihretwegen den einzigen Mann aufgebe, den ich je geliebt habe. Wir haben gegen den Anstand verstoßen, oder hätten das getan, wenn man darüber Bescheid gewusst hätte. Aber wir haben niemandem geschadet. Vielleicht hätten sich auch die Leute nicht allzu sehr daran gestört. Tausende haben schließlich eine Mätresse oder einen Liebhaber. Tausende mehr besuchen Straßenmädchen. Solange das im Privaten geschieht, hat doch niemand allzu viel daran auszusetzen.«

Was sie sagte, war vollkommen zutreffend, doch Rathbone wünschte sich, sie wäre nicht ganz so freimütig gewesen. Andererseits hätte dann womöglich Coniston diesen Punkt aufgegriffen und für sich genutzt.

Wie auch immer, Rathbone musste hartnäckig weiterfragen, notfalls den ganzen Vormittag lang. Irgendetwas zu reden war immer noch besser als Stille, die Pendock sofort veranlassen würde, die Entscheidung den Geschworenen anheimzustellen. Hatte Hester Winfarthing zum Kommen überreden können? Was würde er machen, wenn der Mann die Aussage verweigerte?

»Waren Sie glücklich?«, fragte er Dinah.

Coniston erhob sich. »Mylord, wieder einmal versucht mein gelehrter Freund, die Zeit des Gerichts zu vergeuden. Wenn es hilft, die Prozedur zu beschleunigen, setze ich gerne als gegeben voraus, dass die Angeklagte und Dr. Lambourn zusammen das ideale Leben führten und bis zu seinen letzten Tagen so glücklich waren, wie Mann und Frau es miteinander nur sein können. Es besteht keinerlei Notwendigkeit, zu diesem Zweck eine ganze Prozession von Zeugen aufmarschieren zu lassen.«

»Ich hatte diesbezüglich keinerlei Absichten, Mylord!«, rief Rathbone empört.

»Dann kommen Sie endlich zu dem Argument, das Sie anbringen wollen, Sir Oliver«, erwiderte Pendock ungeduldig.

Nur mit Mühe wahrte Rathbone die Selbstbeherrschung. Er durfte sich nicht durch Zorn oder Stolz aus dem Konzept bringen lassen. »Sehr wohl, Mylord.« Er blickte wieder zu Dinah auf. »Sprach Dr. Lambourn mit Ihnen über seine Arbeit, insbesondere die Studie, die er über den Verkauf und die Etikettierung von opiathaltigen Medikamenten durchführen sollte?«

»Ja. Gerade sie lag ihm sehr am Herzen. Er wollte, dass man sämtliche frei verkäuflichen Medikamente lesbar beschriftete, mit gut sichtbaren Zahlen, damit jeder erkennen konnte, welche Dosis sicher war.«

»Ist das ein heftig umstrittenes Gesetz, soweit Sie das beurteilen können?«

Coniston erhob sich erneut. »Mylord, wie meinem gelehrten Freund sehr wohl bewusst ist, hat die Angeklagte auf diesem Gebiet keinerlei Fachwissen.«

Pendock seufzte. »Ihrem Einwand wird stattgegeben. Sir Oliver, bitte stellen Sie der Angeklagten keine Fragen, von denen Sie genau wissen, dass sie nicht die nötigen Fachkenntnisse hat, um sie beantworten zu können. Ich werde nicht dulden, dass Sie diesen Prozess mit nutzlosen Manövern in die Länge ziehen, die nur unsere Zeit verschwenden!«

Rathbone schluckte seine Wut hinunter. Erneut wandte er sich an Dinah.

»Hat Ihnen Dr. Lambourn je erzählt, dass ihn die Regierung oder irgendwelche Gesundheitsbehörden kritisiert oder behindert hätten, während er Informationen über nicht zum Krankheitsbild gehörende Todesfälle nach der Einnahme von Opium sammelte?«

»Nein. Es war ja die Regierung, die ihn mit dieser Untersuchung beauftragt hatte.«

»Welcher Regierungsbeamte konkret?«

»Mein … Mr Barclay Herne.« Nachdem sie fast damit herausgeplatzt wäre, vermied sie sorgfältig jeden Hinweis auf die verwandtschaftliche Nähe.

»Dr. Lambourns Schwager?«, hakte Rathbone nach.

»Ja.«

Erneut wurde Pendock ungeduldig. Er zog eine finstere Miene und trommelte mit seinen Fingern auf der polierten Holzplatte seines Pults herum.

»Ist Mr Herne verantwortlich für dieses Projekt?«, erkundigte sich Rathbone.

»Ich glaube, ja«, antwortete Dinah. »Es war immer Barclay, dem Joel Bericht erstattete.«

Angesichts von Pendocks Verärgerung stellte Rathbone gleich die nächste Frage. »Es war also Barclay Herne, der ihm mitteilte, dass seine Studie indiskutabel war?«

»Ja.«

»War Dr. Lambourn davon sehr erschüttert?«

»Er war wütend und fassungslos. Die Fakten waren sorgfältig protokolliert worden, und er konnte sie alle belegen. Er konnte nicht verstehen, wo Barclay das Problem sah. Aber er war entschlossen, die Studie gründlich zu überarbeiten, damit man sie doch noch annahm.«

Rathbone gab sich überrascht. »Er empfand das weder als persönlichen Affront noch als das Ende seiner Laufbahn?«

»Überhaupt nicht«, antwortete Dinah. »Es war eine Studie. Ihre Ablehnung machte ihm zu schaffen, aber das trieb ihn mit Sicherheit nicht in die Verzweiflung.«

»Hat er Ihnen erzählt, dass er bei seinen Recherchen auf irgendetwas Schlimmes gestoßen war?«, fragte Rathbone.

Wieder erhob sich Coniston. »Mylord, einzelne Aspekte von Dr. Lambourns Untersuchung oder Dinge, die ihn betrübt haben mögen oder nicht, sind wohl kaum von Belang. Wir beschuldigen die Angeklagte des Mordes an Dr. Lambourns erster Frau und nicht der Inkompetenz oder mangelnden Sentimentalität bei seiner …«

»Ich teile Ihre Auffassung, Mr Coniston.« Pendock beugte sich zu Rathbone hinab.

Bevor der Richter ihn zurechtweisen konnte, wirbelte Rathbone zu seinem Gegner herum, als hätte er Pendock gar nicht wahrgenommen. »Und ob es darum geht!«, rief er. »Sie behaupten, Dr. Lambourn hätte sich aus Verzweiflung über irgendetwas, das in dieser Zeit geschehen sei, das Leben genommen. Am Anfang haben Sie gesagt, der Auslöser sei eine Art sexuelle Abartigkeit, wegen der er sich einer Prostituierten in Limehouse bedient habe, und die Furcht, dass seine Frau dahinterkommen würde. Jetzt, da Sie wissen, dass die ›Prostituierte‹, als die Sie sie bezeichnet haben, eine ehrbare Frau war, die einmal mit Dr. Lambourn verheiratet gewesen war und es zum Zeitpunkt ihres Todes vor dem Gesetz immer noch war, mussten Sie diese Strategie aufgeben!«

Coniston starrte ihn verwirrt, ja aufgeschreckt an.

»Als Nächstes haben Sie ins Feld geführt, die Angeklagte hätte ihr Opfer aus Eifersucht ermordet, weil sie soeben das Geheimnis um Dr. Lambourns Besuche bei ihr entdeckt hatte«, fuhr Rathbone fort. »Doch kaum hatten Sie das verkündet, erkannten Sie, dass sie die ganzen letzten *fünfzehn* Jahre darüber im Bilde gewesen war; also war auch diese Argumentationskette eindeutig absurd. Und jetzt behaupten Sie, dass er sich umbrachte, weil eine bedeutende und sehr umfangreiche Studie, die er angefertigt hatte, zurückgewiesen worden war und er mit der Arbeit noch einmal von vorn anfangen musste. Ich versuche nun zu ergründen, ob es sich tatsächlich so verhielt oder nicht. Ich beabsichtige, andere Zeugen aus seinem Fachgebiet aufzurufen, damit sie sich zu diesem Sachverhalt äußern.«

Getuschel erhob sich im Saal. Pendock drosch mit seinem Hammer so wütend auf das Pult, dass schlagartig völlige Stille einkehrte. »Sir Oliver! Wir verhandeln gegen die Angeklagte wegen des Mordes an Zenia Gadney-Lambourn, nicht wegen des Todes von Joel Lambourn, der bereits gerichtlich als Selbstmord bestätigt worden ist. Seine Gründe dafür, so tragisch sie auch sein mögen, haben hier keine Relevanz.«

»Mylord, ich stelle den Antrag, beweisen zu dürfen, dass sie von dringender Relevanz sind, und ich werde die Geschworenen davon überzeugen!«, rief Rathbone tollkühn.

»So, so«, knurrte Pendock skeptisch. »Wir warten voller Ungeduld. Fahren Sie bitte fort.«

Mit pochendem Herzen wandte sich Rathbone wieder an Dinah.

»Ich weiß, dass es Ihnen schwerfällt zu glauben, dass Dr. Lambourn sich das Leben genommen hat. Aber war er in der Woche, bevor seine Leiche entdeckt wurde, irgendwann auffallend bekümmert, wütend oder unentschlossen hinsichtlich seiner nächsten Schritte? Wirkte er verändert?«

Coniston rutschte vor, ohne sich zu erheben, blieb aber sprungbereit auf der Stuhlkante sitzen.

Dinah verstand Rathbones Wink. »Ja. Etwas fiel mir zwei oder drei Tage vor seinem Tod auf, als er nach Befragungen in der Hafengegend heimkam. Er war verzweifelt wegen etwas, das er in Erfahrung gebracht hatte.«

»Erzählte er Ihnen, was das war?«, fragte Rathbone.

Im Saal herrschte Stille. Niemand wagte zu atmen. Die Geschworenen verharrten regungslos auf ihren Stühlen.

»Nein«, hauchte Dinah, um dann mit einiger Anstrengung lauter zu werden. »Ich habe ihn gefragt, aber er sagte, es sei zu entsetzlich, als dass er mit jemandem darüber reden könne, solange er nicht wisse, wer dahinterstecke. Ich habe nachgebohrt, aber er beharrte darauf, dass es etwas sei, wovon ich um meiner Sicherheit willen nichts wissen solle, so schrecklich sei das Leid der Betroffenen. Es würde mich Tag und Nacht in meinen Träumen und Gedanken verfolgen, mein ganzes Leben lang.« Die Tränen strömten ihr über das Gesicht. »Ich sah, wie bekümmert er war, und begriff, dass er die Wahrheit sagte. Ich habe ihn nicht wieder gefragt. Mir ist nicht klar, was für ihn leichter gewesen wäre: mein Wissen oder meine Ahnungslosigkeit. Ich habe es nie erfahren, weil er zwei Tage später tot war.«

»Könnte das an der Zahl der Todesfälle in einer bis dahin nicht erfassten Gegend gelegen haben, verursacht durch eine versehentliche Überdosierung von Opium?«, fragte Rathbone.

Dinah schüttelte den Kopf. »Das kann ich mir nicht vorstellen. Wäre etwas Schreckliches vorgekommen, zum Beispiel auffallend viele Tote in einem bestimmten Gebiet, dann hätte doch sicher Mr Herne Aufklärung über die Einzelheiten verlangt, und es wäre nicht mehr geheim gewesen. Nein, es muss sich um etwas anderes gehandelt haben.«

»Ich verstehe, was Sie meinen«, stimmte Rathbone ihr zu. »Kündigte er Ihnen zu irgendeinem Zeitpunkt an, was er in dieser schrecklichen Angelegenheit, die so viel Leid gebracht hatte, zu unternehmen gedachte?«

Dinah verfiel in Schweigen.

Einer der Geschworenen rutschte unbehaglich hin und her, ein anderer beugte sich vor, als wollte er Dinah näher betrachten.

Coniston starrte Rathbone an, dann blickte er zum Richter auf.

Rathbone hätte gern gewusst, ob Barclay Herne anwesend war. Doch er stand mit dem Rücken zum Zuschauerraum und wagte nicht, sich umzudrehen.

»Ich versuche, mir ins Gedächtnis zu rufen, was er zu mir gesagt hat«, erklärte Dinah schließlich. »Die Worte an sich und das, was er gemeint haben könnte. Er war sehr bekümmert und aufgeregt.«

»Wusste er, wer in diese Gräueltaten verwickelt war?«, hakte Rathbone nach. »Oder äußerte er sich über die Natur dieser Entdeckung?«

»Nur insofern, als dass sie mit Opium zu tun hatte«, antwortete Dinah leise. »Und dass die Sache ihm dringend am Herzen lag.«

Jetzt konnte Coniston sich nicht mehr zurückhalten. »Mylord! Wir haben in keiner Weise festgestellt, dass es eine Gräueltat aufzudecken galt, sondern lediglich, dass etwas geschehen war, über das Dr. Lambourn bestürzt war.« Er breitete die Hände aus. »Das könnte ein Unfall gewesen sein, eine Naturgewalt, irgendetwas. Oder aber auch gar nichts. Wir haben nur das Wort der Angeklagten, und das wird jetzt als Vorwand dafür gebraucht, das Ende dieses Prozesses so lang wie möglich hinauszuschieben.«

»Sie haben vollkommen recht, Mr Coniston«, stimmte Pendock ihm zu. »Ich habe keine Geduld mehr für Ihre Zeitverschwendung, Sir Oliver. Wenn Sie keine weiteren Beweise mehr vorzubringen haben, stelle ich das Urteil den Geschworenen anheim.«

Rathbone war verzweifelt. Er konnte Dinah keine weiteren Fragen stellen. Sie hatte sich nach der Verlesung der Anklage als unschuldig bezeichnet. Dem gab es nichts mehr hinzuzufügen.

»Ich habe noch zwei Zeugen, Mylord«, kündigte er mit einer Stimme an, die in seinen eigenen Ohren hohl, ja lächerlich klang. Wo, zum Kuckuck, steckte Monk? Und wo waren Hester und Dr. Winfarthing?

Pendock wandte sich an Coniston. »Haben Sie Fragen an die Angeklagte, Mr Coniston?«

Der Staatsanwalt zögerte. Ob aus Feigheit, weil er jedes Risiko scheute, oder aus Rücksicht, um allen ein nutzloses Ritual zu ersparen, antwortete er dann gelassen: »Nein, Mylord, danke.«

Damit schien Rathbones Niederlage besiegelt. Mit dem

Mut der Verzweiflung erklärte er: »Ich möchte Dr. Gustavus Winfarthing aufrufen, Mylord, aber er ist noch nicht eingetroffen. Dafür entschuldige ich mich und bitte …«

In diesem Moment flog die Flügeltür am anderen Ende des Saals auf, und eine hünenhafte Gestalt mit zu Berge stehender, ergrauender Haarpracht, als hätte draußen ein Sturm getobt, eilte mit fliegenden Frackschößen herein.

»Wagen Sie es bloß nicht, sich in meinem Namen zu entschuldigen!«, donnerte er. »Sie können Gift darauf nehmen, dass ich hier bin! Nicht mal ein Blinder auf einem galoppierenden Pferd könnte mich übersehen!«

Gedämpftes Gelächter breitete sich aus, das vielleicht nicht nur von Belustigung herrührte, sondern in gleichem Maße Erlösung von der Anspannung ausdrückte. Selbst ein, zwei Geschworene grinsten über das ganze Gesicht, bis sie jäh merkten, dass das unschicklich war, und sich zwangen, eine würdige Miene aufzusetzen.

Winfarthing schritt durch den Saal bis zu Rathbones Pult, wo er abrupt stehen blieb. »Sind Sie bereit für mich, Sir Oliver? Oder soll ich draußen warten?«

»Nein!« Mit erheblicher Mühe bezwang Rathbone seine Erleichterung und auch seine Besorgnis. »Wir sind durchaus für Sie bereit, Dr. Winfarthing. Wenn ich Sie in den Zeugenstand bitten darf, werden Sie sogleich vereidigt.«

In Wahrheit war er keineswegs bereit. Er hätte zuerst mit ihm unter vier Augen sprechen und erfahren müssen, was der Mann zu sagen hatte, damit er die Vernehmung in die gewünschte Richtung lenken konnte. Andererseits wagte er nicht, Pendocks Geduld allzu sehr zu strapazieren, sonst verlor er vielleicht noch seine letzte Chance.

Winfarthing gehorchte und zwängte seinen mächtigen Körper mit einiger Mühe zwischen den Geländern der engen Wendeltreppe zum Zeugenstand hinauf. Nachdem er geschworen hatte, die Wahrheit, die ganze Wahrheit und nichts als die Wahrheit zu sagen, wartete er demütig, bis Rathbone begann.

Der Anwalt sah diesen Mann zum ersten Mal. Er hatte nichts über ihn gewusst bis auf das Wenige, was Hester ihm berichtet hatte. Sehr viel mehr hatte er aus der Art abgeleitet, mit der sie von ihm gesprochen hatte. Schon die bloße Erwähnung seines Namens hatte sie zum Lächeln gebracht.

Obwohl – oder weil – Rathbone nichts mehr zu verlieren hatte, begann er die Vernehmung mit einer Beherztheit, von der er nicht wusste, wo er sie hernahm.

»Dr. Winfarthing, waren Sie mit Joel Lambourn bekannt?«

»Aber natürlich!«, dröhnte Winfarthing und starrte Rathbone mit erhobenen Augenbrauen an, als hätte er einen besonders unbegabten Schüler vor sich, der sich eine Dummheit geleistet hatte. »Hervorragender Mann, und zwar fachlich wie menschlich.« Und als ahnte er schon einen Einspruch aufgrund der Tatsache, dass er nicht nach einer Bewertung gefragt worden war, fuhr er zu Coniston herum und blitzte ihn wütend an.

»Danke«, sagte Rathbone hastig. »Kam er zu Ihnen wegen Ihrer Meinungen oder Erfahrungen mit der Einnahme von Opium, als er in den letzten drei, vier Monaten vor seinem Tod für seine Studie Recherchen anstellte?«

»Natürlich war er bei mir«, erklärte Winfarthing, in Ton und Mimik die Überraschung in Person, als wäre die Frage vollkommen überflüssig.

Auf der Galerie herrschte Stille. Kein Laut, kein Rascheln von Kleidern war zu hören. Rathbone betete zu Gott, Winfarthing würde etwas zu berichten haben, womit sie sich in den Nachmittag retten konnten, an dem Monk hoffentlich mit Agatha Nisbet eintreffen würde.

»Warum, Dr. Winfarthing?«, soufflierte Rathbone. »Haben Sie denn eigene Erfahrungen mit dem Tod von Säuglingen aufgrund zu hoch dosierten Opiums?«

»So tragisch es ist, ja. Ich konnte viele von Dr. Lambourns Ergebnissen bestätigen und ihm meine eigenen Erkenntnisse zur Verfügung stellen, die zufällig fast deckungsgleich waren.«

Coniston erhob sich. »Mylord, um dem Gericht Zeit zu sparen, stimme ich dem Zeugen bereitwillig darin zu, dass Dr. Lambourns Daten auf ehrliche Weise gesammelt wurden und hinsichtlich des Schindluders bei der Dosierung von Opium für Kinder durchaus zutreffend gewesen sein können. Zu ermessen, ob das eine Tragödie ist, die sich durch verbesserte Methoden bei der Abfüllung beheben lässt, fällt nicht in unseren Aufgabenbereich. Aber da Sir Oliver selbst darauf hingewiesen hat – ob berechtigterweise oder nicht –, dass Dr. Lambourns Tod nichts mit seiner Studie über die Beschriftung opiathaltiger Medikamente zu tun hatte, vermag ich nicht zu erkennen, wie das auch nur den entferntesten Bezug zu Zenia Gadneys Ermordung haben soll, selbst wenn wir den unwahrscheinlichen und nie nachgewiesenen Umstand annehmen, dass sie in Teile der Studie eingeweiht war. Und erst recht nicht, dass eine Abschrift des Werks in ihrem Besitz gewesen sein könnte.«

»Ihr Argument ist berechtigt, Mr Coniston«, antwortete Pendock. »Sir Oliver, Sie verschwenden wieder einmal Zeit. Das dulde ich nicht! Wenn Dr. Winfarthing uns nichts weiter mitzuteilen hat außer seiner Meinung, dass Dr. Lambourn ein guter Arzt war, dann nehmen wir es zur Kenntnis, aber es ist, wie Mr Coniston zu Recht sagt, für diesen Prozess irrelevant. Sollte Mr Coniston keine Fragen an Dr. Winfarthing haben, dann rufen Sie bitte Ihren nächsten Zeugen auf, wer immer das sein mag, und lassen Sie uns fortfahren.«

Winfarthings Augen weiteten sich, und sein Gesicht färbte sich dunkelrot vor Zorn. Er warf sich in dem engen Zeugenstand mit einiger Mühe herum und funkelte den Richter in seiner scharlachroten Robe und der weißen Allongeperücke an.

»Sir!«, donnerte er. »Ich habe sehr viel Relevantes zu sagen, auch wenn ich mir sehr wohl bewusst bin, dass die Einzelheiten vielleicht nicht erfreulich sind, denn es geht um die entwürdigendsten und qualvollsten von Menschen ersonnenen Methoden, den Körper und die Seele von Mitmenschen zu schänden. Es betrifft widerwärtigen Missbrauch bei der Linderung von Schmerzen, und zwar zu dem Zweck, sich daran zu bereichern. Und wenn wir weiter als Personen von Anstand und Ehre gelten wollen, wenn wir das sein wollen, was den Menschen auszeichnet, dann ist es ein Luxus, auf den wir einfach kein Recht haben, zu sagen: ›Wir möchten uns lieber nicht mit der Wahrheit quälen.‹« Er beschrieb eine Viertelumdrehung und richtete sich mit glühenden Augen an die zwölf Geschworenen.

Diese lauschten gebannt und voller Respekt.

Pendock hatte es die Sprache verschlagen. Er vermied es, Winfarthing anzuschauen, und spähte stattdessen zu Coniston hinüber, ohne bei ihm Hilfe zu finden. So wandte er sich schließlich an Rathbone.

»Halten Sie Ihren Zeugen bitte im Zaum, Sir Oliver«, forderte er ihn wütend auf. »Ich dulde in meinem Gerichtssaal kein Chaos. Wenn Sie etwas Relevantes über den Mord an Zenia Gadney zu fragen haben – und achten Sie sorgfältig darauf, dass das wirklich der Fall ist –, dann tun Sie das bitte ohne weitere Abschweifungen und Verzögerungen.«

»Abschweifungen?«, zischte Winfarthing in einem bis zu den hintersten Rängen hörbaren Bühnenflüstern.

Rathbone merkte, dass ihm der letzte Fetzen Kontrolle aus den Händen zu gleiten drohte. Er blickte Winfarthing an, und spätestens jetzt wurde ihm klar, warum Hester diesen Mann mochte. Er war unbezähmbar und entsprach damit ihrer anarchischen Natur.

»Dr. Winfarthing«, sagte er streng, »haben Sie Dr. Lambourn Informationen gegeben, die er in seine Studie aufgenommen haben könnte und die für ihn etwas Neues darstellten? Ich erkundige mich gezielt nach einem Umstand, der ihn in einem Maße beunruhigt haben könnte, dass damit seine tiefe Betroffenheit in den Tagen kurz vor seinem Tod erklärt wäre, ein Schock, den er der Angeklagten nicht offenbarte, weil sie das zu sehr belastet hätte.«

Winfarthing musterte ihn erstaunt. »Natürlich habe ich ihm welche gegeben!«, dröhnte er. »Ich habe ihm gesagt, dass das Opium, das man schluckt, und sogar das verdammte Zeug, das man raucht, noch nicht einmal das halbe Problem sind. Das Arzneimittelgesetz, wenn es denn je das Licht der Welt erblickt, wird eine zahnlose Hexe bei der Bewältigung des eigentlichen Problems sein, das sich jetzt langsam ...«

Pendock beugte sich weit vor, das scharf geschnittene Gesicht weiß wie die Wand. »Sir Oliver, wenn Sie Ihren Zeugen nicht bändigen können ...«

»Die Nadel!«, bellte Winfarthing mit vor Erbitterung klirrender Stimme. Die Augen direkt auf die Geschworenen gerichtet, hob er beide Hände. »Ein kleines Ding mit einer längs verlaufenden Aushöhlung in der Mitte und einer Spitze, die scharf genug sein muss, die Haut eines Menschen bis hinunter zu den Venen zu durchstechen. An ihrem anderen Ende wird eine Art Ampulle oder winzige Flasche, gefüllt mit einer Opiumlösung, befestigt. Diese muss völlig rein sein – kein Hustensaft oder Magenmittel. Man drückt den Kolben nach unten ...« Er schloss die Hand mit einer dramatischen Geste, als liege tatsächlich etwas darin. »Und das Opium ist im Blut. In den Venen wird es durch den ganzen Körper transportiert, zum Herzen und zu den Lungen, ins Gehirn! Verstehen Sie? Ekstase – und dann Wahnsinn! Die Bestie beißt einen ein Mal – und langsam entstehen unvorstellbare Qualen, Schmerzen, Brechanfälle, kalter Schweiß, Gänsehaut, Zittern, Schüttelfrost und Alpträume, die kein gesunder Mensch aushalten muss. Das wollen Sie natürlich nicht hören.«

Er beugte sich über die Brüstung und bohrte seinen Blick in ihre Gesichter.

»Aber was erst recht keiner von Ihnen will, meine Freunde, ist, es selbst durchzumachen! Oder zu sehen, wie Ihre Kinder es durchmachen ... Oder, wenn Sie den Anspruch haben, gottesfürchtige Menschen zu sein, irgendeinen Mitmenschen in diesem schönen Erdenkreis so zu erleben.«

Er ignorierte Pendock, dessen Hand zum Hammer zuckte, und den bereits wieder stehenden Coniston, der schon die Lippen zum Protest spitzte.

»Ich weiß, ich weiß!« Winfarthing war nicht aufzuhalten. »Ohne Relevanz für den Tod dieser bedauernswerten Frau in Limehouse – Gadney, oder wie immer sie hieß, armes Ding.« Er starrte Rathbone an. »Aber vielleicht war es das doch, verstehen Sie? Es ist unangenehm, darüber zu sprechen. Denn dann müssen wir uns ja der Tatsache stellen, dass wir verantwortlich sind. Mein Gott, wenn wir Manns genug sind, so etwas zuzulassen, dann sollten wir um der Liebe des Himmels willen auch Manns genug sein, es uns so anzuschauen, wie es ist!« Seine Stimme war angeschwollen, bis sie den ganzen Raum füllte und niemand sich seiner Empörung entziehen konnte.

»Wir haben Opium in dieses Land gebracht. Bei seinem Verkauf stecken wir das Geld ein. Wenn wir verletzt sind, lindern wir damit unsere Schmerzen. Wir trinken es, um unsere Hustenanfälle, Magenschmerzen und unsere Schlaflosigkeit zu beenden. Es ist ein Segen Gottes – bei klugem Gebrauch.« Seine Stimme sank zu einem Knurren herab. »Aber das gibt uns nicht das Recht, uns von seinem Missbrauch abzuwenden, von dem grauenhaften Wissen darüber, wie es sich auf diejenigen auswirkt, deren Ahnungslosigkeit sie in den lebenden Tod der Sucht hat stolpern lassen. Sie ertrinken darin! Ein mächtiger Ozean aus endlosem, grauem Halb-Leben.

Und diejenigen, die es an sie verkaufen, die ihnen diese magische Nadel in die Hand drücken, die Hölle gegen Profite verhökern, brechen kein einziges Gesetz! Ist es da nicht unsere Pflicht vor Gott und den Menschen, diese Gesetze zu ändern?«

Niemand rührte sich. Die Geschworenen starrten ihn mit versteinertem Gesicht an.

Coniston wirkte betreten. Er blickte zu Pendock hinüber, dann zu den Geschworenen und schließlich zu Rathbone, sagte aber nichts.

Rathbone räusperte sich. »Haben Sie Dr. Lambourn das Elend bei der Sucht nach der Injektion von Opium durch eine Nadel geschildert, Dr. Winfarthing?«

»Himmelherrgott, Mann!«, brüllte Winfarthing. »Wovon, zum Henker, glauben Sie, rede ich denn die ganze Zeit?«

Mit einem Ruck erwachte Pendock jäh zum Leben und ließ den Hammer mit einem Knall niedersausen.

Winfarthing wirbelte zu ihm herum. »Was jetzt?«, begehrte er auf. »Mylord«, fügte er mit einer guten Portion Sarkasmus hinzu.

»Ich dulde keine Gotteslästerung in meinem Gericht, Dr. ... Winfarthing.« Pendock gab vor, den Namen vergessen zu haben und sich seiner nur mit Mühe zu entsinnen. »Beim nächsten Verstoß belange ich Sie wegen Missachtung des Gerichts.«

Ein Ausdruck völliger Fassungslosigkeit breitete sich über Winfarthings Gesicht aus. Offensichtlich kam ihm eine passende Entgegnung in den Sinn, und ebenso deutlich war ihm anzumerken, dass er sie sich mit Mühe verkniff.

»Ich entschuldige mich beim Allmächtigen«, sagte er ohne die geringste Demut. »Andererseits bin ich mir sicher, dass Er weiß, mit welcher Absicht ich Seinen Namen ausspreche.« Er wandte sich erneut Rathbone zu. »Um Ihre Frage zu beantworten, Sir: Ich habe Dr. Lambourn über den Verkauf von Opium berichtet, das sich dazu eignet, ins Blut gespritzt zu werden, und ihm erklärt, wie diese Nadeln benutzt werden. Das bedeutet, dass ein Mann – und übrigens auch eine Frau – nach nur wenigen Tagen Bekanntschaft mit diesem Gift in eine private Hölle aufgenommen wird und dort gefangen bleibt, bis der Tod ihn erlöst und er in welche Verdammnis auch immer eingehen kann, die die Ewigkeit für ihn bereithält. Und zu verdanken hat er das dem Verkäufer dieses Alptraums und denjenigen unter uns, die bewusst wegschauen, weil sie sich nicht damit belasten wollen!«

Coniston schnellte hoch. Mit einer den plötzlichen Tumult im Saal übertönenden, gellenden Stimme schrie er: »Mylord! Ich muss mit Ihnen in Ihrem Büro sprechen! Das ist von höchster Bedeutung!«

»Ruhe!«, brüllte Pendock. »Ich bestehe auf Ruhe in meinem Gericht!«

Nur langsam legte sich der Lärm. Unbehaglich, zornig, ängstlich rutschten die Leute auf ihren Sitzen herum; jeder wollte von seinem Nachbarn hören, dass er das doch sicher nur geträumt hatte.

Pendocks Gesicht war vor Zorn dunkelrot angelaufen; die Hand, die den Hammer hielt, zitterte. »Sir Oliver, Mr Coniston. Kommen Sie umgehend in mein Büro. Die Verhandlung wird vertagt.« Er erhob sich und stürmte mit wehender roter Robe hinaus, ohne darauf zu achten, ob er Gegenstände streifte oder umstieß.

Mit einem flauen Gefühl in der Magengrube folgte Rathbone Coniston und dem Gerichtsdiener durch die Seitentür zur Vorhalle. Sobald der Amtsbüttel an die Bürotür geklopft und der Richter »Herein!« gedonnert hatte, traten sie in seine Gemächer.

Dann wurde die Tür hinter ihnen geschlossen, und sie standen vor Pendock, der Rathbone kaum eines Blickes würdigte, ehe er sich Coniston zuwandte.

»Nun, worum geht es Ihnen, Mr Coniston?«, fragte er. »Wenn Sie mir sagen wollen, dass dieser Winfarthing unverschämt ist, dann bin ich mir dessen eindringlich bewusst. Wenn Sir Oliver ihn nicht zu einer Art Mäßigung anhalten kann, muss ich ihn wegen Missachtung des Gerichts belangen und seine Aussage beenden. Bisher erscheint mir sein Gerede aufhetzerisch, unbewiesen und ohne Belang für diesen Fall.«

Rathbone setzte schon zu Winfarthings Verteidigung an, doch Coniston ließ ihn nicht zu Wort kommen.

»Mylord, ich gebe Ihnen in jedem Punkt recht und denke, dass die Geschworenen es, wie wir, als den letzten Trick eines Verzweifelten auffassen werden. Doch hier geht es noch um eine andere, weit dringendere und ernstere Angelegenheit.« Er beugte sich ein wenig weiter vor, als könnte er Pendock damit die Bedeutung seines Arguments noch drastischer vor Augen führen. »Winfarthing hat hochstehende Männer schwerer Verbrechen bezichtigt, ohne Beweise oder Namen zu nennen, aber seine dunklen Andeutungen können dazu führen, dass unschuldige Männer gebrandmarkt werden, nur weil sie in einem Zusammenhang mit diesem elenden Lambourn erwähnt wurden. Hiervon sind Staatsangelegenheiten betroffen, Mylord; der Ruf der Regierung Ihrer Majestät droht Schaden zu nehmen, sowohl im In- als auch im Ausland.«

»Unsinn!« Rathbone explodierte schier vor Wut und Frustration. »Das ist eine lächerliche Ausrede, nur um …«

»Das ist es nicht!« In seinem Eifer ignorierte Coniston den Richter und wandte sich direkt an Rathbone. »Ich gestehe Ihnen zu, dass Sie nicht wussten, was dieser Mann sagen würde, aber da es Ihnen jetzt klar ist, müssen Sie ihn mit einer Entschuldigung an das Gericht entlassen und zum Ausdruck bringen, dass nichts davon der Wahrheit …«

»Ich werde nichts davon als unwahr zurückweisen!«, fuhr

ihm Rathbone über den Mund. »Das kann ich nicht, und Sie ebenso wenig. Und wenn er so mit Lambourn gesprochen hat, wie er es schildert, dann ist das sehr wohl relevant, egal, ob es zutrifft oder nicht – es ist das, was Lambourn danach glaubte.«

»Sie wissen doch überhaupt nicht, ob Lambourn es glaubte oder nicht!«, protestierte Coniston. »Dafür haben Sie nur Winfarthings Wort. Dieser Opiumverkäufer, wenn er denn existiert, könnte … irgendjemand sein! Das ist vollkommen verantwortungsloses Gerede, das die Öffentlichkeit ohne vernünftigen Grund in Angst und Schrecken versetzt.«

»Wenn etwas verantwortungslos ist, dann ist es die Verurteilung Dinah Lambourns, ohne ihr die bestmögliche Verteidigung zu gewähren!«, konterte Rathbone. »Und ohne sämtliche Zeugen und Argumente zu hören, die …«

»Genug!« Pendock hob gebieterisch die Hand. »Das Thema Nadeln ist ohne Relevanz für den Mord an Zenia Gadney. Sie wurde niedergeschlagen und regelrecht ausgeweidet. Was immer Winfarthing über den Verkauf von Opium oder die Sucht danach zu wissen glaubt oder gehört hat, steht in keinem Zusammenhang mit der grotesken Ermordung einer Frau am Limehouse Pier. Weder kaufte noch verkaufte sie Opium, noch konnten Sie beweisen, dass es in ihrem Leben eine Rolle spielte.«

»Danke, Mylord!« Coniston seufzte voller Erleichterung. Rathbone würdigte er keines Blicks.

Pendocks Gesicht war angespannt, aber er nahm Conistons Dank lächelnd zur Kenntnis. Er wandte sich an Rathbone. »Am Montag beginnen Sie Ihr Schlussplädoyer, und dann überlassen wir die Entscheidung den Geschworenen. Haben Sie mich verstanden?«

Rathbone fühlte sich niedergeschmettert. »Ich habe noch eine Zeugin, Mylord«, begann er.

Coniston schoss von seinem Stuhl hoch. »Noch eine Zeugin? Wofür? Mehr Schauergeschichten über die Entwürdigung jener, die sich für ein Leben in Sucht entschieden haben?«

»Gibt es denn noch mehr?«, blaffte Rathbone. »Dann wissen Sie offenbar mehr darüber als ich!«

»Ich weiß, dass es viel Geschwätz und Lust am Skandal gibt«, erwiderte Coniston. »Dazu Sensationsgier und Bestrebungen, Panik zu schüren, um die Leute vom Mord an der armen Zenia Gadney abzulenken. Und *Sie* reden von Gerechtigkeit! Wie steht es um die Gerechtigkeit für sie?«

»Gerechtigkeit für Zenia Gadney hieße, die Wahrheit aufzudecken«, knurrte Rathbone nicht minder zornig. Er wirbelte wieder zu Pendock herum. Unvermittelt bemerkte er dabei zum ersten Mal eine gerahmte Fotografie ein Stückchen rechts vom Richter, die normalerweise in dessen Blickrichtung mit der Rückseite zu den Besuchern stand. Sie zeigte eine Frau und zwei junge Männer, von denen einer Pendock glich. Es hätte sogar er selbst sein können, nur fünfunddreißig Jahre jünger. Auch der andere Junge ähnelte ihm, wenn auch nicht so stark. Brüder?

Alt konnte das Bild jedenfalls nicht sein, denn die Frau trug ein modisches Kleid von einem Schnitt, den es erst seit ein, zwei Jahren gab. Und als Pendock ein junger Mann gewesen war, hatte man Fotografien noch nicht gekannt. Kurz, die Personen auf dem Bild mussten seine Frau und seine Söhne sein. Und einer der Söhne kam Rathbone merkwürdig bekannt vor. Der Anwalt war sich fast sicher, ihn schon einmal gesehen zu haben – in einer anderen Umgebung und nicht in dieser eleganten Haltung wie hier mit seiner Mutter. Auf jener anderen Fotografie hatte er weit spärlicher bekleidet, ja, in seiner Nacktheit erotisch posiert, und die mit ihm abgelichtete Person war ein kleiner Junge mit schmaler Brust von allenfalls fünf, sechs Jahren gewesen.

Coniston redete. Rathbone wandte sich zu ihm um und

wartete darauf, wieder das Wort ergreifen zu können. Er fühlte sich auf einmal benommen und schwindlig; um ihn herum wankten die Wände.

Coniston stockte und blickte ihn besorgt an. »Fehlt Ihnen etwas?«

»Nein, nein«, log Rathbone. »Danke, aber ich … habe nichts.«

»Dann werden Sie am Montagvormittag Ihr Schlussplädoyer halten«, erklärte Pendock steif.

»Sehr wohl … Mylord«, murmelte Rathbone. »Ich … werde kommen.«

Damit war er entlassen. Noch einmal schielte er auf die Fotografie in ihrem kunstvollen silbernen Rahmen, dann entschuldigte er sich und stolperte hinaus. Zurückblieben Coniston und der Richter.

Benommen kehrte Rathbone nach Hause zurück. Der Hansom hätte ihn überallhin fahren können, ohne dass er es gemerkt hätte. Als sie vor seiner Haustür anhielten, musste der Kutscher ihn mit einem Zuruf daran erinnern. Er stieg aus, bezahlte den Mann und erklomm die Stufen zur Vordertür. Mit Ardmore, der ihm öffnete, sprach er nur kurz, um sich zu bedanken und ihn zu bitten, keinen Besucher vorzulassen.

»Dinner, Sir?«, fragte der Butler einigermaßen besorgt.

Rathbone zwang sich zu etwas mehr Höflichkeit. Das hatte der Mann zweifellos verdient. »Eher nicht, vielen Dank. Aber falls ich es mir anders überlege, werde ich gern um ein paar Sandwiches oder eine Scheibe Kuchen bitten – was Mrs Wilton gerade vorrätig hat. Und in ein, zwei Stunden werde ich mir ein Glas Brandy genehmigen. Ich muss nachdenken. Zwar rechne ich nicht mit Besuch, aber falls doch jemand kommt, kann ich ihn nicht empfangen, außer es ist Mr Monk.«

Seine Worte vermochten Ardmore keineswegs zu beruhigen. »Fehlt Ihnen wirklich nichts, Sir Oliver? Sind Sie sicher, dass ich sonst nichts für Sie tun kann?«

»Danke, Ardmore, aber mir fehlt wirklich nichts. Ich muss eine wichtige Entscheidung zu diesem Fall treffen. Da brauche ich Zeit, um die richtige Lösung für eine Frau zu finden, die eines Mordes angeklagt ist, den sie nicht begangen hat. Zumindest glaube ich das. Dann geht es um die Frau, die auf extrem brutale Weise umgebracht wurde, womit meiner Meinung nach eine bestimmte Absicht verfolgt wurde. Außerdem um einen oder mehrere Männer, die diese Verbrechen verübt haben, und schließlich steht ein größeres Ganzes auf dem Spiel, nämlich die Rechtsprechung im Allgemeinen.«

»Sehr wohl, Sir.« Ardmore blinzelte. »Ich werde darauf achten, dass Sie nicht gestört werden.«

Fast eine ganze Stunde lang grübelte Rathbone darüber nach, ob er sich überhaupt vergewissern wollte, dass der junge Mann auf Ballingers Fotografie Pendocks Sohn war. Wenn er darauf verzichtete, sie zu verwenden, brauchte seine Identität gar nicht erst geklärt zu werden.

Handelte es sich aber tatsächlich um Hadley Pendock, stellte sich die Frage, wie er das Bild benutzen sollte. Gewiss nicht, um ein bestimmtes Urteil zu erzwingen. Für Rathbone stand unverrückbar fest, dass das ein unverzeihliches Unrecht wäre. Andererseits hatte Grover Pendock während des gesamten Prozesses in allen wichtigen Punkten gegen Dinah entschieden. Und jetzt versuchte er, die ganze Sache zu beenden, bevor Agatha Nisbet die Gelegenheit bekam auszusagen. Selbst wenn sie am Montag doch noch vor Gericht erschien, würde man ihr nicht gestatten, irgendetwas zu sagen, womit Herne, Bawtry oder sonst jemand bloßgestellt werden konnte, der die Morde an Joel Lambourn, Zenia Gadney und indirekt auch an Dinah Lambourn in Auftrag gegeben hatte.

Das durfte er nicht zulassen!

Es klopfte.

»Herein?«, rief er, verwundert, weil er tatsächlich froh über die Störung war, die er sich ausdrücklich verbeten hatte.

Ardmore trat ein. Er balancierte ein Tablett, beladen mit Roastbeef-Sandwiches und Mrs Wiltons köstlichen süßsauren Essiggurken in einer kleinen Schale. Ferner waren ein Stück Obstkuchen und ein Glas Brandy dabei.

»Für den Fall, dass Ihnen danach sein sollte«, kommentierte der Butler und stellte das Tablett auf dem Tisch neben Rathbone ab. »Möchten Sie vielleicht auch eine Tasse Tee? Oder Kaffee?«

»Nein, danke. Das hier ist wunderbar. Richten Sie doch bitte Mrs Wilton aus, dass ich für ihre Aufmerksamkeit sehr dankbar bin. Für Ihre übrigens auch. Sie können sich jetzt zurückziehen. Ich werde Sie heute nicht mehr benötigen.«

»Sehr wohl, Sir. Danke, Sir.« Ardmore verließ das Zimmer und schloss die Tür leise hinter sich. Auf dem Steinboden der Vorhalle entfernten sich seine Schritte in Richtung Küche.

Er griff nach dem ersten Sandwich. Ein paar Minuten Pause vom Grübeln taten ihm gut, und auf einmal merkte er, wie hungrig er war. Das Sandwich war frisch, und die Essiggurken schmeckten köstlich. Er verzehrte eines, dann noch eines und schließlich ein drittes.

Hatte sich Arthur Ballinger am Anfang seiner Laufbahn als das gesehen und empfunden, was er tatsächlich geworden war: ein schmutziges Werkzeug bei der Rettung eines unschuldigen Menschen? Von welchem Nutzen war ein Anwalt, wenn er sich mehr um seine Ruhe vor moralischen Skrupeln sorgte als um das Leben seines Mandanten? Falls Rathbone die Fotografie von Hadley Pendock benutzte – vorausgesetzt, er war es tatsächlich –, würde er sich danach schmutzig fühlen. Richter Pendock würde ihn hassen. Natürlich würde er niemandem verraten, welchen Mittels Rathbone sich bedient hatte, doch vielleicht würde er keinen Hehl daraus machen, dass es in der Tat ungewöhnlich war und gewiss nichts, wozu ein Gentleman sich hergeben, geschweige denn es als Waffe benutzen würde, um andere zu schädigen. Er würde für sich behalten, dass Rathbone es nur deshalb hatte verwenden können, weil Pendocks Sohn schutz- und obdachlose Kinder verführt oder vergewaltigt hatte.

Doch wenn er darauf verzichtete und Dinah Lambourn gehängt wurde, wie würde er sich dann fühlen? Was würden Monk und Hester von ihm halten? Und – wichtiger noch – wie würde *er* von sich denken?

Würde er je wieder für etwas kämpfen, nachdem er sich seiner Verantwortung entzogen hatte? Konnte irgendetwas das noch entschuldigen?

Wie auch immer, ob er die Fotografien nun verwendete oder nicht, was wurde dann aus ihm selbst?

Ein biederer, moralisch einwandfreier Feigling, der sich fügte, während eine unschuldige Frau den Gang zum Galgen antrat? Ein unbescholtener Mann, der sein restliches Leben lang von Alpträumen verfolgt werden würde, wenn er allein in einem stillen Haus in seinem prächtigen Bett lag?

Oder ein Mann, der sich die Hände mit Erpressung beschmutzt hatte, um einen schwachen Richter zu Ehrlichkeit zu zwingen?

Er aß das letzte Sandwich auf, verspeiste den Kuchen und trank den Brandy bis zum letzten Tropfen. Am Montag würde er einen Schritt wagen, der sein Leben verändern würde – und vielleicht auch das von Dinah und demjenigen, der Lambourn und Zenia Gadney ermordet hatte.

Er stand auf und lief zum Tresor hinüber, in dem er Arthur Ballingers Fotografien verwahrt hatte. Eines Tages würde er einen besseren Ort dafür finden müssen, aber nicht heute, und fürs Erste war er froh, dass er sie noch bei sich hatte.

Er entriegelte den Panzerschrank und nahm die Schachtel heraus. Als er sie öffnete, verspürte er, da er seine Entscheidung nun getroffen hatte, Ruhe in sich. Eine nach der anderen betrachtete er die Fotografien. Ihre Grobheit widerte ihn an, aber noch mehr quälten ihn ihre Grausamkeit und die Gleichgültigkeit gegenüber der Erniedrigung und dem Schmerz der Kinder.

Und da war es. Es war dasselbe Gesicht wie dasjenige in Pendocks silbern eingerahmter Fotografie. Und am unteren Rand des Bildes vor ihm stand in Ballingers Handschrift der Name »Hadley Pendock«, zusammen mit dem Ort und dem Datum der Aufnahme.

Rathbone legte das Bild zurück, machte einen Vermerk in seinem Tagebuch, verschloss die Truhe und verwahrte sie erneut im Tresor.

Er wusste, was er am Montag vor der Wiederaufnahme des Prozesses tun musste, wie schwer auch immer es ihm fiel, wie schmerzhaft und abstoßend es auch immer war. Die Scham schmeckte bitter, doch das war eine Kleinigkeit im Vergleich zur Schlinge des Henkers.

23

Lange vor Beginn der Gerichtssitzung sperrte Rathbone am nächsten Morgen den Safe wieder auf und nahm einen der Abzüge, die Ballinger von Hadley Pendocks Fotografie angefertigt hatte, heraus. Das Bild war ziemlich klein – es ließ sich mühelos von einer Hand verdecken –, aber es sollte ja nur eine Kostprobe sein. Gleichwohl waren die Gesichter deutlich zu erkennen.

Rathbone steckte es in die Fracktasche zwischen zwei weiße Bögen Notizpapier und verließ das Haus. Heute musste er früh am Old Bailey sein; darum nahm er einen Hansom. Während der Fahrt durch die am frühen Morgen grauen und eisigen Straßen weigerte er sich, seine Gedanken noch einmal zu dem wandern zu lassen, was er tun musste, wie er es vorbringen sollte oder wie Pendock reagieren würde. Er hatte sich entschieden, und es gab kein Zurück mehr. Nicht, dass er seinen Schritt guthieß, nur war die Alternative noch unerträglicher.

Er traf noch vor dem Büttel am Gericht ein und musste warten, bis der Mann angeschlurft kam, sichtlich verblüfft, Rathbone so früh am Morgen anzutreffen.

»Ihnen fehlt doch nichts, Sir Oliver?«, fragte er besorgt. Seine mitleidsvolle Miene verriet, dass er mitbekommen haben musste, wie es im Prozess stand.

»Nein, nein, danke, Rogers«, antwortete Rathbone mit Grabesstimme. »Ich muss nur vor Beginn der Sitzung mit Seiner Lordschaft, dem Richter, sprechen. Es geht um einen Punkt von größter Tragweite und könnte bis zu einer halben

Stunde dauern. Bitte entschuldigen Sie die Umstände, die ich Ihnen bereite.«

»Das sind doch keine Umstände, Sir Oliver«, versicherte Rogers ihm. »Das ist ja wirklich eine traurige Sache. Vielleicht dürfte mir Mrs Lambourn nicht leidtun, aber so ist es nun mal.«

»Das spricht für Sie, Rogers«, meinte Rathbone mit einem müden Lächeln. »Darf ich hier warten?«

»Selbstverständlich, Sir. Sobald ich Seine Lordschaft sehe, sage ich ihm, dass Sie hier sind und es dringend ist.«

»Danke.«

Es dauerte fünfundzwanzig Minuten, bis Pendock den breiten Korridor heruntergestapft kam und Rathbone erkannte. Er wirkte mürrisch und überhaupt nicht entzückt über eine Begegnung, von der er sich nichts Erfreuliches versprach.

»Worum geht es?«, knurrte er, sobald sie sich in seinem Büro befanden und die Tür zugefallen war. »Ich kann Ihnen keinen weiteren Spielraum gewähren, Rathbone. Sie haben die Milde des Gerichts bis aufs Letzte ausgeschöpft. Es tut mir leid. Diesmal sind Sie auf der Verliererstraße. Finden Sie sich damit ab, Mann! Ziehen Sie es nicht endlos in die Länge. Damit tun Sie niemandem einen Gefallen, uns nicht und nicht einmal ihr.«

Rathbone setzte sich demonstrativ auf den Stuhl, ein Signal, dass er sich nicht so leicht abspeisen lassen würde. Er bemerkte das irritierte Flackern in Pendocks Gesicht.

»Mylord, es ist erst vorbei, wenn alle Aussagen gehört worden sind und die Geschworenen ein Urteil gesprochen haben.« Er holte tief Luft. »Umständehalber«, fuhr er fort, »und absolut gegen meinen Willen habe ich kürzlich eine außergewöhnliche Sammlung von Fotografien geerbt, die ich jetzt an einem sicheren Ort, entfernt von meinem Haus, aufbewahre.« Das würde bald genug der Wahrheit entsprechen.

»Menschenskind, Rathbone! Was Sie geerbt haben, ist mir egal!«, rief Pendock ungläubig. »Was, zum Kuckuck, ist los mit Ihnen? Sind Sie krank?«

Rathbone griff in seine Fracktasche und zog die Bögen mit der Fotografie dazwischen heraus. Wenn er sie erst einmal Pendock gezeigt hatte, hätte er, wie Caesar den Fluss Rubikon, unwiderruflich eine Grenze überschritten und – in einer weiteren Parallele zu dem römischen Feldherrn – seinem eigenen Volk den Krieg erklärt.

Pendock machte Anstalten, sich zu erheben, was einem Rauswurf gleichkommen würde.

Kühl entfernte Rathbone das oberste Blatt und legte das Foto auf den Schreibtisch.

Pendock warf einen Blick darauf. Vielleicht erkannte er es nicht sogleich. Sein Gesicht füllte sich mit Abscheu. »Allmächtiger, Mann! Das ist obszön.« Er hob die Augen. »Wie, um alles auf der Welt, kommen Sie darauf, dass ich mir einen solchen Schweinekram anschauen will?«

»Bis gestern wäre ich nie darauf gekommen«, erwiderte Rathbone mit bebender Stimme, obwohl er sich alle Mühe gab, sich zu beherrschen. »Aber kürzlich habe ich das Gesicht desselben jungen Mannes in dem Bild dort drüben gesehen.« Er nickte hinüber zu der silbern eingerahmten Fotografie auf dem Schreibtisch.

Pendock folgte seinem Blick und errötete jäh. Er packte Rathbones Fotografie und hielt sie neben seine, um sie miteinander zu vergleichen. Mit einem Schlag wich alle Farbe aus seinem Gesicht, und er wurde so fahl wie die kalte Asche im Kamin. Er taumelte zurück und plumpste auf seinen Stuhl.

Rathbone konnte sich nicht erinnern, sich je so erbärmlich gefühlt zu haben. Nicht einmal der Moment, als er Ballinger im Gefängnis mit der Wahrheit konfrontiert hatte, reichte daran heran. Auch nicht der Augenblick wenige Tage später, als er seinen Schwiegervater ermordet in seiner Zelle entdeckt hatte, noch der Tag, als ihn Margaret verlassen hatte. Er hatte wirklich eine reiche Auswahl.

Pendock hob den Kopf und starrte ihn mit der gleichen Verachtung an, mit der er die Fotografie gemustert hatte, als er noch nicht gewusst hatte, wen sie darstellte.

»Ich werde mich weigern, Dinah Lambourn für nicht schuldig zu erklären!«, erklärte er langsam, seine Stimme ein Krächzen aus einer ausgetrockneten Kehle. »Ich werde Ihnen jeden Betrag zahlen, den Sie verlangen, aber das Gesetz werde ich nicht verhöhnen!«

»Verdammt noch mal!« Rathbone wäre fast aufgesprungen. »Ich will Ihr erbärmliches Geld nicht! Und ich bin auf kein diktiertes Urteil aus. So etwas habe ich mein ganzes Leben lang noch nie angestrebt und habe es auch jetzt nicht vor. Ich will nur, dass Sie den Prozess unparteiisch führen. Ich will, dass Sie meinen Zeugen die Aussage gestatten, damit die Geschworenen sich ihr eigenes Urteil darüber bilden können. Danach händige ich Ihnen das Original dieser Fotografie und sämtliche Abzüge aus, und Sie können damit machen, was Sie wollen. Ob Sie mit Ihrem Sohn darüber sprechen oder nicht, liegt ganz bei Ihnen. Gott möge Ihnen helfen.« Er beugte sich über den Schreibtisch. »Sie waren bereit, mir Geld zu geben, um zu verhindern, dass Ihr Sohn den Preis für den verbrecherischen Missbrauch zahlen muss, obwohl Sie so etwas als abstoßend empfinden. Widert es Sie im gleichen Maße an, Dinah Lambourn wenigstens das Recht auf eine unvoreingenommene Verhandlung zuzugestehen? Auch sie ist jemandes Kind, und irgendwo leben Menschen, die sie lieben. Aber selbst wenn es die nicht gäbe, wäre sie es dann weniger wert, vom Gesetz geschützt zu werden?«

»Es ist ein natürlicher … ein natürlicher Instinkt«, stammelte Pendock. »Diese Verleumdung wird die Regierung schädigen, alles gute Männer. Wir können nicht die Gesetze ändern und die Menschen der Freiheit berauben, ihre Schmerzen mit einem erschwinglichen Mittel ihrer Wahl zu lindern, nur damit man der Wenigen habhaft werden kann, die diese Freiheit missbrauchen.«

»Ich liebe meine Freiheit genauso wie mein Nachbar«, erwiderte Rathbone. »Aber nicht, wenn das auf Kosten der Schwächeren und Verletzlichen geht und diejenigen, die sie ausbeuten, nach Belieben schalten und walten dürfen. Lieben Sie Ihren Sohn mehr als die Gerechtigkeit?«

Pendock ließ den Kopf in die Hände sinken. »Es sieht danach aus, nicht wahr?«, flüsterte er. »Nein. Das stimmt nicht, glaube ich … aber …« Langsam öffnete er die Augen. Sein Gesicht war plötzlich das eines alten Mannes. »Rufen Sie Ihre Zeugen auf, Rathbone.«

Zwanzig Minuten später stand Rathbone vor dem Zeugenstand, den die gewaltigste Frau besetzte, die er seiner Erinnerung nach je gesehen hatte. Dabei war sie gar nicht übermäßig dick und auch nicht größer als ein hochgewachsener Mann, aber dort oben schien sie sich über dem ganzen Saal zu erheben. Sie hatte Schultern so breit wie ein Hafenarbeiter, eine tonnenförmige Brust und muskelbepackte Arme. Ihre Miene wirkte grimmig, ganz so, als forderte sie das Gericht dazu heraus, es nur zu versuchen, sie mit seinem Ritual und seiner Macht einzuschüchtern.

Rathbone war bereits darüber informiert, was sie sagen würde. Hester hatte ihm von ihr berichtet; außerdem hatte er mit ihr persönlich sprechen können. Die wichtigsten Themen standen damit fest: ihr leidenschaftlicher Einsatz für die Linderung der Schmerzen all derer, die sonst niemanden hatten, ihr Wissen über Opiumsucht und Entzugserscheinungen und ihr Mitgefühl für Alvar Doulting, den von heute und den, der er einst gewesen war. Hester hatte ihm eingeschärft, dass es schwer werden könnte, mit Agatha umzugehen. Und in der Tat konnte sich Rathbone des Eindrucks nicht erwehren, dass ihre Warnung sich noch als stark untertrieben erweisen würde. Aber nun gab es kein Zurück mehr.

Alle Anwesenden warteten in gespannter Stille. Die Geschworenen waren verwundert, dass es immer noch nicht zu Ende war. Und Coniston war mehr als überrascht. Er wirkte regelrecht konsterniert. Offenbar hatte Pendock ihm nichts vorab erklärt. Wie hätte er das auch können?

Rathbone räusperte sich. Er musste einfach gewinnen. Bei seinem hohen Einsatz hatte er keine andere Wahl.

»Miss Nisbet«, begann er. »Meines Wissens leiten Sie am Südufer des Flusses eine Klinik für Hafenarbeiter und Seeleute, die bei der Ausübung ihres gefährlichen Berufs schwere Verletzungen oder Erkrankungen erlitten haben. Trifft das zu?«

»Das ist korrekt, ja«, antwortete sie mit einer für eine so große Frau unerwartet sanften Stimme. Zumindest hätte sich niemand über einen Bariton gewundert.

»Benutzen Sie zur Linderung ihrer Schmerzen auch Opium?« Behutsam wollte Rathbone sie zum Zusammenhang mit Lambourn lenken.

»Ja natürlich. Sonst gibt es ja nix, was den Leuten hilft. Manche haben schlimme Schmerzen. Brechen Sie sich mal ein halbes Dutzend Knochen, dann wissen Sie, was ich meine. Und wenn Sie sich ’nen Arm oder ein Bein zertrümmern lassen, können Sie noch besser mitreden.«

»Ich wollte gerade sagen, dass ich es mir gut vorstellen kann«, erwiderte Rathbone freundlich. »Aber das wäre wohl gelogen gewesen. Ich habe keinen Begriff davon, wofür ich unendlich dankbar bin.« Er wartete kurz, um den Geschworenen Zeit zu geben, sich die Situation vor Augen zu halten, sich unsägliche Schmerzen vorzustellen und eine Ahnung davon zu bekommen, was diese Frau tagtäglich leistete.

»Sie benutzen also große Mengen von Opium. Dann müssen Sie auch wissen, wo es gekauft werden kann, und kennen sich vielleicht mit dem Opiumhandel im Allgemeinen aus?« Es war eine Feststellung, aber er ließ sie wie eine Frage klingen. »Und Sie haben natürlich auch Erfahrung mit seinen Wirkungen nach der Heilung?«

Coniston blickte verwirrt drein, hatte allerdings bisher auf eine Unterbrechung verzichtet. Die würde aber sicher jeden Moment erfolgen.

»Natürlich«, bestätigte Agatha.

»Suchte Dr. Joel Lambourn Sie in diesem Zusammenhang in den letzten Wochen seines Lebens auf? Das müsste vor drei, vier Monaten gewesen sein.«

»Ja. Er hat mich nach der Qualität von Opium gefragt und ob ich weiß, wie man die Leute damit behandelt, ohne ihnen eine Überdosis zu verabreichen.«

Jetzt hielt es Coniston nicht länger auf seinem Stuhl. »Mylord, hat das irgendeine Relevanz? Mein verehrter Freund legt es doch sicher nicht darauf an, die Leistungen dieser Frau bei der Linderung der Qualen Schwerverletzter zu schmälern, nur weil sie vielleicht keine medizinische Ausbildung hat, oder täusche ich mich da? Falls Lambourn allerdings tatsächlich genau das vorhatte, ist es kein Wunder, dass die Regierung es für ratsam erachtete, seine Studie zu unterdrücken.«

Aus der Zuschauergalerie erhob sich zustimmendes Gemurmel.

Pendock wirkte unentschlossen. Er blickte zwischen Coniston und Rathbone hin und her.

Rathbone ergriff das Wort. »Nein, Mylord, ich beabsichtige gerade das Gegenteil! Ich versuche im Moment, Miss Nisbets Qualifikation und ihre Hingabe hervorzuheben und zu zeigen, dass sie mit dem Opiummarkt vertraut ist und darum eine natürliche Informantin für Dr. Lambourn darstellte, die er möglicherweise eingehend befragte.«

»Fahren Sie fort«, sagte Pendock erleichtert.

Coniston setzte sich. Seine Verwirrung nahm zu.

Rathbone wandte sich wieder an Agatha Nisbet. »Miss Nisbet, das Gericht muss wohl nicht sämtliche Details Ihrer Gespräche mit Dr. Lambourn über den Erwerb und die Verfügbarkeit von Opium hören, noch wird es Wert darauf legen zu erfahren, mit welchen Methoden Sie seine Qualität feststellen. Ich werde davon ausgehen, dass Sie eine Expertin sind, und möchte Seine Lordschaft bitten, Ihren offensichtlichen Erfolg bei der Behandlung Verletzter als hinreichenden Beleg zu werten.« Er blickte Pendock an. »Mylord?«

»Akzeptiert«, erklärte der Richter. »Bitte kommen Sie nun zum Zweck der Befragung Ihrer Zeugin hinsichtlich des Todes von Zenia Gadney.«

Coniston lehnte sich entspannt in seinem Stuhl zurück.

»Danke, Mylord«, sagte Rathbone würdevoll. Er hob den Blick wieder zu Agatha. »Worüber wollte sich Dr. Lambourn bei Ihnen erkundigen, Miss Nisbet?«

»Über Opium. Und da vor allem, wer es womit verschnitten hatte, damit es nicht mehr rein war. Also hab ich ihm erklärt, wie der Handel funktioniert. Er hat genau aufgepasst, der arme Teufel.« Eine dunkle, unergründliche Regung überschattete ihr Gesicht. »Ich hab ihm alles gesagt, was ich darüber wusste.«

»Auch über den Transport von Opium mit Schiffen und wie es in den Londoner Hafen gelangt?«

»Das war gleich das Erste, was er wissen wollte.«

»Und danach?«

Erneut protestierte Coniston. »Mylord!«

»Setzen Sie sich, Mr Coniston«, sagte der Richter. »Wir müssen der Verteidigung gestatten, auf ein Argument von einer gewissen Relevanz hinzuarbeiten, die, wie ich annehme, nicht mehr lange auf sich warten lässt.«

Coniston setzte sich. Er hatte mit Pendocks Unterstützung gerechnet, schien aber bereit, fürs Erste zurückzustecken.

Rathbone unternahm einen neuerlichen Anlauf. »Ich darf annehmen, dass Sie ihm den Transport nicht in allen Details erklärt haben, Miss Nisbet? Die dürften in der Tat keinerlei Bezug zu Zenia Gadneys Tod haben oder zu seinem eigenen, den er scheinbar selbst herbeiführte.«

»Natürlich nich'!«, schnaubte sie verächtlich. »Ich hab ihm alles gesagt, was ich über die neue Methode weiß, Opium von bester Qualität mit 'ner Nadel zu spritzen. Das wirkt bei Schmerzen schneller und nachhaltiger. Das Problem is' nur, dass es höllisch schwer is', davon wieder loszukommen, wenn es abgesetzt werden muss. Je länger man es genommen hat, desto schwerer wird das. Kann Wochen oder noch länger dauern, und manche können überhaupt nich' mehr aufhören. Dann sind sie ihr Leben lang davon abhängig. Und würden sogar ihre Mutter für eine Dosis verkaufen.«

Jetzt kannte Coniston kein Zögern mehr. Er war schon fast bis zum Richterpult gestürmt, als er rief: »Mylord! Wir haben längst festgestellt, dass bei ungebildeten oder nicht aufgeklärten Personen der Missbrauch von Opium und wahrscheinlich jedem anderen Medikament durchaus möglich ist, und Mylord haben selbst verfügt, dass der Bezug zum Gegenstand dieses Prozesses fehlt, wenn das Thema Opium – und sei es mit den groteskesten Verrenkungen – noch einmal aufgewärmt wird. Das ist Zeitverschwendung, unnötiges Schüren von Panik und womöglich Verleumdung von Ärzten, die nicht anwesend sind und folglich nicht ihre Ehre und ihren guten Ruf dagegen verteidigen können.«

Pendock war leichenblass geworden. Jeder konnte sehen, dass es ihn enorme Anstrengung kostete, die Fassung zu bewahren. »Ich glaube, wir müssen Miss Nisbet gestatten, uns zu erklären, was Dr. Lambourn so sehr bedrückte«, krächzte er. »Ich warne sie allerdings davor, Namen zu nennen, wenn sie keine Beweise für ihre Behauptungen hat. Das sollte Ihre Befürchtungen bezüglich übler Nachrede zerstreuen.« Er nickte Rathbone zu. »Bitte fahren Sie fort, Sir Oliver. Aber kommen Sie möglichst bald zu einem relevanten Bezug, vorzugsweise noch vor der Mittagspause.«

»Danke, Mylord.« Rathbone neigte höflich das Haupt. Noch bevor Coniston verwirrt und wütend an seinem Pult Platz genommen hatte, forderte er Agatha Nisbet zum Weitersprechen auf.

»Er hat mir 'ne Menge Fragen über Sucht gestellt«, berichtete sie leise. »Und welche Möglichkeiten es gibt, sie zu überwinden. Ich hab ihm gesagt, dass die meisten das nich' schaffen.«

Die Stille im Saal war schier mit Händen zu greifen. Niemand, so schien es, wagte zu atmen oder sich auf seinem Sitz zu bewegen. Zu groß war die Angst, das geringste Rascheln von Stoff könnte ein Wort übertönen.

Das war der große Moment. Rathbone zögerte, atmete tief durch, und dann stellte er seine Frage.

»Und wie reagierte er, Miss Nisbet?«

»Er war schockiert«, antwortete sie schlicht. »Er hat mich gebeten, ihm Beweise dafür zu zeigen, damit er das alles besser verstehen und es in seine Studie für die Regierung aufnehmen kann.«

»Sagte er, warum er es in die Studie einfügen wollte?«

»Natürlich nich', aber ich bin schließlich nich' dämlich! Er wollte, dass die Regierung ein Gesetz macht, nach dem es ein Verbrechen is', Opium zusammen mit Nadeln zu verkaufen, mit denen es ins Blut gespritzt werden kann. Er wollte, dass nur Ärzte, die genau wissen, was sie tun, es verabreichen dürfen.« Sie starrte ihn eindringlich an. In ihren Augen loderte abgrundtiefer Zorn, für den Worte einfach nicht zu genügen schienen. Sie blinzelte. »Er wollte erfahren, was es mit den Menschen anrichtet. Er wollte alles darüber wissen.«

»Und waren Sie damit einverstanden, seine Bitte zu erfüllen?«, fragte Rathbone sanft.

»Natürlich war ich das!«, fauchte sie in vernichtendem Ton, aber ihre Stimme verriet auch Schmerz. Schon beschlich Rathbone ein schlechtes Gewissen, weil er im Begriff war, ihr eine noch größere Belastung zuzumuten, doch er hatte keine andere Wahl. Seine Verteidigung Dinah Lambourns hatte nicht nur einen letzten Wendepunkt erreicht, von dem alles abhing, sondern er wusste auch, dass er dicht davorstand zu klären, weshalb Joel Lambourn gestorben war, und dass dies der Schlüssel zur vollen Wahrheit in dem ganzen Fall war. Im Vergleich zu dem grauenhaften Los, das Tausenden und Abertausenden bevorstand, war der Schmerz einer einzigen Person wirklich kein zu hoher Preis.

Coniston stand bereits wieder. »Mylord, Miss Nisbet mag ja eine ehrenhafte Frau sein, und ich will ihre Bemühungen in keiner Weise schmälern, aber das alles beruht doch auf Hörensagen! Ich darf annehmen, dass sie selbst nicht von Opium abhängig ist? Wenn doch, scheint sie das mit außerordentlichem Geschick verbergen zu können. Es wäre respektlos zu behaupten, es würde ihr helfen. Was ich aber tatsächlich unterstelle, ist, dass sie sich ihre Fähigkeiten durch Beobachten angeeignet hat, ohne je von Grund auf ausgebildet worden zu sein. Wenn wir all diese Dinge über Opium glauben sollen, müssen wir uns von Ärzten aufklären lassen, aber doch nicht von Miss Nisbet, so wohltätig ihre Arbeit auch sein mag.«

Pendock blickte Rathbone fragend an, helle Panik in dem hohläugigen Gesicht.

Rathbone drehte sich wieder zum Zeugenstand um. »Zu wem brachten Sie Dr. Lambourn?«

»Zu Doktor Alvar Doulting«, sagte sie heiser. »Den kenn ich schon seit Jahren. Geht auf Zeiten zurück, als er noch einer der besten Ärzte war, die es gab.«

»Und das ist er jetzt nicht mehr?«

Bitterkeit und Trauer traten in ihre Augen. »An manchen Tagen geht's ihm einigermaßen gut. Heute wird's wohl so sein.«

»Ist er krank?«, fragte Rathbone.

Coniston erhob sich. »Mylord, wenn der Zeuge nicht erscheint, sei es wegen Unpässlichkeit oder etwas anderem« – beim letzten Wort nahm er einen ätzenden Ton an –, »was sollen dann diese Ankündigungen?«

»Er wird erscheinen, Mylord«, versicherte Rathbone dem Richter und schickte ein Stoßgebet zum Himmel, dass er sich nicht täuschte. Hester wollte ihn mitbringen – zur Not mit Monks Hilfe.

Coniston blickte sich um, als hielte er nach dem vermissten Arzt Ausschau. Mit einem knappen Achselzucken fragte er dann: »Ach, wirklich?«

Rathbone war verzweifelt. Weder Monk noch Hester waren bisher im Gerichtssaal aufgetaucht, um ihm zu melden, dass Doulting sicher eingetroffen war. Falls Rathbone ihn aufrief und er nicht zugegen war, würde Coniston unverzüglich die Einleitung der Schlussplädoyers fordern, und diesen Antrag würde Pendock nicht mehr ablehnen können.

»Ich habe noch zusätzliche Fragen an Miss Nisbet«, erklärte Rathbone, während er fieberhaft überlegte, wie sich die Vernehmung in die Länge ziehen ließe. Es gab wirklich kaum noch etwas, das Agatha Nisbet sagen konnte, ohne dass die Geschworenen das als Verzögerungstaktik durchschauten.

»Mylord.« Conistons müdes Gebaren bedurfte keiner großen Anstrengung. »Das Gericht zeigt genügend Nachsicht mit der Angeklagten, wenn es diesem Arzt gestattet, überhaupt auszusagen. Wenn der Mann nicht einmal in der Lage ist, hier …«

Pendock schnitt ihm das Wort ab. Kurz und leicht schlug

er mit dem Hammer auf das Pult. »Die Verhandlung wird für eine Stunde unterbrochen. Den Beteiligten soll Gelegenheit gegeben werden, sich zu sammeln, vielleicht ein Glas Wasser zu trinken.« Er erhob sich steif, als schmerzten ihn sämtliche Glieder, und verließ den Saal.

Als der Richter draußen war, trat Coniston auf seinen Kontrahenten zu. Sein Gesicht war sehr blass, und zum ersten Mal sah ihn Rathbone mit leicht verrutschtem Kragen. »Können wir miteinander sprechen?«, fragte er in dringlichem Ton.

»Mir ist nicht klar, was es zu sagen gäbe«, erwiderte Rathbone.

Coniston hob die Hand, als wollte er Rathbone am Arm packen, überlegte es sich dann anders und ließ sie wieder sinken. »Bitte. Es ist sehr ernst. Ich bin mir nicht sicher, ob Sie sämtliche Verwicklungen dieses Falles erfasst haben.«

»Und ich bin mir nicht sicher, ob die etwas bewirken können«, entgegnete Rathbone offen.

»Na ja, ich könnte ein Gläschen gut gebrauchen«, brummte Coniston. »Ich fühle mich erbärmlich, und Sie sehen auch nicht besser aus. Was, zum Henker, haben Sie eigentlich mit Pendock gemacht? Er sieht aus wie eine wandelnde Leiche!«

»Das geht Sie nichts an«, erwiderte Rathbone mit einem schnellen Lächeln, um den Worten ihren Stachel zu nehmen, obwohl sie ernst gemeint waren. »Es ist seine Sache, wenn er es Ihnen sagen will.«

Inzwischen hatten sie die Vorhalle erreicht. Abrupt blieb Coniston stehen und starrte Rathbone unverwandt an. Offenbar war ihm soeben klar geworden, dass sich tatsächlich etwas geändert hatte, vielleicht sogar von Grund auf, und er nicht mehr Herr des Verfahrens war.

Rathbone setzte sich wieder in Bewegung und führte ihn durch den Ausgang zur Straße. Sie kehrten im nächsten besseren Gasthaus ein, wo sie trotz der frühen Stunde einen Brandy bestellten.

»Sie spielen mit dem Feuer«, warnte Coniston Rathbone mit leiser Stimme, nachdem er den ersten Schluck von seinem Glas genommen und das belebende brennende Gefühl in der Kehle ausgekostet hatte. »Wissen Sie überhaupt, welche Einschränkungen Lambourn befürworten wollte und wer alles deswegen zum Verbrecher gestempelt worden wäre?«

»Ich nicht, aber Sie sehr wohl, wie mir immer klarer wird«, erwiderte Rathbone gelassen.

Coniston musterte ihn mit grimmiger Miene. »Sie sind zu klug, um mich danach zu fragen, Rathbone. Ich kann nichts ausplaudern, was mir im Vertrauen mitgeteilt wurde.«

»Das kommt ganz darauf an, von wem«, hielt ihm Rathbone entgegen. »Und ob es dazu dient, die Wahrheit zu Lambourns Tod zu verschleiern und denjenigen zu schützen, der ihn ermordet und später Zenia Lambourn abgeschlachtet hat.«

Conistons Augen weiteten sich. »Nichts davon ist der Fall. Sie kennen mich zu gut, um mir so etwas zuzutrauen.«

»Sind Sie sicher?« Rathbone sah ihm fest in die Augen. »Was ist dann mit dem Mord an Dinah Lambourn mit Hilfe der Justiz? Auf nichts anderes läuft es doch hinaus, wenn wir zulassen, dass sie wegen eines Verbrechens, das sie nicht begangen hat, gehängt wird. Ich glaube, Sie haben ebenso wie ich erkannt, dass hinter diesem Fall sehr viel mehr steckt als ein häusliches Eifersuchtsdrama zwischen zwei Frauen, die mehr als fünfzehn Jahre lang voneinander wussten.«

Coniston nippte stumm an seinem Brandy. Die Knöchel der Hand, die das Glas hielt, hatten sich weiß verfärbt. »Lambourns Tod hat das ausgelöst«, sagte er schließlich. »Sein Geld stand plötzlich auf dem Spiel, Dinahs Leben, wie sie es bis dahin geführt hatte, und das ihrer Kinder.«

»Unsinn«, entgegnete Rathbone, »ihr Leben, wie sie es bis dahin geführt hatte, ging mit seinem Tod zu Ende, weil sie ihn liebte. Er wurde ermordet, als er bezüglich der Opiumsucht anregte, Einschränkungen des Verkaufs mit in das neue Gesetz aufzunehmen. Dinah wiederum nimmt das Risiko, gehängt zu werden, in Kauf, nur um die Schande des Selbstmords und der beruflichen Inkompetenz von seinem Namen zu tilgen und vielleicht sogar zu erreichen, dass sein Werk vollendet werden kann, einfach weil er daran glaubte. Und das, obwohl sie nie wirklich wusste und immer noch nicht weiß, worum genau es dabei geht.«

»Mein Gott, Rathbone!«, rief Coniston. »Sie kommt an den Galgen, weil alles für ihre Schuld spricht! Sie hat Monk belogen, und er hat sie überführt. Aufgrund der Indizien, die Sie geliefert haben, ist es sogar möglich, dass sie auch Lambourn umgebracht hat, wenn das doch kein Selbstmord war. Dafür, dass sie über Zenia Gadney im Bilde war, haben wir bloß ihr eigenes Wort und das ihrer Schwägerin. Trotzdem gibt es immer noch gute Gründe für die Annahme, dass sie das alles tatsächlich erst kurz vor ihrem Tod entdeckte und der Zusammenhang genau darin besteht.« Über seine Lippen huschte ein sarkastisches Lächeln. »Womöglich sind Sie es, der ihre Schuld an beiden Morden bewiesen hat. Immer vorausgesetzt, dass Lambourn sich nicht selbst getötet hat.«

Rathbone starrte Coniston stumm an. Er kannte ihn seit Jahren, aber nicht wirklich gut. Jetzt merkte er, wie oberflächlich ihre Bekanntschaft gewesen war. Gute Familie; hervorragende Ausbildung; glänzende Karriere mit besten Aussichten für die Zukunft. Nützliche, wenn auch womöglich langweilige Ehe, drei Töchter, ein Sohn. Doch was bewegte den Mann im Innersten, wie sahen seine Hoffnungen und Träume aus? Was verletzte ihn, was brachte ihn zum Lachen? Wovor fürchtete er sich, außer vor Armut oder beruflichem Versagen? Hatte er Angst davor, einen Fehler zu begehen und eine Unschuldige zu verurteilen, oder nur davor, dabei ertappt zu werden? War er jemals einsam? Hatte er Zweifel an seinen besten Seiten, oder fürchtete er die schlimmsten? Hatte er jemals einen Menschen geliebt, nur um wie Rathbone zu erkennen, dass er sich schrecklich getäuscht hatte?

Rathbone hatte nicht den Schimmer einer Ahnung.

»Ist Ihnen denn kein bisschen an der Wahrheit gelegen?«, fragte er leise.

Coniston beugte sich über den Tisch. Sein Gesicht war plötzlich angespannt. »O doch! Mir ist brennend daran gelegen, dass wir nicht die Gesetze und Freiheiten unseres Landes verraten, die Toleranz für das Recht des Einzelnen, die Medikamente seiner Wahl nach seinem Gutdünken einzunehmen. Information ist das eine, und dafür bin ich unbedingt. Aber Opium als illegal zu verbieten und seine Verkäufer als Verbrecher abzustempeln ist etwas ganz anderes. Anhand der Aussage dieser Nisbet können Sie nicht das Geringste beweisen. Das Einzige, was Sie damit erreichen, ist, dass Sie diejenigen verängstigen, die am dringendsten auf Hilfe angewiesen sind.«

»Wir selbst haben keinen Einfluss auf den Wortlaut des Arzneimittelgesetzes und auf die Frage, ob der Opiumverkauf eingeschränkt wird oder nicht«, wandte Rathbone ein. »Das können wir nicht entscheiden. Aber wir können und müssen dem, was diese Woche im Old Bailey geschieht, unseren Stempel aufdrücken. Auch Sie sollten sich tunlichst überlegen, wo Sie stehen wollen, Coniston, denn Sie werden sich nicht länger durchmogeln können. Haben Sie die über jeden begründeten Zweifel erhabene Gewissheit, dass das, was diese Frau sagt, nicht wahr und hinsichtlich des Grundes für Lambourns Ermordung ohne Belang ist?«

Coniston blinzelte. »Was soll das heißen? Dass jemand, der hier in London reines Opium verkauft, erst Lambourn und dann Zenia Gadney umgebracht hat?«

»Sind Sie denn sicher, dass es nicht so gewesen ist?« Rathbone sog tief die Luft ein. Das Herz pochte ihm so heftig in der Brust, dass er beinahe zu spüren glaubte, wie es seinen ganzen Körper zum Vibrieren brachte. »Sie wissen, wer der Mann ist, nicht wahr.« Das war eine Feststellung, keine Frage, fast schon eine Anklage.

»Er hat weder Lambourn noch Zenia Gadney umgebracht«, flüsterte Coniston mit kaum vernehmbarer Stimme. »Glauben Sie wirklich, ich hätte das nicht überprüft?«

»Haben Sie das? Sprechen Sie von Wissen, Coniston, oder von Glauben?«, fragte Rathbone. Glitt ihm erneut alles durch die Finger und löste sich in nichts auf wie Nebelschwaden?

»Wissen«, antwortete Coniston. »So viel können Sie mir ruhig zutrauen. Er glaubt, dass Lambourns Reaktion auf Agatha Nisbets Angaben hysterisch und vollkommen überzogen war. Diesen Teil der Studie wollte er streichen lassen. Er hat sich keiner Gewalttaten schuldig gemacht. Lambourn war fanatisch und nahm sich selbst das Leben. Seine Frau wollte das nicht wahrhaben und beschloss, auf diese wahnsinnige und schreckliche Weise zu versuchen, die Regierung herauszufordern.« Sein Blick flackerte und ging einen Moment ins Leere.

»Wozu?«, fragte Rathbone.

»Bringen Sie Ihren Zeugen«, wisperte Coniston mit erstickter Stimme. Er seufzte. »Ziehen Sie Ihren Joker. Das haben Sie ja wohl so oder so vor. Aber lassen Sie sich warnen: Wenn Sie einen Unschuldigen ruinieren, werde ich persönlich dafür sorgen, dass Sie das mit Ihrer Laufbahn bezahlen. Da können Sie noch so gerissen sein.«

»Unschuldig – woran? Des Mordes an Lambourn und Zenia Gadney, oder nur des Verkaufs einer Reise ohne Wiederkehr in die Hölle?«

»Lassen Sie endlich das leere Gerede und liefern Sie Beweise!«, knurrte Coniston.

»Das habe ich vor.« Rathbone trank seinen Brandy aus. »Aber vergessen Sie nicht: Vernünftige Zweifel genügen.« Er stellte das leere Glas auf den Tisch und erhob sich. Ohne zurückzublicken, schritt er davon.

Bei seiner Rückkehr entdeckte Rathbone in den Fluren des Gerichts immer noch keine Spur von Hester oder Monk.

Der Prozess wurde mit Agathas Vernehmung fortgesetzt. Die Geschworenen wirkten blass und mitgenommen, doch keiner wandte den Blick von ihr ab.

»Sie haben entsetzliches Leiden geschildert, wie es niemand von uns je erlebt hat«, begann Rathbone. »Haben Sie dieses Grauen auch Joel Lambourn vor Augen geführt?«

»Ja«, bestätigte Agatha Nisbet schlicht. »Ich hab ihn mitgenommen und ihm die Leute gezeigt.«

»Und wie reagierte er?«

»Ihm wurde schlecht. Sah aus, als hätte er Schüttelfrost. Am Anfang war er einfach bloß abgestoßen, wie das wohl jeder wär. Aber als er mehr sah, wurde er ganz grau im Gesicht, und ich bekam schon Angst, ihn würde der Schlag treffen. Ich hab ihm sogar 'nen Brandy gebracht.«

»Und das half ihm?«

»Nich' sehr. Er sah aus, als wär er dem leibhaftigen Tod begegnet. Wahrscheinlich war er das auch. Und ein paar Tage später haben sie ihn tatsächlich mit aufgeschnittenen Pulsadern gefunden, armer Teufel.« Ihre Sprache war grob, doch das Mitleid, ja der Kummer in ihrem Gesicht war zu offenkundig, als dass man ihre Gefühle ignorieren konnte.

Bei der nächsten Frage ging Rathbone bewusst ein Risiko ein. Doch da die Uhr unerbittlich tickte, blieb ihm nichts anderes übrig. »Wirkte er selbstmordgefährdet?«

»Der Doktor?«, rief Agatha ungläubig. »Reden Sie keinen Unsinn! Er war wild entschlossen, diese Machenschaften auszumerzen, koste es, was es wolle. Verschwendete keinen Gedanken daran, dass der Preis sein eigenes Leben sein würde. Oder dass sie auch auf seine Frau losgehen würden.«

»Meinen Sie damit Zenia Gadney?«

»Von der hab ich bis vorhin nie gehört. Ich mein Dinah. Und wenn Sie glauben, dass sie ihn umgebracht hat, sind Sie noch dämlicher als die Verrückten, die man im Bedlam an die Wände gekettet hat, weil sie immer den Mond anheulen.«

Rathbone unterdrückte ein leicht hysterisches Lachen, das in ihm hochstieg.

»Das glaube ich keineswegs, Miss Nisbet. Ebenso wenig glaube ich, dass sie Mrs Gadney umgebracht hat. Meiner Meinung nach hatte Dinah Lambourn die Zusammenhänge zumindest teilweise erkannt. Als dann Zenia ermordet wurde, nahm sie in Kauf, dass man sie anklagte, und machte sich sogar mit Absicht verdächtig, indem sie eine Lügengeschichte erzählte, von der sie wusste, dass sie sehr schnell aufgedeckt werden würde.«

Er hielt inne, wenn auch nur kurz. »Unter Einsatz ihres Lebens wollte sie dafür sorgen, dass dieses Gericht vor der Öffentlichkeit die Wahrheit aufdecken kann. Das ist wahrlich Liebe und Treue bis über den Tod hinaus. Ich danke Ihnen, Miss Nisbet, für den Mut, hierherzukommen und uns von grauenhaften Erfahrungen zu berichten, was für Sie nicht leicht gewesen sein kann, denn Sie mussten sich alldem noch einmal stellen. Bitte warten Sie noch, falls Mr Coniston Fragen an Sie hat.«

Während er an seinen Platz zurückkehrte, spielte er die kommenden Minuten in Gedanken durch. Wie würde Coniston sich verhalten, und würde Pendock sich auf seine Seite stellen, wenn er Einspruch erhob?

Coniston stand bedächtig auf und schritt mit noch größerer Würde als üblich in die Mitte der freien Fläche. Rathbone kannte ihn nicht gut genug, um beurteilen zu können, ob das an einem Übermaß an Selbstvertrauen lag oder ob er im Gegenteil nur seine Unsicherheit überspielte.

Kaum hatte Coniston das Wort ergriffen, wusste Rathbone, dass Letzteres zutraf. Seine Zuversicht vom Anfang war restlos verpufft, doch immerhin verstand er es, den Schein zu wahren. Die Geschworenen würden ihn nicht durchschauen.

»Miss Nisbet«, begann er höflich. »Sie haben schockierende und grauenhafte Dinge gesehen. Ich habe die größte Hochachtung vor Ihnen, denn diese Erlebnisse haben erkennbar Ihr Mitgefühl erregt, und Sie haben den Willen, den Kranken zu helfen und beizustehen, was auch immer der Grund ihres Leidens ist.« Er bewegte sich zwei, drei Schritte nach links und drehte sich dann schwungvoll um. »Haben Sie inmitten all dieses Grauens das Gesicht irgendeines Mannes gesehen, der verantwortlich für den Verkauf des Opiums und der Nadeln ist, über die es ins Blut befördert wird? Sind Sie sicher, dass Sie ihn wiedererkennen würden, wenn Sie ihn fern jedes Zusammenhangs mit seinem Gewerbe sähen?«

Rathbone bemerkte die Verwirrung in Agathas Gesicht. Er erhob sich. »Mylord, Miss Nisbet hat nicht behauptet, dass sie sich an ihn erinnern würde oder jemals seinen Namen gewusst hätte. Sie hat lediglich festgestellt, dass Dr. Lambourn heftig und zutiefst erschüttert auf ihre Schilderung reagierte und sich verhielt, als wüsste er, wer es war.«

»Sie haben durchaus recht, Sir Oliver«, stimmte ihm Pendock zu. Er wandte sich an den Vertreter der Anklage. »Vielleicht wäre es einfacher, Mr Coniston, wenn Sie sich darauf beschränkten, die Zeugin zu fragen, ob sie glaubt, den Mann wiedererkennen zu können, sollte sie ihn hier oder sonst wo sehen.«

Coniston schob den Unterkiefer vor, gehorchte jedoch.

»Ich hab den Mann nie gesehen, soviel ich weiß«, erklärte Agatha schlicht. »Aber ...« Sie unterbrach sich abrupt.

»Aber?«, fragte Coniston eilig.

»Aber das hat ja keinen Zweck«, fuhr sie fort, wobei deutlich wurde, dass sie etwas ganz anderes hatte sagen wollen.

Coniston setzte zu einer weiteren Frage an, nur um es sich wieder anders zu überlegen. »Danke, Miss Nisbet.« Damit drehte er sich um. »Ach, nur noch eines: Hat Ihnen Dr. Lambourn gesagt, er wisse, wer dieser Mann war, oder sei mit ihm bekannt; er würde ihn zur Rede stellen, ihn ruinieren, dafür sorgen, dass er ins Gefängnis gesteckt werde? Irgendetwas dieser Art?«

Es war ein Schuss ins Blaue, und selbst die Geschworenen schienen das zu begreifen. Die Luft knisterte vor Spannung.

Rathbone erhob sich erneut. »Mylord, wäre jeweils nur eine Frage nicht vielleicht klarer, sowohl für Miss Nisbet als auch für die Geschworenen?«

»Allerdings«, bestätigte Pendock. »Mr Coniston, bitte.«

Das Gesicht des Angesprochenen färbte sich tiefrot, und er presste die Zähne aufeinander, bis die Kiefermuskeln hervortraten.

»Mylord.« Er nahm den Tadel mit allenfalls einer Spur Ironie hin. »Miss Nisbet, sagte Dr. Lambourn, er kenne diesen Mann, der Ihnen zufolge Opium mit Profiten verkauft?«

»Nein, Sir, aber er wurde weiß wie die Wand.«

»Könnte das nicht auf das natürliche Entsetzen eines hochanständigen Mannes zurückzuführen sein, der soeben von abscheulichen Verbrechen und Leiden erfahren hat?«

»Sicher könnte es das«, bemerkte sie spitz.

»Erklärte er, dass er den Wunsch oder die Macht hätte, diesen Mann zu vernichten? Ihn zum Beispiel ins Gefängnis zu stecken?«

»Ich hab ihm Brandy gebracht. Er hat überhaupt nich' viel gesagt, außer danke.«

»Ich verstehe. Äußerte er sich irgendwann darüber, dass er vorhatte, diesem Mann gegenüberzutreten, ihn zu beschuldigen oder anderweitig für dieses schreckliche Gewerbe zur Verantwortung zu ziehen? Verriet er Ihnen seinen Namen?«

»Nein.«

»Danke, Miss Nisbet. Mehr habe ich Sie nicht zu fragen.«

Rathbone stand bereits wieder. »Darf ich eine Ergänzung anbringen, Mylord?«

»Selbstverständlich.«

Rathbone hob den Kopf zu Agatha. »Miss Nisbet, gelangten Sie zu dem Eindruck, dass Dr. Lambourn von dem, was Sie ihm berichteten, zutiefst verstört war?«

»Natürlich war er das!«, erwiderte sie in schneidendem Ton.

»Weil Menschen litten, weil es ein Verbrechen war?«

»Also, ich glaube, es lag daran, dass er schon eine ziemlich genaue Vorstellung davon hatte, wer es war«, antwortete sie langsam und deutlich. »Nur hat er mir nix davon gesagt.«

Sofort breitete sich Unruhe im Saal aus. Die Zuschauer waren verblüfft und entsetzt. Rathbone ließ den Blick über die Ränge schweifen. Just in diesem Moment flog die Tür auf, und Hester kam herein. Ihre Blicke begegneten sich, und sie nickte ihm fast unmerklich zu. Erleichterung durchflutete Rathbone. Er wandte sich wieder zum Richter um, auf den Lippen immer noch ein Lächeln.

»Ich würde gern Dr. Alvar Doulting aufrufen, Mylord.«

Pendock spähte auf die Wanduhr am anderen Ende des Saals. »Na gut. Gestattet.«

Alvar Doulting schlurfte den Gang zwischen den Sitzreihen hinunter und überquerte die freie Fläche. Das Erklimmen der Treppe zum Zeugenstand bereitete ihm erkennbar Mühe. Als er oben anlangte und sich zum Saal umdrehte, fand Rathbone mit einem Schlag all das bestätigt, was Agatha Nisbet über die Hölle auf Erden gesagt hatte. Doulting sah aus wie ein zum Leben erwachter Alptraum. Seine Haut war grau und glänzte vor Schweiß. Obwohl er sich ans Geländer klammerte, zitterte er am ganzen Leib. In seinem Gesicht, das derart eingefallen war, dass die Haut sich über die Knochen spannte, zuckte ein Muskel.

Rathbone empfand ein brennendes Schuldgefühl, weil er diesen Mann hierhergebeten hatte.

Doulting leistete einen Eid auf seinen Namen und seine beruflichen Befähigungsnachweise, welche beeindruckend waren. In früheren Jahren hatte er alle Voraussetzungen besessen, ein großer Arzt zu werden. Und gerade deswegen wirkte der Anblick des Mannes, der jetzt vor ihnen stand, umso erschreckender.

Auf der Grundlage dessen, was er von Agatha erfahren hatte, begann Rathbone die Vernehmung. Dabei trieb ihn die Sorge an, dass Doulting vielleicht nicht durchhalten würde, bis das Wichtigste gesagt war. Sollten ihn die von Winfarthing beschriebenen Entzugserscheinungen wie Krämpfe, Durchfall oder Übelkeit befallen, würden sie die Vernehmung abbrechen müssen, egal, wie bedeutsam seine Angaben sein mochten. Doch obwohl er bereit war, im Zweifelsfall dem Wohlergehen des Zeugen Vorrang einzuräumen, kam Rathbone sich brutal vor.

»Danke, Mr Doulting.« Er seufzte in aufrichtiger Erleichterung. »Ich freue mich sehr, dass Sie gekommen sind, obwohl es Ihnen sichtlich nicht gut geht. Ich werde mich so kurz wie möglich fassen. Sprachen Sie Anfang Oktober, kurz vor seinem Tod, mit Dr. Joel Lambourn?«

»O ja.« Trotz seiner schlechten Verfassung sprach Doulting mit fester Stimme.

»Erkundigte er sich im Rahmen seiner Untersuchung zu dem vom Parlament ins Auge gefassten Arzneimittelgesetz nach dem Verkauf und Gebrauch von Opium?«

»Ja.«

»Was konnten Sie ihm, wenn überhaupt, sagen, das mehr umfasste als die Gefahr der Überdosierung als Folge von ungenügender Beschriftung?«

Doulting klammerte sich noch fester an das Geländer und holte tief Luft. »Ich habe ihm von der Linderung grässlicher

Schmerzen erzählt, die das Opium verschafft, wenn es direkt in die Blutbahn verabreicht wird – was mit einer kürzlich erfundenen Hohlnadel möglich ist, die man nur an einer Spritze anzubringen braucht. Ferner habe ich ihm erklärt, dass bei der neuen Technik die Gefahr der Suchtauslösung um ein Vielfaches größer ist. Oft ist es eine Frage von wenigen Tagen, bis ein Mensch davon abhängig wird und nicht mehr in der Lage ist, damit aufzuhören. Dann beherrscht das Opium sein Leben. Die Hölle, die ausbricht, wenn seine Wirkung aufhört, ist fast genauso schlimm wie der Schmerz, von dem es ihn befreit hat.«

Die nächste Frage musste Rathbone gezwungenermaßen stellen, obwohl sich alles in ihm dagegen sträubte.

»Und woher wissen Sie das, Mr Doulting?«

»Weil ich selbst süchtig bin. Man verabreichte mir Opium mit den besten Absichten, als mir bei einem Unfall das Becken zertrümmert worden war. Die Schmerzen waren schier unerträglich. Eine Zeit lang wurde mir das Opium gespritzt, bis die Knochen wieder verheilt waren. Doch nun, da ich die Schmerzen fast vergessen habe, wünschte ich, ich hätte das Opium nie gesehen, nie davon gehört. Mir graut vor der Hölle des Entzugs, und nur die Aussicht auf den Trost durch die nächste Dosis Opium hält mich am Leben.«

»Wo erhalten Sie es?«, fragte Rathbone.

»Von einem Mann, der es mir in so reiner Form verkauft, dass ich es mir in die Venen spritzen kann.«

»Ist es teuer?«

»Ja.«

»Wie können Sie es sich leisten?«

»Ich habe alles verloren, was ich hatte: mein Haus, meine Familie, meine Praxis. Jetzt muss ich den Befehlen dieses Mannes gehorchen und es an andere verkaufen, die ebenfalls seine Sklaven geworden sind. Manchmal wäre ich lieber tot.« Nichts Melodramatisches, kein Selbstmitleid klang in seinen

Worten durch. »Für jene anderen wäre das jedenfalls besser und für mich vielleicht auch.«

Wie gerne hätte ihm Rathbone Trost gespendet, wenn auch nur, um ihn in seiner Würde zu bestätigen, doch war hier nicht der Ort dafür. »Kennen Sie den Namen dieses Mannes?«, fragte er.

»Nein. Sonst würde ich ihn Ihnen sagen.«

»Wirklich? Was würde dann aus Ihrer Quelle?«

»Sie würde versiegen, was nun wohl ohnehin geschehen wird, da ich hier aussage. Ich glaube wirklich nicht, dass mir noch daran liegt.«

Rathbone senkte den Blick. »Ich habe keine Worte, um Ihren Schmerz zu lindern. Das Beste, was ich tun kann, ist, Ihnen dafür zu danken, dass Sie gekommen sind, um vor diesem Gericht auszusagen – noch dazu zu einem so hohen Preis. Bitte warten Sie, falls Mr Coniston Sie etwas fragen möchte.«

Coniston erhob sich langsam. »Mr Doulting, erwarten Sie nun, dass wir Ihnen diese furchterregende Darstellung auf Ihr bloßes Wort hin glauben? Nach Ihrem eigenen Eingeständnis sind Sie der Knecht dieses Mannes und bereit, für Ihre Dosis Opium alles zu tun.«

Doulting musterte ihn mit müder Verachtung. »Wenn Sie Zweifel an mir haben, dann gehen Sie doch in die dunklen Gassen und Gossen, wo die Verlorenen und Sterbenden hausen. Dort werden Sie andere finden, die Ihnen dasselbe erzählen werden. Um Himmels willen, Mann! Schauen Sie mich doch an! Vor dem Opium war ich ebenso angesehen wie Sie und hatte es genauso gut. Ich besaß Rang und Namen, ein Zuhause, einen Beruf. Ich strotzte vor Gesundheit. Ich schlief nachts in meinem eigenen Bett, und beim Aufwachen freute ich mich auf den kommenden Tag. Jetzt wünsche ich mir nur noch Erlösung – und den Tod.«

Von der Galerie schwappte ihm eine Welle der Anteilnahme in Form von Seufzern und Gemurmel entgegen. Das beeinträchtigte Coniston so sehr, dass er nicht mehr fortfahren konnte. Jemand forderte ihn mit einem Zuruf auf, sich zu setzen.

Pendock schlug mit seinem Hammer auf das Pult. »Ruhe!«, donnerte er. »Ich bestehe auf Ruhe! Danke, Mr Coniston. War das alles?«

»Ja, Mylord, danke.«

Pendock warf Rathbone einen Blick zu. »Sir Oliver, Sie können morgen Ihr Schlussplädoyer halten. Für heute vertagt sich das Gericht.«

Vom späten Nachmittag bis in den Abend hinein saßen Rathbone, Monk, Hester und Runcorn um den Küchentisch und planten bei Speisen und Tee den letzten Prozesstag. Draußen prasselte Schneeregen gegen die Fensterscheiben, während der Herd den Raum in eine Insel der Wärme verwandelte. »Die Indizien könnten für einen Freispruch wegen ›begründeter Zweifel‹ reichen«, murmelte Rathbone niedergeschlagen. »Was wohl besser ist, als ich es vor ein, zwei Tagen noch zu hoffen wagte. Aber ich will ihre Unschuld beweisen. Ihr Leben wird für immer ruiniert sein, wenn wir nicht mehr erreichen.«

»Und Lambourns Name ist auch nicht wiederhergestellt«, ergänzte Monk.

Hester schien die auf der Anrichte aufgereihten Teller anzustarren, doch ihr Blick verlor sich weit dahinter. Schließlich richteten sich ihre Augen wieder auf Rathbone. »Glauben Sie, dass Lambourn wusste, wer das war?«, fragte sie ihn mit einem fast unmerklichen Kopfschütteln. »Denn das muss doch so gewesen sein, nicht wahr? Oder wenigstens nahm derjenige an, er wüsste es. Aus diesem Grund wurde er ermordet. Ein anderer ist kaum denkbar. Wenn er seine Studie eingereicht und ein Regierungsmitglied sie gelesen hätte, insbesondere Mr Gladstone, wäre der Verkauf von Opium sicher schnell verboten worden. Das bedeutet, es ist jemand, den er persönlich kannte.«

Rathbone nahm dies nachdenklich zur Kenntnis.

»Das würde Sinn ergeben«, bestätigte Runcorn. »Wenn er seinen Mörder persönlich kannte, wäre damit erklärt, warum er in der Nacht das Haus verließ, um sich allein mit ihm zu treffen. Vielleicht lief er sogar aus diesem Grund den One Tree Hill hinauf?«

»Wenn er mit ihm allein dort hinaufstieg, mitten in der Nacht, *und* über ihn Bescheid wusste, dann war er dumm!«, ereiferte sich Monk. Er fuhr sich mit beiden Händen durch die Haare. »Tut mir leid«, entschuldigte er sich. »Aber irgendein Teilchen fehlt hier. Es sieht in der Tat so aus, als hätte er sich mit jemandem, den er kannte, auf dem Hügel getroffen. Weder auf dem Fußweg noch im Gras waren die Abdrücke von Hufen oder Rädern festzustellen, und allein hätte ihn kein Mensch dort hinauftragen können. Selbst zweien wäre das schwergefallen. Das alles ergibt einfach keinen Sinn.«

Rathbone nickte. »Bisher haben wir immer vermutet, er sei aus freiem Willen, aber allein hinaufgegangen.« Er wandte sich an Runcorn. »Gab es denn keine Fußabdrücke, die nicht von ihm stammten?«

»Diejenigen des Mannes, der ihn entdeckt hat, und als ich dort eintraf, waren auch noch mehrere Polizisten und der Polizeiarzt dort gewesen«, antwortete Runcorn. »Alle möglichen anderen Leute hätten dazukommen können, und mir wäre nichts aufgefallen. Und, um ehrlich zu sein: Zu diesem Zeitpunkt nahm ich ebenfalls an, es wäre Selbstmord gewesen. Ich kam gar nicht auf die Idee, an Alternativen zu denken. Das hätte ich aber tun müssen.« Seine Miene verriet, dass er sich heftige Vorwürfe machte, eines unverantwortlichen Versäumnisses schuldig zu sein.

Rathbone warf Monk einen Blick zu und bemerkte einen Ausdruck von Mitgefühl. So etwas wäre vor ein, zwei Jahren noch undenkbar gewesen; heute jedenfalls besaß Monk das Taktgefühl, keinen falschen Trost anzubieten.

Es war Hester, die als Erste wieder Worte fand. »Wir wissen, dass weder Bawtry noch Herne das Verbrechen begangen haben können, denn es gibt genug Leute, die beschwören werden, dass sie woanders waren. Ganze Horden sogar. Wenn also einer von den beiden der Verkäufer des Opiums war, hatte er jemand anders an der Hand, der den Mord an Lambourn ausführte. Über die Zeit, in der Zenia Gadney umgebracht wurde, können sie allerdings keine Rechenschaft ablegen. Wozu auch? Niemand hätte damals einen Zusammenhang mit den beiden hergestellt.«

»Sie bezahlten jemanden für den Mord an Lambourn?«, fragte Rathbone. »Etwa Zenia? Ist das möglich? Und dann brachten sie sie um, damit sie sie nicht verraten oder erpressen konnte?«

»Wozu damit aber zwei Monate warten?«, wandte Monk ein.

»Vielleicht versuchte sie erst dann, sie zu erpressen?«, spekulierte Rathbone.

»Vielleicht waren es ja gar nicht Herne oder Bawtry?«, gab Runcorn zu bedenken. »Was machen wir, wenn es jemand ganz anderes war?«

Monk seufzte. »Lassen Sie uns die Kriterien betrachten, die erfüllt sein müssen.« Er begann, die Punkte einen nach dem anderen an den Fingern abzuzählen. »Jemand, der Lambourn kannte, die Macht hatte, seine Studie abzulehnen und ihn wegen Unfähigkeit anzuschwärzen.« Er hob den nächsten Finger. »Jemand, der Zugang zu reinem Opium hat, das von solcher Qualität ist, dass es in den entsprechenden Kreisen verkauft werden kann.« Er hob den dritten Finger. »Jemand, der von Lambourns Beziehung mit

Zenia Gadney wusste und es vermochte, ihren Tod so aussehen zu lassen, als hätte Dinah sie ermordet.«

»Noch ein Punkt«, sagte Hester.

»Welcher?«

»Jemand, der eine Frau kannte, die sich in dem Laden in der Copenhagen Street als Dinah ausgeben konnte. Sie könnte eine Perücke getragen haben, die Dinahs Haaren ähnelte.«

»Es sei denn, es war wirklich Dinah.« Monk blickte fragend von einem zum anderen.

Plötzlich hatte Rathbone eine Idee. Er hob abrupt den Kopf. »Ich ... glaube, ich habe die Lösung.« Er stockte. Die eigenen Worte kamen ihm selbst absurd und verzweifelt vor, aber dann gab er sich einen Ruck. »Ich möchte, dass Bawtry morgen unter den Zuschauern sitzt. Dazu Herne und seine Frau. Ich glaube, ich weiß eine List, mit der ich sie in den Zeugenstand lotsen kann.«

»Sie *glauben*?«, fragte Monk sanft.

»Ja ... ich glaube. Wissen Sie etwas Besseres?«

Erneut raufte Monk sich die Haare. »Nein.« Er blickte zu Runcorn.

»Wir werden alles tun, was Sie wollen«, versprach dieser. »Gott stehe uns bei.«

»Danke«, flüsterte Rathbone, während er sich bange fragte, ob er wirklich recht hatte und ob es ihm morgen gelingen würde, seinen Plan in die Tat umzusetzen.

24

Rathbone schlief schlecht. Zu vieles jagte ihm durch den Kopf, zu viele Eventualitäten, die einen Erfolg – oder das völlige Scheitern – bedingen konnten. Der Plan war gefasst, nun hing alles von diesem seinem letzten großen Wagnis ab. Er versuchte, alles durchzuspielen, jede Katastrophe, die sich vielleicht noch abwenden oder sogar zum Guten wenden ließe.

Irgendwann verfiel er in einen unruhigen, immer wieder unterbrochenen Schlaf. Wenn er verlor, wurde Dinah gehängt. Aber wie der Prozess auch endete, was hatte er, Rathbone, sich selbst angetan, als er die Fotografie benutzt hatte, um Pendock zu Entscheidungen zu zwingen, die der Richter sonst nicht getroffen hätte? Womit ließ sich das rechtfertigen?

Würde ihm Pendock je verzeihen? Wenn er selbst seiner Sache absolut sicher wäre, würde ihn das nicht kümmern. Aber wie konnte er diesbezüglich Gewissheit erlangen?

Stand für ihn Dinahs Unschuld wirklich fest? Woran lag es eigentlich, dass er bereit war, sie als Frau zu betrachten, die buchstäblich alles aufs Spiel setzte, um den Namen ihres toten Mannes zu retten? Wollte er das so sehen, einfach weil er es nötig hatte zu glauben, dass jemand eine solche Loyalität aufbrachte? Und vermochte das nach dem bitteren Ende seiner eigenen Ehe seinen Schmerz zu lindern?

Er wachte spät auf und fuhr in panischem Schrecken hoch. Was, wenn er das Old Bailey nicht rechtzeitig erreichte? Der Tag war klirrend kalt, der Himmel dunkel, und der Ostwind, der Eisregen vor sich hertrieb, verhieß noch Schlimmeres. Auf den spiegelglatten Bürgersteigen war es entsprechend schwierig, einen Sturz zu vermeiden.

Sein erster Zeuge war Runcorn, der schon auf ihn gewartet hatte, als er durch die Vorhalle zu seinen Gemächern gehastet war, um Robe und Perücke zu holen. Nie hatte er es für möglich gehalten, dass er Runcorns Anwesenheit je als beruhigend empfinden würde. Doch heute war das unbedingt der Fall. Der Mann strahlte etwas Solides aus, Gewissheit in all dem, woran er glaubte, ja, er ruhte geradezu in sich selbst.

»Alle ordnungsgemäß erschienen, Sir Oliver«, raunte Runcorn ihm zu.

Rathbone stutzte. Was für eine merkwürdige Art, von sich selbst zu sprechen, wenn es das war, was Runcorn meinte.

»Mr und Mrs Herne, Bawtry und der Polizeiarzt«, erklärte Runcorn mit gesenkter Stimme. »Und Mrs Monk sagt, dass sie alles versuchen wird, um Dr. Doulting noch einmal zu holen. Es kann aber sein, dass es dem armen Kerl heute einfach zu schlecht geht.«

Rathbone holte tief Luft und stieß sie mit einem Stoßseufzer der Erleichterung wieder aus. »Danke.«

»Außerdem ist ein gewisser Mr Wilkie Collins da«, berichtete Runcorn weiter. »Hat mit dem Arzneimittelgesetz zu tun. Sagt, dass er dafür ist. Ich soll Ihnen ausrichten, dass er Joel Lambourn nicht vergessen wird. Ich schätze, er ist Schriftsteller oder so etwas Ähnliches.«

Rathbone lächelte. »Das ist er allerdings. Bitte grüßen Sie ihn von mir, Mr Runcorn. Wenn ich den heutigen Tag überlebe, lade ich ihn in das beste Restaurant der Stadt ein.«

Runcorn erwiderte das Lächeln. »Das werde ich, Sir.«

Eine halbe Stunde später befand Runcorn sich im Zeugenstand, und Rathbone musste zu ihm aufsehen. Im Saal herrschte Stille, die Geschworenen saßen regungslos auf ihren Stühlen. Auch einige von ihnen machten einen übernächtigten Eindruck.

Pendock auf seinem hohen Richterstuhl wirkte um Jahrzehnte gealtert. Eigentlich wollte Rathbone jeden Blickkontakt mit ihm vermeiden, aber das wäre töricht und grob unhöflich gewesen. Ihm war eindringlich bewusst, dass Pendock, hätte er ihn nicht damit konfrontiert, womöglich ohne Wissen von dem abscheulichen Verhalten seines Sohns gestorben wäre. An dieser Bürde würde er schwer zu tragen haben, egal, wie der Prozess heute ausging.

Coniston spähte angespannt erst in die eine Richtung, dann in die andere. Selbst den Geschworenen musste aufgefallen sein, dass von der Sicherheit, die er noch gestern Vormittag zur Schau gestellt hatte, nichts mehr übrig war.

Rathbone räusperte sich, hüstelte und räusperte sich erneut.

»Mr Runcorn, im Licht neuer Erkenntnisse und gewisser Fakten, die noch unklar wirken, muss ich noch mal zu Ihrer ersten Aussage zu Joel Lambourns Tod zurückkehren.«

Coniston war schon halb aufgestanden, doch Pendock kam ihm zuvor.

»Ich sehe, dass Sie Einspruch erheben wollen, Mr Coniston, aber noch ist ja nichts gesagt worden. Ich werde Sir Oliver unterbrechen, wenn er vom Thema abschweift. Doch ich denke, dass die Anklage, ebenso wie alle anderen im Saal, darauf brennt, die Wahrheit über diesen Aspekt zu erfahren. Wenn Dr. Lambourn tatsächlich ermordet wurde, müssen wir es um der Gerechtigkeit willen erfahren.« Über sein Gesicht flackerte ein gespenstisches Lächeln. »Wenn die Angeklagte auch dieser Tat schuldig sein sollte, werden Sie das doch sicher wissen wollen?«

Coniston setzte sich wieder. Mit einem Ausdruck restloser Verwirrung blickte er Rathbone an. »Sehr wohl, Mylord«, sagte er widerwillig.

Rathbone wartete noch einen Moment, ehe er seine erste Frage an Runcorn richtete. »Sie wurden zur Untersuchung von Dr. Lambourns Tod an den Fundort der Leiche gerufen, als die örtlichen Polizisten erkannten, um wen es sich handelte und wie bedeutend der Fall war, ist das richtig?«

»Ja, Sir«, antwortete Runcorn kurz und bündig. Sie kämpften heute ihr letztes Gefecht, und die Zeit reichte einfach nicht, um mehr zu sagen als nötig.

»Sie haben den Toten und die unmittelbare Umgebung in Augenschein genommen?«

»Ja, Sir.«

»Ließ sich erkennen, dass Dr. Lambourn den Ort, wo Sie ihn fanden, zu Fuß aufgesucht hatte oder in irgendeiner Weise getragen worden war?«

»Ich kann Ihnen versichern, dass das Gelände keine Spuren aufwies, die von einem Transport herrührten«, sagte Runcorn mit fester Stimme. »Keine Rillen wie von Rädern, keine Hufabdrücke von Pferden, nur die Fußspuren von mehreren Männern sowie die Pfotenabdrücke eines Hundes, und die stammten von dem Tier des Herrn, der die Leiche entdeckt hat.«

»Schließen Sie aus dem Fehlen solcher Indizien, dass Dr. Lambourn zu Fuß hingegangen war?«

»Ja, Sir. Größe und Gewicht waren bei ihm geringfügig über dem Durchschnitt, sodass ein Einzelner ihn unmöglich den ganzen Weg vom Pfad bis zur Fundstelle hätte tragen können. Das war eine hübsche Strecke – etwa hundert Meter – und steil.«

»Zwei Männer?«, fragte Rathbone.

Coniston verdrehte entnervt die Augen, rief aber nicht dazwischen.

»Nein, Sir, das glaube ich nicht«, erklärte Runcorn. »Wenn zwei Männer einen dritten tragen, hinterlassen sie auffällige Abdrücke im Gras und auch auf den Wegen. Es ist äußerst beschwerlich, ein totes Gewicht zu schleppen. Man muss teilweise seitwärts oder sogar rückwärts gehen. Und dann rutscht es einem immer wieder aus den Händen. Wer so etwas schon einmal versucht hat, wird das bestätigen.«

»Aber welcher Art waren die Fußabdrücke um die Leiche herum?«, beharrte Rathbone.

»Meinen Sie die eindeutig identifizierbaren?« Runcorn hob die Augenbrauen. »Lässt sich unmöglich bestimmen, Sir. Dafür waren zu viele Leute dort. Der Herr, der ihn entdeckt hat, die Polizisten, der Arzt. Sie alle waren dort – natürlich –, am Anfang wahrscheinlich, um zu sehen, ob sie helfen können. Damit haben sie die Sache leider gründlich verdorben. War selbstverständlich keine böse Absicht. Sie konnten ja nicht wissen, dass die Spuren noch wichtig sein würden.«

»Eben«, bestätigte Rathbone. »Er hätte also allein dort hingehen können oder zusammen mit jemand anders?«

»Ja, Sir.«

»Haben Sie jemals das Messer gefunden, mit dem er sich die Pulsadern geöffnet haben soll?«

Runcorn schüttelte den Kopf. »Nein, Sir. Ich habe angestrengt danach gesucht, sogar in einem größeren Umkreis. Allerdings habe ich keine Ahnung, wie weit ein Mann ein Messer werfen kann, wenn er sich gerade die Handgelenke aufgeschnitten hat. Wenn ich es bedenke, ist mir ehrlich gesagt nicht klar, warum er das überhaupt hätte tun wollen.«

»Mir auch nicht«, erwiderte Rathbone. »Entdeckten Sie irgendein Gefäß, in dem Opium hätte aufgelöst werden können?«

»Nein, Sir. Obwohl ich auch danach gesucht habe.«

»Dennoch gelangten Sie am Anfang zu dem Schluss, dass es Selbstmord war?«

»Am Anfang, ja, Sir«, sagte Runcorn gedehnt. »Aber je mehr ich darüber nachdachte, desto unzufriedener wurde ich. Trotzdem waren mir die Hände gebunden, bis Monk mit einem anderen Todesfall zu mir kam, bei dem es sich eindeutig um Mord handelte, und mich bat, Dr. Lambourns Tod noch einmal etwas gründlicher zu untersuchen.«

»Aber Sie waren aufgefordert worden, die Sache auf sich beruhen zu lassen, nicht wahr?«, fuhr Rathbone fort.

»Ja, Sir. Ich habe die Recherchen in meiner Freizeit erledigt, wohl wissend, dass ich Anweisungen hatte, diesbezüglich nichts mehr zu unternehmen. Ich neigte zunehmend zu der Auffassung, dass er ermordet worden ist. Da konnte ich den Fall nicht auf sich beruhen lassen.«

Coniston sprang auf.

»Ja, ja«, sagte Pendock eilig. »Mr Runcorn, bitte präsentieren Sie uns keine Schlussfolgerungen, zu denen Sie vielleicht gelangt sind, es sei denn, Sie haben Beweise dafür, dass sie zutreffen.«

»Verzeihung, Mylord«, murmelte Runcorn und versuchte gar nicht erst zu widersprechen, obwohl Rathbone ihm ansah, dass ihm diese Zurückhaltung schwerfiel.

»Mr Runcorn, entdeckten Sie Kampfspuren auf dem Gelände oder an Dr. Lambourn?«, erkundigte sich Rathbone. »Waren seine Kleider zum Beispiel zerfetzt oder durcheinander? Waren seine Schuhe zerkratzt, seine Haare zerzaust, oder gab es Blutergüsse?«

»Nein, Sir, er wirkte ziemlich friedlich.«

»So, wie ein Mann aussehen könnte, der Selbstmord begangen hat?«

»Ja, Sir.«

»Oder wie einer, der dorthin gebracht und unwissentlich mit Opium vollgepumpt worden war?«, regte Rathbone an. »Opium, verabreicht von einer Person, der er vertraute und die ihm bei einsetzender Benommenheit sorgfältig die Pulsadern aufschlitzte, um ihn dann einsam in der Nacht verbluten zu lassen?«

Runcorns Gesicht verriet, dass er sich die Tragödie lebhaft vorstellen konnte. »Ja, Sir«, sagte er leise mit rauer Stimme. »Genau so könnte es gewesen sein.«

Coniston blickte zu Pendock auf, wahrte diesmal jedoch mit grimmig entschlossener Miene Schweigen.

»Danke, Mr Runcorn«, sagte Rathbone höflich. »Bitte warten Sie, bis Mr Coniston Sie gefragt hat, was immer er wissen möchte.«

Coniston erhob sich und schritt auf den Zeugenstand zu. »Mr Runcorn, entdeckten Sie irgendetwas, das Ihnen bewies, dass Dr. Lambourn von jemandem begleitet wurde, als er mitten in der Nacht den One Tree Hill hinaufstieg?«

»Es ist nicht so sehr das, was ich sah, sondern das, was ich nicht sah«, erwiderte Runcorn. »Kein Messer für das Aufschneiden der Handgelenke, kein Gefäß für die Einnahme des Opiums.«

»Aber Sie ziehen den Schluss, dass diese mysteriöse Begleitperson jemand war, den er kannte und dem er vertraute?«, hakte Coniston nach.

»Ja, Sir. Das scheint Sinn zu ergeben. Warum sollte man mit jemandem auf einen Hügel steigen, dem man nicht traut? Außerdem fehlten jegliche Kampfspuren. Jeder würde doch um sein Leben kämpfen.«

»Allerdings.« Coniston nickte heftig. »Dann könnte es aber auch eine Frau gewesen sein, zum Beispiel die Angeklagte, seine … Geliebte, mit der er zusammenlebte, als ob sie seine Ehefrau wäre, und die er vor der Welt als genau das ausgab.«

Ein Aufkeuchen zog sich durch den Saal, und mehrere Geschworene fuhren entsetzt hoch. Zwei oder drei starrten sogar zur Anklagebank hinauf, wo Dinah mit weißem Gesicht saß.

»Sie könnte es gewesen sein«, bestätigte Runcorn gelassen. »Es könnte aber auch die Dame gewesen sein, die seine wirkliche Frau war.«

Einer der Geschworenen fluchte – nur um sich sofort die Hand auf den Mund zu schlagen.

Pendock warf ihm einen Blick zu, schwieg jedoch.

»Danke, Mr Runcorn, ich glaube, wir haben genug von Ihren außergewöhnlichen Mutmaßungen gehört.« Coniston kehrte zu seinem Platz zurück.

»Noch etwas, Sir Oliver?«, erkundigte sich Pendock.

»Nein, danke, Mylord«, erwiderte Rathbone. »Ich möchte jetzt Dr. Wembley vernehmen, den Arzt, der Dr. Lambourns Leiche untersucht hat.«

Wembley wurde aufgerufen und vereidigt.

»Ich werde es sehr kurz machen, Dr. Wembley«, versprach Rathbone, der, fixiert von sämtlichen Augen im Saal, in der Mitte der freien Fläche stehen geblieben war. »Wies Joel Lambourns Leiche irgendwelche Verletzungen auf, als Sie auf dem One Tree Hill eine Untersuchung und später die Obduktion durchführten?«

»Außer den Schnittwunden an den Handgelenken, meinen Sie?«, fragte der Arzt zurück. »Nein, nicht die geringsten. Er schien ein gesunder Mann in den Fünfzigern, gut ernährt und vollkommen normal zu sein.«

»Ließ sich beurteilen, ob er unmittelbar vor seinem Tod in irgendeine Art physische Auseinandersetzung verwickelt war?«

»Ausgeschlossen.«

»Gab es Blutergüsse, Abdrücke von Fesseln, Abschürfungen, irgendwelche Merkmale an Haut oder Kleidern, die darauf hinwiesen, dass er getragen worden war? Oder dass er zusammengeschnürt über die Erde geschleift oder auf jemandes Schultern transportiert worden war? Nichts war zerknittert oder verdreht, als wäre ein Hilfsmittel benutzt worden, um das Tragen zu erleichtern?«

Wembley starrte den Anwalt ungläubig an. »Absolut nichts. Wie kommen Sie überhaupt auf diese Idee?«

»Es war nicht meine Idee«, versicherte Rathbone ihm. »Ich möchte es einfach ausschließen. Meiner Meinung nach bestieg Dr. Lambourn den One Tree Hill zu Fuß und wurde dabei von einer Person begleitet, der er vollkommen vertraute. Nichts lag ihm ferner als der Gedanke, sie könne ihm Böses wollen.« Ein düsteres Lächeln flackerte über seine Lippen. »Danke, Dr. Wembley. Das war schon alles.«

Diesmal sparte sich Coniston die Mühe eines Kreuzverhörs. Sein Gesicht spiegelte wider, für wie sinnlos er ein solches Unterfangen hielt.

Monk traf beträchtlich später als Rathbone im Old Bailey ein; die Verhandlung hatte längst begonnen. Bereits vor der Morgendämmerung war er auf den Beinen gewesen und hatte am und um den Limehouse Pier herum Leute vernommen. Dabei hatte er die neuen Fragen gestellt, die sie gestern Abend formuliert hatten. Jetzt bekam er neue Antworten, auch wenn er bedenklich nahe daran gewesen war, sie den Zeugen in den Mund zu legen. Aber er glaubte ihnen, und die Zeit drängte.

Als er durch die Vorhalle des Gerichts eilte, erkannte er weiter vorn Amity und Barclay Herne. Sie standen dicht beieinander, auch wenn sie alles andere als entspannt wirkten. Barclay fixierte eine Tür, als erwartete er, dass dort gleich jemand herauskommen würde. Seine Haltung und sein verzerrtes Profil verrieten fürchterliche Angst.

Ihm gegenüber hatte sich Amity aufgebaut. Sie hätte Monk sehen können, doch sie achtete auf niemanden außer ihrem Mann. Eindringlich und – ihrer Miene nach zu schließen – voller Wut und Verachtung redete sie auf ihn ein.

Monk blieb abrupt stehen, und während er so tat, als suchte er etwas in seinen Taschen, beobachtete er die beiden unauffällig.

Amity schien etwas schon einmal Gesagtes zu wiederholen und ergriff Herne dabei am Arm. Er schüttelte sie jedoch ab, als hätte ihre Berührung seine Kleider beschmutzt. Dann ließ er sie mit einem kurzen Wort stehen und verschwand um die nächste Ecke.

Amity verharrte regungslos. Da sie jetzt mit dem Rücken zu Monk stand, konnte er nicht mehr in ihrer Miene lesen, doch ihre steife Haltung, die hochgezogenen, verkrampften Schultern verrieten mehr als genug.

Monk wollte seinen Weg schon fortsetzen, als die Tür, die Herne im Auge behalten hatte, aufging und Sinden Bawtry erschien. Mit einem Schlag wurde aus Amity Herne eine andere. Sie wandte sich ihm zu, und Monk konnte jetzt einen großen Teil ihres Gesichts erkennen. Es strahlte vor Freude, die Augen leuchteten sanft, und die Lippen öffneten sich zu einem Lächeln.

Konnte sie eine derart gute Schauspielerin sein? Aber das war doch sicher eine spontane Reaktion, die niemand mitbekommen durfte, am wenigsten ihr Mann!

Lächelnd trat Bawtry auf sie zu. Zeigte er mehr Herzlichkeit, als die Höflichkeit erforderte, oder bildete sich Monk das nur ein? Bawtry berührte sie mit einer Hand am Arm, doch schon diese kleine Geste hatte etwas Zärtliches und stellte eine Botschaft dar. Seine Hand verweilte bei ihr. Ihr Lächeln wurde noch weicher.

Dann schien ihnen wieder einzufallen, wo sie waren, und der Moment löste sich auf. Er sagte etwas. Sie antwortete. Die Förmlichkeit wurde wieder gewahrt.

Monk löste sich aus der Erstarrung und schritt zügig weiter zum Gerichtssaal, wo er, wie er wusste, bald aufgerufen werden würde.

Rathbone atmete erleichtert auf, als Monk den Zeugenstand erklomm und sich vereidigen ließ. Er wusste, dass Coniston mit seiner Geduld und Pendock mit seiner Kraft bald am Ende sein würden. Jetzt kam alles darauf an, dass er die Geschworenen weiter in seinen Bann zog und sie sich bereit zeigten, ihm zu glauben, denn erst dann würden sie fähig sein, ein völlig anderes Muster wahrzunehmen. Das Einzige, worum er Pendock gebeten hatte, das Einzige, worum er bitten konnte oder würde, waren ein fairer Prozess und die Chance, dieses Muster zu enthüllen.

»Mr Monk«, begann er mit harter, klarer Stimme, »ich weiß, dass Sie schon einmal über den Fund von Zenia Gadneys entsetzlich verstümmelter Leiche ausgesagt haben, aber jetzt muss ich Sie noch einmal nach Details befragen, die bei der ersten Vernehmung unerwähnt blieben. Es sind Informationen aufgetaucht, die eine Neubewertung mehr als möglich erscheinen lassen. Mrs Gadneys Leiche wurde, wie auch die von Dr. Lambourn, in den frühen Morgenstunden entdeckt. Können Sie uns genau beschreiben, wo das war?«

»Am Limehouse Pier.«

»Auf dem Pier selbst?«

»Ja.«

»Ist das ein Ort, wo eine Prostituierte ihre Geschäfte abwickeln könnte?«

»Nein. Sie wäre vom Fluss her leicht zu sehen. Von jedem vorbeifahrenden Boot aus könnte man alles genau beobachten, wenn die Entfernung nicht zu groß ist.«

»Aber die Leiche wurde erst entdeckt, als Sie bei Sonnenaufgang vorbeikamen?«

»Ja, weil sie reglos dalag. Eine stehende oder sich bewegende Person wäre besser zu erkennen gewesen.« Monks Züge strafften sich. »Man hätte sie ohne Weiteres mit einem Haufen Lumpen oder einer alten Persenning verwechseln können.«

Rathbone zog sich der Magen zusammen. »Und es war das Kreischen einer Frau, das Ihre Aufmerksamkeit weckte?«

»Ja.«

»Was taten Sie dann, Mr Monk? In aller Kürze bitte.«

»Mr Orme und ich legten an und trafen am Pier die Frau an, die uns aufgefallen war. Sie schrie so sehr, weil sie die Leiche einer grässlich verstümmelten Frau entdeckt hatte, die sich als Zenia Gadney, wohnhaft in der eine knappe halbe Meile entfernten Copenhagen Place, herausstellte.«

»Und sie war ermordet worden?«, fragte Rathbone.

»Ja.«

»Konnten Sie im Laufe Ihrer Untersuchung ermitteln, warum sie in der Nacht allein zu einem Ort wie dem Limehouse Pier am Fluss unten gelaufen war?«

»Offenbar ging sie in dieser Gegend gern spazieren – allerdings bei Tageslicht.« Monk zögerte. War er sich des Risikos, das sie eingingen, ebenso bewusst wie Rathbone?

»Und war sie um diese Zeit allein?«, half Rathbone nach. Er konnte sich jetzt keinen Fehler leisten.

»Sie wurde um die Zeit des Sonnenuntergangs mit jemandem gesehen«, antwortete Monk leise.

»Mit einer anderen Person? Einer Frau?«, fragte Rathbone mit erhobener Stimme, damit niemand das überhören konnte.

»Ja, meine Zeugen sagten aus, dass es eine Frau war. Sie wussten nicht, wer es war, noch konnten sie mir eine Beschreibung geben, außer, dass sie einen halben Kopf größer war als Mrs Gadney.«

»Schienen sie einander zu kennen?«, erkundigte sich Rathbone. »Laut Ihren Zeugen?«

»Das war tatsächlich ihr Eindruck«, gab Monk vorsichtig zur Antwort. Er wirkte angespannt, besorgt. Rathbone war sich unschlüssig darüber, wie hartnäckig er nachbohren sollte, doch er war überzeugt, dass Monks Zeugen die Wahrheit gesagt hatten.

»Mrs Gadney war also in der Dämmerung mit einer Person unterwegs, der sie zu vertrauen schien, und am Morgen danach wurde sie ermordet aufgefunden?«, fasste Rathbone zusammen. »Ist das richtig?«

»Ja.«

»Würde es Sie überraschen zu erfahren, dass Dr. Lambourn ebenfalls kurz nach Einbruch der Dunkelheit hinausging und offenbar jemanden traf, dem er vertraute, möglicherweise eine Frau, dann auf den One Tree Hill stieg, wo ihm Opium verabreicht und die Pulsadern aufgeschlitzt wurden? Auch er wurde am folgenden Morgen allein entdeckt.«

»Seinerzeit hätte es mich überrascht«, erwiderte Monk. »Jetzt aber nicht mehr.«

»Wenn Sie schon früher ein Muster gesehen hätten, hätten Sie die Untersuchung dann anders geführt?«

Coniston erhob sich. »Das ist eine hypothetische Frage, Mylord, und die Antwort tut nichts zur Sache.«

»Das sehe ich auch so«, knurrte Pendock. »Mr Monk, Sie werden diese Frage nicht beantworten.«

Rathbone lächelte. Er hatte seine Frage mit Blick auf die Geschworenen gestellt und nur der Form halber an Monk gerichtet. Das wussten sie alle, insbesondere Pendock.

Er nickte Monk zu. »Danke. Ich habe keine weiteren Fragen an Sie.«

»Ich erst recht nicht, Mylord.« Coniston stöhnte. »Das alles haben wir doch schon einmal gehört.«

Rathbone bat um eine kurze Pause, die ihm gewährt wurde.

In der Vorhalle traf er Monk, der dort auf ihn wartete.

»Danke«, raunte Rathbone im Gehen und forderte ihn mit einer Geste auf, ihn zu seinem Büro zu begleiten.

Monk schritt neben ihm her. »Sind Sie sicher, dass Sie wissen, was Sie tun?«, fragte Monk besorgt.

»Nein, das bin ich keineswegs«, murmelte der Anwalt. »Das habe ich Ihnen ja schon gestern Abend gesagt.« Sie traten in das Büro und schlossen die Tür hinter sich. »Jetzt kommt gleich Bawtry zu mir. Sind Sie bereit?«

»Bevor er kommt«, sagte Monk hastig. »Ich habe ihn vorhin gesehen, als ich gerade in den Gerichtssaal wollte.« In aller Kürze schilderte er den Streit zwischen Amity und Herne und dann ihre totale Verwandlung Bawtry gegenüber.

»Interessant«, murmelte Rathbone nachdenklich. »Sehr interessant. Vielleicht werde ich einen Teil meiner Pläne ändern müssen. Danke.«

Bevor Monk etwas erwidern konnte, unterbrach ein Klopfen sie, und der Gerichtsdiener ließ Rathbone wissen, dass Mr Sinden Bawtry ihn zu sprechen wünsche.

Rathbones Blick flog von Monk zum Amtsdiener. »Seien Sie so freundlich, Mr Bawtry hereinzubitten. Und achten Sie bitte darauf, dass wir nicht gestört werden.«

Bawtry trat ein. Er wirkte fast unbesorgt. Nachdem er beiden Männern die Hand geschüttelt hatte, setzte er sich auf den Stuhl, den Rathbone ihm anbot.

»Was kann ich für Sie tun, Sir Oliver?«, fragte Bawtry.

Rathbone hatte die halbe Nacht wach gelegen und über exakt diesen Moment gegrübelt. Er hatte alles zu gewinnen – oder zu verlieren –, und vielleicht hing das Ergebnis von dem ab, was er in den nächsten Minuten sagte.

»Mir Ihren Rat geben, Mr Bawtry«, sagte er gelassen. »Ihnen ist sicher wie jedem von uns daran gelegen, dass dieser Prozess möglichst bald ein Ende findet und der Gerechtigkeit trotzdem in jeder Hinsicht Genüge getan wird.«

Bawtry nickte. »Selbstverständlich. Was kann ich Ihnen diesbezüglich raten? Natürlich kannte ich Lambourn, seine Frau aber nicht.« Er schnitt flüchtig eine Grimasse. »Verzeihung, das war vielleicht nicht ganz korrekt. Ich meine Dinah Lambourn, die ich für seine Frau hielt. Von Zenia Gadney hatte ich bis zu ihrem tragischen Tod nie gehört. Aber was wollen Sie nun von mir wissen?«

»So viel hatte ich auch vermutet«, meinte Rathbone mit dem Anflug eines Lächelns. Er durfte sich jetzt nicht den geringsten Fehler leisten. Bawtry war ein hochbegabter Mann mit glänzenden Aussichten für die Zukunft, dem manche sogar das Amt des Premierministers zutrauten. Er hatte den richtigen Hintergrund, konnte auf eine offenbar makellose Laufbahn verweisen und war im Begriff, sich in Windeseile einen beeindruckenden Ruf als Politiker zu erwerben. Zweifellos würde er in den nächsten Jahren eine gute Partie machen. Da er es nicht nötig hatte, nach mehr Geld zu streben, konnte er es sich leisten, eine Frau zu heiraten, die im Sinne seiner gesellschaftlichen Ambitionen eine Zierde und ihm persönlich sehr angenehm sein würde, eine Frau mit Geist und Charme und obendrein eine Schönheit. Ihn zu unterschätzen wäre eine Dummheit. Als Rathbone diesem Mann in die intelligenten, wachen Augen schaute, war ihm das nur allzu bewusst.

»Wie kann ich Ihnen helfen?«, wiederholte Bawtry.

»Haben Sie persönlich Einsicht in diese Studie von Lambourn genommen, Sir?«, fragte Rathbone in leichtem Ton, wobei es ihm nur mit Mühe gelang, ein Zittern zu unterdrücken. »Oder haben Sie sich auf Hernes Wort verlassen, dass sie nicht akzeptabel war?«

Bawtry wirkte leicht verwirrt, als hätte er nie mit einer solchen Frage gerechnet. »Eigentlich habe ich sehr wenig davon gesehen. Herne hat mir ein paar Seiten gezeigt. Und die wirkten in der Tat etwas … willkürlich. Rückschlüsse auf völlig ungenügender Grundlage. Und der Rest soll noch schlimmer gewesen sein. Da der Mann sein Schwager war, wollte er es ihm verständlicherweise ersparen, vor aller Öffentlichkeit lächerlich gemacht zu werden. Er wollte die Studie vernichten, bevor ihre Schwächen bekannt wurden. Das leuchtete mir ein, und ich habe ihn offen gesagt deswegen bewundert. Ob er das nun um seiner Frau oder um Lambourns willen getan hat, war für mich ohne Bedeutung.«

»Aber den Rest der Studie haben Sie nicht gesehen?«, beharrte Rathbone.

»Nein. Nichts davon.« Bawtry starrte ihn an. »Worauf wollen Sie hinaus? Sie würden mich das doch jetzt nicht mehr fragen, wenn Sie nicht glaubten, es hätte eine Relevanz für diesen Prozess.« Ein fast unsichtbares Lächeln zuckte über seine Lippen. »Herne hat Lambourn nicht umgebracht, wenn es das ist, was Sie denken. Er nahm unbestreitbar an dem Festessen im Athenäum teil. Das weiß ich. Ich kann Ihnen mindestens zwanzig Personen nennen, die ebenfalls dort waren und einen Eid darauf leisten werden.«

»Das weiß ich, Mr Bawtry«, erwiderte Rathbone mit einem betrübten Lächeln. »Mr Monk hat das alles bereits lückenlos überprüft.«

Bawtry blickte zu Monk hinüber, dann fixierte er wieder Rathbone. »Dann verstehe ich nicht, was Sie von mir wollen. Von Lambourns Studie habe ich nicht mehr als ein paar Seiten gelesen. Nebenbei bemerkt glaube ich sogar, dass er mit den Fakten recht hatte. Opium als Bestandteil von Heilmitteln muss beschriftet und der Verkauf von nicht verschreibungspflichtigen Medikamenten auf Personen beschränkt werden, die ein Mindestmaß an medizinischen oder pharmazeutischen Kenntnissen haben. Seine Schlussfolgerungen selbst standen nie in Zweifel, sondern nur die Qualität seiner Recherchen und die Art und Weise, wie er sie vorlegte. Er steigerte sich so sehr in seinen Zorn und seine Anteilnahme hinein, dass seine Objektivität dabei verloren ging. Hätten wir diese Studie als Argument für ein Gesetz benutzt, hätten uns dessen Gegner – und das sind viele und Personen von großer Macht – mit unseren eigenen Waffen schlagen können.«

»Wir glauben nicht, dass es bei Dr. Lambourns Ermordung um die Beschriftung frei zugänglicher Medikamente ging.« Rathbone räusperte sich. Überrascht stellte er fest, dass er seine Hände – die er bewusst vor den Blicken der anderen verborgen herabhängen ließ – mit solcher Kraft zu Fäusten geballt hatte, dass sie schmerzten.

Bawtry runzelte die Stirn. »Worum dann? Und wenn es gar nicht die Studie ist, warum interessieren Sie sich dann so sehr dafür – oder für Herne?«

»Wenn wir sicher sein können, dass es nicht die Ablehnung der Studie über frei zugängliche Medikamente war …«, begann Rathbone, ehe er sich erneut räuspern musste, »dann beweist das, dass sie lediglich eine Ausrede war, ein vorgeschobener Grund, um die Ermittlungen zu verzögern, die bei ihrer Annahme nötig gewesen wären. Wir glauben, dass Lambourn im Laufe seiner Untersuchung etwas anderes erfuhr, von dem er nicht mehr loslassen konnte: Es betraf den Verkauf reinen Opiums zur Verwendung mit Spritzen und Nadeln, zur direkten Injektion in das Blut. Dadurch wird eine qualvolle und tödliche Sucht nach Opium ausgelöst. Sein Bestreben, diese Machenschaften gesetzlich verbieten zu lassen, war der Grund, warum er ermordet wurde – und später auch Zenia Gadney.«

Bawtry wurde kreidebleich; seine Augen weiteten sich. »Aber das ist schrecklich! Grauenhaft!« Er rutschte auf seinem Stuhl etwas weiter vor, als könnte er nicht länger stillsitzen. »Wollen Sie etwa andeuten, dass Herne damit zu tun hatte? Wie denn? Und um Himmels willen …« Seine Stimme erstarb, in seinen Augen breitete sich aufkeimendes Entsetzen aus.

»Was ist?«, fragte Rathbone in dringendem Ton.

Bawtry benetzte sich die Lippen; er zögerte. Seine Miene verriet tiefstes Unbehagen.

»Was ist?«, wiederholte Rathbone, schärfer jetzt.

Bawtry blickte Rathbone an. »Mir ist bei Herne eine gewisse Sprunghaftigkeit aufgefallen«, sagte er leise. »Einen Tag ist er voller Energie und Ideen, am nächsten wirkt er schrecklich nervös, kann sich nicht konzentrieren und ist mit kaltem Schweiß bedeckt. Ist es … ist es denkbar …?« Er vollendete die Frage nicht, aber das war auch gar nicht nötig. Jeder begriff, was er meinte.

Rathbone hielt seinem Blick stand. »Glauben Sie, er könnte selbst opiumsüchtig sein und wäre damit entweder seinerseits Verkäufer oder aber ein Werkzeug in den Händen seines Händlers?«

Bawtry zeigte sich bekümmert. »Es widerstrebt mir, so etwas einem Mann zuzutrauen, den ich kenne. Wahrscheinlich kann es jeden treffen. Aber *ihn*? Ist das möglich?« Seine Miene verriet, dass er die Antwort bereits wusste.

»Dass er jemanden für Lambourns Ermordung bezahlt hat, meinen Sie?«, fragte Rathbone zurück. »Jemanden, der das still und unauffällig erledigen und es wie Selbstmord aussehen lassen konnte, ohne Verdacht zu erregen? Und *ob* das möglich ist!«

Inzwischen war Bawtry ebenso angespannt wie Rathbone. Und das ließ ihn gefährlich erscheinen. Plötzlich war der Anwalt über Monks Anwesenheit unendlich dankbar. Hatte er ihn ursprünglich nur als Zeugen aufbieten wollen, glaubte er jetzt fast schon, ihn für seine physische Sicherheit zu brauchen.

»Jemanden bezahlt hat?« Bawtry zeigte sich verwirrt, aber nicht vollends ungläubig. »Wen? Haben Sie etwas Neues aufgedeckt? Ich bin ja gerade erst eingetroffen.«

»Eine Frau«, sagte Rathbone. »Die Person, bei der es auf Anhieb plausibel sein könnte, wäre Zenia Gadney.«

»Gadney?«, rief Bawtry fassungslos. »Nach allem, was ich gehört habe, war sie eine in jeder Hinsicht gewöhnliche, unscheinbare Frau mittleren Alters. Man könnte fast meinen, dass sie in diesem Spiel nichts als ein Bauernopfer war.« Er runzelte die Stirn. »Wollen Sie unterstellen, dass sie in Wahrheit so gierig, verzweifelt und leidenschaftlich war, dass sie ihren Mann ermordete, der ihr fünzehn Jahre lang mit Geld und einer gewissen Fürsorglichkeit zur Seite gestanden hatte? Dann müssen Sie aber zwingende Beweise haben! Der Gedanke ist offen gesagt … absurd!«

»Es gibt durchaus Indizien.« Erneut wählte Rathbone seine Worte mit Bedacht. »Zwingend sind sie nicht, aber je länger ich sie erwäge, desto logischer erscheinen sie mir. Halten Sie sich doch nur den denkbaren Fall vor Augen, dass Herne dringend darauf angewiesen war, Lambourn zum Schweigen zu bringen, ihn gründlich zu diskreditieren, damit niemand auch nur einen Bruchteil von seinen Ergebnissen glaubte, wenn er sie denn irgendwem anvertraute. Lambourn selbst zu töten, das wagte er nicht. Womöglich war der Mann sich der Gefahr für sein Leben bewusst und hütete sich davor, ihn allein anzutreffen. Und natürlich musste er jeden Verdacht von sich ablenken.«

»Ich verstehe«, murmelte Bawtry vorsichtig.

»Folglich verspricht er Zenia Gadney einen Betrag, der für seine Verhältnisse bescheiden ist, ihr aber wie ein Vermögen vorkommt.«

»Aber … Mord?« Bawtry war immer noch alles andere als überzeugt.

»Ein sanfter Mord«, erklärte Rathbone. »Sie bittet Lambourn um ein Rendezvous, von dem Dinah nichts erfahren darf. Dafür lassen sich viele Begründungen denken. Sie nimmt ein Messer mit oder vielleicht eine offene Rasierklinge. Und natürlich hat sie eine starke Dosis Opium dabei, das sie womöglich in einem wohlschmeckenden Getränk aufgelöst hat, damit ihm der Geschmack nicht auffällt. Oder Herne hat ihr eine vorab aufgezogene Spritze gegeben.«

Bawtry nickte, als glaubte er Rathbone allmählich.

»Sie wählt einen passenden Treffpunkt, vielleicht im Park«, fuhr Rathbone fort. »Sie steigen gemeinsam den One Tree Hill hinauf. Von dort oben hat man ja einen lohnenswerten

Blick auf den Fluss. Sie bietet ihm etwas zu trinken an. Nach dem Anstieg ist er froh darüber. Bald wird er schläfrig, und sie setzen sich ins Gras. Er verliert das Bewusstsein. Dann schlitzt sie ihm die Pulsadern auf und lässt ihn verbluten. Das Messer oder die Rasierklinge steckt sie wieder ein, bevor man ihr am Ende noch auf die Spur kommt. Ebenso das Gefäß für das Opium. Vielleicht war es verhältnismäßig groß. Sie könnte so getan haben, als tränke sie ebenfalls daraus, damit er nicht Verdacht schöpfte.«

Bawtry erschauerte. »Das ist ein schreckliches Bild, das Sie da entwerfen, Sir Oliver, aber durchaus glaubwürdig. Doch wie soll sie sich dann selbst umgebracht haben? Noch dazu auf diese Weise? So sehr ihr Gewissen sie auch gequält haben mag, diese Verstümmelungen kann sie sich doch unmöglich selbst zugefügt haben!«

»Natürlich nicht«, stimmte Rathbone ihm zu. »Wie auch immer, der Polizeiarzt glaubt, dass das erst geschah, als sie bereits tot war. Gott sei Dank. Nein, ich vermute, dass sie versuchte, Herne um noch mehr Geld zu erpressen, und er begriff, dass er auch sie töten musste – nicht nur aus finanziellen Gründen, sondern um vor ihr sicher zu sein. Vielleicht hatte er das sogar von Anfang an beabsichtigt.«

Bawtry hatte ihm, die Lippen fest aufeinandergepresst, zugehört. Mit einem knappen Nicken erwiderte er: »Das ist abscheulich, aber ich gestehe Ihnen zu, dass mir jetzt einleuchtet, inwieweit es zutreffen könnte. Nur, was genau wünschen Sie von mir zu hören?«

»Haben Sie irgendwelche Kenntnisse, mit welchen sich die Abfolge, die ich gerade umrissen habe, widerlegen ließe?«, fragte Rathbone. »Irgendetwas über Lambourn oder – was wahrscheinlicher ist – über Barclay Herne?«

Lange saß Bawtry schweigend da, ein Bild völliger Konzentration. Schließlich hob er den Kopf und blickte erst Monk, dann Rathbone eindringlich an. »Nein, Sir Oliver, ich weiß von nichts. Ich kann nicht beurteilen, ob Ihre Theorie zutrifft oder nicht, aber ich sehe auch nichts, was sie unmöglich erscheinen lässt. Sie haben mehr als begründete Zweifel an Dinahs Schuld geweckt. Meiner Meinung nach werden Ihnen sowohl der Richter als auch die Geschworenen zumindest das zugestehen müssen.«

Endlich ließ Rathbones Anspannung nach. »Danke, Mr Bawtry. Es war sehr freundlich von Ihnen, dass Sie Ihre Zeit geopfert haben.«

Bawtry neigte höflich den Kopf, erhob sich und verließ das Zimmer.

Monk nickte Rathbone zu. »Bereit für den nächsten Schritt?«

Der Anwalt holte tief Luft. »Ja.«

Als der Prozess am frühen Nachmittag fortgesetzt wurde, rief Rathbone seine letzte Zeugin auf, Amity Herne. Sie erklomm den Zeugenstand mit Würde und bemerkenswerter Gelassenheit. Sie trug ein äußerst elegantes, dunkles Kleid, das nicht wirklich schwarz, eher von einem schattigen Bordeaux war. Es stand ihr, gerade weil es einen dramatischen Kontrast zu ihrem blonden Haar und ihrer hellen Haut bot. Wie bei ihrer ersten Vernehmung wies sie sich mit ihrem Namen aus und wurde daran erinnert, dass sie immer noch unter Eid stand.

Rathbone entschuldigte sich für den neuerlichen Aufruf, Coniston erhob Einspruch, Pendock wies ihn ab und forderte Rathbone auf zu beginnen.

»Danke, Mylord.« Rathbone hob den Kopf zu Amity. »Mrs Herne, Sie haben bei Ihrer ersten Vernehmung ausgesagt, dass Sie und Ihr Bruder, Joel Lambourn, einander in Ihrer frühen Jugend nicht gut kannten, weil Sie so weit voneinander entfernt lebten. Ist das zutreffend?«

»Ja, leider«, antwortete sie leise.

»Aber in den letzten ungefähr zehn Jahren wohnten Sie beide in London und konnten einander darum häufiger besuchen?«

»Ja. Vielleicht einmal im Monat.«

»Und Sie wussten natürlich von seiner Ehe mit Zenia Gadney?«

»Ja. Dazu habe ich an diesem Ort doch schon einmal ausgesagt. Aus Gründen, die Ihnen eigentlich bekannt sein müssten, wollte ich die Angelegenheit diskret behandeln.«

»Selbstverständlich. Aber Sie wussten Bescheid, und Ihnen war bekannt, dass Dinah Lambourn ebenfalls im Bilde war?« Rathbone zwang sich, sie höflich, ja sanft zu behandeln.

»Ja. Wie ich schon gesagt habe.«

»Ihr Bruder wusste, wo Zenia lebte?«

»Natürlich.« Sie gab sich verwirrt und leicht verärgert.

Rathbone lächelte. »Hat er das Ihnen gegenüber jemals erwähnt?«

Sie zögerte. »Nicht … ausdrücklich, soweit ich mich erinnere.«

»Ganz allgemein womöglich? Zum Beispiel, dass es im Limehouse-Viertel war?«

»Ich …« Sie deutete ein Schulterzucken an. »Ich bin mir nicht sicher.«

»Ich frage deshalb, weil Dinah immerhin so viel über Zenias Aufenthaltsort wusste, dass sie sich nach der Copenhagen Place erkundigte. Sie irrte nicht auf der Suche nach ihr durch halb London, sondern steuerte praktisch auf Anhieb die richtige Straße an.«

»Dann muss Joel es erwähnt haben«, erwiderte Amity. »Mir scheint, Sie haben Ihre Frage selbst beantwortet, Sir.«

»Es sieht demnach so aus, als hätte er kein Geheimnis um Zenias Aufenthalt gemacht«, schloss Rathbone. »Sind Sie sicher, dass Sie es nicht wussten? Oder Ihr Mann vielleicht?

Könnte Ihr Bruder es Ihrem Mann anvertraut haben, möglicherweise für den Fall, dass ihm etwas zustieß und er darauf angewiesen war, dass jemand, dem er vertrauen konnte, Zenia an seiner Stelle versorgte?«

Sie sog scharf die Luft ein, als wäre ihr soeben ein schrecklicher Gedanke in den Sinn geschossen. Sie starrte Rathbone entsetzt an.

»Vielleicht ... ja!« Sie benetzte sich die Lippen. Ihre Hände krallten sich um das Geländer.

Im Gerichtssaal knisterte die Luft vor Spannung. Die Blicke der Geschworenen bohrten sich in Amity.

»Aber speiste er nicht an dem Abend, an dem Ihr Bruder ermordet wurde, im Athenäum?«

»Doch, ja«, bestätigte sie mit etwas heiserer Stimme. »Zahllose Gentlemen werden Ihnen das bezeugen.«

»Nun gut. Und in der Nacht, als Zenia Gadney umgebracht wurde, wo war er da?«

»Ich ...« Amity biss sich auf die Lippe. Sie zitterte, doch sie wandte die Augen nicht eine Sekunde von Rathbone ab. »Ich habe keine Ahnung. Zu Hause war er nicht, das ist alles, was ich sagen kann.«

Überall erhob sich ein Rascheln und Husten. Niemand konnte stillhalten. Jeder reckte den Hals, um die Zeugin möglichst vollständig sehen zu können. Die Geschworenen rutschten hin und her. Ein Mann fischte nach seinem Taschentuch und schnäuzte sich ausgiebig.

Coniston starrte Rathbone an, als hätte dieser vor seinen Augen plötzlich die Gestalt gewechselt.

»Sie wissen nicht, wo er war, Mrs Herne?«, wiederholte der Anwalt.

»Nein ...« Ihre Stimme flackerte. Jäh schlug sie sich die Hand vor den Mund. Sie schluckte. Fast hilflos starrte sie Rathbone an.

»Mrs Herne ...«, begann er.

»Nein!«, schrie sie und fuchtelte hektisch. »Nein. Sie können mich nicht zwingen, mehr zu verraten! Er ist mein Mann!« Sie wirbelte zu Pendock herum. »Mylord!«, flehte sie. »Er kann mich doch sicher nicht zwingen, gegen meinen Mann auszusagen, nicht wahr?«

Das war der verzweifelte Aufschrei einer Frau zur Verteidigung des Mannes, dem sie ihr Leben und ihre Treue gewidmet hatte, und zugleich ein vernichtendes Urteil.

Rathbone blickte zu den Geschworenen hinüber. Sie waren vor Entsetzen erstarrt. Mit einem Schlag hatten sie eine schreckliche Wahrheit begriffen. Für Zweifel war kein Raum mehr, nur noch für Schock.

Dann fuhr er zur Galerie herum, wo Barclay Herne, das Gesicht aschfahl, die Augen tief in den Höhlen, um Worte rang, aber keine hervorbrachte.

Zu beiden Seiten rückten seine Nachbarn von ihm weg und schlangen ihre Mäntel um sich, für den Fall, dass schon seine bloße Berührung genügte, um sie zu vergiften.

Pendock verlangte mit brüchiger Stimme Ruhe.

Herne war jetzt aufgesprungen und starrte wild in alle Richtungen, als suchte er irgendwo Rettung. »Bawtry!«, schrie er verzweifelt. »Um Himmels willen!«

Hinter ihm erhob sich nun auch der Angesprochene. Wie jemand, dem eben erst eine schreckliche Erkenntnis gedämmert war, schüttelte er langsam den Kopf. »Ich kann Ihnen nicht helfen«, sagte er in normalem Ton, der in der plötzlichen Stille bis in die hintersten Winkel zu vernehmen war.

Alle Blicke schossen zwischen den zwei Männern hin und her. Inmitten dieser atemlosen Stille flog die Tür auf, und Hester Monk platzte herein, einen Schritt hinter ihr die hagere Gestalt Alvar Doultings.

Aufgeschreckt vom Türenknallen, wirbelte Sinden Bawtry zu ihnen herum.

Doulting starrte Bawtry an. Hester schien ihn zu stützen,

als er mühsam einen Arm hob und auf Bawtry zeigte. »Das ist er!«, ächzte er, nach Luft schnappend. Er zitterte am ganzen Leib und schien dem Zusammenbruch nahe, doch seine Stimme wurde lauter. »Das ist der Mann, der mir und weiß Gott wie vielen anderen Opium und Spritzen verkauft hat! Zu viele habe ich sterben sehen! Ein paar davon habe ich in Armengräbern verscharrt. Bald werde ich selbst in einem enden.«

Aufgestautes Entsetzen und Wut entluden sich endlich in einer Explosion. Niemand blieb mehr ruhig sitzen.

»Ruhe!«, schrie Pendock mit dunkelrot verfärbtem Gesicht.

Doch keiner achtete auf ihn. Die Gerichtsdiener versuchten, sich durch die Menge zu kämpfen, um Bawtry zu helfen oder wenigstens zu verhindern, dass er zu Tode getrampelt wurde.

Amity Herne, immer noch hoch oben im Zeugenstand, konnte nichts tun. Die nackte Angst stand ihr im Gesicht. Vergeblich rief sie in ihrer Verzweiflung Bawtrys Namen – keiner hörte das in diesem Lärm oder scherte sich um sie.

Coniston wirkte wie ein verirrtes Kind, das auf der Suche nach irgendetwas Vertrautem erst in die eine, dann in die andere Richtung läuft.

Pendock forderte immer noch Ruhe. Ganz allmählich legte sich der Lärm. Saaldiener geleiteten Bawtry ins Freie und bauten sich dann vor den Türen auf. Hester führte Doulting zu einem Sitz in der hintersten Reihe, wo die Leute ihm Platz machten – oder vielmehr möglichst weit auswichen, als wäre seine persönliche Hölle eine ansteckende Krankheit.

Zu guter Letzt konnte Pendock die Gemüter so weit beruhigen, dass eine Fortsetzung der Verhandlung möglich war.

»Sir Oliver!«, fauchte Pendock wütend. »Haben Sie diesen Gefühlsausbruch absichtlich herbeigeführt? Haben Sie dafür gesorgt, dass diese … diese grässliche Szene sich hier abspielen konnte?!«

»Nein, Mylord. Ich ahnte nicht, dass Dr. Doulting den Mann erkennen würde, der ihm sozusagen das Grab geschaufelt hat.« Das entsprach freilich nicht ganz der Wahrheit. Als er zusammen mit Hester die Konfrontation geplant hatte, hatte er sehr wohl mit einer Enttarnung gerechnet, allerdings mit der von Barclay Herne als Verkäufer wie auch als Süchtigem.

Pendock setzte zu einer Erwiderung an, überlegte es sich dann aber anders. »Haben Sie weitere Fragen an Mrs Herne?«, erkundigte er sich stattdessen.

»Ja, Mylord, wenn es genehm ist«, antwortete Rathbone demutsvoll.

»Dann bitte.« Pendock hob die Hand nur wenig, doch die Geste war unmissverständlich.

»Danke, Mylord.« Damit wandte sich Rathbone wieder Amity zu, die inzwischen aussah, als hätte sie soeben die Nachricht von ihrem eigenen Tod vernommen.

Jetzt lag es ganz bei ihm. Er musste den Sachverhalt nur noch den Geschworenen so klar vor Augen führen, wie er ihn sah. Einen Freispruch wegen begründeter Zweifel strebte er jetzt nicht mehr an. Was er wollte, war ein donnerndes »Nicht schuldig!«. Was danach aus Bawtry wurde, war Sache einer anderen Rechtsprechung und spielte sich vielleicht nur auf der Bühne der öffentlichen Meinung ab. Eindeutig in seinen Verantwortungsbereich fielen jedoch Dinahs Leben und Joel Lambourns Ruf. Vielleicht erreichte er auch noch Gerechtigkeit für Zenia Gadney.

»Mrs Herne«, begann er.

Kein Laut war im Saal zu hören.

»Mrs Herne, Sie haben die Aussage gehört, der zufolge Ihr Bruder, Joel Lambourn, höchstwahrscheinlich von einer Frau ermordet wurde, der er vertraute, nachdem diese sich mit ihm für die Nacht seines Todes verabredet hatte? Völlig arglos begleitete er sie in den Greenwich Park. Auf dem One Tree Hill machten sie eine Pause. Es ist möglich, dass es ihr irgendwie gelang, ihm eine Spritze zu setzen. Wahrscheinlicher dürfte es aber sein, dass sie ihm ein Getränk anbot, dem er kräftig zusprach, während sie nur so tat, als nippte sie daran. Es war extrem stark mit Opium versetzt. Ihm wurde schwindlig, und binnen Kurzem verlor er das Bewusstsein. Dann schlitzte sie ihm mit einer Klinge, die sie mitgebracht hatte, die Pulsadern auf und ließ ihn allein in der Dunkelheit verbluten.«

Amity schwankte im Zeugenstand und krallte sich an das Geländer, um nicht zu stürzen.

Rathbone fuhr fort: »Es wurde die Vermutung geäußert, dass diese Frau, der er vertraute, seine erste und vor dem Gesetz einzige Gattin war, die wir als Zenia Gadney kennen. Das soll sie getan haben, weil Ihr Mann sie dafür bezahlte.«

»Ich weiß«, flüsterte Amity.

Coniston erhob sich halb, nur um sich wieder zurücksinken zu lassen, das Gesicht blass, die Augen in widerwilliger Faszination weit aufgerissen.

»Warum sollte Ihr Mann so etwas tun?«, fragte Rathbone.

Amity schwieg.

»Um seinen Vorgesetzten, Sinden Bawtry, zu schützen«, antwortete Rathbone für sie. »Und natürlich seinen Opiumkonsum zu gewährleisten. Er ist süchtig, nicht wahr?«

Sie sagte nichts, nickte aber schwach.

»Schwer abhängig«, bekräftigte Rathbone. »Ich kann mir gut vorstellen, dass Bawtry ihn darum gebeten hat. Ihr Mann ist schwach und ehrgeizig, aber er ist kein Mörder. Er hat weder Ihren Bruder noch Zenia Gadney umgebracht.«

Erneut wurden auf der Zuschauergalerie Schreie laut, und nur mit Mühe konnte Pendock für Ruhe sorgen.

»Es war eine Frau, die Dr. Lambourn umbrachte«, fuhr

Rathbone fort, sobald sich der Lärm gelegt hatte. »Aber nicht die arme Zenia. Sie waren es, Mrs Herne, weil Sinden Bawtry Ihren Mann darum gebeten hatte, dem jedoch der Mut fehlte. Ihnen dagegen nicht. Mehr noch, Sie hätten so gut wie alles gewagt, denn Sie taten es für Ihren Liebhaber, Sinden Bawtry!«

Der nun einsetzende Tumult übertönte jedes weitere Wort.

Pendock drosch wütend mit dem Hammer auf sein Pult und brüllte: »Ruhe, oder ich lasse den Saal räumen!«

Diesmal kehrte binnen Sekunden Stille ein.

»Danke, Mylord.« Rathbone wahrte auch jetzt noch Würde und Höflichkeit. Er wandte sich wieder Amity Herne zu. »Aber Dinah weigerte sich, das zu akzeptieren. Sie wollte verhindern, dass die Leute an Joels Selbstmord glaubten. Sie weigerte sich, diese Angelegenheit auf sich beruhen zu lassen. Doch da konnten Sie, Mrs Herne, nicht tatenlos zuschauen. Wenn sie hartnäckig geblieben wäre, wäre in die Debatte über Opium auch zwangsläufig das Verbot seines Verkaufs zusammen mit Spritzen und speziellen Nadeln eingeflossen. Die Folge wären Gesetze gewesen, die diesen Handel unter harte Strafen stellten. Der Premierminister hätte auf keinen Fall ignorieren können, was Joel Lambourn ihm darüber berichtet hatte. Ihr Mann wäre in tiefe Verzweiflung gesunken und vielleicht gestorben. Ich weiß nicht, ob Sie etwas darauf gegeben hätten – vielleicht nicht? Vielleicht hätten Sie ja Vorteile von seinem Tod gehabt. Aber Sinden Bawtry wäre am Ende gewesen. Das Vermögen, das er mit vollen Händen für seine Karriere und für wohltätige Werke ausgab, wäre schnell versiegt. Hätte er weiter Opium verkauft, wäre er vor dem Gesetz zum Verbrecher geworden und hätte seine Tage im Gefängnis beenden müssen. Um das zu verhindern, waren Sie zu allem bereit.«

Er unterbrach sich, um Luft zu holen.

»Ich weiß nicht, ob Dinah sich irgendetwas davon selbst

zusammengereimt hat«, fuhr er mit unverminderter Vehemenz fort. »Wohl eher nicht, denke ich. Sie glaubte an ihren Mann und schloss kategorisch aus, dass er je Selbstmord begangen hätte. Sie wusste, dass *sie nicht* Zenias Mörderin war. Das waren, glaube ich, ebenfalls *Sie*, Mrs Herne. Sie haben sich in den Geschäften in der Copenhagen Place als Dinah Lambourn ausgegeben. Zwar wussten Sie genau, wo Zenia lebte, aber Sie wollten auf diese Art für einen denkwürdigen Auftritt sorgen, den niemand so schnell vergessen würde. Sie und Zenia kannten einander. Sie vertraute Ihnen und war darum gerne bereit, sich am Abend ihres Todes mit Ihnen zu treffen – genauso wie Joel am letzten Abend seines Lebens.«

Die Zuschauer verharrten regungslos. Niemand wagte, Rathbone zu unterbrechen, es wurde nicht einmal mehr geseufzt oder nach Luft geschnappt. »Sie gingen mit ihr zum Fluss«, donnerte Rathbone. »Vielleicht standen Sie sogar gemeinsam am Pier und beobachteten, wie das Licht über dem Wasser verblasste, wie Zenia das so gerne tat. Und plötzlich schlugen Sie mit aller Kraft zu, sodass sie zusammenbrach. Vielleicht war sie sogar schon beim Aufprall auf dem Boden tot.

Dann schlitzten Sie sie in der Dunkelheit auf, möglicherweise mit derselben Klinge, mit der Sie Ihrem Bruder die Pulsadern geöffnet hatten. Sie rissen ihr die Eingeweide heraus und drapierten sie um sie herum auf dem Boden, um das Verbrechen so abscheulich wie nur möglich wirken zu lassen, denn Sie wussten, dass das dicke Schlagzeilen und groß aufgemachte Zeitungsmeldungen garantieren würde. Die öffentliche Meinung würde nie zulassen, dass die Polizei den Fall ungeklärt zu den Akten legte. Und schlussendlich würde sie die Hinweise aufspüren, die Sie so geschickt in Dinahs Richtung ausgelegt hatten. Dann wäre sie endlich zum Schweigen gebracht. Niemand würde an ihre Unschuldsbeteuerungen glauben. Sie war halb verrückt vor Trauer, wohingegen Sie geistig und seelisch vollkommen gesund und überdies von makellosem Ruf waren. Wer aber war Dinah? Die Geliebte eines Bigamisten, der sich neben seiner neuen Frau immer noch die alte hielt – oder zumindest musste es nach außen so wirken.«

Er musterte sie mit einer Mischung aus Ehrfurcht und Abscheu.

»Um Haaresbreite wären Sie damit davongekommen. Joel war tot und schon so gut wie in Unehre gefallen. Zenia hatte ihren Zweck erfüllt und würde nur noch als Opfer eines schrecklichen Racheverbrechens in Erinnerung bleiben. Dinah würde als eine der grausamsten Mörderinnen unserer Zeit gehängt werden. Und Sie konnten Ihre Affäre mit einem reichen, berühmten und gut aussehenden Mann, in den Sie unsterblich verliebt waren, ungestört fortsetzen. Womöglich würde Ihr Glück sogar noch durch eine Hochzeit gekrönt werden, sofern Ihr Mann sein Dasein mit einer bedauerlichen Überdosis beendete. Sinden Bawtry hätte es allein Ihnen zu verdanken, dass er ein Leben frei von Unehre und Schande würde führen können.«

Rathbone atmete tief durch.

»Nur liebt er Sie natürlich nicht. Er hat Sie benutzt, genau so, wie Sie Zenia Gadney und weiß Gott wen noch alles benutzt haben. Sicher wird er zu gegebener Zeit auch Sie töten. Sie haben Macht über ihn, und das kann er sich nicht leisten. Abgesehen davon wird er Ihrer Hingabe überdrüssig werden, sobald sie ihm nichts mehr nützt. Es wird langweilig, immer angebetet zu werden. Wir schätzen nicht, was uns kostenlos gegeben wird.«

Amity versuchte, etwas zu sagen, doch kein Wort drang über ihre Lippen.

»Keine Verteidigung?«, fragte Rathbone eilig. »Keine neuen Lügen? Ich könnte Mitleid für Sie zeigen, aber das kann ich mir nicht leisten. Für wen hatten Sie Mitleid?« Er blickte zu Pendock. »Danke, Mylord. Ich habe keine weiteren Zeugen. Die Verteidigung ist abgeschlossen.«

Coniston schwieg. Es hatte ihm schlicht die Sprache verschlagen.

Die Geschworenen zogen sich zurück und hielten binnen weniger Minuten wieder Einzug.

»Nicht schuldig«, erklärte ihr Sprecher im Brustton der Überzeugung. Er hob sogar den Kopf zu Dinah auf der Anklagebank, in seinem Gesicht ein Lächeln, einen liebevollen Ausdruck von Anteilnahme, Erleichterung und noch einer anderen Empfindung, die sich nicht eindeutig erkennen ließ, aber Bewunderung sein mochte.

Rathbone hatte um die Erlaubnis gebeten, Pendock unter vier Augen in dessen Diensträumen zu sprechen, und bevor irgendjemand seine Aufmerksamkeit auf sich lenken konnte, verließ er den Gerichtssaal. Nicht einmal Hester, Monk oder Runcorn blickte er an, die allesamt auf ihn warteten.

Er traf Pendock allein in dessen Büro, das Gesicht weiß wie die Wand.

»Was jetzt?«, krächzte der Richter, trotz seines Bemühens, Ruhe zu bewahren, am ganzen Leib zitternd.

»Ich habe etwas, das besser in Ihrem Besitz sein sollte«, antwortete Rathbone. »Ich möchte es ungern mit mir herumtragen, aber wenn Sie zu einem Ihnen genehmen Zeitpunkt zu mir nach Hause kommen, können Sie damit und mit sämtlichen Kopien verfahren, wie immer Sie wollen. Was das Original betrifft, würde ich Säure empfehlen, und bei den Kopien, die ja nur aus Papier sind, Feuer. Ich … ich bedaure, dass ich sie benutzt habe, um Gerechtigkeit zu erlangen.«

Pendock sah ihn einen Moment lang an. »Und ich bedaure, dass Sie dazu gezwungen waren«, erwiderte er. »Sie haben die Wahrheit nicht geschaffen, Sie haben sie lediglich benutzt. Ich werde mich vom Richteramt zurückziehen. Ich könnte mir gut vorstellen, dass man es nach diesem Sieg Ihnen anbieten wird. Aus Gründen, die auf der Hand liegen, werde ich unsere Vereinbarung nicht erwähnen. Sie können mir glauben oder nicht, aber ich habe wirklich geglaubt, meinem Land einen Dienst zu erweisen, wenn ich Sie davon abhielt, die allgemeine Öffentlichkeit vor dem einzigen frei verfügbaren Medikament zu warnen, das die Schmerzen Verwundeter oder chronisch Kranker wenigstens lindern kann. Ich hielt Lambourn für einen unklugen Mann, dem es darum ging, die Freiheit der einfachen Leute einzuschränken, obwohl sie doch nur etwas Abhilfe bei den schlimmsten ihrer Leiden suchten. Und dazu hegte ich den Verdacht, er wolle den Verkauf von Opium in den Händen einiger weniger belassen, zu denen, wie mir gesagt wurde, womöglich auch er selbst gehörte. Gott möge mir verzeihen.«

»Ich weiß«, beschwichtigte Rathbone ihn leise. »Aber seine Studie war glaubwürdig. Sie umfasste alles: unsere Erfahrungen mit dem Gebrauch und Missbrauch von Opium, seinen Schmuggel und die damit verbundenen Verbrechen. Alvar Doulting ist nur eines der Opfer, Joel Lambourn ein weiteres, Zenia Gadney ein drittes. Wir müssen noch viele Erfahrungen sammeln in der Behandlung von Schmerzen egal welcher Art. Wenn wir diese Warnung ignorieren, müssen wir das teuer bezahlen.«

»Sie werden ein sehr guter Richter sein.« Pendock biss sich auf die Lippe, das blasse Gesicht vor Trauer verzerrt.

»Vielleicht«, meinte Rathbone. »Ich denke, dieses Amt ist noch viel schwieriger, als es von den Anwaltspulten aus wirkt, wo die eigene Loyalität einen festen Platz hat.«

»Allerdings«, bekräftigte Pendock. »Nichts in meinem Leben ist mir schwerer gefallen, als mir meiner Loyalitäten sicher zu sein. Im Kopf habe ich Gewissheit; es ist mein Herz, das alles verdirbt.«

Rathbone musste an Margaret denken. »Das hat das Herz so an sich. Es wäre leichter, wenn man nicht liebte.«

Pendock schüttelte den Kopf. »Und zu einer lebenden Leiche würde? Würden Sie das wirklich wollen?«

Rathbone zögerte nicht eine Sekunde. »Nein. Ganz gewiss nicht. Viel Glück Ihnen, Sir.« Er ging zur Tür hinaus, ohne zurückzublicken, und überließ Pendock seinen Gedanken.

In der Vorhalle wäre er beinahe mit Monk zusammengestoßen.

Monk musterte ihn voller Sorge.

Rathbone wollte Gleichgültigkeit vortäuschen, doch das konnte er nicht mehr, sobald er die Wärme in Monks Augen spürte. Reglos stand er da und wartete, dass Monk etwas sagte.

»Sie haben sie benutzt, nicht wahr?«, fragte Monk. »Ballingers Fotografien.«

Rathbone erwog zu lügen, verwarf den Gedanken aber sofort. »Ja. Dieser Fall war zu groß, zu ungeheuerlich, als dass ich mich da mit meinem Seelenfrieden abgeben konnte.« Forschend blickte er Monk ins Gesicht, voller Bangen vor dem, was er darin erkennen würde.

Monk lächelte. »Ich hätte genauso gehandelt … glaube ich«, sagte er leise. »Ob so oder so, die Bürde ist in jedem Fall schwer.«

Colin
Cotterill
Totentanz für Dr. Siri
Roman
GOLDMANN